La herencia de Agneta

Corina Bomann (Parchim, Alemania, 1974) publicó su primer libro en 2002, pero la fama le llegó con *La isla de las mariposas,* la novela de género *landscape* que se convirtió rápidamente en un best seller.

A partir de *La herencia de Agneta*, cambió de registro para crear la apasionante saga familiar que ha completado con *El secreto de Matilda* y *La promesa de Solveig*. Tras varios años en Berlín, actualmente vive en Potsdam.

Este libro se ha elaborado con papel procedente de bosques gestionados de forma sostenible, reciclado y de fuentes controladas, avalado por el sello de PEFC, la asociación más importante del mundo para la sostenibilidad forestal.

EMBOLSILLO apuesta para frenar la crisis climática y desea contribuir al esfuerzo colectivo y permanente de proteger y preservar el medio ambiente y nuestros bosques con el compromiso de producir nuestros libros con materiales sostenibles.

CORINA BOMANN

La herencia de Agneta

Traducción:
Laura Manero Jiménez

EⱮBOLSILLO

Título original:

DIE FRAUEN VOM LÖWENHOF. AGNETAS ERBE

© Ullstein Buchverlage, GmbH, Berlin. Publicado en 2018 por Ullstein Taschenbuch Verlag

© de la traducción: LAURA MANERO JIMÉNEZ, 2019

© de esta edición EMBOLSILLO, 2024
   Benito Castro, 6
   28028 MADRID
   www.maeva.es

ISBN: 978-84-18185-70-0

Depósito legal: M-14876-2024

Imagen de cubierta: OPALWORKS sobre imagen de
© Magdalena Russocka / Trevillion Images

Fotografía de la autora: © Nadja Klier

Impresión y encuadernación: Cpi Blackprint (Barcelona)

Impreso en España / Printed in Spain

PRIMERA PARTE

1913

Capítulo 1

ALGO ME DESLUMBRÓ. Cuando abrí los ojos, creí estar en mi antiguo dormitorio de Lejongård, pero lo que al principio me pareció una cenefa del techo resultó ser una grieta alargada alrededor de la cual se habían acumulado manchas de humedad. Las más oscuras ya estaban ahí dos años atrás, cuando llegué al piso; las más claras habían aparecido hacía poco. A los inquilinos de arriba se les había caído un cubo de agua que le daba un toque nuevo a la decoración. La mampostería de las casas del barrio universitario de Estocolmo era porosa como una esponja y chupaba el agua tan deprisa como se filtraba al piso de abajo después.

A cambio, ser estudiante me permitía vivir allí a buen precio. Mi madre habría dicho que era un sitio cochambroso y que no estaba a mi altura, pero en él podía ser yo de verdad. Podía estudiar, aunque entre los miembros de la alta sociedad no estuviera bien visto. Podía vivir al margen de los convencionalismos. ¿Qué importaban un par de manchas de humedad en el techo del dormitorio?

Un aire frío me acarició la cara. Miré hacia el lugar del que provenía la corriente y vi que el papel de periódico había vuelto a caerse del hueco de la ventana de travesaños. Hacía mucho que tenía roto un cristal inferior. El desperfecto había sido culpa de un chiquillo que, llevado por la emoción del juego, le había dado a mi ventana con una piedra. Mi casero no veía por qué tenía que reparar él ese cristal, y yo no podía permitírmelo, porque para eso habría tenido que pedirle dinero a mi padre. Desde nuestra última gran discusión, en Navidad, ya no había vuelto a casa, a Lejongård, y tampoco me había puesto en contacto con mi familia.

Sabía que mis padres desaprobaban mi forma de vida. Dos años antes, cuando fui al juzgado para tramitar mi emancipación, los dos pusieron unas caras muy largas, porque en realidad habían esperado que me casara antes de cumplir los veinticinco. No fue así, sin embargo, y al tomar las riendas de mi vida les hice ver que mi camino no sería el que ellos habían previsto para su hija.

De todas formas no era yo quien heredaría la finca algún día, sino mi hermano. Y Hendrik había sido un niño ejemplar, el mejor hijo que pudiera imaginar un hombre como el conde Thure Lejongård. Mi padre no se cansaba de restregármelo por la cara. Sin embargo, puesto que yo no era un varón y, además, era la segunda en la línea sucesoria, podía vivir mi vida como quisiera. O por lo menos mis amigas y yo estábamos firmemente convencidas de ello y defendíamos nuestras opiniones siempre que podíamos.

A la vida que había elegido le acompañaba también el intenso olor que flotaba en el aire. El acre aroma del aguarrás se mezclaba con el del barniz y los óleos, más suaves. Mi casa siempre olía así, incluso cuando no estaba trabajando en ningún cuadro. No tenía ni idea de quién habría ocupado el apartamento antes que yo, pero quien se instalara allí después de mí sabría que su antecesora había sido pintora.

Michael se movió a mi lado. Su pelo rubio rojizo surgió entre los cojines y poco después vi su rostro arrugado. Primero abrió un ojo, después el otro, pero enseguida volvió a cerrarlos con fuerza contra el sol que inundaba la habitación.

–¿Por qué te has despertado tan temprano?

Mi sonrisa afloró como las burbujas en un vaso de refresco. Tendí la mano hacia su cabello, que era espeso y tan suave como el pelaje de un gato. Me encantaba hundir los dedos en él, sobre todo cuando dábamos rienda suelta a la pasión y su cabeza se movía entre mis muslos.

–Son las nueve pasadas –respondí–. Hace rato que deberíamos habernos levantado.

–¿Quién lo dice? –Me miró y alargó los brazos hacia mí.

Entre las feministas había auténticas enemigas de los hombres, mujeres que habrían preferido no tener que acercarse jamás a uno de ellos. Pero a mí me gustaban. Para mí, lo importante era poder escoger a quién metía en mi cama, y desde hacía un año ese era exclusivamente Michael. A menudo me sorprendía pensando en no dejarlo escapar. Cuando acabara sus estudios de Derecho, tal vez nos casaríamos. Era extraño que yo, que había huido de casa de mis padres, pensara en el matrimonio, pero la idea me producía una dicha inmensa. Con ello volvería a perder la independencia por la que tanto había luchado, aunque estaba segura de que Michael no tendría nada en contra de que siguiera pintando. Por lo menos, no había tenido ningún reparo en enamorarse de una sufragista.

–Crecí en una buena casa en la que rigen la puntualidad y el orden –repliqué.

Michael me besó y ahuyentó esas ideas que me llevaban de vuelta a mis padres.

–¿Ah, sí? –repuso, y empezó a acariciarme el cuello y descender despacio por mi cuerpo.

Los latidos que sentí en la entrepierna me decidieron a dejarle plena libertad. Me encantaba que nos amáramos justo después de despertarnos, era maravilloso y me daba fuerzas para el día que tenía por delante.

Unos golpes repentinos en la puerta me sobresaltaron. También Michael se detuvo. Primero miró hacia la entrada y luego a mí, extrañado.

¿Esperas a alguien?

Tenía la cara colorada. Sentí que le costaba contener la excitación, y también yo habría preferido entregarme a otros menesteres en lugar de ponerme a pensar en quién podía estar llamando a mi puerta a esas horas.

–¿Señorita Lejongård? ¿Está usted en casa? –preguntó una voz seguida de más golpes, que sonaron con mayor insistencia–. Traigo un telegrama para usted. ¡Es urgente!

¿Un telegrama?

–¡Un momento, ya voy! –exclamé, y miré a Michael.

–¿De verdad tienes que ir? –protestó mientras empezaba a besarme el cuello otra vez.

Por mucho que me hubiese gustado quedarme entre sus brazos bajo las cálidas mantas, me separé de él y me levanté de la cama. El frío aire de marzo disipó de golpe mi cansancio y, por desgracia, también mi excitación. Alcancé la bata y me la até a la cintura antes de abrir la puerta.

El cartero, con uniforme del Correo Real Sueco, me miró con cierto apuro.

–Buenos días. Disculpe que la moleste, pero debo entregarle este mensaje urgentemente.

Acepté el pequeño sobre que me tendía y le di la vuelta. Era un telegrama de mi madre.

–Aguarde un momento.

Mientras el cartero esperaba en la puerta, fui a una cómoda donde tenía algo de dinero suelto. Le di diez ören y cerré la puerta. Por alguna razón, tuve la sensación de que ese pequeño sobre pesaba más que un saco de piedras.

–¿De qué se trata? –preguntó Michael, que se había incorporado en la cama.

Al contrario que yo, no parecía sentir el frío, pues se había recostado sobre los almohadones con el torso desnudo. Los rayos de sol conferían un resplandor dorado a su piel, bien podría haber posado para cualquiera de los numerosos pintores de nuestro barrio.

–Ahora lo veremos.

Metí el dedo por la abertura de la lengüeta y rasgué el sobre.

¿Qué podía querer mi madre? No habíamos tenido ningún contacto desde Navidad. Saqué el telegrama y lo desdoblé. En cuanto lo leí, boqueé sobresaltada.

Tu padre y Hendrik accidentados *Stop* Ven a casa enseguida
por favor *Stop* Tu madre

Me quedé de piedra. ¿Un accidente?

El corazón se me aceleró y por un momento intenté convencerme de que no era más que un perverso truco de madre para hacerme volver a casa. Sin embargo, Stella Lejongård jamás bromeaba con la salud y la vida de sus familiares.

–¿Qué ocurre? –preguntó Michael, y se levantó.

No podía contestar. Estaba paralizada, de pie en medio de la habitación, y no lograba apartar la vista del telegrama. Las letras mecanografiadas parecían marcadas a fuego sobre el papel.

No volví en mí hasta que me puso una mano en el hombro.

–Mi... mi padre... –balbuceé–. Mi hermano y él... han tenido un accidente.

–¿Cómo ha sido?

—No lo dice, quizá con los caballos...

Mis pensamientos daban vueltas y más vueltas. Mi padre y Hendrik eran excelentes jinetes. Un accidente ecuestre en el que ambos hubieran resultado heridos me parecía algo improbable. ¿Estarían muy graves? Sin duda era serio, de lo contrario mi madre no me pediría que regresara. El papel resbaló de mis manos y Michael se agachó a recogerlo.

–Tengo que volver a casa –susurré apenas.

Como no tenía ningún secreto con Michael, dejé que leyera el telegrama.

–¡Santo cielo! –exclamó, espantado. Me miró y me tomó de la mano, aunque a mí me pareció la mano de otra persona–. ¿Puedo ayudarte de alguna manera? ¿Quieres que te acompañe?

–No –dije, e intenté recomponerme–. Tengo... tengo que tomar un tren. O buscar un carruaje.

–En carruaje tardarías demasiado, pero tal vez haya hoy algún tren a Kristianstad.

Asentí, aunque era como si el cuerpo no me obedeciera. Debía darme prisa, pero no era capaz. Me habría gustado esconderme bajo las mantas y fingir que ese telegrama no había llegado, que yo no estaba allí. Sin embargo, debía partir. ¡Maldita sea, debía partir!

Por fin volví en mí.

–¿Te ayudo? –se ofreció Michael.

Negué con la cabeza. Aquello era algo que debía afrontar sola, no había ayuda posible. Además, ¿llevarlo a conocer a mi madre? ¡Dios no lo quisiera!

Cuando abrí el armario descuadrado, la pesadez de mi cuerpo se transformó en un nerviosismo inquieto. Saqué un par de cosas con manos temblorosas. Me daba igual lo que pensara mi madre; además, mis mejores prendas se habían quedado en Lejongård, así que no estaría contenta con nada de lo que me pusiera. Una blusa negra resbaló entre mis dedos, y por algún motivo me la quedé mirando. Negro no, me dije, y sentí crecer una oleada de miedo en mi interior. El negro era el color del luto, sin duda un mal presagio, así que la lancé al fondo del armario. Solo ha sido un accidente, pensé. Habían tenido un accidente, estaban heridos pero seguían con vida. Si alguno de ellos hubiese muerto, mi madre no me lo habría ocultado.

Mientras me vestía me noté febril. El solo tacto de la tela me dolía, el abrigo que me eché por encima casi me aplastó bajo su peso, y las manos me temblaron al levantar la bolsa.

Me volví hacia Michael, que ya se había puesto una bata.

–Bueno –dije, como siempre que terminaba algo.

Él abrió los brazos.

–Ven aquí –susurró, me atrajo hacia sí y hundió el rostro en mi cuello, igual que yo en el suyo.

Casi con desesperación, lo estreché entre mis brazos y le di un beso apasionado.

–Estaré contigo, ¿me oyes? –dijo con los labios sobre mi pelo–. No importa lo que hagas ni a lo que te enfrentes, estaré contigo. Te ayudaré pensando en ti.

–Eso es precioso –repuse–. Gracias.

Sus palabras merecían una respuesta más ardorosa, pero no me vi capaz. A pesar de lo mucho que significaba Michael para mí, ese telegrama había vuelto a convertirme en la hija de la casa Lejongård, que debía mostrarse recatada hasta que sus padres le encontraran un hombre. Se me partía el corazón, pero no tenía alternativa. Me separé de él a regañadientes y me volví hacia mi equipaje.

–¿Regresarás? –oí su voz a mi espalda.

Me quedé helada. Me preguntaba lo mismo cada vez que iba a mi casa, y siempre le contestaba con un sí sonriente, pero esta vez sentí un peso en el corazón. Por supuesto que regresaría, solo que en ese momento me resultaba muy difícil decir cuándo, algo que me inquietaba.

–Regresaré en cuanto pueda, te lo prometo –contesté, y le envié un beso con la mano.

Después di media vuelta, cogí la bolsa y salí del apartamento.

FUERA ME RECIBIÓ el fresco aroma de la primavera, por una vez no corrompido por ningún hedor. De vez en cuando alguien orinaba en algún portal cercano, casi siempre los domingos por la noche, después de que las hordas de estudiantes y parroquianos habituales salieran de las tabernas.

¿Era posible que los estudiantes se hubieran vuelto abstemios? Me pareció muy improbable.

Eché a andar deprisa. El barrio de Norrmalm, con sus calles amplias y sus edificios clasicistas, era un lugar de actividad frenética los lunes por la mañana. Junto a trabajadores y viajeros que se dirigían a la estación, también transitaban muchos estudiantes por las aceras.

Ese mediodía habría tenido que asistir a un seminario en la Escuela Real de Bellas Artes, pero al recordarlo solo sentí una extraña indiferencia. Era como si alrededor de mí todo estuviese de pronto muy lejos, como si avanzara entre una niebla que apenas me dejaba percibir los contornos de las cosas. Lo único que notaba de verdad era el peso de mi bolsa y el inquieto removerse de mi estómago. ¿Cuándo saldría el primer tren? ¿Podría avisar antes a mi madre por telegrama?

Era asombroso cómo el destino lo cambiaba todo. El día anterior no habría perdido ni un segundo pensando en la casa de mis padres, y de repente no podía ocupar mi cabeza con nada más. De súbito volvía a tener presentes todos los olores y las imágenes, las alegrías y las heridas; impresiones que habían quedado grabadas indelebles en mi mente.

–¡Agneta! –Una voz me sacó de mi ensimismamiento.

Me di media vuelta. Marit venía corriendo hacia mí recogiéndose la falda verde y dejando ver un poco de sus pololos. Llevaba los botines marrones, siempre con aspecto desgastado, todos salpicados de barro. Alrededor de su cuello ondeaba la bufanda que se había tejido ella misma.

–Madre mía, pero ¿es que estás sorda? –preguntó al alcanzarme–. ¡Hace un buen rato que corro tras de ti!

Marit exageraba, porque no estábamos ni a doscientos metros de mi portal, pero así era mi amiga. Dejé la bolsa en el suelo para poder abrazarla.

–Perdóname, por favor, iba absorta en mis cosas. Voy camino de la estación. Un asunto familiar.

–Entonces, ¿no vendrás hoy a la protesta ante el despacho del decano? –Marit pareció decepcionada. Organizaba manifestaciones, conseguía materiales para las pancartas y convocaba a las mujeres, todo ello con un entusiasmo envidiable. Ese día íbamos a protestar delante del despacho del decano contra los que querían impedir la matriculación de mujeres–. Pensaba que ya no tenías contacto con tu familia.

–Y así es, pero a mi padre y mi hermano les ha ocurrido algo. Parece grave, y mi madre me ha pedido que vaya enseguida.

Marit se tapó la boca con la mano.

–¡Qué horror! ¿Te ha dicho qué les ha pasado?

–No, pero no me habría avisado si no fuese urgente de verdad.

–Ay, lo siento mucho. –Me abrazó y me estrechó con fuerza–. ¿Puedo hacer algo por ti?

–Me temo que no, pero gracias. Te diré algo en cuanto tenga más detalles, ¿de acuerdo?

–Sí, por favor. Rezaré por tu padre y tu hermano. No suelo tener mucho trato con Dios ni con la Iglesia, pero en este caso haré una excepción.

Era cierto. Marit se dejaba ver muy poco por la iglesia, porque creía que allí no hacían nada por la igualdad de la mujer. Que se ofreciera a rezar por nosotros era algo insólito. En ese momento deseé poder llevarla conmigo. Fuera lo que fuese lo que me aguardaba, sin duda me vendría bien su apoyo. Pero no podía ser.

–Saluda a las demás de mi parte –dije cuando me solté de su abrazo–. Diles que cruzaré los dedos por ellas y por la manifestación.

–Ahora eso no importa. Para ti, hoy lo primero es la familia y nada más. Aunque desde luego te echaremos de menos. Cuando pienso en cómo acorralaste al profesor Svensson con tu discurso...

–Gracias.

Volví a abrazarla y la estreché contra mi pecho. Después levanté la bolsa del suelo; parecía aún más pesada que antes.

–¡Que vaya todo bien! ¡Y cuídate! –Se despidió de mí con la mano hasta que eché a andar.

Pasé por delante de la preciosa Ópera Real, que muchas veces me detenía a contemplar, y por fin vi la estación.

El ambiente olía a humo. En el puerto se oyó la sirena de un vapor, y a eso le siguió el pitido de una locomotora. Desde que Suecia había decidido no volver a dejarse arrastrar a ninguna guerra, el país se encontraba en pleno auge. También para las mujeres estaban cambiando algunas cosas. Con veinticinco años cumplidos podíamos tramitar nuestra emancipación, siempre y cuando no estuviéramos casadas, y hacía poco se había aprobado una ley que nos permitía proteger nuestro patrimonio heredado mediante capitulaciones matrimoniales. Eran victorias importantes para el movimiento feminista, aunque todavía no habíamos alcanzado el mayor objetivo: el sufragio femenino, que en Finlandia se había aprobado siete años antes. También en Noruega se iban logrando progresos, pero no en Suecia. Aun así, que los políticos hicieran oídos sordos no quería decir que no fueran conscientes de nuestras acciones. Seguiríamos luchando.

En la Real Academia de las Artes también se estaban consiguiendo cosas. La primera mujer a quien se le permitió el acceso fue Anna Nordlander, en 1864. Y si bien los esfuerzos de varios estudiantes y artistas reunidos en un grupo llamado Opponenterna para emprender reformas fundamentales habían fracasado, desde entonces ingresaban cada vez más mujeres en la institución. Los conflictos no habían desaparecido, desde luego, pero cualquier molestia quedaba compensada por la sensación de libertad que se respiraba.

Cuando por fin llegué a la estación, el sudor me resbalaba por la cara y la espalda. Aun así, me alegré de llevar el abrigo puesto. El aire de marzo traía consigo la promesa de la primavera, pero todavía era traicionero. Una multitud de personas se arremolinaban ante el blanco edificio clasicista. Aquí y allá destacaba algún sombrero o una americana de color crema. Los coches de punto circulaban pegados unos a otros, y de ellos se apeaban más viajeros. Me pregunté cómo conseguían no tropezarse unos con otros.

El año anterior había pintado la estación y me había ganado una reprimenda de mi profesor. Lo había hecho siguiendo el estilo de Van Gogh porque sabía que Andersen lo veneraba, pero erré mis cálculos. El profesor vino merodeando hasta mi caballete y, delante de toda la clase, ladeó la cabeza a uno y otro lado, como siempre. Después se rascó el mentón, entornó los ojos y se dirigió a mí:

–Un trabajo excelente –dijo, y yo fui tan tonta que creí que pretendía elogiarme–. Excelente de verdad... para una copista.

–Su semblante se ensombreció tanto que creí que el sol había desaparecido de la ventana–. Sin embargo, me parece que no está usted aquí para aprender el oficio de falsificadora de arte. Y en caso de que así sea, deberé proponer que la expulsen inmediatamente de la universidad.

Su voz retumbó por toda la sala. Me quedé de piedra. Las miradas de mis compañeros se clavaron en mí como si fueran agujas. De la mayoría no podía esperar ninguna compasión. Apenas había mujeres en el seminario de Andersen, y casi todos los hombres compartían con el profesor la opinión de que el lugar más indicado para una mujer era el de una buena esposa, junto a los fogones.

Andersen debió de leerme en la cara lo que estaba pensando.

–Y antes de que me venga otra vez con consignas de sus amigas las sufragistas –prosiguió, esta vez iracundo de verdad–, puedo asegurarle que yo mismo la habría sacado ya de la clase con una sola mano si hubiese sido un hombre. Si quiero ver un Van Gogh, viajo a París. ¡Aquí quiero ver quién es usted! ¡Y si merece que yo la forme!

Me quedé mirándolo fijamente. Al principio fui incapaz de pensar, pero después comprendí el enorme error que había cometido. No era propio de mí decir lo que el otro esperaba oír. ¿Por qué lo había intentado con Andersen?

Estaban a punto de saltárseme las lágrimas, pero no quería ponerme a lloriquear delante de los demás. Seguro que los chicos se habrían reído. Pensé en mi madre, me pregunté qué haría y qué diría ella en una situación así, y de repente mi autocompasión se convirtió en ira.

Andersen no dejaba de mirarme, sin duda esperando mis lágrimas. En cambio, lo que recibió fue la mirada más furiosa que fui capaz de lanzarle.

Aparté ese recuerdo y entré en el vestíbulo de la estación. Mi mirada recayó en el gran reloj. Había pasado una hora desde que había recibido el telegrama. Ante la taquilla se había formado una larga cola y no tuve más remedio que ocupar un lugar en ella. Notaba un latido en las sienes. Bajo el techo abovedado del vestíbulo, las voces convergían en una cacofonía impenetrable que sonaba casi como el estruendo de un trueno. Cualquier otro día lo habría encontrado emocionante; acostumbrada al silencio del que había vivido rodeada siempre en nuestra finca, para mí aquello era el estrépito del mundo, de la libertad. Pero por algún motivo de pronto me molestaba, me resultaba casi insoportable.

El pitido de un tren que llegaba me distrajo un poco. En la estación seguían entrando más personas. Algunas llevaban abrigos loden, como yo, otras iban cubiertas por caras pieles.

Una mujer con un enorme sombrero de plumas me llamó la atención. Mi madre debía de tener decenas de sombreros como ese, pero a mí tanta pompa no me gustaba nada, y menos aún esa clase de tocados. Pesaban mucho, eran engorrosos y a menudo ocultaban a quien los llevaba.

–¿Señorita?

Me volví. La cola había avanzado y ya era mi turno.

–Ay, disculpe. Estaba distraída. Querría un billete para Kristianstad. ¿Cuándo sale el próximo tren?

–Dentro de media hora –respondió el empleado–. ¿Solo ida?

–Sí –me oí responder antes de poder pensarlo.

Le había prometido a Michael que regresaría lo antes posible. Pero ¿cuándo sería eso? Mi madre no me había explicado si las heridas eran leves o graves. Mi padre, y sobre todo Hendrik, necesitaban mi apoyo. Y si ocurría lo peor... No, me negué a pensar en ello. Aun así, sabía que no me sería sencillo regresar, y gastar dinero en un billete que tal vez no llegara a utilizar era algo que no podía permitirme.

El empleado me miró un instante y dijo el precio. Le pasé las coronas por el mostrador y me alejé con el billete en la mano. Aprovecharía el tiempo que tenía hasta la salida del tren para enviarle un telegrama a mi madre.

Capítulo 2

LA MAYOR PARTE del trayecto fui mirando por la ventanilla sin pensar en nada. Recordaba con viveza una ocasión en que ya había temido por la vida de mis padres. En aquel entonces yo tenía doce años, mis padres habían ido de viaje a Francia y seguían sin llegar a casa dos días después de la fecha de regreso prevista. No teníamos noticias suyas, y en la finca todos estaban inquietos.

La señorita Rosendahl era la doncella de mi madre. Era una persona tranquila y circunspecta, pero un día perdió la serenidad y la encontré sentada en la cocina, llorando por su señora.

También yo estaba preocupada por mis padres, solo que no me había dejado llevar tanto como ella. A fin de cuentas, tenía a mi hermano Hendrik y él seguía bastante tranquilo. Cuando fui a preguntarle si nuestros padres no tendrían que haber dado noticias hacía tiempo, se limitó a contestar que seguramente habrían improvisado una visita a algún pariente. El telegrama con el que sin duda nos lo habían comunicado, aseguró, se habría perdido por el camino.

Tras esa respuesta, se encogió de hombros y se marchó. Yo intenté distraerme, pasé un buen rato en el vallado de los potros y corriendo por los prados. Sin embargo, las lágrimas de la señorita Rosendahl me habían alertado sobre la posibilidad de que mis padres no regresaran nunca. De que Hendrik y yo nos quedásemos huérfanos. De que un tutor desconocido tuviera que hacerse cargo de nuestra educación.

Sin que la doncella me viera, fui a mi habitación y me puse a mirar por la ventana mientras todos los miedos posibles pasaban ante los ojos de mi imaginación... hasta que vi llegar un carruaje. ¡El carruaje de mis padres! El corazón me cerró la garganta y, al verlos bajar, sentí un alivio que jamás había experimentado. Los soberanos del reino de mi infancia estaban de nuevo en casa.

Conseguir el amor de mi madre siempre fue difícil, porque me veía como a una muñeca que había que acicalar y que siempre debía estar callada, lo cual a mí me costaba horrores. Mi padre, en cambio, me ofrecía su cariño a manos llenas. Por lo menos mientras fui una niña, ajena a los problemas de los adultos. Salíamos a cabalgar juntos, y a menudo me llevaba a cuestas por la casa y me contaba cuentos de caballeros y ladrones antes de dormir.

La relación con mis padres empeoró cuando abandoné la Escuela Superior de Señoritas de Estocolmo. Su deseo era que me casara cuanto antes y tuviera hijos, pero ni siquiera después de mi debut encontraron a ningún candidato adecuado, lo cual contrariaba a mi madre y hacía que mi padre viese mi futuro con preocupación. Ninguno de los dos sospechaba que yo no quería una vida como la que ellos habían ideado para mí. Yo deseaba estudiar, ver algo de mundo, frecuentar salones de arte. Deseaba una visión más amplia de la vida, recabar conocimientos y, sobre todo, grabar nuevas imágenes en mi memoria. También quería escoger por mí misma a mi futuro marido. No pasó mucho tiempo antes de que todo estallara. Aun así, nada de eso me importaba demasiado porque sabía que sería mi hermano quien heredaría la finca algún día y se encargaría de la continuidad de la casa Lejongård. Yo, por el contrario, estaba condenada a perder mi apellido junto con mi libertad, y a abandonar mi hogar.

Y de pronto...

Maldije a mi madre en silencio. Tendría que haberme dado al menos algún indicio de qué había ocurrido exactamente y de cómo estaban los dos. Aparté mi inquietud e intenté concentrarme en el paisaje de la ventanilla. El sol se colaba entre los imponentes troncos de los árboles que flanqueaban el terraplén de las vías. Los bosques siempre habían despertado mi fantasía. Había soñado con elfos y troles, con mundos mágicos más allá de claros encantados.

Cuando salimos de la espesura, pasamos por unos campos extensísimos que todavía conservaban algún que otro resto de nieve sucia en los rincones umbríos. Pronto se extenderían alfombras verdes y doradas sobre las suaves y redondeadas colinas. En Escania, el granero de Suecia, las fincas eran tan famosas como el paisaje. Algunos terratenientes ostentaban el título de conde, otros pertenecían a la baja nobleza, pero todos eran valiosos para Suecia y también coincidían en casi todo lo importante: cuando quisieron una vía férrea, la consiguieron. Por aquel entonces yo aún no había nacido, pero podía imaginarme cómo había luchado mi abuelo por el ferrocarril.

EL ATARDECER BRILLABA rojizo en el horizonte cuando el tren se detuvo en Kristianstad. Hasta allí no llegaban muchos pasajeros, hacía un buen rato que me había quedado sola en el compartimento. Alcancé mi bolsa de la rejilla portaequipajes y fui hacia la puerta del vagón. Un viento helado me azotó las mejillas. El invierno todavía no se había dado por vencido.

En un primer momento no vi a nadie conocido más allá del andén. ¿Habrían recibido mi telegrama?

Las corrientes de aire que había en la estación eran muy desagradables, así que me encaminé hacia la salida. En la pequeña caseta del revisor se veía una luz encendida. Cargué con la bolsa hacia la escalinata de la entrada y poco después oí cascos de caballo sobre el adoquinado. Era nuestro carruaje, que llegaba a la estación. Lo reconocí al instante por su oscura pintura roja. Un farol se balanceaba junto al pescante. Mi madre sí había enviado a alguien. El cochero echó el freno y bajó.

—Ah, aquí está, señorita. —El viejo August se quitó la gorra. Su espeso pelo canoso estaba algo despeinado por los lados—. Ha pasado mucho tiempo desde la última vez.

–Si solo han sido tres meses...

–Para un viejo como yo, eso es casi una eternidad –repuso, y se encargó de mi bolsa de viaje–. ¿Dónde está el resto de su equipaje?

–En Estocolmo, ¿dónde si no? –contesté, e intenté ocultar la inquietud que me sobrevino al oír su pregunta.

–Bueno, si quiere, pediré que vayan a buscarlo.

¿Qué le habría contado mi madre al pobre hombre? ¿Que iba a quedarme para siempre? ¡Cómo se le ocurría!

–¿Cómo se encuentran mi padre y mi hermano? –pregunté mientras nos acercamos al carruaje.

La respiración de los caballos salía de sus ollares en nubecillas.

–Sobre eso no puedo decirle nada, señorita. Lo siento.

Arrugué la frente.

–¿No puede decirme nada porque no lo sabe, o porque...?

–Su madre me ha prohibido que hable de ellos con usted –contestó August con gesto serio–. Quiere informarla ella personalmente.

–Entonces, ¿es grave?

El cochero apretó los labios. No le hizo falta contestar, lo vi en su mirada. Era grave.

–¿Podría decirme al menos qué clase de accidente fue? ¿Se desbocaron los caballos?

–Ya lo verá –dijo August, afligido, y me abrió la portezuela.

Poco después, el carruaje se puso en marcha con una sacudida.

LA EXTRAÑA ORDEN que mi madre le había dado a August, junto con el hecho de que el anciano, a quien conocía desde mi infancia, se atuviera a ella, no me hacía sospechar nada bueno. Me dolía el estómago y me latían las sienes. ¿Y si había ocurrido lo peor? ¿Por qué no había ido mi madre a buscarme de inmediato para comunicarme lo sucedido? Que se hubiera quedado junto a sus respectivos lechos como amante esposa y madre me resultaba muy extraño. Stella Lejongård prefería dejar la preocupación por los enfermos a los médicos y al servicio.

Una hora después, la mansión apareció ante nosotros. Del sol apenas quedaba una fina banda rojiza en el horizonte, pero bastaba para iluminar el tosco muro de piedra que rodeaba la casa señorial. La gran verja de hierro fundido con delicados adornos y cabezas de león sobre los batientes había impedido entrar a ladrones y rebeldes en el pasado, pero ese atardecer estaba abierta.

Recorrimos el camino bordeado de altos tilos, pelados en esa época del año. En verano, sus copas daban sombra y casi formaban una techumbre, las abejas zumbaban entre sus ramas y se percibía un aroma dulzón, a miel. Ese día, sin embargo, en lugar de todo eso solo había una bandada de cornejas posada en los árboles. Y el olor me resultó bastante peculiar. No fui capaz de identificar qué era, pero me preocupó.

Los muros blancos de la mansión también se distinguían bien en el crepúsculo. Las ventanas de las dos plantas inferiores nos dieron la bienvenida con su luminosidad.

Ante esa imagen me invadió un sentimiento curioso. Por un lado, en mi interior se debatían el miedo y la incertidumbre; por otro, sentí alegría y calidez. Volví a recordar que no había sido la finca lo que me había alejado de allí. Los verdes prados, los bosques imponentes, los potreros y los establos, incluso la blanca casa señorial, siempre me habían tratado muy bien, nunca me habían menospreciado.

En esa casa, de hecho, había podido esconderme durante horas de mi institutriz y también de mi madre. Cuando éramos pequeños, subía al tejado con Hendrik y, sentada allí arriba, imaginaba historias. Seguramente fue en uno de esos momentos cuando decidí que me dedicaría al arte, a la pintura o la escritura.

De repente comprendí a qué olían los tilos, y fue como recibir un puñetazo: un acre olor a incendio entraba por la ventanilla del carruaje. Cuando era niña, una vez hubo fuego en uno de los heniles y el viento empujó el humo hasta la casa. El olor impregnó las habitaciones durante días, por mucha lavanda que pusieron las criadas. ¿Se había producido un incendio?

Desde el carruaje no podía mirar a lo lejos, el resplandor de las ventanas de la mansión me impedía ver nada más allá.

Cuando August llegó por fin a la rotonda de la entrada, apenas si podía estarme quieta en el asiento. No esperé a que el carruaje se detuviera del todo, sino que abrí la portezuela de golpe y salté al suelo en cuanto el cochero gritó «¡So!». Casi tropecé sobre la grava, pero recuperé el equilibrio y subí los escalones a toda prisa. Como la puerta de la entrada estaba cerrada, llamé.

Un momento después apareció Arno Bruns, el ayuda de cámara de mi padre, que a esas alturas debía de rondar los sesenta años. Su pelo negro se había ido volviendo cada vez más gris, casi del todo blanco. Tenía un rostro anguloso, ojos marrones como dos granos de café y cejas muy pobladas. De pequeña siempre le tenía miedo. Junto con la señorita Rosendahl, que desde hacía unos años era el ama de llaves, dirigía el servicio y velaba por el bienestar de nuestra familia.

—Buenas noches, señorita —dijo nada más abrir la puerta, y me dedicó una ligera reverencia—. Me alegro de que haya llegado bien.

—Gracias, Bruns. ¿Dónde está mi madre?

—En el dormitorio del señor —contestó—. La acompañaré.

Me habría gustado prescindir de su compañía, pero en aquella casa todo tenía sus reglas, incluso el regreso de una hija descarriada. Subimos la escalera en silencio. Si con August no había servido de nada preguntar, con Bruns era imposible esperar respuesta alguna. En su semblante no podía adivinarse nada. De joven había viajado a Inglaterra, donde se había formado como ayudante de cámara, y nunca se cansaba de inculcar al personal lo que él denominaba «el estándar inglés».

La preocupación por mi padre y por Hendrik hizo que casi no me fijara en la majestuosidad del vestíbulo de entrada, iluminado por una enorme araña de cristal. Altos cuadros saludaban al visitante: aquí una escena de caza, allá un extenso paisaje con cielos resplandecientes, y entre unos y otros el retrato de algún antepasado de gran mérito. El más famoso era Axel Lejongård, que había sido confidente del primer rey de la dinastía Bernadotte, cuya elección a príncipe heredero apoyó. Con sus ojos azul brillante, sus patillas y su uniforme impecable, contemplaba altivo al observador, sin duda muy atractivo para las damas de su época.

Sin querer, saludé levemente con la cabeza a mi ilustre antepasado y enseguida me acerqué más a Bruns. Los pasos de este apenas se oían sobre las alfombras. Avanzaba con tanta dignidad como si se dirigiera a un baile.

Me extrañó fijarme en ese detalle. Yo había crecido allí, conocía hasta el último rincón, pero aun así la casa me intimidaba cada vez que regresaba después de una larga ausencia.

Nos detuvimos ante la habitación de mi padre. Mi madre disponía también de un aposento propio, así que rara vez utilizaban la habitación de matrimonio. Yo solía colarme en la cama de mis padres cuando tenía cuatro o cinco años, pero aquello tuvo un abrupto final. No fue hasta más adelante cuando comprendí que ya no me permitían entrar en esa habitación porque había quedado en desuso.

Bruns llamó a la puerta y, como no hubo respuesta, abrió sin más. Eso me pareció extraño, ya que normalmente esperaba a que el señor de la casa respondiera. Sin embargo, tal vez mi padre estuviera durmiendo, y quizá yo no había oído la voz de mi madre.

Al entrar me quedé estupefacta. Mi madre no estaba presente, y mi padre yacía en la cama ataviado con su mejor frac. Tenía la cara muy pálida y parecía pintado con una pasta blanca que me recordó de forma grotesca el maquillaje de un payaso que había visto una vez en el circo.

Me quedé sin respiración y me tambaleé hacia atrás. El torso de mi padre no se movía, sus manos descansaban inertes sobre su pecho.

–Señorita, siéntese –dijo Bruns, y me acercó un taburete.

Por un momento tuve la tentación de dejarme caer, pero entonces di media vuelta y me quedé mirando al ayuda de cámara sin dar crédito. ¿De quién había sido la idea? ¡Seguro que de él no!

–Bruns –balbuceé–, ¿qué significa esto? ¿Por qué no me ha avisado?

Me inundó un odio ardiente. Mi padre estaba muerto y nadie me había preparado para ello. Nadie había intentado explicármelo con consideración. El ayuda de cámara se había limitado a llevarme a la habitación con el pretexto de que allí encontraría a mi madre.

Primero se le ruborizó la cara, luego palideció y después volvió a sonrojarse.

–Disculpe, señorita, pensaba que...

–¡No me mienta! –protesté–. ¿Por qué no me ha dicho que mi padre había fallecido?

Él intentó tomar aire y miró alrededor en busca de auxilio.

–Porque así se lo he ordenado yo –dijo una voz detrás de él.

Un instante después la vi. Pálida y elegante, toda vestida de negro.

¡Mi madre! Empezó a temblarme el cuerpo y se me saltaron las lágrimas.

–No sabía que ibas a llegar tan pronto, por eso me permití ausentarme un momento. –Su voz no delataba sentimiento alguno.

Se me nubló la vista y noté el pulso en las sienes. ¿Cómo podía ser mi madre tan cruel? ¿Cómo podía hacerme algo así? Tuve ganas de salir corriendo de allí, pero las piernas me flaquearon. Bruns me sostuvo a tiempo y me condujo hasta un taburete. En cuanto me repuse un poco, aparté su mano de golpe. El hombre se estremeció. No había contado con una reacción así por mi parte.

–Puede retirarse, Bruns –espeté, tras lo cual él se inclinó y salió de la habitación.

Me quedé allí sentada como una muñeca rota, con la mirada puesta en mi padre, ese cascarón vacío que era todo cuanto quedaba del hombre orgulloso y fuerte que había sido. El odio hacia mi madre y la ira hacia ese ayuda de cámara que me conocía desde pequeña y no había tenido el valor de advertirme, aunque con ello hubiese incumplido una orden de su señora, me enervaban y al mismo tiempo me debilitaban.

—Como te decía en el telegrama, hubo un accidente. Se declaró un incendio en el establo grande, y tu padre y tu hermano intentaron poner los caballos a salvo. Mientras lo hacían, les cayó encima el techo del pajar.

No me moví. Sus palabras eran como gotas de agua helada sobre una piel febril: no mitigaban el ardor, solo dolían. Me habría gustado espetarle qué había hecho yo para merecer semejante bajeza por su parte. No salir a recibirme para informarme de que mi padre había muerto, no consolarme y no esperar a que me tranquilizara antes de llevarme a verlo de cuerpo presente era lo peor que me había hecho jamás. Lo peor que me había ocurrido en la vida.

—Tu hermano todavía está en el hospital, los médicos están haciendo todo lo que pueden por él —prosiguió, sin dejar entrever ni una pizca de dolor, como si Hendrik no fuese hijo suyo.

¿La había dejado en ese estado la muerte de su marido?

Mi hermano estaba vivo. Eso me consoló un poco, aunque seguía demasiado aturdida y conmocionada como para mostrar ninguna reacción.

Miré a mi padre. Estaba muerto. Muerto. La palabra martilleaba en mi cerebro y al final consiguió quebrar algo en mi interior, pero en esa casa no podría entregarme a mi dolor hasta que me dejaran sola.

No eran de pena las lágrimas que anegaron mis ojos.

Me levanté de súbito y miré a mi madre. Incluso siendo yo muy pequeña, siempre se había comportado como una auténtica reina de hielo cuyo amor nadie conseguía por mucho que lo persiguieran. Y ahora se había convertido en una bruja malvada. Deseé que hubiese entrado ella en ese pajar cuando el tejado en llamas se vino abajo.

Los ojos me ardían de furia.

–¿Por qué no me lo dijiste? –le recriminé–. ¿Por qué has hecho que me trajeran a esta habitación sin avisarme?

El rostro de Stella Lejongård no se movió ni un milímetro. Mi madre era siempre fría y circunspecta, pero en ese momento de pérdida la entendía menos que nunca.

–¿Cómo habría podido localizarte de camino? –contestó con sobriedad, como si hablara de hacerme llegar una lista de la compra–. Tu padre aún estaba vivo cuando te envié el telegrama.

Tal vez fuera cierto, pero nada justificaba que Bruns me hubiese llevado a la habitación de un difunto sin prevenirme de nada.

–Tendrías que haber salido a recibirme –repliqué. Esta vez sí se me saltaron las lágrimas y me cerraron la garganta–. O por lo menos haberles pedido a August o Bruns que me advirtieran.

Las lágrimas me nublaron la vista. El ardor de la furia que llenaba mi pecho se convirtió en un dolor casi insoportable. Mi padre estaba muerto, fallecido a causa de las heridas sufridas en un incendio.

–¡Deberías haber salido a recibirme! –repetí–. ¡Deberías habérmelo dicho antes de que lo viera! ¿Qué clase de madre eres?

Mis reproches parecían resbalarle, ni siquiera se estremeció. Se quedó allí de pie sin decir nada, como si estuviera sopesando una respuesta. Entonces me miró, o por lo menos eso me pareció ver a través del velo de lágrimas.

–¿Y qué clase de hija eres tú? –preguntó con frialdad–. ¡Hace mucho que no te preocupas por la familia! Siempre has sido una egoísta.

Esas palabras volvieron a hacer que la pena que sentía se transformara en rabia.

–¿O sea que yo tengo la culpa de esto? –Levanté el brazo con brusquedad y señalé a mi padre. Se me quebró la voz.

Hasta las criadas debieron de oírme desde sus habitaciones de arriba–. ¿Solo porque he querido seguir mi propio camino? Estamos en el siglo veinte, madre, no en la Edad Media. ¡Los establos no arden porque una hija no cumpla con las expectativas de sus padres!

¿Por qué había tenido que sacar el tema? ¿Por qué siempre los mismos reproches, incluso en ese momento, ante semejante pérdida?

–¡Tu padre esperaba que recobraras la sensatez! Aun en su lecho de muerte te aguardaba y preguntaba cuándo llegarías.

Eso fue un golpe bajo. ¿Cómo se atrevía? Fue entonces cuando cedí a la conmoción que me había supuesto la visión del cadáver. Sentí náuseas, me costaba respirar. Las rodillas y las manos me temblaban.

–¡He venido nada más recibir el telegrama! –insistí mientras las lágrimas me ahogaban. Por fin entendía adónde quería llegar y cuál había sido su intención al enfrentarme con el cadáver de mi padre. A sus ojos, sin duda era un justo castigo por haberme alejado de la familia.

–Si no hubieses estado en Estocolmo, no habrías tenido que venir de tan lejos. Habrías podido estar a su lado. –Su voz rezumaba convicción. Para ella, la muerte de mi padre no era más que otro motivo para atormentarme.

La habitación se me vino encima de repente. No soportaba estar allí dentro al lado de mi madre, que envenenaba el aire con sus reproches. Quise golpear algo, pero no tenía fuerza en los brazos y el corazón me dolía de pena y rabia.

Aunque tal vez debería haberlo hecho antes, fue entonces cuando salí precipitadamente de la habitación para no derrumbarme delante de Stella. Que Bruns estuviese junto a la puerta y, por tanto, se hubiese enterado de nuestra discusión no me importó. Tenía que encontrar un lugar que me ofreciera intimidad para llorar.

Crucé corriendo la galería y torcí por el pasillo que llevaba a las habitaciones de los niños. Cuántas veces había corrido a la de Hendrik en busca de su protección... Tampoco él entendía que quisiera seguir mi propio camino, pero por lo menos me apoyaba.

Sin embargo, Hendrik no estaba, así que me encerré en mi cuarto, me lancé sobre la cama y lloré como hacía mucho que no lloraba.

Capítulo 3

Por la mañana desperté con la firme convicción de que el día anterior no había sido más que un mal sueño. Uno de esos que te dejaban con la sensación de haberlo vivido todo de verdad. A veces tenía sueños de ese tipo. Michael opinaba que era porque les daba demasiadas vueltas a las cosas, y me aconsejaba que me quitara de encima las preocupaciones pintando.

Pero ¿cómo iba a pintar la muerte de mi padre?

Con esa pregunta todavía en mi cabeza, poco a poco comprendí que no lo había soñado. Todo había sido real. Ya no me encontraba en la habitación del barrio universitario de Estocolmo, con sus corrientes de aire. Las ventanas eran altas y el sol que entraba por los claros cristales acariciaba mi rostro con calidez. También el olor era diferente. En lugar de aguarrás y barniz, un aroma a lavanda y rosa impregnaba el aire. Estaba en casa. El lugar del que había huido.

Tumbada en mi cama, me vi vestida aún con lo que me había puesto para el viaje. Michael no estaba a mi lado. ¡Cómo me habría gustado abrazarlo y sentir su calor en ese momento! Al incorporarme, no encontré caballetes vacíos ni lienzos tapados, sino la chimenea con sus antiquísimos cuadros, el armario donde hibernaban mis vestidos de baile, y los pesados cortinajes, que no estaban echados. Las sábanas y mantas de la cama olían un poco a moho. Nadie había preparado la habitación. Era fría, húmeda y poco acogedora, pero no importaba: no pensaba quedarme más allá del entierro de mi padre.

Gemí al colocar las extremidades en una posición más natural. Dormir boca abajo no me sentaba bien, después siempre me dolía muchísimo la espalda.

Acababa de soltarme la melena alborotada cuando llamaron a la puerta. Levanté la mirada, sorprendida, hasta que recordé que una nunca estaba sola de verdad en esa casa, y que no sería mi madre quien quería saber cómo me encontraba.

Puesto que no había llamado al timbre y ya pasaba de las nueve de la mañana, las criadas querrían saber qué ocurría conmigo. La afrenta de la noche anterior, a fin de cuentas, también podría haberme empujado a abandonar la casa en secreto y huir a la estación del tren.

—¡Adelante! —exclamé, y empecé a desabotonarme las mangas del vestido.

A la primera criada que entró, Susanna, la conocía de mis últimas visitas. Llevaba la melena rubia trenzada en una corona, cosa que yo siempre había envidiado a las muchachas del pueblo. Era guapísima, y mi madre y Hendrik tendrían que cuidar de que su familia no se la llevara pronto para casarla. La criada que iba con ella, una chica menuda y pálida, de extremidades largas y cuerpo delgado, me era desconocida. Su pelo de mechones castaños y sus ojos oscuros y de mirada asustadiza le daban aspecto de gorrioncillo a punto de salir volando por la ventana.

—Buenos días, señorita, disculpe que la molestemos. La señora querría saber si va a desayunar en su habitación o si desea bajar.

La señora... Tuve que reprimir una carcajada. A mi madre le daba lo mismo que yo comiera o no. Sin embargo, puesto que el servicio sabía de mi presencia allí, había que mantener cierto decoro. Así que había mandado preguntar a la hija de la casa dónde quería tomar el desayuno. Yo habría preferido que me lo subieran a la habitación.

—Bajaré —respondí. De todas formas, no conseguiría ahorrarme la confrontación, así que más me valía presentarme ante mi madre con valentía.

—Como desee, señorita —repuso Susanna, y casi pareció sentir cierto alivio. Al servicio siempre le resultaba difícil realizar sus tareas con discreción cuando el ocupante de una habitación no salía de allí—. Por cierto, esta es Lena Tyske. —Susanna miró a su acompañante–. La señora desea que desde este momento esté a su disposición. –El alivio dio paso al bochorno. Al ver que yo arrugaba la frente con extrañeza, añadió–: Lena llegó a Lejongård hace tres días, es posible que aún no sea capaz de desempeñar sus labores del todo correctamente, pero intentaré explicárselas lo mejor posible.

¡Ah, por ahí iban los tiros! Mi madre había puesto a la criada más joven a cargo de mi cuidado personal. La muchacha no aparentaba más de catorce o quince años, y no contaría con demasiada experiencia. Así que tendría que apañármelas con los errores que cometiera, o en última instancia hacerme las cosas sola. Justo eso era lo que parecía esperar mi madre.

Sin embargo, aquel gorrioncillo no tenía ninguna culpa.

–Muchas gracias, Susanna, eres muy amable. Y Lena, estoy segura de que se te dará bien tu cometido.

–¿Quiere que la ayudemos a vestirse? –preguntó Susanna, todavía algo inquieta.

El reloj iba avanzando. Si quería desayunar abajo, más me valía estar allí cuanto antes. Mi madre tendría que esperarme para guardar las apariencias, pero con cada minuto que pasara se pondría más insoportable todavía, y eso acababa acusándolo el servicio.

–No, no será necesario. Solo sacadme ropa limpia. He pensado visitar a mi hermano.

–Querrá prendas oscuras, ¿verdad?

Prendas oscuras. La miré con espanto. Sí, desde luego, prendas oscuras. Las que no había querido meter en la bolsa en Estocolmo. El enterrador vendría a lo largo del día para meter a mi padre en el ataúd. ¡Había que organizar el funeral! Asuntos en los que la hija de la casa debía ayudar, pero ¿podía aplazar la visita a mi hermano, que estaba muy mal herido?

–Sí, desde luego, ropa oscura. Negra. –Lo pensé un momento y añadí–: Ignoro si poseo algo adecuado, pero seguro que tú conoces mi vestuario mejor que yo. No he traído nada oscuro. Si en mi armario no encuentras nada apropiado, pídele a Linda que te preste algo de mi madre, por favor.

La mirada que intercambiaron las dos criadas hablaba por sí sola. Si le pedían a Linda, la doncella de Stella Lejongård, que me proporcionara algo del armario de la señora, seguro que les daría alguna prenda ajada con la que me dejaría en ridículo. Linda nunca había tenido ningún desencuentro conmigo, pero se imbuía tanto de los gustos y opiniones de su ama que me odiaba tanto como mi propia madre.

—En fin —dije entonces—, si no encontráis nada negro y adecuado, que sea al menos azul oscuro.

Susanna consiguió esbozar una tímida sonrisa.

—Veremos lo que puede hacerse.

—Gracias —dije, y les indiqué que podían retirarse.

DECIDÍ PRESENTARME A desayunar con una blusa gris oscuro y una falda de cuadros, oscura también. No eran prendas de luto y no podría ponérmelas para salir, pero para desayunar bastarían, porque daba lo mismo con qué conjunto apareciera, la opinión de mi madre sobre mí sería la misma.

La encontré sentada en su sitio habitual a la mesa del desayuno, que estaba servida con tanta opulencia como si mi padre y Hendrik tuvieran que llegar después de una cabalgada matutina.

—Buenos días, madre —dije, y me dirigí a mi silla.

Casi me extrañó que en mi sitio no hubieran puesto un servicio deteriorado o con taras, para hacerme notar que allí ya no me querían. Sin embargo, enseguida recordé que en esa casa no se guardaba nada defectuoso.

Una criada, Marie, apareció con una cafetera. Por un momento creí que aún bajarían mi padre o mi hermano, pero cuando el café cayó en mi taza comprendí que el desayuno había empezado. Jamás lo habría hecho sin que todos los miembros de la familia estuvieran sentados a la mesa.

No tenía hambre. El aroma de las gachas de avena, que normalmente me encantaban, me cerró el estómago. Tampoco me apetecían las galletas, que con su botón de mermelada roja me recordaban a una herida abierta, pero sí agradecí el café. Me daría fuerzas para sobrellevar el día. Durante un rato solo se oyó el tictac del reloj de pie y los suaves golpecitos de los tacones de Marie. Por lo demás, silencio absoluto. Mi madre parecía tener apetito, ya que comía las gachas de su cuenco a cucharadas. Iba de negro, con un vestido muy sencillo. Ese día tendría mucho que hacer. Debía darle instrucciones al enterrador, visitar el panteón y luego encargar las esquelas mortuorias de los periódicos. Apreté una mano contra la taza de café, disfruté de su calidez y bebí un primer sorbo. Solo y sin azúcar, así era como más me gustaba. Michael decía que bebía café de hombres. La mayoría de las mujeres lo tomaban con crema de leche y azúcar, algunas incluso con especias, pero yo nunca lo había hecho.

Miré hacia el sitio de mi padre. Mi madre debía de haber ordenado que le pusieran un servicio. El periódico matutino estaba sin tocar junto a su plato. También el servicio de Hendrik estaba preparado. Esa visión me provocó un escalofrío en la espalda.

–¿Qué tal has pasado la noche?

Las palabras de mi madre llegaron hasta mí como la reverberación de un eco. Casi se me atragantó el café. Cuando levanté la vista, me di cuenta de que me estaba mirando, pero no era una mirada cariñosa y llena de interés, tampoco preocupada. Sus ojos eran como perlas negras en un rostro pétreo.

–No demasiado bien –respondí.

Mis sentimientos no habían cambiado desde la noche anterior. Seguía abatida por la tristeza, pero ya no era más que una presión vaga en el pecho. Sabía que el dolor regresaría en oleadas, que en cualquier momento podría arreciar de nuevo, pero ahora el mar estaba en calma.

Mi madre me miró unos instantes con sus ojos de perla y se volvió de nuevo hacia su comida. Debería haber contestado su pregunta con más detalle, decirle que había llorado, pero después de lo que me había hecho el día anterior no fui capaz.

–Iré a ver a Hendrik –informé entonces–. Está en el hospital de Kristianstad, ¿verdad?

–Sí –contestó, y se llevó la taza a los labios para no tener que decir nada más.

Comprendí que era mejor dejarla tranquila. Con mi decisión de trasladarme a Estocolmo había cortado el cordón umbilical, y Stella me lo hacía notar con claridad.

Antes de regresar a mi habitación, decidí despedirme de mi padre. La noche anterior, el sueño me había sobrevenido enseguida y ahora sentí la necesidad de verlo una última vez antes de que desapareciera dentro del ataúd.

La puerta de su habitación casi me pareció un gigante amenazador. Sabía lo que había al otro lado. Mi padre ya no podía recriminarme ni exigirme nada, pero yo habría escuchado de buen grado cada uno de sus reproches si aún hubiese estado vivo para lanzármelos.

–Señorita.

Cuando volví la vista, Arno Bruns salió de entre la penumbra en la esquina que había junto a la puerta.

–Buenos días, Bruns –contesté de forma mecánica, sin atisbo de amabilidad. No olvidaba que había obedecido la orden de mi madre.

–Yo... bueno, quería disculparme por mi comportamiento de ayer –dijo el ayuda de cámara, y bajó la cabeza–. Debí haberla avisado. Prepararla de alguna forma. No sé...

–Cumplía órdenes de mi madre. No hizo nada incorrecto. –Su arrepentimiento me había conmovido.

–Sí, sin duda, pero... La conozco a usted desde que era pequeña, y por lo menos debí insinuarle algo. –Se detuvo un momento y luego añadió–: Lo siento mucho. Si me hubieran llevado ante el cadáver de mi padre sin que yo sospechara nada, seguro que me habría venido abajo.

Y eso mismo me había ocurrido a mí, solo que ya en mi habitación. Una Lejongård siempre mantenía la compostura en público.

–No pasa nada –le aseguré, y sonó un poco como si consolara a un niño pequeño–. No se lo he tomado a mal.

Él asintió, aunque no pareció aliviado. Yo no podía hacer mucho más que decirle que le perdonaba, pero él sabía que las frases de un señor o una señora no siempre querían decir lo que parecían decir.

–Me gustaría ver otra vez a mi padre –dije–, y después visitaré a mi hermano. ¿Tal vez podría usted avisar de que necesitaré a August con el carruaje?

–Como desee, señorita. –Hizo una pequeña reverencia y se retiró.

Me volví de nuevo hacia la puerta, respiré hondo y abrí.

Las cortinas estaban medio echadas, como si temieran que mi padre pudiera despertar de un sueño. La estrecha franja de luz que entraba por la ventana se posaba en su rostro como el foco de un escenario teatral.

Me senté junto a él, en la cama, e intenté no fijarme en que estaba carbonizado y olía a formol. También intenté no mirarlo directamente, por miedo a ver sus terribles heridas. Me bastaba con verlo de soslayo. De nuevo se me saltaron las lágrimas y un nudo me cerró la garganta, pero esta vez fue diferente. Ya no sentía conmoción, sino más bien un dolor uniforme. No podía fingir que no estaba ahí, pero sí soportarlo.

–Lo siento mucho, padre. –Mi voz sonó apagada en la habitación–. Lamento haberte dado tantos disgustos. Lamento haber tenido opiniones propias y no haber estado aquí, pero siempre pensé que llegarías a cumplir los cien. Pensé que las cosas nunca cambiarían. Perdóname por mi error, no estaba preparada.

Un silencio.

–Nunca quise complicaros la vida. Tampoco lo quiero ahora, pero es que no estoy hecha para este mundo. Vivimos en un nuevo siglo, todo está cambiando muy rápido y no creo que debamos quedarnos atrás. Al menos, no quienes aún tenemos la vida por delante. ¿O no fuiste tú también rebelde? ¿No te enfrentaste a tu madre?

Por desgracia, él nunca nos había contado mucho acerca de nuestros abuelos. Nuestra abuela era una anciana gruñona vestida de negro que casi nunca decía más que lo imprescindible. El único libro que tenía importancia para ella era la Biblia, y siempre se encargó de que acatáramos la ley de Dios con mano de hierro. De ella no podíamos esperar una alegría desmesurada; la reservaba toda para cuando llegara al Paraíso. A los niños nos parecía un poco sombría. Yo no sabía si uno podía rebelarse contra una mujer así. Mi padre siempre había cuidado de que todo guardara su orden, así que no sabía si algún día habría hecho algo para ensombrecer más aún el rostro de su madre.

–En fin, quizá no lo hicieras. Así que, de nuevo, lo siento mucho. No puedo prometerte que seré como a ti te habría gustado, pero sí asegurarte que seguiré mi camino en la vida y encontraré la felicidad. De algún modo.

Un leve ruido me interrumpió. Miré hacia la puerta. Me había parecido que la habían abierto. ¿Sería Bruns? ¿O mi madre, que quería ver a su marido una vez más? Me parecía poco probable, pero no estaba segura.

Fuera quien fuese el que había querido entrar en la habitación, había cambiado de idea. Los pasos al otro lado de la puerta sonaron tan tenues que no era de extrañar que no los hubiera oído durante mi monólogo. Al final se desvanecieron.

Me levanté y miré directamente a mi padre.

–Te prometo que no dejaré a Hendrik ni a Lejongård abandonados. Lo haré a mi manera, pero lo haré.

A él esa promesa ya no le servía de nada, pero a mí sí. Me sentí algo más tranquila y el dolor de mi pecho remitió un poco.

Capítulo 4

PESE A QUE August se esforzaba por evitar los baches que el invierno había dejado en el camino, el trayecto hasta Kristianstad estuvo tan lleno de sacudidas como mi regreso a Lejongård el día anterior. Casi deseé que nuestra familia poseyera ya uno de esos automóviles que solía ver en Estocolmo. Pero mi padre opinaba que los mejores medios de transporte privado eran el caballo y el carro. Cuando llegamos al hospital, me alegré de poder apearme y caminar otra vez.

–Vuelvo en una hora. Repóngase un poco y dese una vuelta por ahí –le dije a August, que se me quedó mirando con los ojos muy abiertos después de ayudarme a bajar.

Sabía por qué. Mi madre nunca le dejaba tiempo libre mientras ella se ocupaba de sus recados. En el peor de los casos, August tenía que servirle incluso de burro de carga.

–Muy bien, señorita.

Me despedí con un gesto de la cabeza, luego así mi bolso con ambas manos y me volví hacia el hospital, una alta construcción de ladrillo rojo con grandes ventanales.

Había dos entradas: la principal, para visitas y pacientes que podían andar; y otra por la parte trasera, adonde llevaban con carruaje a los enfermos que estaban postrados en cama. Conocía el hospital de haberlo visitado con mis padres, que contribuían desde hacía décadas al avance de la medicina y se sentían especialmente vinculados a esa institución y a su director, el profesor Lindström. Como mi familia les hacía llegar todos los años un generoso donativo, el hombre aparecía a menudo en nuestras recepciones de tarde o concertaba reuniones privadas en las que informaba a mi padre de cómo se gastaba el dinero.

De niños, cuando nos llevaban a esos recorridos, Hendrik y yo siempre nos escabullíamos. Corríamos a la entrada trasera para ver la llegada de los pacientes, y a veces algún carruaje del que dos celadores sacaban a alguien en camilla. Algunos enfermos gemían de dolor, otros estaban inconscientes. Algunos tenían heridas, otros se veían sonrojados, y otros, pálidos como la pared. A pesar de nuestros limitados conocimientos, siempre intentábamos adivinar qué tenía el paciente en cuestión. Los que presentaban heridas visibles habían sufrido un accidente en una obra, los de la cara sonrojada tenían la escarlatina, y los pálidos, apendicitis. En ese momento me horroricé al imaginar cómo habrían metido los celadores a Hendrik por esa puerta trasera.

La enfermera de recepción me dijo que mi hermano estaba en la habitación 17, pero que el profesor Lindström quería hablar antes conmigo. En el libro de entradas y salidas, por lo visto, habían hecho una anotación indicándolo.

Me dirigí al despacho del director y llamé a la puerta, pero no contestó nadie. La salita de espera estaba vacía, así que me senté y miré por la ventana. Daba al parque de fuera, donde paseaban algunos pacientes, varios de ellos acompañados por una enfermera. Deseé que también Hendrik estuviera ya ahí abajo y lo bastante recuperado para disfrutar del sol y bromear haciendo chistes sobre su salud. Unos pasos me sacaron de mis ilusiones. Miré hacia un lado.

El profesor Lindström era un hombre alto y delgado. Me recordaba un poco a nuestro rey, Gustavo V, también de gran estatura y algo flaco. Como él, el director llevaba barba y un bigote con las puntas torcidas hacia arriba. Lindström sostenía unos informes bajo el brazo, y del bolsillo de su bata sobresalía un estetoscopio. Debía de haber visitado a algún paciente. Cuando se encontró frente a mí, se sorprendió.

–Señorita Lejongård –dijo tras recuperar la compostura, y me ofreció una mano–. Veo que ha conseguido regresar de Estocolmo.

–Sí, he venido lo antes posible. ¿Cómo se encuentra mi hermano?

El hombre apretó los labios y me miró con gravedad.

–Será mejor que lo comentemos en mi despacho. ¿Ha venido también su señora madre?

–No, tenía cosas que hacer. Organizar los preparativos para el funeral de mi padre.

–Bien, entonces sígame, por favor.

Yo tenía veintisiete años y estaba legalmente emancipada, así que, aun en ausencia de mi madre y mi hermano, me estaba permitido representar los intereses de la familia. También podía casarme con quien yo decidiera, pese a que en las familias nobiliarias los relojes marchaban a otro ritmo y aún se esperaba que una hija consiguiera el beneplácito de sus padres.

El despacho del director era grande e infundía respeto, sus altos ventanales recordaban un poco a los de una iglesia. Tenían vidrieras de colores con dibujos simétricos: aquí y allá pequeñas flores, luego extensiones de amarillo y blanco. A través de ellas, el sol proyectaba un colorido estampado sobre el parqué, tan encerado que brillaba, como si fuera una alfombra de retazos. A su lado, las estanterías con pesados infolios y archivadores parecían oscuras y amenazadoras. Yo había estado pocas veces allí, pero siempre me había preguntado para qué serviría el esqueleto que había junto a una ventana. ¿Para dejarle claro a quien entrara que la muerte era un visitante habitual en un hospital? ¿Para enfrentarlo a su propia mortalidad?

–Como tal vez sepa ya, a su hermano nos lo trajeron ayer sobre las nueve y media. Presentaba quemaduras de segundo y tercer grado, además de un grave traumatismo causado por los escombros que le cayeron encima. También sufrió intoxicación por humo, que fue lo más sencillo de tratar.

Sentí náuseas al imaginar cómo el carruaje habría recorrido los baches del camino a toda velocidad con mi hermano dentro, y mi indisposición empeoró al pensar en las quemaduras. ¡Mi apuesto hermano lleno de heridas causadas por el fuego!

41

–Intentamos extraerle el humo de los pulmones administrándole oxígeno y le entablillamos las fracturas, pero las quemaduras nos han dado serios problemas. Las tratamos con cataplasmas todo lo que fue posible.

Tuve ganas de salir corriendo. Sentí una presión terrible en el pecho, la saliva afluyó a mi boca como si estuviera a punto de vomitar y un sudor frío perló mi frente. Me agarré a los brazos de la silla. No quería echarme atrás. ¡Tenía que ver a Hendrik! El profesor Lindström notó mi inquietud y calló un momento por consideración. Cuando recuperé el control de mí misma, pregunté:

–¿Cómo se encuentra ahora? ¿Está consciente? ¿Puedo verlo?

–Sí, está despierto, pero será mejor que no lo visite vestida así.

Enarqué las cejas. Seguía sintiendo náuseas, pero esas palabras consiguieron que me las tragara.

–¿Cómo que vestida así? –Bajé la mirada hacia mi ropa.

Susanna y Lena habían encontrado una falda negra aceptable y una blusa negra de volantes que llevaba bajo una chaqueta corta de mangas abombadas. Esa prenda era de mi madre, y me sorprendía que Linda me la hubiera cedido. Aparté ese pensamiento, junto con el rencor hacia Stella.

–Viste usted de luto –señaló el médico.

–Sí, mi padre falleció ayer.

El director ya lo sabía, claro.

–Mi más sentido pésame –dijo, y añadió–: En estas circunstancias es comprensible, desde luego, y también apropiado, solo que su hermano... No me parece aconsejable hacerle saber que su padre ha muerto.

–¡Oh! –se me escapó, y entonces me derrumbé contra el respaldo de la silla.

–Su madre ha insistido en que, pase lo que pase, no le comuniquemos el fallecimiento de su padre, por lo menos hasta que su recuperación esté algo más avanzada. Es un milagro que haya sobrevivido con las quemaduras que tiene. Sería demasiado arriesgado poner en peligro su proceso de recuperación enfrentándolo a la terrible realidad.

Tuve que asimilar esas palabras. ¡Mi hermano estaba demasiado grave para que pudiéramos contarle la verdad!

—¿Cuál es la gravedad de sus heridas? —pregunté.

Recordé que en Estocolmo, poco después de mi llegada, hubo un incendio en nuestro barrio. A una mujer la rescataron de entre las llamas y la gente contaba que se le había quemado casi la mitad del cuerpo. No había sobrevivido.

—Aproximadamente un cincuenta por ciento de su cuerpo se ha visto afectado. —El médico inspiró hondo—. Como ya le he dicho, es un milagro que haya sobrevivido a esta noche. Tal vez se deba a que fueron sobre todo sus extremidades las zonas más afectadas. El tronco apenas presenta quemaduras leves, porque su padre intentó protegerlo con su propio cuerpo.

Mi padre había intentado protegerlo. Esas palabras resonaron en mi cabeza como un grito en el bosque. Volví a verlo ante mí, pálido, con el rostro embadurnado con aquella extraña pasta. No tenía las manos dañadas, si recordaba bien, pero el maquillaje tapaba las quemaduras sufridas en el rostro. Ahuyenté esa imagen antes de que me hiciera llorar.

—Bueno, es que no he traído otra ropa porque nadie me informó del estado de mi hermano —me oí decir. Esperaba que el reproche hacia mi madre no resultara demasiado evidente—. Pero quiero verlo. Le consolará verme, siempre hemos estado muy unidos.

Vi que el doctor sopesaba consigo mismo lo perjudicial que podría ser mi vestimenta negra para el estado de mi hermano. Entonces se me ocurrió una idea.

—¿Podrían dejarme un uniforme de enfermera? —propuse—. ¿Una falda y una blusa, por lo menos? A Hendrik podríamos decirle que ha sido necesario para que la suciedad de la calle no afecte a sus heridas.

Él me miró con sorpresa y luego asintió.

–Muy buena idea, señorita Lejongård. Espere un momento, pediré que preparen todo lo necesario. –Dicho eso, se levantó y salió del despacho, quizá demasiado deprisa.

Parecía alegrarse de dejarme allí. En cualquier caso, no tuve que esperar mucho para tener mi ropa de enfermera.

Los siguientes minutos me parecieron surrealistas. Detrás del biombo del despacho me transformé en otra persona. En un ángel blanco, para mi hermano. Nunca le había dado muchas vueltas a qué profesión habría elegido de haber crecido en otras circunstancias. Las hijas de la burguesía tampoco solían trabajar, esperaban, igual que las de la nobleza, a que un hombre las desposara y les proporcionara una buena vida a cambio de que ellas se encargaran de la casa y los hijos. Y aun así existían esas otras mujeres: las enfermeras, las comadronas, las criadas, las modistas, las secretarias y las profesoras.

Poco después me miré en el espejo. Por primera vez en mi vida llevaba la vestimenta de una mujer trabajadora y, aunque no tenía pensado hacerme enfermera, me gustó. Solo me resultó desagradable el hecho de llevarla para engañar a Hendrik. Si yo estuviera herida y al borde de la muerte, ¿no querría saber la verdad? De niños, mi hermano y yo habíamos odiado que los adultos nos ocultaran cosas o las disimularan. Cuando lo hacían, a menudo buscábamos la verdad, aunque para ello tuviésemos que espiar. De todos modos, si el director opinaba que enterarse de la muerte de nuestro padre perjudicaría a Hendrik, intentaría interpretar mi papel lo mejor posible. Solo me distinguía de la enfermera que me acompañó a su habitación porque yo no llevaba mandil ni cofia.

Tal como correspondía a su posición social, lo habían instalado en una habitación individual.

–Por favor, no se espante –dijo la enfermera–. En un primer momento, verlo así puede resultar muy duro. Si se le revuelve el estómago, llame al timbre. Una enfermera vendrá a ayudarla.

¿Llamar al timbre? ¿Había en las habitaciones una campana con tirador como las que teníamos en casa? ¿O sería una simple campanilla en la mesita de noche? La enfermera metió la mano en el bolsillo del mandil.

–Tenga, es bálsamo de tigre. Por si el olor le resulta insoportable.

Sus palabras me asustaron. Las pronunció mirándome como si a ella misma le costara mantenerse entera, y eso que estaba acostumbrada a ver heridos. Asentí con la cabeza, respiré hondo y cerré la mano sobre la latita, que estaba decorada con un chino de aspecto feliz.

Entonces abrí la puerta. Dentro no había más mobiliario que un armario metálico, una silla y la gran cama de metal. Un cuadro con una sosa marina colgaba sobre el cabecero, donde el paciente no podía verlo. La decoración era de lo más insulsa, ni siquiera unas flores alegraban la pequeña mesita que había junto a la cama.

La enfermera no había exagerado; a pesar de que habían entreabierto la ventana, el olor allí era indescriptible. Yo estaba acostumbrada al hedor de los orines porque, en mi barrio de Estocolmo, la gente no se preocupaba mucho por la limpieza. Pero nunca había olido nada semejante. Tuve la sensación de que el estómago se me volvía del revés y enseguida abrí el bálsamo. El olor a menta era fuerte, pero sin duda mejor que el hedor a carne quemada y heridas purulentas. Me dio igual ver marcas de aplicaciones anteriores en la pasta antes de ponerme un poco bajo la nariz.

El aspecto de mi hermano también era espantoso, pero no al extremo de resultar insoportable. Después de haber visto el cadáver de mi padre embadurnado de maquillaje, casi resultaba un alivio comprobar que su tórax subía y bajaba al respirar, que la sangre y otros fluidos empapaban sus vendas. No estaba muerto, aunque apenas se le veía debajo de tantas gasas. Para que las heridas no se le abrieran al moverse, le habían atado brazos y piernas a un armazón. Casi parecía flotar sobre la cama. Esa postura debía de ser incomodísima, pero solo así podrían sanar las lesiones y la piel.

Por lo menos su rostro había quedado casi intacto. Tenía un vendaje alrededor de la frente y un rasguño en la mejilla, pero todavía se podía reconocer en él a mi hermano. Hendrik tenía los ojos cerrados. ¿No se había dado cuenta de mi presencia?

–¿Hendrik? –llamé, y tendí la mano para acariciarle la mejilla.

Estaba caliente, como si todavía tuviera el fuego bajo la piel, pero era por la fiebre. Con unas quemaduras tan graves, no era de extrañar.

Tardó un rato, pero por fin abrió los párpados trémulos. Tenía las pestañas pegadas y al principio parecía desorientado. Entonces me vio y centró la vista.

–Hola, hermano –dije con una sonrisa, aunque quería echarme a llorar.

–Neta –repuso él con debilidad.

El apodo de mi infancia.

–Sí, soy yo. Estoy aquí.

Hendrik intentó sonreír, pero algo hizo que se le congelara el gesto.

–¿Cuándo has llegado? –preguntó.

–Ayer por la noche.

El pecho casi me estallaba... ¡Cómo me habría gustado explicarle lo que había hecho nuestra madre! Lo ocurrido la noche anterior y lo mucho que odiaba a Stella Lejongård. Solo que entonces tendría que desvelarle que nuestro padre había muerto, y eso no podía hacerlo de ninguna manera.

–Madre me envió un telegrama y vine enseguida. Ya sabes que se tarda un poco en llegar desde Estocolmo. El tren va cada vez más lento cuanto más al sur estás.

–Sí, es verdad –dijo él. No consiguió reír de verdad, pero sí torció los labios para formar una sonrisa–. ¿Cómo está padre? –preguntó entonces.

La pregunta que más me temía.

–Bueno... –Me resistía a mentirle, pero la verdad podía costarle la recuperación.

–Dicen que está aquí –continuó–. Que lo han ingresado en otra ala.

Sus palabras me provocaron un gélido escalofrío en la espalda. Nuestro padre ni siquiera había llegado al hospital. No había querido preguntarle a mi madre por los detalles porque estaba demasiado enfadada con ella, pero al parecer el médico que había acudido para los primeros auxilios había decidido no trasladarlo. Seguramente Hendrik no se enteró de nada de eso porque estaba inconsciente.

–Está... –empecé, pero tampoco esta vez logré proseguir–. Padre está mejor –me obligué a mentir al fin, porque cualquier indecisión más le haría sospechar que ocurría algo malo–. Ya no... ya no tiene dolores.

Nada más decir eso me di cuenta de que casi había desvelado demasiado; de los muertos solía comentarse que ya no padecían ningún dolor. Sin embargo, mi hermano pareció aliviado.

–Me alegro. Entonces seguro que salió mejor parado que yo.

–Bueno, será por los medicamentos que le dan. –Ahora que ya se había creído esa versión y parecía más tranquilo, me resultaba más fácil inventar el resto de la historia–. Está más o menos igual de grave que tú, al fin y al cabo quiso protegerte. O eso me ha dicho el médico.

Hendrik apretó los labios e inspiró aire por la nariz, temblando. Sería mejor que no llevara tan lejos mi historia.

–El incendio se declaró de repente –explicó–. Padre acababa de llegar de su cabalgada matutina. Intentó apagar el fuego, pero se propagó rápidamente a su alrededor. Sacamos los caballos... –Hizo una pausa para tomar aire y prosiguió–: Habría tenido que salir corriendo cuando se lo dije. Ya solo quedaban un par de caballos dentro, habríamos podido renunciar a ellos. Ahora nos ha caído encima una desgracia. No podremos ocuparnos de la finca en bastante tiempo. Eso sin contar las preocupaciones que os daremos a madre y a ti.

El sudor le resbalaba por las sienes. Debía de cansarse muchísimo al hablar. Posé la yema de los dedos en su mejilla, porque no me atrevía a tocarle el cuerpo, temerosa de provocarle dolor. Noté que temblaba bajo mis dedos.

–Sssssh... –susurré–. Tranquilízate, por favor. Todo saldrá bien. Madre y yo nos ocuparemos de todo. Padre tenía que protegerte. Eres su hijo.

Hendrik volvió a relajarse un poco. Por un momento me sorprendí creyendo lo que le había dicho: que todo saldría bien. Él se tomó un momento para recuperar fuerzas y ladeó un poco la cabeza para mirarme mejor.

Pareció contrariarle que fuera vestida de blanco. Le leí el pensamiento y expliqué:

–El director me ha pedido que me cambiara. Es por el polvo de mi ropa. No quieren que te contamine las heridas.

Hendrik esbozó una sonrisa.

–Eso era lo que decía siempre la señora Bloomquist. ¿Te acuerdas de aquella vez? ¿Cuando me quemé con una olla de agua hirviendo?

Asentí y reprimí las lágrimas. En aquel entonces, que se escaldara con un poco de agua nos había parecido una catástrofe, pero a veces la vida le depara a uno golpes tan duros que hacen palidecer todos los anteriores.

Mi hermano me miró un rato y luego volvió la vista hacia la ventana, donde el viento balanceaba las oscuras ramas de los tilos.

–Ahora nuestros padres habrán visto que sí te importan –dijo entonces.

–¿De verdad pensaban que no? –pregunté. Era extraño, pero ya no me dolía hablar sobre lo que opinaban mis padres de mí.

Apenas unos meses antes, me había jurado no asistir más a ningún festejo que organizase mi familia. En la comida de

Navidad, que siempre celebrábamos con muchos invitados, mi madre había vuelto a invitar a unos cuantos candidatos a marido junto con sus padres. Eso por sí solo no habría sido motivo de discusión, ya que era algo que solía ocurrirme en los acontecimientos públicos y siempre conseguía salir del apuro.

Uno de los candidatos en cuestión era Daniel Oglund. Su padre, Pelle Oglund, era funcionario del Consejo de Estado y en el ágape defendió la tesis de que las mujeres no tenían capacidad para servir al país, de que se hacía bien en privarlas de derechos civiles a causa de su falta de madurez intelectual. No solo habló de forma peyorativa de las sufragistas, sino de las mujeres que tenían una opinión propia en general. Yo podría haber simulado no oír esas ocurrencias, pero al final no aguanté más y me dirigí a él. Le reproché que, con su arrogancia masculina, menospreciara los progresos sociales que habían sido posibles gracias a las mujeres.

—¡Mire a Marie Curie! —exclamé—. ¿Acaso esa mujer también le parece tonta? ¿O la profesora Kovalévskaya, que ocupó una cátedra de Matemáticas en Estocolmo? Si es así, seguro que se encontraría usted muy bien en compañía de August Strindberg, el escritor, que las consideraba unos monstruos. Si es que sabe quién era ese misógino de Strindberg...

Me ardía el rostro. Quizá había bebido demasiado, pero ese hombre, con aquel frac que le quedaba tan mal, me había enfurecido.

—Yo no considero a nadie un monstruo —intentó tranquilizarme mientras le lanzaba miradas inseguras a mi padre—. Solo he dicho que las mujeres no son aptas para desempeñar cargos importantes.

Con eso no hizo más que echar leña al fuego.

—¡Se planta usted aquí y se vanagloria de un puesto que sin duda le concedieron porque alguien intercedió por usted! —exclamé. Sabía que estaba a punto de pasarme de la raya, pero me sentía batalladora y quería demostrarle al joven pretendiente y a su familia con quién se estaban haciendo ilusiones—.

¡Probablemente haya en todo el país decenas, si no centenares, de mujeres más capaces que usted, pero a las que nunca se les da una oportunidad porque ustedes, en sus clubes masculinos, siguen esforzándose por fomentar la opinión de que las mujeres somos inferiores! ¿Acaso también somos inferiores cuando sus amigos y usted montan a sus esposas o amantes?

En ese momento mi padre estalló, empezó a gritarme e intentó enviarme a mi habitación como si fuera una niña pequeña. Me negué, por supuesto, y en cambio le pregunté si no preferiría adoptar a Daniel, en lugar de intentar meterlo en la familia mediante un matrimonio para compensar la inferioridad de su hija.

Mi padre se puso granate, me agarró del brazo y me sacó del salón a la fuerza.

–¡Cómo se te ocurre! –me gritó–. ¡Los Oglund son nuestros invitados! ¿Cómo puedes insultarlos así? ¿Es que te has dejado los modales en Estocolmo? ¿Te has convertido en una fresca?

–Pero ¿no lo has oído, padre? –repliqué–. Considera a las mujeres como yo unas imbéciles y unas retrasadas. ¡Es él quien ha insultado a tu hija! ¿Cómo puedes defenderlo y, encima, llamarme a mí fresca?

–¡Porque tiene razón! –contestó él, furioso–. El lugar de la mujer no está en la universidad ni ocupando ningún cargo. Dios la creó para un único cometido. Además, una mujer necesita a un hombre. Si no, es poco más que una...

–Una fresca, ¿verdad? ¿Eso es lo que piensas de mí? ¿O sea que tengo que tirar mi talento por la borda para llevar una existencia aburrida en alguna casa señorial donde a los cuarenta años se me habrá acabado la vida y tendré que dedicarme a emborracharme a escondidas?

–¡Olvidas que naciste en una de esas casas señoriales!

–No lo olvido –siseé. Me temblaba el cuerpo–. Pero si mi propio padre piensa que no soy capaz de tomar las riendas de mi vida, si cree que soy una fresca porque quiero llegar a algo, entonces desearía no haber nacido en una casa como esta.

Tras esas palabras, di media vuelta y subí corriendo la escalera. En el fondo, esperaba que mi padre me siguiera para disculparse. Y que mi madre subiera a darme ánimos. Pero no ocurrió nada de eso. Nadie vino a consolarme, me dejaron a solas conmigo misma. El viernes siguiente, la frialdad entre nosotros era ya tan insoportable que me marché sin despedirme. El único con quien había mantenido el contacto era Hendrik, que me escribió para contarme la conmoción que había supuesto mi partida.

De pronto mi padre ya no tenía ninguna posibilidad de replantearse su rencor hacia mí, y mi madre... Ella, que siempre había cuidado de no causar mala impresión en sociedad y a quien tanto le importaba la opinión de los demás, jamás me perdonaría la afrenta que había cometido. Como tampoco que hubiese intentado romper con la vida de Lejongård.

—A veces incluso pensaban que querías romper todo vínculo con nosotros. —La voz de Hendrik me sacó de mis recuerdos—. No olvides que, desde que te emancipaste, ya no debes rendir cuentas ante nadie. Pero ahora estás aquí, así que comprenderán que se equivocaron. —Hizo una breve pausa y añadió—: Cómo me gustaría tocarte, pero ahora mismo siento como si ya no tuviera manos. —Intentó sonreír otra vez, pero le salió peor que antes.

—Siguen ahí, y pronto volverás a asir cosas con ellas —le prometí, aunque sin ninguna certeza.

Sus párpados se agitaron, exhaustos.

—Estoy cansado —dijo—. ¿Volverás a visitarme, o te marchas ya a Estocolmo?

—De momento me quedaré aquí, y claro que vendré a verte —aseguré, intentando contener el temblor de mi voz.

Aunque era lo que más deseaba, no podía irme a Estocolmo. El entierro de padre se celebraría en los días siguientes. Hasta entonces, estaba obligada a quedarme allí.

Hendrik, sin embargo, no sabía nada de eso. Solo se alegró de verme pronto otra vez.

–Qué bien –dijo–. Tienes que contarme cómo te va en la universidad, y si tienes algún admirador.

En mis últimas visitas no había mencionado a Michael, ni siquiera a Hendrik. Siempre había tenido que defenderme de la tormenta que me esperaba en casa, y no quería empeorar la situación informándoles de que tenía un amante indecoroso.

–Ya sabes que mis profesores son estrictos y tengo mucho que hacer –repuse–. Eso no deja mucho espacio para el amor y los hombres. Sabes de lo que hablo, ¿verdad? Seguro que padre te ha tenido muy ocupado.

–Sí... Es cierto. –Estaba a punto de quedarse dormido.

–Descansa. Mañana te explicaré todo lo que quieras saber.

Me incliné sobre él y le di un beso en el trocito de frente que conservaba intacto. Y me dirigí hacia la puerta.

–Neta –me llamó.

Me detuve. El pánico crecía en mi interior, el aplomo empezaba a abandonarme. Mi cuerpo reaccionaba con una indisposición que me hacía sudar la nuca. Reuní toda la serenidad que pude y me volví. No quería dejarlo allí tumbado sin que pudiera decirme qué le afligía.

–¿Sí? –Me acerqué de nuevo a su cama, pues cada vez le costaba más hablar.

–Si no lo consigo... –empezó.

Me habría gustado taparle la boca. Tenía que conseguirlo, ¡tenía que recuperarse!

–¡No digas eso! –exclamé, jadeante, y le toqué la parte ilesa del rostro.

–Neta –insistió, y tragó con esfuerzo por la sequedad de su boca–. Por favor, escúchame.

Asentí, aunque habría querido salir corriendo. ¡Mi maravilloso hermano no podía morir! No podía permitir que se rindiera.

–Si no lo consigo, tendrás que ocupar mi lugar en la familia. Ya sé que preferirías cortarte un pie, ¡pero eres la última Lejongård! ¡Después de mí, eres la heredera!

–No vas a rendirte, ¿me oyes? –dije entre lágrimas–. No vas a dejarme sola.

Volvió a tragar saliva.

–No tengo pensado hacerlo, pero, si sucediera, quiero que seas la señora de la finca. Sé que tienes otros planes, que quieres convertirte en una pintora famosa. Sin embargo, sabes que perteneces a esta tierra, que eres parte de la finca. De nuestra familia. Por favor, no los dejes en la estacada, ¿de acuerdo?

Su mirada era tan suplicante que le habría prometido cualquier cosa. No fue hasta un instante después cuando comprendí lo que me estaba pidiendo.

–Sabes que por ti sería capaz de hacer casi lo que fuera –dije. Tomé su mano vendada y la apreté contra mi mejilla–. Pero...

–¡Sin peros, Neta, por favor! –Temblaba, le fallaban las fuerzas–. Prométeme que, aunque no dejes la pintura, cuidarás también de la mansión y de la finca. Y de nuestros padres. Sabes lo mucho que significa eso para mí.

–¿Y yo? ¿Es que no significo nada?

–Pues claro que sí, hermanita. Te quiero por encima de todo, y por eso deseo que encuentres tu hogar en la casa señorial. Es tu destino.

Hendrik se veía cada vez más intranquilo, casi al borde de la desesperación. Me sentía dividida. No quería hacerle ninguna promesa que no pudiera cumplir, pero tampoco deseaba inquietarlo.

–Con una condición –dije entonces.

–¿Y cuál es?

–Que te pongas bien –respondí–. El día que mueras, ocuparé tu lugar, pero todavía no. Aún eres demasiado joven y tienes muchísima vida por delante. Me niego a quitarte ese peso de encima para que puedas escaquearte.

Una sonrisa asomó a su rostro.

–O sea que es un sí.

–No. Te prometo que me ocuparé de la finca, pero no tendré que hacerlo porque lo harás tú.

–Y padre también –añadió él, y cerró los ojos sonriendo.

Lo miré con espanto. Sin saberlo, acababa de darme una puñalada en el estómago. No quería corroborarle eso, pero tampoco podía decirle que no.

–Ahora duerme –le aconsejé en voz baja, y le acaricié el pelo que salía por entre las vendas–. Mañana seguiremos hablando.

–Querrás decir peleando. –Volvió a sonreír, pero su rostro hizo una mueca.

–Hasta mañana, Hendrik –dije en un susurro, y me marché.

Capítulo 5

CONSEGUÍ MANTENER MÁS o menos la compostura hasta que salí de la habitación, pero en cuanto me alejé unos pasos en dirección a la sala de enfermeras, las piernas me flaquearon. Caí de rodillas y me eché a llorar con sonoros sollozos, como si acabara de ver morir a mi hermano. Alarmadas, dos enfermeras se acercaron corriendo y me preguntaron qué ocurría.

No pude contestar, las lágrimas me cerraban la garganta.

De algún modo, sus manos consiguieron ponerme de pie y llevarme de vuelta al despacho del director. Lindström estaba sentado tras su escritorio, pero se levantó de un brinco nada más verme.

—¿Qué ha sucedido? —preguntó alarmado.

—Se ha derrumbado en el pasillo —informó una enfermera.

—No es nada, estoy bien —aseguré, temblando a causa de los sollozos—. Es solo que mi hermano... Me da muchísima pena... —De nuevo rompí a llorar.

—Déjennos —oí que les decía el director a las enfermeras—. Vayan a ver cómo está el paciente.

Las mujeres se marcharon mientras Lindström se acuclillaba junto a mí y me miraba.

—Por favor, créame que haremos todo lo que esté en nuestra mano para que recupere la salud. Ha sido usted muy valiente.

—Le he mentido —sollocé—. He fingido que nuestro padre seguía vivo. Me ha preguntado...

—Créame, es lo mejor. Su estado sigue siendo crítico, no podemos arriesgarnos.

–¿Y qué harán cuando mejore un poco, cuando vuelva a estar bien? ¿Le dirán que mi padre ha muerto en el hospital? Si nunca estuvo aquí, ¿o sí?

El profesor agachó la cabeza.

–No, no estuvo aquí. Su médico personal, el doctor Bengtsen, juzgó que las heridas eran demasiado graves. Lo consultó conmigo y yo llegué a la misma conclusión. Su padre tenía más del cincuenta por ciento del cuerpo quemado, y además padecía una grave intoxicación por humo. Habría sido un milagro que llegara aquí con vida. –Hizo una breve pausa y respiró hondo–. Estoy seguro de que no habríamos podido hacer nada por él. Con unas quemaduras tan extensas, era imposible.

Sus palabras cayeron sobre mí como un jarro de agua fría. Lo había decidido el doctor Bengtsen... De acuerdo con mi madre, por supuesto. ¿Acaso contaba ella con que su marido muriera? Quizá ese dormitorio de matrimonio en desuso era solo un elemento más de una pareja rota. A saber qué se habrían hecho el uno al otro en secreto.

–Le contaremos la verdad en cuanto recupere las fuerzas, naturalmente. Aunque no espero que se lo tome con alegría, claro, a nadie le gusta que le mientan.

Y a Hendrik mucho menos.

–Pero tal vez comprenda que nos hemos visto obligados. Seguro que él habría decidido lo mismo por su hijo. Estaba demasiado agotada para seguir discutiendo.

–Muchas gracias por dejarme verlo –dije, y me levanté. Las piernas todavía me temblaban, pero mi dolor interior había disminuido hasta hacerse soportable–. Si me permite, ahora me cambiaré. Mañana vendré otra vez.

También Lindström se levantó.

–Desde luego, señorita Lejongård. Tómese su tiempo y avíseme cuando esté lista. –Dicho eso, salió del despacho.

Me volví hacia el biombo. Por un momento sopesé la idea de revisar la pila de documentos del escritorio hasta encontrar el historial de Hendrik y enterarme de cómo estaba de verdad. No era descabellado que mi madre hubiera incitado al doctor a mentirme a mí también. Aun así, decidí no hacerlo. En realidad no quería saberlo. No deseaba que me arrebataran la esperanza de que Hendrik recuperara la salud por completo y, con ello, me librara de un deber por el que jamás me habría peleado.

EN EL TRAYECTO de vuelta apoyé la cabeza en el marco de la ventanilla del carruaje sin reparar en que recibiría muchas sacudidas. Necesitaba un punto de apoyo, estaba cansada, exhausta y, además, confusa.

Las heridas de Hendrik eran más horribles de lo que había imaginado. Solo me alegraba que mi madre no estuviera conmigo y no pudiera exigirme contención. Así, por lo menos en el carruaje podría desahogarme un poco. Varias preguntas me atormentaban, y la mayoría giraban en torno a las contradicciones entre mis dos existencias.

Le había dicho a Michael que regresaría pronto, pero ¿podía hacerlo cuando la vida de mi hermano pendía de un hilo? ¿Y aunque mi padre hubiera muerto? ¿Sería capaz de dejar a un lado las desavenencias con mi familia por el momento? Padre y yo ya no tendríamos ocasión de reconciliarnos. ¿Y mi madre? Seguiría maltratándome con su frialdad. Sin embargo, tampoco podía desentenderme así como así de lo que me había pedido Hendrik. Quizá bastara con que me quedase un par de días más. Hendrik se recuperaría, siempre lo había hecho. Cuando volviera a hacerse con el timón, yo quedaría libre. Ahora todo sería diferente, por supuesto, pero habría alguien para ocuparse de Lejongård. Para respaldarme. Mentalmente empecé a escribirle una carta a Michael.

O por lo menos lo intenté, porque nada me sonaba bien.

AL LLEGAR A Lejongård subí directa a mi habitación. Seguro que mi madre esperaba que la informase, pero yo seguía demasiado alterada por lo que había visto y oído. La promesa que le había hecho a Hendrik ardía en mi interior, y aún no sabía qué iba a decirle a Michael.

Me dejé caer en la cama con un suspiro y miré el techo. El rosetón de yeso que había sobre la araña de cristal estaba como siempre. Al principio de llegar a Estocolmo había echado un poco en falta esa visión; de pronto, casi añoraba las manchas de humedad.

Un sinfín de imágenes cruzaban mi cabeza a toda velocidad: el día que me fui de allí, también el primer día en mi apartamento, cuando por un momento me pregunté si había cometido un gran error. Mis primeros pasos en la Real Academia de las Artes, los lienzos blancos sobre sus caballetes y el intenso olor a aguarrás en el ambiente.

Y entonces apareció ante mí el rostro de Michael. Lo había conocido un domingo por la mañana en una cafetería del centro histórico, adonde había ido con Marit y varias chicas más. Él estaba allí con sus amigos, y al principio el comportamiento de esos jóvenes me pareció bastante inapropiado. Pero entonces miré a Michael a los ojos, y él a los míos, y supe que volveríamos a vernos.

Todavía pasaría un tiempo hasta que nos confesáramos nuestro afecto y nos entregáramos a la pasión, pero ya en aquel primer momento supe que querría compartir mi vida con aquel hombre. Más adelante, cuando empezó a apoyarme en mis acciones feministas e incluso me protegió de una paliza con la que nos amenazó un grupo de hombres furiosos, estuve perdida y le entregué mi corazón. ¡Cómo me embargó la emoción! Hasta ese momento solo había conocido el aprecio de algunos hombres, pero con él sabía que se trataba de amor.

Y de repente todo peligraba...

Al final me levanté. Tanto darle vueltas a la cabeza no me estaba llevando a ninguna parte. Tenía que escribirle. Seguro que Michael me contestaría enseguida y despejaría mis dudas.

A pesar de formar parte del movimiento feminista, yo soñaba con una petición de matrimonio clásica. Con que un hombre se arrodillara ante mí y me ofreciera un anillo, lo mismo daba que fuera de hierro, plata u oro. ¿Entendería Michael mi indirecta, o era mejor no mencionarle nada? Seguro que no le molestaría que lo necesitara y lo quisiera a mi lado, porque lo cierto era que lo necesitaba...

Fui a mi escritorio, al que Lena y Susanna ya le habían quitado el polvo, abrí el cajón y encontré el papel de cartas que había guardado allí antes de mi marcha. También el viejo portaplumas seguía en su sitio. Lo cargué de tinta, que se había conservado muy bien en el tintero, y empecé a escribir.

Queridísimo Michael:

Te escribo para decirte que, mientras estoy aquí, en la finca, pienso en ti mucho y con pasión. Justo ahora recordaba aquel día de invierno en Gamla Stan, cuando fuiste con tus amigos a la pequeña cafetería donde yo estaba con mis amigas. ¿Cómo habría sido todo si ese día hubiésemos ido a otro lugar? ¿Habríamos llegado a conocernos? Me lo he preguntado una y otra vez, y he sentido una felicidad inmensa al comprender que el destino nos llevó ese día al mismo sitio.

Incluso ahora me siento feliz al pensar en ti. Precisamente porque es el único atisbo de luz que conservo en estos momentos.

¿Te acuerdas del inquietante telegrama de mi madre? Bueno, pues en realidad es peor aún. Mi padre falleció antes de que yo subiera al tren, y mi madre me hizo llevar ante su cadáver sin avisarme de nada. ¿Puedes imaginar algo más espantoso? ¡Me quedé conmocionada! Mi hermano sigue con vida de puro milagro, pero está herido de gravedad. Acabo de regresar del hospital y sigo muy afectada. ¿Qué debo hacer?

Hendrik me ha hecho prometerle que me ocuparé de la finca y de la familia. Jamás habría pensado que me vería en esta situación. Sin embargo, a mi hermano no puedo negarle nada, porque, aunque espero con fervor que se recupere pronto, es evidente que se encuentra muy grave. Al médico le preocupa tanto su estado de salud que ha prohibido que le hablemos de la muerte de padre. Si Hendrik muriera, yo sería la última Lejongård. Sería la única descendiente viva de mi centenaria familia y debería aceptar una responsabilidad que nunca preví.

Con todo, me consuela saber que te tengo a mi lado. Solo con pensar que pronto volveré a verte, se me alegra el corazón. Si me imagino viviendo algún día aquí contigo, el futuro ya no me parece tan aciago.

Me detuve al oír pasos en el pasillo. ¿Sería mi madre, o una de las criadas? No, estas no, pues intentarían que sus pisadas sonaran lo menos posible. Los pasos eran enérgicos, así que intuí que se trataba de Stella, que venía a exigirme un informe sobre el estado de salud de Hendrik.

Me volví y terminé la carta a toda prisa.

Ten por seguro que mi corazón es tuyo y de nadie más. Y ese corazón está desconsolado porque no podrá volver a verte hasta que se haya celebrado el funeral. Entonces tendremos ocasión para hablar del futuro. Ya sé que llevamos tiempo aplazándolo, pero creo que ha llegado el momento. Además, nos tenemos el uno al otro, y nada en el mundo podrá cambiar eso.

Que te vaya todo bien hasta entonces, ¡y no dudes de que tienes todo mi amor!

Tuya, Agneta

Acababa de levantar el papel secante cuando llamaron a la puerta. Doblé la carta enseguida y la metí en un sobre con manos temblorosas antes de exclamar «¡Adelante!».

La oscura figura de madre apareció en el umbral.

–¿Tienes un momento? –preguntó con frialdad–. Me gustaría hablar contigo sobre tu visita al hospital.

Su aspecto y sus palabras extinguieron al instante el fuego ardiente que había nacido en mi pecho mientras escribía. De pronto casi me invadió el miedo. Un futuro con Michael... ¿Qué diría mi madre al respecto? Como abogado, sería un hombre respetable, pero no pertenecía a la nobleza...

Reprimí esos pensamientos. Hendrik seguía con vida. Pronto volvería a estar en pie y yo podría regresar a Estocolmo y concentrarme de nuevo en mi vida.

Capítulo 6

A LA MAÑANA siguiente, después de tomar un rápido desayuno en mi habitación, salí de la mansión para dar un paseo.

El día anterior no había tenido tiempo de visitar la finca, así que me quedé maravillada contemplando la majestuosidad de los blancos muros de Lejongård, que seguían firmes frente al paso del tiempo.

En Estocolmo también había muchas construcciones espléndidas, algunas más grandes aún que nuestra mansión. Sin embargo, la casa de mis padres siempre ejercía en mí un efecto casi intimidante. Mi mirada pasó por las altas ventanas en que se reflejaban las nubes. El rostro de la casa señorial se había ido transformando con los años. Cada conde había dejado su huella. De la época del fundador de nuestro linaje, Axel Lejongård, que había recibido la finca en el siglo XVII de manos del rey Carlos XI por su lealtad en la guerra de Escania, ya solo quedaban los cimientos. Axel había preparado la tierra para el cultivo, iniciado la cría de caballos y contribuido a que el poder sueco se estableciera en Escania después de que su rey se anexionase la región unos años antes.

La residencia principal había recibido en varias ocasiones disparos de rebeldes daneses, que libraban una guerra de guerrillas contra los administradores suecos. Algunos impactos seguían visibles en la parte trasera de la casa, conservados como recordatorio.

Las transformaciones arquitectónicas más importantes las había realizado mi bisabuelo, que había sido buen amigo y gran defensor del primer rey de la dinastía Bernadotte. Él convirtió el viejo edificio renacentista, que algunos habitantes de ascendencia danesa de la región odiaban con inquina (pues nos consideraban unos intrusos ilegítimos), en una elegante mansión clasicista admirada por viajeros y elogiada por literatos. Los descendientes de las familias que nos habían odiado hicieron entonces las paces con nosotros, al parecer, hartos de la campaña de difamación iniciada por sus antepasados.

El último conde que cambió algo en la mansión fue mi abuelo. Para enfatizar los leones de su nombre –Lejongård, «Finca de los Leones»–, hizo instalar encima de todas las ventanas pequeñas cabezas de león, cada una con una expresión diferente.

Hendrik y yo les poníamos nombres a esas cabezas y nos inventábamos historias sobre ellas. En nuestra imaginación, los leones hablaban entre sí por la noche, a veces ponían verdes a nuestros padres, o a nosotros, o tenían miedo cuando les caía una tormenta encima.

Una sonrisa involuntaria cruzó mi rostro cuando levanté la mirada hacia *Sture*, el león que protegía una de las ventanas del gran salón de baile y que siempre había sido mi preferido. Le había imaginado un carácter gruñón pero magnánimo. *Bror*, el león de al lado, era el preferido de mi hermano, curioso y listo. Los dos nos contaban siempre los bailes de la casa, a los que todavía no teníamos permitido asistir.

Tal vez debiera llevarle a Hendrik novedades sobre *Bror* y *Sture*. ¿Se acordaría mi hermano de ellos? ¿Habría pensado últimamente en los leones al pasar por delante de esas ventanas, o las ocupaciones diarias no le dejaban tiempo para esas cosas?

Con un cálido sentimiento en el pecho, me volví y eché a andar hacia los pastos de los caballos. Hendrik y yo habíamos jugado mucho allí de pequeños. A madre no le gustaba que recorriéramos solos las inmediaciones, pero padre siempre decía que los niños de una finca debían conocer lo que algún día heredarían. Tenían que saber orientarse en sus tierras y en los alrededores, y no debían temer a la naturaleza.

De camino a los prados había que pasar por los establos. La visión de los escombros negros que habían quedado del más grande me dejó muy afectada. Alguna que otra vez se había declarado un incendio en la propiedad, pero casi siempre en un campo o una zona boscosa. Nunca se nos había quemado ninguna construcción.

El sentimiento de bienestar que me había embargado al ver los leones de las ventanas se esfumó. De pronto sentí en el pecho una especie de remolino oscuro que se tragaba toda la alegría que había sentido jamás. Añoré a Michael, intenté imaginar que me abrazaba, pero no sirvió de nada. El remolino siguió arrastrándome.

En mi frente aparecieron gotas de sudor, las manos empezaron a temblarme. ¿Por qué demonios no habían limpiado ya todo aquello?

Por fin conseguí alejarme de allí, aunque con esfuerzo. Giré sobre los talones y eché a correr todo lo deprisa que pude hasta que mis pulmones aguantaron. Los guijarros que pisaba pasaron a ser briznas de hierba que mi abrigo y el dobladillo de mi falda apartaban a lado y lado. El suelo se volvió más irregular y la maleza crecida desde el año anterior empezó a rozarme las mejillas. Cuando sentí que me quedaba sin aire, me detuve y vi que alrededor no había más que árboles. El remolino del pecho perdió fuerza y poco a poco me tranquilicé. De aquella negrura ya solo quedaba un eco que el viento acabó de llevarse.

Sin darme cuenta había llegado al mismo lugar al que huía con catorce años cuando quería estar sola o, una vez más, no conseguía satisfacer las expectativas de mis padres. El pequeño claro no se encontraba lejos de los pastos, y allí podía imaginar que me encontraba en una sala hecha de árboles y aislarme del frío que tan a menudo me perseguía desde la mansión.

Arranqué un manojo de hierba medio seca y la retorcí con las manos. Hendrik y yo solíamos jugar a «gallo o gallina», que consistía en arrastrar la inflorescencia de la hierba hacia arriba a lo largo del tallo, de manera que se formaba una especie de plumero, pero antes había que adivinar qué saldría. La «gallina» era un plumero sin ninguna brizna que sobresaliera de las demás; el «gallo», en cambio, tenía «colita». Era un juego que dependía del azar, aunque Hendrik a veces intentaba hacer trampa. Nos encantaba y pasábamos horas jugando, hasta que teníamos que volver a casa.

Ese recuerdo me hizo sonreír, y me quedé allí un momento más antes de regresar a los pastos, que estaban rodeados de altos tilos y robles. Debía de hacer poco que habían revisado la valla, porque los postes parecían muy nuevos. Recorrí un rato el vallado hasta ver los caballos. Para evitar robos, los ejemplares más valiosos se llevaban al establo por la tarde, mientras que los caballos de trabajo pasaban casi toda la primavera y el verano fuera, en los prados.

Cuando me detuve, uno de los animales se separó de los demás. En un primer momento creí que se trataba de *Edwina,* la yegua preferida de mi padre. Al mirar con más detenimiento, sin embargo, vi que era *Talla,* la yegua que siempre montaba yo. Igual que *Edwina,* era de tonalidad isabelina, ya que ambas habían nacido de la misma madre. *Talla* era mayor que *Edwina* y también mucho más tranquila, por eso mi padre la había escogido como caballo de silla para mí.

Era sorprendente que aún me recordara. Vino directa y sacó su gran cabeza por encima de la valla. Los ojos se me llenaron de lágrimas de emoción cuando inspiré su aroma, a pelaje cálido y heno.

–Eh, *Talla* –dije, y reprimí un sollozo mientras le tocaba la nariz.

Ella sacó la cabeza un poco más, hasta alcanzar mi pelo, y lo acarició con los ollares. Nuestro antiguo saludo. Había olvidado cuánto lo echaba en falta. Resolló en mi pelo y apoyó la cabeza contra la mía. Era como si hubiéramos salido a cabalgar juntas el día anterior.

A causa de su edad, *Talla* ya no pertenecía a los animales más valiosos, pero por lo visto había estado entre los caballos del establo grande, porque al examinarla de cerca descubrí en su lomo un trozo de pelaje chamuscado. Debía de haber escapado por poco de las llamas.

—Bueno, bonita, ¿cómo estás? —pregunté, y le acaricié los ollares con cuidado. Ella intentó roerme la mano, y lamenté no haber llevado alguna golosina para darle—. Menudo susto, ¿eh?

Talla resolló, aunque seguramente de decepción al ver que no había ninguna zanahoria para ella. Después se estremeció un poco y levantó la cabeza.

—Vaya, si es la señorita... —dijo una voz detrás de mí.

Talla lo había visto antes que yo, claro. El hombre rubio que se acercaba con rudas botas, pantalones de montar y una camisa de cuadros era Sören Langeholm, nuestro caballerizo. Era uno de los mejores expertos en cría de caballos de sangre caliente suecos. A él teníamos que agradecerle que nuestros ejemplares estuvieran desde hacía años en lo más alto de las listas de los mejores sementales del país.

—Señor Langeholm —respondí, y le tendí la mano—. Me alegro de verlo.

Talla me dio un golpecito en el hombro desde atrás. Nuestra despedida. Después regresó trotando hacia los demás caballos.

—El placer es todo mío —contestó Langeholm—. Aunque habría deseado que nos visitara usted en otras circunstancias. La muerte de su señor padre nos ha afectado a todos. Lo siento mucho por su familia.

—Es muy amable por su parte.

Su fuerte apretón de manos me sentó bien.

—Su padre y su hermano lucharon como dos héroes por las yeguas. Menos a una, pudieron sacarlas a todas antes de que el techo se viniera abajo.

Sabía lo importantes que eran los caballos para mi padre, y también para Hendrik, pero deseaba que no hubieran puesto su vida en peligro por ellos.

–¿Cómo pudo ocurrir? –pregunté. Ya que mi madre no me explicaba nada, tal vez pudiera sonsacarle algo de información a Langeholm.

–Bueno, nadie se lo explica. La policía llegó poco después de que el fuego se extinguiese. Los agentes estuvieron removiendo los escombros, pero nadie quiso decirnos nada. Tal vez lanzaron un cigarrillo encendido. A veces la paja también se prende sola. Los últimos días habíamos tenido un tiempo muy bueno y soleado.

Yo nunca había oído hablar de que la paja se prendiera sola en marzo, pero quizá fuera posible.

–¿Había más hombres en el establo?

–Sí, dos mozos de cuadras. Lasse y Sven. Su padre les ordenó salir cuando el humo se volvió demasiado denso. Su hermano intentó sacar de allí también al señor, pero él no quiso, así que al final se quedó. Querían salvar a todos los animales... Y entonces el techo cedió de pronto bajo las llamas y les cayó encima. Solo quedaba una yegua en el establo, pero su padre no quería abandonarla.

Cerré los ojos. Imaginar lo sucedido me provocaba escalofríos.

–¿Qué yegua no lo consiguió? –pregunté con la garganta cerrada.

–*Sigursdottir*. De hecho, la sacamos viva de los escombros, pero muy malherida, así que tuvimos que darle el tiro de gracia.

El nombre de esa yegua me decía algo. Había sido madre de varios buenos potros. Nos la vendió un criador de Noruega y, aunque hacía mucho tiempo que nuestra familia no tenía contacto con él, el caballo sí se había quedado con nosotros.

–Ojalá mi padre y Hendrik hubiesen salido antes del establo. Los caballos pueden remplazarse, pero las personas...

La pérdida de la yegua noruega era amarga, pero no arruinaría a la finca. El establo podía reconstruirse. A mi padre, en cambio, a quien tal vez le hubieran quedado otros veinte años de vida, no nos lo devolvería nadie. Y también Hendrik quedaría marcado para siempre. Eso me enfurecía, y deseé que padre hubiese sido más inteligente.

–Sí, a su padre nadie podrá sustituirlo.

Asentí con la cabeza y nos quedamos un momento en silencio.

–Ha dicho que la policía estuvo aquí. ¿Puede contarme algo más? pregunté entonces.

–En fin, como el fuego se extendió muy deprisa, no puede descartarse que fuera provocado. A mi entender es un disparate, pero los investigadores quieren interrogar al personal a lo largo de los próximos días.

Me habría gustado que mi madre me informara de ello.

–Eso inquietará a la gente –opiné–. Nadie querrá que lo consideren sospechoso de ser culpable de la muerte de su señor. Se oyó un crujido seco y ambos nos volvimos casi al mismo tiempo. Lasse Broderson, uno de los mozos de cuadra, venía corriendo por el camino.

Por un momento se me paró el corazón. ¿Le había ocurrido algo a mi hermano?

–¡Ya empieza! ¡Ha llegado el momento! –gritó.

Respiré con alivio. Ocurriera lo que ocurriese, no parecía tener nada que ver con Hendrik.

–¡*Aurora* va a tener a su potro! –añadió Lasse.

–¿Estás seguro?

–Se ha tumbado. Todo parece indicar que ya está preparada. Langeholm me miró.

–Bueno, señorita, me parece que va a tener que pensar pronto en un nombre. A veces los partos de los potros van rápidos, y no es la primera vez que *Aurora* da a luz.

En realidad, poner nombres le correspondía al propietario de la finca, que en esos momentos era mi hermano, puesto que la línea sucesoria de nuestra familia determinaba que el primogénito heredaba la finca y el título. En eso no nos diferenciábamos de la familia real.

–¿No debería decidirlo Hendrik? Ahora el señor es él.

–Me temo que su hermano estará todavía algún tiempo en el hospital, de modo que el honor será de usted...

Me habría gustado argüir que el bautizo de un potro no corría prisa, que se le podía poner nombre hasta medio año después, pero eso iba contra la tradición de la casa. Nuestros potros se bautizaban nada más nacer. Antiguamente se esperaba ahuyentar así los malos espíritus que podían perjudicar al animal. Ya no quedaba nadie que creyera en espíritus, pero la costumbre se había conservado.

Corrimos de vuelta al establo. Los mozos de cuadra ya se habían reunido con el viejo Linus, nuestro «sabio de los caballos». El hombre estaba junto a *Aurora* y le acariciaba el cuello con suavidad mientras le hablaba en un antiguo dialecto que casi sonaba como una lengua mágica.

Mi mirada pasó por la pequeña ventana del establo y vi los añicos de espejo esparcidos en el alféizar para ahuyentar las pesadillas de los animales. A mis ojos era algo irracional, una costumbre incluso peligrosa. Los añicos podían caerse y, en el peor de los casos, acabar incluso en el forraje. Era cierto que los caballos tenían fama de poder encontrar hasta una aguja entre el heno con sus delicados belfos, pero no me fiaba. Sabía que a mi padre tampoco le hacía demasiada gracia, pero a Linus, que todavía creía en troles y espíritus, no había forma de hacerle abandonar la costumbre.

–Ah, la señorita Agneta –dijo el viejo cuando llegué–. Me alegro de volver a verla.

–Gracias, Linus. Me alegro de que esté usted bien.

–Hmmm, bueno... Los huesos me crujen bastante, y lo demás tampoco rejuvenece. Pero mientras Dios me deje abrir los ojos por las mañanas, me doy por satisfecho.

Linus no era solo un experto en caballos, la gente de pueblo también recurría a él para poner remedio a pequeños achaques. Nuestra familia había establecido una consulta médica en el pueblo hacía más de ciento veinte años, y nos encargábamos de que siempre hubiera allí un buen facultativo, pero aun así la gente tenía una fe ciega en el viejo curandero. Debía de tener ya más de ochenta años y, por lo tanto, conocía a todos los vecinos desde que habían nacido.

—¿Cuánto tardará? —pregunté, inclinada sobre la valla.

—Una hora más, a lo sumo. Quizá menos. Esta chica de aquí ya sabe lo que es parir.

La yegua había apoyado la cabeza en el suelo y resollaba. Su flanco se movía arriba y abajo con ímpetu. Aun sin ser experta en caballos, yo misma veía que tenía dolores.

Langeholm se acercó al viejo. Llevaba unos guantes largos, un invento moderno que se había puesto de moda, como sin duda pensaba Linus, o al menos eso me pareció intuir en su mirada. Los dos hombres nunca se habían caído muy bien, porque se veían uno al otro como competencia. Langeholm había estudiado y acumulado conocimientos en algunas fincas excelentes; Linus había heredado el saber de su padre. Ambos habían tenido sus roces, sobre todo al principio, hasta que Langeholm se dio cuenta de que Linus tenía cosas que ofrecer, de esas que no se aprenden en una universidad, sino que proceden de una experiencia centenaria. Linus, por su parte, tuvo que reconocer que algunos de sus métodos habían quedado anticuados.

A esas alturas ambos se respetaban. A veces un poco a regañadientes, pero lo hacían. Si no se daba ninguna circunstancia grave, Langeholm le cedía el terreno a Linus, ya que mi padre tenía al viejo en mucha estima. Jamás lo habría despedido, y yo estaba segura de que tampoco Hendrik querría prescindir de él.

—Sí, así, chica, vas a conseguirlo —le dijo Linus a la yegua sin dejar de acariciarle el cuello. Después se levantó y se dirigió a nosotros—: Será mejor que nos apartemos un poco y la dejemos sola. Creo que enseguida se incorporará y empezará con los pujos.

El viejo se apartó de *Aurora* y se quedó de pie junto a la valla. Yo miraba fascinada a la yegua.

Lo que se desarrolló en los siguientes minutos era algo que conocía desde los días de mi niñez. Hendrik y yo, de pequeños, nos colábamos a menudo en el establo cuando una yegua iba a dar a luz para contemplar el parto, aunque padre no quería tenernos allí.

Ojalá ahora mi hermano estuviera aquí para demostrarle que la vida continuaba, que había esperanza.

Aurora pataleó con los cuartos delanteros y todo su cuerpo tembló cuando empezaron las contracciones. Entonces se tumbó, pero solo para volver a incorporarse poco después y seguir empujando. Por fin se levantó del todo y empezó a trotar. Linus le estuvo susurrando todo el tiempo una especie de conjuro, o por lo menos eso me parecía. Sus palabras ya me habían resultado incomprensibles cuando aún conservaba todos los dientes, y no había logrado entenderlas más con los años.

Al fin apareció la primera pata del potro, negra como la noche. Aunque eso no quería decir nada. Muchos nacían negros y luego se volvían blancos, y el padre de este era un caballo blanco. Seguramente acabaría siéndolo él también.

Cuando el potro estaba ya medio fuera, la yegua volvió a agacharse. La bolsa de aguas había dejado al descubierto la cabeza al pequeño, que se movía, pero la agotada madre seguía resollando con los cuartos traseros en el suelo.

–Bueno, vean eso, un pequeño semental –dijo Linus, y se ganó una mirada de incredulidad por parte de Langeholm.

–¿Cómo puede saberlo ya?

–Lo sé y punto –respondió el viejo–. Se lo veo en la cabeza, que es un método igual de fiable que verle los atributos.

Se me aceleró el corazón. Había olvidado la emoción que sentía al ver un potro recién nacido, la alegría de comprobar que estaba sano y lleno de vida. Me daba lo mismo que fuera macho o hembra. La dulce emoción ante ese precioso nuevo ser ahuyentó por un momento el dolor de mi pecho. Entonces me pareció que todo había terminado. Cuatro delicadas patitas, cada una con una mancha blanca en la rodilla, una cabeza con una pequeña estrella en la frente, una colita mojada que se le pegaba a los cuartos traseros, un pelaje mojado y brillante que parecía barniz, y unos ojos que lanzaban destellos oscuros, como dos canicas. Se me saltaron las lágrimas, pero esta vez de alegría.

El potro (seguro que Langeholm comprobaría enseguida el verdadero sexo del animal) intentó entonces ponerse en pie, pero *Aurora* no se lo permitió. Ella siguió un rato más en el suelo, aunque los movimientos de sus flancos se habían calmado un poco. Cuando se levantó, casi toda la bolsa de aguas se desprendió del potro, y su madre empezó a secarlo a lengüetazos.

–Buena chica –dijo Linus, y se volvió hacia Langeholm–. Ya puede quitarse el guante, la madre sabe lo que se hace.

–Aun así, tengo que comprobar el sexo –replicó el caballerizo, visiblemente emocionado por que el parto hubiera llegado a buen término.

Todavía tardó un rato, pero, cuando *Aurora* lo tenía casi del todo seco, el pequeño por fin se levantó y nos miró.

–Bueno, ¿y qué nombre vamos a ponerle? –preguntó Linus, que no solo ejercía de comadrona de caballos, sino que también bautizaba a los animales.

Para ello, ese día no había llenado su petaca con aguardiente casero, sino con auténtica agua bendita. O al menos eso decía él. El pastor y Linus tenían una relación peculiar. El viejo no era el feligrés más entusiasta, pero insistía en bautizar a los caballos con agua de la iglesia.

–¿Qué le parece *Lucero Vespertino*? –propuse. En realidad, lo que yo dijera no era más que una sugerencia. Si a Linus no le gustaba, el nombre quedaría descartado.

–¿Y eso?

–Bueno, la aurora es la madre del atardecer. Y cuando atardece se ve el lucero vespertino. Además, es un nombre que puede ir igual de bien para un semental que para una yegua.

–¿Acaso no se fía de mi juicio, señorita? –preguntó el viejo, algo molesto, por lo que enseguida negué con la cabeza.

—No, Linus, no lo digo por eso. Solo ha sido un comentario.

Miré a Langeholm en busca de ayuda, y en su cara vi un esbozo de sonrisa. Nadie podía dudar de Linus en público... al menos hasta que se comprobase que estaba equivocado. Me ardían las mejillas, de repente me sentía como si volviera a tener doce años.

Linus lo pensó un momento y asintió con la cabeza.

—No es un nombre demasiado original, pero es bonito y tiene un significado apropiado. La mayoría de la gente teme a la noche, creen que con ella todo llega a su fin, pero la noche solo es la preparación de un nuevo día. No se puede separar lo uno de lo otro. Así que muy bien. —Destapó su petaca con ceremonia y bautizó al potro echándole agua en la frente. El pequeño se estremeció, y Linus habló, solemne—: Yo te bautizo con el nombre de *Lucero Vespertino*.

SALÍ DEL ESTABLO con el dobladillo de la falda lleno de paja y una sonrisa en los labios que ni yo misma era capaz de explicarme del todo. Entonces vi a mi madre: una mancha negra en los escalones de la entrada, como una corneja extraviada que se hubiera posado allí. ¿Me estaba buscando? Al menos no podría echarme en cara que no me preocupaba por los asuntos de la finca. ¡Acababa de ayudar a traer un nuevo potro al mundo! Corrí hacia ella llena de euforia.

—¡*Aurora* ha dado a luz! —anuncié—. Tenemos un potro nuevo.

Ella se quedó impertérrita. ¿Por qué iba a reaccionar de modo alguno frente a su hija, que de pronto no parecía abatida? Lo cierto era que el potro me había hecho olvidar unos instantes mi dolor y también el rencor que sentía hacia Stella Lejongård. Su rostro parecía tallado en piedra.

—Tengo que hablar contigo —fue lo único que dijo.

—Subo un momento a cambiarme de ropa —repuse.

No obstante, cuando pasé por su lado me agarró del brazo y me obligó a mirarla. Me puse rígida. Mi entusiasmo desapareció como la escarcha bajo el sol de la mañana.

–Hendrik ha muerto –dijo casi sin voz–. Acaba de venir un mensajero del hospital. Falleció hace una hora.

Aunque oí las palabras, no logré asimilarlas. ¿Que Hendrik había muerto? ¡Si lo había visto el día anterior!

–Eso no puede ser –logré decir, y sentí que el pánico me embargaba.

Lo vi de nuevo, con sus párpados temblorosos, pidiéndome que le contara cosas de Estocolmo. Su comentario sobre que no sentía el tacto en las manos. En aquel momento yo no había sospechado nada, no me pareció que fuese extraño. Los labios de mi madre se convirtieron en una línea fina.

–¿Le contaste lo de tu padre?

Negué con la cabeza.

–No, el profesor Lindström me lo desaconsejó, así que le dije que padre estaba bien.

No, madre, no vas a culparme de la muerte de Hendrik, pensé, y entonces sentí como si me hubieran dado un puñetazo en el estómago. Hendrik estaba muerto. Mi hermano había fallecido un día después de verme y arrancarme una promesa. Me llevé un puño apretado a los labios. Las lágrimas resbalaron por mis mejillas, aunque eso no importaba, y entré corriendo en la casa.

Me derrumbé junto a la escalera, las piernas ya no querían sostenerme. La herida de mi dolor volvió a abrirse y esta vez se hizo más profunda, me dejó sin respiración, estalló en mi cabeza. Por un momento sentí que solo existían los latidos de mi corazón resonando en mis oídos y tuve la sensación de que mi pecho se vaciaba. Ni siquiera oí mi propio lamento.

Capítulo 7

ESA NOCHE APENAS logré dormir, aunque lloré hasta la extenuación. Por algún motivo tenía miedo de que Hendrik me visitase en sueños para recriminarme que no le hubiera informado de la muerte de padre. Estaba convencida de que, si existía el cielo, sin duda le habría extrañado encontrarlo allí.

Después soñé con las dos cabezas de león, que no dejaban de reprocharme mi conducta, y el descanso terminó para mí. Estuve mirando la oscuridad con miedo de volver a cerrar los ojos, porque temía que *Sture* y *Bror* se pusieran a acusarme con sus rugidos.

Por la mañana sentía el cuerpo como de plomo, pero tampoco podía estarme en la cama. La manta me pesaba sobre el pecho, quitándome el aire, así que de todos modos no habría podido descansar. Además, aunque me quedara acostada un poco más, las ojeras que tenía me delatarían.

Me levanté, me puse la bata, me calcé y salí de la habitación. Abajo se oía el rumor del servicio. La actividad diaria había comenzado.

Cuando era niña, a veces me escapaba de mi cuarto por las mañanas e iba al de Hendrik, para molestarlo. O para esconderme allí. A veces salíamos al exterior y corríamos descalzos por la hierba cubierta aún de rocío, sobre todo en verano, cuando el calor todavía era soportable.

Mis pasos me llevaron al cuarto de mi hermano también esta vez. Apoyé una mano en la puerta, palpé la madera e intenté encontrar algún rastro de él que hubiera quedado allí. Cerré los ojos y sentí tristeza. No me resistí a ella, dejé que me inundara; un dolor que procedía de mi estómago se concentraba en mi pecho y me cerraba la garganta.

En mi recuerdo vi a mi hermano de niño, un chico de pelo dorado y con más pecas de las que yo podía contar. Vi sus ojos y su sonrisa, sentí la mano con que me levantaba cuando me caía. Siempre había sido mi valiente héroe. Si tenía miedo, él lo ahuyentaba. Cada vez que creía que estábamos en una situación aparentemente sin salida, Hendrik me demostraba que podía confiar en él. Nos convertimos en el guardián de los secretos del otro.

¿Por qué Dios había tenido que separarnos de esa forma? ¿Por qué no había podido perdonarle la vida? De pronto me pareció oír un ruido. La oleada de imágenes se retiró y mis lágrimas cesaron. Me sequé los ojos deprisa y agucé el oído. Un tenue gimoteo ahogado. ¿De dónde venía?

¿Estaba mi madre en la habitación de Hendrik y lo lloraba, creyendo que nadie la oía? ¿Se había abandonado por fin y lamentaba la muerte de su hijo? Esa idea me despertó un extraño sentimiento. Cuánto tiempo había esperado que ella mostrara alguna emoción... que se comportara como una persona normal. Verla llorar me devolvería la esperanza de que tuviera un corazón y un alma que, como los míos, podían sufrir y amar. Debería haber llamado a la puerta, pero eso habría hecho que Stella Lejongård volviera a ponerse su máscara, así que la abrí con cuidado.

La habitación estaba a oscuras. Las paredes tenían revestimiento de madera y estaban decoradas con preciosos cuadros de temática ecuestre. Por las cortinas color crema, ligeramente entreabiertas, la luz de la mañana entraba y caía sobre una abatida figura sentada en el borde de la cama. Se sonó la nariz, se enjugó los ojos y luego alzó la cabeza. Al verme, se levantó presta. Pero no era mi madre quien me miraba con sobresalto.

–¿Susanna? –pregunté con extrañeza.

–Disculpe, señorita, iba a airear la habitación y entonces he vuelto a pensar que... –De nuevo rompió a llorar.

–Tranquila, Susanna –dije, y entré–. Todos estamos muy tristes por la muerte de mi hermano.

La muchacha se llevó un pañuelo a la boca.

–Ya me voy. Disculpe...

–No te preocupes.

La seguí con la mirada mientras se me encogía el corazón. La cama de Hendrik estaba impoluta, y así seguiría. Ver esa colcha, de pronto, fue demasiado para mí. Regresé sollozando a mi habitación, me vestí y bajé al vestíbulo a por mi abrigo y un chal. Tal vez un paseo me despejara un poco la cabeza.

MIS PENSAMIENTOS SE calmaron bajo el influjo de la resplandeciente mañana de marzo. El sol estaba saliendo por detrás de los bosques, la niebla pendía de la copa de los árboles. A esa hora tan temprana, cuando todavía no había un alma despierta, la finca irradiaba una magia muy especial. Me sentía como dentro de un cuento, como la princesa de una fortaleza encantada que debía liberar a un príncipe hechizado. Durante una temporada habíamos tenido una institutriz francesa que nos leía cuentos de su país. *La bella y la bestia* siempre me había gustado mucho. La luz rojiza y dorada del sol me acarició el rostro, su calidez atravesó el loden del abrigo e inundó mi cuerpo.

Ojalá Michael estuviera conmigo. Seguro que le gustaría aquel paisaje apacible. Aun así, me resultaba duro pensar en dejar mi estudio de Estocolmo. Era una mujer libre que llevaba las riendas de su vida, una vida por la que mis compañeras y yo luchábamos desde hacía tiempo. Si aceptaba mis obligaciones como heredera, tendría que abandonar todo aquello por lo que tanto había peleado.

No obstante, le había hecho una promesa a Hendrik y tenía la responsabilidad de asegurar el futuro de la finca. ¿Acaso me quedaba otra opción?

Madre ya no querría dejarme marchar otra vez. Para eso tendría que cortar por lo sano todo vínculo con Lejongård y con ella, quemar las naves. Había vivido épocas en las que me habría resultado fácil tomar esa decisión.

Pero ahí estaba yo, de pie sobre la tierra que me había visto nacer y crecer. Todavía sentía una unión muy fuerte con la propiedad. ¿Bastaría eso para entregar mi libertad a cambio? Desde que tenía uso de razón había querido ser artista y llevar una vida libre. ¿Sería posible todavía?

Ese interrogante pesaba sobre mis hombros, y me maldije por dejar que cobrase forma y empezase a hacerme dudar. ¿Por qué había tenido que morir Hendrik?

Fui hacia los bancales de flores. En esa época del año todo estaba aún muy pelado. Mi madre había hecho que arreglaran gran parte del jardín al estilo inglés, pero junto a los parterres de rosas y las coloridas plantas vivaces había también lirios de los valles, que se alternaban con narcisos y, en verano, amapolas. Mi madre detestaba esas flores silvestres, pero nunca había podido evitar su crecimiento. A mi padre, en cambio, le gustaba ver un poco de naturaleza autóctona en su jardín, o al menos eso le decía a ella, de modo que allí el jardinero se limitaba a podar un poco la maleza y no plantaba nada.

Me habría gustado sentarme en el suelo, pero la hierba todavía estaba mojada de rocío. Me acuclillé, arranqué una de las campanillas de invierno que crecían como las malas hierbas y me la acerqué a la nariz. Qué sencilla me había parecido la vida cuando era una niña... De pronto todo era sombrío y pesaba por culpa de la aflicción, el duelo y la incertidumbre. Todo estaba en juego, y el futuro que nos esperaba a Lejongård y a mí dependía de mi decisión.

De nuevo pensé en Michael. A saber si le gustaría la vida campestre, aunque por amor a mí seguro que la aceptaría. Nunca había hablado con él de matrimonio, pero ¿qué podía tener en contra? Los demás nobles arrugarían la nariz porque no tenía título, sin duda, pero vivíamos en tiempos modernos y, puesto que yo estaba emancipada, madre no podría impedir nuestro matrimonio.

¿Y mis estudios? ¿Sería posible compatibilizarlos con la administración de la finca?

En caso de que me marchara de Lejongård, existían dos alternativas: o bien mi madre dirigiría la finca, o bien se vendería. Hendrik lo sabía cuando me obligó a prometerle que ocuparía su lugar. Confiaba en que yo estaría aquí. Decepcionarlo no era una opción.

CUANDO REGRESÉ A la casa, la magia del silencio se había esfumado. En la cocina se oía barullo y las criadas se movían presurosas por los pasillos. A esas horas, la mayoría de las habitaciones ya estaban aireadas y las chimeneas, encendidas.

Bajé a la cocina. La señora Bloomquist, la cocinera, siempre me había apartado con gusto un par de galletas y un poco de leche. Eso era justo lo que me apetecía después de las horas oscuras que acababa de pasar, y en previsión también de las que tenía por delante.

—Buenos días —saludé tras bajar la escalera.

Tal como había esperado, Svea, la ayudante de cocina que soñaba con llegar a cocinera algún día, estaba encendiendo el fuego. Marie, que trabajaba allí desde hacía muchos años, estaba en la bomba de agua, llenando un cubo de esmalte bastante desportillado.

Las dos se quedaron inmóviles un momento.

—Buenos días, señorita —dijo Svea al fin—. ¿Podemos ayudarla en algo? ¿Quiere que avisemos a la señora Bloomquist o la señorita Rosendahl?

Negué con la cabeza y me senté a la larga mesa donde solía comer el servicio.

—No, gracias, solo quiero sentarme aquí un momento. Antes siempre lo hacía, cuando era pequeña.

Tomé asiento en el centro del banco. ¿Quién se sentaría en ese lugar? ¿Alguna de las criadas, o tal vez Bruns? Sabía que entre el servicio existía una jerarquía propia que, entre otras cosas, determinaba el sitio donde se sentaba cada cual. Las criadas me miraron dubitativas. Enseguida se decidieron a seguir con sus quehaceres, pero sus movimientos ya no eran tan despreocupados. Para no darles la sensación de que pretendía vigilarlas, me puse a mirar por la ventana. Desde allí se tenía muy buena vista de los establos. También del que había resultado arrasado por el fuego, por desgracia.

–Señorita, ¿va todo bien? –preguntó la señora Bloomquist, sacándome de mi ensimismamiento.

–Buenos días, señora Bloomquist. Sí, gracias. –Sabía que mi semblante decía lo contrario. Nada iba bien y nunca volvería a ir, pero los señores debían mostrar confianza ante el servicio, aun cuando las circunstancias fueran funestas–. Solo me preguntaba si podría prepararme unas gachas de avena con arándanos rojos. Como antes.

En el rostro de la cocinera apareció una sonrisa. Todavía se acordaba de cómo me gustaban esas gachas de niña. Casi siempre me las servía cuando me levantaba a primera hora e iba a la cocina. Lo cierto era que mi madre insistía en que la familia desayunara siempre junta, pero la señora Bloomquist, que no tenía hijos, era incapaz de decirme que no, aun a riesgo de buscarse problemas si luego yo no tenía hambre en la mesa.

–Desde luego, pero debo advertirle que a la señora no le entusiasmará que se presente sin hambre a desayunar.

Sonreí de medio lado.

–Me parece que no hay peligro. Mi madre tiene otras cosas en que pensar.

La cocinera asintió, alcanzó un paño de cocina y se lo anudó al delantal antes de ponerse manos a la obra.

Unos minutos después, el olor de las gachas dulces me llegó hasta la nariz. El aroma de mi infancia, de la antigua despreocupación. Cuánto añoré en ese momento que regresaran aquellos días... Días en los que todavía no era importante contentar a nadie. En aquel entonces lo tenía todo y nunca pensaba que pudiera perder nada, y de pronto...

–Tenga, señorita –dijo la señora Bloomquist al ponerme el cuenco delante. Las gachas, con su olor a leche y azúcar, estaban coronadas por una gran cucharada de compota de arándanos rojos, esa que tanto me gustaba–. Buen provecho. Si quiere más, hay de sobra.

–Gracias, señora Bloomquist –repuse, y me permití sumirme un momento en los recuerdos de mi niñez.

Capítulo 8

UNA HORA DESPUÉS ya me arrepentía del doble desayuno. Me había caído pesado y lo estuve sintiendo durante todo el trayecto hasta Kristianstad.

Madre iba sentada ante mí en el carruaje, con rostro inexpresivo. Llevaba el pelo recogido en un bonito moño en la nuca. Linda tenía tal maestría con esa clase de peinados que habría podido dejar en ridículo a cualquier peluquería de Estocolmo. A veces me preguntaba por qué se contentaba con ser doncella de mi madre.

Sin embargo, ni el extraordinario talento de Linda había podido impedir que el vestido negro le quedara demasiado holgado. El día anterior no me había fijado, pero de pronto lo vi con claridad: Stella Lejongård había adelgazado mucho. Esos últimos días le habían pasado factura. Aun así, mantenía su postura con una elegancia que ya querrían muchas jóvenes, incluida yo. Lo único que impedía que me derrumbara era el corsé que llevaba bajo el vestido. Como en Estocolmo nunca me lo ponía y me había acostumbrado a sentarme más relajada, de pronto me sentía como si me hubieran embutido en un barril de madera. Sin embargo, dadas las circunstancias, no me había atrevido a reñir por ello con madre. Si no me lo hubiera puesto se habría dado cuenta enseguida y, aunque el estómago lleno me estaba matando, no quería discutir con ella sobre vestimenta cuando íbamos a buscar a Hendrik para enterrarlo.

Llegamos a Kristianstad pasadas ya las doce y la campana de la iglesia sonó con apatía. No fui capaz de discernir si acompañaba a un cortejo fúnebre o una boda.

Hasta nosotras llegó el olor a fenol del hospital. Mi madre se sacó un pañuelo de la manga y se cubrió la nariz. Su rostro seguía sin expresar nada. Seguramente esa mañana había llorado, pero ahora guardaba las apariencias tal como se esperaba de ella. Yo, por el contrario, no sabía cuánto tiempo sería capaz de contener las lágrimas. Por un lado, porque volví a recordar la conversación en que le había prometido a Hendrik hablarle de Estocolmo; por otro, porque comprendí que esa charla, por mucho que yo lo deseara, nunca tendría lugar.

El profesor Lindström nos esperaba en su despacho. Mientras tanto, el sol había desaparecido tras unos nubarrones que se iban acumulando al otro lado de los grandes ventanales.

–Mi más sentido pésame –dijo mientras inclinaba la cabeza ante mi madre y ante mí–. Lamento muchísimo no haber podido hacer nada más por su hijo. Ya saben que temía complicaciones, y se produjeron...

Madre lo hizo callar con un gesto de la mano.

–Hizo usted todo lo que estaba a su alcance –dijo–. Comprendo muy bien que sus heridas eran graves. Mi hijo estaba en manos de Dios.

En manos de Dios. Todavía recordaba mis discusiones con clérigos de Estocolmo que aseguraban que era voluntad de Dios que la mujer se quedara en los fogones y criara a los hijos.

Aunque sabía lo que impulsaba a mi madre a actuar como lo hacía, me pregunté qué le estaría pasando por dentro. ¿La desgarraba el dolor? ¿Se sentía aturdida? En las familias como la nuestra nunca se hablaba de sentimientos ni de estados anímicos, solo se esperaba que siguieras funcionando. Ese había sido uno de los motivos por los que había querido alejarme de la vida que llevaba en Lejongård.

–¿Desean ver al difunto una vez más antes de que les entreguemos su cuerpo? –preguntó Lindström.

–Sí, por favor –respondió madre por las dos.

La miré con cierta sorpresa. Yo habría preferido recordar a Hendrik tal como era. Aunque ¿qué último recuerdo tenía de él?

¡Mi hermano envuelto en vendajes! La imagen del Hendrik rebosante de salud que corría por los prados conmigo y que nunca se cansaba de montar a caballo casi se había borrado por esa última visión espantosa.

¿Con qué nos encontraríamos esta vez? ¿Lo habrían maquillado igual que a mi padre? Solo con pensarlo se me revolvía el estómago. Un sudor frío me bajó por la espalda y el pecho. Empecé a oír un murmullo, igual que dos días antes, cuando visité a Hendrik.

—Discúlpenme un momento —logré decir, y abandoné el despacho sin esperar respuesta.

Al principio pensé que iba a vomitar. Me acerqué a la ventana apretándome el corsé con la mano y cerré los ojos. ¡Si al menos pudiera librarme de estas ataduras! El aire fresco, por suerte, me trajo un poco de alivio y disipó la angustia que me había sobrevenido. Intenté concentrarme en la respiración, el murmullo disminuyó por fin y empecé a oír los trinos de los pájaros. Poco a poco volví a abrir los ojos.

Oí la puerta.

—¿Señorita Lejongård? —El médico parecía preocupado.

Mi madre, por supuesto, no lo había seguido.

—Ya estoy mejor. Debe comprender que en estas circunstancias todo me resulta abrumador.

El director del hospital asintió.

—Tal vez deberías quedarte aquí un momento a descansar —dijo madre desde el fondo.

Cuando me volví, vi la decepción en su mirada. Había esperado que me dominara tanto como ella, pero había olvidado que yo no tenía un corazón de hielo.

—No, ya estoy bien —repuse; no quería darle ningún motivo para quejarse de mi conducta después, en el carruaje—. Estoy preparada.

—¿Seguro? —Lindström me miró con escepticismo.

Ni siquiera yo supe por qué, pero de repente su mirada me hizo sentir ira. ¡Ese hombre había prometido hacer todo lo posible por salvar a mi hermano! Pero lo único que podía enseñarnos era su cadáver.

—Sí, estoy segura —repliqué con más dureza de la necesaria.

Él retrocedió un poco y se esforzó por no mostrar su sorpresa. La mirada de mi madre no quise ni verla.

—Está bien. Entonces síganme, por favor —dijo el director.

Me alisé el vestido y dejé que mi madre pasara primero.

HABÍAN LLEVADO A Hendrik al sótano. Las lámparas que iluminaban la sala intensificaban más aún la sensación de frialdad. Habría preferido encontrar velas, y no esas luces que destacaban hasta la última herida, hasta el último signo de descomposición. Habían cubierto el cadáver con una sábana blanca a través de la cual solo se adivinaban vagamente sus contornos. El profesor Lindström se colocó junto a él y apartó la tela lo justo para que pudiéramos ver el rostro.

—El empleado de la funeraria espera en el patio —explicó—. Pueden tomarse el tiempo que deseen.

—Gracias, profesor, es usted muy amable.

Aunque solo fuera por cortesía, mi madre no se quedaría allí más que unos minutos.

—Bien, pues las dejo solas. Si me necesitan, solo tienen que llamar. —Señaló el cordón de un timbre junto a la puerta y salió.

Mi madre se desplomó en la silla que había junto a la camilla. Sus ojos no se apartaban del rostro de Hendrik. Bajo esa luz cegadora se la veía más pálida aún que de costumbre y sus ojeras parecían más oscuras. En cualquier caso, no vi brillar lágrimas en sus ojos. Conservaba su gelidez habitual.

Ver a Hendrik así me partió el corazón. Sollocé en silencio al contemplar su rostro, cubierto aún de vendajes. ¿Por qué no se los habían quitado? ¿Acaso las heridas que tapaban eran demasiado horribles?

De nuevo recordé el potingue blanco de la cara de mi padre. Perdí la compostura y me eché a llorar con amargura. La imagen de mi hermano se difuminaba ante mis ojos, las lágrimas caían a mi vestido y al suelo. El latido del pulso en mis oídos se hizo tan fuerte que ni siquiera oí a mi madre llamándome al orden.

En algún momento me quedé sin lágrimas y empecé a sentir un temblor contra el que no podía hacer nada. En vano esperé una señal de consuelo por parte de madre. Cuando me calmé un poco, se levantó, caminó muy digna hacia el cordón del timbre y tiró de él. Después volvió a sentarse. La miré con los ojos arrasados en lágrimas, pero era como si ella no me viera.

Un joven médico nos acompañó arriba, donde el carruaje de la funeraria estaba esperando. El funeral de mi padre y mi hermano tendría lugar en Kristianstad, y después los llevarían al panteón familiar en el cementerio de nuestro pueblo. Concentrarme en esos hechos me ayudó a confinar el dolor en mi interior.

—Tenemos que preguntarle al pastor si será posible celebrar el entierro de Hendrik este mismo sábado —dijo madre de repente, nada más salir por la puerta trasera del hospital.

Me quedé mirándola sin dar crédito. Estábamos siendo testigos de cómo se llevaban a su hijo, mi hermano, al coche fúnebre, y ella ya estaba pensando en asuntos prácticos. En lugar de eso, ¿no habríamos tenido que abrazarnos para darnos mutuo consuelo?

—¿Te parece bien, o tienes alguna objeción? —preguntó, y su voz me devolvió a la realidad.

—¿Cómo dices? —repuse, desconcertada.

—El entierro de tu padre y tu hermano. ¿Tienes alguna objeción a que hable con el pastor a ver si puede celebrar ambas ceremonias el mismo sábado?

—¿Lo dices por las supersticiones de la gente? —pregunté con más sarcasmo del que pretendía—. ¿Porque teman que los dos arrastren a más muertos consigo si sus ataúdes pasan el fin de semana sin enterrar?

Ella me miró con consternación.

–¿Cómo puedes hablar así? ¿Es que acaso te da lo mismo? Sacudí la cabeza. ¿Había oído bien? ¿Me estaba reprochando indiferencia? De nuevo me eché a llorar, pero esta vez porque había conseguido herirme profundamente con unas pocas palabras.

–No me da lo mismo –repliqué, furiosa, mientras las lágrimas corrían por mis mejillas.

–¡Modera esa voz! –siseó mi madre.

No entendí su ira repentina, y al mismo tiempo me enfureció. ¡Si solo había sido un comentario! ¿Por qué reaccionaba así?

–¿Que me modere? –espeté–. ¡Estoy tan conmocionada como tú! Sobre todo después de que me hicieras llevar ante el cadáver de padre sin avisarme. ¿Acaso crees que estoy ansiosa por verlos desaparecer a los dos bajo tierra? ¡Pues no! –Mi voz era cada vez más estridente. Me daba igual que los empleados de la funeraria nos oyeran. ¡Mejor!–. ¿Quién de las dos es la que actúa con indiferencia, dime? ¿Yo, que no sé qué decir al ver que mi madre quiere quitarse de encima el entierro lo antes posible, o tú, que ni siquiera pareces afectada tras haber visto a tu hijo por última vez?

Mi voz resonó por todo el patio, pero apenas fui consciente de ello, porque el corazón me iba tan desbocado que amenazaba con salírseme del pecho.

Me quedé temblando ante madre y entonces comprendí que, una vez más, había hecho justo lo que ella esperaba de mí. Vi lo tonta que había sido. ¿No podía decirle «Sí, de acuerdo» y punto? ¿Por qué no cerraba la boca en esas ocasiones?

Sin embargo, por un momento pareció que algo se movía en su rostro. Sorprendentemente, no fue capaz de replicar. Solo dio media vuelta y miró hacia el carruaje en el que había desaparecido el cuerpo de Hendrik.

Me sequé las lágrimas de las mejillas. Mi madre, por supuesto, hizo como si yo no estuviera allí. Cualquier otra mujer habría intentado defenderse, quizá habría negado la acusación de indiferencia, pero Stella Lejongård prefería fingir que la escena no se había producido.

Cuando los empleados de la funeraria acabaron, volvió a hablar un instante con ellos mientras yo estaba allí al lado como una pieza de mobiliario sobrante. Mi ira dejó paso a una frustración que me entumeció. De vuelta al despacho de Lindström, mi madre continuó haciendo como si yo no existiera. De no haberla seguido, sin duda me habría dejado allí plantada. Le dio las gracias al director, que se despidió de ambas, y no dijimos una palabra más hasta llegar al carruaje.

–Aguarde un momento –le pidió mi madre a August, que esperaba una señal suya para ponerse en marcha. Entonces se volvió hacia mí. Sus ojos me miraron con frialdad, pero los labios le temblaron al decir en voz baja–: No siento indiferencia. Quizá se te haya olvidado, pero una familia como la nuestra tiene ciertas obligaciones. Debemos guardar las apariencias. Eso conlleva no sacar a relucir nuestros sentimientos así como así, y mucho menos en público. –Hizo una breve pausa, como si esperase una réplica por mi parte–. Antes te has comportado como una ramplona. Thure no debió permitir jamás que te fueras a Estocolmo, porque allí has olvidado todos tus modales. A Hendrik no se le habría ocurrido nunca, ¡pero tú tenías que seguir tus caprichos! De verdad que me duele mucho que tu hermano haya perdido la vida en ese incendio. ¡Era el hijo ideal!

Me observó unos instantes con dureza y después dio unos golpecitos a la portezuela del carruaje. La miré con espanto, pero ella no se dignó a volverse otra vez hacia mí.

SU DISCURSO ESTUVO reconcomiéndome todo el trayecto de vuelta. Me habría encantado espetarle si habría preferido que muriera yo, pero tuve miedo de su respuesta.

No bajé a comer, no quería verla. Sin saber muy bien qué hacía, fui a los pastos de los caballos y deseé poder quedarme allí, lo más lejos posible de todo. Deseé regresar a Estocolmo, junto a Michael, pero pensar en él no me consolaba. Sentía que algo grande y terrible se cernía sobre mí. Algo irreversible que iba a cambiar mi vida tal como la había conocido hasta entonces.

De pronto solo quedaba yo, la única descendiente de Thure Lejongård. La heredera de la propiedad.

Me rodeé los hombros con los brazos y me sentí terriblemente sola. No quería perder mi vida en Estocolmo, pero menos aún quería que Lejongård se hundiera o que tuviéramos que venderla. ¿Acaso había quedado en mí más sentido de la responsabilidad del que yo creía?

Se levantó un viento que empezó a tirarme del cabello y la ropa. Se acercaban unos nubarrones, sería mejor regresar ya. Me recogí la falda y eché a correr.

Cuando llegué a la casa, empezó a llover a cántaros. Subí corriendo los peldaños de la entrada. Aturdida, me quité la ropa mojada, me puse una blusa limpia del armario y me envolví en mi vieja bata. Me sentía pesada y triste, solo quería dormir. Dormir y nada más, hasta que llegara un nuevo día.

Capítulo 9

PUESTO QUE TODOS mis intentos de colaborar en los preparativos del funeral eran obstinadamente rechazados por parte de mi madre, tuve que encontrar una forma de pasar el rato.

No hacía más que esperar noticias de Michael, pero no llegaban. Me consolaba pensando que a veces las cartas demoraban mucho. Tal vez él acababa de recibir la mía. Aun así, le escribí una segunda misiva, algo más corta, para comunicarle la muerte de Hendrik. Me extrañó comprobar que no sentí ningún consuelo. La promesa que le había hecho a mi hermano me pesaba como una losa. ¡Cuánto anhelaba oír las palabras tranquilizadoras de Michael! Que me asegurase que tenía su apoyo, que me dijera que me amaba.

Mi mirada cayó más de una vez sobre mi viejo caballete, pero no fui capaz de sentarme ante él. De más joven había pintado mucho allí. Había creado un cuadro tras otro, inexpertos y naif al principio, después cada vez con más detalle. Sin embargo, desde que había regresado notaba los dedos agarrotados. En mi cabeza tampoco había imágenes, solo dolor, pensamientos confusos y sombras. También se podía pintar con pesar en el corazón, claro, pero el dolor del duelo me paralizaba.

Sin duda me habría venido bien tener algo que hacer. Así no habría pasado horas pensando qué habían sentido mi padre y Hendrik al entrar en aquel establo en llamas... O cuando se les cayó el techo encima. Esos pensamientos me torturaban y no lograba ahuyentarlos por mucho que quisiera.

Pasaba las tardes en la biblioteca, pero no conseguía empezar ningún libro. Nada más leer las primeras líneas de uno, volvía a dejarlo en su sitio y sacaba el siguiente.

El viernes decidí ir al panteón familiar. No sabía muy bien qué me llevaba allí. De todos los difuntos, la única a quien había conocido personalmente era mi abuela, y con ella nunca me había unido una relación demasiado especial. De niños nunca nos acercábamos a ese mausoleo. Como se encontraba dentro del cementerio del pueblo, no se nos ocurría ir a jugar allí.

Aun así, de pronto quise estar en el lugar de descanso de mis antepasados, hombres y mujeres que habían vivido en la finca y se habían consagrado a la casa real sueca. Mi padre y Hendrik ya eran parte de ellos. Si existía un cielo, se encontrarían allí con los demás.

Cuando llegué al panteón, que en lo alto de su pequeña colina dominaba las cruces de las tumbas del pueblo, vi que los enterradores ya habían empezado a prepararlo para el día siguiente. Para un difunto normal habrían abierto una fosa y la habrían revestido con hierba, pero los Lejongård no se entregaban a la tierra, sino que pasaban la eternidad yaciendo en nichos de piedra. Sobre la entrada del mausoleo había una escultura de una mujer llorosa cuyo brazo sobresalía. Un ángel se inclinaba gracioso sobre ella, apoyaba una mano en su hombro para consolarla y la otra la elevaba hacia el cielo para señalarle que, tras la muerte, vendría el paraíso para todos. Antaño esas figuras debieron de ser doradas, pero el tiempo las había cubierto de una pátina verde. El agua del estanque reflejaba las nubes que surcaban el cielo, y en su centro flotaba una pequeña colonia de nenúfares a la espera de florecer. Si uno no sabía que tras esa verja de barrotes se encontraban los restos mortales de generaciones Lejongård, casi podía parecer la entrada a un reino mágico y secreto.

Me acerqué a la puerta. En la oscuridad del otro lado se distinguían las lápidas.

Los hombres que acababan de limpiar las hierbas del sendero volverían al cabo de un rato para revestir con telas dos de los nichos libres y colocar velas y arreglos florales.

Los asistentes al funeral no entrarían en el mausoleo, pero seguramente mi madre y yo sí.

Saludé a los enterradores y abrí la verja. Mi madre solía tenerla cerrada, pero debía de haberles dejado la llave. ¿Qué habrían podido robar de allí? Los Lejongård tenían por costumbre ancestral no ser enterrados con riquezas terrenales. No había ninguna joya que saquear, sus cuerpos solo estaban cubiertos con ropas sencillas o camisones. Mis antepasados no habían querido llevar posesiones mundanas cuando se presentaran ante la puerta de san Pedro.

Noté olor a polvo, humedad y moho. Saqué una cerilla del bolso que llevaba al hombro, encendí un farol que había en un pequeño podio de la antecámara y con él me interné en la vieja construcción.

En ese panteón solo descansaba la rama principal de los Lejongård, la familia de los primogénitos: cada uno de esos matrimonios, unidos para toda la eternidad en un nicho cerrado por una pesada lápida de piedra. Aunque en el pasado hubo algunos niños muertos prematuramente, siempre algún hijo sobrevivió lo suficiente para dar continuidad a nuestro nombre. De pronto eso había llegado a su fin. El primogénito varón había muerto sin dejar descendencia, y una hija sería la siguiente en la línea sucesoria a menos que el testamento de mi padre estipulara lo contrario.

Aunque no sentí demasiada tristeza al ver esas lápidas, esa última idea sí me afligió. No era el nombre lo que unía a una familia, sino el amor de unos por otros. Y amor era algo que yo solo había profesado a padre y Hendrik.

Un ruido me sacó de mis cavilaciones. Pensé que serían los enterradores, pero tras de mí apareció mi madre, una oscura sombra negra de semblante pálido.

–¿Estás aquí? –preguntó como si creyera que era una aparición.

–Sí –respondí.

Sacudió la cabeza casi con incredulidad, pero no dijo nada más. En lugar de eso, se dirigió a los nichos vacíos. El que había junto al de Thure quedaría libre, para ella. La muerte prematura de Hendrik había roto el orden natural, puesto que ya no era ningún niño al que pudiera enterrarse en un nicho infantil, y junto a él no habría ninguna esposa, ningún hijo. Solo yo.

–¿Por qué no me dejas ayudar con los preparativos? –pregunté.

Mi voz resonó hueca entre las paredes. Aquel no era lugar para hablar, y menos aún para discutir, pero al menos madre no podría retirarse tan fácilmente a su habitación fingiendo estar indispuesta.

–Hace tiempo que no estás aquí, llevas tu propia vida en Estocolmo –contestó sin apartar los ojos de los nichos–. Ya no vives con nosotros. Como señora de la casa, tengo el deber de organizar los entierros.

–¿Y eso te impide aceptar mi ayuda?

Me dio la callada por respuesta, así que continué:

–Siento mucho haber levantado la voz en el patio del hospital. Yo... estoy tan tensa que me quiebro por dentro solo con pensar en cómo debieron de levantarse esa mañana, tan ilusionados, y luego tuvieron que afrontar todo ese sufrimiento. Sé que, de no haberse producido el incendio, yo no estaría aquí, pero créeme que la desgracia de mi familia no me deja indiferente. Aunque luche por mi libertad, formo parte de vosotros. –Bajé la cabeza y añadí–: Cómo me gustaría que me entendieras...

Mi madre seguía sin moverse. Puesto que no había vuelto el rostro hacia mí, no vi la expresión de sus ojos, pero levantó la nariz como si intentase reprimir las lágrimas.

–No queda mucho que hacer –dijo, y por fin me miró. En sus ojos, en efecto, brillaban las lágrimas, aunque las contuvo con un parpadeo–. El lunes ya empecé a organizarlo todo. Cuando el doctor Bengtsen vio a tu padre, me dijo que toda esperanza era vana. Que estuviera a su lado y le hiciera lo más llevaderas posible sus últimas horas. Le dio opio, así que él por lo menos pudo librarse del dolor. –Hizo una breve pausa y bajó la cabeza antes de levantar de nuevo la mirada–. Hendrik no parecía estar mucho mejor, pero Bengtsen opinó que su juventud tal vez lo ayudara a recuperarse, así que se lo llevaron a Kristianstad. En el fondo de mi corazón, no obstante, sabía que no lo superaría.

–Por eso pediste que no le dijeran nada de la muerte de padre. Stella Lejongård asintió.

–Sí. También a él quise aliviarle lo más posible las últimas horas. Debió de pensar que su padre sobreviviría. ¿O fuiste tan cruel como para contárselo?

–Esperaba que mejorase. El profesor Lindström me dijo que estaba grave, pero nada en sus palabras me dio a entender que fuese a morir.

Mi madre podría habérmelo dicho, pero, en lugar de eso, me había montado aquel horrible numerito con mi padre. Tal vez había llegado el momento de averiguar cuál había sido su intención con ello.

–¿Por qué no fuiste a recogerme y me dijiste que padre había muerto? –pregunté con toda la calma de la que fui capaz–. ¿Por qué tuvo que llevarme Bruns a su lecho de muerte sin que yo sospechara lo que me esperaba?

Ella apretó los labios.

–Yo... estaba abatida por el dolor. Y por la rabia. ¡Habrías tenido que estar aquí! ¡Este es tu sitio! Pero estabas en Estocolmo, llevando una vida frívola...

–Los estudios de arte no son frívolos, madre. –Aunque su reproche volvió a sentarme como un puñetazo en el estómago, intenté conservar la serenidad–. Doy lo mejor de mí, y mis profesores están satisfechos conmigo. Además, no llevo una vida licenciosa, créeme. Lo único que deseo es no sentirme controlada, nada más.

Ella guardó silencio. ¿Por qué no había forma, ni en esas circunstancias, de hacerle cambiar de opinión?

–Bueno, en cualquier caso ya no hay nada que puedas hacer. A menos, claro, que te quedes aquí para siempre.

–Si lo hiciera, ¿podría ayudarte con los preparativos? –La falta de lógica de mi pregunta me pareció imbatible.

–No, el entierro ya está organizado. Desde el día que murió tu padre. Pero, si regresaras, podrías hacerte cargo de la finca. Del legado de tu familia.

¿Acaso pretendía que aceptara allí, delante de todos nuestros antepasados? No podía, y ella pareció intuirlo.

–Voy a hablar con los hombres –dijo–. Si quieres quedarte, hazlo, no hay problema, pero tu presencia no es necesaria. –Dicho eso, se marchó.

La seguí con la mirada y se me encogió el corazón. Por un momento había creído que se deshelaba un poco, que se abría y que tal vez incluso se disculparía por la barbaridad que había cometido conmigo. Pero no. Aunque su voz sonaba más suave, no lamentaba haber descargado su ira sobre mí. Eso me entristeció sobremanera.

Esperé a que saliera del panteón y entonces la seguí. Mientras ella hablaba con los enterradores, pasé por su lado y regresé a la finca despacio, con la cabeza gacha.

Pasé toda la tarde encerrada en mi habitación, intentando distraerme de alguna forma.

El sábado por la mañana, alguien me tocó el hombro. Desperté sobresaltada y me encontré mirando con desconcierto al rostro de la criada cuyo nombre, así de pronto, no recordaba.

Lena. Sí, así se llamaba. Lena.

–¿Se encuentra bien, señorita? –preguntó preocupada, y me miró como si tuviera una herida abierta en la cara.

No fue hasta un momento después cuando comprendí que estaba tumbada en el suelo, y que debajo tenía el libro que estaba leyendo cuando el sueño se apoderó de mí.

Me costó levantarme. De niña era capaz de dormir en cualquier lugar, pero ya había dejado atrás esa época. Tenía la espalda agarrotada y los músculos del cuello tan tensos como si hubiese estado pintando un cuadro sin descanso durante días.

Cuando por fin me vi en situación de incorporarme del todo, me sentí como mi propia abuela.

–¿Le pasa algo? –insistió Lena sin dejar de moverse nerviosa–. ¿Quiere que avise a su madre?

–No, estoy bien. Ayer estuve leyendo un poco delante de la chimenea.

La muchacha asintió con inseguridad, no demasiado convencida. Ni yo misma lo estaba. ¿Cómo se me había ocurrido echarme así frente al hogar? Después de tanto dolor y tanto llanto, seguramente ya no sabía ni lo que hacía.

–Bueno, pues empecemos con el día –dije.

–Acabo de ir a buscar agua caliente para prepararle el baño.

Por lo visto mi madre opinaba que debía lavar mis pecados antes de ir a la iglesia, aunque tal vez no bastara con simple jabón.

–Bien, no quiero entretenerte.

Lena hizo una reverencia y desapareció en la salita contigua, en cuyo centro había una bañera de asiento con patas de león deslucidas y teñidas de verde.

Me miré en el espejo de mi tocador. ¡Santo cielo, qué pinta más espantosa! Unas sombras oscuras me rodeaban los ojos. Las mejillas se veían pálidas y tenía los labios agrietados. Si Michael me viera así, me metería en la cama y llamaría a un médico.

Sin embargo, aparte de la extraña apatía que me atenazaba el pecho, no sentía ningún otro malestar. Mi corazón debía de haberse refugiado en el duelo como una oruga en su capullo.

Durante la celebración de los funerales se esperaba de mí que mantuviera la compostura, pero daba igual el aspecto que tuviera. Podría ocultar el rostro todo el día detrás de un velo negro y protegerlo de la lástima de aquellos que en realidad no sentían ninguna.

La muerte de mi padre y de Hendrik había supuesto una gran conmoción para algunos vecinos, sobre todo para la gente del pueblo. Los conocían de ir a cazar y de las fiestas de verano en las que ambos participaban siempre, por muchas pegas que pusiera madre. Esos últimos años, padre se había esforzado por que los aldeanos vieran a Hendrik como al nuevo señor, y me daba la sensación de que lo había conseguido con creces. El pueblo lloraría mucho su pérdida.

No obstante, también había otros que verían una ventaja en el fallecimiento de ambos: grandes terratenientes que siempre habían envidiado nuestra posición y que estaban esperando a que nos acaeciera alguna desgracia. Algunos de ellos eran fuertes competidores comerciales y sin duda contarían ya con sacar provecho de nuestra desdicha. Me ponía enferma solo con pensar en la malicia con que reaccionarían si una mujer se hacía cargo de la finca.

Hice a un lado esos pensamientos.

—Tú eres del pueblo, ¿verdad? —le pregunté a Lena, que estaba preparando el baño.

Los cubos de agua estaban ya en su sitio, debía de haberlos subido antes de encontrarme tumbada ante la chimenea.

—Sí, señorita —contestó.

La miré en el espejo. Era una muchacha nervuda. Sus brazos delataban que, igual que muchas hijas de campesinos, había aprendido a trabajar duro desde muy joven.

—Tyske —dije, y ella se quedó inmóvil de repente—. Ese es tu apellido, ¿o lo recuerdo mal?

—No, me apellido así. —Me miró con cierta desconfianza.

O sea que eres hija de Björn Tyske, ¿verdad? El campesino que se casó con una alemana, ¿no?

Ella se puso tensa. Entonces lo entendí. La gente de la zona miraba con recelo a los extranjeros, sobre todo cuando se casaban con alguna de las familias campesinas autóctonas. A Björn Tyske solo lo conocía de oídas. Mi padre lo había mencionado una vez hablando con nuestro caballerizo. *Tyske* significaba «alemán» en sueco. Que un hombre con semejante apellido se hubiese casado con una alemana mostraba el curioso sentido del humor que tenía a veces el destino.

–Así es –respondió–. Espero que no sea un problema para usted.

Enarqué las cejas.

–¿Un problema? ¿Por qué habría de serlo?

–Porque lo fue para la mayoría de la gente del pueblo. Y aún lo es.

–No te preocupes, Lena –dije para tranquilizarla–. En esta casa no nos importa el origen de tus padres. Aquí solo cuentan tu trabajo y tu conducta. Si ambos son impecables, no veo ningún motivo de queja.

La muchacha esbozó una sonrisa insegura. Me pregunté qué se estaría imaginando. Apenas llevaba allí unos días y ya había sido testigo de una desgracia. Era de suponer que en el desván, en los aposentos del servicio, hubiera toda clase de habladurías. ¿Se rumoreaba quizá que íbamos a despedir a alguien?

–¿Cómo te va después de estos primeros días? –me interesé mientras me soltaba la melena. Se me habían hecho algunos nudos y tardaría en desenredarlos.

–Bien. Bueno, todavía me falta por aprender, pero la casa me gusta mucho.

–¿Te llevas bien con las demás criadas?

Asintió con la cabeza.

–Sí, bueno, a muchas de ellas todavía no las conozco demasiado. Al fin y al cabo, solo estoy aquí desde el día en que... –Enmudeció.

La miré unos instantes y entonces comprendí adónde quería llegar.

–¿En que se declaró el incendio?

Lena asintió.

–¿Estuviste allí? –seguí preguntando.

–Sí. Todos estuvimos allí, intentando apagar el fuego.

Noté claramente su malestar. ¡Qué espantoso debió de resultar ver que las llamas se tragaban el establo! Aun así, no podía parar de preguntar.

–¿Puedes decirme cómo fue? ¿Cómo empezó todo y cómo mi padre...?

Le así el brazo impulsivamente. Ella me miró asustada. Volví a soltarla.

—Perdóname, por favor, no ha sido apropiado —dije—. Pero es que me gustaría saber cómo sucedió para entender lo que le ocurrió a mi padre. ¿Viste lo que pasó? ¿Te lo ha contado alguien?

—Su padre y su hermano... —explicó Lena, dubitativa—. Esa mañana habían salido a cabalgar como siempre. Habíamos preparado el desayuno y lo habíamos servido ya, y el señor bromeaba con la señorita Rosendahl. Unos minutos después oímos que uno de los mozos de cuadra gritaba «¡Fuego!». Su padre y su hermano salieron corriendo al establo para salvar a los caballos. Dentro había un par de yeguas preñadas, por lo visto, además de la yegua preferida de su padre.

—*Edwina* —conseguí decir, y asentí.

—Sí, *Edwina*. Ahuyentaron a la mayoría de los animales hacia el exterior mientras nosotros intentábamos contener el fuego del tejado. Incluso trajeron una bomba desde el pueblo.

Mi padre se la había regalado al pueblo para que pudieran montar su propio cuerpo de bomberos.

—Por desgracia, no sirvió de nada. Las llamas devoraron la viguería, y de repente... —Se detuvo. Parecía tener ante sus ojos los terribles sucesos.

—Gracias, Lena —dije, y le puse una mano en el brazo—. Lo demás ya lo sé.

La muchacha se quedó un momento ante mí, sin saber qué hacer, y luego levantó uno de los cubos. El agua ya se habría quedado tibia, pero vertió el contenido en la bañera, volvió a incorporarse y me miró.

—Señorita, ¿puedo preguntarle una cosa? ¿Algo personal? —Un instante después pareció lamentar su atrevimiento, ya que se mordió el labio—. Disculpe, por favor, no pretendía ser curiosa. La señorita Rosendahl me dijo que no debía preguntar nada, pero...

—Pregunta con tranquilidad.

Demasiado bien conocía esas normas tan estrictas, pero ¿por qué no hacer una excepción en un día como ese? A fin de cuentas, acababa de hablarme del incendio.

–Eso de ahí atrás... Susanna lo llamó «caballete»...

Me sorprendió que se interesara por eso. Para la mayoría no eran más que unos maderos manchados de pintura. De haber sido por mi madre, hacía tiempo que habría ardido en la chimenea. Era extraño que no lo hubiera mandado retirar de ahí. Solo podía explicármelo si se había olvidado de él.

–¿Qué quieres saber?

–¿Por qué lo dejó aquí?

Enarqué las cejas con asombro. Entonces comprendí que, por supuesto, le habían contado la historia de que la señorita de la casa no vivía allí, como había de ser, esperando a que algunos jóvenes nobles le hicieran la corte.

–Es mi viejo caballete, el que usaba antes. Para mi trabajo en Estocolmo resulta demasiado pequeño.

–Estocolmo debe de ser bonito –comentó con ojos soñadores.

–¿Nunca has estado allí? –pregunté sin pensar. Por supuesto que nunca había estado allí. Los hijos de los campesinos rara vez salían de su pueblo. Desde pequeños debían ayudar a la familia, y en cuanto crecían, se casaban y formaban la suya propia, que les hacía echar raíces para siempre.

–No, señorita, pero me gustaría mucho visitar la capital. Sobre todo el Palacio Real, el teatro y las tiendas. También el puerto y todos los barcos que zarpan hacia la mar o regresan de países lejanos.

–Bueno, tal vez algún día puedas ir –comenté–. Debes atesorar bien ese deseo y no olvidarlo nunca.

Le brillaron los ojos. De repente comprendí la suerte que había tenido yo. Mi padre nunca había visto con buenos ojos mi traslado a Estocolmo, pero tampoco me lo había impedido.

–¡Gracias, señorita! –exclamó Lena.

Hizo una reverencia y fue a traer otro cubo de agua.

Capítulo 10

CUANDO ESTUVE LISTA, me miré en el espejo de cuerpo entero. El vestido que me había prestado mi madre era rígido y me venía estrecho. Aunque ella tenía una figura muy esbelta, siempre insistía en que le confeccionaran la ropa de una talla menor, para así obligarse a llevar corsé. Yo no lograba acostumbrarme a esa sensación de apretura. Parecía dejarme aún más sin respiración que el día que fuimos a buscar a Hendrik al hospital.

Sin embargo, no había tiempo para cambiarme. August ya había sacado el carruaje y madre no toleraría un retraso. Dejé que Lena me pusiera el velo por encima del peinado y lo coronara con un pequeño tocado. Comprobé mi aspecto una vez más en el espejo. Así ataviada, casi parecía una versión más joven de mi tenebrosa madre, pero al menos no podría ponerme ningún reparo.

Ya me estaba esperando abajo, en el vestíbulo. De algún modo había logrado encorsetar su cuerpo más prieto que nunca. ¿O acaso había perdido más peso todavía? El velo tampoco conseguía suavizar su mirada inquisitiva, casi punzante. Me miró de arriba abajo y dio su conformidad con un asentimiento casi imperceptible.

—Debemos darnos prisa —dijo—. Ha llovido y no sabemos cómo estarán los caminos.

—Pero, madre, si la mayoría de las vías ya están adoquinadas y, en los alrededores de Kristianstad, incluso asfaltadas. Llegaremos a tiempo sin problemas.

—Aun así, debemos irnos ya.

Asentí con la cabeza. No quería discutir por semejante nimiedad. Ese día teníamos una carga muy pesada que soportar.

August esperaba junto al carruaje y nos abrió la portezuela. Se había puesto su mejor frac, y sobre su mata de pelo blanco descansaba una chistera negra que no le veía llevar desde el entierro de mi abuela.

Montamos y poco después madre dio la señal para ponernos en marcha.

Cuando llegamos a la plaza delante de la iglesia de la Santísima Trinidad de Kristianstad, vi nutridos grupos de personas vestidas de negro. Sus rostros quedaban difuminados por el velo que me cubría el rostro. Con aquel vestido negro tenía calor, casi me habría gustado arrancármelo todo y huir corriendo de aquella tristeza y aquel dolor. Pero eso era imposible.

Cada vez entraban más personas a la iglesia. Cuando cruzamos el pórtico, los asistentes se pusieron en pie. Entre ellos reconocí al propietario de la finca vecina, a socios y amigos de mi padre. Incluso el príncipe heredero y su esposa estaban presentes. Mi madre no me había dicho que fueran a asistir, pero puesto que nuestra familia tenía una buena relación con la casa real, tampoco me sorprendió. Aturdida, me dejé caer en el banco e intenté no hacer caso de todas las miradas.

Ahí delante, frente al altar, estaban los ataúdes de mi padre y mi hermano. Sobre las tapas habían colocado grandes arreglos florales de rosas con los colores de nuestra casa, y su dulce aroma llegaba hasta nosotras. Me encantaban las rosas, pero en ese momento me provocaron náuseas.

Cuando por fin todo el mundo estuvo dentro, cerraron las altas puertas de la iglesia. El murmullo de los asistentes al funeral se fue acallando hasta convertirse en un silencio oprimente que se extendió sombrío por toda la nave. Poco después apareció el pastor, que se inclinó ante los ataúdes antes de subir al púlpito. Empezó a oírse música de órgano y, al cabo de un rato, dio comienzo el panegírico.

Mi mirada no se apartaba de los féretros. Intenté imaginar a mi padre y mi hermano tumbados sobre los cojines blancos, pero enseguida ahuyenté esa imagen, pues me cerraba la garganta. Entonces ocurrió algo extraño. Las palabras del pastor quedaron ahogadas por el recuerdo de uno de los pocos días en que había querido a padre con fervor.

FUE EL DÍA que por primera vez me dejó montar a caballo. Por aquel entonces debía de tener cinco o seis años y llevaba meses envidiando a mi hermano, tres años mayor, a quien ya le dejaban cabalgar desde hacía tiempo. A mí siempre me decían que era demasiado pequeña. Madre incluso habría visto con buenos ojos que no hubiera montado nunca, pero su marido le dijo:

—¡Es una Lejongård! ¡Como hija mía, debe saber de caballos tanto como su hermano!

—Pero esos conocimientos no le servirán de nada —objetó madre—. Algún día se irá a vivir a otra casa, y allí los caballos quizá no sean tan importantes.

Por entonces yo aún no sabía que ella planeaba en secreto casarme con una rama menor de la casa real.

—Una dama debe saber montar en una silla —replicó padre—. A partir de hoy aprenderá. ¡Y no quiero más discusiones al respecto!

Con eso lo dejó zanjado. Aquel día me llevó al vallado donde montaban a los caballos. Allí había un poni castaño e hirsuto, con largas crines claras y la cola del mismo color. El corazón empezó a latirme de emoción al ver la pequeña silla. ¡Iba a suceder de verdad! ¡Aprendería a montar!

Mi padre se acercó al animal y me indicó que montara. Hendrik comentó que no lo conseguiría sin ayuda, porque todavía era demasiado pequeña. Sin embargo, antes de que pudieran ir a por ayuda, me encaramé a la valla, la salté y corrí hacia el poni. Sabía que se llamaba *Lykke* por mi hermano.

Él también había aprendido con ese poni, pero hasta entonces a mí solo me habían dejado darle terrones de azúcar.

Cuando lo tuve ante mí, me pareció gigantesco.

—¡Agneta, espera! —exclamó Hendrick, pero yo ya estaba junto al animal.

Lo había visto muchas veces subirse a la silla. ¿Por qué no iba a poder yo también? Puse un pie en el estribo e intenté impulsarme hacia arriba. Mis fuerzas no bastaron, por desgracia, pero un instante después tenía a Hendrik detrás, aupándome. Entonces conseguí agarrarme al fuste y, con un poco más de ayuda, logré sentarme.

—¡Muy bien, Agneta! —exclamó padre, aplaudiendo.

También él habría podido subirme a la silla, pero ya entonces sabía que él valoraba más que uno consiguiera las cosas por sí mismo.

Me sentía orgullosa como una reina sobre *Lykke,* y me daba igual que el tranquilo animal no fuera a moverse ni aunque sonara un disparo.

Mi padre me explicó lo que tenía que hacer para que echara a andar y para refrenarlo. Tomó las riendas y empezó a hacerlo avanzar despacio. El bamboleo me dio un poco de miedo y me agarré a las crines, pero nadie notó mi temor, porque uno de los hombres que se habían acercado al vallado exclamó:

—¡Esa pequeña no le teme ni al diablo!

—¡Porque es una auténtica Lejongård! —contestó mi padre. En su rostro vi alegría y orgullo. Pocas veces más me miró así después, aunque en algunas ocasiones yo lo habría deseado...

La música del órgano disipó ese recuerdo. Me estremecí al darme cuenta de que el sermón había acabado y ya se acercaban los portadores de los féretros. Poco después nos levantamos, y me molestó descubrir que en mis labios había una sonrisa. Ese recuerdo del pasado había sido muy intenso, lo suficiente para contener hasta cierto punto el horror de los últimos días. Lo guardé en mi corazón... y me alegré de que el velo ocultara mi rostro, porque nadie habría comprendido esa sonrisa mía.

DESPUÉS DE LA misa fúnebre recorrimos en largo cortejo el camino hasta el cementerio. Allí, la gente llenaba todo el sendero hasta el mausoleo, y esta vez había numerosos habitantes del pueblo. Mi madre y yo nos colocamos al frente, ante la verja.

El pastor empezó entonces con su bendición, a la que siguió un padrenuestro. Sus palabras resonaron amortiguadas en las paredes de piedra. Oí un sollozo en algún lugar. Por lo visto, la ceremonia conmovía mucho a alguien más.

No llegué a saber hasta qué punto conmovió a mi madre, que aguardaba a mi lado como una estatua, pero a mí casi me partió el corazón, aunque no estaba en situación de llorar. Eso lo haría después, cuando no tuviera miradas extrañas atravesándome como flechas. Cuando pudiera hacerme un ovillo y lamentarme sin que nadie me juzgara ni reprochara mi debilidad.

—¡Por los siglos de los siglos, amén! —resonaron las últimas palabras del pastor por encima de los presentes.

Los portadores levantaron los féretros y los introdujeron por las puertas del mausoleo. Los seguí con la mirada; la idea de que mi padre y mi hermano pasarían toda la eternidad encerrados en esos cajones cayó como una losa sobre mi pecho. A Hendrik siempre le había gustado estar al aire libre, en los campos o junto al pequeño lago que limitaba con nuestras tierras. Le encantaba el sol, y de pronto tendría que descansar en una noche interminable. Nunca habíamos hablado de qué deseos tenía para su entierro, esas cosas siempre nos habían parecido muy lejanas. Nos habíamos sentido inmortales. De repente me pregunté si no habría preferido una tumba a cielo abierto, con la compañía de un tilo, quizá, y con vistas a las estrellas.

Respiré hondo, temblorosa. No me encontraba bien, estaba algo mareada. El velo, que era muy fino, parecía impedir que me llegara el aire. ¡Cuánto deseé en ese momento un brazo en el que apoyarme! El brazo de Michael, o quizá el de mi amiga Marit. Ella me habría abrazado y consolado, aunque no sintiera mucho aprecio por mi familia. Pero allí no había nadie más que mi madre, que ni siquiera me ofreció una mano. Me sentí más sola de lo que me había sentido en mucho tiempo.

Cuando los portadores de los féretros salieron de nuevo, deseé poder entrar yo también en el panteón y quedarme dormida en el suelo. Pero no me estaba permitido. Ni siquiera tuve momento para estar a solas junto a las tumbas. Mi madre me agarró del brazo, pero lo que quizá pareció un gesto de apoyo fue en realidad un tirón para que no me quedara allí plantada cuando el protocolo exigía que la siguiera.

Por un instante pensé en resistirme, pero seguí sus indicaciones y dejé que me llevara hasta el carruaje.

Capítulo 11

CUANDO LLEGAMOS A la mansión, todo el personal se había reunido en los peldaños de la entrada; un retrato de grupo del servicio en negro. El que no poseía vestuario para ir de negro riguroso se había puesto al menos una banda negra en el brazo. Las mujeres unían las manos por delante, los hombres tenían las gorras en la mano. Bruns, abatido de dolor, estaba junto a la señorita Rosendahl, que tenía las mejillas enrojecidas de tanto llorar. En un extremo vi a Susanna, Marie y Lena; al otro lado estaba Linda, la doncella de mi madre, junto a Svea y la señora Bloomquist. Todos los mozos de cuadra se habían reunido detrás. La escena desprendía una tristeza infinita.

El carruaje se detuvo. August abrió la portezuela y nos ayudó a bajar. Detrás venían numerosos coches, entre ellos el carruaje del príncipe heredero. En la iglesia solo había tenido tiempo de darnos brevemente sus condolencias, pero yo esperaba tener ocasión de volver a hablar con él.

Gustavo Adolfo y su joven esposa, Margarita, me caían bien. La princesa inglesa había conseguido que regresara algo de color a la corte sueca, que desde el ascenso al trono de Gustavo V cada vez parecía más gris. El rey detestaba la pompa. Yo aún recordaba lo furiosa que se había puesto mi madre en mi debut ante la corte real. Aquella vez, para variar, no fui yo el motivo de su enfado, sino el escaso boato, que a mi madre le parecía insuficiente para el acto. La ceremonia y el baile posterior habían sido de lo más sencillos, y el rey se retiró muy pronto. La reina se quedó hasta el final del baile, pero todo el rato parecía querer estar en otro lugar. Era un secreto a voces que desde el nacimiento de su último hijo no se encontraba bien de salud. El clima de Suecia le sentaba mal, así que se había hecho construir una villa en el Mediterráneo donde vivía con su médico de cámara. Solo aparecía por la corte cuando no tenía más remedio.

Era extraño, pero no tenía muchos más recuerdos de esa fiesta que las quejas de mi madre. No sabía ni con quién había bailado ni qué nos ofrecieron de comer. Tal vez mi indiferencia ante el debut fuera comparable a la del rey, porque ya entonces sabía que no quería una vida como la que mi familia imaginaba para mí.

La recepción de los invitados tuvo lugar en nuestro gran salón de baile, una de las estancias más bonitas de la casa. Allí se celebraban fiestas fastuosas: nuestro tradicional baile de la caza, la fiesta del solsticio de verano, el baile de Navidad. Y también allí tenían lugar las recepciones de los funerales. El último del que yo tenía noticia había sido el de mi abuela. Por entonces yo era muy joven y solo recordaba una gran cantidad de gente, parecida a la de este día.

Poco después de que mi madre saludara a los invitados y el servicio empezara a servir los refrigerios, el príncipe heredero se acercó a nosotras.

–Alteza. –Hice una reverencia, pero Gustavo Adolfo me tendió una mano.

–Dejemos esas formalidades –dijo–. Hoy no soy yo el importante, sino su terrible pérdida. Mi padre se quedó tan destrozado como yo cuando lo supimos.

–Muchas gracias, es muy amable por vuestra parte.

Lo miré a los ojos. Tenía la misma edad que Hendrik, pero ya estaba casado y bendecido con hijos. Era una lástima para nuestro linaje que mi hermano no hubiese formado su propia familia, pero en ese momento incluso me alegré de que no hubiera dejado viuda y niños que lo lloraran. ¿O acaso, de haber estado casado, no se habría adentrado entre las llamas? El príncipe heredero habló entonces con mi madre.

Su esposa me miró con cierta timidez. Apenas la conocía; antes solo la había visto durante una estancia que hicieron en nuestra finca. El matrimonio real venía a veces a visitarnos en verano. Margarita era nieta de la reina Victoria y podía resultar algo estirada. Incluso a mi madre se lo parecía. Sin embargo, no le faltaba amabilidad, y me sorprendió que en ese momento, de forma muy espontánea, me tomara la mano y la estrechara.

—Lo siento muchísimo —dijo con un acento inglés que antes había sido más marcado—. Su padre y su hermano fueron buenos amigos de nuestra familia. Espero que no perdamos su amistad ni la de su madre.

—No la perderéis, alteza —repuse.

Una sonrisa tímida cruzó su bello rostro. Volvió a apretarme la mano y por un momento tuve la impresión de que quería llevarme aparte para hablar conmigo en privado, pero su marido se volvió entonces hacia nosotras.

—Si les hace falta ayuda, no duden en escribirme. Su familia siempre ha hecho mucho por la casa real, y será un honor para mí apoyarles en lo posible.

—Es muy amable por vuestra parte, alteza, muchas gracias —contesté, aunque sabía que en ningún caso acudiríamos a ellos. Los Lejongård estaban para servir a la corona, no para servirse de ella. Desde que nuestra familia fuera obsequiada con una finca en Escania, por aquel entonces recién anexionada al reino sueco, jamás habíamos solicitado nada al rey.

Cuando la pareja real se alejó, sentí la sigilosa mano de madre en mi brazo. Ese gesto me sorprendió tanto que me aparté.

—Veo que al menos no has olvidado cómo debes comportarte ante el príncipe heredero —comentó.

No supe qué responder.

—Voy a retirarme un rato —añadió—. Por favor, ocúpate de los invitados y discúlpame si alguien me echa en falta.

¿Mi madre quería retirarse? Se la veía agotada, pero no parecía propio de ella.

–Sí, madre –contesté, y la vi desaparecer entre la gente.

Me invadió la inseguridad. Los invitados estaban entretenidos; sin duda la mayoría conversarían un rato sobre mi padre y mi hermano y después se dedicarían a cuidar sus relaciones comerciales. Sin embargo, al volverme vi que se me acercaba Samuel Jensen, el notario de la familia.

Con su traje oscuro de siempre, no tenía un aspecto muy diferente del habitual. Los colores claros no le gustaban, los consideraba poco serios para su gremio. «Mi despacho, a fin de cuentas, no es un lugar de veraneo sino un lugar de sobriedad y competencia», decía siempre. Esa sobriedad era lo que deseaba transmitir con la primera impresión de su persona, y su pelo y su barba entrecanos lo conseguían bastante bien.

–Mi querida señorita Agneta, siento mucho que su madre y usted hayan sufrido esta amarga pérdida. Podría decir algo sobre los designios del Señor, igual que ha hecho antes el pastor, pero ya sabe usted lo que pienso de eso.

Jensen era siempre impactantemente sincero, incluso a riesgo de dejar pasmado a su interlocutor, y con los años esa sinceridad parecía acrecentarse. Sin embargo, justo por eso su pésame era quizá uno de los más sentidos que había recibido ese día.

–Gracias, señor Jensen, es usted muy amable.

Él asintió con la cabeza.

–No sé si su señora madre la habrá puesto ya al corriente –dijo entonces–. Teniendo en cuenta que su finca es una de las más ricas e importantes del país, me gustaría no esperar y abrir los testamentos de su padre y su hermano pasado mañana.

–¿Mi hermano dejó testamento? –me extrañé.

Hendrik no me había dicho nada de eso. ¿Por qué habría hecho testamento? Todavía era muy joven y no podía haber sospechado que le caería encima el tejado en llamas de un establo...

–Sí, así es. No olvide que era el heredero. Durante dos días fue, de facto, el señor de la propiedad, de modo que él tendrá la última palabra.

La palabra de Hendrik sería la última. Recordé el deseo que me había expresado en el hospital e imaginé lo que habría previsto. Eso me produjo una gran inquietud.

—Puesto que ahora es usted la heredera de la familia, también debería pensar en redactar sus últimas voluntades.

Me recorrió un escalofrío.

—¿No soy un poco joven para eso? —Hasta que vi el cadáver de mi padre tumbado en su cama había reflexionado muy poco sobre mi propia muerte. E incluso ahora lo hacía a disgusto.

—Nunca se es demasiado joven para esa clase de gestión —repuso el notario—. En especial si existe algún deseo que quiera ver respetado.

¿Tenía yo deseos así? ¿A quién podía legarle la finca? Todavía no tenía hijos, y no sabía a quién más dejársela. Ninguna de mis amigas habría podido hacer nada con ella. ¿Y Michael? Si nos casábamos, de todos modos sería mi heredero.

—Aun así, entiendo que ahora mismo tenga otras cosas en la cabeza —añadió Jensen, que debió de notar mi desconcierto—. Solo quería pedirles que tengan a bien visitarme el lunes a las diez en mi notaría, por favor. Abriremos el testamento y después podremos hablar sobre el futuro de la finca.

—Muchas gracias. —Como llevaba todo el día dándole las gracias a muchas personas, esas palabras me sonaron desgastadas—. Estaremos allí con puntualidad. Si desea hablar con mi madre...

Oh, no, no será necesario. Ya he hablado con ella por carta y está al tanto. Solo que no estaba seguro de hasta qué punto la habría puesto a usted al corriente.

Me habría gustado contestar que madre no solía comentarme las cosas importantes hasta el último minuto y luego actuaba como si mi ignorancia fuese culpa mía. Pero me limité a asentir con la cabeza y oculté la amargura que volvía a crecer en mi interior.

—Muchas gracias, señor Jensen —repetí, y me volví hacia otro lado.

De repente me invadió una terrible indignación. No quería estar allí. Necesitaba urgentemente aire fresco y un momento a solas. Salí de la casa y me detuve en los escalones de la entrada. Allí me retiré el velo y respiré hondo por primera vez desde esa mañana. El aire olía a verde, a fresco, e intenté que llegara hasta el último rincón de mi cuerpo. Miré los árboles que flanqueaban el camino de entrada y contemplé las nubes que se deslizaban por el cielo azul. Pero estar allí fuera no me bastaba, todavía podía oír las cercanas voces de los invitados. Así que bajé los peldaños y rodeé la casa.

En el patio había muchos carruajes, pequeños y rápidos o grandes y pesados. Entre todos, la calesa de la casa real parecía sencilla y modesta. Dudaba que Gustavo y Margarita hubiesen recorrido todo el camino en ella. Debían de haber llegado en tren y el carruaje les esperaba en Kristianstad. Me extrañó un poco que no se hubieran alojado en nuestra mansión, donde alguna que otra vez pasaban un par de días de asueto con nosotros. Tal vez al príncipe heredero le aguardaran importantes asuntos de estado. De todos modos, su sola asistencia ya era algo que había que valorar mucho. Enseguida les dedicaría la debida atención, pero antes necesitaba un momento para mí.

Fui al jardín y caminé hacia el pequeño pabellón asilvestrado que se deterioraba en el extremo sur. No sabía por qué, pero mis padres ya no lo cuidaban como antes, y eso que habían celebrado allí su boda. Un instante después me di cuenta de que un hombre se había acercado al pabellón.

Lo miré extrañada, sin reconocerlo, hasta que caí en la cuenta: era Lennard Ekberg, un viejo amigo de la familia al que hacía unos tres años que no veía. Era el hijo de un conde vecino que había hecho fortuna con el cultivo de cereal. Lennard era la gran esperanza de su familia, sobre todo desde que su padre había enfermado de gravedad. De niños, Hendrik y yo pasábamos bastante tiempo con él. Si hacía tanto que no lo veía, tal vez fuera porque había tenido que hacerse cargo de gran parte de los negocios de su finca. Esos pocos años habían bastado para convertir al joven, que siempre me había parecido algo inseguro y paliducho, en un hombre que ninguna mujer podía pasar por alto.

Tenía un pelo rubio, espeso y brillante. Su rostro, además del bronceado, había adquirido alguna arruga que lo hacía aún más atractivo que sus antiguas mejillas tersas de bisoño. Por suerte no se había dejado barba, ya que su boca era apenas una línea fina que armonizaba muy bien con su rostro alargado y de nariz estrecha.

–Lennard, ¿qué haces aquí? –pregunté extrañada.

–¡Lo mismo podría decir yo!

Bajó del pabellón y poco después nos abrazamos.

–Estás preciosa, ¿lo sabías? –dijo mientras me miraba con ojos radiantes.

–Ay, ¿de verdad? –repuse con vacilación–. Pues deberías verme cuando tengo un buen día. –Solté un hondo suspiro y me separé lentamente de él.

–Supongo que ya lo has oído demasiadas veces, pero siento mucho que Thure y Hendrik nos hayan dejado –dijo, y metió las manos en los bolsillos del pantalón de su traje negro.

–Depende mucho del sentimiento con que se pronuncien esas palabras. Contigo por lo menos sé que son de corazón.

Lennard sonrió. La mirada que me lanzó me dejó un poco admirada y confundida. ¿Cómo había podido olvidar lo profundos que eran sus ojos azules?

Habíamos sido amigos desde la infancia, debía de hacer veinte años que nos conocíamos. Hendrik y yo siempre nos alegrábamos cuando los Ekberg venían de visita y traían a Lennard y su hermana Lisbeth. Puede que él pareciera un niño paliducho, e incluso con los años seguía siendo muy delgado, pero su figura irradiaba fortaleza y su cabeza estaba llena de fantasía. Siempre nos contaba historias de vikingos, pues su padre afirmaba que su familia descendía de esos guerreros escandinavos, y juntos explorábamos los alrededores con espadas de madera. Lisbeth casi siempre se quedaba con sus padres, pero a Lennard le encantaba alborotar con nosotros. Siempre me entristecía cuando los dos se marchaban, y más adelante también cuando las historias de vikingos dejaron paso a los problemas de adultos.

–Tu padre era como un tío para mí –dijo después de mirar las nubes–, bien que lo sabes. Mi padre está muy afectado.

–¿Cómo se encuentra? –pregunté–. ¿Ha venido?

Lennard negó con la cabeza.

–Se ha quedado en casa. La noticia de la tragedia le ha alterado. Tengo que comentárselo a tu madre.

–Ahora mismo está indispuesta. Ha subido a descansar un rato.

–Ya. –Lennard hizo una pausa y luego añadió–: Ya sabes que mi padre sufre problemas de salud desde hace años. Los médicos opinan que se mantiene estable, pero tengo la sensación de que está empeorando.

Gustav Ekberg no solo estaba físicamente debilitado por unas úlceras gástricas que se le abrían de vez en cuando, también su mente se había visto afectada. Hacía más de un año que apenas se atrevía a salir de casa.

–Espero de verdad que se sobreponga y no tengáis que enfrentaros a más sufrimiento. Dale recuerdos de mi parte, ¿quieres?

Lennard asintió.

–Lo haré, gracias. De todos modos, tenemos buenas noticias de Lisbeth. ¡Espera su primer hijo!

–¿De verdad?

Era una noticia maravillosa ya que, que yo supiera, lo que Lisbeth más deseaba en el mundo era quedarse embarazada. Había hecho una buena elección con su marido, que poseía una pequeña finca en Smolandia, y no solo era un buen partido, sino que además se amaban, lo cual en nuestros círculos no era lo más habitual.

–¡Sí, está loca de alegría! –exclamó Lennard–. Tendrías que venir a vernos algún día, hace mucho que no sabes nada de nosotros.

–Veré si puedo organizarlo. Ahora que la finca está sin señor, seguro que cambiarán algunas cosas. Para mí, para mi familia...

–Serás una señora fantástica para la propiedad.

–Tal vez, pero, como sabes, yo ya había encontrado otra profesión.

–¡Por supuesto! Y justo por ello eres famosa.

–¿Famosa? ¿En serio? –pregunté.

–Sí, a la señora Von Löfven se le ponen las orejas coloradas cada vez que mi madre menciona que la hija de su amiga estudia Bellas Artes en Estocolmo.

–Seguramente le parece lo mismo que dedicarse a la prostitución, ¿a que sí? –No pude contener una sonrisa.

Hertha von Löfven era una auténtica arpía. Tenía amistad con casi todas las viejas damas de la alta sociedad, pero solo para difundir los rumores que iba recopilando, igual que Pandora los males de su caja. Seguro que yo contaba con una plaza fija entre sus chismorreos, pues cualquier dama de categoría tendría algo que decir sobre el hecho de que me hubiera atrevido a romper con las convenciones sociales.

–¿Y qué opina tu madre?

–Bueno, no le entusiasmaría que Lisbeth hiciera lo mismo, pero en ese sentido ha tenido suerte. En cualquier caso, no te juzga. Siempre dice que perteneces a una nueva guardia de mujeres que algún día les quitará el polvo a los viejos cortinajes.

–Casi suena como un cumplido.

Lennard se encogió de hombros y nos miramos en silencio. Cuánto lo había echado de menos esos últimos años... Lennard conseguía introducir un poco de luz aun en los momentos más oscuros.

–¿Volvemos dentro? –propuso al cabo, y señaló en dirección al cielo . Es posible que se desate una tormenta.

–En eso, el clima de aquí fuera apenas se diferencia del de ahí dentro.

–Bueno, no exageres. A estas alturas ya estarán todos un poco borrachos y recordando anécdotas bonitas sobre Thure y

Hendrik. Este día pasará y el sol pronto volverá a brillar sobre Lejongård.

Y a continuación me ofreció su brazo. Dudé, porque no quería dar pie a nuevos chismorreos, pero al final lo acepté y dejé que me acompañara hasta la casa.

POR LA NOCHE ya no era capaz de decir cuánta gente me había dado la mano y transmitido sus condolencias. Sí me había enterado de que el príncipe heredero y su esposa partían ese mismo día hacia Dinamarca para hacer una visita a la casa real de aquel país. Que no pernoctaran en nuestra finca, pues, no era señal de estar perdiendo su favor, lo cual me tranquilizó. También me habría gustado conversar más con Lennard, pero mi madre apareció y lo acaparó todo el rato.

Después de despedir al último invitado, conseguí subir la escalera, exhausta. No estaba acostumbrada a hacer de anfitriona. En realidad ese papel le habría correspondido a mi madre, pero tras la partida del matrimonio real y su conversación con Lennard, se había retirado sin más.

De camino a mi habitación salió a mi encuentro. También ella parecía infinitamente agotada.

–Agneta –dijo en voz baja.

–Madre. ¿Va todo bien?

–He estado hablando con Lennard Ekberg. Dice que habéis charlado.

–Así es. Ha sido bonito volver a verlo.

–Ojalá su padre estuviera mejor. Es una tragedia todo lo que tiene que hacer Anna.

La miré algo extrañada. ¿Cuándo era la última vez que habíamos hablado las dos así?

–¿Te ha contado que Lisbeth espera un niño? –pregunté.

–Sí, me lo ha dicho. Qué lástima que Lennard todavía no haya encontrado esposa. –Me miró, y no pude evitar la sensación de que maquinaba algo–. Tú, en todo caso, tampoco deberías dejar pasar mucho más tiempo. No te harás más joven, ya tienes veintisiete años y...

—Madre, ¿podemos cambiar de tema? —pedí, porque no quería seguir con eso—. El señor Jensen ha venido a hablar conmigo. Dice que habría que leer el testamento este mismo lunes.

—Ya había quedado con él. —Hizo una breve pausa y me miró—. Supongo que querrás volver pronto a Estocolmo, ¿verdad?

—¿No será ese el motivo de quedar tan pronto? —repliqué.

Sí, añoraba Estocolmo, donde mi vida estaba libre de preocupaciones, a pesar de la pobreza. Añoraba los besos de Michael y su calor. Quería contarle tantas cosas...

—No, no lo es —contestó, sorprendentemente—. Esta finca necesita quien la dirija, es demasiado valiosa para estar sin señor más tiempo del imprescindible. Además, el mundo empresarial no tiene consideración con los asuntos personales. —Debí de mirarla con asombro, porque añadió—: No creas que no sé lo duro que trabajó tu padre para conseguir el estatus que tenemos. Últimamente la competencia con otras fincas ha aumentado mucho. No podemos dormirnos en los laureles, aunque a ti eso te da igual, ¿verdad? Nunca te ha importado lo que pasa en Lejongård.

Al final, la loba cansada se había decidido a atacar.

—Eso no es cierto, madre. Solo que ¿qué lugar debería haber ocupado como segunda hija? Desde siempre supe que la finca sería de Hendrik algún día, así que me busqué otra cosa. Algo que es mío y con lo que podré ganarme la vida.

Madre resopló con desdén.

—¡Siendo una artista muerta de hambre! Si no hubieses recibido los pagos de tu padre, habrías acabado en el arroyo y ya te habrías olvidado de tus estudios.

Me encontraba demasiado débil para defenderme contra esa andanada. ¿Por qué no podía dejarme tranquila en un día como ese?

–Me voy a la cama –dije, agotada–. Puedes seguir con tus reproches mañana por la mañana. –Y di media vuelta.

Las lágrimas que inundaron mis ojos no eran de tristeza, sino de rabia. Ella sabía perfectamente que la vida de Hendrik y la mía se habían planeado de formas diferentes. Sabía que, en circunstancias normales, yo nunca habría heredado la finca, que mi futuro habría consistido en aburrirme en otra propiedad. ¿Por qué me recriminaba, entonces, que Lejongård me daba igual? ¡Nunca había sido así! Aunque a veces yo misma quisiera convencerme de lo contrario...

En cuanto llegué a mi habitación, me dejé caer en la cama con pesadez. Ya casi no notaba la presión del corsé en las costillas, todo mi cuerpo estaba como entumecido y lo único que quería era hundirme en el olvido del sueño. Añoré despertar en Estocolmo, en brazos de Michael, pero eso no ocurriría. Al día siguiente me esperaba otra jornada en la que, de nuevo, tendría que defenderme de mi madre o soportar su silencio.

Y el lunes descubriríamos qué sería de Lejongård y cuáles eran los últimos deseos de mi hermano. De una forma u otra, mi vida cambiaría.

Capítulo 12

EL LUNES AMANECIÓ fresco y soleado, el cielo despejado salvo por unas nubecillas blancas. Los pájaros trinaban como si pretendieran quedarse roncos, y el sol no tardaría en secar las últimas gotas de lluvia. Ya hacía una semana de la desgracia y la vida continuaba. Daba igual quién naciera y quién muriera, el sol salía todas las mañanas y se ponía todas las noches. Todo se repetía.

Mi madre, que iba sentada a mi lado en el carruaje, no había dicho nada en todo el desayuno. Y yo me alegraba, porque sus recriminaciones me habían seguido hasta en sueños y habían vuelto a torturarme a lo largo del domingo. Lo peor era que sus afirmaciones resultaban ciertas. No recibía una asignación muy elevada, pero sin ella me habría visto obligada a buscar un empleo, o a vivir en un cuchitril aún peor como estudiante sin recursos. Si el testamento la designaba a ella como heredera, seguramente me retiraría esa renta.

El golpeteo de los cascos de los caballos cambió, y eso me sacó de mis cavilaciones. Sin darme cuenta, me había rasgado la punta de un dedo del guante. Como lo viera mi madre, me regañaría. ¿O no? Mientras intentaba ocultar el roto, la miré. Iba sentada derecha como un palo y con las manos apoyadas en su paraguas. Había insistido en traerlo aunque no parecía que fuera a caer otro aguacero. Tenía el semblante absorto, casi como si estuviera en otro mundo. Probablemente en el pasado, donde su vida todavía era fácil y seguía el camino marcado.

Preferí no arriesgarme a que se percatara de mi mirada, así que me volví hacia la ventanilla. Ya habíamos llegado a

Kristianstad. En las aceras resultaban inconfundibles los criados, encargándose de sus recados. Según había leído en Estocolmo, en todo el país había escasez de buen servicio. Puesto que muchas familias ricas de las ciudades habían empezado a permitirse criada y cocinera, a las familias de la alta sociedad les faltaba personal. Nosotros teníamos suerte, porque a nuestra casa casi siempre venían a servir muchachas de la zona. Lejongård era un sueño para ellas, la esperanza de una vida mejor, que no dependiera de las cosechas ni de otro tipo de ingresos.

Sin duda yo misma habría soñado con eso de haber estado en su lugar. Incluso envidiaba un poco a Lena. Todavía era muy joven e ingenua, y sus ojos tenían un brillo soñador. Seguro que también le preocupaba qué sería ahora del servicio en la casa señorial. Sin embargo, ella no tendría una madre que se empeñara en casarla. Stella no había vuelto a sacar el tema, pero en cuanto acabáramos con la visita al señor Jensen volvería a la carga. ¿Debía poner mis cartas sobre la mesa y decirle que quería casarme con Michael, un futuro abogado? En los círculos burgueses esa profesión inspiraba respeto; entre nosotros, el respeto solo existía si había un título nobiliario de por medio.

El carruaje se detuvo frente a la notaría, un edificio blanco con columnas clasicistas que parecía un templo griego. Además de Jensen, allí tenían su despacho muchos abogados y notarios. August abrió la portezuela y ayudó a mi madre a apearse. Yo bajé sola y la alcancé cuando ella subía ya los escalones de la entrada.

Un aire frío nos recibió al cruzar el vestíbulo. Nuestros pasos resonaron sobre las baldosas de mármol. Nos cruzamos con varias personas, todas ocupadas en sus propios asuntos. La mirada de mi madre no se apartaba de su meta, parecía haber olvidado que yo iba con ella. Me habría gustado admirar un poco más las preciosas columnas y los cuadros de las paredes, pero no estábamos allí para deleitarnos con el arte. Nos detuvimos ante la puerta de la notaría de Jensen. Mi madre se tomó unos instantes para recomponerse y luego llamó. Yo esperé que me advirtiera sobre cómo comportarme, como era su costumbre, pero siguió haciendo como si estuviera sola.

Un momento después, Jensen en persona abrió la puerta. Llevaba su traje oscuro, como siempre, solo que esta vez con una corbata azul zafiro.

–Ah, las señoras Lejongård. Me alegro de verlas.

–El placer es todo mío, señor Jensen –saludó mi madre–. Me alegro de que haya encontrado tiempo para dedicarnos con tanta premura. En una propiedad como la nuestra, estos asuntos deben solucionarse rápidamente, antes de que nuestros socios comerciales pierdan la confianza.

La miré con asombro. ¿Quién iba a perder la confianza? Pero si la gente sabía que mi padre había muerto hacía poco... Los socios comerciales no nos abandonarían a la primera, y la corona, tal como se había visto, nos consideraba lo bastante importantes para que el príncipe heredero asistiera al entierro.

Jensen nos hizo pasar a su despacho, donde había dos cómodos sillones de cuero marrón ante un escritorio. Sobre este vi dos sobres: los testamentos de mi padre y de Hendrik.

–Bien, ya podemos empezar. –Jensen tomó asiento–. Por el poder que me otorga mi cargo de notario real, rompo el sello hoy, diecisiete de marzo de 1913, a las once de la mañana, y doy lectura a la última voluntad de cada uno de los testadores –informó con solemnidad antes de abrir el primer sello y sacar un escrito del sobre.

Había esperado que el testamento de mi padre fuese más largo, sobre todo porque nuestra familia tenía otra rama a la que tal vez había tenido en consideración. Sin embargo, por lo visto, había sido muy escueto en sus últimas voluntades.

–El testamento data del dieciocho de octubre de 1911 y es la última versión que tengo. Dice lo siguiente: «Yo, Thure August Lejongård, dispongo aquí como mi última voluntad que la casa señorial y la finca de Lejongård, con todo su inventario de animales vivos, como también de bienes muebles y la casa de veraneo de cerca de Åhus, pasen tras mi fallecimiento a mi hijo Hendrik Olaf Lejongård. Mi hija Agneta Sophie Lejongård recibirá la asignación mensual de treinta coronas, a menos que decida regresar a la finca. En tal caso, la asignación ascenderá a cien coronas mensuales hasta que se case. Asimismo, recibirá como dote la cantidad única de quince mil coronas. Mi esposa, Stella Louise Lejongård, tendrá derecho a vivir en la finca de por vida, así como una asignación anual extraída de la fortuna familiar que ascenderá a dos mil coronas».

Era lo que ya esperaba. Solo recibiría más dinero si regresaba a la finca. Pero todavía quedaba el otro sobre. El legado de Hendrik. Aún me asombraba que mi hermano hubiese dejado testamento.

Miré a mi madre. Por alguna razón, no parecía contenta con las disposiciones estipuladas por su marido. ¿Acaso no le bastaban dos mil coronas anuales? Era un dineral. Sobre todo comparándolo con lo que me había asignado a mí.

Jensen tomó entonces el segundo sobre.

—Procedo ahora a leer la última voluntad de Hendrik Lejongård. —De nuevo rompió el sello y sacó dos hojas. ¿Mi hermano tenía un testamento más largo que el de mi padre?—. El testamento data del veintinueve de diciembre de 1912 y es la última versión que tengo. Dice lo siguiente: «Yo, Hendrik Olaf Lejongård, dispongo por la presente que mi fortuna, la casa señorial, la finca de Lejongård con todo su inventario, tanto de animales vivos como de bienes muebles, al igual que la casa de veraneo de cerca de Åhus, pasen en caso de mi fallecimiento a manos de mi hermana, Agneta Sophie Lejongård».

El veintinueve de diciembre de 1912. Debió de redactarlo justo después del desdichado baile de Navidad. ¿Cuál habría sido su intención? ¿Acaso había oído a padre decir que pensaba desheredarme? ¿Habría querido asegurarse de que yo recibiera la propiedad de la finca en algún momento?

Cerré los ojos. Después de la promesa que me había pedido, aquello no me sorprendía. Solo que ya era oficial: puesto que mi hermano, según el testamento de padre, había sido por breve tiempo el nuevo conde Lejongård, su testamento era el último válido.

–También ha dejado una carta personal –añadió Jensen, y leyó en voz alta:

Querida Agneta:

¿Te acuerdas de aquel día en los prados, cuando hablamos de lo que sería de nosotros en el futuro? Tú tenías siete u ocho años, y por entonces estabas decidida a ser dueña y señora de la finca.

«¿Por qué siempre se lo tienen que quedar todo los chicos?», me preguntaste, tozuda, después de que padre te dejara claro una vez más que no serías la heredera.

Esa tarde acordamos que los dos seríamos algún día señores de Lejongård.

En aquella época, yo sabía que eso no podría ser a menos que te quedaras en la finca como mi hermana soltera, y no te deseo ese destino. ¡Eres demasiado bonita para convertirte en una solterona!

Sin embargo, me prometí que tendrías participación en la finca siempre que tú quisieras. Nunca te lo dije porque prefería que encontrases tu propio camino, pero así fue. Cuando empezaste a pintar y expresaste tu deseo de convertirte en una gran artista, ¡qué orgulloso me sentí de ti! Espero que hayas alcanzado tu meta.

No sé qué edad tendrás ahora. Tal vez los dos hayamos conseguido llegar a viejos tras una vida plena antes de que Dios me llame a su lado. De todos modos, no importa cuántos años tengas cuando te lean esta carta: espero y deseo que te acuerdes de lo mucho que significó Lejongård para ti una vez. Y que, como su nueva señora, siempre te ocupes bien de la propiedad y conserves el legado para pasarlo a la siguiente generación.

Tu hermano, que te quiere,

Hendrik

Las palabras quedaron pendiendo en la estancia, se abrieron camino hasta mi pecho y allí reverberaron como una explosión. Me faltaba el aire. Las palabras de Hendrik me llegaban desde la tumba... ¡Qué poco tiempo había pasado entre la redacción de ese testamento y su accidente!

—Es usted libre de aceptar o rechazar la herencia. —Jensen me clavó la mirada.

Intenté hacerle ver que lo había entendido, luchando contra las lágrimas. Por lo menos alguien de la familia había intentado comprenderme. Por lo menos alguien estaba orgulloso de mí y de lo que hacía. ¿Por qué había tenido que dejarnos tan pronto? Antes aún de poder formar su propia familia.

—Se lo haré saber... pronto —balbuceé.

—¿De verdad tienes que pensártelo? —soltó mi madre—. ¿Por qué? ¡Te lo ha dejado todo!

¿Era enfado lo que percibía en su voz? Ella quedaba en una buena situación, no tenía que temer por su futuro. Pero mi padre no le había dejado la finca a ella, y Hendrik tampoco.

—¿Doy por hecho que usted, por su parte, acepta lo que le corresponde de la herencia, condesa?

—Acepto, sí.

Mi madre me miró. No lo dijo, pero pude sentir las palabras que ya casi tenía en los labios: «Por lo menos yo sí sé lo que se espera de mí». También yo lo sabía, pero me resultaba difícil sellar definitivamente mi destino con esa aceptación.

—Entonces, doy por terminada la lectura de los testamentos —dijo Jensen—. Espero su decisión antes de catorce días, señorita Lejongård.

Asentí, y él añadió:

—Le haré llegar una copia de los documentos. En caso de que decida aceptar la herencia, tendremos que hablar de otros asuntos.

Asentí de nuevo y aferré mi bolso. De pronto era la condesa Lejongård... si deseaba serlo. Desde luego, no me embargó ninguna alegría arrebatadora, más bien la sensación de que me habían encerrado en el panteón familiar.

De vuelta, mi madre miraba con apatía por la ventanilla del carruaje. Me habría gustado preguntarle cómo se encontraba, aunque podía imaginarlo. Lo habían puesto todo a mis pies: el título, la finca, el favor de la casa real y nuestra fortuna. Y yo dudaba.

Ella habría preferido verme repasando de inmediato el inventario de la propiedad junto a Jensen, pero no podía. Todavía no. Antes debía asimilar que mi hermano hubiera reforzado su petición con aquel testamento, que me hubiera hecho recordar aquella escena de nuestra infancia. Aquel recuerdo que demostraba que hubo una época en la que me habría encantado ser la señora de Lejongård.

Cuando llegamos a la finca, el silencio entre ambas era tan insalvable como una montaña.

—Madre, yo... —empecé con vacilación.

Cómo me habría gustado explicarle que era complicado, que no me resultaba fácil sacrificar mis intereses personales. Sin embargo, ella sacudió la cabeza y levantó la mano para hacerme callar.

—Estoy cansada y quiero echarme un rato. Avísame cuando te vuelvas a Estocolmo.

Sus palabras fueron como un bofetón. Yo no había dicho que quisiera darle la espalda a Lejongård. Cierto, de haber sido por mí, habría regresado a Estocolmo de inmediato, pero ya no era una muchacha irreflexiva. Podía rechazar el legado que me había dejado padre, pero no el de mi querido hermano.

La seguí al interior de la casa, donde me estaba esperando Marie. Llevaba un mandil blanco recién almidonado y una pequeña cofia sobre su pelo negro.

—Señorita, ha venido un inspector de la policía. Se llama Hermannsson. Quiere hablar con usted.

–¿Conmigo? –repetí, extrañada, y miré a mi madre, que ya subía la escalera.

La criada debía de haberse dirigido primero a ella, que le habría dicho que hablara conmigo. Recordé que Langeholm me había comentado que estaban investigando el incendio. Tal vez habían descubierto algo.

–¿Dónde está? –pregunté mientras por fin me quitaba los horribles guantes.

–En el salón.

Seguramente Marie había pensado que mi madre querría hablar con él allí, pero yo no pensaba hacerlo.

–Lleva al señor inspector al despacho de mi padre, por favor, y dile que enseguida voy. Antes quiero adecentarme un poco.

Marie hizo otra reverencia y se retiró.

La seguí un momento con la mirada antes de subir. Quería mojarme un poco la cara y, así, aliviar el leve dolor de cabeza que me agobiaba desde hacía rato. Aunque todavía no había aceptado la herencia ante Jensen, estaba a punto de dar el primer paso para familiarizarme con mi nuevo papel.

Capítulo 13

EL POLICÍA, NERVIOSO, le daba vueltas a su sombrero entre las manos y no hacía más que cambiar de postura. Tenía más o menos la edad de mi padre, cincuenta y tantos años, y el gris de sus sienes empezaba a invadir el resto de su pelo. Llevaba un traje marrón algo desgastado, con chaleco y un reloj de cadenilla de plata. ¿Cuántas veces habría mirado la hora mientras esperaba?

–¿Inspector Hermannsson? –pregunté, y fui hacia él.

Su mirada desvelaba que yo le resultaba una desconocida. No era de extrañar, porque hasta entonces no habíamos tenido ningún trato con la policía. En el pueblo rara vez ocurría algo, así que no teníamos agentes municipales. Las pequeñas disputas solía solventarlas el señor de la propiedad y, si se trataba de algo más grave, venía la policía de Kristianstad.

–Soy Agneta Lejongård. Me alegro de conocerlo.

Hermannsson me miró desconcertado y luego me estrechó la mano.

–El placer es mío, si es que puede hablarse de placer en estas circunstancias. La muerte de su padre ha sido una terrible conmoción para toda la región.

–Gracias, inspector. Siéntese, por favor. –Señalé el tresillo de cuero que había junto a la ventana, donde mi padre solía negociar sus acuerdos comerciales–. ¿Le apetece beber algo?

–Oh, no, no es necesario. Solo vengo a informar brevemente sobre el estado de la investigación. ¿Su señora madre no está en casa?

Mi «señora madre» había preferido endilgarme a mí el asunto... puesto que tal vez era la nueva señora de la finca. Siempre que no rechazara la herencia.

–No se encuentra muy bien ahora mismo –respondí–, y por desgracia yo conozco los sucesos de manera muy superficial, porque cuando se produjo la desgracia me hallaba en Estocolmo.

El inspector asintió y luego sacó un pequeño cuaderno del bolsillo interior de su americana.

–Si me permite, me gustaría ponerla en antecedentes.

–Por favor. –Me senté en el sillón que había frente al suyo.

–El fuego, según nuestras investigaciones, se declaró hacia las ocho. Enseguida avisaron a la brigada de bomberos local y empezaron con los trabajos de extinción. Por las declaraciones de los testigos, parece que su padre y su hermano estuvieron en el edificio en todo momento. Ninguno de ellos atendió a las peticiones de que no se pusieran en peligro. Sacaron de allí los caballos mientras el fuego seguía extendiéndose, hasta que se produjo el derrumbe del techo. Los mozos de cuadra lograron sacarlos de entre las llamas, pero las heridas de su padre eran tan graves que el médico que acudió no pudo hacer mucho.

Eso coincidía con lo que me habían contado Langeholm y Lena, pero aun así volvió a afectarme mucho. ¿Por qué no habían entrado en razón? Los caballos eran valiosos, sí, pero nada en comparación con sus vidas.

–Gracias, inspector –dije mientras luchaba por mantener la compostura–. Entonces, ¿puede cerrarse ya la investigación?

–Me temo que tendremos que realizar un par de interrogatorios más. Hemos inspeccionado los escombros y quizá a lo largo de los próximos días podamos dar ya la autorización para que los retiren.

¿Más interrogatorios? ¿Acaso los testigos no les habían contado ya todo?

–Tras un exhaustivo análisis de los restos, hemos llegado a la conclusión de que se trató de un incendio provocado –prosiguió Hermannsson–. La forma en que se extendió el fuego apunta a que tuvo que iniciarse entre las balas de paja almacenadas en el establo. Desde ahí se propagó, despacio al principio, pero luego prendió en la madera. Suponemos que colocaron una segunda bomba incendiaria en el tejado, probablemente para conseguir que el edificio se viniera abajo antes.

Me llevé una mano al estómago y apreté. Me recorrió un espasmo.

El accidente ya era una desgracia, pero que el fuego se hubiera iniciado por la bajeza de alguien me dejaba sin respiración. ¿Quién podía haber hecho algo así?

—¿Está seguro? —susurré.

El inspector asintió.

—Sí. Las causas naturales son muy improbables en esta época del año. Habría tenido que caer algún rayo. Tampoco puede descartarse un farol caído en el establo, por eso realizaremos algunos interrogatorios más.

—¿Es que creen que el pirómano fue alguien de la finca?

—Por el momento no podemos excluir a nadie, salvo a usted y su señora madre, por supuesto. Queremos descubrir si alguien tenía motivos para incendiar ese pajar.

—Háganlo, por favor. Y manténganos al corriente de todo.

—Así lo haré, descuide. —Se levantó y me estrechó la mano. Entonces sacó una tarjeta de visita del bolsillo—. Si algo llegara a sus oídos, puede ponerse en contacto conmigo en esta dirección o por teléfono.

La dirección la conocía, pero que la policía de Kristianstad contara con línea telefónica era nuevo para mí.

—Le enviaré a un mozo —repuse al aceptar la tarjeta—. Por desgracia, todavía no tenemos aparato telefónico.

—Como desee, señorita.

Lo acompañé a la puerta. Después de despedirme de él, regresé al despacho. Tal vez fuera un buen lugar donde reflexionar sobre todo aquello.

De niña, alguna vez entraba allí a esconderme bajo el pesado escritorio de roble. Si padre no estaba cerca, abría los cajones y husmeaba lo que guardaba en ellos. Al ver los pomos, esas pequeñas rosas de latón, sentí un cosquilleo en los dedos. Un anhelo nostálgico atravesó mi pecho. Aunque no habíamos tenido oportunidad de reconciliarnos, echaba de menos a mi padre, añoraba su calidez. Dudé unos instantes más, pero entonces abrí el primer cajón. Mi padre era un hombre ordenado, algo que había heredado de su madre, y ese orden lo había conservado hasta su muerte. Su pipa, que desprendía un fuerte olor a tabaco, estaba bien colocada junto al reloj de bolsillo de plata y tapa de rica decoración, ese que solo llevaba en las ocasiones especiales porque le daba miedo perderlo. Debajo estaban también los papeles más importantes, los que habría salvado en caso de incendio. Nuestro título nobiliario, una copia del registro de cría y el título de propiedad de Lejongård estaban guardados a buen recaudo en una casilla bancaria, pero allí estaban nuestros pasaportes, los extractos de las cuentas y las partidas de nacimiento. Lo saqué todo, lo extendí sobre la mesa y luego abrí el pasaporte, que contenía una fotografía de mi padre. Se lo veía tal como lo había conocido de pequeña, con unos treinta y tantos años. Su espeso tupé negro y su mentón imponente hacían que se pareciera a los antepasados cuyos retratos colgaban abajo, en el vestíbulo. Yo había heredado de él los ojos claros y las orejas, aunque por suerte las mías eran más pequeñas.

En la fotografía se lo veía serio y rígido, pero yo sabía cómo era cuando reía y estaba despreocupado, aunque hacía mucho que no me dejaba ver ese rostro alegre. Se había convertido en un padre estricto que se enfurecía solo con verme. Si hubiera regresado para plegarme a sus deseos, habría recuperado al padre cariñoso, aunque siempre habría tenido la sensación de haberme traicionado a mí misma.

Un velo de lágrimas desdibujó la imagen de Thure Lejongård, y una de ellas cayó en la hoja. Cerré el pasaporte. Cuando quise devolverlo a su sitio, vi un pequeño sobre marrón que parecía bastante nuevo. ¿Qué guardaría ahí? ¿Por qué entre sus papeles? La curiosidad pudo con la tristeza. Saqué el sobre y lo abrí con cuidado. ¿Sería una carta de amor para mi madre, u otra cosa igual de personal? El papel que contenía no era ninguna carta, sino un contrato de préstamo, firmado solo unos días antes del incendio. Al ver la cantidad de cinco mil coronas me sobresalté. ¡Mi padre había pedido prestada una suma elevadísima! ¡Prácticamente una fortuna! Me quedé mirando el documento, incrédula. El corazón empezó a latirme deprisa. ¿Qué significaba aquello? ¿Tenía dificultades la finca? Nunca nos había faltado dinero. ¡Un Lejongård jamás habría tenido que pedir ningún préstamo!

Y aun así, ante mí tenía ese contrato firmado de puño y letra por mi padre. ¡Cinco mil coronas! Sentí el pulso en los oídos y me temblaban las manos. ¿No sabía nada de eso el señor Jensen? ¡Pero si mi padre había hablado con él hasta de la herencia familiar! Me levanté. Solo había una persona que pudiera explicarme aquello.

Fui a la habitación de mi madre y llamé a la puerta. Al no obtener respuesta, me asomé con cautela, pero la cama estaba intacta. Debía de haber cambiado de opinión en cuanto a esa siesta. Bajé al salón, que era el segundo lugar donde solía encontrársela.

Había decorado la sala a su gusto, que curiosamente tenía muy poco que ver con Suecia. Quizá lo había hecho por seguir alguna moda y estar a la altura de sus amigas, pero a veces me preguntaba si debajo de su fría superficie no se ocultaría una mujer que soñaba con los colores intensos y el sol brillante de Oriente, una mujer a quien le gustaban las plantas exóticas y que habría deseado cruzar Egipto a lomos de un dromedario.

Todo eso era lo que parecía al ver ese salón, casi demasiado recargado de muebles de mimbre, pesados cortinajes, armarios lacados de inspiración oriental, cuadros y coloridos cojines de seda. Entre el mobiliario había robustas palmeras datileras, frágiles orquídeas y aves del paraíso que, cuando florecían, parecían el pico de un pájaro exótico. Mi madre, la reina de hielo, casi estaba un poco fuera de lugar allí con su vestido negro, y aun así parecía sentirse a gusto.

—¿Qué te ha dicho el inspector? —preguntó, y se volvió hacia mí.

De modo que Marie sí la había informado.

–Supongo que nada nuevo. Me ha descrito los acontecimientos del incendio y ha mencionado que en los próximos días realizarán nuevos interrogatorios. Están investigando lo que al parecer fue un incendio provocado.

Mi madre cerró los ojos. Podía imaginar lo que estaba pensando. Una investigación oficial por un supuesto delito atraería el interés de la opinión pública como un pastel de frutas a las avispas. No tardaríamos en ver a la prensa regional publicando especulaciones.

–¿Le has rogado que sea discreto? –preguntó cuando volvió a abrir los ojos.

–Estoy segura de que ya sabe que debe serlo. Además, sería perjudicial para sus investigaciones que el pirómano quedara advertido por un artículo en el periódico.

Me miró como si hubiese hecho algo imperdonable.

–Pero, si quieres, iré en persona a Kristianstad a pedirle que les ponga un bozal a sus hombres.

La mirada de Stella se transformó, aunque casi imperceptiblemente.

–Como señora de Lejongård deberías cuidar tus palabras –dijo–. Bueno, eso si es que quieres serlo. Tal vez prefieras poner por delante tu vida de titiritera...

–¡Madre!

–¿Querías algo más?

–Sí, yo... –Saqué el sobre del bolsillo de la falda–. He encontrado esto en el escritorio de padre.

–¿Qué es?

–Un contrato de préstamo.

Le alcancé la hoja de papel.

–¿Un contrato de préstamo? –repitió, desconcertada, y casi me arrancó el documento de la mano.

Sus ojos sobrevolaron las palabras y se detuvieron un momento, seguramente al ver la cantidad. Cuando volvió a mirarme, en su semblante había indignación.

–¿Qué significa esto?

–Eso pregunto yo –repliqué–. El contrato está fechado tres semanas antes del incendio. La cantidad es bastante elevada... ¿Acaso tenemos dificultades económicas?

Mi madre había palidecido.

–Tu padre nunca mencionó nada al respecto. Ya sabes que no me involucraba en sus negocios. –Parecía muy afectada.

–¿Y tampoco te dijo nada de ningún proyecto de construcción o de alguna adquisición que necesitara la finca?

Era una cantidad tan elevada como para levantar un gran edificio, pero ¿por qué no le había comentado nada a su mujer? ¿Acaso se trataba de algo secreto? ¿Una casa para una amante, tal vez?

–No, últimamente no hablaba mucho conmigo.

Suspiré. Todo aquello era bastante misterioso e inquietante. Lo mejor sería consultarlo con nuestro banquero y pedirle que me expusiera cuál era nuestra situación económica, sobre todo porque pronto necesitaríamos una suma considerable para reconstruir el establo.

–¿Dónde crees que podría estar ese dinero? Tal vez no lo había gastado aún, y así tendríamos ocasión de devolverlo.

–Ya te he dicho que no lo sé. –Se tensó, y me di cuenta de que en su cabeza se amontonaba un sinfín de ideas.

–Podría ir al banco y preguntar para qué pidió ese crédito –propuse.

Para eso necesitarás la declaración de herederos –contestó, y bajó la mano con el papel.

–Madre, no te comportes ahora como si ya hubiera renunciado formalmente a la herencia. Solo quiero hacer lo correcto, y para eso tengo que reflexionar.

–¿Lo correcto para ti o para la finca?

–Para ambas. –Recuperé el contrato–. Tenemos que averiguar dónde está ese dinero y en qué situación se encuentra la finca para que padre tuviera que asumir semejante deuda. Lo mejor sería que vinieras conmigo al banco.

Guardó silencio unos instantes, mirando fijamente al frente. Después asintió con la cabeza.

–Está bien, nos acercaremos otra vez a la ciudad. Hablaremos con Jensen y con el banco. Es probable que tu padre comentara algo allí.

–Gracias, madre –dije, y me levanté.

Estaba un poco mareada, lo cual sin duda se debía a la tensión de los últimos días. El contrato de préstamo me pesaba como si fuera de plomo. ¿Habría más secretos por descubrir? ¿Y si la finca estaba en apuros de verdad? ¡Entonces me necesitaba más aún!

Estuve un rato debatiendo conmigo misma y luego fui a buscar a Bruns, que se encontraba puliendo la plata.

–¿Querría avisar a August para que se prepare? Mi madre y yo tenemos que regresar a Kristianstad.

Bruns me miró extrañado, pero asintió con la cabeza.

–Muy bien, señorita.

–Gracias.

Subí corriendo la escalera, quitándome ya la ropa de luto. Se esperaba que la llevara durante una temporada más, por supuesto, pero para el trayecto hasta Kristianstad me hacía falta algo más cómodo. Algo con lo que me sintiera a gusto. Me puse la ropa con que había llegado de Estocolmo.

Aunque a mi madre no le gustara, me hacía sentir más segura. Y seguridad era algo que íbamos a necesitar para lo que teníamos que hacer.

Capítulo 14

AL REGRESAR A la ciudad, las calles estaban mucho más vacías. Todavía quedaban algunos transeúntes haciendo los últimos recados, pero los dueños de algunas tiendas habían empezado ya a barrer la acera frente a sus puertas. Me sentía inquieta. ¿Qué significaría ese contrato de préstamo? Me sorprendía mucho que padre le hubiera ocultado a madre semejante secreto, y a ella parecía ocurrirle lo mismo, porque su rostro no hacía más que pasar de la incredulidad a la ira. ¿Qué sentiría en su fuero interno? ¿Le hacía reproches a su marido? ¿Se preguntaba si había cometido algún error? ¿Qué habría pasado entre ellos esos últimos meses? ¿Se habían alejado uno del otro? ¿Había sido yo tal vez el desencadenante? Suponía que no, pero en ese momento deseé que ella se abriera y me hablara de cualquier problema que hubieran tenido.

Primero nos detuvimos ante la notaría. Sin duda mi madre esperaba que aceptara la herencia de una vez, y seguro que a Jensen también le pasó esa idea por la cabeza cuando lo llamó su asistente.

—Buenas tardes, muy señoras mías, ¿en qué puedo ayudarlas? —preguntó con profesionalidad, y me miró esperanzado.

—Querríamos hablar de un asunto de mi marido —dijo madre, y me miró—. ¿Tendría un momento?

—Faltaría más. Para ustedes, siempre.

Volvimos al despacho del que habíamos salido apenas unas horas antes. El aire era asfixiante, cargado de humo de puro. Esta vez, en el escritorio había un par de carpetas con expedientes.

–¿Desea usted comunicarme su decisión en cuanto al testamento? –me preguntó Jensen.

–Todavía no. Hemos venido por otro asunto. –Vi de soslayo que la mirada de mi madre se oscurecía un poco. Saqué el contrato de préstamo y lo dejé sobre la mesa–. Hoy he encontrado esto. ¿No sabrá usted nada al respecto? ¿Le comentó algo mi padre?

Jensen arrugó la frente. Sacó la hoja del sobre y la estudió con creciente desconcierto. Cuando volvió a levantar la mirada, tenía la confusión escrita en la cara.

–Su padre no me dijo nada de esto.

Miró entonces a mi madre, que por fin había logrado ocultar su turbación.

–¿No mencionaría mi marido delante de usted algún proyecto empresarial importante? –preguntó mi madre.

–No. Quizá no le diera tiempo a hacerlo, pero este préstamo debería haberse incluido en el testamento.

–¿Le consta que tuviera dificultades económicas?

–Su marido nunca me comunicó nada parecido. Aunque me hubiera gustado que me confiara de qué se trataba.

–El contrato se firmó tres semanas antes del incendio. Habría tenido tiempo suficiente de ponerlo a usted en conocimiento de ello, ¿verdad? –observé.

Jensen apretó los labios con consternación y se tomó un momento antes de contestar.

–Mi puerta siempre estaba abierta para el conde Lejongård. Lo habría recibido incluso de noche. En fin, esas cinco mil coronas reducirán la fortuna de la herencia de manera considerable, pero...

–Pero, si hubiera otros problemas económicos, mi hija podría verse en dificultades al aceptar la herencia, ¿cierto?

Miré a madre con asombro. ¿De verdad se estaba poniendo de mi parte? Tenía razón: si aceptaba una herencia cargada con una deuda, me vería en un apuro. Por otro lado, ¿acaso tenía otra opción? Debía de haber expresado ese reparo para obligar a Jensen a revelarnos algo en caso de que callara porque padre le hubiera exigido silencio.

El notario dudó un poco, antes de asentir con la cabeza.

—Podría darse el caso si hubiera más deudas. No creo que ocurra, pero, puesto que no fui informado... tal vez sea mejor que vayan a hablarlo con el banco.

—Para eso mi hija necesitará la declaración de herederos.

—Ya que usted sería automáticamente la heredera natural en caso de que su hija no estuviera dispuesta a aceptar la herencia, puede disponer de la cuenta. Además, su marido tenía amistad con el director del banco. En un caso como este, seguro que comprenderá que necesiten conocer la situación económica antes de tomar una decisión.

Mi madre asintió y me miró. Todavía no parecía satisfecha, pero la tensión que se percibía alrededor de sus labios no la provocaba yo.

—Está bien, señor Jensen, gracias por su tiempo —dijo, y se levantó—. Querría pedirle que fuera discreto.

—Siempre lo soy —se apresuró a asegurar el notario—. Lo que hemos hablado no saldrá de este despacho.

Madre asintió de nuevo y le estrechó la mano. Después de que también yo me despidiera, salimos de la notaría. Stella se detuvo y miró al cielo, que se estaba nublando. Casi parecía como si quisiera preguntarle a su marido por qué le hacía algo así.

—¿Madre? —dije en voz baja.

Se estremeció, como si hubiera estado absorta en sus pensamientos.

—Vamos —dijo entonces—. Aún tenemos que ver al señor Arenhus. No quiero regresar a Lejongård sin saber en qué situación nos encontramos. —Y subió al carruaje.

PASABAN DE LAS cinco y la sucursal del Handelsbanken, una de las entidades más poderosas de Suecia, estaba prácticamente vacía. Los hombres que había tras el mostrador, con chalecos de rayas y manguitos que les protegían las mangas de la camisa, parecían cansados. La decoración del banco era elegante y profesional. Las paredes estaban revestidas de madera y tenían muy pocos cuadros, pero las plaquitas de latón y las arañas de cristal doradas y no demasiado recargadas desprendían cierto esplendor. Nuestros pasos quedaron amortiguados por una alfombra rojo oscuro de estampado discreto. No sabíamos si el director, el señor Arenhus, estaría allí todavía, pero la urgencia del asunto no nos permitía esperar hasta el día siguiente. Sin perder tiempo, me dirigí a una ventanilla y sobresalté al empleado que había detrás preguntándole por su jefe. Me miró con sorpresa. Allí no debían de ver a muchas mujeres, ya que los hombres de negocios no solían llevar a sus esposas cuando despachaban sus asuntos. Me pregunté qué sentiría mi madre estando allí dentro.

El mundo de los números nunca había sido lo mío. En aritmética siempre desesperaba a mi profesor. Sabía calcular hasta cierto punto, pero las matemáticas superiores no me entraban en la cabeza. Aun así, la atmósfera silenciosa y ordenada del banco me resultó fascinante y al mismo tiempo me tranquilizó. Miré a mi madre, que por lo visto no se sentía como yo. Jugueteaba inquieta con los puños de su vestido.

Poco después apareció Jonah Arenhus, un hombre de unos sesenta años. Estaba un poco calvo, tenía un bigote retorcido y llevaba unas gafas redondas y pequeñas sobre la nariz. Su traje marrón parecía hecho a medida, y la cadenilla de oro del reloj sobre su chaleco oscuro le confería un aire de autoridad. En el funeral lo había echado en falta, sobre todo porque, como muchos otros hombres influyentes, había sido amigo de mi padre.

–Condesa Lejongård –saludó y se volvió hacia mí–. Señorita Agneta. Caramba, cuánto hacía que no nos veíamos. Eso sí era cierto, ya que también había faltado al último baile del solsticio de verano, de manera que habían pasado dos años ya.

–Siento mucho que su padre y su hermano nos hayan dejado –añadió, compungido–. Lamentablemente no pude asistir al funeral pues estábamos visitando a mis suegros en el norte.

–Lo entiendo –repuso madre–, y gracias por su pésame. Les haré llegar a Betty y a usted una carta más personal.

Enarqué las cejas. ¿De verdad? Nunca me había dado la impresión de que mi madre tuviera mucho contacto con los Arenhus.

–Síganme, por favor, así podremos hablar sin que nos molesten. Supongo que se trata de la herencia de su marido.

–¡Pues sí! –se me escapó, con lo que me gané una mirada afilada como una flecha por parte de madre. Sería mejor que de momento me quedase callada y esperara.

Arenhus nos llevó a su despacho, en la primera planta del edificio. También allí había solo madera oscura por todas partes. Lo que en el vestíbulo inferior me había resultado impresionante, allí me pareció algo oprimente, porque los sólidos sillones de cuero ocupaban también bastante espacio. Tomamos asiento en esas butacas que desprendían un leve aroma a cuero y humo de puro.

–¿Puedo ofrecerles algo? –preguntó Arenhus mientras todavía sostenía la puerta abierta–. ¿Un té? ¿Un café, quizá?

–Con un vaso de agua bastará –dijo mi madre, y me miró.

–Sí. Agua, por favor –respondí, aunque no tenía sed.

El banquero dejó dos vasos de agua con sendas rodajas de limón sobre la mesita que había ante nosotras y luego se sentó también.

–¿En qué puedo ayudarlas? –preguntó.

Le tendí el sobre del documento.

–Ahí dentro encontrará un contrato de préstamo firmado hace cuatro semanas. Puesto que ni mi madre ni yo sabíamos de su existencia, nos preguntamos si la finca se encuentra en dificultades económicas.

Arenhus desdobló el papel y lo examinó un momento.

–No lo preparamos nosotros –dijo, extrañado–. Es de un prestamista privado de Estocolmo.

–¿Lo conoce usted? –pregunté.

–Sí, lo conozco, y me repugna un poco hablar de ello.

–¿Es que se trata de algo inmoral? –quiso saber madre, inquieta.

–Bueno, no directamente inmoral, pero Ohlsson es famoso por no preguntar por el objeto de sus préstamos. Deja dinero, y el que no paga sufre las consecuencias hasta el final.

–¿Consecuencias? –repitió madre.

–¿Quiere decir que manda dar una paliza a los morosos? –pregunté, porque era algo de lo que ya había oído hablar en Estocolmo.

–Podría expresarse así. Siendo un hombre de bien, es mejor no tener tratos con gente como Ohlsson.

–¡Santo cielo! –Madre se había quedado blanca como la pared–. ¿Qué querría Thure de ese hombre?

–Tal vez no deseaba que nadie supiera de ese préstamo. Ni siquiera yo. Ya sabe que su marido era amigo mío, y la verdad es que me sorprende bastante que no me pidiera consejo para algo así. Quizá podría haberle ayudado.

Mi padre había tenido tratos con un prestamista de dudosa reputación que amenazaba con apalearlo si no cumplía con lo pactado. ¿Y todo eso para qué?

–¿Existía algún motivo para esto? –pregunté.

–No, la verdad es que no. Sin embargo, gran parte de la fortuna de su padre se encuentra invertida, por lo que el capital en efectivo es algo reducido. Un reintegro de cinco mil coronas habría llamado la atención y provocado preguntas por nuestra parte, y supongo que eso era lo que deseaba evitar.

Miré a Stella, que parecía estupefacta. En su frente brillaban perlas de sudor.

–¿Podríamos reembolsar lo antes posible la suma que le prestaron? –quise saber, puesto que era poco probable que encontráramos ese dinero escondido en algún rincón de la habitación de padre.

—Desde luego, para la reputación de su padre sería incluso aconsejable. Nadie puede impedir que Ohlsson vaya jactándose por ahí de a quién le presta dinero, sobre todo cuando la relación de negocios ya no es estable. En cualquier caso, tendrán que sopesar qué proyectos quieren acometer en un futuro próximo. Después del incendio, seguramente habrá que reconstruir los edificios afectados y remplazar los caballos perdidos.

—En cuanto a eso último, los daños no son muy importantes —comenté—, pero sí habrá que volver a levantar el establo grande, desde luego. Y acometer los trabajos de desescombro.

—Bueno, eso no debería ser ningún problema. A fin de cuentas, conservan los caballos y podrían vender algunos, si fuera necesario. Para que puedan operar, no obstante, necesitaré la declaración de herederos. Supongo que aceptará usted la herencia, ¿no, señorita Lejongård?

Miré a mi madre. Era de esperar que el banquero nos hiciera esa pregunta.

—Yo... dentro de poco informaré al señor Jensen de mi decisión —contesté, algo evasiva.

—Bueno, hasta que no sepamos quién es el heredero de Lejongård...

—Mi hija —lo interrumpió madre—. Y espero que tome la decisión correcta.

—Está bien. Entonces volveré a verla aquí dentro de poco.

ESTUVIMOS UN RATO sentadas la una junto a la otra en el carruaje antes de ponernos en marcha. Había impedido que mi madre le diera la señal a August porque sentía que había llegado el momento de decidir.

El cielo estaba cada vez más rojizo, pronto oscurecería. La campana de la iglesia de la Santísima Trinidad sonó seis veces. La cabeza me iba a toda velocidad. Tenía que hacer algo. Mi padre se había metido en un apuro innecesario y con ello nos había dejado un secreto que quizá nunca lográramos descubrir. Lo fundamental era proteger la finca antes de que los esbirros de Ohlsson se presentaran para cobrar su dinero a las bravas.

Por un instante me pregunté si Ohlsson habría tenido algo que ver con el incendio, pero el contrato se había firmado solo tres semanas antes. Ni el peor usurero habría enviado a sus matones tan pronto. Aun así, tendría que informar al inspector Hermannsson. No podía dejar pasar más tiempo. Había demasiadas cosas que solventar y no tenía sentido esperar a que ocurriera un milagro que me quitara de encima el peso de la decisión.

Podía regresar a Estocolmo y recuperar mi vida allí, amar a Michael, pintar mis cuadros y contar las manchas de humedad del techo, pero era muy probable que la mala conciencia no me dejase dormir. Una y otra vez recordaría que había traicionado a mi hermano, que no había cumplido su último deseo. Y que, además, había dejado a mi familia en la estacada. La segunda posibilidad era hacerme cargo de la finca y, por tanto, volver a aceptar todos los deberes y expectativas habituales entre la nobleza. No tenía ni idea de cómo dirigir una finca, y seguro que tendría largas discusiones con mi madre sobre si Michael era el hombre apropiado para mí o no. También tendría que convencerlo a él de que abandonara Estocolmo, por lo menos una vez terminara los estudios.

Puse ambas cosas en la balanza.

Y entonces supe lo que debía hacer.

—Madre —dije al fin, cuando el silencio se había hecho casi palpable.

—¿Sí? —repuso ella, ausente.

Que ni siquiera el banco supiera de ese préstamo parecía haberla afectado mucho. Por suerte, ese dinero no ponía en peligro el patrimonio de la finca.

—Mañana volveré a Estocolmo —empecé, porque expresar lo que de verdad quería decirle me seguía costando un mundo.

Stella no contestó. Yo no quería que volviera a reaccionar con frialdad ni que me hiciera ningún reproche. Respiré hondo, cerré los ojos y añadí:

—Allí arreglaré todo lo que haya que arreglar, pero antes iremos a ver al señor Jensen y le comunicaremos que voy a... —Hice una breve pausa y vi que ella contenía la respiración. Entonces acabé la frase—: Voy a aceptar la herencia.

Ella se volvió hacia mí y me miró unos segundos. Después, casi imperceptible, una sonrisa curvó sus labios.

Era la sonrisa que yo siempre había anhelado, pero, ahora que la conseguía, no era capaz de alegrarme, porque había tenido que pagar un precio demasiado alto por ella.

Capítulo 15

UNOS ESPESOS NUBARRONES se cernían sobre los tejados de Estocolmo cuando, dos días después, salí de la estación. Era como si hubiese pasado una eternidad desde mi marcha de la ciudad. Desde entonces había vivido más de lo que otras personas experimentaban en todo un año. El dolor por la muerte de Hendrik y de mi padre regresaba a oleadas, y todavía me preguntaba si había tomado la decisión correcta ante el señor Jensen. Sin embargo, mi mente empezaba a pensar con más claridad, y eso también era necesario si quería saber lo que sería de Michael y de mí.

Prescindí de carruajes y decidí ir a pie. Cuando llegué al apartamento ya oscurecía. Mientras que en la zona del Palacio Real ya habían instalado iluminación eléctrica, allí todavía era el farolero quien recorría las calles encendiendo una farola tras otra. ¿Cuánto tardaría en colgar su encendedor para siempre? El progreso no se detenía ante nada ni ante nadie. Algún día seguramente habría luz eléctrica por todas partes, incluso en nuestra finca.

Cuando entré en el edificio oí unos gritos provenientes de arriba. Muy pocas veces había tenido contacto con los inquilinos de esa planta, lo único que sabía era que allí vivía una mujer. Por lo que se oía, estaba manteniendo una pelea violenta con un hombre.

En cuanto abrí la puerta de mi piso supe que Michael no estaba allí. Siempre desprendía tanta calidez que sentía su presencia al instante, y en ese momento se echaba en falta. Debía de estar todavía en la universidad, o con sus amigos en alguna taberna. Dejé caer la bolsa junto a la cama y me volví hacia mis caballetes. Me acerqué a la mesita sobre la que tenía los utensilios de pintura. El bote de aguarrás estaba seco; el pincel, endurecido. Debería haber limpiado con más cuidado la paleta, ahora me sería muy difícil volver a usar los colores. Los cuadros mismos me resultaron algo extraños, casi como si no fueran míos. No era la primera vez que me sorprendía de lo que era capaz de crear, como si pintara en trance.

Oí la puerta del apartamento y unos pasos. Michael. Estaba segura de que era él. ¿Quién más iba a entrar en el luminoso piso de una pintora? Allí no había nada que robar.

–Veo que has vuelto –dijo.

Me volví sonriente y fui hacia él, pero me quedé helada al verle la cara. No parecía alegrarse de mi regreso.

–Sí –contesté, molesta. La sonrisa se esfumó de mi rostro–. Acabo de llegar en tren.

Él asintió con la cabeza. ¿Y su abrazo? ¿Dónde estaban sus besos? ¿Qué había ocurrido esos días? Me acerqué y quise abrazarlo, pero se apartó. Lo miré extrañada.

–¿Qué ocurre? –pregunté–. ¿Es que no has recibido mis cartas?

Podía entender que estuviera enfadado si no había tenido noticias mías, pero el correo ya no era tan poco fiable como un par de décadas atrás. ¡Estábamos en 1913, por el amor de Dios!

–Sí, las recibí –repuso, aunque la frialdad no abandonaba su tono–, y siento mucho lo sucedido a tu padre y tu hermano. Pero ahora tu vida cambiará. Regresarás a la finca, ¿verdad?

No había esperado una reacción tan dura. Mis ganas de volver a verlo se desvanecieron.

–Michael, yo...

–¿Aceptarás la herencia y regresarás a la finca? –repitió.

Siempre me había gustado su tono profesional. Michael encarnaba la razón frente a mis quimeras, el realismo frente a mis sueños. Nos complementábamos a la perfección, pero de pronto me resultó demasiado riguroso.

–Sí, así es –respondí–. No tengo más remedio.

—Debí imaginármelo –refunfuñó.

—¿Qué tendrías que haber imaginado? –Quise tocarlo, pero se apartó de mí.

—Tendría que haber sabido que jamás dejarías atrás a tu familia.

—Michael. –Lo agarré del brazo y él se puso tenso–. Sabías muy bien quién soy. No entiendo por qué de repente te importa tanto.

Entonces me miró.

—Antes de tu marcha eras una estudiante que quería ser pintora. Ahora eres la heredera de una gran finca. ¿Qué crees que quedará de tu sueño? ¿Y cómo encajo yo en todo eso?

Le había hecho una promesa a Hendrik. Aunque rechazara la herencia de mi padre, la promesa a mi hermano era algo que no podía romper.

—Michael, yo... te llevaría conmigo. Me casaría contigo. Esto no tiene por qué ser el final.

—Pues lo es.

Noté que me faltaba el aire.

Él se frotó la cara con una mano.

—Debes comprender que no puedo irme. Eso sería mucho pedir, ¿no te parece?

—Pero ¿por qué? –pregunté. El corazón me cerraba la garganta–. ¿Le negarías acaso algo a tu hermano si estuviera gravemente herido?

—¡Mis hermanos jamás me pedirían que renunciara a mi vida! –exclamó.

—Tampoco mi hermano lo hizo. ¡Puedo seguir pintando en la finca!

—¡Pues bien por ti! ¿Y yo qué? Ni siquiera me has presentado a tus padres, ¿y ahora tengo que abandonarlo todo?

—No, no tienes por qué –repliqué, desesperada–. Podrías trabajar como abogado en Kristianstad cuando acabes los estudios. Allí tenemos contactos con los bufetes de la zona...
—Seguro que Samuel Jensen nos echaría una mano.

No obstante, Michael negó con la cabeza.

–Gracias, pero quiero ganarme mis propios méritos y no conseguirlos a través de ningún favor, como por lo visto estáis acostumbrados vosotros.

–¡Eso es muy injusto, Michael! –¿No había forma de hacerle olvidar ese extraño resentimiento?–. ¡Por supuesto que puedes ganarte tus propios méritos!

–¿Y si no quiero vivir en Kristianstad? ¿Y si quiero quedarme en Estocolmo? ¿Cómo vamos a hacerlo, si tú estás en tu finca? –Sus ojos refulgían, combativos.

Nunca lo había visto así. Temblé de miedo al pensar que en ese mismo instante podía alejarse de mí y yo no podría impedirlo.

–Los nobles pensáis que sois el centro del mundo y que todo debe girar a vuestro alrededor, ¿verdad? –Su tono se volvió hiriente, y otra vez grave–: No puedo. Quiero que mi mujer esté conmigo, no a cientos de kilómetros de distancia.

–Solo son unas horas en tren –argüí a media voz–. Podríamos vernos en poco tiempo.

–¿Y seguir así toda la vida? –Negó con la cabeza y se apartó de mí–. No, no es eso lo que quiero. Y también tú deberías pensar qué deseas. Porque, si regresas a Lejongård, tendrás que hacerlo sola. –Dio media vuelta y se dirigió a la puerta.

–¡Michael, espera! –exclamé–. ¡Vamos a hablarlo!

Pero no me hizo caso, solo cerró de un portazo al salir.

ME QUEDÉ PETRIFICADA. Aun sabiendo que sería complicado, había tenido muchas ganas de ver a Michael. No podía sospechar que esos pocos días habían bastado para que se enfadase tanto conmigo. ¿Y todo porque iba a aceptar la herencia de mi familia?

Nunca habíamos hablado sobre mi regreso a Lejongård, cierto. Soñábamos con una vida en Estocolmo, yo rodeada de galeristas y tal vez incluso exponiendo en el Palacio Real; él siendo un abogado de éxito que daría que hablar en la ciudad y algún día, quizá, llegaría a fiscal. O a ministro de Justicia. Nuestros sueños no tenían límite. Hasta ahora. ¿De qué tenía miedo Michael?

Me tambaleé hasta la cama, donde me dejé caer y me quedé mirando al vacío. Seguía sin creer que hubiéramos mantenido esa conversación. Me pregunté si serviría de algo pellizcarme la mano, pero no, no había sido un mal sueño.

¿Por qué había reaccionado así? ¿Por qué? Se me encogió el corazón. Rompí a llorar y ya solo pude pensar en lo injusto que era el mundo.

AUNQUE SENTÍA EL cuerpo débil y los ojos me ardían de tanto llorar, me quedé despierta con la esperanza de que Michael regresara y me dijera que no había dicho todo aquello en serio. Hasta el menor ruido me sobresaltaba, pero solo para comprobar que no era él. El vecindario quedó en calma, solo un perro ladraba de vez en cuando y se ganaba un grito airado.

No hacía más que darle vueltas a la extraña conversación con Michael. Repasé todos los puntos, y llegué a la conclusión de que había venido ya predispuesto a discutir conmigo.

¡Ese maldito incendio! El que lo hubiera provocado debería arder en el infierno por obligarme a tomar esa decisión. Una decisión de la que no podía escapar.

Al final sentí que iba a estallar bajo toda la presión que acumulaba. Necesitaba algo para ahogar el dolor de la pérdida y todas esas preguntas para las que no tenía respuesta. Me levanté con torpeza y me puse a buscar la botella de aguardiente que me había regalado por Año Nuevo Therese, una de las mujeres de nuestro grupo de protestas. Lo había destilado su abuela, y Therese juraba que era capaz de revivir a los muertos, aunque, si bebías demasiado, también podías acabar en muerte clínica... Lo encontré en la cocina. Había dejado el brebaje con las botellas de aguarrás que usaba para limpiar los pinceles, me había parecido que no serviría para mucho más. Ahora quería ver si de verdad era lo bastante fuerte para borrar la decepción y mitigar mi cólera.

Limpié el polvo de la etiqueta escrita a mano y quité el tapón de corcho, lo olí un segundo para asegurarme de que no fuese aguarrás y luego probé un sorbo. Tenía un sabor espantoso, quemaba como el diablo y por un momento me abrasó la garganta. Sin embargo, después del tercer o el cuarto trago, el licor empezó a hacerse más agradable. Volví al dormitorio y me lancé a la cama. Allí me quedé un rato sentada, bebiendo de la botella. No tenía mucha experiencia con el alcohol, pero solo quería una cosa: emborracharme. Olvidar todo el dolor de los últimos días.

El efecto no se hizo esperar mucho. El mundo era cada vez más borroso ante mis ojos, aunque no se volvía más sencillo. En lugar de la esperada indiferencia, solo sentía rabia.

¿Para qué me había esforzado en conseguir todo aquello? ¿Por qué no tenía el valor de dejar atrás mis orígenes? ¿Y Michael? ¿Por qué se había comportado como un imbécil? ¡Por supuesto que era la heredera de la finca! ¡Pero eso no me convertía en una persona diferente! ¿Acaso él creía que el dinero podía cambiarme? ¡Tampoco había estado nunca al borde de la ruina! ¡Podía mantenerme sola y, aunque me habría gustado negarlo, tenía el apoyo económico de la casa de mis padres!

¿Sería por eso? ¿Se sentía menos hombre porque yo era rica? ¿Temía no poder ser el elemento fuerte de nuestra relación? ¡Ese era justo el disparate contra el que luchábamos las mujeres de mi círculo y yo! Tal vez habría sido mejor no conocerlo nunca. Tal vez no debería haberme mudado a Estocolmo...

Mi mirada ebria se topó con los cuadros. Los paisajes que había en ellos me parecieron igual de distorsionados que mi alma en esos momentos. No era buena pintora. ¡Jamás lo sería! Solo había perseguido un sueño, un sueño que jamás se haría realidad, debería haberlo sabido. Era la heredera de una gran finca, no una artista. Y por lo visto tampoco merecía ser amada tanto como para que un hombre dejara a un lado su ego por mí, o para que consintiera por lo menos que nos relacionásemos de igual a igual.

La ira estalló en mi interior como un cartucho de dinamita. Lancé a un lado la botella casi vacía, que chocó con uno de los lienzos y le dejó una abolladura, pero con eso no me bastaba. Vista la actitud de Michael, no me quedaba más opción que regresar a Lejongård y pudrirme allí para siempre. Así que más me valía deshacerme de todo lo que me recordase a mi despreocupada época en Estocolmo. ¡No pensaba volver a levantar un pincel en la vida!

Con un grito iracundo, tiré el caballete al suelo. El cuadro cayó también, pero no sufrió ningún daño, así que busqué algo para destrozarlo. El mundo se tambaleaba a mi alrededor, el alcohol ardía en mis venas. Al final vi destellar algo. Sin saber qué era, lo agarré y la emprendí contra el cuadro. Mi mano encontró un poco de resistencia, pero no por mucho tiempo. Oí la tela al rasgarse y a continuación apareció un rasgón largo y abierto. Me detuve, tenía que apoyarme en algo para no caer, pero seguí igualmente. Con cada cuchillada que le daba al lienzo, mi ira crecía. Lo ataqué y lo hendí hasta que, en los bordes de mi campo visual, el mundo empezó a volverse rojo y luego negro.

Capítulo 16

VOLVÍ EN MÍ al oír golpes en la ventana. Me habría gustado gritar «¡Largo de aquí!», pero la esperanza de que pudiera ser Michael hizo que me levantase. ¿Había cambiado de opinión? ¿Sentía haberme recriminado tanto?

No tenía ni idea de cómo había acabado en la cama, bajo las mantas. La noche anterior se había borrado de mi memoria. Percibí el olor del aguarrás y las paredes mohosas, y me aparté el pelo de la cara. Volvieron a llamar. Me giré hacia la ventana, pero el contorno que encontré allí no era de ningún hombre.

–Agneta, ¿te encuentras bien? –preguntó una voz de mujer–. ¡Soy yo, Marit!

Eso me decepcionó un poco, aunque sentí cierto alivio. Al menos había alguien en Estocolmo que se preocupaba por mí. Aparté las mantas, fui a tientas hasta la ventana y la abrí.

–¡Tienes un aspecto espantoso! –exclamó mi amiga.

No podía tomárselo a mal. De hecho me sentía fatal. Las sienes me palpitaban y sentía un zumbido sordo en la parte posterior de la cabeza, por no hablar del dolor que parecía recorrerme todo el cráneo. Tenía el estómago revuelto, y seguro que la cara verde. La melena me caía en mechones enredados y el camisón olía a enmohecido. Pero ¿qué aspecto iba a tener después de que mi amor me hubiera abandonado? Después de que me dejara claro que solo aceptaría una decisión.

–Gracias por el cumplido –mascullé–. ¿Quieres pasar?

–Más que nada quería asegurarme de que sigues viva. Como veo que sí, entraré con mucho gusto. Al menos me ahorras tener que ir a la policía, que no se alegrarían precisamente de verme después de que me encadenara al Parlamento.

Cerré la ventana y fui hacia la puerta. Justo entonces noté que el comentario de Marit había conseguido hacerme sonreír.

–¡Madre mía, ni se te ocurra salir así! –exclamó–. ¡Como te vean los vecinos...!

–A la señora Waller, la de aquí enfrente, le da igual mi aspecto. De todas formas, no sale de la cama en cuanto anochece. Y a los de arriba no los conozco.

–¿Has bebido? –Marit me olisqueó el aliento.

–Sí, pero hace varias horas.

–Un día entero –repuso Marit–. O al menos Michael me dijo que llegaste ayer por la tarde.

¿Ya era otra vez por la tarde? ¿Cómo había dormido tanto? En cualquier caso, no recordaba lo que había hecho en todo ese tiempo.

–¡Vamos! –ordenó Marit como un almirante, y me tiró del camisón para hacerme entrar otra vez–. Vas a asearte, lavarte los dientes y ponerte algo decente. Luego ya veremos.

No tenía ganas de nada, y menos aún de pensar en qué haría después, pero mi amiga no admitía quejas. No en vano era una de las sufragistas más combativas de Estocolmo y, por tanto, peor vistas, una mujer que no se arredraba aunque tuviera que atarse medio desnuda a un árbol si con eso se conseguía algo.

Fui por agua a la bomba del patio interior y crucé mi apartamento con la jarra llena. Oía a Marit haciendo cosas. Vertí el agua en un barreño y me quité el camisón. Notaba los brazos débiles y pesados, cosa que no cambió cuando sentí el agua fría en el cuerpo. Luego saqué ropa interior limpia y otro vestido, y fui al estudio, donde encontré a Marit algo desconcertada ante el caos de maderas y astillas que había organizado en mi borrachera.

–¡Madre mía, la que has armado! –exclamó–. Esto ya no cuela ni como expresionismo.

–Da igual, esos cuadros no valían nada. Nunca volveré a levantar un pincel.

Mi amiga arrugó la frente.

–¿Y eso por qué? ¿Tú, que lo has dejado todo para estudiar arte?

–Las cosas cambian –respondí con acritud.

Marit se me acercó y me asió los brazos con delicadeza.

–Pero ¿qué ha ocurrido? Me crucé con Michael y solo me dijo que no te encontrabas bien por lo de tu familia.

–¿O sea que no te ha contado que discutimos y que quiere dejarme porque tengo intención de hacerme cargo de la finca?

–«Me ha dejado» habría sido mejor forma de expresarlo. ¿Por qué había dicho «quiere dejarme»?

–¿Que quiere qué? –Marit enarcó las cejas–. Pero si parecía que incluso ibais a casaros. Casi resultaba insoportable ver lo enamorados que parecíais.

–Pues sí, eso fue mientras yo era la hija rebelde que había renunciado a la fortuna de su familia. –Resoplé–. Como si fuera a convertirme en otra persona cuando acepte la herencia de mi padre.

–Pues seguro que te convertirás en otra persona. Pasarás a ser pleno miembro de la nobleza, como mínimo. Una mujer que habrá de regirse por determinadas normas.

Me aparté de ella.

–¿Tú también lo crees? –le recriminé–. ¿Quieres acabar también con nuestra amistad?

–¡Yo no he dicho eso! Tal vez deberías contarme primero qué ha ocurrido estos últimos días.

Me llevó hasta la cama, que ella misma había hecho, me dio un vaso de agua y se sentó a mi lado. Todavía me dolía la cabeza, como si pensar en la pelea y en lo que la había precedido resultase demasiado.

Empecé por mi llegada a la finca, la conmoción que me había supuesto encontrar a mi padre muerto y el dolor por la muerte de mi hermano. Le hablé de Lejongård, de que mi hermano me había hecho prometer que ocuparía su lugar, y que incluso lo había estipulado así en su testamento. Le hablé de mis dudas, del anhelo de seguir siendo independiente, y también de los sentimientos que se habían despertado en mí durante mi estancia en la propiedad. Después llegué a Michael.

Marit me escuchó con paciencia. De vez en cuando me acariciaba la espalda y, al terminar, se me quedó mirando.

—¿O sea que solo le importa poder realizarse como él quiere? —Su mirada reflejaba incredulidad.

Ya conocía su opinión sobre los hombres. Marit había decidido no permitir que ninguno le pusiera cadenas. Los hombres nos roban la independencia, el yo, solía decir. Cuando empecé a salir con Michael, insistió mucho en que no me olvidara de mí.

Yo tampoco quería encadenarme, pero sí tener a alguien a mi lado. Alguien a quien poder amar y que me correspondiera. Eso no significaba, ni mucho menos, rendirse ante el otro... o quizá sí cuando se encontraba al hombre adecuado.

—Sí, eso dijo, pero no he podido pensar más en ello.

—Claro, porque tenías que destrozar tu estudio. —Marit me apartó un mechón de pelo de la cara—. Dentro de un par de años lo lamentarás.

—No lo creo.

—Suenas testaruda como una niña. ¡No es nada propio de ti! ¿No crees que aún se puede hacer algo? Seguro que Michael solo ha exagerado su reacción. No creo que tampoco tú saltaras de alegría al enterarte de que serías la nueva señora de la propiedad.

—Desde luego que no. Lo he meditado durante días, pero siempre llego a la conclusión de que no tengo opción. —Reflexioné un momento y añadí—: Además, todavía siento un fuerte vínculo con la finca. He intentado negarlo, sobre todo después del frío recibimiento que me tenía preparado mi madre, pero después, cuando el notario me leyó la carta de Hendrik, lo supe. ¡Me gusta la finca! Está llena de recuerdos de mi hermano y no puedo abandonarla a su suerte. No estaría bien.

—Entonces ya has tomado una decisión.

—Me temo que sí, aunque Michael... Yo pensaba que era el hombre adecuado...

Marit me tomó del brazo.

–Lo sé, y también sé que es terrible perder un amor, pero tal vez sea mejor así. Ya sabes que no soy muy amiga del libertinaje de la nobleza. A mis ojos, son unos holgazanes. Pero tú eres diferente, tú has visto cómo vive la gente de a pie. Tienes una oportunidad única para cambiar algo.

–¿Qué quieres decir?

–Salimos a la calle y lo único que conseguimos es que nos detengan. Los políticos se ríen de nosotras. En la universidad nos tratan como a bichos raros. Los hombres nos atacan o nos imprecan cuando ven una de nuestras manifestaciones, piensan que nombrándonos por nuestros órganos sexuales pueden quitarnos la dignidad.

Marit empezaba a hablar con rabia, pero tenía razón. También yo había vivido eso. También yo sabía lo mucho que dolían esos insultos.

Mi amiga tomó mis manos y las apretó con tanta fuerza como si quisiera impedir que cayera a un abismo.

–Pero ahora tienes la oportunidad de cambiar algo. Como señora de la finca, podrás conseguir lo que defendemos. En tu propiedad, en tu pueblo...

–Aun así, eso no cambiará el mundo –repuse con una sonrisa amarga.

–Quién sabe. Tendrás contacto con otros terratenientes. Podrás hacer llegar nuestras ideas a sus mujeres e hijas. Si tus palabras caen en suelo fértil, habrás conseguido más que nosotras aquí, plantándonos delante del Parlamento o el Palacio Real y arriesgándonos a acabar presas.

Yo no creía que las mujeres e hijas de los terratenientes estuvieran dispuestas a aceptar el ideario de las sufragistas, pero ¿qué me impedía intentarlo? Así, mi marcha de Estocolmo al menos serviría de algo...

Me solté de las manos de Marit y le di un abrazo.

–Estoy muy contenta de tenerte en mi vida. Por favor, prométeme que irás a verme a Lejongård.

–Por supuesto, aunque siga sin soportar a los nobles.

–Pero yo sí te caigo bien, ¿verdad? Y también tengo muchas criadas simpáticas a las que puedes poner en mi contra.

–¡Vaya que sí! –exclamó–. Pero bueno, me caes bien y te quiero mucho. –Se me quedó mirando y luego me dio un beso en la mejilla–. ¿Crees que te las apañarás si te dejo sola?

Miré el montón de marcos y lienzos destrozados. La botella de aguardiente asomaba por ahí, lo que quedaba de su contenido se había secado en el suelo y ya no representaba ningún peligro.

–Sí, creo que sí. Y prometo que nunca volveré a beber aguardiente.

–Una copita de vez en cuando no está nada mal –opinó Marit, y se levantó–. ¿Sabes dónde encontrar a Michael? Por si quisieras hablar con él.

–Estará en la universidad. O con sus amigos. Aquí seguro que no volverá.

Marit sonrió.

–Lamentará su decisión. Quizá lo esté haciendo ya.

Asentí y nos abrazamos de nuevo.

–Gracias por todo –dije, y la estreché con fuerza.

–Estoy aquí para lo que necesites.

Marit se despidió de mí y desapareció en el vestíbulo del edificio.

Capítulo 17

EL CORAZÓN ME palpitaba cuando me encontré frente al aula magna de la facultad de Derecho de Estocolmo. Si Michael no se había tomado el día libre, debía de estar a punto de salir de allí. No sabía si serviría de algo intentar hablar con él, pero quería intentarlo. No podíamos acabar peleados.

Seguro que Marit se reiría de mí si se enteraba de que por él me había puesto mi mejor vestido azul oscuro. Una modista de Kristianstad me lo había confeccionado hacía dos años, antes de que abandonara Lejongård. En realidad no era un vestido para una estudiante, pero lo había conservado porque era precioso. No sabía si ejercería algún efecto en Michael, pero esperaba estar guapa y que él se mostrara dispuesto a escucharme.

Aguardé media hora y por fin oí movimiento tras la puerta. El profesor Rasmussen debía de haber terminado su clase. Me aparté un poco y esperé junto a la columna de enfrente.

Un grupo de jóvenes salió del aula en tropel. Algunos llevaban los libros atados con un cinto, otros iban con las manos vacías. Debían de haber aprovechado la lección para dormir un rato. Al cabo de poco apareció Michael. Iba charlando con un compañero y parecía alegre, como si la discusión entre nosotros no se hubiera producido. Eso me causó una punzada de dolor. Yo había destrozado mis cuadros... ¿y él? Decidí seguirlo. La conversación que mantenían era muy animada, pero mi agitación me impidió captar el significado de sus palabras.

—¡Michael! —exclamé cuando se habían alejado un poco de los demás.

Ambos se detuvieron, y el compañero de Michael se me quedó mirando como si hubiese visto un fantasma. Seguro que por allí no iban muchas mujeres. Michael debió de reconocer mi voz, porque no se dio la vuelta.

—Me gustaría hablar contigo, Michael —dije—. Por favor. No te entretendré mucho.

Entonces sí se volvió. Su rostro era sombrío. El compañero pareció notar que no iba a ser una conversación amistosa, así que se disculpó y se marchó.

—¿Qué quieres? —preguntó con frialdad.

—Se trata de lo que hablamos ayer.

Me dirigió una mirada huraña.

—¿Qué más queda por decir? ¿Renunciarás a la finca?

—No, yo... Pensaba que si te presento a mi madre...

—¿Entonces... qué?

—Que podríamos ver cómo planificar nuestro futuro.

Una extraña inquietud me encogió el estómago. El Michael que yo había conocido me habría estrechado entre sus brazos. Entre nosotros, los desencuentros jamás habían durado mucho. Esta vez, sin embargo, no hizo nada.

—Ya te dije que no tenemos ningún futuro si regresas a Lejongård.

—¿Ni siquiera si nos casáramos? —El corazón me cerraba la garganta.

Michael me miró con consternación.

—Nunca habíamos hablado de eso.

—¿De modo que todo lo que me dijiste era cierto siempre que no fuese la heredera de una finca? ¿Solo si era una aprendiz de pintora que de todos modos no llegaría muy lejos? ¿Solo si estaba por debajo de ti? —La ira iba creciendo en mi interior.

—¡Yo nunca he dicho eso! Pero ¿no es mejor que sea el hombre quien lleve el dinero a casa?

Me lo quedé mirando sin saber qué decir. Apenas unas semanas antes le había parecido bien que luchara por los derechos de las mujeres, pero por lo visto era mentira.

–¿De manera que eso es lo que piensas? ¿Te has olvidado de quién soy?

–¡No, no lo he olvidado! –me espetó–. Eres la rica heredera que ya lo tiene todo. Te lo preguntaré una vez más: ¿de verdad crees que abandonaría todo lo que tengo aquí para mudarme a una finca de provincias? ¿Para ser el marido de una heredera? ¿Qué voy a hacer todo el día? ¿Agriarme en la bodega? ¿Salir de caza? Sabes perfectamente que en el mundo de la nobleza no seré nadie. Y si has decidido irte, todo lo que dije ayer sigue en pie.

Lo miré desconcertada. Debería haberlo sabido. Una pesadez plomiza se apoderó de mis extremidades e hizo que me temblaran las rodillas.

–Solo hay que mirarte –prosiguió, como si sus anteriores palabras no hubiesen bastado para destrozarme el corazón–. Este no es tu sitio. Tu vestido es de otra época, igual que tú. Te gusta el estilo de vida moderno, pero es evidente que no basta para hacerte abandonar el mundo retrógrado de tus antepasados. Allí encontrarás a un hombre con quien compartir la vida. Para eso no me necesitas.

Me tambaleé. Aunque quise decirle muchas cosas, no conseguí pronunciar nada.

–Se ha acabado, Agneta –añadió.

–Michael... –sollocé.

–Que te vaya bien –dijo, y se marchó.

Su imagen se emborronó ante mis ojos. Lo seguí mirando mientras sentía un dolor ardiente en el pecho. Entonces di media vuelta y eché a correr por el pasillo. Conseguí llegar al pequeño jardín que había junto a la facultad, pero allí me derrumbé, arrasada en lágrimas.

No supe cómo llegué al apartamento. Debí de recorrer el camino como en trance, viendo el rostro de Michael ante mí, oyendo aún sus palabras. Tenía las mejillas tirantes a causa de las lágrimas, y no veía bien por lo hinchados que tenía los ojos. Aun así, mis pies me llevaron directos a la pequeña calleja de mi piso. No fue hasta que cerré la puerta cuando volví en mí. De repente noté la estancia fría. Aún quedaban señales de mi arrebato de destrucción.

Ya sentía que me estaba despidiendo. Michael me había abandonado definitivamente, y para mí eso estaba tan vinculado a todo lo que había hecho allí que no me veía capaz de volver a mirar esos cuadros ni sostener un pincel. Había creído que mi pasión por la pintura vencería por encima de todo, pero resultaba que era Michael quien me daba fuerzas para mejorar y superarme como la aprendiza de pintora que era. De pronto, todo había acabado.

Respiré hondo. Volví a sentir rabia, pero ya no de forma salvaje y destructiva, como el día anterior. Era una ira que podía dominar, que me dejaba actuar de manera controlada y desapasionada. Que me permitiría deshacerme de todo lo que me recordaba a la temporada que había pasado allí. Ya no destruiría más cuadros, sino que se los daría a Marit, que tal vez pudiera entregarlos a una buena causa.

Empecé a empaquetarlo todo y separarlo en dos montones. En uno acabó lo que le daría a Marit para que lo donara al Ejército de Salvación. En el otro puse lo poco que quería conservar.

Solo me llevaría un cuadro, aquel con el que había solicitado mi ingreso en la Academia de Bellas Artes. Representaba la mansión de Lejongård, blanca y resplandeciente, contra un cielo que se iba cubriendo de nubes. La luz, aunque estival, se veía algo amenazadora, las flores tenían colores demasiado chillones. *Ambiente tormentoso,* lo había titulado. Se podía entender en dos sentidos. Por un lado, había pintado el cuadro mientras se estaba formando una tormenta; todavía me sentía orgullosa de lo bien que había logrado captar la luz. Por otro, también en la casa se respiraba una atmósfera tormentosa, porque poco antes le había comunicado a mi padre que pensaba solicitar plaza en la Universidad de Estocolmo. Sin duda, la tempestad que había desatado eso en mis padres me había ayudado a terminar el cuadro con mucha pasión. También era extraño lo mucho que se adecuaba a mi estado de ánimo actual, así que lo dejé junto al armario y seguí recogiendo.

Cuando los demás cuadros estuvieron envueltos en telas, me volví hacia el ropero. No quería llevarme nada de lo que había utilizado allí, pero sabía que las mujeres de las que cuidaban algunas de nuestras hermanas de la Asociación de Mujeres se alegrarían de tener una falda, una blusa o un vestido nuevos. Solo conservé un sencillo vestido de viaje que había comprado en unos almacenes de Estocolmo. Todo lo demás lo metí en la maleta grande y luego le pedí prestada una carretilla a la vecina.

Poco después me puse en camino hacia el apartamento de Marit.

En algunas zonas del barrio del puerto, los pisos eran baratos y aceptables si a uno no le molestaba ver pasearse de vez en cuando a un par de prostitutas bajo la ventana. Eran edificios que habían visto tiempos mejores, algunos con la pintura y el enlucido muy desconchados. Sin embargo, entre la ropa tendida y las ventanas burdamente cubiertas con trapos se entreveía alguna maceta con un girasol o unas cortinas delicadas e impolutas, bordadas a mano.

Ya se acercaba el anochecer, y en la ventana de Marit se veía luz. Tuve suerte, estaba en casa. Además de trabajar por los derechos de las mujeres, mi amiga también colaboraba en un comedor social del Ejército de Salvación y realizaba encargos de costura para una sastrería. Sabía que le habría gustado estudiar, pero, aparte de que aún se concedían muy pocas plazas a mujeres, ella tampoco tenía los medios económicos necesarios. Aun así, estaba bastante satisfecha con sus ocupaciones, y a mí siempre me maravillaba lo limpio y ordenado que tenía el pequeño apartamento, mientras que en el mío solía reinar el caos. Llamé a la puerta y Marit abrió.

–¡Eh, me alegro de verte! –exclamó, pero se quedó inmóvil a medio abrazo al ver la carretilla–. ¿Y eso qué es?

–Toda mi ropa. Menos lo que llevo puesto.

–¿Y por qué la paseas por la ciudad?

–Porque quiero dártela, para que la repartas entre las mujeres. A mí ya no me servirá.

En su rostro apareció el espanto.

–No tendrás pensado hacer ninguna tontería, ¿verdad? –preguntó, y me agarró del brazo.

–¿Qué tontería? –Negué con la cabeza–. ¡Pero qué cosas dices! Michael me ha abandonado, pero, por mucho que me duela, no me quitaría la vida por ello. Es solo que no quiero conservar nada de la época que he pasado aquí. No quiero recordar constantemente que estuve a punto de vivir una vida diferente de la que mis padres habían pensado para mí.

Marit me escudriñó con la mirada.

–Entra –dijo–, pero antes vamos a meter la carretilla en el vestíbulo, que aquí desaparecerá en un santiamén.

Me llevó del brazo, y juntas subimos la carretilla por los peldaños del portal.

En el vestíbulo del edificio, que olía a felpudos de cáñamo mugrientos y comida rancia, la ató bien con una cuerda y luego me ayudó a entrar la maleta a su apartamento. Sin embargo, en lugar de abrirla me llevó a su sofá, que había recuperado de una casa que iban a demoler. Era lo bastante grande para dos adultos.

–O sea que la conversación con Michael no ha ido bien.

Negué con la cabeza.

–No. Quiere ser él quien lleve el dinero a casa, ¡y al mismo tiempo me acusa de retrógrada! No volveré a verlo jamás. –Sentí crecer la ira en mi interior.

–Michael es idiota –sentenció Marit, y no intenté contradecirla.

–Yo creía que lo veía de otra forma. Confiaba en que nuestro amor era lo bastante fuerte para superar cualquier cosa juntos.

–Ya encontrarás un hombre así, descuida. –Suspiró y me pasó un brazo por los hombros–. ¿De modo que regresas a la finca?

Asentí y la abracé.

–Para mí eres la persona más valiosa del mundo. Y eso no va a cambiar por mucho que esté en Lejongård. Siempre serás bienvenida allí.

Mi amiga se inclinó y me dio un beso en la frente.

–Lo mismo te digo a ti. Y cuando tu madre o la finca te saquen de quicio, escríbeme o ven a pasar un par de días en mi sofá.

–¡Será un placer! –le aseguré.

Algo después, me despedí de ella y me marché. No me sentía mucho mejor, porque temía lo que me aguardaba. Ya no solo lloraba la pérdida de Hendrik y de padre, también del tiempo que había pasado con Michael. Su rechazo era una herida que tardaría mucho en cerrarse, pero tal vez llegara un día en que volviera a mirar al futuro con despreocupación.

Capítulo 18

YA HABÍA OLVIDADO lo mucho que pesaba el cuadro que me había llevado a Estocolmo cuando cargabas con él bajo el brazo durante un rato. El sudor me caía por la nuca, se colaba bajo el vestido y me resbalaba por la espalda. Me dolían los pies, y me arrepentí de no haber telegrafiado a madre para pedirle el carruaje. Llegué al pueblo montada en un carro lechero, visto que no tenía fuerzas para afrontar a pie el largo trayecto. Incluso cuando me había marchado de la finca, lo había hecho en el carruaje. En fin, de todos modos ya estaba a punto de llegar.

A pesar de que el dolor provocado por el abrupto final de mi historia de amor con Michael seguía abrumándome de manera intermitente, intentaba mirar hacia delante. Mi decisión estaba tomada, así que debía sacarle el mayor partido posible. Me detuve unos instantes ante la verja, como si fuera el portal hacia un reino encantado. Me había convertido en la señora de Lejongård y me encargaría de que la finca avanzara hacia una nueva época. Respiré el aire fresco de primavera y entré.

Un par de mozos de cuadra me vieron y echaron a correr para dar el aviso en la casa. Cuando subía los peldaños de la entrada, la señorita Rosendahl salió a recibirme.

–¡Señorita, qué bien que haya vuelto! Pero ¿por qué no nos ha dicho nada? ¡August habría ido a buscarla!

–Me apetecía andar un poco, gracias –dije, y me esforcé por sonreír.

–¿Dónde está su equipaje? –siguió preguntando–. ¿Quiere que mande a buscarlo?

Señalé el cuadro enmarcado que llevaba bajo el brazo.

—No traigo más que esto y mi bolsa.

Ella me miró extrañada.

—Ya he mandado a una criada a que avise a la señora —dijo entonces.

—Gracias, señorita Rosendahl. Primero iré a mi habitación a adecentarme un poco. ¿Podría encargarse de que me preparen un baño? Querría quitarme de encima el olor a tren.

—Por supuesto, señorita. Enseguida se lo encargo a Lena.

—Gracias.

Asentí con la cabeza y subí con mi bolsa de viaje. Cerré la puerta de mi habitación y luego me miré en el espejo.

Seguro que a Marit mi aspecto le habría seguido pareciendo espantoso. Tenía el pelo alborotado, sueltos algunos mechones del moño, mejillas pálidas y ojos apáticos. Bajo ellos se veían sombras oscuras, ya que en el tren, pese a lo cansada que estaba, no había podido dormir. Ni el mejor maquillaje del mundo habría podido arreglarlo.

Al cabo de un rato apareció Lena. Los ojos le brillaban como si le hubieran dado una noticia estupenda.

—¡Señorita, ya ha vuelto usted!

—Sí, he vuelto.

—Nos alegra mucho a todos. ¿Qué desea que haga?

—Querría darme un baño. Y me preguntaba si la blusa negra que me dejó mi madre vuelve a estar lista.

—Lo está. Yo misma la colgué ayer en el armario.

—Muy bien. Pues vamos allá.

La muchacha asintió y salió corriendo de la habitación.

Me quité la ropa del viaje, la lancé sobre la cama y me la quedé mirando. Michael solo me había visto una vez con ella y le había parecido arrebatadora, pero eso le pasaba con todos los vestidos que luego podía quitarme. Todavía me costaba creer que mi herencia nos hubiera separado. Por lo visto, en contra de todos nuestros juramentos de amor, yo no significaba tanto para él como él para mí. Después de palpar un rato la tela rugosa mientras contenía la nostalgia, decidí quedármelo. De todas formas, ya no me lo pondría más, pero tendría su sitio en una caja dentro del armario. Algún día, cuando fuera vieja y tuviera el pelo gris, tal vez me ayudara a recordar.

DESPUÉS DE BAÑARME y cambiarme de ropa, bajé al salón, donde creía que estaría mi madre. Ya me encontraba algo mejor, el baño me había reanimado y también se había llevado parte de mis oscuros pensamientos. En efecto, Stella estaba sentada en su sofá de ratán preferido, con un libro en el regazo.

–Madre –dije, y conseguí que cerrara las tapas de cuero, respirara hondo y me mirara.

–Agneta.

No sé qué vería en mi rostro, pero ella parecía haber adelgazado más aún, a pesar de que la señora Bloomquist se esmeraba en alimentarla como era debido.

–De modo que has vuelto. Tendrías que haber pedido el carruaje.

–He aprovechado un carro que venía al pueblo, y luego me ha apetecido andar un poco –repuse–. Tenía que reflexionar.

Vi que le interesaba saber quién me había traído, pero no lo preguntó.

–Llegas en buen momento, acabo de pedirle café a Susanna –dijo–. Te tomarás una tacita conmigo, ¿verdad?

–Con mucho gusto –dije, y era cierto. El café me levantaría el ánimo.

–¿Ya has arreglado tus asuntos? –preguntó.

Casi sonó como si fuera una enferma terminal a quien no le quedaba mucho de vida. Aunque, en cierto modo, mi vida en Estocolmo sí había muerto.

Asentí con la cabeza y noté una pesadez inmensa en todo el cuerpo.

–Sí. He dejado el apartamento y notificado mi renuncia a la facultad.

Sonaba a poca cosa, pero cuando acabé de redactar la carta para la Real Academia de Bellas Artes me había echado a llorar de nuevo.

Cuánto había deseado dos años antes de que me aceptaran en esa escuela donde Anna Nordlander había sido la primera mujer en estudiar, donde Carl Larsson se había convertido en un pintor conocido... Qué feliz había sido cuando recibí el documento de aceptación, y sin embargo ahora tenía que abandonarlo todo y dejarlo atrás. Echaría de menos el gran edificio blanco de Fredsgatan, que se asemejaba un poco a un teatro.

Mi madre recibió mi respuesta con un gesto de la cabeza, incapaz de ocultar su alivio.

—Me alegra que hayas optado por la familia y la finca. Ahora tendrás mucho en que pensar.

—Sí, madre —contesté, exhausta, y me dejé caer en un sillón. Me habría gustado buscar consuelo en otra persona, porque mi madre no era la más indicada.

—Entre otras cosas, debes pensar en encontrar un hombre. Un hombre adecuado —añadió, como si no se fiara de mi juicio.

—¿No debería echar antes un vistazo a los libros de padre y al negocio? —repliqué—. Doy por sentado que todavía no sabes por qué pidió ese préstamo a un financiero de mala reputación.

—No, no lo sé, pero gracias a tu pronta actuación, ya hemos podido saldarlo.

Después de anunciar ante Jensen que aceptaba la herencia, había encargado al notario que hiciera todas las diligencias en mi nombre. La deuda estaba saldada, y el agujero que había dejado el préstamo en nuestra fortuna pronto quedaría subsanado. Sin embargo, seguía existiendo el misterio de por qué se había mezclado mi padre con un dudoso prestamista de Estocolmo.

—A una mujer de tu posición no le corresponde ocuparse de los negocios —observó—. Tu obligación es asegurar la continuidad de la casa.

–¿Te refieres a traer niños al mundo? –Apreté los labios; habría preferido evitar ese tema nada más regresar–. ¿No crees que eso también puedo hacerlo mientras dirijo la finca?

Hasta cierto punto, esperaba que dijera que una madre tenía que ocuparse de sus hijos. Por lo que podía recordar, Hendrik y yo siempre habíamos estado a cargo de institutrices y niñeras. Madre solo interpretaba su papel en ocasiones especiales o cuando teníamos visita. Por lo demás, apenas la veíamos. Respiré hondo y miré el suelo, después directamente a ella.

–Considero que mi primera obligación es encargarme de que Lejongård no sufra ningún perjuicio –empecé, todo lo tranquila que pude después de sus palabras–. No creo que haya en los alrededores ningún hombre que conozca a fondo nuestra finca. Además, las dos seguimos aún de luto. ¿De verdad crees que tengo presencia de ánimo para andar de bailes y dejarme cortejar, cuando hace tan poco de las muertes de Hendrik y de padre?

–¿Y el conde Ekberg? Lo conoces muy bien, por lo menos antes. Sigue soltero, como tú, y tengo la sensación de que no le importaría aceptarte como esposa.

–¿Que no le importaría? –repetí con asombro–. Madre, ¿de verdad piensas que un matrimonio tiene que ser algo que no les importe a los cónyuges? ¿No crees que deberían amarse? –La fulminé con la mirada. ¿Acaso argumentaría que ella solo había cumplido con su deber y que el amor era algo secundario en el matrimonio?–. Madre –dije, algo más calmada–, ya sabes que somos amigos desde niños.

–¿Y qué?

–¿No te parece que, si me interesara como pretendiente, ya le habría mandado alguna señal? Es un amigo, tal vez el mejor que tengo aquí, y eso seguirá siendo así. Un amigo.

Un instante después se oyó un sonoro tintineo en el vestíbulo.

–¿Qué ha sido eso? –pregunté, y me levanté, contenta por la interrupción.

Todavía no había llegado a la puerta del salón cuando se oyó un grito. Salí corriendo y vi que Marie se inclinaba sobre Susanna, que estaba en el suelo, junto a la bandeja de café que iba a servirnos.

–¡Por el amor de Dios! ¿Qué ha ocurrido? –le pregunté a Marie.

La muchacha sacudió la cabeza.

–No lo sé, señorita. Oí un ruido y cuando salí al pasillo ya estaba aquí caída.

Rodeé a Susanna y le di toquecitos en las mejillas.

–Avisa a Peter. ¡Que vaya a buscar al doctor Bengtsen!

Marie asintió y se fue corriendo. Un instante después apareció mi madre.

–¿Qué tiene? –preguntó.

–No lo sé. ¿Sufre desmayos?

–No, hasta ahora no había ocurrido nada parecido.

Susanna abrió los ojos y nos miró, desconcertada.

–¿Qué ha pasado? –preguntó aturdida, y quiso incorporarse, pero la empujé con delicadeza por el hombro.

–Has perdido el conocimiento –contesté–. ¿Te duele algo? ¿Has tropezado?

–No... No sé, de pronto lo vi todo negro. –Cuando comprendió que había tirado la bandeja del café, se estremeció–. Lo siento, señorita, no quería...

–Claro que no querías.

Miré a mi madre. Stella Lejongård jugueteaba con su largo collar de perlas. No parecía demasiado preocupada, más bien algo sorprendida.

Un instante después, Marie volvió.

–Peter ya está de camino.

–Bien, pues ayúdame. La llevaremos a su habitación.

–¿No puede encargarse otra criada? –preguntó mi madre, pero negué con la cabeza.

–Ya estoy aquí y puedo ayudar. No hace falta convertirlo en un gran acontecimiento. –Me dirigí a Susanna–: ¿Crees que podrás caminar?

–No lo sé. –Empezó a temblarle todo el cuerpo.

–Apóyate en nosotras.

Le indiqué a Marie que se colocara al otro lado mientras yo levantaba a Susanna tomándola del brazo izquierdo. Juntas logramos ponerla de pie, pero todavía estaba muy débil. La llevamos despacio por los pasillos. Parecía insegura y temblaba, sus piernas amenazaban con ceder. ¿Qué le ocurriría? Tardamos una eternidad en subir la escalera, pero por fin llegamos a los aposentos del servicio, en la planta más alta. La tumbamos en la cama. Susanna tenía la frente cubierta de sudor y la piel fría. ¿Qué podía pasarle a una muchacha tan joven?

–Marie cuidará de ti hasta que llegue el médico –dije, y le acaricié la frente para tranquilizarla.

Ella asintió y me miró con súplica.

–Perdóneme, por favor, de verdad que no quería estropear el servicio de café.

Mi madre podría soportarlo. Teníamos más juegos de porcelana.

–No te preocupes, no podías evitarlo si has perdido el conocimiento. Ahora intenta descansar un poco.

Le di unos toquecitos en el hombro e indiqué a Marie que saliera conmigo.

–No te apartes de su lado, ¿entendido?

Ella asintió.

–¿Te ha dicho si se encontraba mal hoy?

–No, parecía estar como siempre.

–¿Y estos últimos días?

–Nada. –Marie me miró con extrañeza–. ¿Qué podrá ser? ¿El corazón, quizá? Mi abuelo también se cayó de repente y fue un ataque cardíaco.

–Por desgracia, no soy médico –repuse–. Lo cierto es que las jóvenes como ella no se desploman así como así. –Suspiré–. Vuelve ahí dentro y avísame enseguida si empeora. Seguro que el médico llegará pronto.

Marie asintió y entró en la habitación. Yo me quedé un momento en el pasillo. Por mi cabeza pasaban diversas suposiciones, pero no dejé que ninguna cobrara forma. Fuera lo que fuese lo que tenía Susanna, el doctor lo descubriría.

Regresé al salón. Lena estaba recogiendo los añicos de porcelana, y todo el pasillo olía al café derramado.

—¿Cómo se encuentra? —preguntó mi madre, que volvía a estar sentada en su sofá.

—Igual. Marie se ocupa de ella.

—Tal vez no había comido nada. Ya se sabe cómo son estas jóvenes de hoy en día.

—No lo creo, pero esperemos a ver qué dice el médico.

Media hora después llamaron a la puerta. Bruns fue a abrir y acto seguido Hanno Bengtsen se presentó en el comedor. Me levanté y me dirigí hacia él.

—Gracias por acudir tan deprisa —dije a modo de saludo—. Sígame, doctor, por favor.

Lo llevé arriba, a las dependencias del servicio, y llamé a la puerta de la habitación que Susanna compartía con Marie.

Abrió esta última, y se notaba que acababa de hablar animadamente con Susanna.

—Ya está mucho mejor —informó, alegre.

—Eso tendrá que decidirlo el doctor. —Me volví hacia él—. ¿Necesitará algo?

—Un barreño con agua, una toalla y jabón.

—Marie, ¿serías tan amable de traer lo que pide?

—Sí, señorita.

Él asintió.

—Gracias. Ahora, debo rogarle que se quede fuera.

—Desde luego, doctor. Esperaré aquí.

Bengtsen cerró la puerta. Poco después entró Marie con el barreño de agua. Al cabo de un momento volvió a salir.

—Lo mejor será que bajes a tranquilizar a los demás —dije—. Seguro que querrán saber qué ha ocurrido.

–Muy bien, señorita.

Asintió y se retiró. Yo me quedé en el pasillo. Aquella planta era un reino prohibido para los señores. Pertenecía a nuestra casa, desde luego, así que podíamos estar en ese pasillo si queríamos. Sin embargo, rara era la ocasión en que un miembro de la familia se dejaba ver por allí. De niños, Hendrik y yo subíamos a veces, hasta que la institutriz nos sorprendía y nos regañaba. Más adelante, nuestro interés por esa zona de la casa desapareció.

El tiempo se me hacía eterno. Cuando el médico salió de la habitación, tuve la sensación de que había pasado una media hora. Su semblante parecía serio. ¿De verdad era tan grave?

–¿Cómo se encuentra? –pregunté.

Bengtsen arrugó la frente.

–Lo cierto es que no hay motivo para inquietarse. Al menos desde un punto de vista médico.

–¿Y en algún otro sentido?

El médico miró alrededor como si creyera que podía haber alguien escuchando.

–Bueno, como médico estoy obligado a guardar secreto profesional. Debería preguntarle usted misma a su empleada. Si ella quiere contárselo...

–Lo haré –dije–. Muchas gracias por haber acudido enseguida, doctor.

Bengtsen asintió y me dio la mano.

–Supongo que a partir de ahora nos veremos más a menudo, ¿no?

–Sí, desde luego –respondí–. Aunque espero que no sea por motivos de salud.

–Eso espero yo también. –Sonrió y añadió–: Será usted una buena señora para estas tierras, condesa Lejongård.

Condesa Lejongård. Me sonó tan extraño... y hasta cierto punto falso. Pero sí, lo era.

El médico echó a andar por el pasillo con su maletín. Lo seguí un momento con la mirada y me volví hacia la puerta de la habitación, tras la que oía el leve llanto de Susanna. ¿Qué ocurría? Si su salud no era motivo de preocupación, ¿qué podía serlo? Llamé y esperé respuesta.

Primero oí solo un sollozo, después Susanna contestó con la voz tomada:

—Adelante.

Estaba sentada en la cama con su camisón blanco, sus brazos rodeaban las rodillas dobladas. Al verme, se sobresaltó y agachó la cabeza.

—¿Cómo te encuentras, Susanna? —pregunté mientras me acercaba a la cama.

—¿No se lo ha dicho el médico?

Negué con la cabeza.

—Los médicos deben guardar confidencialidad. Solo quiero saber cómo estás. No tienes por qué contarme nada si no quieres.

Mantuvo la cabeza gacha un poco más y luego me miró.

—De todos modos, no podré mantenerlo en secreto —dijo, abatida.

—¿En secreto? ¿Qué no podrás mantener en secreto?

Apretó los labios y las lágrimas afloraron a sus ojos.

—Susanna...

—Estoy encinta —consiguió decir.

—¿Encinta?

Me la quedé mirando. En realidad habría sido motivo de alegría, solo que Susanna no estaba casada y trabajaba como criada en casa. Me recorrió un escalofrío al pensar en el destino que la aguardaba. Aunque yo no compartía la opinión de que las mujeres debían casarse en cuanto se quedaban embarazadas, sabía lo poco que habíamos logrado cambiar las costumbres en ese punto. Susanna quedaría marcada para siempre y nadie querría contratarla. A veces las mujeres como ella solo tenían dos salidas: el suicidio o la prostitución.

—¿Está seguro el médico? —pregunté—. Me refiero a... ¿Tú has notado algo?

–He tenido náuseas, aunque eso he podido ocultarlo –dijo entre sollozos–, y no me ha venido el período.

Aquel era el indicio más claro. Incluso yo conocía el miedo que provocaba un retraso de la menstruación. Siempre había intentado contar muy bien los días, y Marit me había dado una mezcla de hierbas que había conseguido de una anciana de las afueras de la ciudad, pero a veces esos días del mes tardaban en llegar. Y aunque incluso me habría gustado tener un hijo con Michael, me alegraba de que no fuera así. Sobre todo desde que había desaparecido de mi vida.

–¿De cuánto estás? –pregunté, e intenté reprimir el recuerdo de Michael antes de que aflorasen en mí sentimientos fuera de lugar.

–No lo sé. Uno o dos meses. Cuando no me vino la regla, no le di importancia. Pensé que ya me vendría, porque a veces me ha pasado...

Respiré hondo.

–¿Sabes quién es el padre?

Asintió.

–¿Alguien de la finca?

No contestó.

–Susanna, aunque soy tu señora sé que no es cosa mía con quién tienes una relación, pero supongo que sabes que puedes tener problemas si el padre del niño no se casa contigo. –Jamás habría pensado que esas palabras saldrían de mi boca.

–Él... no se casará conmigo –repuso, triste–. Lo nuestro ha terminado.

–Sin embargo, ahora es padre. Debería asumir la responsabilidad, sea cual sea la situación. Aunque ya esté casado...

–No lo está, pero no puede hacerse responsable, y no quiero pensar más en eso.

Respiré hondo. Esa explicación no valdría de cara a la sociedad, y no quería ni imaginar lo que pasaría cuando se enterase mi madre.

–¡No le diga nada a la señora, por favor! –suplicó Susanna un instante después.

–Por desgracia, tendré que hacerlo. Ahora todavía puedes ocultarlo, pero en algún momento se te notará la barriga. Pero no pienso despedirte.

–¿Ah, no? –preguntó, sorprendida.

Negué con la cabeza.

–No. Hasta ahora has hecho un trabajo impecable y, por lo que he oído, siempre has sido muy hacendosa. Ignoro cómo has acabado encinta, pero espero que amaras al padre y que no te hicieran esto a la fuerza.

–No, nadie me forzó –dijo, y sus ojos volvieron a humedecerse–. Durante una temporada creí que acabaría siendo su esposa, pero luego todo cambió.

¡Menudo sinvergüenza!, pensé. Primero se aprovechaba de su amor y luego no quería casarse. ¿Se trataría de alguien de la finca? Supuse que sería alguien del pueblo con quien se veía en sus días libres.

–Bien, veremos qué puede hacerse. Pero insisto en que tendré que contárselo a mi madre. Aunque solo sea porque ya no podrás realizar trabajos pesados. No quiero que vuelvas a desplomarte.

Susanna asintió, aunque para ella suponía de todo menos alegría. Quería ayudarla. Algunas sufragistas de Estocolmo la habrían enviado a una abortera, pero yo no me veía proponiéndoselo.

–Y en cuanto al niño –añadí–, también intentaré encontrar una solución.

–Muchas gracias, señorita –contestó, y se tapó con la manta.

Cuando salí de la habitación, me detuve un momento en la escalera. Por desgracia, un embarazo solo podía mantenerse en secreto hasta cierto punto. Mi madre se pondría hecha una furia cuando se enterase. En Lejongård jamás había trabajado ninguna muchacha encinta. Las chicas que querían casarse dejaban el servicio, y a las que tenían un embarazo ilegítimo se las despedía.

Tal vez lograra contener la ira de mi madre hasta encontrar una solución para Susanna, pero, aunque consiguiera protegerla, el asunto era muy problemático. Como todavía teníamos algo de margen hasta que fuera evidente, quise creer que se me ocurriría algo.

Capítulo 19

A LA MAÑANA siguiente, temprano, fui al despacho de padre. Antes no había día en que él no tuviera allí una cita con alguien. A los socios comerciales más importantes ya se les habían notificado los cambios en la finca, pero seguramente esperaban también una carta mía.

La habitación se había ordenado a fondo desde mi conversación con el inspector, pero el olor de los puros de mi padre seguía ahí. Impregnaba los infolios y las cajas de expedientes, los sillones de cuero y las altas librerías. En el escritorio se amontonaban las cartas. Aunque las habían dejado en varias pilas, algunas habían resbalado hacia un lado. Tal vez debiera empezar por ahí. Me senté en la silla alta que había tras la mesa. Era incómoda. A mi padre le gustaba que el mobiliario de trabajo no fuese confortable. Hojeé los sobres. Algunos contenían pésames retrasados; otros, las cuentas y la correspondencia habitual entre proveedores y clientes. Mi padre debía de haberse interesado por nuevos sementales hacía poco, y las respuestas acababan de llegar. ¿Estarían ya informados todos esos criadores de caballos de la nueva situación? Unos golpecitos en la puerta me sacaron de mis elucubraciones. ¿Había decidido mi madre ayudarme con la correspondencia?

—¡Adelante!

Bruns apareció en el umbral.

—Disculpe, señorita, un tal Max von Bredestein está aquí. Afirma que tenía una cita con su padre. Tal vez quiera hablar con él.

—¿Una cita? ¿Para qué?

177

–Bueno, por lo que sé, su padre estaba valorando contratar un administrador.

–¿Un administrador?

Pero si padre tenía a Hendrik, que lo ayudaba a dirigir la finca. ¿Para qué necesitaba otro administrador? El último al que conocí era el viejo Gridholm. Murió cuando Hendrik tenía catorce años. Solo unas semanas después, padre empezó a involucrar a mi hermano en los negocios.

–Está bien. Hágalo pasar.

Me levanté y me alisé el vestido. No sabía nada de ese plan de mi padre. ¿Habría informado a mi madre?

Poco después volvieron a llamar.

–¡Adelante!

El señor Von Bredestein resultó ser un hombre muy atractivo, de unos treinta años. Su pelo oscuro y rizado parecía alborotado, y quizá lo llevaba un poco más largo de lo que correspondía a la moda, pero atrajo mi mirada tanto como sus brillantes ojos azules, que contemplaban el mundo por debajo de unas bonitas cejas curvas. Habría sido un modelo ideal para cualquier pintor. De cuerpo atlético, vestía pantalones negros, camisa blanca y una americana de tweed beis. Por lo visto, había llegado a caballo, ya que sus botas de montar, que esa mañana sin duda habrían estado impolutas, exhibían numerosas salpicaduras de barro. Su aparición me dejó tan prendada que por un momento se me olvidó lo que debía decir.

También él parecía asombrado. ¿Había pensado que sería mi madre la condesa Lejongård a la que veía?

–Buenos días, señor Von Bredestein –conseguí decir al fin–. Me alegro de conocerlo.

–Lo mismo digo –repuso él con leve acento–. El caso es que esperaba encontrar a su señor padre.

De modo que nadie le había dado la noticia.

–Mi padre, por desgracia, falleció hace dos semanas –expliqué.

Von Bredestein se quedó atónito.

–Vaya... Lo siento mucho. Yo... –Me miró, desconcertado–. Mi más sentido pésame.

–Gracias.

–Entonces, seguramente llego en mal momento, ¿verdad? –Abochornado, jugueteó con los puños de su camisa, que asomaban bajo las mangas de la chaqueta.

–Bueno, quizá sea mejor que nos sentemos –propuse–, y así podrá informarme, si es tan amable, de lo que habían acordado con mi padre. No hace mucho que soy la señora de la finca. Hoy es mi primer día, para ser exactos.

–Oh. –Me dirigió una sonrisa tan cautivadora que por un momento deseé haberlo conocido en otras circunstancias–. Entonces, es una situación inédita para ambos, ¿verdad?

A mí, sin embargo, me costaba imaginar que ese hombre tan maravilloso no lograra arreglárselas en cualquier situación. El hecho de que, aun así, dejara entrever cierta inseguridad hizo que me cayera simpático. En Estocolmo había conocido a hombres muy diferentes. Le indiqué que se sentara frente al escritorio. Debería haberlo llevado al tresillo de la ventana, pero eso me ponía nerviosa. Detrás de la mesa me sentía más segura.

–Vi a su padre en Estocolmo, hará un mes –empezó Von Bredestein, una vez sentado–. Entablamos conversación en una subasta de caballos.

–¿Quería usted comprar caballos?

–Sí, para la finca de mi padre.

Enarqué las cejas. Si su padre tenía su propia finca, ¿por qué estaba en Lejongård?

–¿Y mi padre quiso contratarlo?

–No, fue decisión mía ofrecerme, aunque puedo entender que ahora no necesiten de mis servicios. Seguro que su marido pronto se hará cargo de la administración de la finca.

Al verlo sonriéndome, tan encantador, sospeché que solo me había hecho esa pregunta para descubrir si estaba casada.

–No tengo marido –repuse–. Me he propuesto llevar la finca yo sola.

–Bueno, siendo hija de la casa, tendrá la experiencia necesaria.

–Así es, pero eso no quita que no me venga bien un poco de ayuda. –Me lo quedé mirando. Su aplomo desprendía cierta arrogancia que, no obstante, lo hacía muy atractivo–. Dígame, ¿por qué quiere abandonar la finca de su padre? –añadí–. Seguro que él no se alegrará de perder su ayuda.

Una sonrisa triste asomó a su rostro e hizo refulgir sus ojos.

–Pues eso espero –repuso–, aunque él y yo nunca nos hemos entendido demasiado. Además, soy el segundo hijo. Mi hermano mayor se hará cargo de la finca algún día. De una forma u otra, no seré más que un empleado.

–¿No se lleva bien con su hermano?

–No, en absoluto. Se alegrará de mi marcha. –Hizo una breve pausa y preguntó–: ¿Usted tiene hermanos? Su padre no me contó mucho de la familia.

–Tenía uno –respondí, y sentí que se me encogía el corazón–. Murió con mi padre.

–Oh, lo siento mucho...

Asentí con la cabeza.

–Era mayor que yo, y nos llevábamos muy bien. Él tendría que haberse quedado con la finca, pero ahora la heredera soy yo...

–No parece que le entusiasme mucho.

–Sí, claro que me entusiasma, pero he tenido que pagar un precio muy alto. –Nos miramos a los ojos, y no supe qué veía él en los míos–. En cualquier caso, pienso tomar las riendas de mi vida. –Entorné un poco los ojos. Ese hombre tenía algo que me resultaba extraño. No era sueco, pero ¿de dónde procedía? –. Es usted alemán, ¿verdad? –pregunté–.

¿De qué parte?

–De cerca de Stralsund, en Pomerania.

–La ciudad que Wallenstein quiso pero no pudo conquistar en la guerra de los Treinta Años –comenté.

De niña había oído contar cómo los habitantes de Stralsund se organizaron para defenderla y, gracias a la ayuda de nuestro rey Gustavo Adolfo, habían resultado victoriosos.

–Así es, en ese aspecto tenemos mucho que agradecerle a Suecia. Aunque después las tropas suecas no fueron precisamente remilgadas con los campesinos. El «trago sueco» era un método de tortura bastante pérfido que puso a muchas personas en contra de sus compatriotas.

Lo observé un momento. Me gustó que supiera de historia. Por lo visto tenía otros intereses, además de los caballos.

–Pues menos mal que esos tiempos terribles ya pasaron –comenté–. Según parece, los pomeranos han firmado la paz con nosotros.

–Mi padre incluso se casó con una sueca. –Sonrió satisfecho–. Por eso hablo un poco su lengua.

–Habla usted un sueco excelente –lo alabé, consciente de que él buscaba un cumplido, ya que estaba claro que dominaba perfectamente el idioma de su madre. Aun así, decidí seguirle la corriente.

–Gracias, es usted muy amable. –Su sonrisa confirmó mi suposición–. También por eso decidió mi padre enviarme a buscar caballos media sangre suecos. Nuestras cuadras necesitan sangre nueva, y aquí tienen animales extraordinarios.

Ladeé la cabeza.

–Pues quizá fuera un gran error por parte de su padre, ¿no? Ahora corre el peligro de perderlo. ¿Ha sido una decisión repentina o barajaba desde hace tiempo la idea de jugarle una mala pasada?

–No le deseo ningún mal a mi padre, aunque Dios sabe que se lo tendría merecido. Solo quiero ser independiente y no tener que verme siempre comparado con mi hermano. Ya que mi madre es sueca, como le he dicho, pensé que sería estupendo empezar de nuevo aquí, en su patria.

Me recliné en el respaldo y, mientras contemplaba su rostro, reflexioné. No parecía haber traído referencias, solo el rechazo hacia su familia. Mi padre debió de considerarlo lo bastante interesante para invitarlo a Lejongård y conversar con él. Von Bredestein quería ser independiente, un anhelo que compartíamos.

¿Debía darle una oportunidad? Tenía algo que me atraía, pero ese no podía ser un criterio para contratarlo, sobre todo porque acabábamos de perder cinco mil coronas en un dudoso préstamo y no podíamos permitirnos gastos innecesarios.

—¿Cuenta con experiencia en la administración de una finca como esta? —pregunté—. ¿Qué tamaño tienen las cuadras de su padre?

—En total tenemos unos trescientos caballos. De modo que no son demasiado grandes, pero tampoco pequeñas. Su finca es mucho mayor, desde luego, aunque no creo que su funcionamiento sea muy diferente. Por desgracia, no puedo entregarle ninguna carta de recomendación de mi padre... No me atreví a pedírsela, por motivos obvios.

Asentí con la cabeza, me incliné y apoyé las manos sobre el escritorio.

—Le seré sincera. Hace apenas un par de semanas, yo aún estudiaba en Estocolmo. Todo estaba muy claro. Sin embargo, ahora estoy aquí, y no ocultaré que me iría bien algo de ayuda. Mi madre nunca se implicó en los negocios y hace mucho que no disponemos de administrador. Aun así, sinceramente, me extraña un poco que mi padre hablara con usted sobre un puesto de administrador, cuando en realidad mi hermano recibió la formación necesaria para hacerse cargo de la finca.

Hice una breve pausa y dejé que mis palabras calaran. Su mirada rezumaba curiosidad y se lo veía algo tenso. Era evidente que necesitaba el trabajo.

—Pero las cosas son como son —proseguí—, y, como le digo, me hace falta alguien que pueda aconsejarme en la gestión de la finca. Así que... ¿cuándo podría empezar?

Von Bredestein enarcó las cejas con sorpresa.

—¿Significa que quiere contratarme?

–Sí, en efecto. Primero a prueba, durante medio año. A fin de cuentas, no tengo ninguna referencia suya.

–Le prometo que no la defraudaré.

–Eso espero. Disponemos de una pequeña vivienda independiente en los terrenos, donde puede instalarse por el momento. El antiguo administrador también vivía allí. Le pagaré ochenta coronas al mes, más alojamiento y manutención. ¿Dónde se hospeda ahora?

–Bueno, había esperado poder instalarme enseguida, pero quizá sea mejor que pase esta noche en la fonda. Seguro que todavía habrá que acondicionar esa vivienda.

Asentí con la cabeza.

–Está bien. Venga mañana temprano y se lo enseñaré todo. La fonda del pueblo es muy buena, pida que carguen la habitación a la cuenta de la finca.

–Es muy generoso por su parte –repuso Von Bredestein, algo sorprendido–. Gracias.

–No hay de qué. Si cumple con mis expectativas, el gasto habrá valido la pena.

–Ya habla como toda una mujer de negocios.

–Dios sabe que no lo soy, pero con su ayuda tal vez me convierta en una –contesté, y le sonreí.

–Hasta mañana, pues, condesa Lejongård. –Hizo una breve reverencia y se volvió hacia la puerta.

–Si quiere comunicarle con rapidez a su padre su nueva situación laboral, en el pueblo hay una oficina de telégrafos.

–¿Y por qué debería comunicárselo con rapidez? –repuso Von Bredestein, sonriendo, antes de marcharse.

CONTEMPLÉ LA PUERTA sin saber muy bien qué me había ocurrido. Mi padre tenía buen ojo para el talento, por lo menos cuando se trataba de la finca y los caballos. ¿Lo había visto en Von Bredestein? Probablemente sí, pues de otro modo no le habría ofrecido el puesto de administrador, y yo, aun sin estar preparada para la vida como propietaria de la finca, sabía que era inteligente aceptar consejos. Si de verdad Bredestein era tan bueno como mi padre había intuido, podría serme de gran ayuda.

Me costaba creer que padre me hubiera hecho ese favor póstumo, aunque seguía preguntándome por qué no había confiado en Hendrik para que llevara la finca él solo.

Llamaron a la puerta. ¿Sería otra visita? Más me valía echar un vistazo a la agenda de mi padre. Sin embargo, esta vez no fue Bruns el que entró para anunciarme una visita, sino mi madre. En la mano llevaba un sobre.

—¿No es tarea del servicio traer el correo? —comenté medio en broma.

Como siempre, ella fue al grano.

—El conde Bergen ha avisado que nos visitará hoy —dijo, y me entregó el telegrama.

—¿El mayordomo mayor del rey? —Hacía mucho tiempo que no veíamos a Bergen. Sin embargo, el telegrama que me tendió mi madre lo confirmaba.

—Sí. Desea hablar con la nueva condesa Lejongård.

—¿No es una visita muy precipitada? —me extrañé. Lo habitual era que el mayordomo mayor avisara con semanas de antelación.

—Bueno, es posible que esté motivada por la muerte de tu padre.

—Pero ¿no habría tenido tiempo más adelante? No seré formalmente condesa hasta dentro de un par de semanas.

Leí el telegrama, pero no daba ningún motivo.

—Supongo que será una visita de carácter general. A fin de cuentas, ahora diriges nuestra casa. Querrá hablar contigo por deseo del rey, de modo que preséntale tu mejor cara. Le diré a Linda que te prepare alguno de mis vestidos. Los que tienes en tu armario son demasiado juveniles, deberías hacer algo al respecto.

Como si no tuviera ninguna preocupación más que ir a encargar vestidos nuevos a la modista.

–Tal vez Linda pueda ir a comprarme un par de prendas a los almacenes de Kristianstad –propuse, aunque sabía que mi madre despreciaba la ropa de los grandes almacenes. Llevar uno de esos vestidos en una ocasión oficial era para ella una pequeña catástrofe.

–Será mejor que mandes llamar a nuestra modista. Así, por lo menos no correrás el peligro de que te confundan con un ama de llaves. Si quieres, le pido cita para que te enseñe los últimos modelos.

Cuando era más joven, me encantaban los pases de vestidos en el taller de la modista. Allí todo brillaba, relucía, resplandecía: tafetán, brocados, sedas, cuentas de cristal, lentejuelas doradas. Rodeada de ese sinfín de telas y accesorios me sentía como una princesa. Con el tiempo acabó pareciéndome algo anticuado, pero no me apetecía discutir con mi madre.

–Está bien, avisa a la modista. Como todavía tendremos que llevar luto una temporada, lo que sí necesitaré es un vestido oscuro. No puedo estar siempre tomando prestadas cosas de tu vestuario.

–Bueno, pero esta tarde no me dejes mal paseándote por ahí como una sufragista. –Y dio media vuelta.

Iba a preguntarle qué aspecto tenía una sufragista a sus ojos, pero entonces se detuvo y me miró de nuevo.

–Por cierto, ¿quién era el joven con el que acabo de cruzarme?

–Max von Bredestein. Padre lo conoció en Estocolmo y quería contratarlo como administrador.

Stella levantó fugazmente las cejas.

–¿Contratar a un administrador? ¿Y eso por qué?

–No lo sé. ¿Tal vez para contar con algo de ayuda?

–¡Pero si tenía a su hijo!

Justo lo que había pensado yo, pero tenía tan pocas explicaciones para ello como para el contrato de préstamo.

–Von Bredestein es de Pomerania, donde su padre tiene una finca –seguí explicando–. Padre lo conoció en el mercado de caballos y debió de ver en él a un hombre útil.

—¿Su padre tiene una finca, dices? Entonces, ¿por qué quiere trabajar aquí?

—Es el segundo hermano, madre. Además, la relación con su padre no es la mejor del mundo y quiere independizarse. Puedo entender esa sensación.

Ella me fulminó con la mirada.

—Nunca es bueno dejar a un padre en la estacada, no importa lo que haya ocurrido.

Esa pulla no me pasó por alto, pero no pensaba dejarme provocar.

—¿Vas a contratarló? —siguió preguntando mi madre.

—Ya lo he hecho. No tengo idea de cómo se dirige una finca, y estoy segura de que podrá ayudarme mucho en ese aspecto.

Mi madre me lanzó una mirada críptica antes de retirarse.

Capítulo 20

JUSTO ANTES DE la llegada del mayordomo mayor, me puse un vestido de noche oscuro y me miré en el espejo. Era algo anticuado, con pequeñas mangas abombadas, corpiño rígido y falda estrecha. A esas alturas, en Estocolmo se habían puesto de moda diseños muy diferentes, más holgados. Se llevaban atuendos *à la japonaise,* telas sueltas decoradas con valiosas blondas que te envolvían y se ceñían a la cintura con un cinturón ancho, o vestidos de capas estilo túnica. Debajo de esos amplios modelos para el té, la mujer podía prescindir del corsé con total tranquilidad. A la universidad casi siempre iba muy sencilla, con falda y blusa, pero de vez en cuando Marit y yo nos deteníamos ante el escaparate de alguna sastrería para admirar los diseños más novedosos. Hacía tiempo que la moda no era un privilegio exclusivo de la nobleza, por eso Marit no le ponía ninguna pega. Tal vez debiera aprovechar la visita de la modista para actualizar mi armario, me dije. Pensara lo que pensase mi madre.

No obstante, ahora tendría que lucir ese vestido si no quería volver a encorsetarme en uno de los ceñidos modelos de Stella. Me enfundé los guantes largos y me dispuse a bajar.

Ella me estaba esperando en el salón, que hacía las veces de sala de recepciones. Se había puesto el vestido negro más elegante que había encontrado en su armario, aunque tampoco era más moderno que el que llevaba yo. Hacerle entender que la moda era cada vez más informal sería una empresa imposible.

–Se está retrasando –comentó consultando el reloj. Después me miró–. Necesitas vestidos urgentemente. Con ese pareces una niña de dieciséis años.

–En algunos círculos eso podría considerarse un cumplido.

–¿No quieres que te aprieten más el corsé? Se te ve la cintura más ancha de lo que debería.

–Mi cintura está muy bien. ¿No prefieres que comentemos el retraso del conde Bergen?

Mi madre hizo una mueca. Yo sabía muy bien que detestaba la impuntualidad, más aún que una vestimenta poco adecuada.

–Quería estar aquí a las ocho, y ya son y cuarto.

–Es posible que lo hayan entretenido. O le habrá pasado algo a su carruaje. Ya sabes cómo están los caminos por aquí.

Mi madre resopló y miró el vaso que sostenía. La rodaja de limón parecía un poco pocha por la gaseosa. Si hubiera sido yo quien llegaba tarde, me habría ganado un comentario hiriente, pero seguro que con el conde Bergen no se atrevería. Un momento después se oyó un estrépito seguido de un sonoro estallido. Nos levantamos de un brinco. Conocía ese ruido, en Estocolmo ya lo había oído alguna vez. Corrí a la ventana como una niña pequeña.

Por el camino llegaba un automóvil que poco después se detuvo en la rotonda, ante los escalones de la entrada. La pintura granate y los embellecedores dorados brillaban a la luz de los faroles del patio. Al volante, en un asiento tapizado en rojo y de aspecto muy cómodo, iba un joven de uniforme con gorra de plato y unas grandes gafas colgadas al cuello. Con la luz artificial, el chasis relucía como un joyero abierto. El conde Bergen iba sentado detrás, en un banco acolchado y tapizado en cuero que recordaba a un sofá Chesterfield.

Hendrik no habría salido de su asombro al ver esa estampa, y también a mí me dieron ganas de poseer un vehículo así. ¡Pasearse por los prados en un automóvil sintiendo el viento en la cara debía de ser fenomenal!

–¡Qué maravilla! –exclamé.

–¡Mira ese engendro del demonio! –espetó mi madre, indignada–. Presentarse en ese trasto como un espantajo buscando novia...

Tuve que contener una sonrisa. A mí jamás me habría tolerado un comentario tan despectivo sobre un empleado de la casa real. El automóvil, sin embargo, parecía acalorarla.

–No logro entender por qué el rey ha decidido comprar esos vehículos –añadió mientras sacudía la cabeza–. Seguramente será un capricho, como eso de jugar al tenis. ¿Te has enterado de que se presentó a un torneo y se inscribió con el nombre de «Mister G»?

Asentí. Los periódicos de Estocolmo habían informado de ello y a mí me había parecido muy divertido.

–Y hasta te parecerá bien, ¿verdad? ¡Esto es la caída de Occidente!

–Madre, Occidente no caerá porque nuestro rey juegue al tenis ni porque su mayordomo mayor se desplace en automóvil. Ven, será mejor que nos preparemos para recibir al conde Bergen.

Volvimos a nuestros sitios. Ella rezongó algo a media voz y bebió un sorbo de gaseosa. Poco después, Bruns apareció para anunciarnos al conde.

Entretanto, Bergen se había quitado las gafas de automovilista y el abrigo. Estaba muy elegante con su levita gris, y el bigote retorcido le confería un aire audaz y un poco atrevido en un hombre de sesenta y tantos años. No era así como lo recordaba.

–¡Buenas tardes, señoras! –Se inclinó y besó primero la mano de madre y luego la mía.

–Conde Bergen –repuse–. Me alegra recibirlo en nuestra casa.

–Condesa Lejongård. Mi más sentido pésame por su pérdida. Seguro que no está siendo fácil para ninguna de las dos.

–Gracias –dije.

–A pesar del dolor, estamos dispuestas a seguir adelante con la gloriosa tradición de nuestra casa –terció mi madre, que hasta ese momento había guardado un silencio notable.

Bergen asintió con la cabeza.

–Fue un alivio para nosotros saber que su hija y usted salieron ilesas de la tragedia.

Eso era cierto solo a medias. Tal vez no habíamos sufrido ningún daño físico, pero la doble tragedia había dejado heridas muy profundas en nuestras almas.

Mi madre se acercó a la ventana y tiró del cordel del timbre. De camino al salón había percibido unos olores deliciosos que salían de la cocina y estaba impaciente por ver qué exquisiteces había preparado la señora Bloomquist.

—Ese coche en que ha llegado es impresionante —comenté, pues no quería seguir hablando de mi padre y de Hendrik. Solo con pensar en ellos se me hacía un nudo en la garganta. También habría preferido borrar de mi mente aquel extraño préstamo. Pero Bergen estaba allí para conocer a la nueva condesa, no tenía motivos sentimentales, sino puramente prácticos.

—Se trata de un Packard 18 Touring —respondió el conde—. Mucha corriente de aire cuando hace mal tiempo, pero, a esa velocidad, ni el rey de los elfos lo atrapa a uno. Su majestad ha adquirido tres de ellos, uno para el príncipe heredero, uno para sí y otro para sus altos cargos.

—¿Qué te parece, madre? —pregunté con ánimo provocador—. ¿Deberíamos comprarnos uno nosotras también? Así llegaríamos a la ciudad en un periquete.

—Nuestra finca es famosa por sus caballos, no por los automóviles —repuso de mal humor.

—Bueno, algún día deberían hacer un viaje de prueba. La diferencia con un carruaje es considerable. Se ahorra mucho tiempo, e imagino que también se viaja mucho más cómodo.

—Es usted muy amable, conde Bergen, pero de momento preferimos seguir con el carruaje —contestó mi madre.

¿Preferimos? Estuve a punto de replicar, ya que a mí me habría encantado subirme a ese vehículo motorizado, pero en ese momento Bruns apareció en la puerta.

—La cena está lista, señora.

—Gracias, Bruns —dijo mi madre, que se terminó su vaso y se levantó.

AL LLEGAR AL comedor, comprobé que esta vez los platos estaban dispuestos en otro orden. Madre había mandado que pusieran mi servicio en la cabecera de la mesa, puesto que era la nueva jefa de la casa. Me sentí extraña ocupando el lugar de mi padre. Siempre me había parecido que se sentaba lejísimos.

Mi madre me miró con expectación. Por lo visto, tenía que hacer un brindis, cosa que también me resultó extraña. Miré mi copa de vino. Todavía estaba vacía, pero unos segundos después ya tenía a Marie a mi lado para llenarla. Susanna también estaba allí. Seguía pálida, aunque no se la veía tan débil como antes.

—A la salud de la familia real —propuse en el silencio que se formó tras la marcha de Marie—. Y por Thure y Hendrik Lejongård, mi amado padre y mi queridísimo hermano.

—Que Dios los tenga en Su gloria y con Él encuentren la paz —añadió Bergen, y se llevó la copa a los labios.

Poco después, las criadas sirvieron la sopa.

Sentí unas punzadas en las sienes y casi deseé estar a solas con mi madre. Así podríamos haber cenado en silencio, y en cambio se esperaba de mí que diera conversación. No importaba si teníamos un único invitado o cien, mi madre exigiría que los entretuviera. Solo que no conocía a Bergen lo suficiente como para saber de qué hablar con él. Antes era mi padre quien llevaba el peso de la conversación, y yo normalmente me dedicaba a hacer duelos de muecas con Hendrik sin que nos vieran.

—Conde Bergen, ¿hay alguna novedad en la corte? —pregunté cuando tuvimos los platos llenos de sopa y las criadas se habían retirado. Salvo Marie, que se quedó junto a la mesa para atender nuestros deseos.

—Pues no demasiadas. El rey sale de viaje muy a menudo, y la reina debe pasar cada vez más tiempo en climas cálidos. En cambio, el príncipe benjamín está creciendo como un primor. Bertil es un auténtico sol.

–Me alegra saberlo –repuse–. ¿Volverán a pasar sus altezas reales unos días con nosotros este verano?

–Bueno, condesa Lejongård, eso tendremos que hablarlo más tarde y en privado –respondió él, mirando a la criada de soslayo.

–¿Existe algún motivo de preocupación? –preguntó mi madre, pero Bergen negó con la cabeza.

–No, no se inquiete. Solo se trata de un detalle que deseo comentar con su hija. También lo hacía así con su difunto esposo.

No se me escapó que a madre se le congelaba la sonrisa; seguro que no porque hubiera mencionado a mi padre, sino por el hecho de que también ahora quedaría al margen. Padre, en efecto, siempre había tratado con Bergen a solas, por lo menos que yo recordara. El mayordomo mayor, a causa de su elevada edad, había tenido muy poco interés en mí, y Stella casi siempre se retiraba junto a la mujer de este, a la que yo apenas recordaba.

–¿Y cómo se encuentra su señora esposa? –preguntó entonces Stella, intentando disimular así su cambio de humor.

–No demasiado bien, por desgracia. Desde el año pasado tiene problemas de memoria. A veces está confusa, sale a pasear al jardín y después ya no sabe cómo ha llegado allí. El médico cree que se trata de una nueva enfermedad llamada Alzheimer, y le ha prescrito unas semanas en Italia para que se recupere. Ahora está allí, con nuestra hija.

–Lo siento. Espero que mejore pronto –dije, aunque por su expresión intuí que él no era tan optimista. Nunca era bueno que alguien padeciera un mal nuevo para el que los médicos solo podían recetar reposo. Sin embargo, Bergen se recompuso enseguida.

–He oído que este año ya tienen veinte potros nuevos. Eso es un rendimiento destacable.

–Sí, mi padre se puso en contacto con criadores nuevos. Todavía no he visto a todos los animales, pero el último me pareció estupendo.

Una sonrisa apareció en mi cara al pensar en *Lucero Vespertino*. Si existía eso que llamaban reencarnación, tal vez el alma de Hendrik se había transportado a ese maravilloso potro.

–¿Cree, entonces, que algún día estarán en condiciones de criar buenos caballos de carreras? Ya sabe que su majestad sueña con crear algún día una competición ecuestre que no tenga nada que envidiar a las inglesas.

Desconocía eso, aunque sí me sonaba que en Estocolmo habían empezado a organizarse carreras de caballos. Seguro que no les llegaban ni a la suela de los zapatos a las carreras inglesas, pero Hendrik solía hablar de ello.

–Bueno, nuestros caballos son muy rápidos para cacerías. Dudo que los encuentre mejores para ese cometido. Habría que ver cómo resultan sus cualidades en una pista de carreras. En cualquier caso, dudo que el gasto de enviar los caballos a Inglaterra para hacerlos competir en Ascot merezca la pena.

–Tal vez un día sí lo valga. ¡Imagínese que el vencedor de nuestra propia competición conquistara el éxito en Inglaterra! Los tiempos cambian muy deprisa, condesa Lejongård, y debemos seguirles el paso.

Hablaba en nombre del país y de la casa real, pero yo no sabía si me gustaba que nuestros caballos participasen en esas carreras tan modernas. En Estocolmo había oído historias sobre animales que se derrumbaban en la pista.

–Bueno, si el rey está tan entusiasmado, supongo que deberíamos crear una competición –comentó mi madre, y le indicó a Marie que ya podían servir el siguiente plato.

–¿Qué tal le va en los torneos de tenis? –pregunté, y al hacerlo recordé lo que pensaba mi madre al respecto. Le parecía indigno que un rey se pusiera a dar saltos por una pista de tenis, pero a los jóvenes de Estocolmo les encantaba.

–Pues le va muy bien. Su nuevo entrenador está muy satisfecho con él.

–¿Participará en Wimbledon?

–Bueno, quién sabe... Ya ha estado allí algunas veces como invitado, y seguro que le gustaría poder medirse con algún tenista internacional.

–Cuando llegue el momento, háganoslo saber, por favor. Hace mucho que no voy a Inglaterra y sería una ocasión ideal.

La última vez que había visitado Inglaterra corría el año 1905, cuando el príncipe heredero Gustavo Adolfo se casó con la princesa Margarita en el castillo de Windsor. En aquella época acababa de cumplir los diecinueve y todo me pareció emocionante. Seguro que aún guardaba en algún lugar un boceto del castillo que dibujé durante mi estancia.

Los festejos fueron una maravilla, y a mi madre se le metió en la cabeza organizar la siguiente fiesta del solsticio de verano con el mismo esplendor, cosa que consiguió, o casi, pero el príncipe heredero y su esposa no pudieron asistir porque estaban de luna de miel en Irlanda. Mi madre tardó meses en superar su decepción.

–En caso de que su majestad llegue a participar en el torneo de Wimbledon, organizaremos la debida delegación de compañía, por supuesto, y yo personalmente las propondré para ella.

–Muchas gracias –repuse, y miré a mi madre, que parecía haber mordido un hueso de cereza.

Seguro que ella prefería un baile en la corte real inglesa, y no pasarse horas sentada bajo un sol abrasador, comiendo fresas con nata y arriesgándose a que la lluvia le estropeara el peinado.

–Sea como fuere, estaremos encantados de volver a recibir a su majestad en nuestra cacería del zorro en otoño –añadió antes de que las criadas sirvieran el segundo plato.

–Bueno, supongo que no querrá perderse ese acontecimiento, pero antes tenemos otras cosas en las que concentrarnos.

Esas palabras sacaron a relucir la preocupación en los ojos de mi madre. Incluso a mí me pareció extraño que el mayordomo mayor no aceptara la invitación. Junto con el tenis, la caza era la gran pasión del rey. Eso no habría cambiado, así que ¿por qué dudaba Bergen?

AL TERMINAR LA cena, mi madre se retiró a sus aposentos. El conde Bergen le dio un galante beso en la mano y yo me despedí de ella con el deseo de que pasara una buena noche. Entonces invité al conde al despacho. Allí se amontonaban las cajas, porque había aprovechado esa tarde para revisar papeles, pero me pareció el único lugar adecuado para comentar los asuntos de la familia real y su eventual visita.

—Disculpe el desorden —dije al hacerlo pasar.

—Por lo que veo, ya ha empezado usted a familiarizarse con los documentos del negocio.

—Sí, así es. Quiero poder tomar las riendas lo antes posible. Cada día que pasa nos cuesta dinero. —Esa frase no era mía, sino de mi padre. Siempre se la repetía a Hendrik, y mi hermano siempre se quejaba de ello conmigo—. Siéntese, por favor.

Señalé el tresillo de cuero, que se había salvado del caos de papeles.

—Bueno, puesto que ha aceptado el título y la finca, ahora pesa sobre usted una gran responsabilidad —comentó Bergen mientras tomaba asiento en un sillón y se reclinaba contra el respaldo—. Su familia está vinculada a la casa real desde hace mucho, pero eso ya lo sabe.

Asentí. Mi padre me había inculcado la lealtad de los Lejongård a la casa real desde la cuna.

—No tengo pensado cambiar nada al respecto —repuse, y me pregunté adónde quería llegar.

Bergen solo se presentaba en la finca cuando la familia real deseaba algo de nosotros, ya fueran unos días de reposo, que alojásemos a huéspedes importantes u organizáramos algún tipo de reunión confidencial, tanto de naturaleza privada como política. Dudaba que hubiera venido por una simple razón de cortesía.

Le ofrecí un poco del aguardiente de comino que padre siempre guardaba en el mueble bar del globo terráqueo y luego me senté.

Por suerte era un hombre que no perdía el tiempo en cumplidos innecesarios, así que expuso sus deseos con relativa rapidez.

–Ya sabe que, como mayordomo mayor, mi deber es coordinar los calendarios de sus majestades y altezas reales. Naturalmente, para ello consulto con cada uno de sus secretarios. Hace unos días supimos que la princesa Margarita desea pasar aquí una semana en verano con los niños.

–Será todo un honor –repuse, aunque el rostro preocupado de Bergen me hizo intuir que había algún problema.

–El caso es que, si llego a la conclusión de que la seguridad de su alteza pudiera estar en riesgo, también me vería obligado a expresar ciertos reparos respecto a esa visita.

–¿Y en qué sentido podría estarlo?

–Bueno, tenemos contacto habitual con el jefe superior de policía, así que ha llegado a nuestros oídos que las autoridades competentes sospechan que su lamentable desgracia pudo deberse a un incendio provocado.

Sentí frío y calor a la vez. No había pensado en eso, y tampoco podía hacer nada por remediarlo. Al rey y al príncipe heredero les informaban de determinadas investigaciones policiales. Los Lejongård no eran cualquier familia, y el hecho de que se sospechara de un incendio intencionado era relevante.

–Sí, el inspector Hermannsson investiga en esa dirección –dije–, pero puede estar seguro de que haremos todo lo necesario para garantizar la seguridad de su alteza real. Los escombros ya estarán retirados para entonces, de manera que no representarán ningún peligro.

–Más bien me inquieta que pueda repetirse –repuso Bergen con gravedad–. Si de verdad había una intención criminal tras el incendio, es posible que vuelva a suceder.

Se me secó la boca de golpe.

–Bueno, yo espero que no –señalé.

–También lo esperamos nosotros, pero ¿puede ofrecerme alguna garantía?

Negué con la cabeza. No podía.

–Como alternativa, también podríamos organizar la estancia de su alteza en su villa costera de Åhus.

–Para una estancia en Åhus tendríamos que doblar el personal –objeté–. A menos que mi madre y yo viajemos también. En cualquier caso, alguien tendrá que quedarse aquí para ocuparse de los caballos. No es que yo necesite mucho servicio, pero...

–Su alteza real también prefiere con diferencia la estancia aquí, en la finca. Al mar le gusta viajar en primavera y otoño, porque su clima estimulante le sienta bien. Sin embargo, si cabe la posibilidad de que ella o los príncipes y princesas sufran algún contratiempo, seguro que usted podría encargarse de ello.

–Claro que sí –aseguré, acongojada.

Contratar a nuevo personal era, a fin de cuentas, una cuestión económica. Todavía no disponía de una visión general de las finanzas de la casa, pero la reconstrucción del establo nos supondría ciertos gastos a los que, en un primer momento, tendríamos que hacer frente vendiendo algunos caballos.

–Bien, le encantará saberlo –repuso Bergen, y siguió escudriñándome con la mirada–. ¿Puedo confiar en que, cuando las autoridades concluyan la investigación, nos lo hará saber?

Llegado el momento, probablemente recibirán ustedes antes la noticia del jefe superior de policía, estuve a punto de decir, pero me contuve. Al mayordomo mayor no se le contradecía si quería uno conservar el favor de la casa real. Solo un par de semanas antes me habría reído de cosas como esa, que me habrían parecido bobadas, pero de pronto asumí que debía acostumbrarme a ello.

–Desde luego, les informaré enseguida. Y apremiaré al inspector encargado para que la investigación concluya con rapidez. Es posible que encuentren pronto al culpable, si es que lo hay.

–Eso deseamos todos. –Bergen me ofreció una sonrisa benevolente–. Bien, no le robaré más tiempo.

–¿No quiere quedarse esta noche? Tenemos las habitaciones de invitados preparadas y nos alegraría que pudiera acompañarnos en el desayuno.

–Lo lamento, pero me temo que debo rehusar su amable ofrecimiento. Partiré esta misma noche. –Dicho eso, se levantó y me ofreció la mano.

Cuando le di la mía, volvió a besármela.

Bajamos juntos al vestíbulo, donde Bruns ya esperaba con su abrigo. El conde dejó que se lo pusiera, luego lo acompañé fuera.

–Piénsese lo del automóvil –comentó–. Su madre tal vez recele un poco del progreso, pero ya le digo que, en cuanto haya montado en uno de estos vehículos, no querrá nada que no sean caballos de vapor. –Tras esas palabras, se sentó en la parte de atrás y le hizo una señal al chófer para que se pusiera en marcha.

El motor volvió a la vida y retumbó como si fuera el rugido de un león. Supuse que en ese momento todas las criadas y los mozos de cuadra estaban pegados a las ventanas, intentando ver algo. El conductor accionó una palanca y el vehículo arrancó. Las ruedas lanzaron disparadas unas cuantas piedritas, y las luces traseras rojas y los faros delanteros no tardaron en desaparecer en la noche.

Bruns seguía en su puesto, junto a la puerta. El automóvil también parecía haberle gustado, porque le brillaban los ojos como si fuera un muchacho.

–¿Desea algo más, señorita? –preguntó.

Negué con la cabeza.

–Me voy ya a la cama. Ha sido un día largo y agotador.

–Avisaré a Lena.

–No, no será necesario. Las criadas pueden descansar si han terminado su trabajo.

Di media vuelta y subí a la primera planta. Necesitaba un momento a solas. Sentía el pulso en las sienes a causa del dolor de cabeza y tenía tensos los músculos del cuello. Me desvestí, me lavé con agua fría y me puse el camisón.

Acababa de dejarme caer en la cama cuando llamaron a la puerta. ¿Había subido Lena?

–Adelante –dije, cansada, y me incorporé de nuevo.

Mi madre cruzó el umbral. Su mirada recorrió la habitación, que seguramente hacía años que no pisaba, y luego recayó en mí.

–Espero que la reunión con el conde Bergen haya sido satisfactoria para ambas partes.

Asentí con la cabeza.

–Sí, así ha sido. El príncipe heredero y su esposa asistirán a la fiesta del solsticio de verano, y la princesa Margarita nos visitará una semana en agosto con los niños.

–¡Qué maravilla! –La noticia la suavizó algo.

–Sin embargo, Bergen desea que para entonces ya esté aclarado el origen del incendio. Ha llegado a sus oídos que la policía sospecha que fue provocado. No quieren poner en peligro a la princesa ni a sus hijos.

Me quité un par de horquillas del pelo. ¡Cómo detestaba esos peinados tan tirantes! Llegaba un momento en que empezabas a sentirte como si llevaras una peluca mal puesta. ¿Por qué tenían que someterse las mujeres a semejante tormento? Yo habría preferido cortarme el pelo corto, pero tenía tantos frentes abiertos que no deseaba sumarles una pelea con mi madre por mi pelo.

–Es comprensible –dijo Stella con cierto amargor–. ¿Te ha hecho alguna sugerencia sobre cómo podríamos actuar?

–Ha dicho que podríamos proponerle a la princesa nuestra casa de veraneo en Åhus. Sin embargo, le he hecho notar que para eso necesitaríamos más personal.

–Podemos permitírnoslo, sin duda. ¿No le habrás dado la impresión de que...?

–No, claro que no. Solo ha sido un comentario, no ha sonado a negativa. O eso creo.

–¡Así lo espero! Si se sospecha que nuestra casa ni siquiera puede organizar la visita de la princesa heredera, nuestra reputación quedará por los suelos. El rey actual ya no es el mismo de cuyas manos recibimos la finca.

–Lo sé, pero no tenemos que preocuparnos. La princesa prefiere Lejongård. Sin embargo, debemos asegurarnos de que no vuelva a producirse otro incendio.

–Escribiré a Hermannsson para que se dé prisa. No entiendo cómo no tienen aún ningún resultado.

–Es que no han pasado más que dos semanas. La policía también necesita tiempo para sus investigaciones.

Mi madre parecía tener otra opinión, pero no la expresó. Para ella, los policías eran muy remolones.

–¿Te ha dicho Bergen algo más?

–No. –Negué con la cabeza–. Eso fue todo. Solo les preocupa que el incendio esté sin aclarar. Seguramente también por eso dudó en cuanto a la cacería. –Hice una breve pausa–. Pero el rey vendrá –añadí–. Nuestros bosques le gustan demasiado para no hacerlo.

Mi madre asintió y dio media vuelta.

–Buenas noches, Agneta.

–Buenas noches, madre.

La seguí con la mirada mientras salía de la habitación y me dejé caer de nuevo en la cama. Una enorme nostalgia hizo presa en mi corazón. Cómo me habría gustado recuperar mi apartamento con manchas de humedad en el techo, tumbarme entre los brazos de Michael. Pero ninguna de esas cosas era posible, así que haría mejor controlándome e intentando apañármelas lo mejor posible con mi nueva vida.

Capítulo 21

MAX VON BREDESTEIN estaba al pie de los escalones cuando salí de casa.

—Es usted puntual —constaté.

Levantó la mirada hacia mí.

—Y usted está muy elegante esta mañana —repuso.

¿Se estaba burlando de mí? Llevaba un vestido negro ceñido a la cintura con un lazo ancho. Para mi gusto tenía quizá demasiados volantes y mi madre, tal como había comentado en el desayuno, avisaría a la modista a lo largo del día. La señora Larsson era muy diligente y siempre estaba dispuesta a contentar lo antes posible a una clienta como Stella Lejongård, pero no podía obrar milagros. Aunque se presentara esa misma mañana a tomarme medidas, tardaría varias jornadas en tener listo el vestido, por mucho que utilizara máquinas de coser modernas.

Von Bredestein no parecía poseer nada más que una pequeña bolsa que había sobre las losas de piedra, junto a él.

—¿Ese es todo el equipaje que ha traído? —pregunté.

—Sí, y me temo que tampoco habrá más. Después de informar a mi padre de mi marcha, prefiero no tener que volver a mirarlo a la cara.

—¿De verdad cree que se lo tomará tan mal?

—Peor —respondió, y levantó la bolsa del suelo—. ¿Dónde se encuentra mi nueva vivienda?

Aunque sonreía, intuí algo oscuro en sus ojos, más allá del alivio de librarse de su padre. Por lo visto, algo lo inquietaba.

Pasamos de largo junto al edificio de los empleados, en dirección a la pequeña cabaña auxiliar a la que mi padre apenas había prestado atención desde la muerte de Gridholm. Los mozos de cuadra nos lanzaban miradas curiosas, y Langeholm salió a nuestro encuentro a medio camino.

–Buenos días, señorita, ahora mismo iba a verla. Esta noche nos han nacido dos nuevos potros.

Le di la mano al caballerizo.

–Buenos días, señor Langeholm. Este es Max von Bredestein, nuestro nuevo administrador. Señor Von Bredestein, Sören Langeholm, nuestro caballerizo.

Los dos hombres se estrecharon la mano.

–Me alegro de conocerlo –dijo Langeholm con una amplia sonrisa.

El día anterior había informado a todos de que había contratado un nuevo administrador y habían recibido la noticia con una aprobación general.

–Le gustará estar aquí. Si necesita ayuda para lo que sea, puede pedírmela.

–Muy amable, gracias.

Mi nuevo administrador le dedicó una sonrisa irresistible y me siguió.

La vivienda auxiliar era una pequeña cabaña de madera pintada de rojo y rodeada por una valla. Hendrik y yo, de niños, saqueábamos en secreto el manzano que crecía allí al lado cuando Gridholm estaba en la mansión. El viejo administrador siempre se quejaba de las cornejas, pero yo estaba segura de que sabía perfectamente quién se llevaba la fruta.

–Esto queda algo apartado –dije al abrir la verja del jardín–. Si no se encuentra a gusto, hágamelo saber y le buscaré otro alojamiento.

–No será necesario –repuso Von Bredestein con una sonrisa–. Me gusta. De vez en cuando prefiero estar un poco solo. En la finca de mi padre nunca lo estaba.

Saqué la llave y abrí.

Me pareció percibir un deje a los puros de Gridholm; las paredes de madera se habían impregnado del humo. Había olvidado lo acogedor que era aquello. El pequeño hogar con chimenea de ladrillo prometía un buen fuego en invierno, y las ventanas eran lo bastante grandes para dejar entrar mucho sol en verano. Contaba con dos espacios: una estancia con una pequeña cocina, y un dormitorio con una amplia cama y, oculta tras una cortina, una bañera. Las provisiones se guardaban fuera, en un pequeño anexo. La señora Bloomquist alimentaba a todo el personal con su estupenda cocina, pero Gridholm guardaba allí tabaco, aguardiente casero y el pescado seco que tanto le gustaba. Las olorosas conservas de raya que le enviaba de vez en cuando su primo de Noruega solo podía abrirlas allí, bien lejos de la mansión.

–No es nada del otro mundo, pero puede instalarse como guste –dije.

Observé a Von Bredestein mientras paseaba la mirada por la mesa de la cocina, con sus dos sillas, el armario rescatado de la casa y el banco junto a la chimenea, sobre el que había una vieja piel de carnero.

–Creo que aquí tendré todo lo que necesito –repuso–. Es cierto que vengo de una casa señorial, pero soy austero. Mientras no pase hambre y pueda dormir lo suficiente, seré un hombre feliz.

No dejé de mirarlo mientras hablaba. No, no parecía un niño mimado. Sus rasgos eran claros y marcados. No se lo veía demasiado fuerte, pero sí vigoroso. Sus hombros, sus brazos y sus andares daban a entender que había crecido en el campo y no le supondría ningún problema retener un caballo terco por las riendas.

Un hombre ecuestre, como Hendrik.

Reprimí el recuerdo de mi hermano.

–Si necesita algo, no dude en pedírnoslo a mí o al señor Langeholm. Le servirán la comida en la casa, como a todos los demás. Le haré saber a la señora Bloomquist que debe preparar una ración más. De momento, lo espero esta tarde en el despacho. Allí le enseñaré los libros y comentaremos los primeros asuntos.

Cuando terminé de hablar, me di cuenta de que me había estado mirando todo el rato con una sonrisa. ¿Acaso no me tomaba en serio? ¿Le parecía extraño que una mujer le diera instrucciones?

–Muchas gracias, condesa Lejongård –dijo, me tomó la mano y depositó un beso en el dorso–. Me alegro de poder trabajar con usted.

–Lo mismo digo.

Nos miramos a los ojos unos instantes y me aparté. De pronto sentía un extraño aleteo y un cosquilleo en el estómago que no disminuyeron ni siquiera cuando me alejaba de la cabaña, entre los árboles.

Capítulo 22

Durante las semanas siguientes, el tiempo cambió y la naturaleza floreció. Junio trajo consigo unas espléndidas tormentas de verano. Por todas partes se notaban los dulces aromas que cargaban el aire, el sol brillaba en un cielo azul profundo y las abejas competían con los abejorros por las coloridas y brillantes flores.

Max von Bredestein resultó ser una gran ayuda en la administración de la finca. Me enseñó a llevar los libros y me explicó con paciencia los usos y costumbres del comercio de caballerías. Una vez incluso viajamos con Langeholm a Estocolmo, al mercado de caballos. Aunque no necesitábamos animales nuevos, consideraba que también debía aprender esa parte del negocio. Durante mi infancia, madre siempre había insistido en que me quedara en casa mientras los hombres salían de viaje.

La cría de caballos era un mundo masculino, por supuesto, así que en el mercado me recibieron con asombro. Tampoco ayudó el hecho de que fuera vestida con sencillez e intentara aparentar la menor feminidad posible. Más de una vez tomaron a Max –como yo lo llamaba para mis adentros desde hacía un tiempo– o a Langeholm por mi esposo. Cuando explicaba que la interesada era yo, me ganaba unas miradas de sorpresa nada disimuladas, casi como la primera vez que me presenté en clase de arte.

Aun así, poco a poco fue gustándome mi papel. Cierto era que seguía habiendo noches en las que lloraba por Hendrik, y a veces también por Michael, o que sufría pesadillas. Sin embargo, de día empezaba a tener bastante control de la situación, e incluso mi madre parecía estar más suave conmigo. Naturalmente, solo era porque volvía a estar en la finca y hacía en gran medida lo que se esperaba de un miembro de la familia.

A esas alturas también me había hecho con un vestuario nuevo. Entre otras prendas, tenía ya un traje de montar para las cacerías de otoño. Mi madre lo consideraba un escándalo y me advirtió que no me dejara ver así en público, pero no pretendería que participara en la caza del zorro con una silla de amazona, ¿verdad?

Lo de Susanna cada vez me preocupaba más. Aunque a principios de abril Marit había accedido a buscarle un hombre en Estocolmo, o por lo menos a un médico discreto, todavía no tenía noticias suyas. No tardaría mucho en llegar el momento en que la muchacha no podría ocultar su estado. Las pocas ocasiones en que me la encontraba, constataba que el embarazo no le estaba sentando nada bien. Tenía ojeras y parecía estar adelgazando, a pesar de que la señora Bloomquist se ocupaba de que comiera bien. ¿Sospecharían algo las demás criadas? ¿Le hacían el vacío, chismorreaban sobre ella? Por algún motivo tuve un mal presentimiento.

YA CASI ESTÁBAMOS en el solsticio de verano, así que se acercaba el gran baile. En nuestras circunstancias, no estaba segura de si debía enviar invitaciones y encargar los preparativos. Apenas habían pasado tres meses desde la muerte de mi padre y mi hermano. ¿Podía permitirme celebrar una fiesta y bailar?

–Por supuesto que sí –opinó madre cuando se lo comenté a principios de mayo, mientras desayunábamos–. Tenemos una obligación social. Las casas amigas, entre ellas la casa real, vinieron a rendirles un último homenaje a mi marido y mi hijo. Ahora esperarán que cumplamos con nuestro deber y organicemos el baile.

Seguramente nunca entendería por qué una casa que había enviado representación al funeral de mi padre y de Hendrik esperaba que, solo tres meses después, estuviéramos bailando y festejando.

—Muy bien, madre, lo tomaré en consideración.

—¿Que lo tomarás en consideración? —se encolerizó—. No lo dirás en serio. ¡La fiesta del solsticio es una tradición! Jamás hemos dejado de celebrarla.

—Pero ¿no pareceremos irrespetuosas si nos ponemos a organizar una fiesta? Todavía no ha pasado suficiente tiempo ni para llevar medio luto.

Su mandíbula empezó a contraerse.

—Hay que celebrar ese baile. Quizá más tranquilo y sobrio que otras veces, pero el solsticio tiene que celebrarse.

Suspiré y bajé la taza de café. ¿Qué debía hacer? ¿Enzarzarme en una discusión tremenda con ella, o acceder a sus deseos? Lo que más me gustaba de la fiesta del solsticio era que había arenque fresco y *nubbe,* el típico aguardiente casero.

—Está bien —accedí—. Celebraremos la fiesta.

—¡Muy bien! Organizaremos...

—Organizaremos una celebración lo más sencilla posible. Sin demasiada pompa, solo una agradable reunión con buena comida. Y tal vez deberíamos renunciar también al baile.

—¿Un solsticio sin baile? —preguntó horrorizada—. ¿Qué clase de fiesta es esa? La gente del pueblo no nos lo perdonaría.

—Los invitados podrán bailar, desde luego, pero nosotras deberíamos abstenernos.

A mí no me resultaría difícil, porque tenía muy claro que todos los solteros de la zona estarían pendientes de mí. Mi madre me miró con escepticismo, pero al final asintió.

—Está bien. Nos impondremos la prohibición de bailar, pero contrataremos una orquesta.

—¿Por qué no el violinista del pueblo? Domina su oficio, a la gente le gustaría.

–¿Es que has perdido la cabeza? ¿Y cómo van a bailar sus altezas reales? ¿Como campesinos?

Una sonrisa se coló en mi rostro.

–¡Te burlas de mí! –exclamó mi madre, furiosa–. ¿Es que siempre tienes que hacer lo mismo? A la modista ya la espantaste. La pobre casi no termina por culpa de tus extraños deseos.

–¿Qué hay de malo en tener un vestuario moderno? –repliqué–. Con lo pasajeras que son las modas, sin duda es mejor optar por las novedades más elegantes.

–En nuestros círculos nos preocupamos de la calidad, no de la novedad.

–¿Y por qué no de ambas cosas? Dudo que tus viejos polisones y crinolinas vuelvan a ponerse de moda. Esos molestos accesorios son justo lo que las mujeres jóvenes quieren olvidar.

–Sí, yendo a unos almacenes, ¿verdad? Ya me veo comprando en Kristianstad.

No pude contener la risa, pero ella parecía decirlo muy en serio.

–Está bien, dejémoslo. Contrata una orquesta si quieres, pero, aun así, insisto en el violinista. Estoy segura de que tendrá mucho éxito entre los invitados.

Mi madre suspiró.

–Por mí...

Capítulo 23

LA MAÑANA ANTES del baile, en la casa reinaba un ambiente distendido. Todo el mundo quería contribuir al éxito de la fiesta del solsticio de verano. Se oía reír por lo bajo a las criadas, y también la señorita Rosendahl y el señor Bruns estaban algo menos estrictos. El sol del solsticio parecía tener poderes mágicos.

Lena entró en mi habitación con las mejillas sonrosadas. Se había trenzado el pelo de una forma que nunca le había visto. Probablemente Susanna le había echado una mano para conseguir el bonito peinado.

–Buenos días, Lena –saludé–. ¿Irás a recoger hoy las siete flores?

Los viejos del pueblo creían que, si una muchacha reunía siete flores diferentes la noche del solsticio de verano y las dejaba bajo la almohada, esa noche soñaría con su futuro marido. Lena solo tenía catorce años, cierto, pero seguro que sus anhelos estaban depositados ya en algún joven.

–Sí, señorita, eso pensaba hacer. Las demás chicas del pueblo también están muy emocionadas.

–Entonces, ¿te gustaría soñar con alguien en especial? –pregunté, aunque sabía que no se podía decir qué chico era el deseado.

Lena soltó una risita.

–Puede ser. Pero bueno, no creo que sea mi futuro marido.

–Bueno, si el sueño lo dice, se cumplirá.

–¿Está segura?

–Aunque no sea así, presta atención a lo que te muestre el sueño. Tal vez te lleves una sorpresa.

–No estoy segura de que nadie me quiera como esposa.

–Eres joven, Lena –repuse–. Tienes toda la vida por delante.

–Pero, si me quedo aquí sirviendo, nunca podré casarme.

–¿Y quién lo dice? Puede que antes fuera así, pero los tiempos cambian. Sin embargo, antes de que me pidas permiso para eso, deberías encargarte de mi pelo.

–¿Usted también irá a recoger flores? –preguntó Lena mientras preparaba los cepillos y los peines.

¡Si pudiera librarme de mi mata de pelo!, pensé al verme en el espejo. Así podría ahorrarme el aburrido trabajo de peinarla y recogerla con horquillas. Sin embargo, ese día era fundamental. La sociedad me permitía mostrar mi luto, pero un mal peinado daría mucho que hablar. A mí no me preocupaba, pero mi madre no me dejaría tranquila si alguna dama le comentaba que me veía descuidada.

–No sé. Ya veremos si encuentro tiempo para cortar un par de flores –respondí. Y aunque me extrañó, ante mí apareció la imagen de Max cuando añadí–: Tal vez en la fiesta haya incluso algún hombre simpático con quien pueda soñar.

Después de desayunar hice mi ronda habitual por la finca, solo que esta vez no me acerqué a los establos. Habían dejado precioso el jardín, incluso el pabellón parecía nuevo. ¿Por qué mi madre nunca habría organizado la fiesta en esa parte del jardín? La fiesta del solsticio, el Midsommar, era una celebración silvestre y ancestral, un homenaje a la naturaleza. ¿En qué otro lugar resultaba nuestra finca más silvestre que allí? Cuando ya estaba de vuelta, Max salió a mi encuentro.

–Buenos días –saludó–. ¿Ya tiene ganas de que empiece la fiesta?

–Bueno, todas las que puede tener una anfitriona. Mi estado de ánimo es secundario.

–Yo no diría eso. Mi madre siempre comentaba que una fiesta fracasa si la anfitriona está de mal humor.

–¿También celebraban el solsticio de verano en su finca?

–No, mi padre no quería, y en el pueblo tampoco tenía mucha aceptación. En Pomerania no le tienen demasiado cariño a los suecos y sus tradiciones, no hay que olvidar que se apropiaron de una parte del territorio.

–¿La gente sigue resentida?

Sabía que Gustavo Adolfo había conquistado algunas ciudades pomeranas. Tras la Paz de Westfalia, esas regiones continuaron siendo suecas y así impidieron a los príncipes autóctonos el paso franco hacia el mar Báltico.

–De vez en cuando sí. La «marea sueca» no es muy querida entre nosotros, aunque por suerte ya no queda nadie que recuerde la guerra de los Treinta Años. La gente solo repite lo que sus abuelos oyeron decir a sus propios abuelos.

–Debo reconocer que nunca he estado en Pomerania. ¿Cómo es?

Max esbozó una ancha sonrisa.

–Bueno, más o menos igual que esto, por lo menos en cuanto al paisaje. No hay colinas destacables, pero sí amplios campos y bosque densos. Sin embargo, me temo que nuestras poblaciones están bastante más atrasadas que las suyas.

–Bueno, tal vez los suecos debieran haberse quedado –comenté en broma.

–Tal vez.

Me miró un instante como si quisiera decir algo, pero guardó silencio.

Durante un rato caminamos uno junto al otro y, cuando ya me preguntaba si no haría mejor dejándolo volver al trabajo, dijo:

–¿Y qué se sabe del caballerizo del rey? ¿Tiene ya respuesta suya por lo de los animales que quería?

–Sí, me ha escrito y parece muy receptivo a nuestras sugerencias. Aunque, ¿por qué no?, si nuestros caballos son los mejores.

–¿Tenemos competencia?

–¡Por supuesto! Siempre hay competidores, pero estoy segura de que los superaremos.

Max se echó a reír.

–Ya habla usted como su padre.

–Es que soy su hija.

–De todos modos, deberíamos pedirle una suma elevada por los animales. Puede que los demás sean más baratos, pero nosotros ofrecemos unos caballos como no los encontrará en otro lugar.

–¿Ya sabe usted eso después de tan pocas semanas?

–Si algo aprendí de mi padre, es a reconocer un buen caballo. Estos de aquí son los mejores que he visto nunca en Suecia. Su finca se los vende por debajo de su valor a ciertas personas.

–Mi padre siempre quiso conservar el favor de la casa real. Así lo han hecho todos los Lejongård.

–Ya, pero los tiempos cambian. Todo se vuelve más caro, el dinero cunde menos. No deberíamos seguir poniendo los mismos precios que en 1880.

–¿De verdad son de esa época? Max asintió.

–Incluso en Pomerania, las grandes fincas ya los venden más caros. Sobre todo si son purasangres. Cuando tenga algo de tiempo, deberíamos actualizar los precios.

–Lo haremos. –Me detuve. El sol caía con fuerza, así que me protegí los ojos con la mano y miré a Max–. Incluso podríamos ponernos ahora mismo.

–¿Y el baile?

–Para eso quedan varias horas aún y, al contrario que mi madre, yo no tardo nada en decidirme por un vestido de noche.

–Es una lástima que la fiesta se vea ensombrecida por la muerte de su padre y su hermano.

–Incluso pensé en cancelarla, pero a la gente de la zona le encanta, y no debemos castigar a nadie anteponiendo nuestro dolor a la tradición. Al menos así me lo hizo ver mi madre.

–Su madre es una mujer fascinante. Lamento no haber tenido ocasión de hablar más con ella.

Casi se me escapó que tal vez debería alegrarse por eso, pero me contuve. Además, mi madre podía ser encantadora y simpatiquísima cuando quería.

–Bueno, tampoco hace tanto que está usted aquí. Muchas cosas requieren su tiempo.

Miré a un lado y vi que Lena venía corriendo hacia nosotros.

–Lena, ¿qué ocurre? –pregunté.

–La señora desea hablar con usted por el menú –dijo jadeando–. Opina que algunas cosas no son tal como los invitados están acostumbrados de años anteriores.

–Bueno, esa es justamente la intención. Pero ahora voy, descuida.

Lena dio media vuelta y se alejó unos pasos.

Miré a Max con lástima.

–Ya ve, el deber me llama.

–Igual que a mí –dijo, aunque también parecía darle pena tener que interrumpir nuestra conversación–. Esta tarde ya habré acabado la revisión de los libros de cuentas del año pasado.

–¿Lo veré en la fiesta?

–Olvida que no soy sueco. El solsticio de verano no significa tanto para mí como para ustedes. Sus ojos brillaron con travesura.

Intuí que quería iniciar otra de nuestras discusiones jocosas, pero Lena me esperaba, mi madre debía de haberle dicho que me llevara de vuelta.

–Seguro que un buen aguardiente y un poco de buena comida significarán algo para usted. Mézclese con la gente del pueblo, le gustará.

Dicho eso, me volví y seguí a Lena de regreso a la casa.

Capítulo 24

CUANDO LLEGÓ EL atardecer, los precios de los caballos ya estaban acordados y el asunto del menú, resuelto. Me había mantenido firme en cuanto a las novedades culinarias. Platos populares como el arenque, las patatas nuevas y el pastel de arándanos rojos gustaban a todo el mundo, y no teníamos por qué servir dos mesas diferentes para contentar a los del pueblo y a los invitados de la casa señorial.

Al terminar de vestirme, me concedí un respiro. Los primeros invitados no se harían esperar mucho más. Desde la ventana vi a los músicos, que estaba colocando y afinando sus instrumentos en el estrado delante del pabellón. Parecían muy serios, como si fueran a interpretar piezas de Beethoven en lugar de música de baile ligera. Escuché los acordes un momento, hasta que oí el sonido de cascos de caballos. Los primeros invitados llegaban ya. Debía bajar a recibirlos.

En la escalera me encontré con madre. El vestido que llevaba le quedaba de maravilla. Linda le había hecho un recogido precioso y lo había decorado con peinetas negras.

—Llevas el pelo algo descuidado —opinó al verme—. Deberías haberle pedido a Linda que te peinara.

A mí no me parecía descuidado, Lena lo había hecho lo mejor que sabía. No contaba con la destreza de la doncella de mi madre, desde luego, pero se las apañaba muy bien y solo tardaría unos años en alcanzarla.

—Lo quería algo más suelto —repuse—. Tienes suerte de que no me lo haya cortado corto.

–¿Cortártelo corto? –repitió ella, horrorizada–. ¿Te has vuelto loca? ¡No eres un muchacho!

–Ya lo sé, madre, por desgracia –dije con un suspiro. Masculló algo que no entendí y añadió:

–Pues parece que vayas a posar para que un pintor haga un retrato de mal gusto. Solo te falta llevar los hombros al descubierto.

–Gracias, madre, lo tomaré como un cumplido, ahora no tenemos tiempo para discutir. ¡Mira, ya han llegado los Gundersen!

Nos dirigimos a la puerta, que Bruns acababa de abrir. Los Gundersen eran conocidos por su puntualidad y siempre eran los primeros en llegar a nuestros bailes del solsticio. Por desgracia, también habían estado presentes en la discusión de Navidad. Al verme, pusieron cara como de haber mordido un limón.

–¡Bienvenidos a Lejongård! –saludé, y les di la mano, primero a ella y luego a él–. Me alegro de que hayan podido venir a nuestra fiesta.

El señor Gundersen me miró con un punto de incomodidad, como si mi vestido, en efecto, me hubiera resbalado por los hombros, pero luego asintió.

–Agradecemos la invitación –dijo–. Veo que las tradiciones todavía se conservan en esta casa.

¿Acaso creía que habría convertido la finca en un burdel? Pero ¿qué contaban de mí en «nuestros» círculos?

–Como no puede ser de otra manera –repuse con una sonrisa amable–. Pasen, por favor. Marie les indicará dónde están los refrigerios.

La señora Gundersen me sonrió mientras su marido seguía dando la impresión de sufrir dolor de estómago.

Enseguida llegaron más invitados. A algunos los conocía de anteriores recepciones en nuestra casa, a otros los habíamos invitado porque madre se había enterado a través de sus amigas de que se habían distinguido en la sociedad por sus obras benéficas o similares. «Siempre se necesitan nuevos aliados», había comentado al pasarme la lista.

Entonces apareció alguien a quien habría preferido no volver a ver.

Pelle Oglund llegó con su mujer. Me alivió comprobar que esta vez Daniel se había quedado en casa. El hecho de que sus padres se hubieran presentado era casi un milagro.

Nada más ver el rostro del hombre, me di cuenta de que sus ojos brillaban con agresividad. ¿A quién había esperado encontrar? La noticia de que me había hecho cargo de la finca tenía que haberle llegado. ¿O había venido para vengarse?

En ese momento me alegré de ir vestida de negro. Así, por lo menos, Oglund no veía que había empezado a sudar.

—Señor Oglund, me alegra que su esposa y usted hayan aceptado nuestra invitación.

—Vaya, vaya. La hija rebelde del conde —dijo Oglund, y me miró entornando los ojos—. Me acuerdo muy bien de usted. Es una lástima que no hubiera otra posibilidad para dar continuidad a la finca tras la muerte de su padre.

—¿Qué quiere decir? —Apreté la mandíbula. Me habría gustado lanzarle algo a la cabeza a ese misógino... pero aquello era un baile y había más invitados esperándonos.

—Señor Oglund —intervino entonces mi madre en voz baja, aunque con un deje peligroso que le conocía demasiado bien—, no los hemos invitado para que ofenda a mi hija y a la finca. Agneta es ahora la condesa Lejongård y, a menos que tenga pensado marcharse ahora mismo, ¡la tratará con el debido respeto!

Miré a mi madre sin salir de mi asombro. Su sonrisa era gélida, los ojos le refulgían.

Oglund se quedó mirando a Stella como si acabara de caerle un rayo encima. Creí que tomaría a su mujer de la mano y desaparecería con ella, y tal vez habría sido lo mejor. Sin embargo, reculó un poco.

—Disculpe, condesa Lejongård. Por supuesto que nos alegramos de asistir a su fiesta. Le agradecemos la invitación.

La cara me ardía y los ojos me abrasaban. No daba crédito. ¡Mi madre había salido en mi defensa! Unas semanas antes no lo habría creído posible.

Los Oglund se alejaron cuando Stella les indicó que encontrarían refrigerios al fondo de la estancia y que Susanna los acompañaría hasta allí.

El corazón me iba a toda velocidad y no hacía más que mirar a mi madre, pero me encontré con su habitual expresión fría. Había recuperado la compostura con una rapidez pasmosa.

–Gracias, madre –susurré mientras los siguientes invitados subían los peldaños de la entrada.

–No hay nada que agradecer. Ha agraviado a un miembro de mi familia y señora de esta finca. Con eso no conseguirá borrar lo que ocurrió en Navidad, y ojalá esa discusión no se hubiese producido nunca. Lo sucedido no puede cambiarse, pero en un día como hoy hay que dejarlo de lado.

Tras decir eso, se volvió hacia los Södermalm y sus dos hijas, que estaban radiantes y con las mejillas tan sonrojadas como si las hubiese invitado el príncipe de *La Cenicienta*. Por suerte, poco después apareció Lennard, aunque sin parientes, lo cual era extraño. Sus padres y su hermana, junto con su esposo y su hijo, habían recibido la invitación. ¿Vendrían más tarde?

–Hola –lo saludé, y nos dimos un beso en la mejilla–. ¿Cómo estás? ¿Vendrá luego tu madre?

Lennard sacudió la cabeza.

–Prefirió quedarse en casa con mi padre. Sigue sin encontrarse bien.

–Lo siento. Había esperado verlos a ambos.

–Sí, a mí también me habría gustado –repuso con un suspiro–, pero al menos he venido yo. Si te aburres, puedo contarte un par de historias.

–Me gustaría oírlas –dije, y dejé que se reuniera con los demás invitados.

Finalmente apareció también el profesor Lindström con su elegante esposa. Era quince años más joven que él y preciosa, de pelo oscuro y ojos grises. El profesor había tardado mucho en decidirse a cambiar de estado civil. Irma era hija de un colega suyo. A saber cómo una muchacha que podría haber tenido a cualquier joven se había enamorado nada menos que de Lindström, pero se notaba que se querían.

–Condesa Lejongård –dijo el médico, y me besó la mano.

Mi madre seguía charlando con los Södermalm, pero a lo largo de la velada tendrían tiempo de sobra para conversar.

UNA HORA DESPUÉS, ya no era capaz de decir a cuánta gente habíamos dado la bienvenida. Ante nosotras habían desfilado parejas con o sin hijos, y poco a poco el jardín se fue llenando de invitados y alboroto. La orquesta interpretaba melodías ligeras, y el sol brillaba en el cielo. Miré el reloj de pie del vestíbulo. Ya eran las ocho y diez, y el príncipe heredero y su esposa seguían sin llegar.

Mi madre se estaba impacientando por momentos.

–Solo espero que no les haya ocurrido nada por el camino –murmuró–. Si no hubiesen podido venir, seguro que Bergen nos lo habría comunicado.

–Tal vez han tenido un imprevisto familiar y se han retrasado –intenté calmarla.

–O lo del incendio tiene a la corte tan preocupada que han decidido hacer mutis por el foro.

Las investigaciones aún no habían dado fruto, por desgracia. El inspector Hermannsson seguía todavía algunas pistas y había prometido informarnos en cuanto hubiera alguna novedad.

–Los Bernadotte no son así –repuse–. Nos habrían dicho algo. Seguro que llegarán en cualquier momento.

Apenas había dicho eso cuando sonó un creciente petardeo que acabó por ahogar la música.

Poco después, tres automóviles relucientes aparecieron velozmente por el camino de entrada. Los invitados que todavía se encontraban en el patio delantero se volvieron y contemplaron asombrados los vehículos, que acabaron deteniéndose junto a la rotonda. Eran tres coches rojos, uno de los cuales llevaba el blasón de la familia real. En este venía el príncipe heredero con su esposa, sin niños, según vi. En años anteriores, sus hijos siempre los habían acompañado. Esta vez traían varios guardaespaldas que llevaban trajes oscuros a pesar del calor que hacía. Del primer coche se apeó el conde Bergen, que habló brevemente con los guardaespaldas y luego se acercó a la pareja real.

—El incendio —murmuró mi madre mientras se esforzaba por sonreír—. Tienen miedo de que vuelva a suceder durante la fiesta.

—Pero eso es absurdo —susurré—. El baile se celebra muy lejos del establo, y estoy segura de que el viejo pabellón no arderá en llamas.

Madre no contestó porque el príncipe heredero y su esposa se nos acercaban ya. Gustavo Adolfo llevaba un traje negro muy elegante, y en la corbata lucía los colores de la casa real, azul y amarillo. La princesa Margarita lucía un vestido de raso azul con un chal de encaje, guantes largos y joyas de oro.

—Nuestras disculpas, condesa Lejongård —dijo el príncipe heredero mientras nos daba la mano—. El coche ha sufrido una avería pasado Kristianstad. Por desgracia, en esta zona no hay muchos mecánicos que entiendan este tipo de vehículos.

—Descuide, alteza, la fiesta acaba de empezar —dijo Stella. Era una maestra ocultando el rencor, por lo menos cuando no quería que se le notara.

—¡Agneta, está usted deslumbrante! —exclamó el príncipe, y me besó la mano.

—Gracias, es usted muy amable, alteza. —Le tendí la mano a la princesa e hice una leve reverencia—. Me alegro de darles la bienvenida al baile del solsticio de verano.

–Después de esta temporada tan dura para ustedes, es bonito estar aquí por una circunstancia alegre –repuso ella con una amable sonrisa.

Aun así, en sus palabras se percibía una ligera preocupación. ¿Estaba inquieta por sus hijos y por eso no los habían traído? Llevamos a sus altezas reales al jardín, donde todos los invitados se inclinaron o, en el caso de las damas, se arrodillaron. En algunos rostros se veía una envidia nada disimulada. Era evidente que más de uno había pensado que el incendio, o el hecho de que la nueva señora de la finca fuera yo, habrían perjudicado la reputación de los Lejongård. Oglund, en especial, parecía haberse comido un kilo de limones. Por lo visto, le molestaba que siguiéramos contando con el favor de la casa real. Pero yo me había propuesto no hacerle caso. Mi opinión sobre su visión del mundo no cambiaría, así que tal vez el próximo año no volveríamos a invitarlo.

Cuando mi madre comprobó que sus altezas reales habían ocupado su sitio, ya solo quedaba que yo pronunciara las palabras de bienvenida. En las manifestaciones en Estocolmo había sido capaz de proclamar las demandas de las feministas, había argumentado, discutido y a menudo me había metido en líos por ello. Una vez casi llegaron a detenerme, y solo mi elocuencia nos ahorró acabar en una comisaría a otras compañeras y a mí. Aun así, de pronto me sentía como una insegura estudiante de instituto ante un examen que no se había preparado. Pero no podía hacer esperar a los invitados. No hice caso de mis manos, que temblaban de nerviosismo, y subí al estrado, ante la orquesta. Esta dejó de tocar, y los presentes interrumpieron sus conversaciones. Todos los ojos estaban puestos en mí; nunca me había latido el corazón con tal fuerza en el pecho. Respiré hondo, carraspeé un poco y empecé:

–Altezas reales, respetables damas y caballeros. Me alegra mucho darles la bienvenida a Lejongård, un lugar de gran tradición que la corona sueca hizo suyo hace muchos años y no ha abandonado desde entonces. Desde hace siglos esta casa ha sido un hogar para mi familia, lugar de prosperidad, crecimiento y alegría. A pesar de que lloramos y sufrimos la ausencia de mi padre y mi hermano más que nadie, mi madre y yo hemos decidido celebrar con todos ustedes este día en el que el sol no se pone. Alcemos nuestras copas y bebamos por los ausentes tanto como por el futuro de este lugar y de toda Suecia. ¡Viva el rey! ¡Viva Suecia!

Cuando fui a alzar mi copa de champán aún me temblaban las manos, pero vi que los presentes seguían mi exhortación, y eso me tranquilizó un poco. Brindamos por mi padre y por Hendrik, luego por el príncipe heredero y su esposa. Bajé del podio y la orquesta volvió a tocar. Me acerqué a mi madre, que estaba hablando con Lennard.

–Bonito discurso –dijo este.

–Gracias, me reconforta oír eso. –Le sonreí. Antes no me había dado cuenta, pero parecía cansado–. ¿Teníais una conversación agradable?

Miré a mi madre y en su rostro vi una sonrisa conspiradora.

–Mucho –contestó–. Avisaré a las criadas que ya pueden servir la comida –dijo, y se retiró al interior de la casa.

–Se te ve bastante más resplandeciente que la última vez –comentó Lennard–. ¿Te traigo algo de beber?

–¿Me pasa algo, visto que todo el mundo sale corriendo? –pregunté medio en broma–. Tan resplandeciente no estaré, seguro.

–Te aseguro que vuelvo ahora mismo, solo voy a buscarte algo de la bandeja de *mister butler* –repuso, y desapareció entre los invitados.

Igual que varias criadas, Bruns se paseaba entre los presentes ofreciendo bebidas de una bandeja.

–¡A Bruns le entrarán aires de grandeza si lo llamas así! –exclamé cuando Lennard regresó con un vaso de gaseosa en la mano–. Desde que pasó una temporada en Inglaterra, eso sería como si lo armaran caballero.

–Menos mal que lo dije cuando no me oía. Ten.

Lennard me sonrió.

–Gracias, eres muy amable –dije, y me bebí el refresco de golpe. Estaba dulce y burbujeante, como solo la señora Bloomquist sabía hacerlo–. El caso es que me siento como si hubiera envejecido años.

–Dirigir una finca es muy exigente, ¿verdad?

–Tú lo sabes bien, aunque todavía tienes a tu padre para pedirle consejo.

El semblante de Lennard se ensombreció.

–¿Qué ocurre? –pregunté–. ¿He dicho algo malo?

–No, nada de eso. –Negó con la cabeza–. Solo que... mi padre ya no puede ayudar en casi nada. Mi madre se ocupa de él casi todo el día.

–¿Y tú has podido escaparte hoy?

–He tenido que hacerlo. Mi madre prácticamente me ha obligado. Al fin y al cabo, en toda la región no hay baile del solsticio más famoso que el vuestro.

–De haberlo sabido...

–No, no me importa. Debo decir que incluso me alegro de haber salido un rato de allí. Mi padre me da mucha pena y cada día se me hace más difícil contemplar su larga enfermedad sin poder hacer nada. ¡No sabes cuánto me gustaría que la vieja superstición del rocío tras la noche del solsticio, que todo lo cura, fuese cierta! Me gustaría que a mi padre le quedaran unos años más, pero no lo creo.

–¿Qué estás diciendo?

–El médico nos comentó hace poco que, como mucho, le queda un año de vida. Y a juzgar por su deterioro, yo diría que no se equivoca.

–¡Eso es terrible! ¡Oh, Lennard! –Me habría gustado darle un abrazo.

–Ya. Según parece, pronto seré el señor de la finca.

¿Le había explicado eso mismo a mi madre? No parecía que Stella acabara de escuchar una historia tan triste.

Lennard dejó vagar la mirada por los invitados y luego preguntó:

—¿Crees que podríamos hablar un momento a solas? ¿Antes de que la fiesta empiece de verdad?

—¡Por supuesto! —Lo tomé de la mano y lo alejé del gentío, en dirección a los prados de los caballos—. Aquí nadie nos oirá —dije, y a la vez sentí cierta inquietud. ¿Quería Lennard hablarme con más detalle de la situación de su padre? ¿Necesitaba algo?

—Agneta —dijo en voz baja, y me miró de una forma que nunca le había visto antes.

—¿Sí?

—Nos conocemos casi de toda la vida y... —Se interrumpió. ¿Adónde quería ir a parar?

—Si necesitas ayuda, sabes que puedes contar conmigo —dije.

—Lo sé —repuso—, pero se trata de otra cosa.

—¿De qué?

—Últimamente he estado pensando mucho. Sobre qué hacer en un futuro. Tú y yo hemos acabado pareciéndonos mucho. Mi padre se muere, el tuyo falleció ya. Ambos nos vemos ante el deber de proteger nuestras fincas. ¿Qué... qué te parecería si emprendiéramos ese camino juntos?

Lo miré con sorpresa.

—¿Es una proposición de matrimonio?

—Pues... —De repente volvía a ser el chiquillo inseguro de la primera vez que nos vimos—. Bueno, sí. Me da la sensación de que nos iría muy bien juntos. Podríamos hacer que funcionara, y así no estaríamos tan solos. —Me miró con expectación.

Aparté los ojos, desconcertada y sin saber muy bien adónde mirar. ¿Cómo se le había ocurrido que haríamos buena pareja? ¿Se lo había aconsejado su madre? ¿O la mía? Lennard era mi amigo más antiguo. Quizá también el mejor que tenía. Pero ¿convertirme en su esposa? Eso era algo muy diferente.

—¿No crees que un matrimonio debería surgir de algo que no fuera la desesperación ni el desconcierto? —pregunté—. Sí, ambos tenemos una ardua tarea por delante, y nos conocemos bien, pero...

–¿Es que hay alguien más? En ese caso, puedo entenderlo. Solo que... Pensé que...

–Hubo otro –respondí–. En Estocolmo. Mantuvimos nuestra relación en secreto y terminó a causa de la muerte de mi padre y Hendrik. Yo... de verdad que todavía no puedo concentrarme en encontrar un hombre con quien compartir mi vida. –Lo tomé de las manos–. Eres uno de mis mejores amigos, pero un matrimonio debe nacer del amor.

–¿Y no crees que puedas quererme algún día?

–¡Te quiero! Pero como amigo, no como a un hombre con quien imagine el matrimonio. Tal vez algún día descubra que eres el adecuado para mí, pero ahora... No deseo atarme solo porque la vida resulte nueva y agotadora en estos momentos. Tú no te mereces eso, y yo tampoco.

–Está bien. –Agachó la cabeza, decepcionado.

No sabía qué hacer. Tal vez lo que acababa de decirle fuera duro, pero era tal como lo sentía. Además, tras la ruptura con Michael, Lennard no podía esperar que me lanzara alegremente a los brazos del siguiente hombre. Sobre todo, cuando este era un buen amigo al que no quería perder. Lo así del brazo y me alegré al ver que no me rehuía.

–Compréndeme, por favor –pedí–. Eres mi amigo. Si necesitara ayuda, acudiría a ti sin dudarlo, y por supuesto que también te ofrecería la mía, pero casarnos sería un error.

Lennard se esforzó por sonreír.

–Puede que tengas razón, pero eso no me impedirá volver a intentarlo. Algún día.

Estaba convencida de que nunca sería mi marido, pero no quería insistir en ello.

–¿Al menos me harías el honor de bailar conmigo?

–Lennard... mi madre y yo decidimos no bailar hoy. Todavía guardamos luto. Aunque no hemos cancelado la fiesta, ambas queremos abstenernos. Sé que vuelvo a decepcionarte, pero...

–No pasa nada –dijo, me atrajo un momento y me dio un beso en la frente–. La vida es larga. –Se esforzó por poner una expresión optimista–. Habrá más ocasiones para bailar juntos, ¿verdad?

–Las habrá.

Nos miramos unos instantes, luego se volvió y echó a andar de vuelta a la fiesta. Yo alcé la cabeza hacia el sol y cerré los ojos. Los invitados no debían ver mi turbación, así que me quedé un momento más en el prado, rodeada del rumor de la alta hierba y el bosque, intentando recuperar la serenidad.

Cuando regresé, el servicio había empezado a retirar la comida. El aguardiente había puesto ya de muy buen humor a algunos invitados. Me dirigí a la mesa donde me esperaba mi madre. Por suerte, nuestros compañeros de mesa –Lennard, el príncipe heredero y su esposa– todavía estaban de camino allí.

–El profesor Lindström me ha pedido que financiemos nuevos aparatos técnicos para el hospital –me explicó–. Le he dicho que tiene que hablarlo contigo. Ahora tú eres la condesa.

–Pero tú formas parte del consejo asesor del hospital –repuse, porque ese día no quería pensar en suministros médicos de ninguna clase–. Puedes acceder a sus peticiones tranquilamente, si no sobrepasan nuestros límites económicos.

–Bueno, eso deberías decírselo tú –insistió ella, que me miró un momento y luego me interrogó, críptica–: ¿Ha sido agradable la conversación con Lennard?

¿Había acudido Lennard primero a ella para pedirle permiso antes de hacerme su proposición?

–Bueno, todo lo agradable que pueda ser enterarse de que su padre se está muriendo –respondí.

La sonrisa de mi madre desapareció.

–¿Su padre...?

–Según el médico, solo le queda un año de vida. Si es que llega. Es posible que entonces Lennard tenga que hacerse cargo de la finca.

–Qué raro que no me haya comentado nada. –Bajó la mirada y observó los cubiertos un momento.

–¿De qué habéis hablado? –pregunté, haciéndome la inocente.

–De que quería proponerte matrimonio –reconoció–. Ha pedido mi permiso.

La noticia de la cercana muerte de su padre parecía haberla afectado mucho. ¿Por qué no le dijo Lennard que solo quería casarse conmigo porque creía que juntos saldríamos mejor adelante? Tal vez no se atrevió.

–Bueno, según parece, quiere casarse conmigo porque cree que podríamos apoyarnos mutuamente. Le he hecho ver que eso también podemos hacerlo sin unos esponsales. Los Ekberg han sido amigos desde siempre, y eso no va a cambiar.

–¿De modo que lo has rechazado?

–No, le he convencido de que era mejor no hacerlo. Un matrimonio en estas circunstancias sería mala idea, a mi parecer.

Antes de que madre pudiera contestar, Lennard apareció de nuevo. Sonreía, pero yo lo conocía tan bien como a mi propio hermano y sabía que llevaba una máscara.

–Ah, aquí estás –dijo, y dejó un vaso de aguardiente ante sí–. ¿Has disfrutado un poco del silencio?

–Sí, y me ha entrado hambre. ¿Me disculpáis un momento? –me excusé antes de ir al bufé.

La deliciosa comida de la señora Bloomquist me ayudaría a sobrellevar la velada.

Capítulo 25

DURANTE LAS HORAS siguientes pude ver cómo hasta los más correctos y envarados invitados se desinhibían y se lanzaban a bailar al son del violín. Mi madre y yo mantuvimos nuestra palabra y no participamos, lo cual nos granjeó algunas miradas de extrañeza, pero también de reconocimiento cuando explicábamos el motivo de nuestro recato.

El príncipe heredero y la princesa Margarita regresaron a nuestra mesa. Se sentaron y nos hablaron de sus padres y de sus hijos como si fueran gente corriente que se hubiera reencontrado con unos viejos amigos. Los que imaginaban que el incendio habría perjudicado nuestra reputación tuvieron que reconocer que la casa real seguía estando a nuestro lado. También las preocupaciones de mi madre se disiparon un poco.

Cuando la cabeza ya me daba vueltas a causa del bullicio, me levanté y me alejé de allí. Pasé junto a la gente del pueblo y entonces reparé en que no había visto a Max en toda la velada. ¿De verdad se había quedado en su cabaña esa noche tan maravillosa? Incluso Langeholm y la señorita Rosendahl estaban disfrutando de la fiesta. Me hice con un farol que necesitaría más tarde, cuando regresara, y eché a andar.

Encontré a Max apoyado en la valla delante de su cabaña, con la mirada perdida en el cielo. Las estrellas no se veían porque había demasiada claridad. Sin embargo, en algún momento aparecerían, porque al contrario que en la Suecia más septentrional, en Escania la noche polar y el día polar no eran tan marcados.

–¡Buenas noches, señor Von Bredestein! –saludé. Max bajó la cabeza y me miró.

–¿Qué está haciendo aquí tan solo? ¿Espera a la primera estrella?

–¡Me ha pillado, condesa! –contestó, y volvió a esbozar su maravillosa sonrisa–. ¿Qué la trae por aquí? Me parece que en el palacio celebran un gran baile. ¿No estará huyendo del príncipe?

–Si se refiere al príncipe heredero, de él no tengo nada que temer. De alguno de los demás invitados no estoy tan segura.

–Veo que todavía lleva puestos los dos zapatos, así que ninguno de ellos sospechará nada.

Entonces comprendí que se refería al cuento de *La Cenicienta* y contuve una risita. El ponche se me había subido un poco a la cabeza.

–Supongo que simplemente necesitaba alejarme. Además, lo he echado en falta. Pensaba que, a pesar de lo que me dijo, vendría.

–¿Para salvarla? –Me miró con ojos resplandecientes, y de repente no supe si de verdad era el ponche lo que me hacía sentir de aquel modo tan extraño.

–Para conocer un poco a la gente –repuse–. Como noble de Pomerania, no tiene usted nada que envidiarles.

–Un noble sin tierras –replicó y me indicó que lo siguiera a la casa–. Me parece que tengo algo que le hará más llevadera la velada –comentó con elocuencia.

–No será alcohol, supongo.

Max sonrió.

–Le gustará. Venga, incluso le cederé el lugar de honor.

Las dos sillas de la cocina estaban en la veranda. Por lo visto, le gustaba salir a sentarse ahí fuera y contemplar el bosque, que montaba guardia oscuro y formidable junto al linde de los prados. Me senté en una de las sillas mientras él iba a la cabaña.

–Tenga –dijo al volver, y me ofreció una taza con un líquido que olía mucho a alcohol.

Por un momento recordé cómo la había emprendido contra mis cuadros estando ebria. Desde entonces no había vuelto a beber tanto como para perder el control.

—Aguardiente de trigo —explicó al ver mi mirada interrogante—. Me lo han traído de mi tierra. Hace poco me encontré con un amigo en Kristianstad.

—No me había contado nada de eso —repuse, y di un sorbo. El alcohol me bajó como fuego por la garganta.

—Sí, pocas veces hablamos de asuntos privados.

—Es cierto —respondí, y sentí pesar por ello.

Max parecía un buen hombre, algo misterioso en cuanto a su pasado y su hogar, pero precisamente eso me gustaba de él.

—¿Por qué no se ha dejado ver en el baile? —pregunté cuando se sentó a mi lado.

—Ya le dije que esos eventos no son para mí. Prefiero estar a solas.

Entonces fue él quien bebió de su taza, que después dejó a un lado.

—¿En su finca no organizaban celebraciones?

—Claro, por eso les tengo tanta antipatía.

—¿Querían que hiciera usted de príncipe?

Podía imaginar que un hombre como él tendría siempre un montón de damas de la sociedad revoloteando a su alrededor. De pronto me vino a la mente la proposición de Lennard.

—En cierto modo —dijo—. Pero, además, la hipocresía era demasiado para mí. En la cara, una sonrisa; a la espalda, una piedra en la mano. No sé si me explico.

—Puedo imaginarlo —repuse. También en nuestro baile había mucha falsedad, aunque por suerte habían venido suficientes invitados con los que se podían mantener conversaciones agradables.

—A menudo me preguntaba cómo sería escapar de todo eso y empezar de nuevo, pero hasta que conocí a su padre nunca tuve la oportunidad de hacerlo.

–El destino sigue caminos extraños, ¿verdad? –murmuré, y di otro trago.

El cuerpo empezaba a pesarme. El efecto era muy diferente al del aguardiente que había probado la otra vez, aunque en aquella ocasión tenía mucha ira dentro de mí. Esta vez solo me sentía cansada.

–¿Y sus caminos, condesa Lejongård?

–Agneta –dije–. Llámeme Agneta.

–¿Le parece buena idea? Los demás empleados podrían hablar.

–No lo haga de manera oficial. Pero aquí no hay nadie más que nosotros, ¿no?

–Está bien. –Me tendió la mano–. Max.

Así era como lo llamaba yo para mí desde hacía unas semanas, de modo que no me costó nada hacer el cambio.

–Bueno, ¿Agneta? La primera vez que nos vimos, me comentó que había estudiado. ¿Cuál habría sido su camino si las cosas hubieran sido distintas?

Mi pecho todavía se encogía al recordar la época de Estocolmo. Habían pasado ya tres meses desde que dejara la ciudad.

–Seguramente estaría hoy aquí, celebrando el solsticio de verano –respondí–. Es una tradición de la casa. Aunque probablemente me habría vuelto a pelear con mis padres. Mi madre sigue creyendo que debe decirme por dónde ir, aunque es inofensiva.

–¿Y por lo demás?

–Después del Midsommar habría regresado a Estocolmo, a mis seminarios en la Real Academia de Bellas Artes y con...

–¿Con algún hombre?

¿Me lo había leído en la cara?

–Sí –respondí, pues sentía que con él no era necesario tener secretos–. Michael. Llevábamos casi un año de relación.

–¿Qué ocurrió?

–No podía soportar estar con una mujer que había heredado una finca. No deseaba vivir aquí, así que nos separamos.

230

–¿Él de usted o usted de él?

–¿Acaso importa? –De nuevo sentí un ligero enfado. ¿Por qué había sido Michael tan poco comprensivo?

–Bueno, supongo que sí. No parece contenta con la decisión.

–No, y no lo estoy –repuse–. Pero él lo quiso así. Me dio la espalda porque temía que este mundo provinciano lo arrastrara y lo hiciera prisionero para siempre.

–¿Y a usted eso no le daba miedo?

–Yo crecí aquí, y el testamento de mi hermano no me dejaba opción. Ya en el hospital me hizo prometerle que ocuparía su lugar en la familia. Habría tenido que renunciar para siempre a Lejongård si quería escapar de mi promesa.

–Y eso no podía hacerlo.

–Quería mucho a mi hermano, y también me gusta la finca. Es mi hogar.

–Bueno, por sus palabras, parece que ese hombre no podía ofrecerle nada que supere esto. Debería olvidarlo.

Contemplé el perfil de Max, que había dirigido la mirada hacia el cielo como si de nuevo buscara la primera estrella.

–Eso es más fácil de decir que de hacer.

Entonces me miró.

–En fin, ¿no le parece que la vida es demasiado corta para pasarla con las personas equivocadas? Solo le quitan a uno la fuerza necesaria para cosas más importantes. Esta finca, por ejemplo.

Puede que tenga razón. –Miré mi taza. Estaba casi vacía, pero no quería arriesgarme a tener resaca, así que no bebí más–. Creo que debería irme ya –dije, y dejé la taza junto a la silla.

–¿Tan pronto? –se extrañó Max–. ¿Es que he dicho algo malo?

–No, pero veo que no podré convencerlo de que me acompañe a la fiesta. Así que prefiero dejarlo a solas con el cielo.

Cuando me levanté, su mano alcanzó con delicadeza mi brazo.

–Por favor, no se enfade, Agneta.

–No estoy enfadada.

–Quédese un poco más. Por lo menos hasta que salga la primera estrella. ¿O es que la echarán en falta en la fiesta?

Dudé un instante. Si mi madre descubría que no me estaba ocupando de los invitados, se pondría hecha una furia. Y seguro que Lindström recorrería toda la finca buscándome a fin de obtener mi conformidad para comprar nuevos aparatos. Sin embargo, allí había tanta tranquilidad y la noche era tan templada que no pude negarme.

–Podemos hablar o simplemente contemplar el cielo –dijo–. Como prefiera.

–Contemplemos el cielo –escogí, y volví a sentarme.

Estuvimos un rato contemplando la inmensidad, que empezaba a teñirse de rojo.

–Hoy me han hecho una proposición de matrimonio –me oí decir sin que viniera a cuento. No me había percatado de que quisiera hablarle a Max de ello. Me volví hacia él y vi que asentía.

–Una noche como esta se presta a esa clase de cosas.

–¿No quiere saber si la he aceptado o no?

–Solo soy el administrador de la finca. En realidad, debería serme indiferente si trabajo para usted o para su marido.

Levanté las cejas, extrañada. ¿Había percibido un deje de contrariedad en sus palabras?

–Bueno, de todas formas tal vez le tranquilice saber que no habrá señor de la casa en un futuro próximo. Solo señora.

Sus facciones se relajaron.

–Si le soy sincero, me gusta tener una señora.

–Y si lo soy yo, ser mi propia señora me encanta. Aunque a veces echo de menos que me den apoyo. –Sacudí la cabeza–. ¡Ay, pero qué estoy diciendo! Usted es mi administrador y tiene sus propias preocupaciones.

–Si quiere hablar, siempre estoy a su disposición.

Noté su mirada. ¿Lo decía en serio? Sus ojos decían lo mismo, pero también los ojos de Michael habían prometido mucho.

—Gracias —repuse.

Max se volvió de nuevo hacia el cielo.

—¿Lo ve? —dijo, y señaló hacia arriba—. Ahí está la primera. Seguramente ha salido para ver si de verdad hoy el sol no se pone.

Seguí la dirección de su dedo y, en efecto, distinguí una estrella. Casi pasaba desapercibida en el profundo azul del cielo, pero se veía cada vez más clara a medida que el sol se acercara al horizonte. Y cuando el Midsommar pasara, volvería a brillar de verdad. Todo requería su tiempo, todo era un devenir, un transcurrir y un renacer.

DE VUELTA EN el jardín, donde ya habían arrasado con el bufé y las fronteras entre la gente del pueblo y los invitados de alta cuna parecían haberse difuminado un poco, una mano me sujetó el brazo.

—¿Dónde has estado tanto rato? —siseó mi madre.

Me volví y la vi furiosa, sus ojos refulgían de ira.

—He dado un pequeño paseo para despejarme la cabeza. Parecía que todos los invitados se las apañaban muy bien.

—¡Has bebido! —constató al olerme el aliento.

—Como todos.

¿Qué mosca le había picado? Sí, una buena anfitriona no debía desaparecer durante una hora, pero estábamos celebrando el Midsommar, una fiesta que duraría hasta bien entrada la noche.

—Ven, hay un problema.

¿Un problema? Sus palabras disiparon de golpe mi ligera ebriedad. ¿Había ocurrido algo? ¿Tal vez con algún invitado? Nos dirigimos a la casa a paso raudo.

Entramos en el salón de fumar, una habitación que mi madre evitaba siempre, pero detestaba mantener disputas en sus lugares preferidos, como si con eso fuesen a perder su cualidad de acogedores. El salón de fumar había sido la sala de mi padre, que ella aborrecía por el olor a tabaco y con la que tampoco relacionaba vivencias agradables.

–Susanna –dijo cuando hubo cerrado bien la puerta. El nombre me golpeó como un latigazo.

–¿Qué le ha pasado? –¿Había vuelto a desplomarse, o acaso había sufrido un aborto?

–Está embarazada, ¿verdad?

Cerré los ojos e inspiré hondo. ¡Maldita sea!, fue lo único que pude pensar.

–¿Cómo has sabido que...? –empecé, pero ella contestó a mi pregunta antes de que pudiera terminarla.

–¡Tengo ojos en la cara! –Su voz sonó estridente–. ¡Santo cielo, tendría que haberlo sospechado cuando se desmayó!

Empezaron a temblarme las manos. Respiré hondo de nuevo.

–¡Deberías habérmelo dicho! –espetó con aspereza–. Sabes que no tolero doncellas libertinas en esta casa.

–Pero, madre, que se haya quedado embarazada no es señal de libertinaje. No sabemos qué promesas le hicieron.

–¿Promesas? Bueno, pues no fueron promesas precisamente valiosas, cuando ha tenido que echar mano de mis joyas.

–¿Qué? –De repente me sentí como si me hubieran quitado el suelo debajo de los pies. ¿Susanna había robado? ¡Pero si yo le había ofrecido mi ayuda!

–¿Quién ha dicho eso? –quise saber.

–No lo ha dicho nadie. ¡Linda la ha pillado!

Linda, la fiel doncella de mi madre. A esa hora siempre lo preparaba todo para la noche, aunque hubiera una fiesta y su ama fuese a acostarse más tarde. Susanna conocía las costumbres de la casa, así que debería haber sabido que la sorprenderían. ¿Estaba Linda intentando difamarla? ¿Había descubierto el embarazo de Susanna? A esas alturas ya estaría en el cuarto o quinto mes...

–¡Tenemos que llamar a la policía! ¡No solo es una fulana, también una ladrona!

Me habría gustado contestarle algo, pero eso último era cierto. El robo, por mucho que Linda lo hubiera frustrado, era un delito.

–¡Tiene que irse enseguida!

–¡No antes de que yo hable con ella! –repuse–. No puedes exigir que la eche sin haber oído su versión.

–Está bien. La encontrarás en mi habitación. Linda está con ella.

Me levanté y salí del salón de fumar. Fuera, los invitados seguían pasándolo bien, pero a mí el corazón me palpitaba. ¿Por qué había cometido semejante tontería aquella muchacha?

Susanna estaba en la habitación de mi madre, derrumbada en un taburete. En esa postura empezaba a vérsele la incipiente barriga bajo el vestido.

Linda estaba de pie a su lado, como una carcelera. Era una mujer flaca de pelo oscuro y rasgos severos. Cuando yo era niña, trabajaba de criada en casa. Su lealtad hacia Stella la había convertido en una de sus personas de confianza, por lo menos en asuntos relacionados con la casa. Era evidente que acababa de echarle un buen rapapolvo a Susanna, pero guardó silencio en cuanto entré.

–Susanna –dije, y la criada se estremeció–. ¿Qué ha ocurrido?

–Iba a prepararle la cama a la señora –contestó Linda en su lugar–. Al entrar, he visto a esta sacando algo del cofrecillo del tocador y guardándoselo. Le pregunté y al principio me mintió, pero cuando le pedí que vaciara los bolsillos del mandil, sacó el broche de la señora. El de oro, con un zafiro.

El broche preferido de mi madre. ¿Cómo no había pensado la muchacha que lo descubriríamos enseguida?

–Susanna, ¿es eso cierto? –pregunté.

–¡Claro que es cierto! –exclamó Linda, pero levanté la mano para acallarla.

–Quiero que me lo diga ella.

–Es cierto –respondió con voz rota–. Yo... quería robar el broche.

Su sinceridad me asombró más que si hubiera intentado negarlo todo. Linda debía de haberle apretado bastante las clavijas.

–¿Por qué? –pregunté mientras la decepción me reconcomía las entrañas–. ¿Temías verte en apuros?

Apretó los labios y bajó la cabeza.

Me volví hacia Linda, que me miraba con ojos refulgentes.

–Quiero hablar a solas con ella.

Por un momento pareció como si Linda fuera a contradecirme, pero entonces recordó quién era yo e hizo una reverencia.

–Como desee, señorita.

Seguramente correría abajo para informar a mi madre.

–Susanna –dije, y me coloqué delante de ella–. Mírame, por favor.

Levantó la cabeza a regañadientes.

–¿Por qué lo has hecho? ¿Por miedo a no salir adelante? ¿Por necesidad?

Se mordió los labios.

–No lo sé...

–¿No lo sabes? –Sentí crecer la ira, no porque hubiese intentado robar, sino porque no había confiado en mí–. ¿Es que no te ofrecí mi ayuda? ¿No te protegí frente a mi madre? –espeté, y empecé a pasearme delante de ella–. Habrías tenido que dirigirte a mí si necesitabas algo o tenías miedo.

–Ni siquiera usted puede evitar que vaya a tener un niño –dijo con tono sombrío.

–¿Alguien más lo ha descubierto? La chica volvió a bajar la cabeza.

–¿Susanna?

–Sí –respondió casi sin voz.

–¿Linda?

Asintió con la cabeza.

Eso era lo que me temía. Mi madre nunca miraba a un miembro del servicio el tiempo suficiente para notar nada.

–¿Cuándo se dio cuenta?

–Hoy –respondió–. Se me nubló la vista y me senté. Entonces ella me preguntó qué me ocurría y luego me miró la barriga, así que se lo dije.

Entonces me di cuenta de que estaba conteniendo la respiración y solté despacio el aire que retenía en los pulmones. Lo que tanto habíamos intentado evitar había ocurrido. Debería haberlo sabido. Era culpa mía.

–¿Te ha amenazado con decirle algo a mi madre, o a mí? Susanna asintió de nuevo.

–Y creíste que entonces yo te echaría, así que te dio todo igual y pensaste que al menos te llevarías algo para salir del paso. ¿Es así?

La muchacha soltó un sollozo.

–¡Lo siento mucho! Es que no lo pensé...

–No, no lo pensaste. –Mi voz subió sin querer–. ¡Debiste decirme que Linda lo sabía! Debiste haberme pedido ayuda. No te habría echado por estar embarazada, eso ya te lo dije. Ahora, en cambio, no tengo más remedio que...

En ese instante se abrió la puerta y apareció mi madre. Evidentemente, a ella no podía echarla de su propia habitación.

–¿Y bien? ¿Te ha respondido esta persona? –preguntó, mordaz.

–Sí, pero, a pesar de que entiendo sus motivos, creo que debo despedirla.

Mi madre, que ya contaba con eso, relajó un poco los hombros.

–¿Que entiendes sus motivos? –preguntó con retintín.

–Pensaba que perdería su puesto a causa del niño. –Vi a Linda, que se había asomado al marco de la puerta. Era posible que también la hubiera amenazado con contárselo al resto del servicio–. En su situación, las mujeres se ven abocadas a hacer toda clase de tonterías. No obstante, debe marcharse.

Me volví hacia Susanna, que entonces rompió a llorar.

–Te irás mañana a primera hora.

–¿Por qué no ahora mismo? –preguntó mi madre, colérica–. ¿Acaso quieres darle la oportunidad de llenarse los bolsillos? ¿Y si ahora intenta robar a sus altezas reales?

–No hará eso. ¿Verdad, Susanna?

Negó con la cabeza.

–Muy bien. En caso contrario, tendré que informar a la policía de este suceso y de cualquier otro que se produzca. De momento no pondré ninguna denuncia, pero solo si hasta mañana no ocurre nada más.

Susanna ya estaba llorando a lágrima viva. En esa postura, echada hacia delante, se le marcaba la columna vertebral por debajo de la blusa. ¿Estaba tan delgada porque en su seno se removía no solo un bebé, sino también el miedo?

En cualquier caso, no podía hacer más por ella. Miré a Linda.

–Lleve a Susanna a su habitación. Que allí haga la maleta y se tranquilice un poco. Y, por el amor de Dios, no la incordie con más reproches, que ya tiene bastante castigo.

Linda asintió, pero en su rostro vi que seguiría incordiándola. Seguro que le echaría en cara haber sido una desagradecida con la familia que le había proporcionado trabajo y manutención.

–¿Satisfecha, madre? –pregunté cuando las dos se marcharon.

–Has sido demasiado blanda –protestó.

–El broche vuelve a estar en su lugar, ¿o no?

–Lo cual tenemos que agradecerle a Linda.

–Muy bien, pues le daremos una propina, pero no creo que debamos castigar a Susanna con más dureza. Ahora no solo está embarazada, sino que tendrá que abandonar el servicio con deshonra. En Estocolmo pude ver el destino de muchachas como ella.

–Eso no es cosa tuya –replicó.

–Sí que es cosa mía. En Estocolmo, mis amigas y yo luchamos para que esas muchachas y mujeres no queden marcadas de por vida por culpa de un desliz del que no solo ellas fue-

238

ron responsables. Y también habría ayudado a Susanna, pero ahora ya no puedo hacerlo. –Dicho eso, di media vuelta y fui hacia la puerta, pero en lugar de abrirla me volví una vez más hacia mi madre–. Linda te lo ha dicho, ¿verdad? Que la chica está embarazada.

–No pasa desapercibido. Pero no, no me lo había dicho.

Asentí.

–Yo te habría puesto al corriente esta noche, pero Susanna ha sido más rápida.

Abrí la puerta y salí. En mi interior todavía resonaba la ira, y el alcohol que corría por mis venas me tenía algo aturdida. La fiesta del solsticio de verano nunca había acabado de gustarme del todo, pero la de ese año estaba repleta de situaciones desagradables. Volví a pensar en Max, que estaría en su cabaña sin enterarse de nada hasta al día siguiente, y deseé poder volver con él a contemplar las estrellas.

Capítulo 26

Me despertó un fuerte dolor de cabeza. El sol que entraba entre las cortinas me pareció demasiado brillante; me habría gustado quedarme en la cama. Sin embargo, el príncipe heredero y su esposa, junto con el conde Bergen y algunos amigos de mi madre, se habían quedado a pasar la noche, así que desayunaríamos con todos ellos.

Me levanté de la cama con un gemido. Me froté la cara y miré hacia el jardín, que se extendía allí desierto. Los criados ya habían empezado a recogerlo todo, y Bruns había enviado un par de mozos de cuadra a guardar las mesas.

Llamaron a la puerta.

—¡Adelante!

—Buenos días, señorita.

Lena parecía abatida. No era de extrañar, ya que perdía una amiga en la casa.

—Buenos días, Lena —dije, y como no quería preguntar si Susanna había abandonado ya la finca, añadí—: ¿Cómo estás, pasada la fiesta?

—Bien —respondió, aunque era mentira. Daba la sensación de haber pasado toda la noche llorando con su amiga.

—Te has enterado de lo de Susanna, ¿verdad? —pregunté, porque no servía de nada andarse con rodeos.

—Sí. Se ha marchado muy temprano.

—¿Ha dado Linda o alguien alguna explicación al respecto?

Veía a la doncella de mi madre más que capaz de proclamar el asunto a los cuatro vientos en las dependencias del servicio.

—Dicen que robó —respondió Lena, abatida—, y que va a tener un niño.

Sentí que mi cuerpo se encogía un poco. De modo que Linda no había tenido compasión. El miedo me atravesó el estómago. ¿Y si Susanna cometía una locura? No sería la primera que se quitaba la vida por algo así. En el pueblo sería una paria, «la chica del bastardo». Ningún joven sensato la aceptaría.

–Escúchame, Lena –dije, y tomé la mano de la criada–. He tenido que echarla porque obró mal. Un robo no es ninguna tontería, ya lo sabes. Por eso he tenido que actuar.

Lena asintió.

–Pero debes saber que no la he despedido por lo del niño. Eso no os lo haría a ninguna de vosotras. Aunque te aconsejo encarecidamente que no te quedes embarazada hasta haberte casado. La sociedad no soporta a las mujeres que no pueden dar un padre a sus hijos. Piensa siempre en eso cuando un muchacho te corteje, y no dudes en venir a hablar conmigo si alguno intenta obligarte a algo. Siempre puedes decir que no, ¿lo has entendido?

Ella me miró con sorpresa, pero después asintió.

–Y en cuanto a Susanna... –Hice una pausa, porque no sabía si tenía derecho a pedírselo. Sin embargo, al final lo hice–: Cuando el jueves vayas al pueblo a visitar a tus padres, por favor, presta atención para enterarte de adónde ha ido. Me gustaría saber cómo se encuentra.

–¿Y si no está bien?

–Entonces encontraré la manera ayudarla.

Lena asintió y vi un atisbo de sonrisa en la comisura de sus labios.

–Bien. Y ahora quiero saber si recogiste las siete flores.

–No –respondió–. La señora Bloomquist me dio permiso para beber *nubbe* y... me quedé dormida en el prado.

Contuve una sonrisa. Podía imaginar que se hubiera quedado tumbada en la hierba y que alguna otra criada la hubiese despertado al alba. Seguro que el aguardiente había contribuido a su aspecto de abatida.

La pérdida de Susanna casi se notaba físicamente. La casa estuvo todo el día en silencio, no se oía cotorrear al servicio como de costumbre. La señorita Rosendahl intentó hablar otra vez del suceso, pero yo la frené. No quería añadir más elementos a la historia, aunque no dejaba de darle vueltas a lo que le esperaría a Susanna en su casa.

El lunes, Bruns se presentó en mi despacho.

—Acaba de llegar un mensajero con una carta para usted —anunció, y me tendió un sobre.

Era del inspector Hermannsson. ¿Por fin había conseguido resultados? Ya no faltaba mucho para agosto, y no me apetecía tener que comunicarle al mayordomo mayor que todavía no habían atrapado al pirómano.

—Gracias, Bruns.

Rasgué el sobre con impaciencia, y lo que leí me aceleró el pulso. Al instante me levanté y fui a la habitación de madre.

La encontré con Linda, que la estaba peinando.

—¿Hay alguna novedad? —preguntó—. ¿De quién es esa carta?

—¿Le importaría dejarnos solas, Linda? —pedí a la doncella. No quería tenerla delante cuando hablara sobre el incendio, aunque de todas formas era probable que ella se lo contara todo después.

Linda miró a su señora, pero como esta no añadió nada más, hizo una reverencia y salió de la habitación.

—¿Qué ocurre que sea tan importante? —preguntó mi madre mientras se toqueteaba el pelo.

—Es de la policía —contesté, y le tendí la carta.

Mi madre leyó las primeras líneas y me miró.

—Por lo visto han detenido a un sospechoso —añadí—. No obstante, aún siguen con las investigaciones.

—¡Bueno, pues gracias a Dios! Será solo cuestión de tiempo que esa persona confiese su crimen.

—Esperemos que sea el culpable —repuse, y me pregunté quién sería. ¿Alguien del pueblo? Hermannsson no mencionaba ningún nombre, lo cual era comprensible si todavía no habían recabado pruebas concluyentes–. También me pide que me acerque a Kristianstad. Quiere que vea a ese hombre.

–¿Qué? ¿No esperará que la condesa Lejongård...?

–¿Hable con el sospechoso? –terminé su frase–. No lo sé. Parece que solo tengo que decirle a Hermannsson lo que sepa de él. Quizá convenga que me acompañes, tú conoces mejor que yo a la gente de por aquí.

–Tu padre sí que la conocía. Tal vez deberías llevarte a Langeholm. Él sabe más de los habitantes del pueblo.

–Está bien, se lo pediré –dije, aunque habría preferido ir con Max, por mucho que no hubiera podido ayudarme en el asunto–. Saldremos mañana temprano.

Mi madre asintió.

–Ojalá lo hayan atrapado ya –comentó, y en su voz percibí una suavidad insólita–. Así, por fin podríamos poner punto final.

–Ya. Aunque eso no nos devolverá a padre ni a Hendrik.

–Eso ni siquiera Dios puede hacerlo, pero al menos se hará justicia.

–Eso espero.

Nos miramos un momento y creí ver una leve sonrisa asomando a sus labios.

Capítulo 27

EL TRAQUETEO DEL carruaje en que Langeholm y yo íbamos a Kristianstad a la mañana siguiente me hizo pensar de nuevo en el mayordomo mayor de la casa real, el conde Bergen, y en el precioso automóvil con que se había presentado. La cantidad por la que se había endeudado mi padre habría bastado sin duda para comprar por lo menos dos de esos coches.

Entonces me fijé en que Langeholm guardaba un extraño silencio. Le había informado de que la policía tenía un sospechoso. El caballerizo no era muy parlanchín, pero normalmente se habría mostrado más comunicativo.

–¿Puedo preguntarle qué le aflige?

–No puedo evitar recordar a su padre y su hermano –explicó–. Fue terrible lo que sucedió.

–Bueno, si la policía ha atrapado al culpable, al menos podrán descansar en paz.

–Ojalá –repuso–, pero es posible que pronto se demuestre su inocencia y, entonces, estaremos otra vez como al principio.

–Hermannsson no acusaría a nadie a la ligera. Estoy segura de que tiene buenos motivos... sobre todo si quiere verme.

–Esperemos que así sea, señorita. –Langeholm volvió a mirar por la ventanilla, y la melancolía pareció invadirlo de nuevo.

MEDIA HORA DESPUÉS llegamos a la comisaría. La clara luz del sol hacía que el edificio, blanco y con la bandera de Suecia ondeando en lo alto, brillara. Detrás de las ventanas con barrotes percibí movimientos, pero no pude distinguir si se trataba de agentes o detenidos.

Al entrar nos recibió el repiqueteo de una máquina de escribir y una atmósfera mohosa. Olía a lana húmeda y grasa para botas, y a algo más que no logré identificar. El agente de guardia nos comunicó que el inspector nos esperaba en su despacho. Un uniformado nos acompañó hasta allí y nos anunció.

Hermannsson volvía a llevar el mismo traje marrón de nuestro primer encuentro, aunque se había dejado crecer la barba. Se me pasó por la cabeza que tal vez no había tenido tiempo de afeitarse a causa de las investigaciones, pero habría sido irrespetuoso preguntárselo.

–Me alegro de que haya venido enseguida, condesa Lejongård –dijo, y me estrechó la mano.

–Al ver su mensaje, no he querido hacerlo esperar. –Señalé a mi acompañante–. Este es Sören Langeholm, nuestro caballerizo. Lo he traído porque él conoce a la gente de los alrededores mejor que yo.

Hermannsson le estrechó la mano.

–Me alegro, nos irá bien contar con sus conocimientos. Síganme, por favor.

Nos llevó a la celda común. No era muy grande, como mucho para una decena de detenidos a la espera de juicio. En ese momento no parecía que la policía tuviera mucho trabajo en la ciudad. Aparte de un hombre que, por lo visto, estaba durmiendo la mona, y de un muchacho que miraba con mala cara a los agentes, en la celda solo había una figura harapienta acurrucada en un catre.

–Han tenido suerte –dijo Hermannsson–. Esto suele estar bastante más concurrido, y lo que pasa entonces no querría hacérselo ver a una dama. Guardia, traiga a Hellersund.

Uno de los uniformados abrió la celda y fue hacia el hombre del catre.

–Acompáñenme –nos indicó el inspector–. Tenemos una sala especial para estos casos.

Nos llevó algo más allá, hasta una habitación de aspecto lóbrego. ¿La utilizarían para los interrogatorios? Me sobrevino un intenso malestar. Aunque allí no había azulejos en las paredes, fue como ver de nuevo ante mí el sótano del hospital, donde habían llevado el cadáver de Hendrik.

En el centro había una mesa pequeña y cuatro sillas. Al tal Hellersund lo empujaron por la puerta detrás de nosotros y lo sentaron en una de las sillas.

–¡Yo no he hecho nada! –empezó a gritar, como si ya estuviera delante del juez–. Reconozco que le prendí fuego al almiar de paja de Larsen, ¡pero nada más!

Hermannsson no hizo caso de sus palabras.

–Condesa Lejongård, ¿conoce a este hombre? Dice llamarse Ole Hellersund, nacido en Ystad, en estos momentos sin empleo ni domicilio. Lo detuvieron en relación con el incendio de un almiar al norte de Kristianstad, y tenemos la firme sospecha de que también fue él quien causó la desgracia en su casa.

–¡Yo no fui! –aulló el hombre–. ¡Lo único que quería era que se callaran las voces! ¡Esas voces me están volviendo loco! Me dijeron que tenía que hacerlo.

Arrugué la frente. El hombre hablaba como si no estuviera en su sano juicio. ¿Habían sido mi padre y mi hermano víctimas de un loco?

–¿Lo conocen? –preguntó el inspector entre los gritos del vagabundo.

Negué con la cabeza y miré a Langeholm. Este parecía sentir cierta repugnancia hacia el desconocido.

–Es posible que haya estado deambulando por nuestros prados. De vez en cuando encontramos gente como él, pero no los miramos muy de cerca.

–En este caso deberían haberlo hecho. Se le acusa de haber prendido fuego a tres almiares de paja en los alrededores de Kristianstad. Es cierto que a bastante distancia de su finca, pero cabe que también hubiera pasado por allí.

–Para eso tendría que haberse colado en la propiedad.

Todo el perímetro estaba bien asegurado por muros y vallas, pero hasta entonces no habíamos tenido necesidad de vigilarlos. El que quería entrar, lo hacía sencillamente cruzando la verja. Se me revolvió el estómago al pensar que alguien podía haberse colado para cometer un delito.

–Bueno, tal vez lo consiguió –repuso Hermannsson–. El caso es que en la zona no hay ningún otro incendiario en estos momentos, por eso suponemos que fue él quien causó el fuego en su establo.

–Seguro que los caballos lo habrían olfateado y se habrían inquietado –observó Langeholm.

–Hellersund consiguió esquivar a dos fieros perros guardianes. Así que también pudo engañar a sus caballos.

–¡Juro que nunca estuve en ese establo! –exclamó el hombre, que se puso de pie de un salto y tendió las manos hacia mí.

Retrocedí sobresaltada. El agente que lo vigilaba volvió a sentarlo en la silla, pero Hellersund no dejaba de chillar.

–¡Las voces no me dijeron nada de ningún establo! ¡Solo hablaban de paja, de mucha paja!

Era evidente que estaba loco, pero ¿era el asesino de mi padre y mi hermano? Parecía la conclusión más obvia: si había prendido fuego a almiares de los alrededores, ¿qué le habría impedido intentarlo antes en un establo? A saber qué le habrían ordenado las voces de su cabeza.

Sin embargo, no creía que hubiera sido él. Aquel hombre era un ser lamentable que había cometido delitos, pero quemar un almiar era muy diferente a causar un incendio en un establo.

–Señor Langeholm –dije, volviéndome hacia el caballerizo–. Usted estuvo en la finca durante el incendio.

Langeholm se tensó un poco, sorprendido de que me dirigiera a él.

–Así es. Igual que los mozos de cuadra.

–¿Vio salir del establo a este hombre antes de que se declarara el fuego?

Langeholm cerró los ojos e intentó recordar.

–No, no vi a nadie.

Miré al hombre que teníamos delante.

–¿Cómo prendió fuego a los almiares? ¿Se quedó a ver cómo ardían?

Los ojos del hombre empezaron a brillar.

–Sí, me quedé. Y cuando vi las llamas, las voces se callaron. Fue precioso.

–¿Y qué le dicen ahora las voces?

–Dicen que le prenda fuego a todo esto de aquí, ¡a todo! De nuevo se puso en pie y empezó a sacudirse las esposas.

–¡Lléveselo! –ordenó Hermannsson al guardia–. Enciérrelo otra vez.

El agente se lo llevó a rastras hacia la puerta de la sala de interrogatorios.

–¡No fui yo! –gritaba–. ¡Yo no incendié ningún establo! ¡Las voces dicen que no es verdad!

La puerta se cerró y los gritos se alejaron. Me temblaba todo el cuerpo. Mi madre tenía razón. ¿Por qué había sospechado Hermannsson de ese loco?

–Bueno, ¿qué le parece? –le pregunté–. ¿Cree que fue él? Mi caballerizo no lo vio.

De pronto Hermannsson parecía escéptico, y también algo frustrado.

–Eso no significa que no estuviese en el lugar de los hechos.

–Nuestra gente lo habría visto –insistió Langeholm–. Nos habría llamado la atención tener a un extraño merodeando por ahí.

–Bien, seguiremos investigando. Es posible que pusiera en práctica otro método. Puede que su artefacto incendiario no se activara de inmediato, y que se marchara al ver que no lo había conseguido, pese a que el fuego se declarara después.

Se hizo un silencio y el inspector se levantó.

–Les agradezco haber sacrificado su tiempo por mí. Sus declaraciones han sido muy valiosas.

–¿Aunque signifiquen que deba usted seguir investigando?

–Queremos descubrir la verdad, condesa Lejongård. No importa cuánto tardemos. Se lo debo a su familia.

–Y yo se lo agradezco.

Nos dimos la mano y poco después salí de la comisaría con Langeholm.

Me quedé ante el carruaje, contemplando los árboles del otro extremo de la calle. ¿Qué sacaba en claro de ese encuentro? Desde luego, aún no habíamos llegado al final de la búsqueda.

–¿Señorita? –dijo Langeholm, y me trajo de vuelta a la realidad–. ¿Va todo bien?

Asentí.

–Sí, estoy bien. Regresemos ya.

DURANTE EL TRAYECTO de vuelta estuve rememorando la escena con el pirómano, pero cuanto más lo pensaba, menos me parecía culpable. Había confesado voluntariamente sus delitos, pero negaba el incendio de nuestro establo. ¿Tal vez porque tenía miedo de acabar encerrado de por vida? En cualquier caso, ya no podría volver a hacer lo que aquellas voces le exigían. Aun así, no saldría impune de sus fechorías. De una forma u otra acabaría en la cárcel, o en un manicomio.

Cuando llegamos a la finca, entré en la casa empapada de sudor. Lo que más necesitaba era descansar un poco. Me quité el vestido y me puse otro más ligero.

Después de haber reposado, bajé al salón. Mi madre estaba sentada a la mesa de cristal, haciendo un solitario.

–¿Y bien? ¿Cómo ha ido con la policía? –preguntó sin apartar los ojos de las cartas.

–Han detenido a un vagabundo que ha incendiado algunos almiares en la zona. El hombre dice que se lo ordenaban unas voces.

–¡Un loco! ¡Dios nos asista!

–Sin embargo, niega haber causado nuestro incendio. Dice que las voces no le ordenaron eso.

–¿Y Hermannsson lo cree?

–No lo sé. De todas formas, lo tiene detenido por los otros delitos, pero no parecía demasiado convencido de haber dado con el culpable. Sobre todo porque Langeholm ha dicho que nunca vio a ese hombre en la finca.

–Quién sabe. Quizá alguien lo tuvo escondido. Últimamente hay muchas cosas que no van bien en esta casa. Las criadas se quedan embarazadas y la señora de la finca cree que no pasa nada y que pueden quedarse...

–Madre, no puedes comparar el incendio con el embarazo de Susanna.

–También ella pretendía cometer un delito.

–¡Porque estaba desesperada! –repliqué, y lamenté haber ido a hablar con mi madre. A pesar de que había descansado un poco, me dolía la cabeza. El ambiente cada vez más cálido me cargaba–. ¡Linda la amenazó con hacerlo público! Por eso no vio otra salida...

–¿Y de qué iba a tener miedo si tú ya lo sabías? Según tengo entendido, eres la señora de la finca. Eres tú quien toma las decisiones.

–En efecto –dije–, y no la habría despedido por el embarazo, pero robar es otra cosa.

¿No podíamos volver a hablar del incendio? Tenía la sensación de que las cosas estaban subiendo de intensidad y podían acabar en una áspera discusión.

–El personal se habría dado cuenta tarde o temprano –adujo–. Habría dado lo mismo. Ni siquiera tú puedes impedir el destierro social. ¿O acaso esperabas que el padre del niño entrara en razón y se casara con ella?

–Esperaba que mi amiga de Estocolmo encontrara la forma de sacar a Susanna de aquí –contesté con seriedad–. Lo hicimos muchas veces, y siempre salió bien.

–Ya, bueno, pero ahora no estás en Estocolmo, y parece que tu amiga ha perdido sus contactos. Si es que está sana y no se ha contagiado de alguna enfermedad de esas mujeres con las que tratabais.

–¡Madre, un embarazo ilegítimo no es la peste! –Respiré hondo. Sería mejor que me fuera antes de tener la tentación de lanzarle algo a la cabeza–. Y ahora discúlpame, tengo cosas que hacer.

Me volví hacia la puerta. ¡Maldita fuera! Había conseguido que, encima, me preocupara por Marit.

–¡Dile a Linda que pase! –gritó Stella.

Me tragué una contestación y abrí la puerta de golpe. Linda estaba algo más allá, pero sin duda había oído nuestras últimas palabras.

–Ya puede volver –dije, y pasé por su lado.

No HABÍA SIDO mi intención estar todo el día fuera de casa, pero esa tarde mandé ensillar a *Talla* y cabalgué hasta la oficina de telégrafos de Kristianstad.

El empleado se sobresaltó cuando entré. Estaba escondido detrás del periódico, que de pronto se le resbaló de las manos y cayó al suelo.

–Buenas tardes, señora, ¿qué desea? –Pareció alegrarse de tener algo que hacer al fin.

–Querría poner un telegrama –respondí, y saqué un par de monedas del bolsillo de la falda–. A Estocolmo, para la señorita Marit Andersson.

–Muy bien, señora. Dígame la dirección, por favor, y lo que debo transmitir.

Le dicté la dirección y luego saqué la nota que había redactado en mi despacho. No quería mencionar a Susanna por su nombre ni decir claramente de qué se trataba. En unas breves frases le preguntaba a Marit cómo se encontraba y qué tal iba nuestro proyecto. También añadí que la situación había empeorado y que, sobre todo, deseaba saber si ella estaba bien.

El hombre se puso manos a la obra. Mientras sonaban los chasquidos metálicos del manipulador, dejé que mis pensamientos vagaran por las calles de Estocolmo. ¿De verdad le habría pasado algo a Marit? ¿Habría enfermado? ¿Se habría torcido tanto alguna acción de las feministas que había acabado en la cárcel? En el periódico no había leído nada semejante, pero eso no significaba que no hubiera ocurrido. A veces a los periodistas locales no les parecía que mereciera la pena escribir sobre esas cosas.

—Bueno, pues ya está —dijo el empleado, y me tendió un recibo.

Le pagué el envío. Ya solo quedaba aguardar y esperar lo mejor.

Al salir de la oficina miré las copas de las altas píceas, donde los pájaros gorjeaban. ¿Terminarían algún día las preocupaciones, o se convertirían en mis eternas compañeras?

DE REGRESO EN la finca, Max me estaba esperando con los libros y una gran sonrisa que me hizo aparcar mis reflexiones por el momento.

—Bienvenida a casa, señorita. Ya he terminado con los documentos de arrendamiento. Lo cierto es que debo decir que también les cobra muy poco a sus arrendatarios. Los terratenientes de Pomerania no serían tan considerados.

—Acabamos de subir los precios de nuestros caballos, no quiero arriesgarme a que los arrendatarios se me presenten ante la valla blandiendo antorchas y horcas —repuse con peor ánimo del que me habría gustado mostrar. Él no tenía la culpa de que ese día hubiera mantenido una conversación con un loco ni de que luego mi madre me hubiese vuelto loca a mí.

—¿Se encuentra bien? Parece algo abatida. Si lo prefiere, podemos repasar los documentos mañana.

Negué con la cabeza.

—No, lo haremos ahora mismo. Tal vez me distraiga de mis preocupaciones.

—¿Preocupaciones? ¿Cuáles? ¿Tiene que ver con el sospechoso?

–¿Le ha informado Langeholm de eso?

–A mí y a los demás hombres. Dice que el tipo oye voces.

–Sí, eso parece. Pero me temo que no es el culpable. –Di un hondo suspiro–. Ojalá pudiera zanjar eso al menos. Todo parece pender de un hilo, y hace semanas que tampoco sé nada de mi amiga de Estocolmo. No es propio de ella no dar señales de vida, la verdad.

–Escribirá –dijo Max, comprensivo–. Y si hay algo en lo que yo pueda ayudar, dígamelo.

–Ya me ayuda bastante.

Se me encogió el corazón al mirarlo. Necesitaba a un hombre como él a mi lado. No solo como administrador, sino también en los demás ámbitos de mi vida.

–Me gustaría poder ayudarla más.

–Gracias, significa mucho para mí.

Asintió con la cabeza para reconfortarme.

–Está bien, venga conmigo. Después de un café y unas pastas me habré recobrado.

AL ANOCHECER, POCO después de que despidiera a Lena, caí en la cuenta de que no había vuelto a guardar mi documentación en el cajón. Había tenido que llevarla a la comisaría para identificarme. Busqué mi bolso, pero no lo encontré. Debía de habérmelo dejado en el carruaje. No contenía mucho dinero, pero no me gustaba tener mi documentación fuera de mi alcance. Seguramente me venía de la infancia, cuando en las noches de tormenta teníamos que quedarnos despiertos por orden de mi abuela, no fuera a ser que cayera un rayo en la casa y causara un incendio. Esas noches siempre me daban miedo, quizá también porque Hendrik solía jugar a ser el fantasma del castillo y me asustaba en cuanto podía. Más adelante solía quedarme despierta para contemplar los rayos. Incluso había intentado pintar alguno, aunque no lo recordaba con nitidez.

Ya oscurecía cuando bajé a la planta baja. Las criadas seguían en la cocina, acabando de fregar. No les faltaba mucho para retirarse a descansar.

Al llegar a la cochera, vi que la puerta estaba abierta, lo cual no tenía nada de extraño, ya que August a veces se quedaba a reparar algo, por muy tarde que fuera. Sin embargo, no se veía ninguna luz en el interior. ¿Se le habría olvidado cerrar la puerta? Me deslicé por la rendija e iba a encender un farol cuando oí voces.

–Creo que ya no podré volver por una larga temporada. –Era una voz de mujer que me resultó conocida–. Se acerca el momento.

–Bueno, pues vuelve después. Nuestro acuerdo sigue en pie, no lo olvides.

La otra voz era la de Langeholm. ¿Qué estaba haciendo ahí? ¿Y por qué la mujer me recordaba a Susanna? Escondida junto al carruaje, oí un cinto ciñéndose a un pantalón. También los susurros de unas faldas, y luego como si alguien se calzara los zapatos con torpeza. Espié por debajo del coche, pero solo vi una falda y las perneras de un pantalón.

Parecían dispuestos a marcharse. ¿Tenía Langeholm la llave? ¡En tal caso, podía dejarme encerrada dentro de la cochera!

Sin embargo, tampoco podía salir de allí sin que me descubrieran. Entonces vi que la mujer, en efecto, era Susanna, e iba con Langeholm. Después, la puerta de la cochera se cerró. Tal como había sospechado, el caballerizo echó la llave y se alejó. Maldita fuera.

¿Sería Langeholm el amante de Susanna y padre de su criatura? Lo que le había dicho, sin embargo, no me había parecido demasiado cariñoso. Había mencionado un acuerdo. ¿Qué clase de acuerdo? ¿Verse allí una vez cada tanto? ¿Que ella no desvelara quién era el padre del niño? ¿No comprendía Langeholm que ponía en peligro su puesto al dejar entrar en la finca a una persona a la que habíamos despedido por intento de robo?

Me quedé junto al carruaje, desconcertada, y luego pensé que no podía pasarme toda la noche allí a oscuras. Solo había dos ventanitas en lo alto de las puertas, pero eran fijas. Se me aceleró el corazón. ¿Debía gritar pidiendo ayuda? Sin embargo, aparte de Langeholm, con quien prefería no encontrarme, no debía de haber nadie fuera a esas horas.

Al cabo de un rato sin saber qué hacer, abrí la portezuela del carruaje. El tapizado de los asientos no era precisamente cómodo, pero sería mejor que dormir en el suelo. A primera hora de la mañana pediría ayuda, si es que August no se pasaba antes por allí. Subí, cerré la portezuela y escuché los latidos de mi corazón, que allí dentro sonaban ensordecedores.

¿Qué significaba todo aquello? ¿Para qué había regresado Susanna? ¿Le había suplicado ayuda al caballerizo? ¿Quería acaso que se casara con ella?

No, había algo que no encajaba, y descubriría qué era. En cuanto alguien me sacara de esa cochera.

Capítulo 28

–¡MADRE DEL AMOR hermoso, señorita! –me despertó la voz del cochero–. ¿Cómo es que ha pasado la noche aquí?

Intenté frotarme los ojos para desperezarme. Al principio no sabía dónde estaba, pero mis hombros agarrotados enseguida me hicieron comprender que August tenía razón. También volví a recordar lo que había visto la noche anterior.

–Su madre está loca de preocupación –afirmó el cochero, cosa que yo no era capaz de imaginar. Seguro que era Lena quien se había extrañado de no encontrarme en mi cama–. Cree que se fue de casa por la noche. Quería enviarme a buscarla.

–Pues lo siento mucho, pero me alegro de que haya venido a la cochera.

August me ofreció una mano para ayudarme a bajar.

–Gracias. Será mejor que vaya a tranquilizar a todo el mundo antes de irme.

–¿Irse? –se extrañó August–. Pero ¿adónde?

–He de hacer un recado. Por favor, pídales a los mozos de cuadra que me ensillen a *Talla*.

–Muy bien, señorita. Pero, si me lo permite, ¿qué estaba haciendo aquí dentro?

Enterarme de que Susanna tenía tratos con el caballerizo y escuchar cómo quedaban de acuerdo los dos, aunque no podía decírselo a August.

–Me había olvidado el bolso –dije, y lo levanté–. Vine a buscarlo, pero entonces la puerta se cerró y alguien debió de echar la llave antes de que me diera cuenta.

August me miró con cierta incredulidad. Quizá se preguntaba quién más podía tener la llave de ese cobertizo del que se encargaba él.

–Bueno, por suerte no le ha ocurrido nada –dijo con una sonrisa benévola–. Y en cuanto a lo de dejarla encerrada, ya tendré yo cuatro palabras con los mozos.

–No, August, olvídelo. Y por favor, no le cuente a nadie que me ha encontrado aquí.

–¿Y eso por qué?

–Es que... –¿Qué podía decirle? Si no quería que Langeholm se enterase de que los había visto, el cochero debía guardar silencio–. Es que vi algo que me gustaría investigar.

Me miró sin entender, pero asintió con la cabeza.

–Puede confiar en mí, señorita.

–Gracias, August.

Enseguida me dirigí a la casa. Por suerte, las criadas estaban muy atareadas y no me encontré con ninguna. Subí corriendo con el corazón acelerado, intentando ordenar las ideas. Debía tranquilizar a mi madre, dejarme ver ante las criadas y luego cabalgar al pueblo levantando el menor revuelo posible para buscar a Susanna.

–Agneta, ¿dónde te habías metido? –exclamó mi madre mientras yo recorría el pasillo hacia mi habitación.

¿Acaso me estaba esperando? Parecía que venía justo de esa dirección.

–Me quedé dormida en el carruaje –respondí, porque no se me ocurrió nada mejor.

–¿En el carruaje? ¿Y qué hacías allí? August me ha dicho que ayer por la noche no fue a ningún sitio.

–No, en efecto. Por cierto, no bajaré a desayunar. Tengo que hacer una cosa.

–¿Y no le cuentas a tu madre qué cosa es esa? –preguntó con retintín.

–Cuando la haya despachado –contesté, y desaparecí en mi habitación.

Poco después vino Lena, que parecía del todo descompuesta.

—¡Gracias a Dios que ha vuelto! ¡Nos habíamos preocupado muchísimo!

—Solo he salido a dar un paseo —dije, y lancé mi bolso sobre la cama—. No había por qué preocuparse. Saca mi vestido de montar negro, por favor.

La muchacha me miró extrañada. Cuando tenía pensado salir a primera hora, siempre la avisaba la noche antes. Sin embargo, habría necesitado una bola de cristal para prever el rumbo de los acontecimientos.

Lena regresó poco después con mi ropa.

Me lavé deprisa, me vestí y dejé que me arreglara el pelo.

—¿Quiere que le prepare algo de comer? —preguntó la muchacha.

—Comeré algo cuando vuelva. Esto es más importante. —Dicho eso, alcancé la fusta y bajé corriendo.

Tim ya me traía a *Talla* ensillada.

—Gracias, Tim.

Monté y eché a cabalgar.

LLEVÉ A *TALLA* a campo traviesa. Aunque me gustaba mucho montar y hacía una mañana resplandeciente, solo podía pensar en lo que había visto. Por eso casi pasé por alto la belleza de los bosques, a través de cuyos imponentes troncos se colaba el sol, que lo envolvía todo en un resplandor verdoso.

No tenía ni idea de dónde encontrar a Susanna. La única posibilidad de enterarme de dónde se hospedaba era preguntar a sus padres. Los Korven vivían en las afueras del pueblo, donde tenían una pequeña propiedad agrícola. Seguro que no se alegrarían de recibirme, visto todo lo sucedido en la finca. Ellos nos habían enviado a su hija para que trabajara a nuestro servicio porque esperaban que allí estuviera segura y obtuviera unos ingresos. En cambio, de pronto estaba embarazada, había intentado robar y a saber en qué otros apuros se encontraba.

258

Ante la casa me recibieron unos ladridos rabiosos. El perro guardián se lanzó tirando de su cadena de tal forma que temí que fuera a arrancarla. ¿Desde cuándo tenían los Korven un perro tan fiero?

Poco después apareció Sven Korven.

–¡Buenos días, señor Korven! –saludé por encima de los ladridos del perro, y desmonté–. Soy Agneta Lejongård y...

–Ya sé quién es –me interrumpió de mala manera–. ¡Váyase al diablo!

Había contado con una reacción así.

–Por favor, señor Korven, tengo que hablar con su hija. Es importante.

–¿Con mi hija? Pues no haberla echado, así ahora podría hablar con ella.

Miré hacia un lado. De no ser por los ladridos, nuestras palabras habrían hecho que los vecinos se asomaran a las ventanas.

–¡Sven! –gritó de pronto una voz de mujer. La señora Korven le sacaba por lo menos una cabeza a su marido, y en otra época seguro que había sido tan guapa como su hija. Los años, sin embargo, parecían haberla endurecido–. ¡Entra en casa, yo me ocupo de esto!

No sabía si prefería que el hombre la contradijera o la obedeciera. En todo caso, la mujer no parecía tener mejor disposición que su marido, pero debía de ser ella quien llevaba los pantalones, porque él desapareció.

La señora Korven se acercó entonces a la verja. Sus ojos refulgían de agresividad.

–Bueno, ¿y para qué quiere ver a mi hija? –preguntó–. ¿No la ha metido ya en suficientes líos?

–No sé qué les habrá contado Susanna, pero...

–No le ha hecho falta contar nada. Lo he visto yo misma. Está encinta. ¡Usted habría tenido que impedirlo!

–¿Cómo podría haberlo hecho? –repuse–. ¡Si ni siquiera estaba aquí cuando se quedó embarazada!

—Pues entonces su padre o su madre deberían haber vigilado más. ¿Qué dirían sus padres si regresara usted a casa preñada de un bastardo?

Seguramente yo no habría regresado a casa, pensé, pero no quería enfadar más a la mujer.

—Bueno, lo hecho, hecho está —dije—. Quisiera ayudar a su hija, pero hay algo que debe decirme. Es sobre el padre del niño.

—¿Acaso sabe usted quién es ese malnacido?

—No, pero tengo una sospecha.

—¿Y bien? ¿Quién cree que es? ¿Uno de esos inútiles que tienen en sus establos? No ha podido ser nadie del pueblo. ¿O fue su padre, que abusó de ella?

Esas palabras fueron como un puñetazo en el estómago. Que yo supiera, padre nunca se había acercado a ninguna criada, pero, por otro lado, aquel contrato de préstamo estaba en su cajón y nadie sabía con qué finalidad. ¿Habría querido comprar el silencio de Susanna?

Solo con pensarlo me puse enferma, pero a Marga Korven no podía dárselo a entender.

—¡No meta a mi padre en esto! —repliqué—. Hasta que no hable con Susanna, no podemos hacer ninguna suposición.

—¡Como la forzara su padre, nos lo pagarán! —Marga Korven volvió a amenazarme con el puño, luego dio media vuelta.

—¿Dónde está su hija? —exclamé.

—¡Y yo qué sé! —se limitó a responder, y desapareció de nuevo en la casa.

El perro había dejado de tirar de la cadena y ya solo emitía un gruñido ronco.

Abatida, me encaramé a mi montura y di media vuelta.

—¡Señorita! —exclamó una voz entonces. Casi no vi a la anciana que estaba en el camino y que, al parecer, lo había oído todo—. Si quiere hablar son Susanna, está en la pequeña cabaña que hay cerca del lago. Ya no aguantaba más los reproches de su madre y huyó allí. Ayer mismo fui a verla.

Miré a la anciana con más detenimiento. Me resultaba conocida. La última vez que la había visto, yo aún debía de ser una niña...

—Usted es Ida, la curandera —dije, y la mujer sonrió.

El tiempo le había hecho perder varios dientes, así que los restantes casi sobresalían espantosamente de su boca.

—La misma. Es una desgracia lo que le ha pasado a esa muchacha. Qué lástima que no viniera a verme antes... Ahora solo puedo cuidarla hasta que llegue el niño.

Ida no solo era la curandera del pueblo, también se ocupaba de las embarazadas que buscaban su consejo, y a veces incluso conseguía librarlas del embarazo. En el pueblo nadie habría reconocido que era una abortera, pero yo sabía que poseía esa habilidad. Había quienes la tenían incluso por bruja. En otros siglos, sin duda habrían intentado llevarla a la hoguera. Por suerte habíamos dejado atrás esa época oscura, aunque todavía quedaba mucho por cambiar.

En cualquier caso, era bueno que se estuviera ocupando de Susanna. No permitiría que la chica hiciese ninguna tontería.

—Quiero ayudarla —dije, y bajé del caballo—, pero para eso debe decirme algo.

—Pues vaya a verla —señaló Ida con una suave sonrisa—. No está tan enfadada como sus padres. En realidad, la espera a usted. ¿Quién más podría ayudarla? Aquí en el pueblo nadie querrá hacerlo, ya sabe cómo es la gente.

—¿Le ha contado también que intentó robarle a mi madre?

—Sí, me lo contó. Y lo siente muchísimo. Hable con ella, y yo por mi parte veré qué puedo hacer. —Puso una mano arrugada sobre la mía. Es usted una buena mujer, joven condesa. Su padre no habría hecho nada parecido, pero usted es benévola. No quiero decir que no lamente lo que le ocurrió al viejo conde y a su hijo, pero Dios tomó la decisión acertada con ellos. —Dicho eso, me soltó y se alejó cojeando.

Me quedé azorada, siguiéndola con los ojos. Era como si me hubiera echado un conjuro que no se deshizo hasta que desapareció tras la primera esquina.

Volví a montar y, con el corazón todavía acelerado, cabalgué en dirección al lago.

Capítulo 29

LA CABAÑA DEL lago era pequeña, precaria y no ofrecía ninguna comodidad, pero al menos Susanna tenía un techo y estaba fuera de la vista de la gente del pueblo.

Até a *Talla* a un árbol y me acerqué por la hierba crecida. En la distancia oí el pitido de un tren; las vías no quedaban lejos de allí. Llamé a la puerta.

Al principio no contestó nadie. Habrá salido, pensé. Pero de repente se abrió la puerta.

Me sobresalté al ver a Susanna en un estado aún peor que unos días antes. Tenía la tez grisácea a pesar de que le había dado mucho el sol, y sus facciones parecían hinchadas. Su mirada y su pelo habían perdido todo el brillo. El niño parecía estar consumiéndola de una forma espantosa. No parecía haber comido nada decente desde su marcha de Lejongård, y seguramente esas últimas noches tampoco había dormido suficiente. ¿Cuántas veces le habría exigido Langeholm esos encuentros?

—Condesa Lejongård —consiguió decir, y me miró casi con miedo—. ¿Qué... qué hace aquí?

—Buenos días, Susanna —respondí, pero no hice ademán de entrar. Debía invitarme ella, no quería imponerle nada—. Me gustaría hablar contigo.

—Pero es que...

—Anoche estuviste en la finca, ¿verdad? Vi por casualidad cómo te reunías con Langeholm.

La muchacha se tambaleó hacia atrás. Casi tuve miedo de que se cayera, pero recuperó el equilibrio, aunque me miraba como si hubiese visto un fantasma.

–No he venido a castigarte por eso, Susanna –la tranquilicé–. Pero habla conmigo. ¿Qué asuntos te traes con el caballerizo?

–¿Por qué? –replicó. Sus ojos refulgían de odio.

–Porque quiero ayudarte, y advertirte para que no cometas más tonterías.

Susanna resopló.

–¡Míreme bien! ¡Qué otras tonterías podría cometer para empeorar mi situación!

Extendió los brazos y sacó la barriga. La vestimenta la había ocultado, pero entonces sobresalió en todo su esplendor.

–¿Tal vez perjudicar más a la finca? ¿Hacer algo de lo que luego puedas arrepentirte?

–A los ojos de la gente soy una ladrona y una furcia –replicó con acritud–. Ya no me importa.

–Susanna, no eres ninguna furcia. –Tendí una mano hacia ella, pero no logré alcanzarla–. No pienses eso de ti, ¡es del todo falso! Los hombres quieren hacernos creer que las mujeres somos las únicas culpables de quedarnos embarazadas, pero no es así. –Suspiré y bajé la cabeza–. Susanna, de verdad quiero ayudarte. Veo que pronto tendrás a tu hijo. ¡Necesitas por lo menos una buena comadrona! Y en cuanto a lo del robo que querías cometer... Lo entiendo. Una mujer en una situación como la tuya...

–¡No entiende nada! –me gritó–. Nunca ha estado en una situación así.

–No, pero en Estocolmo conocí a muchas mujeres como tú. Se unían al movimiento feminista porque querían cambiar las cosas, y a muchas podíamos ayudarlas.

–¿Es que quiere que acuda a las feministas? –soltó con burla.

–No, quiero que me dejes ayudarte. Ahora ya no soy tu señora, así que puedes hacer lo que quieras, pero sigo teniendo conocidas en Estocolmo que podrían echarte una mano.

–¿Y la condición es que le diga el nombre del padre? –Sacudió la cabeza y apretó los labios. En sus ojos brillaban lágrimas.

¿Era Langeholm el padre? ¿Por eso tenía miedo? Después de la escena que había presenciado la noche anterior, parecía probable.

—Nos esforzaríamos en conseguir que asumiera su responsabilidad —le aseguré, y me propuse leerle la cartilla al caballerizo—. Tenemos abogados que se ocuparían de que pagara la manutención del niño. No podríamos obligarle a casarse, pero sí a que se hiciera responsable.

Me miró con una expresión extraña. De pronto, gran parte de la tensión pareció abandonar su cuerpo. Casi se desplomó.

—Me temo que eso es imposible —dijo—. Ya no podrá hacerse responsable de nada.

La miré con sorpresa.

—¿Y por qué? Langeholm...

—¿Langeholm? —repitió con asombro—. ¿Por qué cree que es él?

—Pensé que...

Negó con la cabeza.

—Es su hermano. Hendrik Lejongård es el padre de mi hijo.

Por un momento me pareció que el tiempo se detenía. Esas palabras me perforaron la cabeza y tardé en conseguir tomar aire.

—¿Hendrik y tú...?

Una expresión de desdén asomó al rostro de Susanna.

—Sí, quién lo diría, ¿verdad? Que su hermano, de tan alta cuna, se liara con una criada.

—No es por eso —dije enseguida—. Hendrik... Quiero decir que no me contó nada.

—Quería mantenerlo en secreto hasta que...

—¿Qué?

—Hasta que nos casáramos. Quería enfrentarse a su padre.

De nuevo me quedé sin habla. ¡Hendrik le había prometido matrimonio a Susanna! Y, conociéndolo, sabía que habría intentado salirse con la suya. Una idea terrible nació en mi interior. ¿Lo sabía mi padre? ¿Había querido comprar a Susanna con el dinero del préstamo? ¿Hacerla callar? Pero, entonces, ¿por qué no había aceptado ese dinero y había desaparecido con él?

–Susanna, yo... Tengo una pregunta. Una pregunta muy delicada. –El corazón me cerraba la garganta.

–¿Cuál?

No sabía cómo decirlo.

–Por favor, perdóname si es inapropiada, pero debo hacértela. ¿Conocía mi padre vuestra relación? ¿Intentó ofrecerte dinero para que callaras o abandonaras a mi hermano?

Sus ojos se abrieron con espanto.

–¡No! Hendrik aún no le había dicho nada. Quería que esperásemos hasta la primavera. Y no acepté ningún dinero. Nadie sabía nada. ¡Se lo juro!

Asentí con la cabeza.

–Gracias.

Susanna miraba al vacío, más allá de mí.

Estuvimos un rato calladas. Intenté imaginarme lo que diría mi madre. ¡Su modélico hijo había preñado a una criada! ¡E incluso quería casarse con ella! Pero ¿era verdad? Por un momento tuve dudas, después recordé que el primer amor de Hendrik había sido la hija del herrador. Siempre se había sentido atraído por la naturalidad de las mujeres sencillas. ¡Y Susanna era preciosa! Entonces comprendí también por qué la había encontrado llorando en la habitación de mi hermano aquel día. No había sido un afecto exacerbado hacia su señor, sino el dolor por la pérdida de su amado.

–¿Por qué no me dijiste nada?

–No podía. Seguro que no me habría creído. –Una lágrima resbaló por su mejilla, sus ojos reflejaban desesperación–. Cuando me enteré de que estaba gravemente herido, me desgarré por dentro. Todos los días rezaba y esperaba que lo superase. Sabía que nunca se casaría conmigo. Su madre es demasiado estricta, pero él me había prometido que se ocuparía

de mí pasara lo que pasase. Y lo de quedarme embarazada...
no fue a propósito. Nos dejamos llevar por la pasión. Me dijo
que iría con cuidado, pero de todas formas ocurrió.

Marit se tiraría de los pelos. Su mayor queja de los hombres era que siempre les prometían a las mujeres ir con cuidado, y luego se olvidaban de todo y dejaban embarazadas a sus amantes.

—Enseguida fui a ver a la vieja Ida para pedirle unas hierbas, pero no sirvió de nada, como puede ver.

La observé. En un mundo sin clases ni vanidades sociales, seguramente habría sido una buena esposa para Hendrik. Tal vez mi hermano habría hecho algo revolucionario casándose con ella. Como señor de la finca, podría habérselo permitido.

—Susanna, escúchame, por favor.

Ella me miró. Casi se me partía el corazón al ver toda esa pena en sus ojos.

—Mi hermano se habría ocupado del niño, sin lugar a dudas. Como él ya no puede hacerlo, yo me encargaré de cuanto pueda.

—¿Quiere llevarse a mi hijo?

Negué con la cabeza y levanté las manos para tranquilizarla.

—¡No, eso no, no me has entendido! Solo digo que te ayudaré. ¿Me dejas pasar para que te cuente lo que he pensado? Si no te gusta, puedes decirme que no, y entonces me iré y te dejaré en paz. ¡Pero, por favor, dame la oportunidad de corregir los errores de Hendrik!

Susanna asintió.

—Está bien, pase.

Dentro había cierto desorden, normal en una cabaña tan desvencijada. Que Susanna quisiera criar allí a su hijo era casi impensable.

¡Ay, Hendrik, pero qué has hecho!

Aparté el recuerdo de mi hermano y me senté en un taburete.

—No puedo ofrecerle nada. Ni siquiera me quedan ortigas para hacer infusión.

—No es necesario. Bueno, ¿de cuánto estás ya?

—Puede que de seis meses. No lo sé muy bien. Hendrik y yo a menudo...

Levanté la mano.

—No necesito saber los detalles. Muy bien, supongamos que estás en el sexto mes. Necesitas un médico o una comadrona que no haga preguntas cuando des a luz.

—Yo... no puedo permitírmelo —balbuceó.

—Ni tienes por qué. Eso es cosa mía. Le he pedido ayuda a mi amiga Marit Andersson. Ella conoce a mucha gente. Además, entre las feministas también hay comadronas, y algunos médicos simpatizan con nosotras.

—O sea que traeré al niño al mundo en secreto. ¿Y después?

—Bueno, no sé lo que habrá pensado Marit, todavía no me ha contestado. Es posible que tengas que casarte para guardar las apariencias, para no figurar como madre soltera. Piénsate si estarías dispuesta a eso, y tal vez también convendría que te trasladaras a Estocolmo, lejos de las habladurías de aquí. No lo digo porque quiera librarme de ti, sino porque en Estocolmo podrás ganarte la vida. En la gran ciudad hay mucha demanda de servicio. Podrías empezar de cero y aprovechar lo que has aprendido aquí.

Negó con la cabeza.

—¡No quiero a ningún hombre! No después de lo que he pasado.

La creí, pero las reglas de la sociedad eran estrictas. Una mujer soltera con un hijo jamás encontraría un buen empleo. Solo eso podía salvar a Susanna.

—Bueno, no sería un matrimonio de verdad —le aseguré—. En Estocolmo hay algunos hombres que... digamos que no están interesados en la vida matrimonial con una mujer. Se ofrecen para ayudar a mujeres en apuros, puesto que conocen las represalias que sufren. Un hombre de esos no te acosaría ni te exigiría el cumplimiento de los deberes conyugales. Y si volvieras a enamorarte, enseguida se divorciaría de ti.

–Pero ¿eso no es pecado? ¡El matrimonio es para siempre!

Esbocé una sonrisa ladeada.

–Los tiempos han cambiado, sobre todo en la ciudad. Allí, las mujeres redactan capitulaciones matrimoniales para que sus maridos, en caso de separación, no puedan quedarse con todas sus posesiones. Todo eso tardará todavía un tiempo en llegar al campo, pero en las ciudades hay mucho movimiento. De ello se encargan mujeres como mis amigas.

Susanna asintió y pareció reflexionar. Debía de estar asimilando todo lo que había oído.

–¿Querrás contarme ahora qué asuntos te traes con el caballerizo? –pregunté al cabo–. ¿Acaso querías convencerlo de que se casara contigo?

–¿Casarme yo con ese? –Sacudió la cabeza, se sonó la nariz y me miró con furia–. ¡Eso no lo haría ni por todo el oro del mundo!

–Entonces, ¿por qué te viste con él?

–Porque... teníamos un trato.

–¿Qué trato? –No era capaz de imaginarme teniendo un encuentro con un hombre al que despreciara tanto como Susanna, por lo visto, despreciaba al caballerizo.

–Tenía que... –Se ruborizó y cerró los ojos con pudor.

–¿Tenías que... acostarte con él? –¿Sería eso? Pero ¿no era Langeholm un hombre respetable? ¿Era posible que tuviera un alma tan negra como para exigirle servicios sexuales a una muchacha caída en desgracia?

–Sí –respondió Susanna, y de nuevo se echó a llorar–. Ya sé lo que debe de pensar, pero no tenía otra opción. Y cuando ya no pude seguir haciéndolo, quiso que robara para él.

–¿Y por qué ibas a hacer eso? –pregunté, enojada.

–Para que no dijera de quién es el niño.

–¿Cómo dices?

–Langeholm lo sabe. Una noche me llevó aparte y me dijo que había visto cómo Hendrik y yo... –Bajó la cabeza, avergonzada–. Amenazó con contárselo a la señora. Y a todos los del pueblo. Yo no quería que arrastrara a Hendrik por el lodo.

¡Menuda atrocidad! ¿El caballerizo había chantajeado a Susanna, la había convertido en su prostituta personal y en una ladrona? Sentí náuseas.

–No volverás a verte con él, ¿está claro? –ordené con severidad.

–Pero si lo cuenta...

–No le dirá nada a mi madre, porque yo me adelantaré.

–Pero la señora...

Le puse las manos sobre los hombros.

–La señora no hará nada. Le dará un berrinche, quizá, pero tú ni te enterarás. Tampoco la gente del pueblo sabrá nada.

–¡No se lo cuente, por favor! –suplicó Susanna, y me tomó de las manos–. Hará lo que esté en su mano por perjudicarme. Y Hendrik...

–No te pasará nada, ¡te lo aseguro! –Apreté sus manos entre las mías–. También me encargaré de que comas bien.

Si se lo pedía a Ida y le daba dinero, seguro que le llevaría a Susanna todo lo necesario mientras estuviera allí. Y en el silencio de Ida sí podía confiar.

Capítulo 30

LE DEJÉ MI yegua a Tim, el ayudante del caballerizo, y corrí a largas zancadas hacia la casa.

Todavía me costaba creer que Hendrik fuera el padre del niño. ¡Mi hermano tendría que haber sido consciente de las consecuencias! ¡Hendrik no era tan desconsiderado!

Vi carruajes en el patio, lo que significaba que las amigas de mi madre volvían a estar de visita en el salón. ¡Mucho mejor! Así no podría salir a mi encuentro y me daría tiempo para asimilar la nueva información y ordenar mis ideas.

–¡Buenos días, señorita Lejongård! –exclamó una voz desde un lado.

El caballerizo. La fusta que llevaba en la mano empezó a temblarme. Me habría gustado darle un buen golpe en esa mueca sonriente de inocencia fingida, pero me contuve.

–Buenos días, señor Langeholm –saludé todo lo tranquila que pude, y entré en la casa.

Estaba furiosa. ¿Cómo era posible que ese hombre me hubiera parecido tan digno de confianza, cuando en realidad no tenía ningún escrúpulo? Chantajear a una criada... ¡Obligarla a hacer favores sexuales y a robar!

Desde luego, también era posible que Susanna mintiera, pero no me parecía probable.

Comprendí que no conocía lo suficiente a las personas que trabajaban en la finca. La mujer que más sabía de todo el mundo estaría en ese momento en la cocina, porque la señorita Rosendahl, igual que los demás empleados, valoraba mucho su pequeña pausa de media mañana.

La encontré abajo, en efecto, sentada a la larga mesa de la cocina junto con la señora Bloomquist, Linda, Marie, Svea y Lena. Un maravilloso aroma a café y pastas flotaba en el aire.

Al entrar yo, la conversación de las mujeres cesó de pronto.

–Ah, señorita, ¿puedo ayudarla en algo? –preguntó la señora Bloomquist–. Acabo de hacer café, y la primera bandeja de galletas para esta tarde también está lista. Si desea probarlas...

Con las ideas que arreciaban en mi interior, no se me habría ocurrido pensar en dulces, pero no pude resistirme a ese olor tan tentador.

–Gracias, señora Bloomquist, tomaré una taza y un par de galletas.

La cocinera fue a la bandeja de la que venía el delicioso aroma. Las pastas de nuestra cocinera eran casi mágicas. Libraba una auténtica competición con otras cocineras de casas vecinas por las mejores recetas. Desde hacía mucho tiempo era costumbre que, para el café de la tarde, se sirvieran en la mesa siete clases de galletas. La señora Bloomquist protegía sus recetas como si fueran hijas suyas y prohibía que los criados que acompañaban a los invitados entraran en la alacena donde guardaba sus secretos.

–Oh, puedo subírselo yo –dijo Lena muy bien dispuesta, y se levantó.

–Gracias, Lena, pero no será necesario. Ahora estás en tu pausa, como los demás. Yo misma subiré la bandeja.

Lena miró en busca de ayuda a la señorita Rosendahl, que le devolvió una mirada severa. Para mí, sin embargo, el comportamiento de la muchacha era irreprochable. En Estocolmo incluso me había preparado el café yo sola.

–La verdad es que solo bajaba para pedirle a usted, señorita Rosendahl, que suba a verme después. Tengo que comentarle una cosa.

–Podemos comentarlo ahora mismo, si prefiere –dijo. Negué con la cabeza.

–Disfrute de su pausa, igual que haré yo. Me encontrará en el despacho. Vaya a verme cuando le vaya bien, por favor.

Levanté la bandeja de plata que la señora Bloomquist casi había cargado de pastas y me marché.

EL OLOR A café consiguió imponerse por un momento a los del cuero y la madera de cedro, que dominaban el despacho. Me recliné en la silla tapizada en piel y probé una galleta. La señora Bloomquist la había rellenado de confitura de arándano y había conseguido que se deshiciera en la boca como si fuera toda de mantequilla.

El dulzor de la galleta y el efecto revitalizante del café me distrajeron un momento de mis tribulaciones. Miré por la ventana, vi las nubes e intenté despejar la cabeza. Ordenar lo que tanto costaba ordenar.

Entonces llamaron a la puerta. Por lo visto, la señorita Rosendahl ya había terminado su pausa. ¿O sería mi madre, que quería algo?

No, seguro que sus amigas seguían allí, y ella jamás descuidaría sus obligaciones como anfitriona. En el mejor de los casos, enviaría a una criada para recordarme que me dejara ver por el salón. Pero sí era la señorita Rosendahl, que entró en el despacho bastante intranquila.

–¿Le parece bien ahora? –preguntó al ver el plato de galletas, que seguía casi lleno.

–Desde luego –repuse, y señalé una silla frente a mí–. Siéntese, por favor, señorita Rosendahl.

El ama de llaves se acercó algo dubitativa y tomó asiento.

–Espero que no haya habido ningún incidente con el personal.

–No, no es eso –contesté, puesto que no podía calificarse de incidente. Más bien era una auténtica canallada–. ¿Qué sabe usted del señor Langeholm?

–¿Del caballerizo?

–Sí. ¿Qué sabe de él? Tengo entendido que trabaja para la familia desde hace un tiempo, pero yo no he estado mucho en la casa estos dos últimos años. ¿Se ha producido alguna clase de... suceso relacionado con él?

Me miró como si le hubiera planteado un acertijo irresoluble.

–No. No que yo sepa. Lo cierto es que siempre ha sido muy correcto.

–¿De verdad? –Levanté las cejas.

Alguien que llegaba tan lejos como para chantajear a una criada no lo hacía de buenas a primeras. ¿Había acosado a Susanna desde mucho antes?

–Bueno... no sé si su madre le habrá hablado del asunto con Juna.

–¿Juna? –Ese nombre no me decía nada.

–Estuvo de criada en la casa desde enero. El caso es que poco después empezó una relación con el caballerizo. Su aventura se descubrió y su madre echó a la muchacha.

¿Por qué no me había escrito Hendrik sobre eso? ¿Le había parecido demasiado intrascendente? ¿O el despido de esa chica lo había vuelto más cauto, porque él mismo tenía una relación con Susanna?

–Ha dicho «aventura». Que yo sepa, el caballerizo no está casado, y los empleados tienen libertad para buscar cónyuge.

El semblante de la señorita Rosendahl se ensombreció.

–Bueno, es que ni su madre ni su difunto padre veían con buenos ojos las relaciones entre criados. Opinaban que no hacía ningún bien al servicio que se distrajeran por asuntos personales.

–¡Pero si el matrimonio es algo muy normal!

Miré al ama de llaves. Cuando yo era pequeña, siempre la había admirado por su belleza. Si alguna mujer de los alrededores podía haber tenido una aventura con mi padre, habría sido ella. Sin embargo, siempre se había mantenido lejos de toda sospecha. ¿Significaba eso que había antepuesto su deber a sus anhelos y deseos? Respiré hondo.

–Bueno, por lo que parece, como nueva señora de la finca tendré que cambiar algunas cosas.

Ella me miró con incredulidad.

–¿Qué quiere decir?

–Que no veo ningún motivo por el que los empleados no puedan tener una relación sentimental seria con otro. Desde luego, el trabajo no debería resentirse por ello, y tampoco quiero animar a nadie a cometer adulterio. Pero si ambas partes están solteras y tienen el deseo de llevar su relación hasta el matrimonio, nadie debería impedírselo.

Marit habría aplaudido ese discurso. Entre nuestras hermanas feministas también había algunas que trabajaban en el servicio doméstico y les prohibían buscarse marido mientras estuvieran contratadas. Naturalmente, podían renunciar, pero a veces ocurría que una relación se rompía antes de llegar al matrimonio, y entonces ellas se quedaban en la calle.

–¡Pero eso iría contra lo que su padre siempre deseó! –protestó el ama de llaves–. ¿Qué pensarán nuestros invitados si todas las criadas van por ahí con un bombo? Eso por no hablar de que tendrían que cumplir también con sus deberes domésticos como esposas.

–Señorita Rosendahl, ahora la señora soy yo –empecé lo más calmada posible. El argumento de que las mujeres siempre tenían que estar en los fogones, porque si iban a trabajar no podían encargarse de sus tareas domésticas, me exasperaba desde hacía mucho, y a menudo había sido objeto de nuestras manifestaciones–. Ya han pasado trece años desde que empezó el nuevo siglo. ¿No le parece que en todo progreso deben producirse también avances para las mujeres?

–Pero esas reglas tienen una razón de ser.

–Sí, la de contener a las mujeres. Convencerlas de que no son capaces de nada más. –La miré. Por lo visto, ella nunca había echado de menos tener marido o hijos–. Hace mucho que está usted al servicio de nuestra familia.

–Casi treinta años –especificó.

–Es mucho tiempo, ¿verdad? Y, por lo que recuerdo, mis padres siempre estuvieron satisfechos con usted. Dígame, ¿le hace feliz su trabajo?

–Pues... no sé si el trabajo debe hacerla feliz a una. Todos tenemos nuestro lugar y debemos ocuparlo.

–Bueno, eso es cierto, pero ese lugar debería ocuparse en cuerpo y alma, ¿no le parece?

–Desde luego.

–¿Y? ¿Está usted aquí en cuerpo y alma?

–Por supuesto, señorita. –Pareció enojada–. Si supone otra cosa...

Levanté una mano para apaciguarla.

–No supongo nada, porque siempre la he visto trabajar concienzuda y aplicadamente. Lo que quiero resaltar es otro punto: ¿alguna vez ha deseado tener un marido y una familia, y aun así poder cumplir con su deber?

–No, yo... siempre quise dar lo mejor de mí en el servicio.

Como se le sonrojaron las mejillas, vi que no decía toda la verdad.

–Y lo hace. Pero sea sincera, por favor: ¿no lo pensó en algún momento de su vida? Lo cierto es que toda mujer sueña con el amor, ¿verdad?

–Bueno, eso es un asunto privado –repuso con vacilación.

Asentí. No era asunto mío husmear en su privacidad, pero era incapaz de imaginar que en su vida nunca hubiese un momento en el que soñara con un poco de cariño.

–Sea como fuere, el caso es que introduciré reglas nuevas. Entre ellas, que los criados podrán casarse siempre que cumplan con sus deberes.

La señorita Rosendahl asintió y ya iba a levantarse, suponiendo que nuestra conversación había terminado, pero la detuve.

–Volviendo otra vez al señor Langeholm... Después de que la muchacha se marchara de la finca, ¿hubo algo que le llamara la atención en él? ¿Expresó su descontento, se mostró quizá enfadado con mi padre?

El ama de llaves se dejó caer de nuevo en la silla.

–Bueno... Claro que manifestó su disgusto alguna vez, pero nunca frente a su padre. Al cabo de un tiempo su enfado desapareció. La muchacha regresó al pueblo y rompió la relación con él.

–¿Dónde vive esa tal Juna? ¿Cómo se apellida?

Tal vez debiera hacerle una visita. Todo aquello me daba mala espina. Era posible que Langeholm quisiera el broche para compensar a su antigua amante.

–Holm. Juna Holm. No sé si todavía vive en el pueblo.

–Se lo agradezco, señorita Rosendahl. Con eso bastará por el momento.

El ama de llaves asintió, se levantó y salió del despacho. Volví la vista de nuevo hacia la ventana. Me sentía intranquila. Aquel asunto clamaba al cielo.

Capítulo 31

CUANDO LAS AMIGAS de mi madre se marcharon, me dirigí al salón, pues sabía que ella seguiría allí un rato disfrutando de su recobrada tranquilidad.

En efecto, la encontré sentada con un vaso de refresco de arándano rojo en su sofá de ratán, mirando ensimismada por la ventana.

–¿Madre? –llamé–. ¿Puedo molestarte un momento? Volvió la cabeza hacia mí despacio.

–¡Pero si estás aquí! Pensaba que habías salido de la finca.

–Había salido, sí, y hay algo de lo que deberíamos hablar.

–¿Cuánto hace que has vuelto?

–No mucho –respondí, porque sabía que, si no, me reprocharía que no me hubiera dejado ver cuando estaban sus amigas–. ¿Has tenido un día agradable?

Me miró como si me hubiese pillado mintiendo. Tal vez Linda le había dicho cuándo había llegado.

–Sí, muy entretenido. ¿De qué querías hablar conmigo?

Mi madre no solía compartir conmigo los chismorreos de sus amigas. Posiblemente las habría entretenido incluso contándoles la historia de mi rechazo a la propuesta matrimonial del conde Ekberg.

Me senté en una silla. Todavía se percibía el perfume de la dama que la había ocupado antes que yo.

–He estado con Susanna –empecé, y noté que madre se tensaba.

–¿Qué querías de esa mujerzuela licenciosa?

–Ayer vi una cosa y no podía dejar de darle vueltas.

–¿Acaso ha intentado robarnos algo más?

–No, pero sí que estuvo en la finca.

Sus cejas bien depiladas formaron dos puntas furiosas.

–¿Que estuvo aquí? ¡Qué se ha creído esa fresca! ¿Por qué no la echaste enseguida? ¿Y por qué no me lo dijiste?

–No tuve ocasión, el encuentro fue muy breve y... bueno, insólito.

–¿Un encuentro? ¿Con quién?

–Con Langeholm.

–¿El caballerizo?

–Sí, y parece que nos hemos equivocado mucho con ese hombre.

–¿En qué sentido?

Informé a mi madre de lo que había visto en la cochera, y también de lo que me había contado Susanna... menos el detalle de que Hendrik era el padre de su hijo. Eso me lo guardé para más adelante.

Ella escuchó mi relato con una expresión iracunda. Si todavía hubiésemos tenido perros de presa como nuestro antepasado Axel, seguro que los habría azuzado contra la pobre chica.

–¿O sea que afirma que él la empujó a robar y a... a pecar con él?

–Sí –respondí.

–¡Eso es absurdo! ¡Langeholm es uno de nuestros mejores hombres! Se ha ganado a pulso el favor de nuestra casa.

–Tras la marcha de Juna yo no estaría tan segura. ¿No habrás olvidado que tuvo una relación con esa muchacha?

A mi madre se le demudó el rostro.

–¡Un lío ridículo! Seguro que ella intentaba pescar un buen partido.

Ladeé la cabeza. Mi descontento aumentaba y me revolvía el estómago.

–¿Un buen partido? A veces las personas se enamoran, ¿nunca se te ha ocurrido pensarlo? ¡Y a veces hacen tonterías por amor!

–¡Basta ya! –me interrumpió–. En una casa como esta hay reglas. Las relaciones entre empleados no están prohibidas, pero no deben ir contra la moral.

–El único que ha ido contra la moral ha sido Langeholm, porque espió a Susanna y la chantajeó. Y quién sabe con quién más lo habrá intentado.

Me vino a la cabeza el dudoso préstamo de mi padre. ¿Serían las cinco mil coronas para que Langeholm guardara silencio sobre la relación de Hendrik con una criada?

–Susanna no habría tenido que meter la pata –dijo mi madre, visiblemente sobrepasada por la situación.

–En tu mundo, las culpables siempre son las mujeres –repliqué–. Da igual lo que hagan los hombres, ellos siempre son unos pobres inocentes. Cuando dejan embarazada a una mujer, son ellas quienes los han seducido. Y, si intentan chantajearlas, por supuesto que la culpa vuelve a ser suya.

–Casi siempre es así.

–¿Cómo puedes saberlo?

Mi madre apretó las mandíbulas.

–En el caso de Susanna se ve a las claras. Debió de liarse con algún cantamañanas.

–¿No estarás llamando cantamañanas a tu hijo? –repuse, soltando la bomba.

A ella le desapareció el color de la cara. Hube de reconocer que me sentí bastante satisfecha, a pesar de saber que nuestra conversación tomaría un rumbo desagradable.

–Pero ¿qué estás diciendo?

–Que Hendrik no era ningún cantamañanas –respondí–. Y sí, lo has entendido bien, el hijo de Susanna es suyo.

–¿Eso dice ella?

–Sí. Y como madre del niño, tiene que saber de quién es.

Mi madre se puso de pie.

–¡Es mentira! ¡Quiere vengarse de nosotros y aprovecharse!

Justo lo que había esperado.

–Si así fuera, ¿por qué no lo mencionó en cuanto se descubrió su embarazo? ¿O cuando la echamos de aquí? En lugar de eso, guardó silencio porque no quería comprometer a Hendrik.

–Sí, pero ¿te lo dice a ti cuando vas a verla? –Mi madre temblaba de ira–. ¡Seguro que tramaba algo, que el caballerizo la dejara entrar en la casa!

–¿Y por eso la chantajeó él para sacarle favores sexuales? ¿Por eso la amenazó con anunciar a los cuatro vientos quién es el padre del niño? ¿Por eso siguió a Hendrik para descubrir con quién se veía?

Nos miramos ceñudas. El aire entre ambas titilaba como si alguien hubiese encendido una mecha.

–¿Sabes, madre? –dije al cabo, algo más serena–. Cuando Hendrik murió, encontré a Susanna llorando en su habitación. Me dijo que quería airearla y que la apenaba su muerte, pero lo cierto es que parecía mucho más.

–¿Hendrik y ella juntos? ¡Es ridículo!

–¡Madre, por favor! –grité. ¿Por qué siempre tenía que levantar la voz para que me escuchara?–. Si hoy no hubiera ido a verla, Susanna jamás habría dicho nada. Pudo decirles a sus padres de quién era el niño, y la señora Korven se habría presentado en nuestra puerta hecha una furia, pero no lo hizo. En lugar de culparla, deberíamos preguntarnos qué trama Langeholm, que no aparta sus garras de Susanna.

–¿Y por qué iba a chantajearla a ella si podía chantajearnos también a nosotras? ¡A nosotras podría sacarnos más! Si quería castigarnos por lo de esa mujerzuela, ¿no habría intentado perjudicarnos?

–¿Puedes decir con seguridad que eso no ha sucedido ya, o que no sucederá pronto?

De repente se me ocurrió una cosa. No, fue más bien como si me hubiera caído un rayo encima. Había algo que debía hacer en cuanto acabara de discutir con mi madre.

–¡Todo esto es un enorme disparate! –refunfuñó Stella, enfadada–. Pero a mí ya no me haces caso. ¡Nunca me lo has hecho!

–Sabes muy bien que eso no es cierto, pero no puedo evitar preguntarme qué fue lo que sucedió.

–¡Pues vuelve a preguntarte si es conveniente acusar a Langeholm de chantaje! Yo ya estoy harta de hablar, estoy cansada y quiero tumbarme un poco. Si me disculpas. –Dicho eso, fue hasta la puerta, la abrió de golpe, salió y dejó que se cerrara con más fuerza de la necesaria.

Me temblaba todo el cuerpo. ¿Había ganado la batalla? No estaba segura.

Al cabo de un rato también abandoné el salón. Mi madre no estaba por ninguna parte. Sin duda intentaba asimilar bajo su antifaz de dormir lo que acababa de saber. Tanto si lo creía como si no, no dejaría de darle vueltas.

REGRESÉ AL DESPACHO. Seguía sintiéndome un poco extraña al entrar allí. Casi como si padre fuese a aparecer de golpe y preguntarme qué estaba haciendo en su despacho. Me temblaron las manos al sacar el papel de cartas con nuestro blasón del cajón del escritorio, y el corazón me latió con fuerza al ver de reojo el contrato de préstamo que había junto a los enseres de escritura. Aquel era el único ejemplar, así que era arriesgado enviarlo a Kristianstad, pero Hermannsson tenía que verlo, tenía que averiguar de qué se trataba. Una carta con el sello de nuestra casa llegaría a destino, sin duda. Expuse sucintamente por escrito el caso de Susanna y de Juna y le pedí al inspector que tomara en consideración esos detalles en su investigación. Al terminar, metí el escrito en un sobre pequeño, y luego este en otro mayor, y escribí en él la dirección que figuraba en la tarjeta de visita del policía. Después, bajé la escalera, salí de la casa y atravesé el patio.

Por suerte Langeholm tenía trabajo en otra parte, así que no me lo crucé. Nuestro chico de los recados estaba raspando los cascos de un caballo.

–Peter, por favor, llévale esto al inspector Hermannsson, en Kristianstad. Es muy importante.

—Muy bien, señorita.

—Sal ahora mismo a caballo, y si envía una respuesta tráemela enseguida, por favor.

El muchacho asintió, se guardó la carta en el bolsillo interior de la chaqueta y fue al establo en busca de la silla del caballo.

Lo seguí con la mirada. Tenía las manos frías a causa de la ira y los nervios, y el corazón me latía acelerado. Si mis sospechas eran correctas, pronto le daríamos la bienvenida a la esposa del príncipe heredero sin que nadie temiera una nueva desgracia.

Capítulo 32

ESA NOCHE NO pude dormir. No hacía más que darle vueltas al relato de Susanna, pero también oía la voz de mi madre. ¿Era Hendrik el padre, o la chica estaba mintiendo?

Los argumentos de mi madre no podían refutarse del todo. No teníamos ninguna prueba de que el niño que esperaba Susanna fuera de Hendrik. Lo que no me creía, sin embargo, era que la chica hubiera intentado entrar de nuevo en la casa ofreciéndole su cuerpo al caballerizo.

A la mañana siguiente, mi madre no bajó a desayunar. Podía entenderlo, después de nuestra conversación del día anterior. Seguramente le costaba hacerse a la idea de que Hendrik hubiera tenido una relación con Susanna. Me tomé el café reflexionando y pensé en el inspector Hermannsson. ¿Qué deduciría él de mis revelaciones?

El ruido de la puerta al abrirse me sacó de mis pensamientos. Levanté la mirada y vi entrar a Bruns con una bandeja de plata. ¿Otra carta? ¿Tan temprano por la mañana?

–Ha llegado un telegrama –dijo el mayordomo, y se inclinó un poco.

Rasgué el sobre con nerviosismo. ¿Sería de Hermannsson? Cuando saqué el papel, vi que era de Marit.

Podemos empezar *Stop* Llego mañana sobre las 17h a Kristianstad y te explico *Stop* Espero que te alegre *Stop* Marit

¡Por supuesto que me alegraba! Por lo visto, estaba bien y venía de camino.

–¡Gracias, Bruns! –exclamé, y salí del comedor con el telegrama.

En la cocina, las criadas estaban preparando la comida.

–¿Dónde está la señorita Rosendahl? –pregunté, porque no la vi por ninguna parte.

–Su madre quería hablar con ella –contestó la señora Bloomquist–. Estarán en su habitación.

–Gracias.

Subí corriendo. ¿Qué diría Marit de que mi madre pensara que sacaba provecho de ayudar a mujeres en apuros? Sería mejor que no se lo contara.

Me crucé con la señorita Rosendahl en el pasillo, ante la habitación de la indispuesta. ¡Qué suerte!

–Señorita Rosendahl, mañana por la noche tendremos visita. ¿Mandará que preparen la mejor habitación de invitados, por favor?

–Muy bien, señorita. ¿Puedo preguntar de quién se trata?

–De mi amiga Marit Andersson, de Estocolmo. August irá a recogerla a la estación de Kristianstad sobre las cinco de la tarde. La conozco y no traerá mucho equipaje, pero debe estar lo más cómoda posible.

–Lo prepararemos todo a su entera satisfacción.

El ama de llaves se retiró con una leve reverencia.

Apreté el telegrama contra mi pecho. ¡Cómo me alegraba de ver a Marit y poder escuchar todas las historias que traería consigo! Estaba impaciente por saber de las demás. Y, aunque pareciera ridículo, casi esperaba también que me trajera noticias de Michael.

La nostalgia todavía me encogía el corazón de vez en cuando, pero los deberes de la finca me dejaban poco tiempo para hundirme en el mal de amores. Además, tenía a Max, de cuya compañía disfrutaba mucho. Se lo presentaría a Marit, y también le contaría lo de la torpe proposición de matrimonio de Lennard. ¡Qué maravilla que viniera!

AL DÍA SIGUIENTE, por la tarde, caminaba nerviosa de un lado a otro ante la ventana, deseando que el carruaje apareciera pronto. Las manecillas del reloj marcaban ya las seis y media. Se tardaba un poco en llegar desde Kristianstad, por supuesto. Además, la tormenta de esa mañana habría dejado los caminos embarrados, y August no era un hombre que corriera riesgos. También era posible que el tren se hubiera retrasado, por ejemplo, si un árbol había caído sobre las vías.

–¿Estás segura de que tu amiga llegaba en ese tren? –preguntó madre, que estaba sentada abajo, a un pequeño escritorio que había en el vestíbulo, donde parecía la jefa de una compañía comercial contando los sacos de harina que entraban en la casa.

–Llegaba en ese tren. ¿Por qué me habría escrito, si no, diciendo que llegaba hoy?

–Bueno, podría haber cambiado de idea. Esas mujeres no respetan ninguna regla.

Puse ojos de exasperación. ¡Ojalá no le hubiera hablado nunca de Marit y su compromiso con los derechos de las mujeres!

–Puede que no queramos reconocer algunas reglas, sobre todo las que nos han impuesto los hombres. –Enfaticé el plural, por si se le había olvidado que yo también era una de «esas mujeres»–. Pero el tiempo, que yo sepa, no es un invento de los hombres, así que Marit tendrá que respetarlo. Además, es imposible que sea puntual si su medio de transporte no ha llegado en hora.

En ese momento se oyeron cascos de caballo sobre los adoquines. August rodeó la rotonda con el carruaje y lo detuvo ante los peldaños de la entrada.

–¿Lo ves? ¡Ahí está!

Me alisé el vestido, me coloqué un mechón de pelo tras la oreja y fui a la puerta.

–¿No sería mejor que la recibiera Bruns? –preguntó mi madre.

–Es mi amiga, no se me caerán los anillos por recibirla yo.

Cuando abrí la puerta, Marit estaba subiendo los escalones. En la mano llevaba un pequeño bolso de tejido de alfombra.

Me alegré al ver que vestía un par de prendas de las que yo le había dado. A mí esa blusa blanca de corte recto y la falda burdeos nunca me habían quedado muy bien, pero a ella le favorecían mucho.

–¡Hola, cariño! –exclamé, y la abracé con tal efusividad que tiré al suelo el sombrerito rojo oscuro bajo el que ocultaba su moño–. ¡Qué alegría volver a verte!

Marit correspondió mi abrazo con afecto y luego me miró.

–Parece que la condesa Lejongård no ha cambiado tanto.

–¿Estás segura? Yo tengo la sensación de que me han salido canas.

Marit entornó los ojos.

–Bueno, pues yo no las veo. Debes de tenerlas bien escondidas.

–Y no solo canas –repuse–. ¡Ven, te presentaré a mi madre!

–¡Espero ir vestida apropiadamente! –bromeó Marit, y entrelazó su brazo con el mío.

Casi deseé que Stella se hubiera retirado a sus aposentos, pero allí estaba, contemplándonos a ambas.

–Madre, esta es mi amiga Marit Andersson. Marit, te presento a mi madre, Stella Lejongård.

Marit se acercó, hizo una leve reverencia y le ofreció una mano.

–Me alegra conocerla. Agneta me ha hablado mucho de usted.

La mirada de mi madre se deslizó un momento hacia mí.

–Ya puedo imaginar lo que le habrá contado, pero seguro que no es ese el objeto de su visita.

Marit la miró con extrañeza. Ni todo lo que le hubiera dicho sobre mi madre podía llegar a describir la mitad de cómo era en realidad.

–Te acompañaré a tu habitación, y luego tienes que contarme todo lo que ha pasado estos últimos meses.

Marit y mi madre se miraron un momento a los ojos, y yo enseguida aparté a mi amiga de ese cancerbero que parecía querer morderla.

La señorita Rosendahl había dejado la habitación de invitados muy acogedora. En la chimenea había velas con pétalos de rosas que irradiaban su delicado aroma. Las ventanas estaban impolutas; las camas, hechas con sábanas de batista y colchas de damasco de seda roja. Sobre una de ellas había una bata suave, y en el suelo unas pantuflas con finos bordados. El ramillete de girasoles del secreter, junto a la ventana, resplandecía al sol del atardecer.

Lejongård ofrecía su hospitalidad a cualquier invitado por igual, al margen de su posición.

–¡Esto es increíble! –murmuró Marit–. ¡O sea que creciste aquí!

–No exactamente aquí. Esta es una de las habitaciones de invitados –expliqué.

–¿Y las demás también son como esta?

Mi amiga miraba alrededor sin salir de su asombro.

–En general sí, aunque para los invitados nos empleamos a fondo. Esas velas y las pantuflas solo las sacamos cuando tenemos una visita importante.

–¿Y yo soy una visita importante? –Me sonrió.

–¡Cómo no!

Volvimos a abrazarnos y mi amiga me miró a los ojos.

–Parece que te has aclimatado bien. A pesar de las dificultades.

–Hago lo que puedo. Aun así, todos los días tengo la sensación de que debo esmerarme más y prepararme para posibles sorpresas desagradables. Cada día trae algo nuevo, pero poco a poco me voy acostumbrando. También a librar batallas contra mi madre.

–La verdad es que no exagerabas cuando la describías.

Llamaron a la puerta.

–¡Adelante!

Era Marie, con toallas limpias.

–Disculpen, por favor. Solo quería preguntar a nuestra huésped si necesita algo.

–Gracias, Marie, a la señorita Andersson le vendrá muy bien tu ayuda. –Me volví hacia mi amiga, que me miraba estupefacta–. También a esto debes acostumbrarte: a estar rodeada de criadas todo el rato. Marie te asistirá en lo necesario, y también te traerá otro vestido, más adecuado para la cena.

–¿Adecuado?

–No querrás alterar a mi madre presentándote en el comedor con traje de sufragista, supongo. –Le guiñé un ojo y salí de la habitación.

Media hora después, Marit apareció en el comedor. Parecía otra persona. El vestido le quedaba de maravilla, y Marie la había peinado y le había puesto florecillas en el pelo. Arreglada así, seguro que habría atraído muchas miradas en la fiesta del Midsommar. Se movía algo insegura con ese vestido, pero ni mi madre habría podido ponerle pegas.

Después de que las criadas sirvieran el primer plato, Stella se dirigió a Marit.

–De manera que es usted de Estocolmo –empezó, y yo me puse tensa. ¿Qué pretendería?–. ¿Estudiaba con mi hija en la universidad?

–No, por desgracia no me llega el dinero para eso. Trabajo con el Ejército de Salvación y cosiendo. Lo que nos unió a su hija y a mí fue el interés común por los derechos de las mujeres.

Mi madre se estremeció levemente, aunque enseguida se recompuso.

–¿Y está usted casada?

Marit se atragantó con la sopa y empezó a toser, levantó la servilleta y se disculpó.

–No, no tengo marido. Me abro camino sola en la vida.

–Pero ¿no le iría mucho mejor si estuviera casada?

–Madre, creo que Marit se las apaña a la perfección –me entrometí–. Además, es asunto de cada mujer si desea casarse o no.

–Bueno, seguro que en estos tiempos modernos sí. Se ve que ya no sé nada del mundo.

Miré a Marit y vi que en sus ojos refulgía la belicosidad.

Esa clase de discurso era el que más la indignaba.

–El mundo está cambiando –dijo, esforzándose por ser cortés–. Las mujeres ya no tienen prohibido vivir solas, pero la sociedad sigue poniéndoles piedras en el camino. Algunas no conocen otra cosa, porque así se criaron; a otras, sus circunstancias las obligan a buscar un hombre. Y también hay mujeres como yo, que quieren avanzar solas por la vida.

–¿Y durante cuánto tiempo más lo conseguirá? –preguntó mi madre con ánimo provocador.

Sentí un escalofrío. Lo último que quería era una pelea en la mesa, justo lo que parecía buscar Stella Lejongård. ¿Habría hecho lo mismo si mi amiga hubiese sido «decente» a sus ojos?

–Espero que mucho. El Ejército de Salvación no paga bien, y con los trabajos de costura tampoco me haré rica, pero es algo mío. Soy independiente. No tengo que soportar que un marido me engañe ni me pegue, como les pasa a tantas mujeres de nuestra clase.

–¿De manera que opina que todos los hombres son unos brutos?

–Madre... –dije a modo de advertencia–. Tal vez deberíamos cambiar de tema.

Sin embargo, mi madre no pensaba cejar.

–No, pero sí opino que a los hombres siempre se les ha educado mal –replicó Marit–. Desde pequeños les enseñan que las mujeres no valen nada. Que, en el mejor de los casos, están ahí para ocuparse de la casa y traer niños al mundo.

–¡Pues esa es la voluntad de la naturaleza! ¡Así es desde hace milenios!

–Puede que sea la voluntad de la naturaleza. Y sí, las mujeres tienen niños y se ocupan de ellos, y se encargan de llevar la casa, y deben ser libres para hacerlo. Toda mujer tiene el derecho de traer niños al mundo y quedarse en casa si eso la satisface. Pero una mujer que desea algo más de la vida también debería poder conseguirlo.

Mi madre la miró en silencio. Seguro que creía haber encontrado el origen de mi discurso de Navidad.

–¿Y qué desea usted de la vida? –preguntó al cabo–. ¿Cuidar de los enfermos y los pobres para siempre? ¿Estar enferma y ser pobre para siempre?

–No sueño con encontrar a un hombre rico que me lleve a su palacio, eso seguro. Deseo decidir mi propia vida y encuentro la felicidad ayudando a los demás y ocupándome de quienes tienen dificultades. La beneficencia también está bien vista en sus círculos, ¿no es así?

–Pero lo hacemos desde una perspectiva diferente. Compartimos un poco de nuestra riqueza.

Marit resopló. Casi parecía a punto de tirar al suelo la cuchara y marcharse del comedor. Sin embargo, contestó:

–¿Cree, entonces, que me veo obligada a trabajar en el Ejército de Salvación? No es así. Lo hago porque estoy convencida de que esa labor sirve para algo. Por eso mujeres como su hija y como yo salimos a la calle y luchamos por nuestros derechos. Y ya que hablamos de mis sueños, yo sueño con viajar a América algún día. Tardaré, soy consciente, y después de lo que ocurrió con el *Titanic* el año pasado, seguro que no querré viajar en la cubierta inferior, pero lo conseguiré. Por mis propios medios y sin la ayuda de ningún hombre.

Se hizo el silencio tras esas palabras. Después, una sonrisa asomó al rostro de mi madre. ¿Qué significaba eso? Si yo hubiese hablado así, sus ojos me habrían fulminado con ira, pero Marit parecía divertirla. Tal vez porque daba por hecho que mi amiga fracasaría.

–No creo que nos pongamos de acuerdo –zanjó–, pero admiro a las personas que quieren triunfar en la vida por sus propios medios. Si fracasarán o lo conseguirán, solo el tiempo puede decirlo, pero siempre podrán decir que lo intentaron.

Me la quedé mirando. ¿Había oído bien? ¿Que admiraba a las personas que se abrían camino en la vida por sí mismas? ¿Y por qué no me lo había demostrado? ¿Por qué nunca me lo había dicho? ¿Por qué habíamos tenido tantas y tan terribles discusiones por mi independencia?

También Marit parecía desconcertada. La fuerza con que subía y bajaba su pecho indicaba que se había preparado para una ardua discusión. Sin embargo, al parecer no se produciría.

Mi madre hizo sonar la campanilla que tenía a su lado. Poco después aparecieron Marie y Svea con el segundo plato. Puesto que Susanna ya no estaba, la ayudante de cocina también tenía que servir. Necesitábamos otra criada con urgencia. Una cosa más de la que tendría que ocuparme.

Después de cenar, salí con Marit al jardín. La noche era tibia y clara, y acompañadas del canto de los grillos paseamos hasta el pabellón, donde todavía colgaban las cintas que lo habían decorado la noche del solsticio de verano.

El resto de la cena había transcurrido con sorprendente tranquilidad. Mi madre conversó educadamente y estuvimos de acuerdo en todo. Después se retiró a sus aposentos.

–Esto es precioso –dijo Marit mientras miraba alrededor–. Nunca me hablaste de este jardín.

–No lo recordaba tan bonito. Volví a descubrirlo cuando me encontré aquí a Lennard en el funeral.

–¿Lennard?

–Un viejo amigo de la infancia. Hacía años que no lo veía. Después del entierro, no soportaba estar dentro de la casa, así que vine al pabellón y me lo encontré aquí. Recordamos todo lo que hacíamos de niños. ¡Imagínate, despúes incluso me propuso matrimonio!

–¿Qué? ¿Y no me lo habías dicho?

–Perdona. Tampoco me lo propuso demasiado en serio. Su padre está muy enfermo, no sabía bien lo que decía.

–Seguro que no fue esa la única razón.

–Creía que sería más fácil para ambos recorrer nuestro camino juntos. Yo no lo veo así. Lo aprecio mucho como amigo, pero en el matrimonio tiene que haber amor...

¿Debía preguntarle por Michael? Ensimismada, adelanté una mano hacia una de las cintas del pabellón.

–Tendrías que haber venido antes –dije cuando subimos los escalones y nos detuvimos bajo el tejado octogonal–. La fiesta del Midsommar fue interesante.

–Por como lo dices, parece que no fue una fiesta muy alegre.

–Fue alegre hasta que la muchacha por la que te escribí intentó robarle el broche a mi madre.

–Lamento no haber podido responder antes. Me ha sido bastante difícil encontrar a un médico que la asista en el parto sin preguntar.

–¿Y el doctor Strondheim?

–Murió de repente, hace unas semanas.

Me quedé azorada.

–¿Qué? ¡Pero si acababa de cumplir sesenta años!

Vi ante mí la bonachona cara del hombre. Aunque procediera de una época completamente diferente, había estado dispuesto a trabajar por las mujeres en apuros y guardar silencio.

–El corazón –dijo Marit–. Todas quedamos conmocionadas. De la noche a la mañana nos vimos sin ayuda, y encontrar a alguien que no siga los rígidos principios de esta sociedad es muy difícil, incluso entre los médicos jóvenes. Además, en este caso también necesitábamos un candidato a marido.

293

–¿Y lo habéis encontrado?

–Sí, un contable, Sigurd Wallin. Lo detuvieron hace unas semanas acusado de sodomía. Parece que se acercó a un hombre en la estación con intenciones deshonestas. Por suerte, pudo desmontar la acusación. Lo ha reclutado Elsa. Para evitar un escándalo con sus padres, está dispuesto a casarse con Susanna.

–¿Un matrimonio según nuestras condiciones?

–No querrá nada de ella, salvo que tenga la casa limpia y sonría como una buena chica cuando los padres de él los visiten. La muchacha es guapa, ¿verdad?

–¿Eso qué tiene que ver?

–Una chica guapa tiene más probabilidades de ser aceptada por los suegros... Sobre todo si ya está embarazada.

–¿Y quién la asistirá en el parto? –quise saber.

–Te vas a reír: una mujer. Obtuvo el doctorado hace unas semanas, y ya puedes imaginarte lo que dice de ella la sociedad de Estocolmo, pero justamente por eso está dispuesta a ayudarnos. Esperemos que su corazón aguante.

–Pues sí, esperemos. Gracias por esforzarte tanto. Ya pensaba que había ocurrido algo.

–Bueno, en realidad, así ha sido. –Marit me miró–. Pillé la gripe. El médico temió por unos días que fuera la gripe española, que de vez en cuando vuelve a extenderse.

La miré con espanto.

–¿Por qué no me escribiste? Habría...

Negó con la cabeza.

–No habrías podido hacer nada. Además, estaba demasiado débil para escribir. Solo quería seguir con vida, y ya ves que lo conseguí. Esos días mucha gente cayó enferma, tuviste suerte de no estar allí.

–Aun así... ¡En un caso como ese tienes que escribirme!

–¿Para cargarte con más aún? Ya estás hasta arriba. Y, como ves, tu amiga ha burlado a la parca. Elsa y las demás se ocuparon de mí, y te aseguro que la próxima vez no pienso dejar que la de la guadaña se me acerque tanto.

La idea de que Marit hubiese podido morir me resultaba insoportable. Después de la muerte de mi hermano, no habría podido resistirlo. Le pasé un brazo por los hombros.

–¿Has sabido algo de Michael? –me oí preguntar de pronto. Pronunciar su nombre fue como darle una patada a mi corazón–. Por cierto, gracias por no mencionarlo delante de mi madre.

–¿Después de esa discusión sobre las mujeres y el matrimonio? No quería meterme en camisa de once varas. –Hizo una pausa y me asió la mano, como si temiera que lo que iba a decir pudiera hacerme daño–. Hace un par de días anunció su compromiso matrimonial. Lo leí en el periódico.

Cerré los ojos. Un compromiso matrimonial. Había encontrado a otra que le parecía digna de ser su esposa.

–¿Quieres saber quién es? –preguntó Marit con delicadeza.

–No.

Ella asintió con comprensión y miró hacia la casa.

–Sé que lo amabas, pero visto desde la distancia y teniendo todas las circunstancias en cuenta, hiciste lo correcto. Eres una mujer libre y poderosa. Aunque tuvieras que dejar Estocolmo, ahora tienes la oportunidad de vivir la vida como quieras.

–Bueno, si fuera por mi madre, mañana mismo estaría ante el altar.

–Pero para eso necesitas un hombre. Un hombre fuerte que, sin embargo, no te coarte. Necesitas a alguien que se mantenga a tu lado, y Michael no era el adecuado. No habría soportado esto. O vuestra relación se habría roto por otra cosa, quién sabe...

–Quién sabe... –repetí, y me apoyé en mi amiga.

A cualquier otro tal vez le habría llevado la contraria, pero a Marit no. Tenía razón. Michael no habría sido feliz aquí, no lo habría soportado. Y viendo la rapidez con que había encontrado consuelo, seguro que en algún momento me habría engañado.

Yo, por el contrario, no podía evitar ser como era, y eso también lo tenía claro. Nadie convertiría a la condesa Lejongård en la dócil esposa de un abogado. Estaba hecha para encontrar mi camino sola.

–¿Y, aparte del amigo de la infancia que desea casarse contigo, no hay nadie que ocupe tu corazón?

Negué con la cabeza.

–Está visto que una mujer como yo no necesita a nadie.

–¿Cómo que no necesitas a nadie? Puede que yo sea capaz de vivir sin un hombre, ¡pero tú no! ¿No hay ninguno ni medio soportable? ¿Ninguno que te haya llegado al corazón?

Iba a decir que no, pero de repente vi un rostro ante mí. Unos ojos azules resplandecientes, una sonrisa segura, unos rasgos marcados... ¡Max! Nos llevábamos estupendamente y a veces creía que me entendía de verdad, pero no habíamos pasado de eso. Siendo sincera, me daba un poco de miedo iniciar otra relación. Max era mi empleado, aunque también tuviera título nobiliario.

–Sí hay alguien que tal vez podría llegarme al corazón, pero ignoro lo que siente. No quiero aventurarme a nada que resulte un fiasco. Todavía me duele la última vez. –Y más aún desde que sabía que Michael ya me había encontrado sustituta.

–Pero si ves una oportunidad, aprovéchala, ¿de acuerdo? –Marit me miró con seriedad–. No permitas que tus deberes y la lucha por los derechos de la mujer te alejen de la felicidad.

–No lo haré, pero necesito tiempo. Cuando haya alguien en mi vida, tú serás la primera en saberlo.

Sonrió y me apretó más la mano.

Estuvimos sentadas un rato más, luego regresamos a la casa. El día siguiente sería agotador, y nadie sabía qué más podía pasar.

Capítulo 33

COMO A MI amiga le daban miedo los caballos y no sabía montar, a la mañana siguiente decidimos utilizar el viejo landó ligero, que podía conducir yo misma. Sin embargo, no podíamos ir a campo través ni por un prado con demasiados baches, así que en cierto momento tuvimos que seguir a pie.

Marit, jadeando, se esforzaba por avanzar entre la hierba crecida.

–No alcanzo a entender –murmuraba– que puedas vivir en este lugar tan salvaje.

–Si te hubieses atrevido con un caballo, no tendríamos que caminar –repuse mientras volvía a comprobar lo mucho que disfrutaba internándome en la naturaleza. Aunque no estábamos allí para disfrutar, desde luego.

–No soy una campesina y no pienso convertirme en una, pero por lo menos he acabado en medio de la naturaleza por un buen motivo.

–Por lo que te estaré eternamente agradecida. Espero que todo salga bien. Al fin y al cabo, soy la tía del niño.

Marit se detuvo y me miró.

–¿La tía?

–El niño es de Hendrik –expliqué–. Por lo visto, Susanna y él tenían una relación.

Mi amiga soltó un resoplido.

–La típica relación entre señor y criada, ¿no?

–Marit...

Sabía muy bien lo que pensaba de los señores que se aprovechaban de su posición para seducir a mujeres jóvenes con falsas promesas y llevárselas a la cama.

–Bueno, ¿es que esto es diferente? –preguntó–. Sabes que te quiero, pero mis opiniones sobre tu familia no han cambiado.

–Solo que ahora yo estoy en la posición que habría ocupado Hendrik.

–Lo sé y, puedes creerme, me alegro. Si no, esa pobre muchacha habría acabado en el arroyo.

–Eso no lo sabes, ni siquiera yo sé cómo fue la relación entre ambos. Pero una cosa sí sé: que Hendrik no habría sido tan ruin como para no ocuparse de Susanna y el niño. La chica me ha dicho que él quería casarse, pero sucedió lo que sucedió.

Marit apretó los labios. Le habría gustado decir algo más, pero se abstuvo. Por mí.

–¿Falta mucho? –preguntó.

–No. ¡Ya está ahí delante! –Señalé la cabaña, que ya asomaba entre la vegetación.

–Menudo cuchitril –masculló Marit.

–Ya, pero después del intento de robo me fue imposible permitir que siguiera en la casa.

–¿Sabe tu madre que el niño es de tu hermano?

–Sí, pero parece que le da igual. No ha vuelto a mencionarlo desde el día que se lo dije.

–¿Por qué no dijo nada antes la chica?

Le resumí la situación con Langeholm.

–Seguramente no quería perjudicar a Hendrik.

Cuando llegamos a la cabaña, la puerta estaba abierta y a Susanna no se la veía por ninguna parte. ¿Dónde estaba? ¿Habría salido a buscar algo de comer? ¿Se la habría llevado Ida?

Tuve un mal presentimiento.

–Sigamos un poco más –dije, y me volví hacia el lago–. Quizá esté por aquí cerca.

Nos abrimos paso entre la hierba hasta que apareció un sendero estrecho que seguimos hasta la orilla.

–En este lago aprendí a nadar –le conté a Marit–. Mi hermano y yo veníamos mucho aquí de niños. Una vez nos construimos una balsa con ramas y nos metimos en el agua. Se hundió en mitad del lago. Los dos sabíamos nadar, por suerte, pero nos llevamos un buen susto.

–Ojalá hubiese tenido un lago así de niña. Me he pasado toda la vida en Estocolmo.

–Tenías todo el mar Báltico para ti.

–Sí, pero con eso no basta para aprender a nadar.

–Deberías venir a pasar un verano conmigo –sugerí–. Así te enseñaría. Aquí mismo.

Me detuve al verla en el embarcadero. Su pelo rubio ondeaba al viento y tenía los brazos extendidos como si fuera a levitar. La reconocí al instante.

–Espera –le dije a Marit, y le indiqué que se quedara atrás.

Me acerqué despacio al embarcadero. ¿Acaso Susanna quería lanzarse al agua?

–¡Eh, Susanna! –llamé.

Bajó los brazos y dio media vuelta, asustada. Me di cuenta de que, fuera lo que fuese lo que tenía en mente, se esfumó al instante.

–Señorita –dijo, desconcertada–. Iba a... ¿Qué está haciendo aquí?

–Eso ya me lo preguntaste hace un par de días. Siempre vengo por ti. –Señalé hacia atrás, ya que su mirada había encontrado a Marit–. Esa es la amiga de que te hablé. Marit Andersson. Ha venido para ayudarte. ¿Quieres que hablemos de los detalles en la cabaña?

Susanna miró un momento a Marit, luego me siguió.

Mi amiga le tendió una mano.

–Yo soy Marit. ¿Puedo llamarte Susanna? –preguntó, y la muchacha asintió–. ¡Bien! –continuó con ese tono simpático con que me había ganado también a mí en nuestro primer encuentro–. Pues hablemos. Ya sabemos cómo podemos ayudarte. Si estás de acuerdo, puedes venirte conmigo a Estocolmo en cuanto quieras.

–¿A Estocolmo? –Susanna nos miró desconcertada.

–Sí, a Estocolmo –dije–. Puedes aceptar o no, la decisión es tuya.

Asintió con cierto temor y nos hizo pasar a la cabaña.

Allí nos sentamos a la tambaleante mesa de la cocina. Marit le resumió el plan y le enseñó una fotografía de Sigurd Wallin. Parecía un muchacho agradable. Si su carácter se correspondía con su aspecto, seguro que cumpliría su palabra.

Susanna, sin embargo, parecía tener dudas. Escuchó a Marit con una mirada escéptica mientras esta le explicaba que la llevaría a casa de una amiga, y que durante la siguiente semana conocería a su futuro marido y a la doctora que la atendería.

–La doctora Strömstad se ocupará de ti y te asistirá durante el parto. Sigurd reconocerá al niño, y así evitaremos males mayores.

–¿Y si ese Sigurd...? ¿Y si no me trata bien? –preguntó, y me miró como si yo pudiera darle alguna garantía.

Sin embargo, por desgracia no estaba en situación de hacerlo.

–Sí que lo hará, de eso nos aseguraremos nosotras. No hay nada que temer.

–¿Y qué pasa con mi familia, con mis padres? ¿Volveré a verlos?

Esa pregunta me sorprendió, ya que había huido de su espantosa madre. Aun así, su corazón parecía necesitarlos todavía.

–Podrán ir a verte –repuso Marit–. Si ellos quieren, y tú también. Aunque, si lo prefieres, puedes mantener tu paradero en secreto. Eso no tienes que decidirlo todavía.

–En todo caso, nadie hablará más de ti –añadí–. Te dejarán tranquila y serás la respetable esposa de un contable.

A Susanna no parecía gustarle demasiado.

–Piénsatelo. Las alternativas ya las conoces. No te será fácil salir adelante, pero si crees que vas a conseguirlo, puedes decirnos que no.

La muchacha seguía callada. ¿De verdad iba a rechazar la ayuda? Recé para que no fuera así.

Después de estarse un buen rato mirando la tabla de la mesa, alzó la mirada hacia mí.

–¿Y qué dice usted? –preguntó–. El niño es de su hermano. ¿No querrá su familia algún derecho sobre él?

Miré a Marit. No había esperado esa pregunta.

–Bueno, Susanna, eso depende de ti. ¿Querrás que tu hijo sepa quién fue su padre? ¿O prefieres que piense que lo es tu nuevo marido? Decidirlo es cosa tuya.

Susanna asintió.

–Entonces, ¿estás de acuerdo? –preguntó Marit.

–Sí –contestó–. No tengo alternativa, ¿verdad?

–Ninguna en la que tanto el niño como tú salgáis tan bien parados. –Marit posó una mano en el brazo de Susanna–. Te gustará la ciudad. Allí no te conoce nadie y podrás empezar de nuevo. Podrás tener una vida buena, mejor que aquí, sola con tu hijo y a merced de la clemencia del pueblo.

VOLVIMOS AL CARRUAJE. Marit había acordado con Susanna que la recogeríamos al día siguiente a primera hora en el camino a Kristianstad. Hasta entonces, si quería, podía informar a sus padres y recoger sus cosas.

–Lo conseguirá –dijo Marit, y entrelazó su brazo con el mío–. Hemos hecho lo correcto.

–Sí, y me alegro por ello. Aunque...

–¿Qué?

–También es hijo de Hendrik. Mi sobrino, o mi sobrina. Nunca sabré cómo es, ni qué tal le va.

–Bueno, si es por eso, con mucho gusto te informaré, y puede que incluso te envíe alguna fotografía. No creo que a Susanna le parezca mal, después de todo lo que has hecho por ella.

Resoplé.

–¿Y qué he hecho? ¡Echarla de la casa!

–Te has ocupado de que tenga una vida nueva a través de mí. No todos los señores se habrían portado así.

Asentí a regañadientes. Naturalmente, sabía que las convenciones sociales lo impedían, pero habría preferido cuidar de ella de otra forma.

–¿Cuándo dejará de ser una vergüenza que una mujer críe sola a su hijo? ¿Cuándo comprenderá la sociedad que ese niño también es valioso, y que hay que reconocer la labor de esa madre?

–Creo que las mujeres podrán votar antes que tener hijos fuera del matrimonio sin perder la respetabilidad. La Iglesia exige el matrimonio, así que la gente seguirá esa norma durante mucho tiempo.

–Pero ¿no atenta la Iglesia contra la vida cuando empuja a la gente a dejar sin oportunidades a esas mujeres y esos niños? La mayoría de ellas acaban recurriendo a la prostitución, y muchos de los niños nunca consiguen salir de ese ambiente.

–Lo sé, y también por eso luchamos, aunque sea un objetivo que quizá tardemos cien años en alcanzar. Si es que algún día lo logramos.

Subimos al landó y azucé los caballos. En el cielo aparecieron unas nubes que amenazaron con tapar el sol. Una luz extraña cayó sobre los campos. ¿Iba a llover? Mejor sería regresar a casa enseguida.

En el trayecto estuvimos calladas, cada una sumida en sus pensamientos.

Al llegar al patio, vimos a Max, que venía de los campos con sus botas altas. Bajo el brazo llevaba una carpeta, y lo acompañaba el capataz de nuestros jornaleros. Ambos conversaban animadamente, lo cual me extrañó un poco, ya que el capataz, Torge Breken, era un hombre bastante taciturno. Sin embargo, parecía que ambos habían encontrado la horma de su zapato.

–Ese sí es un hombre interesante –comentó Marit, y ladeó la cabeza mientras lo observaba.

–Max von Bredestein, nuestro nuevo administrador. Mi padre lo conoció poco antes de morir.

–¿Y cómo es? –De pronto me miró, y en sus ojos percibí una expresión sugerente.

–Muy simpático, aunque prefiere estar a solas. No se lleva bien con su padre y le gusta contemplar las estrellas.

–¿Alguna vez has contemplado las estrellas con él?

–Una, sí. Cuando fui a invitarle a participar en la fiesta del Midsommar. Aunque todavía no se veían muchas estrellas, y tampoco tuve suerte, porque no hubo forma de convencerlo de que me acompañara.

–Deberías volver a intentarlo. –Me miró con picardía–. Las estrellas tienen fama de forjar uniones duraderas.

–¡Y lo dice la mujer que ha jurado no casarse jamás! –exclamé entre risas.

–Bueno, tal vez ya no sea tan fiel a mis principios como crees. Cuando has escapado de la muerte por tan poco, empiezas a ver las cosas de otra forma.

Levanté las cejas. Eso era sí que era nuevo, viniendo de mi amiga.

–O sea que tú...

–¡No! –Marit fingió escandalizarse, pero intuí que no me decía toda la verdad–. Además, da igual si algún día encuentro a un hombre o no, siempre seguiré luchando por nuestros derechos. Tendrá que hacerse a la idea.

En ese momento Max se fijó en nosotras y se acercó.

–¡Buenos días, condesa Lejongård! –saludó tendiéndome la mano–. ¿Quién es la bella dama que la acompaña?

No habría creído posible que Marit se sonrojara, pero así fue.

–Mi amiga Marit Andersson. Marit, mi administrador, Max von Bredestein.

–Me alegro de conocerla. –Le besó la mano caballerosamente.

No pude evitar una leve punzada de celos, aunque la deseché. Era ridículo.

–¿Le gusta Lejongård?

–Sí, mucho –respondió ella–. Aunque no querría vivir aquí. Soy chica de ciudad.

–¿De qué ciudad?

–De Estocolmo.

–Preciosa ciudad –opinó él–, aunque también tiene sus puntos oscuros. Debería ir con cuidado.

–Siempre lo hago.

–Eso me tranquiliza. –Max se volvió hacia mí–. El señor Breken y yo acabamos de inspeccionar los campos. El cereal crece bien.

–Me alegra oírlo. ¿Ya sabe que el señor Breken, después de una visita a los campos, siempre se toma un aguardiente con su acompañante?

Max se echó a reír.

–Sí, me lo ha dicho. Y cuando le he contestado que no está bien beber en horas de trabajo, ha respondido que es una tradición.

–En efecto, y en ese caso está permitido. Mi tatarabuelo introdujo la costumbre, creía que con eso se ahuyentaba el mal tiempo.

–¿Y funciona?

–A veces más y a veces menos.

Max volvió a reír y nuestras miradas se encontraron. Me recorrió una sensación de calidez. Desde que sabía que Michael estaba prometido, todo me parecía diferente. Me sentía liberada de un gran peso, como si me hubiera eximido de un deber, y por primera vez sentía que mi cuerpo volvía a anhelar la cercanía de un hombre.

Tener una relación con un empleado era arriesgado, pero por suerte nadie conocía mis pensamientos y mis sueños.

–Pues que lo pasen bien –añadí–. Y prepárese, porque el aguardiente casero de Breken es más fuerte que el de trigo de Pomerania.

–Sobreviviré. En caso contrario, si no consigo salir por mi propio pie de casa de Torge, ya sabe dónde encontrarme. –Se volvió hacia Marit–. Cuídese, señorita Andersson.

Volvió a besarle la mano y se marchó.

Marit se quedó paralizada, siguiéndolo con la mirada como si hubiese tenido una revelación. Al parecer, hasta la sufragista más recalcitrante podía ablandarse en presencia del hombre adecuado.

—Estás enamorada —afirmó cuando Max ya no podía oírnos, y me miró.

—¿Yo? Estás loca —contesté con falso convencimiento.

—Lo estás. La forma que tenéis de hablaros es muy íntima. Parecéis una pareja que se conoce de toda la vida.

—Nos conocemos desde hace tres meses. Eso no puede considerarse toda la vida.

—Pero es tiempo suficiente para entregar el corazón. A veces solo hace falta un instante. —Me tomó de la mano—. Olvida a Michael. Aunque pudiera parecértelo, él no es tu gran amor. Eso todavía está por llegar. Estoy segura.

Miré hacia donde había desaparecido Max. Ya no lo veía, pero su imagen seguía muy nítida ante mis ojos. ¿De verdad estaba a punto de enamorarme? Con Michael todo había sido tan claro... Esta vez, en cambio, todo parecía confuso.

Sin embargo, tal vez mi amiga era capaz de ver lo que ocurría mejor que yo.

Capítulo 34

UNA TENUE BRUMA matutina se extendía sobre los campos, pero el sol pronto la borraría y haría un día resplandeciente. Marit seguía durmiendo, y ni siquiera el servicio se había levantado aún.

Me lavé deprisa y me puse un vestido. Luego salí de la casa. Hacía bastante que no visitaba el panteón familiar y, antes de llevarnos a Susanna a Estocolmo, quería contarle a Hendrik que su hijo estaría a salvo.

Por el camino intenté imaginar lo que habría dicho al enterarse y qué decisiones habría tomado. Seguía sin querer verlo como a un seductor despreciable. Tal vez sí habría intentado casarse con Susanna. Eso habría supuesto un escándalo, pero seguro que padre no habría llegado a desheredarlo en mi favor. Al cabo de una temporada, las aguas habrían vuelto a su cauce y, aunque la alta sociedad hubiese puesto mala cara, Susanna habría sido la siguiente condesa Lejongård. El triunfo del amor, aunque ya no sería posible.

La hierba que flanqueaba el camino estaba húmeda y las gotas de rocío brillaban como diamantes mientras me acercaba al cementerio. Unas semanas antes habían muerto dos ancianos, y el tañido de las campanas había llegado hasta la mansión. Les hice una visita a los familiares para darles el pésame, tal como era mi deber de señora de la finca.

Las flores se balanceaban ya sobre los montículos de sus tumbas, y por encima de todas se alzaba el panteón de nuestra familia. La verja rechinó un poco cuando la abrí. Me acerqué al nicho en el que descansaba mi hermano. Tanto a mi padre como a él les habían colocado ya una lápida. La rosa esbozada sobre el nombre de Hendrik la había dibujado yo; por suerte, el grabador había podido utilizar mis bocetos. Puse una mano en la piedra e intenté sentir a mi hermano a través del granito, algo imposible, desde luego.

—Me... —Mi voz resonó ronca y hueca—. Me habría gustado mucho que me hablaras de ella. —No fui capaz de pronunciar su nombre, como si todavía fuera necesario ocultarle el secreto a mi padre—. Probablemente te habría entendido. —Callé un instante y añadí—: Tendrías que haberte ocupado de ella. A menos que no significara nada para ti, pero eso no lo creo. Eres mi hermano. No tenías un corazón negro. Tu hijo crecerá en Estocolmo y quizá no sepa nunca quién fue su verdadero padre. No llegará a conocerte, y eso me parte el corazón.

Se me saltaron las lágrimas y no pude seguir hablando. El pulso me palpitaba en los oídos. Por un instante, volví a experimentar todo el dolor de cuando me dieron la noticia de su muerte, pero respiré hondo y me enderecé. La vida seguía y, aunque el hijo de Susanna no sería un auténtico Lejongård, algo de mi hermano sobreviviría en él. Tal vez yo consiguiera seguirle la pista al niño.

—Espero que estés bien, Hendrik —dije al fin.

Repasé con el dedo el contorno de la rosa, di media vuelta y salí del panteón.

El canto de los pájaros sonaba en la copa de los árboles que rodeaban el camposanto y me envolvió a mí también. Me quedé inmóvil un momento, cerré los ojos y dejé que el sonido me llegara al alma. Era como si hubiera cruzado el umbral a un reino mágico, el reino de los pájaros, que me daban la bienvenida o me señalaban como intrusa. Sin embargo, al abrir los ojos seguía allí, en el cementerio del pueblo, con el panteón familiar a mi espalda. Salí del recinto y recorrí los campos. No sabía muy bien qué hora era, pero mi instinto me decía que no tenía por qué apresurarme.

Cuando ya había dejado el cementerio un buen trecho atrás y volvía a acercarme a los prados de nuestra finca, vi una figura que venía hacia mí. Llevaba una chaqueta oscura y andaba despacio, casi absorta. Al acercarme, reconocí a Max. ¿Qué estaba haciendo allí? ¿Iba al pueblo? ¿Tal vez a enviar una carta?

Al verme, se detuvo y se quedó mirándome.

–Buenos días, Agneta.

No había olvidado nuestra decisión de tutearnos.

–Buenos días, Max –repuse, y de nuevo apareció aquella cálida sensación en mi pecho al ver sus ojos. Me habría gustado saber qué sentía él, qué pensaba.

–¿Qué está haciendo aquí tan temprano? –preguntó entonces–. Nunca la había visto a estas horas.

–Quería pasear un poco. Y visitar a mi hermano. Asintió con la cabeza.

–¿Y usted? –pregunté–. ¿Suele pasear por los campos de buena mañana?

–Sí. Me da fuerzas para el día.

–¿De verdad? ¿O intenta tomarme el pelo otra vez?

Sonreí para mí. Que lo intentara de vez en cuando me había alegrado más de un día gris.

–No, esta vez lo digo en serio –repuso, y se acercó un poco más.

Yo permanecí inmóvil, como paralizada por un hechizo.

–Me gusta pasear. Así conozco mejor los alrededores, y es una sensación interesante estar despierto cuando los demás aún duermen.

–Bueno, no estará solo mucho más –comenté–. Seguro que los campesinos ya se han levantado.

–Pero aquí solo te encuentras con zorros y liebres. –Me miró antes de añadir–: ¿Qué me dice? ¿Le apetece que la próxima vez salgamos juntos a pasear? Podría contarme algunas historias. Sobre troles y elfos, por ejemplo.

–Pensaba que quería estar tranquilo un rato antes de que yo lo saque de quicio con mis indicaciones y preguntas.

Me tomó la mano y la sostuvo en la suya. Me transmitió su calidez y por un instante sentí que iba a diluirme en la luz del sol. Mi cuerpo era ligero, el corazón me latía con fuerza.

–Usted nunca me saca de quicio, Agneta, ni como condesa Lejongård ni como usted misma. Podría pasar horas y días a su lado, ya fuera en el bosque o en una cueva oscura, y me alegraría mucho que alguna mañana quisiera acompañarme. Sería un comienzo ideal para el día.

Nos miramos y, mientras intentaba encontrar desesperadamente una réplica a la altura de sus palabras, mi cuerpo se inclinó hacia él como por voluntad propia. Qué fácil habría sido besarlo, o dejar que me besara.

Sin embargo, se retiró un poco.

–A menos que mi compañía le resulte insoportable. Lo miré y sacudí la cabeza.

–¡Oh, no, de ninguna manera! No me parece insoportable, y me... me gustaría mucho pasear con usted.

Respiró con alivio y sonrió.

–¿De verdad?

–Sí, de verdad. Si quiere, podemos empezar ahora mismo.

–Con mucho gusto. Aunque usted ya iba de camino a la finca. ¿Tiene tiempo?

–Un rato –respondí, y le indiqué la dirección de los prados–. Apuesto a que este camino todavía no lo conoce. Si tenemos suerte, veremos troles.

–¿En serio?

–Mi hermano y yo así lo creíamos cuando éramos niños. Tal vez nuestros corazones sean aún lo bastante puros para verlos.

Caminamos un rato por el estrecho sendero que llevaba a un lugar con altas píceas, yo delante y él detrás. Notaba su mirada y su calidez, y casi tuve que contenerme para no dar grititos de emoción como una niña boba. Era bonito que un hombre se interesara por mí, aunque solo fuera para pasear juntos. En ese momento fui consciente del gran cariño que le tenía a Max. Si lo amaba o no, aún no lo sabía, pero tal vez en un futuro próximo tendría ocasión de descubrirlo.

UNA HORA DESPUÉS regresé a la finca. Max se había despedido de mí antes de llegar porque quería pasar por su cabaña. Me sentía ligera y animada, casi como si no hubiera vivido esos días tan duros. Sin embargo, nada más llegar a la casa el peso de la responsabilidad volvió a caer sobre mis hombros.

Susanna. Mi madre. Lejongård. ¿Volvería a vivir algún día sin preocupaciones?

Después de desayunar, Marit y yo montamos en el landó.

–¿No quieren que las lleve? –se ofreció August, pero yo no quería que ningún criado supiera que íbamos a recoger a Susanna.

No podía obligar a August a guardar silencio, así que era mejor que no supiera nada. Tarde o temprano, el servicio se enteraría de que Susanna se había marchado, pero nadie debía saber adónde. Por Langeholm, pero también por la gente del pueblo. Nada debía estropear el comienzo de su nueva vida.

–No, August, déjelo. Tengo que practicar con las riendas. A mi padre también se le daba muy bien.

–Eso sí es verdad –dijo el cochero–. Pero tenga mucho cuidado, su señora madre me cortaría la cabeza si le ocurriera algo.

–¡August, que ya soy mayor! –contesté y, después de que Marit subiera su bolsa al landó, hice restallar el látigo por encima de los caballos.

Fuimos al lago por un pequeño desvío para que nadie nos viera desde el pueblo. Susanna ya nos esperaba en la linde del camino. Aunque hacía bastante calor, llevaba una chaqueta de gruesa lana encima del vestido. Se había recogido el pelo en una bonita trenza. Las ojeras seguían marcadas bajo sus ojos, pero la perspectiva de viajar a Estocolmo la hacía parecer algo más optimista. La ayudamos a subir y luego yo cargué su bolsa.

–¿No llevas nada más? –pregunté.

Ella negó con la cabeza.

–Es todo lo que tengo. Seguro que mis padres no me darían nada.

–Entonces, ¿no has hablado con ellos?

Sacudió la cabeza de nuevo.

–No. Les escribiré una carta cuando llegue.

Miré a Marit, que me indicó con la mirada que ella se encargaría de todo.

Entonces subí al pescante.

El viaje transcurrió sin incidentes, ya que el camino estaba seco y el sol brillaba cálido sobre nosotras.

Detuve el landó en la plaza de la estación de Kristianstad y eché el freno. Los transeúntes nos miraron con curiosidad. Un carruaje con tres mujeres, unas de las cuales ocupaba el pescante, seguía siendo algo peculiar, por lo visto.

Ayudamos a Susanna a bajar y luego abracé a Marit.

–La próxima vez avísame si no estás bien –dije–. Te enviaré a los mejores médicos que haya. Y si quieres, también puedes venir aquí a recuperarte.

–Gracias, eres un cielo. Pero ahora me espera mucho trabajo. –Miró a Susanna, que estaba junto a nosotras con cara de susto.

Cuando quise abrazarla, se apartó.

–Pero, señorita, yo...

–Ya no eres una criada –señalé–. Eres una mujer libre, y pronto la esposa de un contable. –Sonreí para animarla, y ella asintió y se dejó abrazar–. Cuida mucho del niño y de ti. ¡Os deseo mucha suerte!

Marit cargó con su bolsa y también con la de Susanna. Poco antes de llegar a la entrada de la estación, ambas se volvieron una vez más para mirarme. Me despedí con la mano y subí de nuevo al pescante.

Poco después de regresar a Lejongård, mi madre vino a verme. Estaba visiblemente afectada, así que me pregunté cuál sería el motivo.

–¿Ha sido puntual el tren? –preguntó mientras se toqueteaba los volantes de las mangas del vestido.

–Sí, todo ha ido bien.

Asintió.

–Lástima que tuviera que marcharse ya. Tu amiga me ha caído bien. Cierto es que no debieras relacionarte con una mujer así, pero es fuerte y decidida. Sigue su propio camino sin depender de nadie. Si encuentra al hombre adecuado, podrá prosperar mucho en la sociedad. Tiene madera.

–Seguro que prosperará también sin la ayuda de ningún hombre –repliqué, pero me alegré de ese comentario positivo de mi madre. La breve discusión con mi amiga a la mesa parecía haberla cambiado–. Por cierto, Marit se ha llevado a Susanna. Ese era el motivo principal de su visita.

El semblante de Stella se endureció un poco.

–En fin...

–Madre, por favor –dije, porque quería que lo entendiera–. Se trata del niño. Del hijo de Hendrik. Sé que solo tenemos su palabra sobre quién es el padre, y que para ti sigue siendo una ladrona, pero deberías haberla visto cuando hablamos de Hendrik. Lo amaba de verdad.

Mi madre guardó silencio, pero en su cabeza se arremolinaban las ideas.

–Se casará con un contable y tendrá al niño con la ayuda de una buena doctora. El hombre reconocerá a su hijo, así que no debes temer que venga a exigir nada más adelante.

–¿Y qué hay de nuestras exigencias? –preguntó–. Si de verdad ese niño es de Hendrik, entonces es un Lejongård.

–Aunque por sangre sea un Lejongård, crecerá como hijo de un contable. No puede ser de otro modo, a menos que queramos provocar un escándalo.

–¿Y si fuera el único descendiente de nuestra familia? –insistió, preocupada.

–Pues encontraremos una solución. Tomaré la decisión que sea mejor para nuestra casa.

Nos miramos un momento y ella asintió.

–Tienes razón, eso será lo mejor. No te molestaré más. –Y se retiró.

De algún modo, me quedé con la sensación de que no había expresado lo que de verdad quería decirme.

Capítulo 35

PASARON TRES SEMANAS. Agosto se acercaba y, con él, la visita de la esposa del príncipe heredero. Yo le había comunicadomal conde Bergen que las investigaciones seguían adelante y, puesto que él esperaba resultados, añadí que tenían un sospechoso. Me habría gustado poder informarle de que por fin habían atrapado al culpable. Sin embargo, tanto si Langeholm tenía algo que ver con el dinero prestado como si no, al menos Susanna estaba a salvo de sus chantajes. No se atrevería a visitar a los Korven para preguntarles por su paradero. Empecé a vigilar más al caballerizo. No se le notaba nada, aunque una noche lo vi salir tarde de la finca. ¿Iría en busca de Susanna? ¿O solo a tomar aguardiente en la taberna?

Apenas unos días después, unos fuertes gritos me interrumpieron mientras redactaba una carta para un proveedor de piensos. Solíamos alimentar nuestros caballos con lo que producía la finca, pero Max había propuesto dar a las yeguas preñadas una avena especial como suplemento para fortalecer su organismo y que el potro que llevaban dentro no las consumiera. Un instante después llamaron a la puerta.

–¡Adelante!

–¡Señorita, venga enseguida, por favor! –soltó Lena, exaltada y con la cara enrojecida–. Han venido unos señores de la policía que quieren llevarse al señor Langeholm.

Esas palabras me atravesaron como un rayo. ¿De verdad había encontrado Hermannsson pruebas en su contra?

–¡Ya voy! –exclamé.

Dejé caer el portaplumas sobre el papel y pasé corriendo junto a la muchacha.

Cuando llegué a la puerta de entrada, dos agentes uniformados estaban llevándose al caballerizo, que se resistía con fuerza a su detención. Los mozos de cuadra formaban corrillos ante los establos.

–¡Señorita! –gritó Langeholm al verme–. ¡Esto es una terrible equivocación! Dígales que yo no he hecho nada.

Apreté los labios, y los policías siguieron empujando al caballerizo. En la entrada del patio vi un sólido carro para presos.

–¡Soy inocente! –vociferó Langeholm, pero los agentes no se inmutaron.

Tampoco yo. Apenas podía creer que unas semanas antes hubiese estado sentada con ese hombre en el carruaje para ir a ver a un supuesto sospechoso.

–Condesa Lejongård –oí decir a Hermannsson a un lado.

Cuando me volví hacia él, su expresión era seria.

–¡Inspector! Entonces, ¿lo que le expliqué por carta ha sido relevante para la investigación?

–Ya lo creo. ¿Podríamos hablar en privado? Me temo que el alcance de este asunto es mayor de lo que imagina.

Me lo quedé mirando. ¿Qué quería decir eso? Me agarré la falda e intenté ocultar que me temblaba todo el cuerpo.

Nos alejamos un poco de la casa, hacia el jardín inglés. Mi madre parecía haber desatendido un poco las plantas y el césped estaba lleno de tréboles silvestres.

–A raíz de su carta, investigamos con más detenimiento a Sören Langeholm. Así descubrimos que tenía deudas de juego en un establecimiento de Estocolmo, y aún las tiene. Visitamos también a su antigua amante, Juna Holm, que ahora vive en una casa de las afueras de Kristianstad.

–¿Y qué descubrieron?

Por lo visto, mi padre se había equivocado mucho con el caballerizo. ¡Pero si Langeholm era todo un experto en su oficio! ¿Cómo se había permitido caer en deudas de juego?

–La joven afirma que Langeholm le compró la casa... ¡por mil coronas!

–Mil coronas son más de lo que gana con nosotros en un año –dije, puesto que me había familiarizado con el salario de los empleados.

–Eso pensamos. Y la cosa se pone aún más misteriosa. En la casa de juego acumuló una montaña de deudas. Cuatro mil coronas.

–¡Cuatro mil! –exclamé a media voz. ¡Era casi una fortuna!

–La cosa llegó a tal punto que el propietario del casino lo amenazó con represalias físicas si no pagaba. El pago llegó en febrero, unas tres semanas antes de que se incendiara el establo.

–En febrero mi padre firmó ese contrato de préstamo...

–Justo eso pensamos también. Nos pusimos en contacto con el prestamista, que sin embargo no pudo decirnos nada sobre las motivaciones de su padre. La cantidad de cinco mil coronas, no obstante, casa muy bien con nuestros hallazgos, a mi parecer.

–¿Y por qué quería obligar Langeholm a Susanna a robar un valioso broche? También podría haber chantajeado a mi madre.

–Bueno, es posible que le pareciera más fácil amenazar a la chica. Su madre sin duda se habría puesto en contacto con nosotros.

–¿Y mi padre? Él también tenía muy buena relación con usted, ¿verdad?

–Sí, pero es posible que Langeholm lo amenazara de alguna manera.

–¿Qué quiere decir?

Miré hacia la mansión por encima del hombro de Hermannsson. Lo que se había producido entre esos muros durante mi ausencia superaba cualquier supuesta inmoralidad que me hubiese encontrado nunca en Estocolmo.

–Presionamos a la joven y la interrogamos. Como seguramente tenía miedo de verse involucrada en el asunto, al final declaró que Langeholm, en un arranque de ira, había dicho que cualquier día le quemaba el negocio al señor Lejongård.

–¿Y no se lo habrá inventado?

–Eso no lo sabemos, pero el chantaje probado y las amenazas en presencia de la señorita Holm nos han hecho llegar a la conclusión de que debemos presentar cargos contra él.

Me dejé caer en uno de los bancos de mármol sobre los que había crecido una fina capa de moho. Uno de los ángeles parecía llorar lágrimas verdes.

–¿Quiere decir que él provocó el incendio?

–Bueno, necesitamos pruebas más sólidas, claro, pero piense lo siguiente: a Langeholm ya no le llegaba con el sueldo que le pagan ustedes. Tal vez porque se enamoró de una criada y planeaba un futuro con ella. Quizá porque quería fanfarronear. Creyó que con el juego se haría rico, pero se cargó de deudas y acabó teniendo problemas. El propietario del casino quería cobrar lo que le debía, usando la violencia si era necesario.

–La relación entre Juna y Langeholm se hizo pública y ella fue expulsada de la casa –proseguí, a lo que Hermannsson asintió, secundándome.

–Él estaba loco de ira, amenazó con perjudicar a su señor delante de la señorita Holm. También es de suponer que la gente del propietario del casino descubriera por entonces su paradero. Langeholm pilló al hijo del señor de la finca viéndose en secreto con la señorita Korven, y entonces tuvo una idea. Se presentó ante su padre y lo chantajeó a cambio de una cantidad suficiente para liquidar su deuda y ocuparse de su amante. Y su padre pagó.

Asentí con la cabeza.

–Pero eso sigue sin explicar por qué chantajeaba a Susanna. Ni por qué tuvo que provocar el incendio del granero.

Hermannsson enarcó las cejas.

–¿Ah, no?

Mi madre estaba en la cama, echada y con las manos cruzadas sobre el abdomen, los ojos cubiertos por un antifaz de color lila. En un primer momento me pareció muerta, pero su pecho se movía regularmente con cada respiración.

–Madre, tengo que hablar contigo –dije, pues intuía que no estaba dormida.

Desde niña sabía que ella roncaba de vez en cuando, igual que mi padre. Si no lo hacía, no estaba dormida, y el antifaz le servía para aislarse del mundo y de todo lo que no quería ver.

–Estoy durmiendo la siesta –contestó–. ¿No puede esperar?

–El inspector Hermannsson acaba de llevarse detenido a Langeholm.

Stella se incorporó de un brinco y se quitó el antifaz.

–¿Por qué? –preguntó sin comprenderlo.

–Le escribí contándole el asunto de Susanna, y también lo del extraño contrato de préstamo de padre. Investigó y...

–¿Le hablaste al inspector de la deuda de tu padre? ¡Cómo pudiste! –me interrumpió.

–¡Tenía una sospecha, madre! Ya cuando encontré ese contrato, me pregunté si padre no habría utilizado el dinero para una transacción secreta. Si lo hubiera sacado de la fortuna de la finca, Hendrik se habría dado cuenta.

Stella se estremeció al oír el nombre de su hijo. Todavía consideraba culpable a Susanna, por supuesto, pero al parecer empezaba a ver que su hijo no estaba tan limpio como ella había supuesto.

–Aun así, no puedes contárselo a la policía de esa manera. ¡Como se entere la sociedad de Kristianstad...!

–No sabrán nada.

–¡Ya lo creo que sí! ¡En cuanto el periódico informe del caso, como muy tarde!

–¿Y qué debería haber hecho? ¿Quedarme callada viendo pasar los meses sin que encontraran al pirómano?

–¿Qué tiene que ver el incendio con Langeholm?

Suspiré.

–¿Quieres dejarme terminar, por favor?

Stella apretó los labios, pero por primera vez no dijo nada más.

–Hermannsson habló con Juna, la criada a la que echaste a causa de su relación con el caballerizo. ¡Y le compró una casa de mil coronas como si nada! Y aún es más grave. Langeholm tenía deudas de juego por valor de cuatro mil coronas en un casino de Estocolmo. La policía cree que descubrió a Susanna y Hendrik, y entonces tuvo la idea de chantajear a padre.

–Tu padre jamás se habría dejado arrastrar a eso.

–¿No? Pues yo creo que lo hizo para proteger a su hijo. Creo que pagó a Langeholm. Este, sin embargo, no pudo dejar de jugar y volvió a amenazarlo otra vez, pero a padre debió de parecerle que ya había pagado suficiente. Lo que sucedió entonces nadie lo sabe, aunque es posible que Langeholm prendiera fuego al granero con ánimo de venganza. Al menos amenazó con hacerlo delante de Juna.

–¡Esa mujer podría mentir! –exclamó madre.

–¿Y por qué iba a mentir? Langeholm le compró una casa bonita. Una que, como criada, no habría podido permitirse jamás.

–Pero, si tan agradecida le está, ¿por qué iba a decir nada?

–¡Por miedo a la policía! –Respiré hondo y me obligué a relajar los hombros, que había encogido a causa de la tensión–. La policía está registrando ahora mismo el domicilio de Langeholm, y también lo harán con la casa de Juna. Deberíamos dar por hecho que han descubierto al pirómano y que se trata de nuestro caballerizo.

Miré a mi madre esperando su reacción, que no se produjo. Sabía que siempre había tenido a Langeholm en alta consideración, pero ¿podía acusarse al inspector de intentar perjudicarle? Difícilmente. Solo se regía por los hechos.

–De manera que fue tu padre quien nos trajo la desgracia –dijo al final, aturdida.

–En cierto sentido, sí. –Aunque también había sido Hendrik quien, con su aventura con Susanna, le había dado a

319

Langeholm una herramienta para llevar a cabo su chantaje–. Por si te interesa, Susanna quería robar tu broche para dárselo a Langeholm. Por suerte ya no tendremos que pagar más por sus deudas, y la esposa del príncipe heredero no tendrá que temer ninguna amenaza. Informaré a Bergen.

Mi madre asintió antes de dejarse caer sobre los almohadones y taparse los ojos con el antifaz. Habría esperado de ella una reacción eufórica, pero quizá primero tenía que asimilar todo aquello. Yo, en cualquier caso, sí me alegraba de que hubiera terminado.

Capítulo 36

CASI ERA DE noche cuando fui a la cabaña de Max. Como todos los demás, había sido testigo de la detención, aunque no habíamos tenido tiempo para comentarlo. Puesto que nos quedaban algunos asuntos que tratar y, además, me apetecía celebrar la noticia, había sacado una botella de *aquavit* del globo terráqueo de mi padre.

Mientras caminaba junto a los prados, contemplé las estrellas. Las palabras de Marit resonaban en mis oídos. ¿Podría mantener una relación con Max?

Cuando nos encontramos detrás del cementerio, hubo un momento en el que casi lo había besado. Solo casi, pero me había sentido muy atraída por él. Tal vez esa noche podría descubrir si había algo...

Lo encontré sentado en su veranda, a la luz de una gruesa vela que se reflejaba en sus gafas de montura metálica. Casi parecía un estudiante preparando un examen.

–Buenas noches, Max –saludé.

Se sobresaltó.

–¡Agneta!

–¿Estaba leyendo algo interesante?

Levantó el libro. August Strindberg, el escritor misógino. Al leer el nombre sentí un escalofrío pensando en la última celebración de Navidad. Parecía que hubieran pasado cien años desde aquella pelea, igual que desde mi vida de estudiante en Estocolmo.

–Sabrá usted que Strindberg no es muy amigo de las mujeres modernas –dije al subir a la veranda–. Espero que no comparta sus opiniones.

–Si le soy sincero, lo encuentro agotador. Pero no tengo otra cosa, y quiero ampliar un poco mi vocabulario.

–Puede tomar prestados libros de la mansión. Me temo que la biblioteca de mi padre no es muy moderna, pero encontrará obras fascinantes. Por extraño que parezca, mi padre sentía debilidad por las historias de detectives.

–Bueno, pues me gustará ver qué hay. Pero ¿qué la ha traído aquí? ¿Quiere celebrar conmigo el jaleo de la finca? –Señaló la botella.

–Quería celebrar que el miedo ha llegado a su fin, sí. Seguro que sabe de qué acusan al señor Langeholm.

Max asintió.

–En efecto. Y si le soy sincero, me ha sorprendido mucho. Nunca vi ningún indicio de que quisiera perjudicar a su familia.

–Directamente no, pero sí indirectamente. ¿Recuerda a Susanna?

–¿La criada despedida?

–Sí. Él la obligó a robar. Por suerte, evitamos males mayores.

Pensé un instante si debía contarle más sobre la muchacha, pero decidí abstenerme. Marit me había escrito para informarme de que habían llegado bien a la ciudad y Susanna empezaba a amoldarse poco a poco.

–Siéntese, por favor –dijo Max, y señaló a su lado–. Iré a buscar algo con lo que podamos beber.

Se levantó y se dirigió a la cabaña.

Llevábamos tres semanas encontrándonos de vez en cuando para pasear por la mañana, pero todavía no me había animado a proponerle que nos tuteáramos plenamente. Cuando tenía la sensación de que él se abría un poco, enseguida se retraía de nuevo, como si mi título fuese un muro contra el que chocaba.

Al cabo de poco regresó y dejó dos tazas ante mí.

–Tengo que pedirle a la señora Bloomquist que le traiga vasos –dije.

–No hace falta. Estas tazas me van de maravilla. Además, para mí tienen valor sentimental.

–¿Sentimental? –me extrañé–. Si no recuerdo mal, son unas tazas que se retiraron de nuestra casa hace tiempo, porque no quedaban suficientes para formar un juego completo.

–Pero usted bebió en una de ellas –dijo con una sonrisa galante–. Así que siempre puedo imaginar que sus labios tocaron el borde.

–Solo si acierta con la que usé –repuse, y levanté la taza–. ¡Son todas iguales!

–Sí, y por eso le daré una diferente cada vez que venga. En algún momento las habrá tocado todas.

Sonreí y abrí el aguardiente. Era una de las últimas botellas que me quedaban de mi padre.

–La he sacado del globo terráqueo del despacho –dije mientras servía–. Tal vez no sea tan fuerte como su aguardiente de trigo, pero es lo que merece la ocasión.

–¿En el globo hay alcohol? –preguntó con asombro.

–¿Nunca lo ha visto? Toda casa que se precie tiene un globo terráqueo con bar. Por lo menos antes era así.

–Mi padre nunca tuvo nada parecido. Guarda el licor en su habitación, donde solo él y su criado pueden entrar.

Lo miré. Lo que contaba sonaba muy personal. Tampoco mi padre, en vida, había dejado que nadie entrara en su cuarto, salvo Bruns y mi madre, pero porque no había podido impedírselo.

Max sabía lo que era crecer en una casa señorial. Al contrario que Michael, entendía lo que significaba pertenecer a una familia noble y lo difícil que era desligarse de eso. Solo se conseguía apartándose por completo del seno familiar.

–¿Le parece bien que nos tuteemos del todo? pregunté mientras levantaba la taza–. Ahora que volvemos a beber juntos, tal vez sea buen momento.

–¿Es buena idea? Podría dar lugar a habladurías entre el personal.

–No si solo lo hacemos cuando estemos a solas.

–¿Significa eso que no siempre estaremos al mismo nivel?

–No, bueno... –Su pregunta me desconcertó. Yo solo quería que hablásemos con más naturalidad, y él... Las mejillas empezaron a arderme cuando comprendí lo que quería decir–. Por mí, podemos tutearnos siempre. A fin de cuentas, somos de la misma condición.

–Pero su familia tiene amistad con la casa real sueca. La mía pertenece a la nobleza de provincias.

–Igual que nosotros. –Sus dudas me pusieron nerviosa. ¿Me había precipitado? Que conversáramos de una forma tan confiada en nuestros paseos tal vez no significaba nada–. Pero, si usted no quiere, seguimos como hasta ahora.

Bajé la mirada. Sentía el peso de la decepción en el estómago. Había creído que sentía algo por mí. ¿Me había equivocado?

–Sí que quiero –dijo, y me tomó la mano.

Volví a mirarlo. En sus ojos ardía un fuego que no había visto en nadie desde Michael. Al principio, cuando acabábamos de conocernos.

–Solo que me gustaría evitar habladurías sobre usted –añadió–. Ya tiene bastante encima.

–Lo sé, pero el hecho de que los dos... nos sintamos un poco más unidos no me provoca ningún malestar. Al contrario.

Me miró, sondeándome, y luego asintió.

–Está bien. Nos trataremos de tú. Primero en privado, luego ya veremos.

–Sí –coincidí–. Ya veremos.

Brindamos, inclinó la cabeza y me besó.

Al principio me aparté, sobresaltada, pero entonces dejé la taza y le pasé un brazo alrededor del cuello. El beso fue algo torpe, como entre dos personas que aún tienen que practicar cómo estar juntas. Sin embargo, sentí la pasión que hervía bajo su compostura. Un dulce escalofrío recorrió mi cuerpo, con cada latido de mi corazón notaba que deseaba acercarme más a él, y sin la barrera de la ropa.

Él se apartó de repente. Su mirada ardía sobre mi rostro.

–Deberíamos ir despacio –dijo mientras se esforzaba por controlar su deseo–. Sé que eres una mujer moderna, pero me gustaría hacerlo un poco a la antigua. Cortejarte y ver qué deseamos uno y otro.

–De acuerdo –repuse, todavía sin aliento a causa del beso.

La sangre corría alegre por mis venas, y por primera vez desde hacía tiempo volví a sentir mi cuerpo como mujer. Los anhelos que el dolor del luto y la rabia habían mantenido ocultos surgieron de nuevo. Fue como si el antiguo caparazón de mi alma se hubiese partido dejando espacio para nuevos sentimientos.

–Bien. –Una sonrisa insegura pero aliviada apareció en su rostro. Después levantó la taza y brindó–. ¡Por ti, preciosa condesa de los caballos!

–Por ti, noble caballero.

Las tazas tintinearon en armonía y a continuación el aguardiente bajó por nuestras gargantas.

Después de beber, Max me rodeó con un brazo y me acercó para que descansara sobre su hombro. Juntos contemplamos las estrellas, cada vez más numerosas. La noche se hizo más profunda mientras las estrellas fugaces surcaban el firmamento.

–Si se imagina uno que cada una de esas estrellas es todo un mundo... –dijo al cabo de un rato–. Me pregunto cuántas personas estarán contemplando el cielo ahora mismo como nosotros.

–¿Estás seguro de que todas son mundos? –pregunté, y con tono jocoso añadí–: ¿Y si solo es un manto enorme decorado con piedras preciosas?

Sacudió la cabeza.

–No, Dios sabe que no es así. Cada una de esas estrellas es un sol, y cada sol tiene planetas. Quién sabe, tal vez vivan en ellos personas como nosotros.

–El pastor te refutaría.

325

–La Iglesia ya intentó hacer negar a Galileo Galilei que la Tierra es una esfera que gira alrededor del Sol. No lo consiguió. Tampoco yo dejaré que me convenzan de que en ningún otro lugar del universo hay más vida, y amor.

Un suspiro se expandió por mi pecho. Lo que decía sonaba tan inteligente, tan delicado... Me habría quedado horas allí, escuchándolo. Y aunque me había jurado no volver a levantar nunca un pincel, en ese instante deseé poder pintar esos mundos desconocidos de los que me hablaba. Tal vez algún día lo hiciera.

–Por cierto, necesito un nuevo caballerizo –comenté–. Langeholm ya no está y no sé si alguno de los mozos de cuadra está preparado para ocupar su puesto.

Max me miró.

–Bueno, Lasse me parece bastante capaz. Es más inteligente y hábil que los demás. Puede que sea joven, pero sabe muchísimo de caballos.

–Es posible, pero preferiría alguien con experiencia. Alguien como tú.

–Yo soy tu administrador, ¿se te ha olvidado?

–No, claro que no, pero me preguntaba si tal vez podrías formar a Lasse. Solo temporalmente, hasta que pueda arreglárselas por sí mismo.

Max torció el gesto. Encargarse de las tareas del caballerizo era una carga doble, en efecto, pero no se me ocurría nadie que pudiera sustituir a Langeholm.

–Eso es muchísimo trabajo –dijo.

–Lo sé, pero creo que ya estoy preparada para asumir más parte de la administración. –Lo miré suplicante–. Te pagaré, además del tuyo, el sueldo que tenía Langeholm.

–Está bien. Temporalmente. Hasta que Lasse pueda ocupar el puesto.

Me eché en sus brazos con alegría y lo besé.

–¡Gracias! ¡Eres mi salvador!

Sonrió, halagado.

–¿Tendré que dejar la cabaña, entonces? –preguntó–. Ya sabes lo mucho que me gusta.

–No tienes por qué. –Volví a apoyarme en su brazo–. Esto es precioso, y dudo que en el alojamiento de Langeholm pudiéramos vernos. Además, no me gustaría. Los recuerdos que tengo de él son demasiado espantosos.

–¡Gracias! –Me besó de nuevo y luego me estrechó como si sus brazos estuviesen hechos solo para eso.

Estuvimos allí sentados un rato más, hasta que la ancha banda de la Vía Láctea brilló en el cielo.

–Tengo que irme –dije, y me levanté.

La parte de mi cuerpo que había compartido su calidez se enfrió demasiado deprisa. Cuánto deseaba quedarme junto a él... Sin embargo, no habría sido buena idea. No quería que Lena volviera a asustarse por la mañana.

–Si quieres, puedes dormir aquí –me ofreció.

Negué con la cabeza.

–No, es mejor que me vaya. Queríamos ir despacio, ¿o no? Si me quedo, es posible que se me ocurran ideas...

Max sonrió y me besó en la frente.

–Algún día estaré encantado de saber cuáles son esas ideas.

Me acarició el brazo con dulzura cuando me aparté de él. Ese gesto casi hizo que me quedara y le enseñara lo que anhelaba hacer, pero no quería estropear el momento.

–Hasta mañana –musité, y bajé de la veranda.

Me alejé un trecho y, cuando me volví, él seguía allí de pie, mirándome.

Me despedí con la mano y desaparecí en la noche. Me sentía como si caminara sobre nubes. Todo mi cuerpo palpitaba y, antes de llegar a la mansión, intenté evocar las pequeñas caricias y los besos que nos habíamos dado.

Cerré los ojos y ahí estaban: suaves, cálidos y llenos de deseo. Soñaría con ellos en cuanto me metiera en la cama.

Capítulo 37

UNOS DÍAS DESPUÉS, poco antes de que el séquito de la princesa heredera llegara, recibí otra carta del inspector Hermannsson. Me comunicaba que Langeholm había confesado ser el autor del incendio, así como del chantaje a mi padre.

–«Recalcó que no había sido con intención de matar al conde ni a su hijo –le leí a madre por la tarde–. Que solo quería darles una lección por negarse a sus exigencias. El juez, sin embargo, seguramente lo acusará de haber acabado con la vida de ambos, así como de haber puesto en peligro la de otros, para conseguir sus despreciables objetivos. En cuanto se fije la fecha del juicio se la comunicaremos. Es posible que la llamen a declarar como testigo.»

Bajé la carta y miré a madre, que no se había movido ni un centímetro. Parecía fría como una estatua de mármol, pero en sus ojos brillaba el odio.

–Se merece la pena capital –siseó–. Qué hombre tan rastrero... Me avergüenzo de haberlo acogido en esta casa.

–Por desgracia, en un primer encuentro nunca se pueden adivinar las verdaderas intenciones de una persona –comenté, y volví a doblar la carta.

Sentí un profundo alivio. Mi alma por fin descansaba más tranquila. Estábamos a salvo, también Susanna y el hijo de Hendrik. El gran daño ocasionado ya no podía repararse, pero al menos podíamos dar por concluido el asunto.

–En todo caso, el peligro ha desaparecido, así que el conde Bergen ya no tiene que preocuparse por la seguridad de la princesa Margarita.

Eso no pareció animar demasiado a mi madre, aunque sin duda se alegraría cuando su odio hacia Langeholm se aplacase.

–Has obrado bien –dijo de pronto–. Con Langeholm y con el niño. Disculpa que no quisiera verlo. Estos últimos meses... años... han hecho de mí alguien que ya solo espera lo peor.

Me quedé mirándola sin salir de mi asombro. Jamás había oído palabras semejantes en su boca. Ni siquiera en mi infancia me había hablado así. Cómo me habría gustado conservar ese instante en un tarro.

–Jamás haría nada que perjudicase a nuestra casa –repuse cuando me recuperé de mi sorpresa–. Cuando decidí marcharme de aquí, fue con la seguridad de que Hendrik se encargaría de todo. De que él sacaría adelante la finca. Ahora he regresado y me ocuparé de nuestra familia.

–Si te casaras...

Levanté una mano.

–Por favor, no estropees el momento. Es la primera vez que las dos estamos un poco en sintonía, ¿no crees? Ya nos pelearemos por cuándo y con quién me casaré. Y también por otras cosas, estoy segura. Pero dame un poco de tiempo, por favor. Tomaré las decisiones correctas. La familia Lejongård no se hundirá.

Antes de responder, mi madre puso cara de masticar y tragarse las palabras que quería decir en realidad.

–Está bien. Dejémoslo así por el momento. Tu padre y tu hermano pueden descansar en paz, y nosotras seguimos aquí. Puede que las mujeres Lejongård no hayan tenido demasiada importancia en la historia hasta ahora, pero quizá haya llegado el momento de que eso cambie.

Levantó la copa de vino y brindó por mí.

Correspondí a su gesto y en ese momento sentí satisfacción y orgullo.

SEGUNDA PARTE

Verano de 1914

Capítulo 38

EL FINAL DE un verano dorado y fresco se convirtió en un otoño neblinoso y encapotado. En los campos pelados retozaban las cornejas y los cuervos, el follaje de los árboles se tiñó de rojo y amarillo mientras los abetos y las píceas se convertían en oscuros guardianes que esperaban la nieve.

Langeholm compareció muy pronto ante el juez, lo cual sin duda se debió a la importancia de nuestra familia. No pudimos ahorrarnos la desagradable obligación de verlo cara a cara y declarar en su contra, pero al menos no tuvimos que hacerlo en público. Cuando nos enteramos de que lo habían sentenciado a cadena perpetua, toda la finca lo celebró y organizamos una pequeña fiesta. Oficialmente era la fiesta de inauguración del establo restaurado, pero todos sabían que en realidad celebrábamos la sentencia.

También se lo hice saber a Marit, por supuesto, que se lo contaría a Susanna. A finales de noviembre recibí una larga carta de mi amiga en la que me contaba que Susanna había traído al mundo una niña sana. Le había puesto Matilda, y Marit me prometió que lo arreglaría todo para que pudiera conocerla.

El matrimonio con el contable transcurría con normalidad. El hombre trabajaba mucho y pasaba mucho tiempo fuera de casa cuando terminaba la jornada. Susanna casi siempre tenía su pequeño hogar en Södermalm para ella sola. Marit contaba que se desvivía en su papel de esposa y que hasta el momento no había oído quejas por su parte. Con esas noticias y a pesar de los altibajos que habíamos vivido durante todo el año, pudimos pasar una Navidad tranquila y un fin de año espléndido.

Esta vez no hubo peleas con los invitados y, puesto que Max no quiso asistir a la recepción oficial, fui a visitarlo a su cabaña. No ocurrió gran cosa, aunque yo lo habría deseado. Bebimos juntos y nos dimos calor, pero, aparte de eso, él mantuvo las distancias... tal como me había prometido ya en verano.

Pasó el tiempo, dejamos atrás una primavera húmeda y fría, y mayo al fin nos trajo algo de calor. El año de luto había tocado a su fin, y madre y yo pudimos desempolvar nuestra ropa de colores claros. Mucha estaba desfasada, pero la modista de Kristianstad se ocupó de que pudiéramos hacer acto de presencia en la inminente fiesta del Midsommar vestidas a la moda y con elegancia.

Nacieron nuevos potros y vendimos animales crecidos. El hecho de que Lejongård estuviese dirigido por una mujer seguía desconcertando a algunos clientes, pero, gracias a los extraordinarios conocimientos de Max, enseguida pude disipar sus dudas. Uno tras otro comentaban que la hija de Thure Lejongård había heredado el instinto para los negocios de su padre, y que la finca familiar no estaba ni mucho menos en peligro.

LA MAÑANA DEL 1 de junio, un Tim exaltado me llamó al establo. El mozo me explicó que algo iba mal con *Lucero Vespertino*. Ya tenía un año y estaba a punto de convertirse en uno de los mejores caballos que nuestra finca había criado jamás.

También Max estaba en el establo. El vientre del animal se hinchaba y deshinchaba con fuerza. Sus ollares parecían algo azulados.

–Temo que no sobreviva al día de hoy. –En los ojos de Max percibí preocupación–. Hace unos días que lo veo débil, esto podría ser demasiado para él.

Al potro no se le notaba ninguna debilidad. Solo al examinarle los ojos, tal vez, podía verse algo de cansancio. Pero Max lo conocía bien, puede que incluso mejor que yo, y sabía cómo se manifestaba el malestar en él.

–Solo tiene un año –comenté–, y hasta hace poco estaba en muy buenas condiciones.

–Las condiciones no guardan relación con la edad –explicó Max–. También los caballos jóvenes pueden enfermar. Podría ser algo pasajero, pero es posible que este haya desarrollado una insuficiencia cardíaca. Deberíamos consultar a un veterinario.

–¿Hubo casos de insuficiencia cardíaca en su finca? –pregunté mientras acariciaba la crin del animal. Cada vez me resultaba más raro tratarlo de usted en público, pero seguíamos sin decidirnos a cambiar eso.

–En la nuestra no. Nuestros caballos solían tener problemas de cascos, pero en las fincas vecinas vi animales que se debilitaban de repente a raíz de una fuerte insuficiencia cardíaca. En el caso de *Lucero Vespertino,* sería mejor descubrirlo antes de que se nos desplome durante una cabalgada.

Esas palabras me encogieron las entrañas. Conocía de memoria las anotaciones de mi padre y mi abuelo sobre todos los caballos que se habían criado allí, y hacía mucho que no se producían incidentes de salud importantes con los de Lejongård. La fiebre aftosa había causado estragos una vez, y en otra ocasión se había producido una serie de cólicos extraños. Ningún caballo nuestro había sufrido nunca de insuficiencia cardíaca, pero todo era posible.

–Deberíamos llamar a Linus. Él sabe más de caballos que nadie de por aquí.

–¿Incluso más que yo? –Una sonrisa provocadora apareció en el rostro de Max.

Últimamente había llegado a conocerla bien, pero todavía conseguía hacerme perder la cabeza.

–Linus es un hombre muy sabio en quien hasta mi abuelo confiaba. Tal vez sus conocimientos no estén en la línea de la medicina veterinaria actual, pero tiene un instinto muy certero. Seguro que podrá detectar una insuficiencia en un caballo.

–¿Y podrá darnos también un diagnóstico?

–¿Por qué no? –repuse.

–Bueno, soy un poco escéptico en cuanto a esa clase de «conocimientos». En nuestro pueblo había una curandera a la que acudía la gente cuando enfermaba. Al médico lo evitaban, hasta que un día la anciana erró con su diagnóstico y eso casi le costó la vida a una mujer. El médico pudo salvarla, por suerte.

–¿Y quién era esa mujer?

–Mi madre –respondió Max–. La anciana decía que los medicamentos no servirían de nada porque no creía en ellos, pero yo opino que solo podía curar males que se solucionan con hierbas. Todo lo demás deberían examinarlo los médicos.

Asentí y me pregunté qué clase de mal aquejaría a su madre. Hasta entonces no me había contado nada de eso, pero tampoco hablaba mucho de su familia.

–Aun así, consultamos a Linus. Valoro su opinión. Hasta ahora no se ha equivocado nunca.

–Está bien, como quiera.

Max no parecía entusiasmado, y tampoco Langeholm había tenido en mucha estima a Linus. Tal vez el viejo consiguiera convencerlo.

EN LA CASA me esperaba la correspondencia habitual: facturas, solicitudes de criadores y comunicaciones del Handelsbank. Sin embargo, entre todo ello me llamó la atención una carta que no encajaba con las demás. Era de papel de tina amarillento y pesaba mucho para un sobre tan pequeño. Le di la vuelta, extrañada. No tenía remitente, y la dirección estaba escrita con letra insegura. Por un instante temí que fuera de Langeholm. Desde el presidio podían enviarse cartas, así que ¿qué le impedía maldecirnos desde la distancia? Pero abrí el sobre y, antes aún de sacar la cuartilla, de dentro cayó una pequeña fotografía.

En ella se veía a una niña pequeña echada en un almohadón, llevaba un vestidito de volantes y un gorrito en punta. Le sonreía al fotógrafo. Esa sonrisa me atravesó como un rayo e hizo que se me saltaran las lágrimas. Era la sonrisa de Hendrik.

Me quedé un momento mirando el retrato y lo acaricié delicadamente con el pulgar. Mi sobrina. Esa idea me llenó de calidez, como si fuese un tazón de leche caliente con miel. La hija de Hendrik. Qué maravilloso verla por primera vez...

Tardé varios minutos en soltar la fotografía. Saqué la carta y, por la caligrafía algo torpe, comprendí que la había escrito la propia Susanna.

Querida señorita:

Espero que esté bien. Aquí le envío un retrato de Matilda, que crece estupendamente y ya ha empezado a gatear. Es toda mi alegría, y apenas puedo creer la suerte que usted me facilitó.

Sigurd es un hombre bueno. Cuando está con Matilda, casi podría creerse que es su padre. Se ocupa muy bien de ella y de mí. A veces desearía que fuese capaz de mostrarme su cariño de otra forma, pero no puedo esperar eso de él.

Hace unas semanas invité a mis padres a visitarnos, pero por desgracia me contestaron que no vendrían. Eso me entristeció mucho. Soy consciente de que los he decepcionado, pero que no quieran ver a su nieta es lo peor.

Sé que es mucho pedir, pero ¿podría enseñarle la fotografía a mi madre cuando la vea? Quiero que por lo menos sepa cómo es Matilda.

¿Qué tal le va a Lena? Seguro que ya está más familiarizada con la casa. Sé muy bien el miedo que pasó los primeros días. ¿Y Marie? ¿Y la señora Bloomquist? Hace poco incluso me acordé de la señorita Rosendahl. A veces me gustaría escribirles a ellas también, pero seguro que eso causaría demasiado revuelo.

Le deseo todo lo mejor y espero que la alegría haya regresado a Lejongård.

Muy atentamente,

Susanna

BAJÉ LA CARTA. Me alegraba ver que a Susanna le iba tan bien, y esperaba que su suerte durara mucho. Sin embargo, me entristecía que sus padres hubiesen roto todo contacto con ella. ¿Acaso no podían perdonar a su hija? ¿No les alegraba que no hubiese caído en desgracia? ¿Que incluso hubiese subido de categoría social más de lo que habría logrado en el pueblo?

Pensé entonces en mi madre. Nuestra relación había mejorado, aunque de vez en cuando teníamos roces. Ya solo mencionaba mi época en Estocolmo en contadas ocasiones, y solo cuando yo quería introducir una innovación que no le gustaba.

¿Qué pensaría de Susanna y Hendrik? Stella no seguía enfadada con su hijo, pero tal vez sí con la criada. Solo con mencionarla podía darle un arrebato de cólera. Mi mirada recayó en la fotografía. ¿Le interesaría a mi madre saber cómo era Matilda? Decidí esperar un poco. En un momento bueno tal vez se mostrara más receptiva.

POR LA TARDE, al fin, llegó Linus montado en su poni gordo y pesado. El anciano estaba como siempre. Me di cuenta de que Max reprobaba que lo hubiera mandado llamar, pero, por mucho que pudiera saber él de caballos, a veces había cosas que solo podía detectar alguien con décadas de experiencia.

–Buenas tardes, Linus –saludé al sabio de los caballos y le estreché la mano.

Parecía algo más débil que la última vez. El tiempo también pasaba para él.

–Buenas tardes, joven condesa. Me alegro de verla. Ya hace tiempo de nuestro último encuentro. ¿Es que no le nacen nuevos potros?

–Sí, claro que nacen.

Miré a Max, que no había visto con buenos ojos poner añicos de espejo en la ventana cuando las yeguas parían. Yo le había comentado que era una tradición, pero él adujo que conllevaba el riesgo de provocar un nuevo incendio. En el juicio contra Langeholm se demostró que había utilizado uno de esos añicos para prender el fuego. Después de eso, le traspasé a Max la responsabilidad de los partos. Ni un solo animal había sufrido daño alguno y los potrillos correteaban alegres por los prados.

—Solo queríamos dejarle descansar un poco —añadí—. No olvide que ya no es usted un jovencito.

—¡Bah! —exclamó el anciano—. Es por el nuevo, que se cree que sabe hacer las cosas mejor que los viejos.

—Eso no es verdad —protestó Max—, pero me crie entre caballos, igual que mi padre, mi abuelo y mi bisabuelo. ¡Llevo la cría de caballos en las venas!

—A este le falta un hervor —masculló Linus—. Veamos ese caballo.

Le indiqué que me siguiera. También Max nos acompañó, aunque a una distancia prudente.

Cuando llegamos, *Lucero Vespertino* había caído de rodillas y no conseguía levantarse. Intenté animarlo, pero temblaba sin fuerzas.

—¿Podría ser el corazón? —preguntó Max desde el fondo.

El viejo no le hizo caso. Se acercó al caballo, se inclinó sobre él y le habló en esa lengua arcaica que usaba cuando se ocupaba de un animal. Le abrió la boca, le examinó las membranas mucosas y le olfateó las fauces. Le examinó bien los ollares, los ojos y las orejas. Después se levantó y rebuscó algo en su bolsa.

—Ponga esto en el alféizar para que no se lo lleve la de la guadaña. Le buscaré también algunas hierbas para darle fuerzas.

—¿Es el corazón? —pregunté.

—No, no, solo es un poco de debilidad. Seguro que se ha tragado algo que no debía.

—¿Que se ha tragado algo? —Me volví hacia Max, desconcertada. ¿Qué podía haber en el pienso?

—Una planta venenosa, lo más seguro.

—¿Y un trocito de cristal? —pregunté con miedo.

–Improbable. Los caballos son muy cuidadosos, pero una planta venenosa sí podría ser. De vez en cuando se mezclan con el heno. Mis hierbas pueden quitarle el veneno del organismo y fortalecerlo.

Max arrugó la frente con escepticismo.

–Yo propondría llamar a un veterinario de verdad.

–¿Es que no confía en mí? –preguntó Linus, indignado.

–Sí, sí, Linus, no pasa nada. Vaya a por esas hierbas –me apresuré a terciar.

Me quedé con el amuleto. Tenía unas pequeñas inscripciones en el borde, runas venidas de otro tiempo. Sin duda sería inocuo, pero las hierbas tal vez ayudaran en algo. El viejo no dijo nada, pero noté que disfrutaba de su victoria.

–Volveré hoy mismo –dijo entonces–, y usted se encargará de que le den esas hierbas antes de la medianoche.

–Así lo haré. El señor Von Bredestein se ocupará de ello.

Vi asomar una expresión escéptica en el rostro de Linus, que se volvió hacia la puerta.

–¿Lo acompaño a la salida? –se ofreció Max después de poner los ojos en blanco.

–No, joven, conozco el camino.

Dicho eso, el viejo montó en su poni y se marchó.

–¿Estás segura de que quieres hacerle caso? –preguntó Max–. Entiendo que me mire con escepticismo, a fin de cuentas soy nuevo y extranjero, pero es muy mayor e intenta solucionar las cosas con magia. Ese galimatías y el amuleto...

–Lo sé, no crees en ello, y yo tampoco. Por lo menos en las palabras mágicas, los amuletos y los añicos de espejo. Pero sus hierbas nos han ayudado mucho con los animales, Linus siempre conseguía que los partos de los potros acabaran bien.

–Sí, con conjuros mágicos –gruñó Max–. En realidad, las yeguas podrían tener solas a sus potros. Solo es necesario intervenir cuando hay complicaciones, cosa que estos últimos meses he tenido que hacer solo dos veces.

–Y con óptimos resultados, pero intentemos lo de las hierbas –insistí–. Si no sirven de nada, siempre podemos llamar a un veterinario.

Max asintió.

–Está bien, lo intentaremos. Sin embargo, que quede constancia de que a mí me parece una insuficiencia cardíaca.

–Probablemente sea ambas cosas –repuse, y lamenté tener tan pocos conocimientos sobre enfermedades equinas–. Seguro que también hay plantas venenosas que atacan el corazón.

–Ya, pero dudo que *Lucero Vespertino* haya comido nada parecido; conozco algunas de esas plantas. Por cierto, también pienso mirarme bien qué hierbas trae el viejo. Si encuentro algo que no me parece oportuno, te lo diré.

–Gracias, no esperaba menos de ti.

Lo miré a los ojos. Me hubiera gustado besarlo, pero en ese momento llegaban dos mozos por el camino. Me aparté de él y carraspeé. Max entendió mi gesto y también se separó un poco.

–¿Nos vemos esta noche? –preguntó.

–Sí.

–Estupendo. Espero que Linus se dé prisa con las hierbas. No soporto ver sufrir al potro.

–Tampoco yo. Haremos lo correcto.

Al marcharme le rocé la mano. El tacto de su piel cálida hizo que todas mis preocupaciones se disiparan, aunque regresaron en cuanto salí del establo. ¡Por nada del mundo quería perder a *Lucero Vespertino*!

Capítulo 39

—PARECES DESANIMADA, ¿HA ocurrido algo? –preguntó mi madre un día después, en el desayuno.

Fuera se estaba levantando una mañana radiante y el verano empezaba a mostrar su lado más hermoso.

—Es por *Lucero Vespertino*. No está bien –contesté.

Linus había traído las hierbas, pero no parecían ejercer ningún efecto en el caballo. Cada vez se le veía más débil, y Max insistía en que llamásemos a un veterinario.

—¿Y qué? –preguntó Stella.

—Max... Quiero decir, el señor Von Bredestein sospecha que tiene algo en el corazón. Ayer vino Linus, pero él cree que solo ha comido una planta venenosa.

—Ese caballo tiene una maldición –murmuró mi madre–. Nació el día que murió Hendrik.

—Lo sé, pero no creo que esté maldito. Ha debido de pasarle algo estos últimos días. Tal vez alguien se coló en el establo y le dio veneno.

—¿Has comprobado que ninguna de las criadas se haya metido en un lío? –Mi madre seguía sin olvidar el incidente entre Susanna y Langeholm.

—No, que yo sepa. Además, ¿por qué habrían de envenenar a un caballo? Pero créeme, cuando pille al culpable le arrancaré las orejas.

Mastiqué con rabia un trozo del pan crujiente que me gustaba desayunar con nata y un poco de confitura.

—Si tan segura estás de que lo han envenenado, será mejor que avises a ese inspector. Él lo descubrirá.

–Creo que Hermannsson tiene cosas mejores que hacer que buscar a alguien que tal vez nos haya envenenado un animal.

Me quedé callada un momento. Una idea me pasó por la cabeza: si de verdad era veneno, ¿por qué no estaban afectados los demás caballos? ¿Tal vez alguno de los mozos de cuadra odiaba a ese potro en concreto? ¿Quería vengarse de él porque le había mordido? ¿O Linus se equivocaba y Max tenía razón? ¿Sufría del corazón?

Sería la primera vez que sucediera algo parecido en la finca. La madre de *Lucero Vespertino* tenía una salud de hierro, así que debía de venir por parte del semental. En ese caso, tendría que comunicárselo al propietario para que no lo usara para cubrir a más yeguas.

–Nosotras no somos cualquiera –dijo madre, sacándome de mis pensamientos–. Por nosotras, Hermannsson vendrá.

Sacudí la cabeza.

–No, será mejor esperar un poco. Tal vez encontremos otra explicación.

En ese momento oímos un timbre de bicicleta fuera. Me levanté y me acerqué a la ventana.

–Será el chico de los periódicos –comentó Stella, que ya no se exaltaba al ver que me levantaba de mi sitio antes de terminar. Mi padre también solía hacerlo, y siempre la sacaba de quicio.

Llegué a tiempo de ver a un joven con traje marrón y pantalones bombachos subiendo los peldaños a toda prisa.

–Parece el chico de la oficina de telégrafos.

Esperamos un momento en silencio, llenas de expectación. La puerta del comedor se abrió entonces y Bruns entró con una bandeja de plata en la mano. Se dirigió a mi madre.

–Un telegrama para usted, señora –anunció.

¿Un telegrama para mi madre? ¿Le habría ocurrido algo a algún viejo amigo? Demasiado bien sabía yo que los telegramas solían traer malas noticias.

Y así parecía ser también esa vez, ya que mi madre se tapó la boca con la mano.

–¿Qué ocurre? –pregunté.

Stella no respondió. Su mano se quedó donde estaba.

–Gustav ha muerto –susurró entonces.

–¿Qué Gustav?

Por un momento temí que pudiera tratarse del rey, pero pronto caí en la cuenta: el padre de Lennard también se llamaba así. Rodeé la mesa para leer yo misma la noticia.

–Pobre Lennard –dije en voz baja, de pie detrás de mi madre, mientras leía las palabras una y otra vez. Eran muy pocas, pero decían mucho.

También a mi amigo de la infancia le había llegado el momento de asumir toda la responsabilidad. La última vez que había hablado con él fue en Navidad. Lennard no había querido salir de casa, por su padre, de manera que me había desplazado yo hasta la propiedad de los Ekberg. La visita me afectó mucho, ya que Gustav Ekberg, antes fuerte y elegante, se había convertido en una tenue sombra que apenas parecía darse cuenta de lo que le rodeaba.

«Stella, ¿qué haces tú aquí?», preguntó al verme. Nunca había tenido demasiado parecido con mi madre, pero justamente eso fue lo que vio el padre de Lennard. Su mujer le explicó que yo era la hija, Agneta, pero él afirmó que no me conocía.

Había visto cómo sufría Lennard, y hasta cierto punto había deseado que su terrible situación acabara pronto. Ahora había que darle la razón al médico, pues el viejo conde Ekberg había vivido solo un año más.

–Pobre Anna –musitó mi madre, y dobló el papel–. La muerte de su marido la dejará destrozada.

–Es cierto, pero tiene a su hijo. Él la apoyará.

Mi madre me miró.

–Puede ser. Aunque Lennard aún no ha encontrado su camino en la vida, y estoy segura de que jamás podrá llevar la finca como lo hizo su padre.

–A mí nunca me ha parecido desorientado –repuse.

Intuía adónde quería ir a parar, pero pensaba decirle lo mismo que le había dicho a Lennard en aquella fiesta del solsticio de verano. No quería perder a mi mejor amigo accediendo a un matrimonio que tal vez no nos hiciera felices. No podía ni quería traicionar a mi corazón. Jamás.

–Sería mejor señor de la finca si tuviera a la mujer adecuada a su lado.

La mirada de Stella se hizo insistente. Para librarme de ella, regresé a mi sitio.

–Lennard empezará a buscar novia en cuanto lo considere oportuno. Estos últimos tres años apenas ha podido salir de casa.

Mi madre se tomó un momento antes de añadir:

–Las dos sabemos quién sería la mejor esposa para él.

–No, madre. Quizá creas saberlo, pero te equivocas. No me casaré con mi mejor amigo. ¿Qué sería de Lejongård?

–Podríais daros apoyo mutuo –insistió–. Siempre he soñado con que algún día acabaríais juntos.

¿De verdad? ¿Lo imaginaba ya cuando Hendrik, Lennard y yo regresábamos del bosque con el pelo lleno de ramitas y hojitas, y las rodillas verdes de musgo?

–Lennard siempre podrá contar con mi ayuda –repuse–. Los miembros de nuestra familia somos sus más viejos amigos, y lo apoyaré también sea cual sea su elección de esposa, siempre y cuando esa elección no recaiga sobre mí, puesto que no deseo casarme con él.

–¿Con quién, entonces? –preguntó mi madre, algo irritada.

–Eso ya se verá.

–¡Pero si ya has cumplido los veintiocho!

–Increíble, ¿verdad?

Todavía recordaba la fiesta de mis veinticinco años en noviembre de 1910. Fue algo extraña, porque no estaba acostumbrada a celebrar mi cumpleaños con cien invitados. Lennard no pudo asistir a causa de la enfermedad de su padre, pero sí otros jóvenes a quienes apenas conocía. Fue la ocasión ideal para anunciar que había solicitado mi emancipación y que ese día la conseguiría. Mis padres se quedaron estupefactos, igual que la mayoría de los invitados. Aunque era muy común que las mujeres solteras solicitaran su emancipación en los tribunales, seguramente todo el mundo había esperado que, en lugar de eso, anunciara mi compromiso con algún esperanzado pretendiente.

Mi último cumpleaños había sido mucho más agradable. Cuando Max se enteró, me compró un almanaque astronómico. «Para que por fin creas que todo eso de ahí arriba son soles, y no simples piedras preciosas», me dijo, y me amenazó con preguntarme los nombres de las estrellas, casi todos de origen árabe o griego. No llegó a hacerlo, pero yo guardé el almanaque en mi habitación como si fuera un tesoro secreto, bajo la cama. Así, por lo menos podía imaginar que Max estaba un poco conmigo.

–Antes de que te pongas a planear mi matrimonio o de que me llames solterona –proseguí–, quizá deberíamos pensar qué vamos a hacer con lo de Gustav. Es evidente que asistiremos al funeral, pero tal vez deberíamos visitarlos antes. Si no está mal visto.

Me miró con asombro.

–¿Acaso te importan las costumbres de nuestra posición?

–Sí, en efecto –contesté–. Por lo menos cuando se trata de ocasiones tan tristes como el fallecimiento de un viejo amigo. ¿Crees que podríamos molestarlos haciéndoles una visita? Ellos no vinieron después de la muerte de padre y Hendrik, pero sin duda fue a causa del precario estado de salud de Gustav.

–Lo pensaré. Y tú deberías pensar qué vestuario vas a llevar.

Eso era un claro sí. Tal vez quería consultar primero con Anna si le parecía bien.

–¿Cuántos días nos quedaremos? –preguntó Lena con emoción cuando le hablé del viaje a la finca Ekberg.

Puesto que era mi doncella, podía acompañarme, igual que Linda a mi madre. La finca estaba a un día entero de trayecto y, como mi madre insistiría en que fuese bien vestida en presencia de la condesa Ekberg, necesitaría a la muchacha.

–Cinco –dije, e intenté ocultar mi desazón. Se me hacía una eternidad sin ver a Max. Además, estaba preocupada por *Lucero Vespertino*–. Pero piensa que no es un viaje de placer. Vamos por un motivo muy triste. El conde estuvo enfermo mucho tiempo, y vamos a presentar nuestros respetos y asistir al funeral. Compórtate bien, por favor, igual que aquí en casa.

–Lo haré –prometió Lena, pero en sus ojos seguía chispeando la emoción.

Dejé que disfrutara de esa alegría, que yo por desgracia no compartía. Por un lado, porque la muerte del viejo conde me entristecía de verdad. Por otro, porque temía que volviera a ponerse sobre la mesa un posible matrimonio entre Lennard y yo. Sin embargo, eso no era cosa de mi doncella. Juntas buscamos las mejores piezas de mi vestuario de luto, que habíamos guardado no hacía mucho. Me recorrió un escalofrío al tocar el vestido que había llevado para el entierro de padre y Hendrik.

–Este no –dije, y se lo devolví a Lena–. Mejor guárdalo bien. No quiero volver a ponérmelo.

Mi doncella asintió e hizo desaparecer el vestido.

Cuando terminamos, mandé a Lena retirarse y me tomé un momento para mirar por la ventana. Un par de mozos de cuadra pasaban por allí delante, y Max con ellos. Parecía que tenían algo importante que hablar.

Hice a un lado mi preocupación por *Lucero Vespertino,* me levanté y fui al despacho. Antes de salir de viaje tenía que resolver un par de cosas. Debía contestar la correspondencia más importante y luego indicarle a la señorita Rosendahl todo lo que había que hacer en nuestra ausencia. Hasta la noche seguramente no tendría tiempo de acercarme a los establos para ver cómo estaba el caballo.

ME DIRIGÍ A la cabaña, iluminada por la luna. Después de haber visto a Max apenas un momento esa mañana, quería hablar con él sobre los días siguientes. Las hierbas de Linus seguían sin obtener resultado y, a causa de la visita a los Ekberg, no podría ocuparme de que *Lucero Vespertino* recibiera los cuidados necesarios.

Cuando llegué, todas las ventanas estaban oscuras. ¿Dormía ya? Subí a la veranda y llamé a la puerta. No hubo respuesta. Estaba cerrada con llave. ¿Max no estaba? Di media vuelta y regresé a la casa. Esperaba cruzarme con él por el camino, pero no fue así. Me dirigí entonces a los establos.

Al abrir la puerta y notar el cálido olor a caballos y paja, vi también una luz débil. Me acerqué y vi a *Lucero Vespertino* tumbado de costado. Junto a él, acurrucado en la paja, estaba Max.

Debía de haberse quedado dormido, porque en cuanto carraspeé se estremeció sobresaltado.

–¡Agneta! –exclamó sin pensar que tal vez no estuviera sola–. ¿Qué haces aquí?

–Pasan de las diez y media –respondí, y me senté también en la paja.

–Madre mía, solo quería descansar un momento –dijo él, y se pasó las manos por la cara.

Le quité una brizna de paja del pelo.

–Pues lo has conseguido. He ido a la cabaña y no te he encontrado.

–Perdona. Quería estar un rato más con él. Está cada vez peor. Le arden los ollares, tiene fiebre.

–Entonces, habrá que avisar al veterinario.

Lamenté no haber hecho caso a Max enseguida, pero ¿por qué no había acertado Linus con su diagnóstico? ¿Acaso no había sido una planta venenosa, sino añicos de cristal? ¿O, tal como temía Max, una afección cardíaca?

–Mañana mismo me pondré en contacto con él –prometió, y le acarició el pelaje a *Lucero Vespertino*.

–Yo mañana parto para la finca Ekberg. El viejo conde ha muerto.

–¿El padre de tu amigo de la infancia?

–Sí. Llevaba tiempo muy enfermo. Hace un año le dijeron que solo le quedaba un año de vida. El médico acertó.

–Tu amigo estará muy afectado.

Max parecía meditabundo. No era la primera vez que lo veía así cuando hablábamos de Lennard.

Aún no teníamos un vínculo sólido en nuestra relación. Todavía no habíamos compartido intimidad, pues él no quería arriesgarse a que me pasara lo mismo que a Susanna. Yo le decía que conocía las señales y sabía cuándo había riesgo de embarazo, pero él no me creía. «Cuando estemos seguros de que podemos estar juntos, lo haremos», me decía, y yo notaba el dominio de sí mismo que le exigía eso.

Sin embargo, en cuanto mencionaba el nombre de Lennard, parecía temer que mi amigo fuese un competidor para él.

–Sí, está muy afectado –repuse–. Ya te conté que me propuso matrimonio. –Entre nosotros debía existir sinceridad. No quería ocultarle nada a Max, que también lo sabía ya todo sobre Michael–. Y, aunque vuelva a proponérmelo, no aceptaré. Para mí no existe nadie más que tú.

Lo tomé de la mano, que se cerró sobre la mía. Noté su excitación, pero sabía que mantendría su promesa. Me incliné y lo besé, después me apoyé en su hombro.

–Tienes que descansar –dijo al final–. Mejor vuelve a casa. Te avisaré si ocurre algo.

¡Cómo deseé poder llevármelo conmigo! Sin embargo, comprendía que tenía razón.

–Está bien –dije, y me aparté–. Buenas noches.

–Buenas noches, Agneta. ¿Nos veremos mañana, antes de que partas?

–Sí.

Volvimos a besarnos con pasión.

Capítulo 40

SUBÍ AL CARRUAJE con tristeza. Max me había asegurado que Lasse y él se ocuparían de todo, pero yo temía que mi error al confiar en Linus acabara desgraciando a *Lucero Vespertino*. Resultaba absurdo, pero para mí era casi como si fuera a perder a mi hermano por segunda vez. ¿Me habría sentido igual si se hubiese tratado de otro caballo?

Solo escuchaba a mi madre a medias mientras se quejaba de que uno de sus mejores vestidos negros tenía un rasgón que Linda, con las prisas, no había podido remendar. Miraba sin parar al establo con la esperanza de atisbar a Max una última vez, pero no logré verlo.

August por fin puso a los caballos en marcha. Tanto el viaje de ida como el de vuelta durarían un día entero. Puesto que el funeral sería el viernes siguiente, estaríamos cinco días fuera. Me volví a mirar la casa con nostalgia. Echaría de menos a Max. Esa mañana habíamos paseado juntos, pero casi no habíamos hablado, habíamos preferido aprovechar el tiempo para besarnos y abrazarnos. Deseé haber podido amarlo en los prados. Si estuviéramos casados ya nos habríamos poseído, y eso me enfadaba.

–Estás muy callada –dijo mi madre al cabo de un rato–. ¿Todavía le das vueltas a lo de ese caballo?

–Sí –respondí, aunque eran otras cosas las que ocupaban mi pensamiento–. Linus no ha podido curarlo. Le he indicado al señor Von Bredestein que mande buscar al veterinario.

–Solo es un caballo –dijo ella, y volvió la mirada hacia fuera–. Vendrán otros cuando muera. Igual que nacen nuevas personas.

—Aun así, sentiría mucho su pérdida. Es un recuerdo.

—Bah, no es nada. Solo un caballo. El alma de tu hermano está en el Cielo, es mejor que te olvides de cualquier idea rara. Sería una blasfemia.

Miré a un lado. Mientras Lena bajaba la cabeza como si esas palabras fueran para ella, Linda hacía como si no hubiese oído nada. Los asuntos de su señora solo le concernían si se dirigía a ella directamente. De todos modos, eso no significaba que no aguzara los oídos. Por eso me negué a seguir discutiendo y miré por la ventanilla. Aún estábamos en nuestras tierras, pero la mansión quedaba ya muy atrás. Y Max con ella.

Tendría que esforzarme para que no se notara cuánto lo echaba de menos, al menos en presencia de otras personas.

Cuando llegamos a la finca Ekberg ya estaba atardeciendo y el sol poniente se reflejaba en los cristales de las ventanas del edificio rococó. A finales del siglo XVIII, después de un incendio espantoso, había sido objeto de una gran reconstrucción. Por todas partes se veían las típicas pechinas decorativas de la época: sobre ventanas y puertas, en el pelo de las figuras femeninas que contemplaban al visitante desde los muros, en los zarcillos de flores que trepaban por las columnas. La espesa hiedra que cubría los muros también proporcionaba decoración natural. Al contrario que nuestra mansión, con sus fuertes leones, la de los Ekberg parecía delicada, aunque de haber sido mayor habría podido considerarse un auténtico palacio.

Poco después de que August detuviera el carruaje, el jefe del servicio, Thomas Lundt, se apresuró hacia nosotros. Más o menos de la misma edad que Bruns, era más bajo y tenía ya todo el pelo de un blanco brillante.

Tras él llegaron dos jóvenes criados que debían de ser nuevos, o por lo menos yo no los había visto antes. No se me escapó que Lena se sonrojó cuando uno de ellos, que era rubio y con pecas en la nariz, le sonrió. Nos abrieron la portezuela. Reprimí un jadeo al bajar, porque tenía el trasero entumecido y parecía que las articulaciones de las piernas se me hubieran oxidado.

—Bienvenidas a la finca Ekberg —dijo Lundt, y se inclinó ante nosotras—. Los señores las están esperando.

En ese momento, Lennard y su madre aparecieron en la puerta.

La condesa Anna Ekberg había sido una preciosidad. En la casa colgaba un retrato suyo que siempre me asombraba y me había hecho desear parecerme a ella algún día. Anna seguía siendo una mujer hermosa, pero los años de enfermedad de su marido y el luto actual habían hecho estragos en ella. Mi madre había sido mucho más enérgica en eso. Las dos mujeres tenían un carácter completamente diferente.

—Anna, querida —dijo Stella, y abrazó a su amiga—. Lo siento muchísimo.

—Gracias —repuso la condesa con voz llorosa—. Me alegro de que hayáis venido. Así por lo menos podré olvidarlo un momento.

A mí me abrazó como a una hija.

Luego le tocó el turno a Lennard. A él también se le notaba el reciente duelo, pero, después de darle un cortés beso en la mano a mi madre, me sonrió.

—Me alegro mucho de volver a verte —dijo al abrazarme.

—Yo también —repuse, e intenté no estar muy tensa.

Desde su proposición de matrimonio, siempre me sentía algo cohibida en su presencia. Temía que volviera a pedírmelo, tal como me había anunciado, pero nada había cambiado en nuestra situación. Solo que yo había entregado mi corazón a otro hombre. ¿Serviría de algo que se lo contara? ¿Me sentiría mejor así? Hice a un lado mis tribulaciones.

—Esperábamos que llegarais para la cena —comentó la condesa Ekberg—. Le he dicho a Lundt que prepare la mesa grande. Martha se alegra de poder volver a cocinar de verdad.

—Si necesitáis ayuda con los preparativos, nuestras criadas colaborarán con gusto —ofreció mi madre, generosa.

Contuve una sonrisa. ¿Qué diría Linda de eso? Lena estaba acostumbrada a ayudar en cualquier tarea, pero Linda gozaba de una posición especial en nuestro servicio. Aun así, si el comentario de su ama la había molestado, no lo pareció.

La señora de la casa y Lennard nos acompañaron a las habitaciones de invitados.

–¿Dónde está Lisbeth? –preguntó mi madre mientras avanzaba por el pasillo del brazo de Anna.

Yo iba junto a Lennard, y ninguno de los dos parecía saber muy bien cómo comportarse.

–Llegará mañana –contestó Anna–. Las obligaciones de su marido no la han dejado venir antes.

–¿Y cómo está tu nieto?

–El pequeño crece estupendamente. Es una lástima que Gustav no vaya a ver cómo... –Anna se interrumpió y se llevó un pañuelo a los labios.

Lennard le puso una mano en el hombro, un gesto tan lleno de ternura que me conmovió.

–No es nada, enseguida se me pasa –dijo ella–. Son ideas que me sobrevienen súbitamente. Supongo que será así durante una temporada. Cuando Gustav aún vivía, siempre me aferraba a la ilusión de que un milagro le haría mejorar, pero la muerte nos enseña las fronteras últimas de nuestras esperanzas.

En eso llevaba razón, por muy descorazonador que fuese.

DESPUÉS DE CAMBIARNOS y de que Linda bajara con Lena a la cocina, fuimos al comedor. Los dos grandes espejos que había allí estaban tapados, una costumbre que ya no se seguía en nuestra casa. Las telas parecían dos grandes fantasmas que quisieran observarnos mientras cenábamos.

La cocinera, en efecto, había hecho gala de todo su saber y había preparado unos patés maravillosos, un asado jugoso y un colorido plato de verduras acompañado de patatas con mantequilla.

–Mi marido, al final, comía como un pajarillo y apenas toleraba nada –comentó Anna Ekberg con tristeza–. Ojalá hubiese habido algún alimento que le diera fuerzas.

–Eso no podía ser, ya oíste la opinión de los médicos –comentó Lennard con delicadeza–. No te tortures, madre. Padre está ahora en un lugar mejor y ya no padece.

Ella asintió, pero de nuevo se le humedecieron los ojos. Lennard nos miró disculpándose, y yo le di a entender que no se preocupara. También mi madre y yo nos habíamos visto desbordadas por la tristeza en nuestro comedor.

–Tienes razón, Lennard –se le unió mi madre–. Tu padre ya no sufre, y eso debería consolaros. Murió sabiendo que la continuidad de su casa está asegurada.

–Sí –sollozó Anna–. Aunque desearía que Lennard tuviera ya una esposa.

–Madre –la interrumpió él–. No es tema para comentar ahora.

Me miró un momento y se sonrojó. Yo reprimí una sonrisa. Parecía que nuestras madres no eran tan diferentes en ese sentido. Tanto la una como la otra querían casar a sus hijos.

–Estoy segura de que tu hijo tomará la decisión correcta –opinó Stella.

No se me escapó que nos miraba mientras pronunciaba esas palabras.

–Disculpad –dijo Anna Ekberg–. Estoy algo turbada. De pronto todo es diferente, el futuro da miedo y deseas que todo estuviera asegurado.

–No olvides que tienes un nieto –señaló Lennard–. Lisbeth se ofendería si no la incluyeras en los planes de futuro.

–Bueno, pero tú eres el heredero –intervino mi madre–. Y una madre siempre espera que la casa tenga continuidad por la línea directa.

–Aun así, si Lennard no se casara –señalé–, también el hijo de Lisbeth sería un Ekberg y se haría cargo del legado familiar.

–Es cierto, pero el nombre de nuestra familia se perdería –adujo Anna–. A menos que su marido estuviera dispuesto a llevar nuestro apellido.

¿Acaso alguien vacilaría en adoptar el apellido de una familia noble?, me pregunté. Entonces volví a recordar lo difícil que le había resultado a Michael quedarse a mi lado cuando acepté mi legado. Con título o sin él, al parecer a un hombre nunca le resultaba fácil cambiar su apellido y el de su familia por el de sus suegros. Miré a Lennard con cierta incomodidad y esperé que comprendiera la inquietud que me provocaba esa conversación. ¡Qué fácilmente podía meter la pata con mi visión moderna de la vida! Sin embargo, tras la muerte de un buen amigo de la familia no habría sido apropiado.

–A vosotros os sucede algo similar –dijo Anna, dirigiéndose a mí–. Si tú te casaras con alguien, el apellido desaparecería. A menos que...

–Bueno, en cuanto a eso, ya nos ocuparemos de que nuestro apellido se conserve –intervino mi madre–. Si su esposo procediera de una casa importante, seguro que lo entendería.

–Desde luego –contestó Lennard, como si lo hubiese dicho por él.

Me puse tensa. Acompañar a Anna en su luto no era sencillo, pero oírlas a ella y a mi madre conversar sobre el futuro de Lennard y el mío resultaba desagradable.

–En ese caso, de todos modos, también sería posible conservar ambos apellidos y títulos, y formar un apellido compuesto para la nueva familia –observó mi amigo.

–Sería posible, desde luego –repuso Stella–, pero para eso ambas partes deben estar de acuerdo.

Me encogí más aún. ¿Cuándo pasaría mi madre al ataque y sacaría a colación lo ineludible? Esperé nerviosa a que llegara la tormenta.

Por suerte, fue Lennard quien finalmente cambió de tema.

–¿Cómo de adelantados tenéis los preparativos de la fiesta del solsticio de verano? –preguntó.

–Dadas las circunstancias, este año no podremos asistir, por desgracia –señaló Anna.

Responder a la pregunta de Lennard era cosa mía, así que, contenta de poder hablar de algo que no fuera la elección de apellido en los matrimonios nobles, dije:

–Casi hemos terminado. Todavía nos faltan un par de confirmaciones, pero llegarán. ¿De verdad no quiere asistir, condesa? –pregunté–. No será una celebración alborotada, solo una reunión agradable. Aunque este año ya no estamos de luto, hemos decidido seguir siendo discretas.

La discusión al respecto había sido larga. Mi madre opinaba que debíamos recuperar la pompa pasada, pero yo creía que era mejor celebrar una fiesta igual de sencilla que el año anterior, con la única excepción de que esta vez sí nos permitiríamos bailar.

–Pensarán que nos va mal –había comentado de mal humor.

–No –repuse yo–, pensarán que soy una administradora seria y frugal. Nuestra casa está en perfectas condiciones, el establo nuevo es mayor que el antiguo, y tampoco hay ninguna señal de escasez. Si celebramos un Midsommar sencillo y popular, dirán que no somos derrochadoras y que la nueva condesa sabe administrarse bien. Mayor elogio por parte de la sociedad no encontrarás.

–Si es que lo interpretan así –refunfuñó mi madre.

Ella anhelaba organizar un baile ostentoso, pero los tiempos habían cambiado y más que cambiarían.

–Lo harán. Y si aun así hablan de nosotras, haremos oídos sordos. –Yo ya estaba acostumbrada a que la gente no tuviera siempre una opinión muy elevada de mí.

Así que decidimos que la fiesta de ese año no sería muy diferente a la anterior, y al mirar a los ojos de Anna Ekberg en ese momento, supe que había tomado una decisión acertada.

–Bueno, pensaremos si nos es posible asistir –dijo.

–Seguro que te hará bien alejarte un poco de la casa y su recuerdo –me secundó mi madre.

Ella no se había permitido ese distanciamiento, aunque podríamos haber pasado unos días a orillas del mar. Sin embargo, también a mí me parecía sensato que, después de todo el dolor vivido en esa casa, los Ekberg buscaran un pequeño cambio de aires.

–Nos alegraríamos mucho –añadí–. También nos parecería bien que vinieran a visitarnos para recuperarse un poco. Avísennos cuando quieran.

Anna me sonrió.

–Eres encantadora, Agneta. Lo hablaré con mi hijo.

También Lennard me sonrió.

EL RESTO DE la velada lo pasamos evocando historias de los viejos tiempos. A Anna se le saltaban las lágrimas de vez en cuando, pero solo rememoramos recuerdos alegres, así que el día no terminó con tristeza.

Después subimos a nuestras habitaciones. Me di cuenta de que a Lennard le habría gustado salir a dar un paseo nocturno conmigo, pero comenté que el viaje me había cansado y quería acostarme.

–¿Nos vemos por la mañana para salir a cabalgar? –preguntó con ilusión.

–De acuerdo –respondí, porque tampoco podía pasarme todo el tiempo encerrada en mi habitación, y estar en el salón con mi madre y con Anna llorando la pérdida de Gustav no me apetecía demasiado.

Lena entró un momento después.

–¿Qué tal la noche? –le pregunté, y oí que algo caía al suelo.

Era un librito. Debía de habérsele caído del bolsillo de la falda.

–Yo... no lo he robado –se apresuró a decir, y me enseñó el fino volumen con manos temblorosas–. Me lo ha prestado la cocinera. Para que tenga algo que leer cuando me aburra, me dijo.

Me fijé en el libro. Era un volumen de historias de detectives.

—¿Tú lees eso? —pregunté, divertida—. Creía que esas historias solo les gustaban a los hombres, y que las chicas preferían cosas románticas.

—Me gusta leerlas —reconoció ruborizada—. Mi padre también tenía libros así. Yo los leía hasta que se me cerraban los ojos. —Sonrió al recordarlo.

Eso me hizo olvidar un tanto mi melancolía.

—Bueno, tal vez debería intentarlo yo también —dije.

—Pero si usted no se aburre nunca, señorita.

—No, pero tú tampoco. Además, no deberíamos leer para matar el tiempo, sino para deleitar el espíritu. Por lo menos, me alegra que te animes con los libros. Nos abren la puerta a una vida mejor.

¡Ay, cuánto añoraba a Marit! Esa frase era suya. Aunque sospechaba que la había leído en alguna parte, tenía mucha razón al repetirla.

—Si quieres, estaré encantada de prestarte libros —dije—. Así no tendrás que sacrificar tus ahorros en eso.

—Oh, señorita, no sé yo si...

—Pero si solo son libros, no joyas, ¿verdad? Me encantará dejártelos. A condición, por supuesto, de que los devuelvas en buen estado.

—¿Y qué dirán los demás? —preguntó Lena con miedo, aunque en sus ojos percibí el anhelo de leer esos volúmenes que veía en la biblioteca cuando trabajaba.

—Los demás no tienen por qué enterarse. Y si alguien te pregunta, envíamelo a mí. Le explicaré un par de cosas. —Tendí la mano hacia ella—. No tiene nada de malo. Solo te harás más lista, y Dios sabe que este país necesita mujeres listas.

Lena asintió y pareció algo aliviada.

—Muchas gracias, señorita, es usted muy amable.

—Piensa con qué te gustaría empezar, dime qué libro quieres y te lo daré.

Se le veía en la cara que iba a pasar la noche en vela. No por el silencio de la casa, como yo, sino por la duda de qué libro de nuestra biblioteca sería el primero que pediría.

CUANDO SE MARCHÓ, me levanté otra vez y abrí el armario. Lena había colgado con sumo cuidado el vestido que había llevado durante el viaje. Saqué del bolsillo la carta con la fotografía de la hija de Hendrik y volví a la cama. ¡Qué niña más encantadora! Mi madre no sospechaba siquiera que nos había quedado algo tan precioso de mi hermano. Sí, conocía su opinión al respecto. Puesto que el contable la había reconocido, ya no era su nieta. Pero sí lo era ante Dios y la naturaleza. No tenía muchas esperanzas de encontrar a Stella despierta todavía, pero aun así salí de mi habitación y llamé a su puerta.

–¡Adelante! –oí sorprendentemente.

Al entrar, vi que Linda ya no estaba. Mi madre había mandado encender un pequeño fuego que llameaba un poco en la chimenea. La luz enmarcaba su figura en el sillón como si tuviera un aura.

–Madre, ¿tienes un momento?

–Claro. ¿Qué ocurre? –preguntó, y se volvió hacia mí–. Ven, siéntate.

Tomé asiento en el sillón de al lado y saqué la carta que llevaba encima desde que la había recibido. Lo que había escrito Susanna seguro que no le interesaría, pero quería enseñarle la fotografía.

–Hace unos días recibí una carta –expliqué–. Tal vez deberías ver esto. –Le acerqué la foto–. He pensado que te gustaría ver a tu nieta. Mira, ¿no es Mahilda igual a Hendrik de pequeño?

A Stella se le congeló el semblante y no hizo ademán de aceptar el retrato.

–¿Te la ha enviado ella? –preguntó con frialdad.

–Sí, y me da las gracias por lo que he hecho por ambas. ¿No es amable?

Mi madre volvió a mirar el fuego. A la fotografía no le prestó la menor atención.

–Por lo menos ha tenido esa decencia –se limitó a decir.

–Madre –repuse, y me acerqué más a ella con el retrato–. Mírala bien. ¡Es tu nieta! Ya has oído lo que ha dicho Anna. Que siente mucho que Gustav no pueda ver crecer a su nieto.

–Esa niña no es mi nieta. Es la hija de ese contable, ¿o se te ha olvidado? De todas formas, no la veré crecer.

Respiré hondo. La decepción cayó como una piedra en mi estómago. Volví a guardar la fotografía. No servía de nada obligar a mi madre a mirarla, y en ese momento tampoco me apetecía pelearme con ella por eso.

–No, no se me ha olvidado. Pero solo es su padre sobre el papel, no en la realidad. Hendrik vive dentro de esa pequeña.

–Sí, pero nunca pertenecerá a nuestra casa. Nunca lo sabrá, y será mejor que nadie se lo diga jamás. Sigo sin entender a Hendrik... Nunca lo haré.

En sus palabras resonó una amargura terrible. Además de cierta rabia, sentí también compasión por ella. Había tenido muchísimas esperanzas puestas en Hendrik, y él la había decepcionado tanto como yo. Tal vez incluso más, ya que yo había acabado doblegándome a la voluntad de la familia. ¿Cómo habrían sido las cosas si no se hubiera producido aquel incendio? La niña ya estaba en el vientre de Susanna entonces. De una forma u otra, todo habría sido diferente para Lejongård.

Sin embargo, también me daba lástima la pequeña, aunque ella jamás se enteraría de esa conversación. Que tu propia abuela no te quisiera era horrible, y aún peor desear que no hubieras nacido.

Antes me habría sulfurado por algo así, pero había aprendido que ningún ataque de ira podía hacer que mi madre cambiara de opinión. Tal vez sí era mejor que la niña nunca viniera a la finca, que viviera toda su vida como la hija de un contable.

Me guardé el retrato en el bolsillo y estuve un momento ensimismada, sentada junto a mi madre, que también contemplaba el fuego en silencio.

–Ya es hora de irme a la cama –dije al cabo, y me levanté–. Tú también deberías acostarte.

Ella asintió sin decir nada. Parecía ver algo en las llamas que yo no podía ver. ¿Quizá un futuro más espléndido para Lejongård? ¿Otra vida en la que no hubiera incendios ni nietas espurias? Era una lástima que el mundo no se acomodara a nuestros deseos, pero así eran las cosas.

Fui hacia la puerta.

–Tienes razón –oí su voz a mi espalda–. Se parece mucho a Hendrik.

Eso fue todo. Me volví, pero ella seguía mirando las llamas.

–Buenas noches, madre.

–Buenas noches.

Entonces volví a mi habitación.

Capítulo 41

La MAÑANA SE levantó encapotada y plomiza sobre la casa señorial. Desperté de una noche sin sueños sintiéndome como si
no hubiera pegado ojo. Notaba la humedad de las mantas,
echaba de menos los sonidos a los que estaba habituada. El
luto que envolvía aquella casa parecía haberse llevado incluso
el gorjeo de los gorriones, el trino de las aves matutinas y el
rumor del servicio.

Tenía por costumbre levantarme muy temprano. Poco después habría salido a los prados con Max. Una profunda nostalgia se apoderó de mí. ¡Tres días más! El funeral tendría lugar
al día siguiente, y luego nos quedaríamos otro para que mi
madre pudiera dar apoyo a la viuda. Al final no aguanté más
bajo las mantas, las aparté y salí de la cama.

A pesar de las temperaturas veraniegas, en esa casa hacía
frío. Seguro que para Lennard era normal, pero yo me helaba
de frío y me pregunté si la gelidez no vendría de los espíritus
que rondaban por sus estancias.

Algunos antepasados de Lennard habían perdido la vida en
circunstancias misteriosas. A uno le dispararon por la espalda
unos rebeldes de Escania creyendo que había traicionado a sus
compatriotas ante los suecos. Los Ekberg fueron originaria-
mente una familia danesa que se había sometido y había jurado lealtad al rey sueco Carlos. Era posible que ese antepasado
asesinado siguiese rondando por ahí, como otros Ekberg que
habían tenido que despedirse del mundo antes de tiempo.

Lena seguía en la cama, así que me lavé con agua fría del
aguamanil que había en un taburete junto a la mesilla de noche.

Después me puse uno de mis sencillos vestidos negros. Aunque era de muselina fina, fue como ponerme una armadura sobre los hombros. La armadura del luto, de la que me había librado hacía solo unos meses. Por suerte, solo cargaría con ella el tiempo que durara nuestra visita.

Cuando estuve lista, salí de la habitación. Me conocía al dedillo la fría casa. De niños, con Lennard a veces nos colábamos en el desván para buscar fantasmas. Bajé la escalera hacia el vestíbulo y allí me detuve bajo la araña de cristal. La débil luz de la mañana entraba por las altas ventanas y acariciaba el parqué.

—¿Quieres salir ya a cabalgar? —preguntó alguien entre las sombras.

Me volví de golpe y vi que Lennard se levantaba de una silla que había junto a la escalera. ¿Por qué estaba ahí a oscuras?

—¿Qué haces aquí? —pregunté a mi vez.

Se lo veía cansado y con los ojos hinchados, pero tenía una sonrisa en los labios.

—No podía dormir más y, antes de que las mantas me aplastaran, he preferido bajar a sentarme un rato en el vestíbulo, a ver cómo despertaba la mañana.

—Lo mismo que yo. Solo que fuera.

—Bueno, también es buena idea. ¿Te importa que te acompañe?

Habría preferido salir sola para poder imaginar lo que estaría haciendo Max, cómo recorrería nuestro camino y pensaría en mí. Sin embargo, no podía enviar a Lennard de vuelta a la cama. Aquella era su casa y podía hacer y dejar de hacer lo que quisiera.

—En absoluto, pero deberías ir por unos zapatos. —Señalé sus pies descalzos.

—¡Oh! —exclamó—. Ni me había dado cuenta.

—Ya que tienes que subir, ponte también algo más que esa bata. La gente se espantará si te ve así. ¡Y en compañía de una dama, además!

Subió la escalera con sigilo y regresó poco después, llevando un pantalón oscuro y una camisa blanca arremangada. También se había calzado unas botas.

–¿Lo ves? –dije–. Mucho mejor.

Me ofreció su brazo y salimos por la puerta.

La mañana todavía era fresca, pero se notaba que pronto empezaría a hacer calor. Caminamos un rato en silencio, uno junto al otro. Sentí un leve desconcierto. Por un lado, temía que volviera a sacar sus planes de boda; por otro, me encontraba a gusto y segura en su presencia. ¿Por qué tenía ese dilema? ¿Acaso me daba miedo acabar sintiendo algo por él?

¡Pero esos sentimientos estaban ahí desde hacía tiempo! Desde hacía mucho. Era mi amigo y, tras la muerte de mi hermano, mi único vínculo con la infancia. De no haber aparecido Max, ¿habría podido enamorarme de él? ¿Habría reaccionado con menos rechazo a su proposición?

–Esto es muy bonito –dijo Lennard, interrumpiendo mis reflexiones–. Se me había olvidado cómo es ver salir el sol en plena naturaleza.

–Seguro que las últimas semanas han sido muy duras para ti. En esas circunstancias, un amanecer puede parecer poco importante.

–Tienes razón. Las últimas semanas han hecho que olvidara todo lo demás. Ha sido... horrible.

–Te creo.

–Debo decir que incluso habría preferido que mi padre nos dejara de repente. A ti la noticia seguro que te conmocionó y te entristeció, pero en esta casa reina la tristeza hace años. Y él cada vez estaba peor. Las últimas horas fueron terribles. Mi padre quería que estuviera a su lado cuando llegara el final, pero yo habría preferido salir corriendo. Contemplar una muerte lenta y dolorosa es algo que no le deseo a nadie.

–¿Por qué no estaba también tu hermana? –pregunté. Tenía la impresión de que Lisbeth ponía como pretexto a su familia para no tener que asumir ninguna responsabilidad.

–Ya sabes. La familia, su esposo, su hijo.

Lennard se encogió de hombros. Era difícil pasar por alto la amargura de su voz. Podía imaginar lo que pensaba en realidad.

Su madre lo presionaba para que encontrara una esposa, y tal vez a sus ojos yo era la candidata perfecta, pero él no había tenido ni un segundo para pensar en ello. Nunca había tenido tiempo para buscar novia ni enamorarse de verdad. Eso me apenaba y a la vez me enfadaba un poco. Lisbeth, que tenía esposo e hijo, habría tenido que preocuparse más. Habría tenido que darle a Lennard la oportunidad de vivir su propia vida, de encontrar algo en lo que apoyarse durante las horas más difíciles. En cambio, no le había quedado más opción que ofrecerle una torpe proposición de matrimonio a una amiga de la infancia a quien hacía años que no veía.

En ese momento me alegré de no haber aceptado. Con ello había evitado que cometiera un gran error.

–Bueno, aunque sea triste y lo sienta por tu padre –dije–, también me doy cuenta de que ahora se te abre un mundo de posibilidades.

–Debo hacerme cargo de la finca –repuso Lennard, algo abatido.

–Pero eso ya lo sabías. Te has preparado para ello y ya has desempeñado el papel de señor durante la enfermedad de tu padre. Ahora no me digas que preferirías hacerte capitán de barco.

Lo miré. Una breve sonrisa apareció en su rostro. La idea de ser capitán de barco parecía divertirle.

–No, claro que no –dijo–. Perdona, hablo como un viejo llorón.

–Hablas como un hijo que tiene miedo de lo que traerá el futuro. Pero deja que te diga una cosa: tú lo tendrás más fácil que yo. Conmigo, mucha gente todavía teme que no sepa nada de los negocios. Muchos no me aceptan a menos que lleve un hombre a mi lado. A ti no te pasará eso. Tu madre te apremia para que te cases, y la mía también, pero nosotros deberíamos mantenernos firmes. Hasta que encontremos a la mujer y al hombre adecuados.

Me miró.

–¿Y si ya he encontrado a la mujer adecuada?

Aun a mi pesar, una oleada de calidez se extendió en mi interior. Miré al frente y respondí:

–No, todavía no la has encontrado. No puedes haberlo hecho, porque aún no has visto nada del mundo. –Lo miré y vi sus ojos suplicantes–. Te aconsejo que, cuando el luto haya terminado, viajes un poco. Acepta invitaciones. Conoce a las hijas de las casas amigas y pasa una temporada en Estocolmo. Verás y conocerás a tantas mujeres que te marearás. Entonces comprenderás que tu amiga de la infancia no es la única. Estoy segura de que en algún lugar hay una joven preciosa que moriría por ser tu esposa. Y cuando eso ocurra, yo seré testigo en tu boda. –Me puse de puntillas y le di un beso en la mejilla.

Lennard asintió, pero no parecía convencido. Sin embargo, yo no podía facilitarle esa decisión.

Después de haber dado una vuelta completa al jardín, regresamos a la casa.

–¿Nos vemos después para salir a montar? –propuso él, que parecía algo derrotado.

Me sentía fatal, pero ¿los amigos no debían decirse siempre la verdad?

–Por supuesto. A menos que quieras salir ahora mismo a buscar novia.

Lennard rio y sacudió la cabeza.

–Hasta luego –dijo.

–¡Hasta el desayuno! –repuse, y subí de nuevo a mi habitación.

DESPUÉS DE DESAYUNAR me puse el vestido más cómodo para cabalgar. Me habría gustado llevar mi traje de montar, que ese otoño había causado tanto desconcierto como sensación. Sin embargo, no lo había mandado meter en la maleta.

Cuando estuve lista, bajé. Lennard, que me estaba esperando, dio un gran bostezo al verme.

–¿Ya te estoy aburriendo? –pregunté con burla.

–Disculpa –dijo–, no he dormido mucho.

–No me extraña, te has levantado muy temprano.

–¿Cómo puedes estar tan descansada? –preguntó, y volvió a bostezar.

–Es la costumbre. Todas las mañanas me levanto a las cuatro y doy un pequeño paseo antes de que la casa se ponga en marcha.

Lo miré con atención. Tal vez lo que le había dicho esa mañana lo había preocupado más aún.

–No tienes por qué entretenerme, si te resulta difícil –dije, aunque él negó con la cabeza.

–Créeme, mi invitación ha sido del todo interesada. Tengo que salir de esta casa. Tengo que aclararme las ideas.

–Bueno, en tal caso me encantará acompañarte.

En realidad, yo también me alegraba de salir de allí.

Cuando uno mismo estaba de luto, no le llamaba la atención la oscuridad que traía una muerte a una casa. Sin embargo, cuando te afectaba solo indirectamente, percibías el dolor en cada rincón del edificio. A mí me afligía muchísimo.

Lennard me llevó a los establos. La finca Ekberg era famosa por sus campos. La familia de Lennard siempre había vivido del cereal. Trigo, centeno, cebada, avena. En toda Suecia no debía de haber nadie que no hubiese probado un pan hecho con harina de la finca Ekberg. Si los Lejongård eran los condes de los caballos, los Ekberg eran los condes del cereal.

En cuanto a riqueza, los Ekberg eran incluso superiores a nosotros. Cereales se necesitaban siempre, mientras que los caballos perdían cada vez más relevancia con la creciente incorporación de maquinaria, y los tiempos en los que Suecia libraba guerras en las que hacía falta mucha caballería también habían pasado a la historia. No es que yo lo lamentara. Sin embargo, intuía que a alguna generación le tocaría encontrar otras vías de supervivencia para nuestra finca. De todos modos, no era momento para pensar en eso. Ante el establo nos aguardaban un caballo castaño y un tordo rodado, ya ensillados.

–¿Cuál de los dos es menos terco? –pregunté, y reprimí la punzada que sentí al recordar a *Lucero Vespertino*.

Qué lástima que el teléfono aún no estuviera muy extendido en la zona. ¡Podría haber llamado para preguntar por él! Si había una novedad que quería introducir en Lejongård, era esa.

–Llévate el rodado. Es un bendito.

–¿Cómo se llama?

–*Rajá*. Mi padre le puso el nombre por un indio al que conoció una vez.

Los viajes a la India del viejo conde Ekberg habían sido un tema habitual de conversación en nuestras visitas mutuas.

–¿Y el castaño?

–*Trol,* y hace honor a su nombre. Muerde a los mozos de cuadra cuando le da por ahí, pero como caballo de silla es imbatible. Si alguna vez vuelvo a montar en una cacería, lo escogeré a él.

–Entonces, ¿este año tampoco vendrás a nuestra cacería de otoño?

–No, pero tal vez el próximo sí. La vida continúa, ¿verdad? Esbozó una sonrisa melancólica. Dos cacerías del zorro después, ya haría más de un año que sería el nuevo conde. Ese tiempo lo transformaría igual que había hecho conmigo mi época de señora de la finca.

Montamos y nos alejamos cabalgando.

Los campos se extendían como un manto dorado ante nosotros. Aquí y allá había matices que iban del amarillo brillante al más verdoso, como en una joya iluminada desde diferentes direcciones. Nunca se me había ocurrido pintar esos campos, pero al cabalgar por allí pensé que resultarían un cuadro maravilloso.

–¿Cuánto crees que tardaréis en recoger la colza?

Como la finca Ekberg quedaba más al norte que la nuestra, casi siempre empezaban más tarde con la cosecha.

–Puede que un mes, quizá algo más. Depende del sol que haga.

Lo miré mientras hablaba. El año anterior, cuando me hizo la proposición de matrimonio en la fiesta del solsticio, parecía inseguro y desbordado. Esta vez, sin embargo, hablaba igual que su padre. En ese momento vi con claridad que, desde la visita que les habíamos hecho en Navidad, se había transformado. Le costaría, pero encajaría en el papel de señor de la finca mejor que yo misma desde hacía más de un año. Ya lo desempeñaba muy bien.

Cabalgamos un trecho más por el bosque, hasta un pequeño lago.

–¿Te acuerdas? –preguntó Lennard, y señaló una casita que apenas se veía entre el cañaveral.

Arrugué la frente y luego caí en la cuenta. La pequeña cabaña de pescadores. En nuestra época no estaba escondida entre las cañas. Cuando Hendrik y yo íbamos de visita, los tres nos escapábamos a ese lugar y contábamos historias de terribles piratas y monstruos marinos. El lago nos parecía un mar, y la frontera que nos ponía la orilla la borrábamos con la imaginación.

–Seguro que ya no se puede entrar ahí dentro –dije mientras me acercaba con cuidado a la orilla.

Las hierbas eran traicioneras. Antes de darte cuenta, podías hundir los pies en el agua.

–No, por desgracia. Pero aun así vengo de vez en cuando. Después de la muerte de Hendrik me acerqué muchas veces a recordar las aventuras que vivimos aquí.

–También yo he ido mucho a los lugares de Lejongård que compartíamos. Casi esperaba que se me apareciera su espíritu, pero siempre estaba sola.

–No estás sola. Me tienes a mí, aunque no esté físicamente a tu lado.

–Lennard... –repuse con torpeza. No quería que volviera a empezar con eso. ¡Mi perorata de esa mañana tendría que habérselo dejado claro!

–No temas, no volveré a proponerte matrimonio –dijo, y me tomó de las manos para mirarme a los ojos.

¿Leería en ellos que había otro hombre? Me habría gustado apartar la mirada, pero no podía. Lennard era mi amigo, no un extraño cuyos sentimientos me dieran igual.

–Solo deseo –dijo– que sepas que puedes contar conmigo cuando lo necesites. No importa lo que me pidas, lo haré por ti.

–Eres muy amable, pero ¿no deberías ser tú quien reciba consuelo en estos momentos?

Lennard rio.

–Dudo que a nadie más le preocupe eso. Mi madre está atrapada en su dolor. Me alegro de que Stella le haga compañía, tal vez se deje consolar por ella.

–Puedes contar conmigo –le aseguré–. Tal como nos juramos en aquel entonces, Hendrik, tú y yo.

–Ah, ¿todavía te acuerdas? El viejo ídolo junto al mar.

–¡Por supuesto! –Asentí con la cabeza.

Las dos familias habíamos pasado el verano a orillas del mar, en nuestra casa de Åhus. Bueno, no toda la familia, porque nuestros padres tenían que ocuparse de las fincas, pero sí las dos condesas con sus hijos y los criados. En algún lugar del bosque, cerca de la playa, encontramos una vieja estela con una cara tallada.

Hendrik dijo que era un ídolo vikingo ancestral; el lugar ideal para jurarse lealtad eterna. Y eso hicimos, Lennard, Hendrik y yo. Un vínculo que no podía romperse.

–¿Crees que seguirá allí? –preguntó, ensimismado.

También él parecía recordar el momento en que los tres entrelazamos brazos y manos.

–¿El ídolo? –Me encogí de hombros–. No lo sé. Puede. La madera ya estaba casi petrificada. –Lo miré–. Deberíamos ir a verlo si vamos por allí. Si tienes tiempo, podríamos ir allá algún día. Solo nosotros dos, para buscar el ídolo... y una novia para ti. En Åhus hay muchas chicas guapas.

A Lennard pareció gustarle la idea, porque le brillaron los ojos.

–Me encantaría. Sin embargo, me temo que este año no lograré salir de casa.

–Entonces iremos al siguiente. Pero, por favor, prométeme que empezarás a fijarte en las mujeres que tienes más cerca. Míralas bien y no las compares conmigo. Ninguna es como yo, pero tampoco yo soy como ninguna. Cuando tengas una candidata que te guste, dime quién es. Yo te diré si merece la pena.

Me abrazó y me dio un beso en la frente.

–Está bien, así lo haré.

No estaba segura de si mantendría su palabra, pero en ese momento sentí un gran alivio.

Capítulo 42

EN EL FUNERAL de Gustav Ekberg se lloró mucho, pero también se habló mucho. Me sorprendió la cantidad de buenas historias que contaba la gente sobre el viejo conde. Al cabo de un rato, incluso Anna volvió a sonreír. Entre lágrimas, cierto, porque las historias sobre su marido la emocionaban, pero sonreía. Si algo sabía yo después de un largo año de luto, era que la alegría regresaba cuando el dolor se convertía en recuerdo y gratitud.

Dos días después me encontré con mi madre en el pasillo. Ya estaba lista para el viaje de regreso, pero una leve sombra rodeaba sus ojos. Las conversaciones con Anna sobre su marido parecían haberla afectado mucho.

–No entiendo por qué mantienes a Lennard a distancia –dijo mientras íbamos hacia la escalera–. Veo cómo te mira. Se casaría contigo sin pensarlo, aunque rehusaras su anterior proposición.

–Madre, por favor. Ya hablaremos de eso en casa.

–Querrás decir que discutiremos –replicó, y soltó un suspiro–. Sé que Anna desea con fervor que os caséis. Siempre lo ha querido.

–Puede ser, madre. Pero, por favor, no hagamos de eso el tema de conversación de esta mañana. No quiero volver a entristecer a Anna. Es un milagro que me haya recibido con tanta calidez después de que rechazara a su hijo el año pasado.

–Tal vez a Lennard no le pareciera un rechazo. Le dijiste que todavía no estabas preparada. Bueno, ahora es él quien guarda luto, pero más adelante... Puedo imaginarlo renovando su proposición.

Respiré hondo.

–He vuelto a hablar con él de eso y le he animado a buscar en otra parte. Estos últimos años ha tenido tan poco contacto con la sociedad que es imposible que sepa si soy la adecuada.

–¿Quieres que encuentre otra? –repuso mi madre, furiosa.

–Sí. Si la ama, a mí me parecería muy bien. No tenemos por qué ir a la caza de un buen partido. No nos hace falta.

–Pero tampoco deberíamos casarnos por debajo de nuestra posición. Los Ekberg nos igualan en rango, y en la región casi nadie más es como nosotros.

–Bueno, ¿y si me caso con alguien del norte? –bromeé–. Allí donde el sol no se pone nunca en verano y nunca sale en invierno.

La idea pareció espantarla.

–¿Tú, en el norte? ¿Y quién se ocupará de Lejongård?

–Madre, solo era una broma.

Pero ella no se dejó tranquilizar.

–No encontrarás a nadie que tolere que vivas en tu propia finca mientras él está solo en su casa.

–Los tiempos cambian, madre. Quién sabe, tal vez pronto ya no sea importante dónde viven los cónyuges, ni si comparten apellido o no. Además, no le veo ningún sentido a que una mujer pierda su hogar por casarse, mientras que el hombre lo gana todo.

–Así ha sido siempre.

–Bueno, también se ha traspasado siempre la propiedad al hombre, pero para mí no será así. Si algún día me caso, lo haré con capitulaciones matrimoniales.

Lo dije con plena convicción, aunque mi cabeza pensó en Max. ¿Cómo lo vería él? ¿Querría casarse algún día?

–¡Capitulaciones matrimoniales! –repitió mi madre, y se quedó callada, porque las criadas de los Ekberg aparecieron en la escalera.

Fuimos al comedor sin tocar más el tema.

A Anna se la veía cansada y enferma. Después del esfuerzo del funeral, parecía haberse quedado sin fuerzas. Lennard no tenía mucho mejor aspecto, pero su abatimiento podía tener otro motivo. Yo no quería preguntarle por ello, solo estaba impaciente por acabar de desayunar y partir.

CUANDO NOS DIRIGÍAMOS a la puerta, Anna me tomó de la mano y me llevó aparte. Entramos en una pequeña salita privada que había sido diseñada para mantener reuniones discretas sin que nadie más oyera nada.

–Agneta, solo quería decirte que eres bienvenida en nuestra casa siempre que quieras –empezó la madre de Lennard–. Stella me ha comentado que todavía no quieres aceptar a ningún pretendiente porque las muertes de tu padre y tu hermano siguen pesándote mucho.

–Y también los negocios –dije. Bajo el vestido sentí de pronto un calor sofocante. De modo que mi madre no había podido dejarlo estar. Por eso la extraña conversación de antes–. Es muy duro querer abrirse camino en el comercio de caballos siendo mujer.

–Bueno, cuando tu corazón esté más tranquilo, deberías considerar si estarías dispuesta a pensar en una proposición por parte de mi hijo. Sé que ya te hizo una, pero entonces no te sentías en situación de aceptarlo. Simplemente dale una señal cuando te parezca que la proposición sería adecuada. Ya sabes que mi marido y yo siempre te quisimos como a una hija. Serías la persona ideal para Lennard, y estoy segura de que él lo ve igual que yo.

En ese momento me habría gustado salir corriendo, pero me quedé paralizada. ¿Qué debía decir? ¿Que no me apetecía casarme con mi mejor amigo? ¿Que quería darle la oportunidad de encontrar la mujer adecuada? Esa habría sido la verdad.

Pero la verdad también era que me parecía muy poco apropiado que una madre recomendara a su hijo de esa manera. A Lennard no le hacía ninguna falta. Con su carácter amigable y su buena planta podía conquistar a cualquier chica de Suecia.

Todavía no estaba segura de si la voluntad de casarse conmigo salía de él mismo o si era el deseo de su madre.

–Lo... pensaré y, cuando mi corazón vuelva a estar lo bastante tranquilo para plantearse un matrimonio, se lo haré saber.

Anna asintió y me sonrió. Seguro que esa respuesta no la satisfacía, pero también sabía que no podía obligar a la actual condesa Lejongård a hacer nada a la fuerza.

–Que tengas un buen viaje, Agneta, y cuida de tu madre.

–Lo haré, muchas gracias –repuse.

En realidad, a Stella Lejongård no le hacía falta que la cuidase nadie, estaba hecha de una pasta muy distinta a la de Anna, pero mi promesa pareció alegrar a la mujer cuando se despidió de mí.

CUANDO EL CARRUAJE se puso en marcha, contemplé la mansión de los Ekberg con sentimientos encontrados. De niña, ese edificio siempre me había fascinado, pero de pronto me transmitía una ligera sensación de miedo. No volvería pronto si podía evitarlo, y no por la sombra de tristeza que había traído consigo la muerte del conde, sino por las esperanzas de la condesa.

¡Ojalá pudiera comentar con alguien lo presionada que me había sentido! Miré a mi madre, pero ella había formado parte de esa presión. Seguramente ya estaba dándole vueltas a qué me diría sobre eso de las capitulaciones matrimoniales, pero más tarde, porque ante las criadas de la casa esa conversación era del todo imposible.

Nada más regresar, me acerqué al establo de *Lucero Vespertino*. La puerta estaba abierta y dentro se oían voces. Una de ellas no la reconocí.

Al entrar vi a un hombre de unos cincuenta años en mangas de camisa y pantalones oscuros, con tirantes, que se estaba lavando las manos. Tenía un pelo rubio entrecano y muy ralo, y las gafas de montura metálica un poco torcidas sobre la nariz.

Al parecer, había sido necesario llamar al veterinario.

–¡Ah, aquí llega la señora de la finca! –exclamó Max, que estaba junto al hombre–. Doctor Falk, permítame presentarle a la condesa Agneta Lejongård. Condesa, este es el doctor Arvid Falk, quizá el mejor veterinario de Estocolmo.

–Es un placer –le dije al médico, y le estreché la mano cuando se hubo secado. Después miré a Max con inquietud. Parecía preocupado.

–El placer es todo mío, condesa –respondió el veterinario con una leve reverencia. Después me indicó que lo siguiera–. Vayamos a ver al paciente.

Me acerqué y vi a *Lucero Vespertino* tumbado de lado. Le costaba respirar y lo hacía con resuellos, los ojos muy abiertos. ¿Estaba agonizando? El miedo me atravesó como una lanza. No tendría que haber hecho caso a Linus. El veterinario habría tenido que venir antes.

–¿Qué le ocurre? –pregunté, asustada.

¡Qué pena me daba el pobre animal! Agonizaba, era evidente. Se me partía el corazón de verlo así. Era casi igual de horrible que si estuviera viendo a mi hermano.

–Una inflamación de miocardio provocada por una infección. El corazón está muy agrandado y debilitado.

De manera que no era insuficiencia cardíaca, como había supuesto Max, pero lo que decía el médico no parecía mucho mejor.

–¿Puede hacerse algo?

–Bueno, ya he dado algunas indicaciones. Su caballerizo me ha explicado que este caballo es muy valioso para usted. Más de un dueño le daría el tiro de gracia, porque es posible que su corazón quede dañado para siempre y no vuelva a rendir.

Me estremecí al oír «tiro de gracia».

–En nuestra finca rara vez damos el tiro de gracia a los animales –expliqué–. A menos que sufran tanto que no haya opción. Y sí, este caballo es muy valioso para mí.

El veterinario asintió.

–Tampoco yo soy partidario del tiro de gracia en esta clase de enfermedad, pues hay perspectivas de recuperación.

–¿De verdad? –Una ola de esperanza rompió contra mi corazón.

–Sí, pero el caballo debe evitar cualquier tipo de esfuerzo. Por eso lo he sedado un poco. Le ayudará a sobrellevar el miedo que ha sentido cuando he hecho que lo movieran un poco.

–¿Le da miedo morir?

Falk asintió.

–¿Y a quién no, cuando siente que el corazón no le late bien? Ahora debe descansar. Le he pedido a un amigo homeópata un remedio que deberán administrarle durante catorce días. Es posible que el caballo quede demasiado débil para rendir, eso debe saberlo. Pero imagino que, si siguen mis indicaciones, podrá llevar una vida normal.

–¿Podrá cargar peso más adelante?

–¿Se refiere a si podrá montar en él? Bueno, eso depende de la recuperación. En el mejor de los casos, tendrá un caballo con el que podrá salir a dar un paseo con normalidad, sin nada que temer.

–¿Y en una cacería?

–Este año yo no lo haría cabalgar con mucha intensidad, para no poner en peligro la recuperación, pero el próximo otoño no debería haber problema.

Asentí, un poco decepcionada porque uno de nuestros mejores caballos no podría participar en la cacería de otoño, pero al menos parecía que no lo perderíamos.

–Bien. Se lo agradezco mucho, doctor –dije.

–Si no le importa, me quedaré un poco más, hasta que llegue el medicamento. Su caballerizo me ha ofrecido alojamiento en su cabaña.

Miré a Max, que estaba algo apartado y sonreía. Parecía tan aliviado como yo.

–No será necesario, doctor. Estaremos encantados de invitarlo a nuestra casa y ofrecerle una habitación. –No podía permitir que algo estropeara mi encuentro con Max.

–Muy amable por su parte, gracias.

–Vayamos a la mansión para que pueda presentarle a mi madre. A menos que aún lo necesiten aquí.

Falk negó con la cabeza.

–De momento no. El señor Von Bredestein y el señor Broderson se ocuparán estupendamente del animal.

Los hombres asintieron con la cabeza y el veterinario me acompañó.

–DOCTOR FALK, MI madre, Stella Lejongård –los presenté–. Madre, el doctor Arvid Falk, uno de los mejores veterinarios de Estocolmo. Se está ocupando de *Lucero Vespertino*.

Mi madre miró un momento al médico antes de ofrecerle la mano.

–Me alegro de conocerlo.

El hombre le dio un galante beso en la mano.

–Y yo me alegro de ser su huésped. La cabaña del administrador está muy bien, pero las comodidades de su magnífica casa son irresistibles. Se lo agradezco sinceramente.

Mi madre esbozó una sonrisa que hacía tiempo que no le veía.

–Es agradable tener a un invitado tan cortés –repuso–. Cuando no esté ocupado con los caballos, estaré encantada de recibirlo en mi salón.

–¡Será un honor!

Mientras los contemplaba, me pareció que las miradas que se dirigían podrían haber sido las que nos dedicábamos Max y yo. Ya no creía en el amor a primera vista, pero entre Stella y ese veterinario parecía haber surgido algo... Y eso que no hacía ni unos minutos que se conocían.

–Acompáñeme, doctor Falk, le enseñaré su habitación. Nuestro mayordomo, el señor Bruns, le llevará todo lo que necesite.

Él me siguió con cierto disgusto. Mi madre se quedó inmóvil pero lo siguió con la mirada, según vi de reojo. Se me ocurrió una locura: ¿Y si volvía a enamorarse? ¿Dejaría entonces de urdir planes de boda para mí?

Capítulo 43

Después de una cena en la que a mi madre pareció costarle no coquetear abiertamente con el veterinario, regresé al establo. Anhelaba que Max hubiese vuelto a su cabaña, pero, igual que antes de mi viaje a la finca Ekberg, era posible que se hubiera quedado a vigilar a *Lucero Vespertino*.

Sin embargo, en el establo solo encontré a Lasse, durmiendo en la paja junto al caballo. Este no se había movido, pero vi que seguía vivo por su respiración. De modo que me encaminé hacia la cabaña, y entonces recordé las palabras de Anna. ¿No debería seguir con mi madre una política de hechos consumados y confesarle directamente que amaba a Max?

Al ver que en la cabaña había luz, esas reflexiones pasaron a un segundo plano. Sentí en mi pecho una emoción desatada por volverlo a ver y poder besarlo. Llamé a la puerta y escuché. ¿Me estaría esperando?

Tardó en abrir.

—Perdona, tenía que ordenar un poco –dijo–. Gracias por acoger a mi huésped. No sabía qué hacer, pero tampoco quería alojarlo en la casa por mi cuenta. Seguro que tu madre me habría desollado.

—No te preocupes. Por lo bien que se lleva con él, seguro que no lo habría hecho.

Max ladeó la cabeza, así que le expliqué el entusiasmo con que habían conversado los dos.

—Casi parece un caso de amor a primera vista –añadí. Me eché a reír y Max se acercó a mí.

—¿De verdad? ¿Es que eso existe? –preguntó, y me rodeó con sus brazos.

—Alguien me dijo que sí.

—¿Y conmigo fue amor a primera vista? —insistió, y me besó.

Como siempre, un ardor recorrió mis labios y luego se extendió dulcemente por todo mi cuerpo.

—Debo admitir que sí hubo cierta atracción inicial —reconocí—, pero el amor surgió más bien a segunda vista. —Se hizo el decepcionado y lo besé—. Sin embargo, he oído que esa clase de amor es más duradero y sólido que un ardor pasajero.

—Eso me tranquiliza.

Volvimos a besarnos. Al abrir un instante los ojos en pleno beso, vi que acababa de hacer la cama. ¡Qué tentadoras resultaban esas sábanas limpias! Cómo me habría gustado tumbarme allí con él y sentirlo pegado a mí.

Sin embargo, seguía habiendo resistencia por su parte.

—Me alegro de que fueras a buscar al veterinario —dije, y me separé un poco.

Max sonrió con alivio.

—No quería que a tu vuelta te encontraras con tu potro favorito muerto, así que busqué al mejor veterinario que pude encontrar.

Me apartó un mechón de pelo de la cara. Algo empezó a aletearme en el pecho.

—¿Sabías que nació el día en que murió mi hermano?

Max negó con la cabeza. Aparte de mi madre y de mí, solo Langeholm lo sabía, pero por lo visto no lo había ido contando por ahí. O tal vez no fuera lo bastante importante para que los mozos de cuadra se lo hubieran comentado a su nuevo jefe.

—Yo estuve presente. Fue una preciosidad desde el principio. Linus ayudó a traerlo al mundo.

—Pues si para ti es importante, puede seguir haciéndolo.

Le tapé la boca con la mano.

—No se trata de eso. Solo quería contarte de dónde viene mi vínculo con el animal. Sé que es un disparate, pero me gusta pensar que el alma de mi hermano pasó al cuerpo de *Lucero* en el momento de su muerte. A él le habría encantado, ¿sabes? A veces decía que, si pudiera reencarnarse, le habría gustado hacerlo como caballo.

–Pues al pastor seguro que no le gustaría oírlo.

–Por eso no se lo dijo a él, sino a mí. En aquella época, los dos teníamos arrebatos bastante románticos. –Lo miré–. ¿En qué te gustaría reencarnarte?

Se encogió de hombros.

–Nunca lo he pensado. Me gusta vivir el momento.

–¿Nunca te has imaginado cómo sería recibir una segunda oportunidad?

–Seguro que cometería los mismos errores que en la primera. Y seguro que volvería a acertar con las cosas importantes.

Tras decir eso, me atrajo hacia sí y me besó otra vez. En esta ocasión su beso fue algo diferente. Más ávido e impetuoso. Sentí crecer mi deseo, me apreté contra su cuerpo y deslicé las manos por su espalda. Normalmente ese era el instante en que él ponía distancia, pero esta vez no. De repente, toda su resistencia había desaparecido. Liberó mis labios para besarme el cuello, sus manos acariciaron mi espalda con urgencia.

Me sentía arrastrada por un torbellino. Aunque hubiese querido, no habría podido resistirme. Le abrí los botones de la camisa mientras inspiraba el aroma de su piel. Temía que en cualquier momento se apartara, dejándome sin alivio para esa dulce fiebre. Pero entonces me levantó en brazos, me depositó en su cama y empezó a desabrocharme el vestido.

Lo rodeé con las piernas, ansiosa e impaciente, pero él se resistió. Aguantó hasta que sobre nuestros cuerpos no quedó ninguna prenda, y entonces empezó a acariciarme los pechos y el vientre.

Yo ardía de deseo y expectación, y sus besos me enardecían más aún. Cuando por fin me penetró, arqueé la espalda. El primer clímax fue rápido e intenso, más veloz de lo que había esperado, pero le dije que siguiera.

A veces estaba él sobre mí, a veces yo sobre él. Me gustaba cabalgarlo, y él disfrutaba volviéndome loca con sus movimientos lentos. Cuando ambos alcanzamos el orgasmo, nos abrazamos con fuerza, como si estuviéramos a punto de caer al vacío. Con Michael nunca me había pasado algo así. Nuestro amor había sido apasionado, pero entregarme a Max fue como caer en un dulce remolino del que no quería salir jamás.

Ya estaba muy entrada la noche cuando nos tumbamos uno junto al otro, satisfechos y exhaustos. Miramos por la ventana, donde los mosquitos danzaban a la luz de la luna.

Me pesaban los párpados, pero me sentía totalmente despierta. Todo mi cuerpo palpitaba y era como si por primera vez en mucho tiempo volviera a notar las cosas de una manera consciente.

–Creo que ya sé en qué me gustaría reencarnarme –dijo Max mientras me acariciaba el cuello.

–Pensaba que no creías en esas cosas –bromeé.

–En este último rato he cambiado de opinión. Me gustaría regresar como mariposa, y posarme justo aquí. –Se inclinó y me besó el pecho izquierdo.

–¿Y con eso te bastaría? –le seguí la corriente.

–Umm, creo que sí. Es mejor que arder en el infierno, como profetiza el pastor, ¿o no?

–Pero puede que los dos envejezcamos a la vez y muramos juntos. Entonces, ¿qué?

–Entonces tú te reencarnarías en una mujer preciosa. Y yo te encontraría, por mucho que tuviera que volar. Siempre te encontraré.

Volvió a inclinarse sobre mí. Lo rodeé con los brazos y de nuevo nos sumergimos en un dulce delirio de amor, tras el cual dormimos satisfechos.

La noche nos envolvía como un cálido manto. Me habría gustado quedarme más tiempo en el reino de los sueños, pero la costumbre me despertó. No me hacía falta mirar qué hora era.

–Debemos levantarnos –dije, y toqué a Max con delicadeza–. Ya pasa de las cuatro. Tengo que volver a la casa antes de que se despierten las criadas.

Max se incorporó, me estrechó entre sus brazos y me besó.

–Preferiría tenerte aquí conmigo –refunfuñó.

–Lo sé. Quizá llegue el día en que no tengas que dejarme marchar, pero de momento es así.

Volvió a refunfuñar, pero me soltó y se tumbó de espaldas. Miré cómo sonreía. La luna iluminaba su pecho, justo donde poco antes había descansado mi cabeza.

Seguro que mi madre se molestaría mucho si le confesaba que amaba al administrador, pero ¿por qué había de importarme eso si había encontrado al amor de mi vida? Si podía ser feliz con él hasta el final de los días, ¿qué importancia tenía todo lo demás?

Cuando terminé de vestirme, Max se levantó y se puso su vieja bata. Estaba remendada en tantos puntos que casi parecía hecha de retales. Con tantos colores, habría servido incluso como disfraz para el mago de un circo.

–¿Por qué conservas esa antigualla? –pregunté–. Podríamos comprar una nueva.

–Por nada del mundo me separaría de esta bata –dijo Max, y se la ciñó más al cuerpo con gesto burlón–. Perteneció a mi bisabuelo.

–¿Tu bisabuelo?

–Sí. ¡Y era un tipo muy auténtico! Bebía como un cosaco y maldecía como un carretero. Ninguna falda estaba a salvo con él, pero adoraba a sus hijos. Llegó a cumplir casi cien años, por lo que tuve la suerte de conocerlo en persona. Solía sentarme en sus rodillas, casi siempre llevaba esta bata, y me preguntaba: «Bueno, bueno, jovencito, ¿cómo va eso?». Y cuando yo contestaba «¡Bien!», jugaba conmigo a «Al paso, al trote, al galope» hasta que me hacía reír a carcajadas. El día que murió fue el más triste de mi vida.

–Parece que sois una familia muy longeva.

–Sí, lo somos. Por lo menos los hombres. Mi abuelo vive todavía, aunque ha perdido un poco la cabeza. A veces no reconoce a mis padres, pero aún se interesa por las cosas más asombrosas. Es una pena que yo no tenga un hijo que pueda conocerlo.

Me lanzó una mirada, pero no estaba preparada para ser madre aún. La finca me exigía demasiado. Cuando tuviera hijos, no quería endilgárselos a una institutriz, sino encargarme yo misma de ellos.

–Ya veremos –dije, y le envié un beso con la mano.

Max lo atrapó y, juguetón, se lo guardó en el bolsillo de la bata.

–A tu bisabuelo le habría gustado –comenté.

–¡Por eso lo he hecho! ¡Hasta luego, cariño!

El sol estaba a punto de salir por el horizonte cuando abandoné la cabaña sonriendo. Tenía la sensación de andar sobre nubes. Sin detenerme, levanté los brazos, solté un grito de alegría que resonó en el bosque y luego corrí por el sendero contenta como una niña.

Cuando la mansión apareció ante mí, contuve mi entusiasmo, pues sabía que podía tener consecuencias terribles. Si algún mozo de cuadra me veía, se preguntaría por qué me comportaba de una forma tan boba, y no era bueno que mi autoridad se viera menoscabada por ello.

Me colé en la casa como un ratoncillo silencioso. Ya se oían algunos pasos en el piso superior, o sea que las criadas estaban despiertas. Hasta que Lena se presentara en mi habitación tenía todavía dos horas largas, pero no podían verme en la escalera. Cualquier otro día no habría pasado nada, pues habría llegado de un inocente paseo. Esta vez, no obstante, temía que notaran indicios del amor al que me había entregado y sospecharan algo. Verían un brillo especial en mí y sabrían que ningún paseo podía ser su causa y seguramente percibirían aún el olor de Max en mi cuerpo. No quería arriesgarme a nada de eso.

Llegué a mi habitación, me desnudé y dejé el vestido sobre la silla. Luego me metí bajo la manta. La piel me cosquilleaba, y me sentía más exultante y feliz que desde hacía mucho tiempo.

Capítulo 44

DURANTE TODA LA mañana me costó dominar la sonrisa que no hacía más que extenderse por mi rostro. No podía contenerla, estaba ahí, había anidado en mi corazón y aprovechaba cualquier momento para hacer su aparición.

Por suerte, mi madre no notó nada, porque solo tenía ojos para el doctor Falk. Este resultó ser un narrador extraordinario que contaba toda clase de historias sobre su oficio. Mi madre lo escuchaba encandilada y lo animaba a seguir. En cierto momento se lo llevó al salón, y allí estuvieron hasta que el veterinario volvió al establo.

Max y yo llevábamos un buen rato allí. Cruzábamos miradas furtivas y nos sonreíamos de vez en cuando. A esas horas ya habían traído el medicamento, Falk se lo administró a *Lucero Vespertino* y juntos esperamos a que le hiciera efecto.

–Puede tardar entre uno y dos días en notarse algo –nos advirtió–. Primero debe asimilarlo bien.

Sin embargo, el milagro ocurrió antes de lo previsto: al cabo de unas horas, el potro se puso de pie, aunque trabajosamente. Todavía no podía caminar, pero era un claro signo de que estaba sobreponiéndose.

–Denle el remedio por la mañana y la noche, y de momento no dejen que se mueva mucho –nos aconsejó Falk–. Dentro de dos semanas pueden empezar a sacarlo otra vez, pero despacio. Para montarlo, yo esperaría dos semanas más.

Me habría gustado darle un abrazo al veterinario. ¡*Lucero Vespertino* viviría! El corazón me palpitaba de felicidad, y esta vez era porque el caballo había escapado de la muerte.

Puesto que su presencia ya no era necesaria, al día siguiente Falk recogió sus cosas. Después de asegurarme que regresaría al cabo de unas semanas para ver al caballo, se despidió. August lo llevó en carruaje a la estación de Kristianstad y la vida en la finca se normalizó. Solo mi madre parecía echar de menos su recién encontrada compañía.

En la cena, mi cuerpo ardía de impaciencia por terminar y correr a ver a Max. El día anterior no había podido visitarlo a causa del doctor Falk, ya que mi madre insistió en que nos quedáramos conversando con él hasta entrada la noche. Cuando por fin nos fuimos a la cama, me quedé dormida al instante. Esta vez, sin embargo, sería diferente. La excitación me había quitado el apetito, pero me obligué a comer algo para que Stella no sospechara nada.

—Has disfrutado charlando con el veterinario –comenté.

—Mucho, la verdad. Es un hombre inteligente y educado. Cualquiera diría que un veterinario sería una persona excéntrica, ya que se dedica a destripar toda clase de animales, pero no lo es.

—Casi parece que le hayas tomado cariño –dije, esperanzada.

Mi madre resopló.

—Me parece divertido, nada más. Mi corazón le pertenece a tu padre. Nunca habrá ningún otro para mí.

—¿Y por qué no? Podrías tener un nuevo compañero. El luto ha terminado, y el doctor Falk parece un hombre muy agradable.

—Sí que lo es... Y también está casado. Me ha hablado mucho de su mujer y sus dos hijas. Una de ellas está esperando su primer hijo, la otra se casará pronto.

Enarqué las cejas.

—¿Ha hablado de eso contigo?

—Sí, y yo le he hablado de mi marido, de Hendrik y de ti.

—Vaya, espero que te hayas ahorrado los detalles más escabrosos. –Sentí calor y frío a la vez al pensar que quizá le había contado lo de mis estudios y todas nuestras discusiones.

–Puedes estar tranquila, sé guardar el decoro. Hay cosas que se cuentan, y otras que se guarda una para sí. Me alegraría mucho que el doctor Falk volviera por aquí. Tal vez podría hacerles una revisión anual a los caballos.

–Es buena idea –dije. No terminaba de creerme que solo le interesara porque fuese un buen conversador, pero ni el torturador más temible conseguiría hacérselo reconocer–. Y si algún día te interesaras por algún hombre, no temas que vaya a parecerme mal. Sería bonito verte feliz de nuevo.

Se quedó inmóvil, y vi que pensaba en la idea con desaprobación. Sin embargo, no dijo nada, y por suerte tampoco me aconsejó que antes me buscara un hombre para mí.

Capítulo 45

LA FIESTA DEL Midsommar pasó sin que Lennard y su madre asistieran. Fue una celebración bonita, con baile, arenque y *nubbe*. Igual que el año anterior, Max no asistió, pero me escabullí a hurtadillas para verlo. Esta vez no contemplamos las estrellas hasta que nos hubimos amado de sobra.

−¿Qué te parecería trasladarte a la casa señorial? −le pregunté una semana después, echada entre sus brazos la noche del último domingo de junio.

−¿Quieres decir como tu amante?

−Como mi esposo.

Me volví y me apoyé en su pecho. Mi melena cayó sobre su abdomen. Era bonito llevarla suelta y no tener que sujetarla con horquillas.

−¿De verdad crees oportuno hablar ya de algo así? −preguntó−. ¿No es mejor disfrutar de lo que tenemos?

−Bueno, desde tu punto de vista puede que esté bien así, pero yo tengo que enfrentarme todos los días a la exigencia de encontrar un marido. Pensaba que lo de la visita a los Ekberg había sido horrible, pero hoy me he sentido como si estuviera en el mercado de caballos. No sé qué habrá hablado mi madre con sus amigas para que sus hijos estén tan interesados. Me habría gustado poder decirles a todos lo que le dije a Lennard en su día.

A Max ya le había contado que Lennard había vuelto a manifestarme su deseo de casarse, por supuesto, y que yo le había aconsejado que buscara a otra.

−Tal vez deberías haberlo hecho −dijo mientras jugueteaba con un mechón de mi pelo.

–Bueno, siempre estoy a tiempo. –Lo acaricié suavemente–. ¿Qué me dices? ¿Tan terrible sería convertirte en mi marido?

–Claro que no. Es solo que me inquieta cómo se lo tomaría tu madre.

–Huy, estará entusiasmada.

–Mentirosa. –Y se echó a reír.

–Tendrá que aceptarlo. No puede recurrir al argumento de que no perteneces a la nobleza, siendo un barón de Pomerania.

–Sin fortuna y sin tierras –señaló–. Seguro que cree que te quiero por tu título nobiliario. Y por tu dinero.

–Pero soy yo quien te lo ha pedido, ¿o no?

Apoyé la cabeza en su pecho. El corazón le latía lento y fuerte. Me acarició el pelo.

–Es cierto, pero no sé qué debo responder.

Me incorporé al sentir una punzada en mi interior: el recuerdo de Michael y su negativa a acompañarme en mi nueva vida.

–Entonces, ¿no quieres aceptarme?

Entre las cejas de Max apareció una pequeña arruga.

–Claro que sí. Pero... es complicado. Mi familia...

–¿Se opondrían a que te casaras con una sueca? –Puesto que su madre también era de Suecia, no me parecía posible.

–No, seguro que no, y les encantarías, pero...

–¿Pero?

–Pero entonces pertenecerías a su familia.

No lo entendía. ¿Qué tenía de malo ser de su familia?

–Mi padre insistiría en que, como su nuera, vivieras en la finca. Y lo más importante: yo tendría que volver a verlos.

–¡Pues nos casamos en secreto! –solté–. Si no quieres tener más contacto con tu familia, no puedo obligarte. Podrías adoptar mi apellido.

–Agneta –repuso en voz baja y triste–, no quiero decidir eso ahora. Podríamos seguir así, dejarnos llevar con tranquilidad. Quién sabe si me querrás dentro de medio año.

Me senté. Sentía la decepción tan dentro como unos minutos antes había sentido el deseo. Me aparté un mechón con un gesto nervioso. Mi mirada vagó por la habitación en busca de algo donde fijarse. No podía mirarlo a él.

–Creo que será mejor que me vaya –dije, y quise levantarme de la cama, pero la mano de Max me lo impidió.

–No te enfades, por favor. Lo hablaremos más adelante. Dentro de un par de meses, de medio año.

–Ah, ¿quieres decir que dentro de medio año tu padre no querrá que me vaya a vivir con vosotros? ¿Que dentro de medio año tu familia no tendrá nada en contra? ¿Ni mi madre?

La ira crecía en mi interior. No quería enfadarme, y de pronto me vi como una niña malcriada. Me eché a llorar mientras sentía que la pena me desgarraba.

–Agneta, entiéndelo, por favor. No puedo hacerte una promesa que tal vez no sea capaz de cumplir.

Levanté las cejas.

–¿No puedes prometerte en matrimonio? ¿Es que hay otra?

–No.

–¿Quieres marcharte a otra parte? ¿Ya te has cansado de Lejongård?

–No es eso.

Intuí que buscaba pretextos.

–Entonces, ¿qué?

–No puedo decírtelo... Pero no me parece correcto.

Me zafé de su mano y asentí.

–Como quieras. Disculpa por presionarte, no era mi intención.

Noté que se relajaba. Yo, sin embargo, me sentía a punto de saltar. A mí sí me parecía correcto, pero por segunda vez me encontraba con alguien que no quería unirse a mí, que no quería compartir su vida conmigo. No podía volver a tumbarme a su lado como si no hubiera pasado nada. Tenía que reflexionar, asimilar la ira. Tenía que recomponerme, aceptar que podíamos compartir deseo y conversación, pero no la vida.

392

Me vestí en silencio, intentando mantener la compostura. Anhelaba que Max dijera algo, pero él también estaba callado.

–¿Nos vemos después para dar un paseo? –propuso cuando fui hacia la puerta.

–No. Tengo trabajo pendiente.

Entonces se levantó y se acercó a mí. Me abrazó y me besó, pero yo me vi incapaz de corresponderlo.

–Por favor, entiéndeme –musitó–. Hablaremos de ello más adelante, cuando los dos estemos seguros.

–Claro –repuse, y me aparté de él.

Aún conseguí cerrar la puerta tras de mí controlando las lágrimas. Esta vez el llanto no me venció. Eché a correr, quería poner toda la distancia posible entre esa cabaña y yo. Corrí por los prados a oscuras hasta que estuve segura de que nadie podía verme ni oírme, y entonces me dejé ir y lloré.

Regresé a la casa con el alba. Estaba agotada de tanto caminar y reflexionar. Me horrorizaban las obligaciones que empezaban con el lunes y todavía sentía hervir la decepción. Para mí, solo había dos motivos por los que Max podía no querer casarse conmigo: o no me amaba de verdad y veía nuestra relación como un idilio que terminaría pronto, o tenía miedo de mi posición, miedo de no ser el cabeza de familia.

También me extrañaba mi propia reacción. ¿Qué me estaba pasando? ¡Siempre había sido yo quien se negaba a casarse! De no haber sido la heredera de la finca, habría seguido viviendo en pecado con Michael. ¿Tanto me había cambiado Lejongård?

Arriba, en mi habitación, me quité el vestido y me metí en la cama. Me dolía la cabeza y sentía los párpados pesados como el plomo. Mi cuerpo aún se resistió un momento al descanso, pero luego me venció el agotamiento.

Me sobresalté cuando alguien me zarandeó el hombro. Había soñado que seguía corriendo por el bosque, pero entonces noté el sol en los ojos y, algo confusa, constaté que estaba en mi habitación.

–Disculpe, señorita –dijo Lena–. He intentado despertarla ya una vez, pero su madre ha dicho que la dejáramos descansar un poco más...

Me incorporé.

–¿Qué hora es?

El sol estaba alto y el calor del día se sentía con claridad.

–Las once.

–¿Qué? ¡Madre mía!

Salí de la cama. ¡Había dormido casi toda la mañana!

–¿Ya está preparada el agua? –pregunté mientras iba al baño. Aunque era tarde, quería lavarme los rastros de la noche anterior.

–Sí, ya la he preparado –dijo Lena, y fue por las toallas.

El cansancio me abandonó cuando el agua cubrió mi piel, pero el corazón seguía pesándome. El rechazo de Max me había afectado mucho. Tenía la sensación de haber hecho el ridículo. Quizá sí era demasiado pronto para pensar en el matrimonio.

El comedor estaba desierto. Me dirigí a la cocina.

–Buenos días –saludé–. ¿Ha quedado por casualidad algo del desayuno?

–Buenos días, señorita –contestó la señora Bloomquist, y dejó el cucharón–. Su señora madre me ha avisado que vendría usted.

Enarqué las cejas. ¿Mi madre había pedido a la cocinera que me guardara algo? Eso sí era una novedad.

–Después de una noche tan larga hay que comer algo consistente –añadió mientras preparaba un servicio de mesa, un cesto de pan y confitura.

–¿Cómo dice? –pregunté, desconcertada.

La señora Bloomquist me miró, apurada de repente.

–Bueno, es que como se ha despertado tan tarde... La señora les ha dicho a las criadas que la dejaran dormir. Al fin y al cabo, ha trabajado usted toda la noche.

Al oír eso me sentí como si me hubiera metido en un hormiguero.

–Sí –dije–. Ayer se me hizo muy tarde.

–Su difunto padre también pasaba las noches trabajando. De vez en cuando también le preparaba un desayuno así.

Intentó decirlo como si nada, pero de repente sentí un malestar. ¿Y si el servicio se había enterado de mi aventura con Max? ¿Y si cotilleaban sobre mí? Y aún peor: ¿y si lo sabía mi madre?

Mientras me sentaba a la mesa de la cocina, me costó no regañarme a mí misma sacudiendo la cabeza.

–Gracias, señora Bloomquist, es usted muy amable –dije al fin–. ¿Y qué comía mi padre después de esas noches en vela?

–Tres huevos fritos con tocino, pan con mermelada de arándano o ciruela, y un café bien cargado.

–¡Suena estupendamente! –repuse, y solté un gran bostezo.

Oí las risitas de las criadas en el pasillo, pero intenté no relacionarlo conmigo. En cualquier caso, en adelante tendría la precaución de no quedarme dormida, por muy tarde que volviera de la cabaña de Max.

DESPUÉS DE DESAYUNAR subí al desván. Todavía no me había encontrado con mi madre, y tampoco tenía por qué ofrecerle una explicación sobre a qué hora me había levantado.

Los escalones de la estrecha escalera crujieron bajo mi peso. También lo hacían cuando me escapaba allí con Hendrik de pequeña. Solíamos escabullirnos allí los días que había muchas visitas y no nos apetecía estar con niños a los que no conocíamos. En el desván estábamos a salvo de juegos a los que no queríamos jugar, y de palabras que no queríamos oír.

Al levantar la trampilla y asomar la cabeza, fue como si aún pudiera ver nuestras sombras deslizándose entre las cajas y los baúles. Allí nos inventábamos historias de países lejanos o de fantasmas. Imaginábamos que éramos espíritus.

Mientras oíamos las conversaciones y las risas de abajo, nos alegrábamos de ser invisibles.

Los brillantes rayos del sol entraban por la ventanita y dibujaban manchas luminosas en el suelo, pero no lograban ahuyentar del todo las sombras. Pasé junto a un pesado baúl donde se guardaban vestidos antiquísimos, capas que habían llevado mis tatarabuelos y trajes de fiesta de mis abuelos. A veces, Hendrik y yo nos los poníamos y alborotábamos por el desván. No hacíamos más que jugar, y mi madre nos habría reñido si se hubiera enterado, pero nunca nos pilló. Me pregunté si alguien más habría subido ahí arriba desde entonces para contemplar esos viejos tesoros. Seguro que solo las criadas que subían a dejar más objetos en desuso.

Me habría gustado quedarme allí el día entero, pero ya no era una niña, y tampoco un fantasma. Me acerqué a un pequeño arcón escondido tras un enorme baúl ropero.

Levanté la tapa y, tras rebuscar un poco, encontré el viejo despertador de mi abuela. Siempre había insistido en que fuésemos puntuales, lo cual, junto a su austeridad protestante, era lo más importante para ella. El gran despertador, algo abollado, seguía pareciéndome amenazador, pero era justo lo que necesitaba. Soplé para quitarle el polvo, lo saqué, lo puse en hora y le di cuerda. Volvió a la vida con un leve tictac. Una agradable sensación se extendió por mi pecho. Mi abuela no había sido una mujer afable. De sus nietos solo le importaba que estuvieran bien educados, pero de pronto sentí que me cuidaría y vigilaría que nunca olvidase mi deber.

Capítulo 46

PASÉ TODA LA tarde con los libros de cuentas. Mi madre volvía a tener a sus amigas de visita, pero no me apetecía verlas. La pesadez seguía sin abandonar mis huesos. Estaba cansada y no lograba concentrarme. No hacía más que darle vueltas a la conversación con Max. Empezaba a arrepentirme. No debería haber sacado el tema, así todo habría seguido como siempre.

Sin embargo, tampoco podía hacer como si no hubiera pasado nada ahora que sabía que no quería casarse conmigo. Por lo menos no de momento, tal vez sí más adelante. Tal vez nunca. Podíamos hacer el amor y salir a pasear, pero, si por Max fuera, nuestra relación no iría más allá. Aunque yo me repetía que era una mujer moderna y no necesitaba una relación formal, la decepción seguía ahí.

Unos golpes en la puerta me sacaron de mis cavilaciones. Casi temí que fuera Max, pero era Marie.

—¿Qué ocurre? —pregunté. Me pasé una mano por los ojos y contuve un bostezo.

—La señora desea hablar con usted en el salón. Ha dicho que es importante.

¿Importante? ¿De qué podía tratarse? ¿Habría traído alguna de sus amigas a un hijo al que quería presentarme? Marie ponía cara de que mi madre le tiraría de las orejas si no me presentaba abajo en pocos minutos.

—Está bien, ahora voy —dije.

La muchacha se retiró. Me levanté y estiré los brazos. Con eso no ocultaría mi cansancio, y tampoco pensaba cambiarme de ropa para bajar al salón. Ya podía decir mi madre lo que quisiera; me tomaría un café con ellas y regresaría al trabajo.

–¡Por fin! –exclamó Stella cuando entré por la puerta de cristal del salón–. Acércate, ven, que te hemos guardado sitio.

Señaló un espacio libre en el sofá de ratán, a su lado. Las otras tres mujeres presentes eran la señora Söderlund, la señora Axelson y la señora Niebro. No eran las mejores amigas de mi madre, pero su relación era lo bastante familiar para que las invitara una vez al mes.

Las saludé a todas y me fijé en que ponían cara de haberse enterado de que el rey había muerto.

Me senté, aliviada de no haber encontrado allí a ningún joven pretendiente.

–Espero que estén disfrutando de su visita, señoras –dije.

–Oh, desde luego que sí –respondió la primera.

–Parece usted cansada –afirmó la segunda.

–Mi hija trabaja mucho últimamente y, por lo visto, hasta altas horas de la noche.

Stella me lanzó una mirada crítica. ¿Sospechaba algo? Lo que me faltaba.

Por fortuna, ninguna de las presentes me aconsejó que me buscara a un hombre que me quitase parte de esa carga.

–Tenemos una noticia sobrecogedora –dijo entonces la señora Söderlund.

–¿Qué ha ocurrido? Aún no he hojeado el periódico de hoy.

–Pues debería leerlo en cuanto pueda –repuso la señora Söderlund–. Ayer, en Sarajevo, mataron al heredero del trono austríaco. Junto con su esposa. Europa entera está conmocionada.

Abrí los ojos con espanto. Los atentados contra miembros de familias reales afortunadamente eran una rareza en nuestra época. No obstante, cuando se producían una sentía como si hubieran atacado a sus propios familiares.

–¡Eso es terrible! –exclamé–. ¿Se sabe quién ha sido?

–Por lo que dicen, un serbio que pertenece a un grupo contrario a la monarquía austríaca. Mucho me temo que habrá terribles consecuencias.

—Llamemos a las cosas por su nombre —intervino mi madre—. Habrá una guerra. Austria no permitirá que esto quede así.

—El emperador exige una investigación por parte de las autoridades serbias —explicó la señora Söderlund—, pero, si estas no logran contentarlo, Austria tomará medidas.

—El asesinato de un heredero al trono es motivo suficiente para desear venganza —opinó la señora Niebro—. En otros tiempos, a esa gente la descuartizaban.

Intenté seguir las frases que revoloteaban. Desde luego que debía castigarse el asesinato de cualquier persona, pero ¿de verdad habría una guerra?

¿Qué repercusiones tendría eso para nosotros? Suecia llevaba más de cien años sin involucrarse en ningún conflicto armado. Habíamos ensalzado la neutralidad, pero ¿opinaría lo mismo el rey esta vez, teniendo en cuenta que se había visto afectado el familiar de un jefe de Estado?

Mientras consideraba todo eso, la cacofonía reinante me llegaba solo a medias. En esos momentos se explayaban sobre métodos de venganza, a cuál más espantoso. Mi madre se contuvo y finalmente las llamó al orden.

—Ya no vivimos en la Edad Media —advirtió—. Los asesinos no pueden ser castigados según las leyes antiguas.

—¿Y qué opina usted? —me preguntó la señora Söderlund.

—Me parece que provocar una guerra no es ninguna solución. Espero que el emperador lo vea igual. La guerra conlleva el sufrimiento de miles, y apuesto a que ningún campesino serbio quería que asesinaran al heredero al trono. Esos inocentes, sin embargo, serían los que más sufrirían si estallara un conflicto.

—Pero ¿no es más valiosa la vida de un príncipe que la de un campesino? —objetó la señora Axelson, a quien parecía fascinarle poder vivir una guerra a su avanzada edad.

—Todas las vidas humanas son igual de valiosas —repuse—. La responsabilidad que soporta cada persona es la misma. Un campesino intenta proteger a su familia, un rey, a su pueblo. Si el hijo de un campesino es atacado por un oso, su padre intentará matar al oso o mantenerlo alejado, pero jamás intentará exterminar a toda la especie de los osos. De igual manera, tampoco un rey o un emperador debe arremeter contra todo un pueblo porque uno de sus miembros haya cometido un terrible crimen. El responsable del asesinato debe ser llevado ante los tribunales y acabar en la cárcel, pero el mundo no necesita otra guerra.

Al terminar, el corazón me palpitaba. Las damas me miraban desconcertadas. Fue como aquella vez en la manifestación, donde ni hombres ni mujeres querían entender que no estaba bien concederle todos los derechos a una parte de la población mientras se le negaban a la otra.

–Discúlpenme, por favor, el trabajo me llama –me excusé. No quería esperar a que recuperaran el habla.

Al marchar, observé a mi madre, que me dirigía una mirada severa aunque en sus labios se adivinaba una sonrisa. ¿Me había hecho llamar para que escandalizara a sus belicosas amigas? ¿Había pretendido que les cantara las cuarenta?

Una vez fuera del salón, sentí una punzada en las sienes.

¡Toda esa palabrería sobre la guerra! Nuestra casa siempre había luchado en el bando de su rey, lo sabía por lo que nos contaba mi padre. Yo nunca había vivido un conflicto así, pero me bastaba con aquellas historias. Eran relatos de mis antepasados, de los siglos xvii y xviii, una época en la que Suecia siempre estaba librando guerras e incluso había invadido otros países. Eran historias de sangre y dolor, y en las que a menudo se perdía más de lo que se ganaba. Los reyes morían en la batalla, miles de familias perdían a su padre o a sus hijos. Miles de mujeres eran forzadas por los soldados. Miles de niños morían de hambre.

Fuera, en los escalones de la entrada, me tranquilicé un poco. El sol brillaba y los pájaros trinaban. Un caballo relinchaba a lo lejos. El aire estival centelleaba sobre los adoquines de la rotonda. Nada había cambiado. Allí todo seguía igual, como si ninguna guerra pudiera alcanzarlo.

Sin embargo, sentía que algo ocurriría en los meses siguientes. Si llegaba a declararse una guerra, todo dependía de cómo reaccionara nuestro rey. ¿Se atendría a la neutralidad o se involucraría? ¿Cambiaría nuestra vida de un día para otro?

ESA NOCHE FUI a la cabaña. La noticia del asesinato del archiduque había conseguido que dejara de lloriquear por el rechazo a mi propuesta de matrimonio. Max no quería casarse y, visto lo que podía conllevar el asesinato de un miembro de una casa real, tal vez fuera mejor así.

Quería disculparme y, además, necesitaba a alguien con quien hablar.

Llamé a la puerta.

–¿Hola? –pregunté en la oscuridad, pero esa vez la falta de luz no indicaba que Max estuviera sentado a oscuras para reflexionar.

No estaba allí. ¿Habría bajado al pueblo a beber en la taberna? Me quedé sin saber qué hacer, tentada de cabalgar hasta el pueblo en su busca, pero me contuve. Probablemente se había enterado de lo ocurrido por los mozos de cuadra o por los cocheros de las amigas de mi madre. Si estaba en la taberna, sería porque quería saber más de las novedades. El emperador austríaco no era su gobernante, pero sí un aliado del káiser Guillermo de Alemania. Si se declaraba la guerra, se alinearía con Austria. No quería imaginar la reacción en cadena que seguiría a eso.

Me volví y vi una figura que venía del bosque. Max.

Avanzaba a grandes pasos y aceleró al verme.

–Hola, Agneta –dijo.

–Hola.

El silencio subsiguiente fue frío y forzado. Durante todo el día no había hecho ningún intento por hablar conmigo, y yo tampoco con él. Incluso había temido cruzármelo.

–¿Te has enterado? –le pregunté al final–. Han matado al archiduque Francisco Fernando de Austria en Sarajevo.

Max asintió.

–Sí, nos lo ha dicho uno de los cocheros. Ahora todo el mundo especula sobre si habrá guerra, claro.

–Hace mucho que Suecia no participa en ningún conflicto y, si conozco a nuestro rey, creo que no querrá involucrarse.

–Podría ser, pero para Alemania es diferente. Si el emperador Francisco José decide atacar a los serbios, Guillermo se pondrá de su parte.

–Pues esperemos que no llegue tan lejos –dije.

De nuevo nos quedamos callados, hasta que él habló:

–Sobre lo de anoche... lamento mucho que...

–Chsss... –Le puse un dedo en los labios–. No tienes nada que lamentar. Lo lamento yo. No debería haberte presionado. No sé cómo se me ocurrió, la verdad. Mi madre me ha hablado tanto de matrimonio... Aquí todo el mundo parece al acecho, esperando a que por fin escoja un marido. Creo que quería quitarme todo eso de encima y por eso me decidí a pedírtelo. Pero estuvo mal, ahora lo veo y me disculpo.

Max no dijo nada, pero volvía a tener esa arruga entre las cejas. Yo no hice caso. Había retirado mis pretensiones y me había disculpado. Más no podía hacer.

Un instante después, dio un paso hacia mí y me estrechó entre sus brazos.

–No hay nada que disculpar –dijo–. Hiciste lo que te pedía el corazón. Cuando llegue el momento, seré yo quien te haga la proposición. Pero dame tiempo, por favor.

Asentí, aunque noté que algo se había quebrado en mi interior. Lo amaba, y cuando lo miraba quería perderme en las profundidades de sus ojos, pero el rechazo era una sombra contra la que no podía luchar. Esa noche nos besamos y nos amamos, y todo fue como siempre, pero después estuve un rato mirando por la ventana y preguntándome qué nos depararía el futuro.

Capítulo 47

AL CÁLIDO JUNIO le siguió un julio más caluroso que hizo madurar el cereal y que los caballos se reunieran bajo los árboles de los prados, donde esperaban apáticos a que llegara la brisa nocturna.

A menudo salía a los prados a contemplar a *Talla* y los demás. *Lucero Vespertino* se iba recuperando bien de su enfermedad, pero todavía me abstenía de montarlo. Lo dejaba correr por los prados, libre y sin ensillar. Era posible que nunca volviera a cabalgar con él, pero esperaba que pudiera servirnos para la cría.

La vida seguía su curso, aunque sobre nosotros se cernía la inquietud de que todo podía cambiar en cualquier momento. Leía con interés las noticias de la prensa. Puesto que nuestro diario local no decía mucho, busqué un periódico de Estocolmo que ofrecía una visión más completa.

Me sorprendió que el gobierno de Serbia no pareciera tener intención de perseguir a los culpables. Incluso se especulaba que el asesinato lo había organizado el propio gobierno, porque quería expulsar a los austríacos de Bosnia y apropiarse del territorio. «La crisis de julio», la llamaban los periódicos, y profetizaban que, si no se encontraba pronto una solución, la guerra sería inevitable. Las amigas de mi madre parecían tener razón.

La tarde del 28 de julio vi desde la ventana del despacho a nuestro chico de los recados, Peter, que venía corriendo por el patio. Lo había enviado al pueblo a por algo, pero al verlo subir agitado los peldaños de la entrada me pregunté qué ocurriría. ¿Un incendio en los campos? De vez en cuando sucedía, y siempre levantaba mucho revuelo en los alrededores. Esta vez, sin embargo, presentí que no se trataba de ningún fuego. Fui al escritorio y me senté. Miré al cielo por la ventana y esperé. Si se trataba de algo importante, subiría a verme. Si no Peter, algún otro. Al cabo de un momento llamaron a la puerta.

–¡Adelante! –exclamé, y vi el rostro del joven acalorado, que hizo una reverencia con la gorra arrugada entre las manos.

–Señorita –dijo–, los austríacos han declarado la guerra a los serbios. Me he enterado hace un rato en la tienda.

–¿Quién te lo ha dicho?

Desde hacía unos días, siempre había alguien que afirmaba que la guerra había empezado, pero luego el periódico no lo confirmaba.

–Olsson, que trabaja de chico de los recados para la oficina de telégrafos. Lo sabe porque alguien recibió un telegrama. El jefe de telégrafos estaba consternado y llamó a su familia enseguida. Olsson montó en la bicicleta y llegó al pueblo poco antes que yo. Todo el mundo está conmocionado.

También yo. Todavía recordaba cómo me había aprendido todas las alianzas de las distintas casas reales en la Escuela Superior de Señoritas. Suecia no estaba aliada con nadie, pero el profesor consideraba importante que supiéramos quién tenía alianzas o enemistades con quién en el continente.

Por eso comprendía que una declaración de guerra de Austria a Serbia supondría la participación inevitable de Alemania. Los serbios eran aliados del zar ruso, que por su parte tenía pactos con Francia. De repente, cinco países europeos se encontrarían metidos en una guerra. Y otros los seguirían, porque Bélgica era aliada de Francia, igual que Gran Bretaña. Era como si alguien hubiese tumbado la primera ficha de un dominó, de manera que las demás caerían una tras otra.

¿Cuánto tiempo podría mantenerse Suecia fuera de esa reacción en cadena? Las relaciones de nuestra casa real con el káiser alemán eran buenas, pero no habíamos firmado ningún pacto. ¿Se dejarían arrastrar también los daneses para apoyar a sus vecinos alemanes? ¿Y qué haría Noruega, que desde 1905 ya no estaba gobernada por nuestro rey? ¿Y Finlandia, que se vería expuesta a la amenaza por parte de Rusia?

—Señorita, ¿va todo bien? —preguntó Peter, preocupado, y entonces me di cuenta de que llevaba varios minutos callada, inmóvil en mi silla.

—Sí, gracias, Peter, y gracias también por la noticia.

El muchacho se inclinó y se marchó.

Miré un momento la puerta, antes de salir también. Bajé a la planta baja, atravesé el jardín y me metí en el bosquecillo que bordeaba la propiedad. Allí me detuve en un rincón musgoso y miré hacia arriba entre el verde follaje.

Había empezado una guerra.

Nada parecía haber cambiado. Las hojas susurraban al viento, los pájaros entonaban sus cantos veraniegos y enseñaban a sus polluelos a volar. El sol brillaba y las nubes se deslizaban ante él. La hierba se inclinaba suavemente por la brisa, como siempre. Entre los matorrales correteaban escarabajos, hormigas e insectos en busca de alimento.

Solo las personas sabían lo que significaba una declaración de guerra. Solo para las personas pesaba tanto la decisión de otros congéneres.

POR LA NOCHE, en casa el silencio era inquietante. Las sirvientas solo hablaban en susurros sobre la guerra inminente, el señor Bruns y la señorita Rosendahl cruzaban miradas significativas. Se notaba que les habría gustado saber más, pero yo no podía decirles nada. Lo mismo ocurría con mi madre. También ella estaba callada, sumida en sus propias cavilaciones.

Cuando las criadas de la casa ya se habían retirado y todas las luces se habían apagado, fui a ver a Max. Seguro que los mozos de cuadra le habrían contado más cosas.

En la cabaña había luz y me tomé un momento para mirarlo por la ventana antes de anunciar mi presencia. Estaba sentado a su mesa, inmerso en la lectura de una hoja. ¿Sería una carta? ¿Cuándo la había recibido?

Parecía muy concentrado. Por lo visto, no había tenido tiempo de cambiarse la ropa de trabajo. Los tirantes parecían clavársele en los hombros y llevaba la camisa arrugada. Sonreí y subí los escalones. Como siempre, uno de ellos crujió. Esa era nuestra señal.

Antes de que pudiera llamar, él abrió la puerta. Un mechón de pelo alborotado le caía en la cara y su sonrisa parecía algo forzada.

–Hola, Agneta. Pasa, por favor.

Lo miré, pero no tuve valor para preguntarle por la carta.

–Espero no molestar –dije.

Él me estrecho entre sus brazos y me besó.

–Tú nunca molestas. Además, ya sé que vienes todas las noches.

Me retuvo un momento y sentí que su corazón latía con más fuerza que de costumbre. ¿Era por mí o por lo que acababa de leer?

–¿Tienes correo? –pregunté, y miré hacia la mesa.

La carta estaba de nuevo en su sobre, pero no lo había escondido.

Me soltó, se volvió, fue a buscarla y se la guardó en el bolsillo. Luego me miró algo desconcertado.

–Sí, pero no es nada importante.

–Pues pareces afectado –dije. Había cosas que no podía ocultarme, aunque no me explicara mucho acerca de sí mismo ni de su familia.

–Estamos en guerra. Y ya sabes qué consecuencias acarrea a las personas.

–Sí, es cierto –dije–, pero aquí no tienes nada que temer. Aquí no podrán venir a buscarte, y si lo hacen me encargaré de que no te lleven.

Me acerqué a él y quise abrazarlo, pero me rehuyó.

–¿Y si quiero alistarme? –preguntó. Lo miré con asombro.

–¿Querrías luchar en la guerra?

–¿Y por qué no? –refunfuñó–. Muchos hombres de mi edad se alistan voluntarios. Tenemos el deber de apoyar a Austria.

–¿Tenemos? –Sacudí la cabeza–. Tú eres medio sueco, ¿lo has olvidado?

–Claro que no, pero ¿y si el rey de Suecia también ordena la movilización?

–¡Hace cien años que no participamos en ningún conflicto! –exclamé–. No creo que los suecos estén ansiosos por ir a Serbia, a una guerra de la que no tienen ninguna culpa.

–No siempre se trata de tener la culpa, ¿verdad?

En sus ojos apareció una expresión salvaje que nunca le había visto.

El frío de la desilusión se extendió por mi pecho. Jamás habría esperado que sintiese tanto entusiasmo por la guerra. Max pareció notarlo, ya que relajó los hombros y en su rostro apareció de pronto el cansancio.

–Perdóname, por favor, no deberíamos discutir por esto.

Me abrazó, pero no tuve fuerzas para corresponderle. Me sentía rígida como una vara. Había querido encontrar consuelo, hablar con él, pero ya no me apetecía.

–Estoy cansada –dije entonces–. Será mejor que me marche.

Max asintió. Tenía la tenue esperanza de que me dijese que también podía descansar a su lado, pero no intentó detenerme. Me dirigí hacia la puerta.

–Agneta.

Me volví. Las lágrimas me cerraban la garganta, pero me esforcé por ocultarlo.

–Por favor, dame algo de tiempo.

El mismo deseo que cuatro semanas antes, cuando le había propuesto casarse conmigo.

–Está bien –dije. Estaba demasiado cansada para discutir con él, ni siquiera pude preguntarle qué significaba eso–. Buenas noches –le deseé, y me marché.

La noche susurraba y en el cielo titilaban miles de estrellas. Era un espectáculo del que habíamos disfrutado todo ese año. Sin embargo, de pronto yo estaba ahí fuera, y él, dentro. Cuando me volví otra vez, lo vi sentado de nuevo a su escritorio. Desdobló la carta y se puso a releerla.

No quería reconocerlo, pero en cierto modo tenía la sensación de estar ante el final. Tal vez fuera solo por esa carta, porque no quería inquietarme con su contenido. Sin embargo, mientras mi mente buscaba excusas y justificaciones para su comportamiento, una pequeña voz me decía que estaba a punto de perderlo. ¿Podía hacer algo para evitarlo?

No lo sabía, pero quizá se me ocurriría tumbada en silencio en mi habitación, acompañada por el tictac del despertador de mi abuela.

Capítulo 48

UNA SEMANA DESPUÉS, Alemania entró oficialmente en la guerra. Cuando leí la noticia en el periódico, supe que el destino de Europa estaba sellado. Recordé el dominó. ¿Qué ficha sería la siguiente en caer?

Nuestro rey se mostraba todavía muy reservado, no tenía intención de apoyar a los alemanes en el conflicto. Explicó que Suecia no había participado en ninguna guerra desde 1814, y que no quería romper cien años de paz. A Gustavo lo acusaban de debilidad, pero yo me alegraba de que no ordenara la movilización. Habría sido una temeridad meterse en una guerra librada por Serbia y Austria.

Aun así, noté un cambio, y fue en Max. A veces pasaba horas ensimismado. Cuando le hablaba, me miraba como si me viera por primera vez. Si le preguntaba en qué estaba pensando, no decía nada.

Sabía que seguía dándole vueltas a eso de alistarse. Comprendí que me había contado menos aún sobre sí mismo de lo que yo creía. El hombre que había abandonado la finca de su familia para librarse de sus obligaciones, de pronto quería ponerse a disposición del ejército. Él, que en nuestra finca tenía una buena vida, quería entregarse al sufrimiento del campo de batalla. Seguramente jamás lo entendería.

Su transformación hizo que cada vez nos encontrásemos menos para dar nuestro paseo matutino. Al principio me esforcé por llegar a él, pero el muro que había levantado a su alrededor no hacía más que crecer, hasta que dejó de presentarse en el punto de encuentro. Poco después, también yo dejé de acudir. Me dijo que necesitaba tiempo para sí, que con vernos por las noches era suficiente. Sus palabras me afectaron mucho, porque sospechaba lo que significaban: que ya no deseaba estar conmigo. Cuando nos entregábamos al amor físico, se notaba que nuestra relación se estaba enfriando.

Eso me destrozaba, y a veces, después de estar con él, me tumbaba en mi cama a llorar. No obtenía respuesta a ninguna de mis preguntas y tampoco sabía cómo lograr que me amara de nuevo como antes. Así pues, me refugié en el trabajo e intenté informarme lo más posible sobre la guerra.

A FINALES DE agosto recibí una solicitud de Alemania. Un tal Von Kranitz, conde, se interesaba por nuestros media sangre suecos. «Ha llegado a mis oídos que sus caballos son los mejores, los animales más robustos y resistentes del país», me alababa en su carta.

Pensando en el curso de los acontecimientos bélicos, que yo seguía con atención, esa carta me provocó malestar.

En el último mes, los hombres alemanes parecían presa de una inquietante euforia. Muchos consideraban la guerra un hecho maravilloso y el único sentido que le veían a la vida era lanzarse a la batalla. También a Max parecía afectarle ese entusiasmo patriotero. Podía pasarse horas hablando sobre la guerra, sobre que los alemanes tenían por fin la oportunidad de demostrar su valía. A mí me extrañaba un poco, pero confiaba en que no llegara tan lejos como para dejar a la finca en la estacada y perderse en el torbellino del conflicto.

A pesar de mi inquietud, accedí a la visita del conde alemán y me preparé para recibirlo a él y sus acompañantes. Llegó en un landó abierto y tirado por cuatro hermosos tordos rodados. Cuando vi apearse a los cuatro hombres uniformados, me quedé azorada. El conde no había mencionado que actuara en nombre del ejército. ¿O llegaba tan lejos el entusiasmo bélico en Alemania que todos los hombres vestían de uniforme? No era capaz de imaginar algo así.

Me acerqué a ellos, satisfecha de haber escogido un sobrio vestido gris oscuro. Con hombres como esos, no podía permitirme dar la imagen de joven inocente y bisoña en los negocios. La muselina blanca estaba fuera de lugar.

—Sean bienvenidos a Lejongård —dije en alemán, ya que en los últimos meses lo había practicado bastante gracias a Max—. Soy Agneta Lejongård, señora de la finca.

El conde entrechocó los talones, se inclinó y me besó la mano. A mí me costó ocultar mi rechazo instantáneo. Rara vez tratábamos con militares, pero incluso la visita de oficiales del ejército sueco me incomodaba. Desprendían una agresividad ante la cual me sentía indefensa. La virilidad exacerbada y ufana era algo que acaloraba a mis amigas de Estocolmo.

—Condesa Lejongård, estos son mi caballerizo Weber, mi oficial adjunto Köster y mi amigo el barón Von Stein.

Mientras los hombres me ofrecían un saludo militar, me extrañó que hasta el caballerizo fuese uniformado.

—Me alegra que nos haya recibido —prosiguió el conde—. Sus caballos tienen una fama más que extraordinaria.

—Es usted muy amable —repuse—. ¿Puedo ofrecerles un pequeño refrigerio, tal vez?

—¡Con mucho gusto! —exclamó Von Kranitz, y echó a andar a mi lado.

Los otros nos siguieron.

Los llevé al salón de fumadores, el que utilizaba casi siempre para las conversaciones de negocios. El olor a tabaco que desprendían las paredes me confería credibilidad y ayudaba a que hasta las negociaciones más difíciles salieran bien. Con los socios comerciales suecos funcionaba, ¿por qué no con los alemanes?

Los hombres estaban visiblemente impresionados. Miraban a todas partes con admiración, y contemplaron en especial el cuadro de los faisanes muertos, un bodegón de caza en el que aparecían faisanes colgados de unos lazos. Entre ellos había un ciervo con un tiro en el lomo, más la vegetación y las ramas de abeto habituales. No sabía si a mi padre le había gustado, nunca dijo nada al respecto. De niña, esos cuadros me provocaban terribles pesadillas. Me habría encantado descolgarlos y arrumbarlos en el desván, pero había comprobado que ejercían cierto efecto en los visitantes masculinos. La muerte y la sangre parecían estimularlos, y eso a veces era ventajoso en los tratos comerciales.

Les pedí que tomaran asiento en el tresillo de cuero y llamé a Bruns, que poco después apareció con una bandeja. Una cafetera, tazas y platillos, y una fuente con galletas de la señora Bloomquist.

—Es tradición en Suecia servir siete tipos de pastas con el café —expliqué—. Para nosotros, la hora del café es sagrada. Sírvanse, señores, mi cocinera no les perdonaría que la fuente regresara intacta.

Los hombres tomaron pastas y Bruns sirvió el café. Yo di un sorbo; el aromático sabor me cubrió la lengua y me bajó por la garganta.

—Es muy poco habitual ver a una mujer dirigiendo una finca —comentó Von Kranitz después de probar el café.

Le había pedido a la señora Bloomquist que lo preparara bien cargado, ya que las negociaciones de una venta solían ser aburridas. No quería dejar que el cansancio me venciera.

—Pero seguro que en Suecia las mujeres han tenido siempre una naturaleza más robusta, ¿verdad? —añadió.

Los hombres rieron. A mí esas bromas no me hacían gracia, pero no pensaba dejar que perturbaran mi calma. Algunos clientes necesitaban fanfarronear con esa clase de comentarios delante de una dama.

—Si se refiere a nuestro pasado como pueblo escandinavo, tienen razón —repuse—. No en vano eran las mujeres las que, en nuestra mitología, se llevaban del campo de batalla a los guerreros caídos y los transportaban al Valhala.

–Sí, hemos oído hablar de las valquirias. Tienen ustedes unas leyendas admirables.

–Gracias –dije. Me habría gustado pasar directamente a valorar su petición, pero siempre había que charlar un poco antes de entrar en materia–. Nuestra casa cuenta con más de setecientos años de historia. Hace unos doscientos cincuenta años que somos los señores de esta finca, pero antes mis antepasados ya poseían otras propiedades y servían al rey.

–Yo me enorgullezco de poder decir que mis antepasados cabalgaron con Carlomagno –señaló Von Kranitz–. Es interesante que uno de sus reyes más importantes llevara ese mismo nombre.

–Supongo que se refiere a Carolus Rex. Sí, fue uno de nuestros reyes más belicosos. Por desgracia, el destino lo puso delante de una bala de fusil. Muchos de sus contemporáneos no lo lamentaron, ya que las guerras que libró le costaron al país más de lo que le valieron.

Noté que Von Kranitz me disparaba una mirada, y al mismo tiempo intuí que, en efecto, no pretendía comprar los animales para fines civiles. No era casualidad que se hubiera referido al pasado bélico de nuestro país, pero parecía haber olvidado que los suecos nos habíamos propuesto no volver a involucrarnos en más guerras.

–¿Qué opina usted? ¿Cree que Gustavo V saldrá en defensa del káiser alemán en el conflicto actual? –preguntó al fin.

Noté que el ambiente se tensaba.

–Eso debería preguntárselo usted al rey –respondí–. Puede que nuestra familia tenga amistad con la casa Bernadotte, pero carecemos de influencia en sus decisiones políticas. Mis antepasados prefirieron centrarse en la cría de caballos.

Von Kranitz adelantó el labio inferior y reflexionó un momento.

–Estoy ansioso por ver sus animales –dijo entonces–. ¿Estaría dispuesta a enseñarme los establos y los prados?

–Con mucho gusto, pero antes deberíamos acabarnos el café y comer alguna galleta más.

MEDIA HORA DESPUÉS, llevé a los hombres hasta los prados y luego a los establos. Von Kranitz solo tuvo alabanzas para nuestros animales y ya dejaba entrever que el káiser necesitaría muchos de ellos para su ejército.

–Caballos como estos –dijo abarcando los prados con un amplio gesto, como si todo le perteneciera.

En ese momento supe que no cerraríamos ningún trato, pero no lo dije todavía.

Le enseñé los establos, donde nos encontramos con Max. Ya le había informado de la visita de sus compatriotas, y se alegró sin disimulo al ver a los militares.

–Max von Bredestein –se presentó.

–Encantado –contestó Von Kranitz–. ¿Es usted alemán? ¿Qué opina de los últimos acontecimientos en nuestro país?

–Me parece que el káiser ha tomado la decisión acertada. Austria no debe perdonar ese atentado cobarde.

Von Kranitz se lo quedó mirando.

–Parece usted un hombre capaz. Y es noble, además. Alguien como usted, con sus conocimientos sobre caballos, podría serle muy útil a nuestro ejército.

Max me miró. Apenas pude ocultar el malestar que me provocó Von Kranitz al intentar quitarme un empleado con tanto descaro. Solo estaba esperando el mejor momento para despedir con buenas palabras al hombre y su séquito.

–Gracias –dijo Max–, pero me he comprometido con la cría de estos animales. Además, no puedo dejar la finca en la estacada.

Quizá me equivocaba, pero no pareció especialmente entusiasmado con esas palabras. Tal vez creyendo que yo no me daba cuenta, miraba a los visitantes casi con anhelo. Pero no era momento de pensar en eso.

–Así pues, ¿los animales se usarían con fines militares? – pregunté–. ¿En qué los emplearían? ¿En el campo de batalla? –Mi voz sonó cortante, pero quizá Von Kranitz lo achacara a mi acento.

–Tendrán diferentes cometidos, pero sobre todo serán para la caballería.

–¿Estarían expuestos, entonces, a armas de fuego? –Una furia oscura empezó a crecer en mi pecho.

–Les realizaremos pruebas de aptitud, por supuesto, para que los que vayan al campo de batalla no se espanten, pero supongo que la mayoría no tendrán problema con el fragor de la artillería.

Inspiré hondo.

–¿Qué suma y por cuántos caballos había pensado ofrecernos?

En realidad me habría gustado recriminarle que me hubiera engañado ocultándome sus intenciones, reprocharle que el imperio alemán intentase comprar de esa forma la ayuda de Suecia para su guerra.

–El káiser le ofrece cincuenta mil marcos por toda una manada.

–¿Cincuenta mil? –repetí. Eso era mucho.

–Por quinientos caballos –precisó Von Kranitz con aplomo–. O sea, cien marcos por caballo. –Por lo visto, pensaba que yo era incapaz de calcular.

Lo dejé un momento en vilo y miré a Max.

–¿Qué opina usted, señor Von Bredestein? –pregunté–. ¿Cien marcos es un buen precio por uno de nuestros caballos?

–Muy bueno, diría yo –respondió Max, y percibí que se alegraba de recibir esa oferta.

Yo, sin embargo, no compartía su alegría. Miré a Von Kranitz a su rostro anguloso y de ojos oscuros.

–Agradezco su generosa oferta –anuncié entonces–. No obstante, me temo que los caballos suecos no oyen estruendo de artillería desde hace mucho, así que ya no están acostumbrados. Dígale a su káiser que muchas gracias por el interés, pero que no le venderé mis animales. No son adecuados para servicios bélicos.

–Pero, condesa, no entiendo... Ya le he dicho que... –Von Kranitz miró a los otros hombres. También ellos parecían sorprendidos. Era evidente que contaban con cerrar el trato–. Podríamos aumentar un poco el precio, si usted quiere. ¡Le pagaremos setenta mil!

Negué con la cabeza. No estaba dispuesta a dejar que mis caballos muriesen en el campo de batalla.

–Lo siento, señor Von Kranitz, pero insisto. Le agradezco su visita y su interés, y le deseo todo lo mejor.

El conde me miraba como si hubiera perdido el juicio. Apretaba la mandíbula, y por un momento pareció esperar un cambio de opinión por mi parte, pero no lo obtuvo.

Furioso, dio media vuelta y regresó al carruaje con airadas zancadas. Fui tras ellos, pero ni siquiera se tomaron la molestia de despedirse.

Apenas habían desaparecido los alemanes, Max se presentó en mi despacho. Parecía nervioso, como si se le hubiera escapado una oportunidad irrepetible.

–¿Por qué los has rechazado? –quiso saber.

–Ya me has oído. No quiero que lleven a mis animales a la batalla. Son demasiado valiosos.

–¡Pero la suma que te ha ofrecido era enorme!

–El peligro al que expondrían a los animales también –señalé–. Además, hace mucho que los suecos no nos involucramos en ningún conflicto bélico.

–¡Pero esto no es participar en ninguna guerra!

–¿Ah, no? ¡Los caballos irían a la batalla! ¡Llevarían a soldados alemanes! Eso es participar.

El corazón me palpitaba. Ya hacía unas semanas que mis sentimientos por Max no eran los mismos, pero que estuviera dispuesto a que nuestros animales fueran diezmados en el campo de batalla me despertó una ira salvaje.

–¡Esos caballos son importantes para la guerra! –gritó–. ¡Y necesitamos el dinero! ¡Es una fortuna que no deberías rechazar! ¡Voy a ir en busca de Von Kranitz!

–Si no recuerdo mal, sigo siendo la señora de esta finca. ¡Y me niego a que mis animales mueran en esa guerra!

Los ojos de Max se convirtieron en dos ranuras. Apretaba la mandíbula y, sin querer, también los puños. Parecía dispuesto a abalanzarse sobre mí. Jamás lo había visto de esa manera y me asustó un poco. ¿Qué le ocurría de pronto? ¿Por qué le importaba tanto esa guerra? ¿Por qué quería que nuestros caballos fuesen carne de cañón, y nunca mejor dicho? Los animales que con tanto esmero traíamos a este mundo, criábamos y mimábamos.

–¿Hablarías de la misma manera si el rey hubiese ordenado la movilización? ¿Si los ingleses os atacasen?

–Nuestro rey no ha ordenado la movilización –contesté–, y es lo bastante inteligente como para no hacerlo. ¿De verdad crees que a un país le sirve de algo perder miles de hombres? Ya hemos dejado atrás esos tiempos. Todos los niños aprenden en la escuela el sufrimiento que nos trajeron las guerras. ¡Deberíamos superarlas y alegrarnos de que no vuelvan a repetirse!

Me miró con los ojos encendidos. Esperé que dijera algo más, pero, al igual que los alemanes, dio media vuelta y salió por la puerta con bruscas zancadas.

Lo seguí con la mirada y luego tuve que apoyarme en el escritorio. Siempre lo había tenido por un hombre afable y dulce, capaz de hablar con sensibilidad sobre estrellas, mariposas y mundos lejanos.

No reconocía al hombre que acababa de salir de mi despacho. Tal vez la guerra no se había declarado en Suecia, pero, por extraño que pareciera, había conseguido llegar hasta Max y transformar su corazón tanto como para convertirlo en otro. Y eso me dolía mucho más que los setenta mil marcos que había perdido esa tarde.

Capítulo 49

LA SEMANA SIGUIENTE no fui a la cabaña de Max, ni por la mañana ni por la noche. No quería verlo. Seguía furiosa por lo de los caballos y sus opiniones sobre la guerra, así que no hablaba con él más que lo imprescindible. No podía creer que le entusiasmara tanto que unos hombres cabalgaran hacia la muerte en nuestros caballos.

Una mañana de principios de septiembre, poco antes de la gran cacería del zorro, Tim vino a buscarme cuando estaba a punto de ir al establo.

—¡Señorita, el señor Von Bredestein no se ha presentado a trabajar esta mañana! —El muchacho me miró con pánico—. Lo hemos buscado por todas partes y, como no lo encontramos, hemos ido a la cabaña, pero allí está todo cerrado. No queríamos tirar la puerta abajo, así que he venido a preguntarle a usted...

El corazón se me aceleró. ¿Qué había ocurrido? ¿Había aprovechado nuestra discusión como pretexto para desaparecer sin más? ¿Había hecho realidad sus planes y había regresado a su país para alistarse como voluntario? Se me revolvió el estómago solo con pensarlo.

—Has hecho muy bien —dije—. Tengo una copia de la llave de la cabaña, iremos a ver.

Me levanté y me dirigí a la puerta. No quería que se me notara la inquietud y el miedo, pero por dentro me estaban torturando.

De vez en cuando ocurría que un hombre se quitaba la vida al recibir una mala noticia. Recordaba la historia de un campesino del pueblo que se había colgado en su granero después de que el médico le diagnosticara un cáncer.

¿Había recibido Max una noticia similar? No pude evitar pensar en la carta que lo había afectado tanto hacía un tiempo. Pero ¿por qué no me había contado nada? Me tapé la boca con la mano, pero la volví a bajar, no quería que los mozos de cuadra se llevaran la impresión de que Max me importaba tanto.

Intenté comportarme como si se tratase de cualquier empleado. Me costó, pero por fin encontré la llave y, seguida de un par de hombres, fui a la cabaña. Por el camino tuve que oír las especulaciones más descabelladas, como que Max hubiera cometido algún delito y se hubiese dado a la fuga. Cuando un mozo de cuadra opinó que tal vez lo buscaba la policía, no pude más.

–¡Ya basta de rumores! –le espeté–. Primero hay que descubrir lo que ha sucedido, después podremos hablar.

Los hombres me miraron con asombro. Hasta entonces rara vez había tenido que levantar la voz, pero en esa ocasión no pude evitarlo.

No podía permitir que vilipendiaran a Max. Con Langeholm había sido otra cosa, pero Max no era como el caballerizo felón. Por fin, subí los peldaños de la veranda, llamé a la puerta y lo llamé a gritos. Como nadie respondió, abrí la cabaña.

Me recibió un espacio frío y vacío. Los muebles seguían allí, pero los pocos objetos personales de Max habían desaparecido.

Fui al dormitorio. También allí parecía que no hubiese estado nunca. La cama estaba hecha, pero la bata de su abuelo ya no colgaba en el armario, y tampoco vi la bolsa con que Max había llegado. Igual que en la sala, había limpiado y ordenado la habitación para no dejar rastro.

Los hombres murmuraban. Ya sabían lo que yo no quería reconocer: Max se había ido.

Me quedé inmóvil en el dormitorio. El corazón me martilleaba en el pecho y las sienes me latían dolorosamente. Lo veía, pero no podía creerlo. Max se había marchado. Miré en todas direcciones, pero no encontré ninguna carta de despedida. ¿No me debía al menos eso? ¿Una explicación de por qué me abandonaba? Si era por la guerra, ¿no podría haberme dejado al menos una nota?

Me entraron remordimientos de conciencia. ¿Lo había echado yo al rehuirlo? ¿O tal vez la oferta de Von Kranitz había acabado convenciéndolo?

Al cabo de un momento volví a ser consciente de que los hombres seguían allí. Esperaban una reacción mía, pero no estaba dispuesta a enviar una partida de búsqueda que le diera caza como si fuera un fugitivo. Max había tomado una decisión, sin mí, y se había marchado. Estaba tan conmocionada que en esos instantes no sentía nada.

–Pues parece que se ha ido, sí –dije, anunciando lo que los demás ya sabían. Me volví–. Lasse, ¿te ves capaz de hacerte cargo de las labores de caballerizo?

–Sí, por supuesto, señora.

Pareció algo dubitativo, pero Max le había enseñado bien, y ya llevaba doce años trabajando en Lejongård.

–Bien, pues volvamos al trabajo. Y si alguien se entera de dónde está el señor Von Bredestein, que me lo comunique enseguida.

–Sí, señora –repusieron los hombres a coro antes de dispersarse.

Yo me quedé un rato más en la cabaña. Max, ¿qué has hecho?, fue la pregunta muda que les dirigí a las vigas. ¿Por qué no me dijiste qué te pasaba?

¿Habría huido porque intuía que yo no aprobaría su alistamiento? ¿O porque le había hablado de matrimonio? En ese caso, también podría haberse marchado antes...

Suspiré. Seguía sintiendo el cuerpo entumecido y esperaba que un pellizco en la mano me despertara de ese terrible sueño. Pero la marcha de Max era tan real como el silencio y el lejano susurro de los árboles.

Por fin, salí de la cabaña, cerré con llave y contemplé el bosque desde la veranda. Me sobrevino el miedo. ¿Y si había cometido una locura?

No, me dijo mi sentido común, él no haría eso. Desde aquella carta y el inicio de la guerra estaba turbado, pero no cansado de vivir.

Regresé a la mansión, donde quería reflexionar sobre lo ocurrido.

–¿Qué era todo ese alboroto? –preguntó mi madre cuando entré. Por lo visto, iba a salir justo entonces.

–Nuestro administrador se ha marchado –informé, sucinta, y pasé de largo.

–¿Que se ha marchado? –exclamó.

–Exacto, se ha marchado –confirmé sin volverme–. He nombrado a Lasse nuevo caballerizo. Las labores de administración las realizaré yo misma. –Y subí corriendo la escalera.

Sentía que la conmoción se agudizaba y se convertía en un mar de lágrimas que amenazaba con desbordarse en cualquier momento. Llegué a la puerta del despacho justo cuando la riada me inundó, y me vine abajo llorando. Intenté no gritar muy alto mi dolor. Las lágrimas me corrían por las mejillas y me temblaba todo el cuerpo. Me arrastré hasta el escritorio y me dejé caer en la silla con pesadez. Lloré y gimoteé, me llevé las manos a la frente y sentí cómo las lágrimas caían y caían. Un zumbido me ensordecía los oídos, el corazón me palpitaba y me dolía a la vez.

¿Por qué se había marchado? ¿Qué había ocurrido? Al final, el dolor y la incomprensión dejaron paso al desasosiego y el miedo.

Cuando llamaron a la puerta, levanté la vista. El sobresalto hizo que me tragara los sollozos. ¡Nadie debía verme así! Ni Bruns ni la señorita Rosendahl, y mucho menos mi madre. Inspiré hondo y me sequé las mejillas. Si era Bruns o el ama de llaves, volverían a marcharse al no recibir respuesta. Pero era más probable que se tratara de mi madre, que esperaría una explicación. Apenas había hablado con Max, no podía decirse que entre ellos hubiera relación alguna, pero si el caballerizo había desaparecido, ella querría saber por qué.

Llamaron de nuevo. La puerta se abrió y entró con cara de preocupación.

A mí me ardían los ojos, era evidente que no podía fingir que no me había afectado.

—¿Te encuentras bien? —preguntó mi madre, y cerró la puerta a su espalda.

—Sí. No. —Inspiré hondo y deseé tener allí a Marit. Durante esas últimas semanas tan extrañas no le había escrito. Entonces deseé haberlo hecho. Necesitaba a alguien con quien hablar, y mi madre no era esa persona—. Es que no entiendo que se haya marchado sin más.

Ella rodeó el escritorio para poder mirarme bien. De nada servía pretender que no había pasado los últimos minutos llorando desconsoladamente.

Sacó un pañuelo y me lo tendió.

—Ten, sécate.

—Gracias.

Me soné y estrujé el pañuelo.

—Bueno, mi opinión sobre los hombres que abandonan la casa familiar para darle una lección a su padre ya la conoces —empezó en voz baja—. Es evidente que también este era más bien veleidoso. No quiero decir que no haya hecho un buen trabajo en Lejongård, pero saber que había abandonado así la finca de su padre habría tenido que servirte de advertencia. Se ve que es su forma habitual de actuar, y tú ni siquiera eres de su familia. ¿Qué motivo habría tenido para respetarte más que a los suyos?

Me habría gustado gritarle que a Max lo unían más sentimientos conmigo que con su padre, decirle que yo era importante para él. Sin embargo, la ira que sentí contra ella me aclaró la cabeza de una forma curiosa.

Tenía razón. Max no se sentía obligado para con su familia, y yo solo era alguien que le daba trabajo. Me había hecho la ilusión de que el vínculo establecido entre ambos lo mantendría a mi lado, incluso a pesar de nuestras peleas, pero estaba claro que no era así. Lo habría visto de otra forma si me hubiera dejado una nota, pero ahora no tenía más remedio que creer que me había abandonado igual que a su familia.

–La próxima vez que elijas caballerizo, deberías pensar en alguien a quien conozcas –prosiguió mi madre.

–Pero padre había hablado con él. Padre lo había elegido.

–Eso decía ese hombre.

–¿Cómo habría sabido, si no, que el puesto de administrador estaba libre?

Me negaba a creer que Max se hubiera colado en nuestra casa. Entonces tendría que preguntarme también si sus sentimientos por mí habían sido sinceros y quién se ocultaba tras ese plan, ya que a él no lo creía tan mezquino. Sin embargo, mi madre no tenía respuesta para mi pregunta.

–Tu padre se dejó chantajear por un caballerizo –señaló entonces, y con tanta dureza como jamás le había oído contra su marido–. Se cargó con un préstamo sin informarme de la situación en que nos ponía eso.

–Quería proteger a Hendrik. Seguro que tú también lo habrías hecho.

–Yo le habría rogado a Hendrik que terminara con esa aventura.

–Aun así, Langeholm habría vilipendiado a nuestra familia.

Mi madre sacudió la cabeza.

–No lo habría conseguido. Pero Thure era muy suyo. Los hombres siempre hacen lo que creen correcto, por desgracia, aunque estén equivocados. Y también es un hecho que para una mujer es inútil intentar llevar a su marido por la senda adecuada. Fingen entendernos durante un tiempo, pero en el fondo nos consideran débiles y tontas, y así provocan su propia ruina.

Al oír esas palabras creí que mi madre sabía lo de Max, que se había dado cuenta de lo que había entre ambos. Pero yo había sido cuidadosa, y hasta ese momento tampoco había visto por su parte ningún indicio de que lo supiera.

–Gracias, madre –dije, y apreté aún más el pañuelo. Asintió.

–Eres mi hija y la señora de la finca. Superarás esta pérdida y saldrás adelante. Los Lejongård siempre salen adelante, pase lo que pase. –Dicho eso, se volvió hacia la puerta.

Durante años había esperado de ella consuelo, y de pronto acababa de recibirlo. Sin exageraciones y sin calidez, pero dejando claro que estaba de mi lado.

La vi salir del despacho con la cabeza alta. Cuando la puerta se cerró, me miré las manos. ¿Cómo era posible que todos los amores de mi vida se me escaparan entre los dedos? ¿No estaba hecha para tener a un hombre a mi lado? ¿Era ese mi castigo por escoger siempre el camino equivocado?

Capítulo 50

DESPUÉS DE UNA noche intranquila, en la que el dolor por la marcha de Max siguió afectándome y me hizo llorar por haberlo ahuyentado, a la mañana siguiente cabalgué hasta el pueblo. No sabía muy bien a quién acudir, pero esperaba que alguien lo hubiese visto y pudiera darme información sobre su paradero.

El primer lugar que visité fue la taberna. El dueño ya la tenía cuando Hendrik y yo éramos pequeños, y a veces nos daba una gaseosa. Yo no había vuelto por allí desde aquella época, solo había visto el establecimiento desde fuera. Ese día entré como si fuese un lugar encantado con las paredes impregnadas de olor a tabaco.

–¡Caramba! Pero ¿qué trae a la señora de Lejongård a mi humilde casa? –oí decir a una voz ronca desde un rincón junto a la barra.

Un instante después, Friedjof, el dueño, se dejó ver. Ya era casi un anciano. Conservaba mucho pelo, aunque cano, lo mismo que la barba. Siempre había sido un hombre bastante rechoncho, y no había cambiado, pero el paso del tiempo lo había encorvado.

–Buenos días, Friedjof –saludé–. Hace mucho desde la última vez que vine.

–Es verdad. Demasiado. Pero es normal que a una joven no le apetezca una jarra de cerveza ni las fanfarronadas de los hombres.

–Mi padre venía a menudo, ¿verdad?

Asintió.

–Sí. Poco antes de fallecer ya no tanto, pero antes solía pasarse todas las semanas. Fue una auténtica lástima, lo suyo.

Intenté imaginar a mi padre entre los campesinos y jornaleros que se reunían allí a recuperarse tras el duro trabajo, pero no lo logré. Desde que tenía doce años ya no me había vuelto a llevar con él, decía que pronto sería una mujer adulta y que allí no se me había perdido nada.

—Pero seguro que no ha venido para hablar de su padre, ¿verdad? —Friedjof me escudriñó con sus ojos azul claro.

—No. El caso es que mi administrador desapareció ayer. Quería preguntarle si lo había visto.

El tabernero entornó los ojos. Parecía que tuviera que rebuscar en un rincón del cerebro donde guardaba los rostros de sus parroquianos como si fuera una biblioteca.

—Ah, sí, el alemán —dijo entonces—. Vino un par de veces. Un tipo agradable que se llevaba bien con la gente. Me asombraba que hablara tan bien el sueco.

—Es que su madre es sueca.

—¿Ah, sí? Nunca dijo nada, aunque, para ser sinceros, nunca decía mucho de sí mismo. Se interesaba por la zona y la gente de aquí. A veces hablaba de la finca y de lo mucho que la apreciaba a usted, de cómo la admiraba por haberse ocupado sola de los negocios de su padre.

Contuve un temblor, y tampoco cerré los ojos como me habría gustado. No podía darle ninguna pista al anciano, que había visto a tantísimas personas y sabía interpretar muy bien los rostros. Enseguida correría por todo el pueblo el cotilleo de que la señora de la finca se había enamoriscado de un empleado, y no quería ni imaginarme las habladurías que seguirían a eso.

—¿Comentó si tenía que ir a alguna parte? ¿A su país, quizá? ¿Se ha dejado ver alguna vez estos últimos días? ¿Puede que hablando con un par de alemanes de uniforme? —Estaba segura de que Von Kranitz no habría entrado allí, pero no quería dejar nada sin preguntar.

—Pues no. La última vez que estuvo aquí fue hace una semana. Venía muy de cuando en cuando, por eso no me había extrañado.

–¿De modo que no sabe dónde podría estar?

Friedjof negó con la cabeza.

–Lo siento. Tampoco he oído comentar nada.

Otra pregunta me ardía en el alma: ¿había visto alguna vez a Max con alguna mujer? ¿Habría huido con ella? Si era así, alguno de mis empleados se enteraría tarde o temprano y me lo contaría. ¿De verdad sería Max tan desconsiderado? Me tragué la pregunta. No quería delatarme más delante del tabernero.

–Muchas gracias, Friedjof –dije, y me marché.

Fuera, miré a lo largo de la calle. Numerosas huellas habían revuelto el polvo de la calzada. ¿Estarían allí también las de Max? ¿Habría atravesado el pueblo, o habría preferido cruzar por el bosque? Tal vez no estuviera lejos. A fin de cuentas, no tenía caballo. Pero entonces pensé que bien podría haberle comprado uno a algún campesino. A esas horas podía estar ya en Estocolmo, o en un barco de vuelta a su país.

Volví a montar a lomos de *Talla* y la espoleé. El viento me alborotó el cabello, pero no lo sentí como siempre. Mi piel parecía haberse vuelto extrañamente insensible. El ardor interior, sin embargo, era cada vez más fuerte.

Tenía que acabar con eso. Ya había superado una ruptura sentimental una vez, aunque ¿cómo podría olvidar a un hombre con el que estaba segura de haber encontrado a mi gran amor? Un hombre cuya transformación era incapaz de comprender.

ESA NOCHE, Y todas las de esa semana, fui a la cabaña. La esperanza de ver aparecer a Max me llevaba allí y conseguía engañarme por unos momentos. Sin embargo, cuando veía las ventanas oscuras, cuando llamaba a la puerta y nadie abría, cuando entraba y no encontraba nada más que muebles, volvía a la realidad. Rebuscaba una carta de despedida, pero en vano, por mucho que revolviera en los rincones y armarios. Era como si nunca hubiera estado allí, como si lo que habíamos vivido hubiese sido un sueño. Solo el olor de sus mantas me lo recordaba.

Me tumbaba en la cama, me tapaba con ellas y me llenaba los pulmones de ese aroma. Sin embargo, eso no me consolaba, solo aumentaba mi dolor y mi decepción.

Durante los días siguientes llevé dos vidas. La de señora de la finca, que destinaba sus fuerzas al trabajo en Lejongård, y la de amante dolida, que miraba con nostalgia por la ventana esperando el regreso de su amado.

Había denunciado la desaparición de Max a la policía, pero, dadas las circunstancias, me dieron muy pocas esperanzas.

–Si se ha llevado sus cosas, no hay duda de que quería marcharse. A menos que haya cometido un delito, no podemos seguirle el rastro.

Todos los días revisaba la correspondencia con dedos temblorosos. Esperaba encontrar una carta sin remitente, una con la letra de Max, o escrita torpemente a máquina para que no pudiera saberse quién era el remitente.

Sin embargo, no recibí ninguna noticia y, con cada día que pasaba, todo me parecía más negro. El trabajo me costaba cada vez más y ya no conseguía abarcar lo mismo que antes. Era como una sonámbula esperando a que la despertaran.

Al final decidí a escribir a su padre. Había visto su dirección en un sobre sin abrir que Max tenía en su escritorio. Era una carta muy antigua que había traído de Estocolmo. Su padre creía que su hijo estaba hospedado en casa de su amigo, igual que siempre que iba allí. Max me había dicho que jamás abriría esa carta porque ya sabía lo que ponía. Su padre lo maldeciría por haberlo abandonado y, al mismo tiempo, le pediría que regresara. Como lo uno no le importaba y lo otro no quería hacerlo, al final tiró la carta, pero la dirección de la finca Bredenstein se me había quedado grabada en la memoria. Aunque Max no se llevara bien con su padre, tal vez hubiera regresado con su familia.

Me expresé con mucha vaguedad y solo le hice saber que Max había estado trabajando para nosotros y había desaparecido sin dejar rastro. Le pedía noticias suyas para no tener que preocuparme por él y me despedía atentamente.

Al cerrar el sobre me tembló la mano. Siempre me quedaba la esperanza de que regresara conmigo, pero escribir a su padre me daba miedo. ¿Y si le habían comunicado la muerte de Max? ¿Y si alguien lo había matado en el curso de una pelea o un atraco? Entonces tendría esa certeza, pero no una explicación. Y se me partiría el corazón. Aun así, era mejor eso que vivir en la incertidumbre. Salí de la habitación y bajé a la cocina. Peter estaba allí, charlando con Marie.

Le entregué el sobre indicándole que partiera enseguida rumbo a la oficina de correos. Y, para mis adentros, rogué recibir al menos una señal de que Max seguía vivo.

Capítulo 51

LAS DOS SEMANAS siguientes no fueron mejores. El otoño se acercaba y teñía los bosques de brillantes tonos rojizos. Me encantaba esa época, y a menudo la había pintado, pero ahora me parecía que el rojo, el amarillo y el naranja estaban cubiertos de un velo gris que les quitaba esplendor.

A mi dolor sentimental se le añadió una debilidad física que no era capaz de explicarme. Enseguida me cansaba, no tenía apetito. Cada día era peor, y al final casi me habría gustado pasar todo el día en la cama. Sin embargo, me esforzaba por salir, y el trabajo me hacía olvidar casi todas mis molestias.

Una mañana de finales de septiembre, poco después de despertarme sentí un mareo terrible. Empecé a tener sudores fríos y el corazón se me aceleró de puro pánico. El tictac del despertador sonaba a un volumen ensordecedor en mi cabeza. ¿Qué me pasaba?

No tuve tiempo de darle muchas vueltas, porque un instante después salté de la cama. La bilis me subía ya por la garganta y llegué a tiempo de inclinarme sobre un cubo vacío que seguía allí del baño anterior. No vomité mucho, casi todo bilis, pero tardé un buen rato en poder levantarme de nuevo. Me quedé acuclillada junto al cubo mientras todo se movía ante mis ojos. Por unos instantes no pude pensar en nada, solo sentí un miedo profundo.

¿Era la preocupación por Max? ¿Había pillado alguna enfermedad? ¿Era el mal de amores? Me levanté y quise salir del baño, pero me mareé otra vez. Me sostuve en el borde de la bañera y esperé a que se me pasara. Me temblaban las rodillas y notaba un sudor frío en la piel. El miedo me atenazó el pecho y se hizo aún mayor cuando pensé que Lena llegaría pronto y vería el cubo.

Al final conseguí ponerme en pie. Llevé el cubo al retrete y volví a sentir náuseas al vaciarlo y aclararlo con agua. Cuando regresé al dormitorio, me senté delante del espejo. En ese momento fue como si me arrancaran una venda de los ojos.

Vi lo que esas últimas semanas habían hecho conmigo. Tenía los ojos rodeados de sombras oscuras, como si no hubiese dormido desde la desaparición de Max. El pelo estaba desgreñado y tenía los labios secos. Mi tez había adquirido un tono grisáceo.

No sabía cómo había conseguido arreglarme Lena para que nadie me comentara lo terrible de mi aspecto. Sin embargo, de pronto comprendí que ya había visto un rostro así en otra ocasión, solo que en la habitación de una criada: Susanna... ¿Acaso Max había dejado su simiente en mí? ¿Estaba embarazada?

Comprenderlo fue como recibir un puñetazo en el pecho. El terror me dejó paralizada. Cuántas veces habíamos hablado en Estocolmo con mujeres que afirmaban haber echado hasta la primera papilla para luego descubrir que estaban embarazadas... Pero ¿cómo podía haber ocurrido? Había tenido en cuenta los días peligrosos, solo me había entregado a Max cuando me parecía seguro. Mi período... La preocupación había hecho que no me fijara en si me había venido o no. Las semanas habían pasado volando sin que las contara, y de pronto...

Llamaron a la puerta. Me estremecí. Lena.

—¡Adelante! —dije, y me obligué a mantener la calma.

Aunque podía confiar en Lena, no debía enterarse de nada. Un comentario de más, una palabra que se le escapara sin querer, podían tener consecuencias devastadoras. Antes que nada, debía estar segura, y esa seguridad solo me la daría el doctor Bengtsen.

La CONSULTA MÉDICA estaba casi en las afueras del pueblo. El primer médico que se instaló en esa casa de madera pintada de rojo había llegado en 1795. Después, sus sucesores la habían mantenido abierta. La casa ya requería algunos arreglos, pero Bengtsen no tenía tiempo para eso. Sus pacientes le ocupaban demasiado.

Contemplé la casa con creciente malestar. El miedo a acertar con mi sospecha me estaba destrozando, ojalá el médico la desmintiera. En esos momentos habría preferido tener una grave enfermedad a estar embarazada de un hombre que me había abandonado sin decir palabra. Si se enteraba mi madre, el infierno que ya creía haber pasado comenzaría de nuevo.

Al parecer, había escogido un buen momento, ya que al entrar en la consulta encontré la sala de espera vacía. Un silencio absoluto dominaba la casa, por ninguna parte se oía el menor ruido. ¿Había salido el médico a hacer visitas a domicilio? ¿Estaría descansando después de comer? Consulté el reloj de pared. Las dos y diez. No, ya debía de haber terminado el descanso. ¿Tal vez no atendía ese día?

Cuando me acerqué a la puerta para comprobar el horario de consulta, un escalón crujió detrás de mí. Me di la vuelta. El médico estaba bajando y, al verme, se detuvo un instante.

–Condesa Lejongård –dijo, sorprendido–. ¿Qué la trae por aquí?

En mis círculos era habitual que el médico fuese a casa del paciente, no al revés. A mi madre, la idea de sentarse entre otros enfermos la habría matado de disgusto. A mí, sin embargo, sentarme junto a un apestado me parecía mejor que dejar que mi madre supiera lo que me pasaba.

–Buenos días, doctor. Me gustaría hablar con usted. Siempre que tenga tiempo, claro.

Él arrugó la frente y asintió.

–Pase a mi consulta, por favor.

Bengtsen se dirigió a una puerta. Cuando la abrió, vi una camilla y una vitrina alta en la que había muchos frascos marrones.

—Bueno, condesa, ¿en qué puedo ayudarla? —preguntó con preocupación mientras se ponía la bata.

Miré alrededor. Nunca había estado en la consulta. Incluso de niña, el doctor Bengtsen siempre nos visitaba en casa.

Comprendí que era mejor así, ya que la sala de consulta daba un poco de miedo. En la pared colgaba la representación de una persona desollada, de modo que se le veían todos los músculos y las venas. Otra ilustración mostraba la sección transversal de una cabeza. Las plantas de la ventana eran lóbregas y estaban llenas de polvo, las etiquetas de los frascos me resultaban incomprensibles, y el colmo del pequeño gabinete de los horrores era un esqueleto colocado junto a la cortina de la ventana; sonreía a los pacientes con su boca sin labios.

Un escalofrío me recorrió la espalda, pero enseguida me recompuse. En ese momento mi estado me parecía más alarmante que un tipo hecho de huesos.

—Está usted obligado a guardar confidencialidad, ¿verdad? —pregunté con ciertas dudas. Un par de pasos y podría salir por la puerta, pero ¿qué ocurriría con mis miedos? ¿Quién me daría certidumbres?

—Desde luego. Sea lo que sea, no puedo comentarlo con nadie.

—¿Ni siquiera con mi madre?

—Si usted no lo desea, no.

Recordé entonces que, cuando quise saber qué le ocurría a Susanna, me había dicho que se debía a la confidencialidad.

—Está bien. —Tomé asiento en la pequeña silla que había delante de la mesa—. Hace días que me encuentro cansada y bastante consumida, y esta mañana he vomitado sin motivo alguno.

El médico asintió y anotó algo.

—¿Desde cuándo siente esas náuseas? —preguntó—. ¿Las había tenido antes?

—Sí, un par de veces, pero se me pasaban enseguida.

–¿Y siempre por la mañana, o aparecen también a otras horas?

Lo pensé. ¿Cuándo tenía menos apetito?

–Por la mañana. Sí, por la mañana. Me gustaría poder saltarme el desayuno, pero mi madre jamás lo permitiría.

El médico asintió y tuve la sensación de que ya conocía el diagnóstico.

–Bien, debo hacerle una pregunta delicada –dijo–. ¿Ha tenido en las últimas semanas contacto... con algún hombre?

¿Contacto? Contacto tenía con muchos hombres, pero sabía a qué se refería.

–¿Quiere decir si he yacido con alguien?

El médico levantó el rostro, azorado.

–Ummm... sí, eso quería decir.

–Sí, así es –respondí, porque de nada servía negarlo. Una no acaba embarazada siendo la virgen María–. Y, si quiere saber si me ha venido el período, no. En el último mes no. O mejor dicho, no me he dado cuenta, porque en la finca tenemos mucho que hacer y, además, la guerra...

Bengtsen arrugó la frente.

–Bien. Para estar seguros, tengo que pedirle una muestra de orina. Iré a buscar un orinal, y usted puede retirarse tras ese biombo.

¿Una muestra de orina? Lo miré sorprendida. ¿También se la había pedido a Susanna?

Bengtsen salió de la habitación y regresó poco después con el orinal. Entonces me dejó sola. Me retiré tras el biombo y me acuclillé. Con los nervios, al principio no me salía nada, pero conseguí miccionar un poco. Me levanté y sentí un ligero mareo. Por un momento lo vi todo negro, luego estallaron estrellitas en mi campo visual. Sin embargo, antes de que pudiera llamar al médico todo volvió a normalizarse, como si hubiese sido una indisposición momentánea.

Llamé a Bengtsen y le entregué el orinal. Él me pidió que esperase y desapareció en su laboratorio. Me pregunté qué estaría haciendo con la orina. ¿Comprobaría la consistencia? ¿Introduciría trocitos de tela y probaría si ardían?

Al cabo de un rato, volvió con semblante serio.

–Bueno, condesa, puedo tranquilizarla, no tiene usted ninguna enfermedad. Pero está esperando un bebé.

Me quedé atónita. Por un momento me olvidé incluso de respirar, se me paró el corazón y las manos empezaron a temblarme. Lo había sospechado, pero aun así me supuso una fuerte impresión. Se me encogió el estómago y, aunque no era capaz de pensar con claridad, supe lo que significaría eso.

–No sé si corresponde felicitarla, por eso me contengo –prosiguió Bengtsen tras regresar a su sitio–, pero le aconsejaría que los próximos meses viniera a visitarse para hacer el seguimiento del buen curso del embarazo. Además, debería dejar de montar a caballo, ya que eso podría provocarle un aborto.

Las palabras resbalaban sobre mí como el agua sobre una hoja. El buen curso del embarazo... ¡Estaba embarazada de un hombre que se había marchado sin decir nada! ¡Esperaba un hijo!

–Gracias, doctor –dije, y me levanté, aturdida.

De algún modo, conseguí asegurarle a Bengtsen que la próxima vez le haría llamar. Le di la mano, me despedí y salí tambaleándome de la consulta.

En la calle me crucé con algunas mujeres que tal vez se preguntaran qué estaba haciendo allí la condesa. Intenté mantener la compostura y las saludé mientras iba hacia mi montura. ¿Qué había dicho el médico? ¿Que me abstuviera de montar? ¿Y si ponía a prueba al destino?

Le di rienda suelta a *Talla* y salí del pueblo cabalgando a campo través hacia el bosque, pero sentí que no perdería al niño por ello. Ya no había vuelta atrás, a menos que recurriese a la vieja Ida. Y ni aun así había plenas garantías de lograrlo.

¿De verdad quería deshacerme de él? ¡Era hijo de Max, al que seguía amando! No podía entregárselo a la abortera. Sin embargo, tampoco podía ir a mi madre y comunicarle la

435

buena nueva. Aunque pertenecía a la nobleza, me enfrentaría al mismo aislamiento social que Susanna. Pondrían en entredicho mi nombre, y eso tendría repercusiones en el negocio de Lejongård y en todos los que vivían allí.

Pero ¿qué podía hacer? ¿Qué, sin perder mi buen nombre?

Esas ideas ocupaban tanto mi mente mientras cabalgaba que no me fijé en la dirección que tomaba. *Talla* encontró sola el camino de regreso.

No fue hasta tener la casa señorial ante mí cuando recuperé el sentido, solo que seguía sin saber qué hacer. Pensé en Marit. Tenía que escribirle, necesitaba su consejo. Había ayudado a muchas otras, podría ayudarme a mí también. Era una ironía del destino que su mejor amiga hubiera caído en el mismo error que tantísimas otras mujeres. ¿Por qué no había sido más lista? Maldito corazón, ¿por qué me había hecho creer en un futuro con Max?

Al llegar a la finca, desmonté y subí corriendo la escalera. A punto estuve de chocar con la señorita Rosendahl, que en ese momento bajaba al salón.

–Disculpe –dije, y seguí corriendo.

Entré en mi habitación, cerré la puerta y me puse a caminar de un lado para otro. La inquietud y el miedo hervían dentro de mí, de vez en cuando sentía un mareo y luego mi corazón volvía a desbocarse. Lo peor era que no podía acudir a nadie para confiarle mi situación. Mi madre no habría mostrado comprensión alguna, a las criadas no podía contárselo. Ni siquiera a Lena. Y Lennard... a él menos aún, se sentiría herido si le confesaba que había amado a otro. Y Marit estaba en Estocolmo, terriblemente lejos...

Jamás me había sentido tan sola. Las paredes de la habitación parecían venírseme encima, pero tampoco quería salir de allí. Temía que alguien se diera cuenta, que me juzgaran.

Al cabo de un rato conseguí ir al despacho. Notaba las rodillas débiles, tenía la sensación de estar en un barco. A esas alturas había comprendido que Marit era mi única esperanza.

Me senté al escritorio y empecé a redactar con mano temblorosa una carta para mi mejor amiga. También podría haberle enviado un telegrama, pero entonces no podría haber expresado todo lo que sentía.

¿Lo conseguiría sobre el papel? ¿No sería mejor desplazarme a Estocolmo? ¿Contárselo en persona y dejar que me abrazara? Me detuve y volví a dejar la pluma en el tintero. Mi mirada recayó en las palabras que ya había escrito.

No, no podían explicar cómo me sentía. Tal vez tenía talento para pintar imágenes, pero no era una poetisa capaz de describir profundos estados de ánimo. Eso solo lo conseguía cuando tenía a mi amiga delante. Cuando la miraba, sentía su cercanía y sabía que me entendía con todo su corazón.

Estrujé la hoja y la tiré a la papelera. Estuve un momento pensando, luego fui a la ventana y llamé al timbre. Poco después apareció Bruns.

–¿Desea algo, condesa?

–Mañana viajo a Estocolmo a primera hora. Encárguese de los preparativos, y avise a Lena que venga a ayudarme con la maleta.

El mayordomo me miró con sorpresa.

–¿Hay algún motivo concreto para el viaje?

–No. O, mejor dicho, sí. Negocios. –Algo tenía que decir.

–Está bien, lo prepararé todo –dijo, y se retiró.

Yo seguí mirando por la ventana. Habría rumores, y como mínimo mi madre se haría preguntas, pero me juré que, por lo menos de momento, no me sacaría nada. Antes tenía que hablar con Marit.

Capítulo 52

ESTOCOLMO ME RECIBIÓ con el cielo cubierto. Me dio la sensación de que hacía una eternidad desde la última vez que había estado allí. Nada parecía haber cambiado y, sin embargo, todo era diferente. Yo había cambiado. Ya no era una muchacha, sino una mujer. Y estaba embarazada. No me sentía mucho mejor que esas incautas que se entregaban con frivolidad a un hombre esperando conseguir un futuro mejor gracias a él, y que acababan decepcionadas. ¿Acaso importaba que tuviera sangre noble? A fin de cuentas, no era más que una mujer...

Le había enviado un telegrama a Marit desde la estación de Kristianstad. Ojalá no estuviera demasiado ocupada. Un par de semanas antes me había escrito contándome que había conocido a un joven médico. Era algo mayor que ella y trabajaba en la consulta de un colega que estaba a punto de jubilarse; seguramente podría hacerse cargo de la consulta entonces. Al principio me extrañó que Marit, que nunca había querido a ningún hombre en su vida, escribiera tan enamorada, pero me alegré por ella y así se lo dije, aunque eso me hiciese recordar una vez más que a mí el amor me había abandonado. Nuestra correspondencia se había interrumpido después de eso. No era de extrañar, porque seguro que ese médico ocupaba casi todos sus pensamientos, igual que me había pasado a mí con Max. Sin embargo, sabía que la tendría a mi lado cuando la necesitara.

Agarré el asa de mi maleta y recorrí el andén. Había sido ilusorio esperar que fuera a buscarme a la estación. Al cruzar el vestíbulo tuve la extraña sensación de regresar a casa. ¿Cómo habría sido mi vida si mi padre y Hendrik no hubiesen muerto? ¿Si no hubiese existido aquel espantoso día de marzo del año anterior?

–¡Agneta!

Divisé una mano que sobresalía por encima de la multitud de viajeros. Marit tardó un momento en abrirse paso, y entonces la vi.

Llevaba el pelo un poco más corto, e incluso a mí me pareció algo atrevido. El vestido de verano gris oscuro le sentaba de maravilla. Ya no parecía una mujer del Ejército de Salvación que en sus horas libres se ganaba un dinerillo haciendo labores de costura. Su joven médico parecía ocuparse bien de ella.

Un año antes habría esperado cualquier cosa, menos que mi amiga llevara una vida burguesa algún día. Aunque su felicidad me alegraba de todo corazón.

–¡Marit! –exclamé, y corrí hacia ella.

Cuando nos abrazamos, fue como si no hubiese pasado un año desde nuestro último encuentro.

–¡Cuánto te he echado de menos! –dije, y la estreché.

Qué bien sentaba. ¿Por qué había esperado a tener problemas para visitarla?

–Me alegro de verte –dijo ella, y me miró bien.

–No digas que tengo buen aspecto –me adelanté–. No tengo buen aspecto y tampoco me encuentro bien.

Marit arrugó la frente.

–¿Qué ha ocurrido?

–Prefiero contártelo en un lugar más tranquilo –repuse, y la tomé del brazo–. Lamento no haber venido a verte hasta estar en apuros.

–Para eso están las amigas. Vamos, conozco una cafetería acogedora. Después te enseñaré mi nuevo apartamento. Puedes quedarte allí un par de días tranquilamente, si quieres.

–¿Un nuevo apartamento?

–Sí, en el centro histórico. Peer insistió en que dejara el antiguo.

–¿Tu joven médico?

–Sí, eso es. Le dije que no quería depender de él, pero con el apartamento fue inflexible.

–¡Tú, en el centro histórico! –dije sonriendo–. ¿Alguna vez habías soñado con que vivirías allí?

–Pues no. Tampoco había pensado que un día me gustaría algún hombre, pero así es. De todos modos, eso no significa que no siga siendo la de siempre. Todavía organizamos manifestaciones, y también continúo en el Ejército de Salvación. Allí fue donde nos conocimos. Peer es un socialista apasionado y me apoya en mi trabajo por los derechos de las mujeres.

–Has tenido mucha suerte. –Un sentimiento cálido inundó mi pecho, aunque al mismo tiempo me sentí a punto de echarme a llorar de autocompasión.

–Ven, iremos en coche –dijo, y me llevó a uno de los vehículos de alquiler que esperaban frente a la estación.

En el trayecto hacia Gamla Stan reparé en que había bastantes más automóviles en las calles. Por lo visto, muchos ciudadanos ricos habían seguido el ejemplo del rey y se habían comprado uno.

–¿No te parece espantoso lo que está ocurriendo al otro lado del Báltico? –comentó mi amiga mientras recorríamos las estrechas callejas–. Nosotros nos quedamos conmocionados al enterarnos del inicio de la guerra.

–Nosotros también –dije–. Solo espero que el rey se mantenga firme y no nos involucre.

–Peer opina que el rey no puede hacer otra cosa. Hay numerosos miembros del gobierno que reclaman que Suecia apoye a los alemanes, pero si lo hiciera, y con ello enviara al país a la guerra, perdería el respaldo del pueblo.

–Ese Peer tuyo parece muy listo.

–Sí, y sobre todo es un hombre que no quiere encerrarme en la cocina.

–¿Ya te ha presentado a sus padres?

–Todavía no, pero tenemos pensado hacerlo dentro de dos meses.

–¿Es de casa burguesa?

Marit negó con la cabeza.

–No, de una familia de artesanos. Su padre es carpintero y tiene su propio taller. No se tomó a mal que su hijo estudiara medicina, aunque habría preferido que siguiera adelante con el taller.

–¿No tiene hermanos?

–Una hermana, pero su marido es funcionario.

–Qué pena para el padre de Peer.

Marit le quitó importancia con un gesto de la mano.

–Tiene un oficial de mucho talento. Si algún día le traspasa el taller a él, no se habrá perdido nada. Peer dice que al muchacho se le da mejor la madera que a su padre.

–Pero no es de la familia –señalé.

–No, pero eso no importa, ¿no crees?

Negué con la cabeza e intenté imaginar que mi padre se hubiese visto obligado a dejar la finca en manos de alguien ajeno a la familia. Habría sido algo impensable, pero Lejongård tampoco era una carpintería.

–No, en realidad no importa –reconocí–. Y tal vez sus nietos redescubran el gusto por la madera.

–Bueno, para eso primero tendrían que estar de acuerdo en que Peer se case conmigo. Su hermana tiene ya dos hijos, pero son niñas, y el padre cree que las mujeres no pueden trabajar en una carpintería.

–Tal vez lo hagan algún día –comenté con una sonrisa.

Nos detuvimos frente a una pequeña cafetería que, según Marit, quedaba muy cerca de su apartamento. Nos sentamos en un reservado y mi amiga pidió una cafetera para las dos. Cuando el camarero dejó la infusión humeante ante nosotras, empecé a explicarle lo que me había ocurrido esas últimas semanas.

Le conté que me había sentido muy unida a Max, que nos habíamos amado y que durante un tiempo había soñado con que nos casaríamos. Le hablé de su transformación tras el estallido de la guerra, de la visita de los militares alemanes, de su desaparición y de mi consulta al doctor Bengtsen.

–En fin. Según parece, resulta que estoy embarazada –concluí–. Jamás pensé que pudiera pasarme algo así.

Mi amiga frunció el entrecejo. Su expresión era muy seria.

–Qué tipo despreciable –masculló–. Puede que hubiera esperado muchas cosas de él, pero no eso.

–A mí me pasa igual. Confiaba en él. ¡Veía un futuro con él! Era tan rebelde, tan libre... Llegué a creer que había encontrado a mi alma gemela.

Las lágrimas me afloraron. ¿Estaba destinada a pasar el resto de mi vida sin un hombre? ¿Sin un hombre que me amara?

Sentí la mano de Marit en mi brazo.

–Equivocarse es humano –dijo con delicadeza–. Sobre todo en cuestión de amores. Ya sabes que yo nunca he querido casarme, pero Peer ha entrado en mi vida. Estoy segura de que también tú encontrarás a un hombre que esté a tu lado y no te deje en la estacada, como Michael o ese Max.

–Pero eso significa que, igual que Susanna, tendré que buscar un falso matrimonio –susurré, y me eché a llorar.

–Ya se nos ocurrirá algo –dijo Marit, y se inclinó para besarme la frente.

MÁS TARDE, YA en su apartamento, sentadas en el sofá rojo que había conservado de su antiguo piso, Marit me presentó todas las opciones.

–Puedes ir a una abortera, aunque es peligroso. Podrías perder la vida en la operación. O tu hijo podría nacer tullido.

–Descartado –dije.

Solo con pensarlo sentí un horror indescriptible, porque cuando vivía en Estocolmo había visto el caso de alguna mujer muerta a manos de una abortera. Tampoco las hierbas producían siempre el efecto deseado. Y la idea de matar a mi hijo... ¡No! ¡Jamás sería capaz!

–Otra posibilidad es la adopción. Darías a luz en secreto y entregarías el niño a otra mujer. Nadie se enteraría.

–Descartado.

–O sea, ¿quieres tenerlo aunque te suponga problemas?

Asentí.

–Sí, lo quiero –respondí casi a mi pesar–. Me parece inadmisible que las mujeres caigan en descrédito si tienen un niño pero no a un legítimo esposo a su lado. Por mí, jamás me casaría.

La ira estalló de pronto en mi interior. ¿Por qué existían todas esas obligaciones? ¿Por qué nos ponían tan difícil a las mujeres decidir por nosotras mismas?

Marit suspiró.

–Tienes razón. Esto no debería ser ningún problema, y menos para una mujer como tú. Podrías contratar a una niñera y ofrecerle al niño un hogar acomodado, por no mencionar que tu linaje familiar seguiría adelante. Pero la sociedad no tiene compasión. Seguro que la finca se vería perjudicada, sobre todo porque dependes de la venta de tus caballos.

–De ser un hombre, nada de eso sería un problema. Podría esconder a mi amante en la habitación contigua. O en un jardín secreto.

–Pero no eres un hombre, sino una mujer. De ti se espera que te cases según tu posición, que cumplas con tu deber. El solo hecho de que dirijas la finca sin marido ya es un escándalo.

–Entonces, tal vez debería atreverme a provocar otro. ¿Quién va a impedirme que traiga al mundo a mi hijo y lo incluya en la línea sucesoria de la familia? También debería haberlo hecho con la hija de Susanna.

–La hija de Susanna está muy bien atendida. Si quieres, ve a verla mañana y así conocerás a tu sobrina. –Me dio unas palmaditas en la mano–. Naturalmente, nadie puede impedirte que tengas a tu hijo. Tampoco tiene por qué haber ningún marido pantalla. Tú posición es otra y, por tanto, tienes medios y posibilidades para hacerte cargo del niño.

–Sí, pero mi reputación se resentirá.

–La gente dejará de ir a tus recepciones, y ya no te invitarán a las suyas. ¿Y qué?

–Es cierto, para mí no sería ningún perjuicio.

Por mi agria sonrisa, Marit debió de comprender lo que estaba pensando, porque añadió:

–Pero sí lo sería para la finca, ¿no?. Un perjuicio para la reputación de tu familia. Siempre pensamos que los nobles lo tienen más fácil, pero no es así. Tú también debes pensar en esas cosas. –Me dio un abrazo y me estrechó un momento–. Me temo que la única posibilidad de salir indemne de este asunto es un matrimonio, sí –añadió–. Aunque en tu caso será difícil encontrar a alguien de tu posición. Las mujeres sencillas lo tienen más fácil.

–Creo que ni siquiera Lennard querrá aceptarme cuando se entere.

–¿Lennard?

–El amigo de la infancia que me propuso matrimonio –aclaré–. Pero sería el último al que quisiera poner en ese brete. No se lo merece.

–Aun así, no deberías tacharlo de la lista –sugirió Marit, y se tensó–. Si es tu amigo, tal vez esté de acuerdo en hacer un trato. Tú podrías darle a entender que puede buscarse una amante, o acordar una separación al cabo de cierto tiempo.

–No, con alguien como Lennard eso está descartado. Además, tengo la sensación de que no quiere a ninguna otra.

–Bueno, ¿y qué te detiene?

–No lo veo como a un hombre del que pueda enamorarme.

–Pues hay muchos matrimonios que no se contraen por amor. Yo no he estado casada, aunque sí he conocido a bastantes parejas. Con el tiempo, las que son más felices no siempre se casaron por amor, pero sí eran personas similares, en esencia, en energía y en la voluntad de hacer que su matrimonio funcionase. ¿Por qué no habrías de conseguirlo con Lennard?

Miré a mi amiga sin salir de mi asombro. En el año que llevaba fuera de Estocolmo había cambiado mucho. Había madurado y hablaba de una forma más sosegada que antes. Más que yo. Frente a ella, me sentí como una niña inmadura.

–No lo sé –dije con un suspiro–. Es que no quiero... perder mi libertad.

–¿Crees que es de los que te quitarían la libertad?

–No, pero...

–Entonces, inténtalo por lo menos. Si dice que no, ya pensaremos otra cosa. ¡Y habla con tu madre!

La sola mención de Stella me sobresaltó. Todavía tenía que enfrentarme a ella, y también al hecho de que algunos nobles no volverían a presentarse en nuestras fiestas de Navidad o del Midsommar, lo cual me asustaba aún más.

–Mi madre se escandalizaría. Seguro que haría las maletas ese mismo día, aunque eso no sería ningún castigo.

–No creo que hiciera eso. Seguro que se alegraría mucho ante la perspectiva de que te casaras con el amigo de juventud que ella misma te proponía como futuro marido. Así es como deberías exponérselo.

Sacudí la cabeza.

–Aún habría otra posibilidad –me oí decir–. ¿Y si huyo de todo? ¿Igual que Max?

–Esa es la segunda peor idea. No llegarías muy lejos. ¿Y qué sería de Lejongård? Desde que te hiciste cargo de la herencia, ya no eres solo responsable de ti misma, también son responsabilidad tuya todas las personas que viven en la finca. Cuentan contigo. Te necesitan. Si Lejongård cae, no solo se extinguirá tu familia, también esas personas perderán su modo de vida. Provocarías una desgracia inimaginable. –Hizo una breve pausa antes de añadir–: Además, ¿qué pasa con todos los cambios que quieres introducir? ¡Sin ti, Susanna estaría ahora en el arroyo, con niña incluida! ¡Sin ti no habrían atrapado al incendiario que mató a tu padre y tu hermano! ¡Quién sabe cuántas cosas más puedes hacer aún! Es posible que tu finca sea algún día un lugar donde las mujeres encuentren refugio. Un lugar desde el que transformar la sociedad.

Oyendo a Marit, de repente me sentí fatal. Tenía razón. Y yo, una vez más, había sido una egoísta que solo se preocupaba por su bien. Me incliné hacia ella. Volvía a tener ganas de llorar.

–Venga, primero nos tomaremos una gaseosa –dijo–, y luego seguiremos pensando.

Asentí, aunque sabía que no había más opciones que la entrega en adopción o el matrimonio. La primera ya la había descartado. Tal vez mi hijo no conociera nunca a su padre, pero su madre debía estar con él.

Pensé en Susanna. Tampoco su hija conocería nunca a su verdadero padre, así que quizá no sería mala idea ir a visitarla.

Capítulo 53

A LA MAÑANA siguiente, el canto de los pájaros me acompañó hasta la casa de Susanna. Marit me había explicado que su contable se iba a trabajar a las ocho, así que después podría hablar con ella sin impedimentos. Sigurd era un hombre cariñoso, pero no le hacía gracia que se mencionara al verdadero padre de la niña. Si Susanna me escribía, lo hacía cuando él no estaba presente, y yo no quería causarle ningún problema.

La casa se encontraba en Brännkyrkagatan, una calle con marcada pendiente y donde las casas se alineaban como peldaños de escalera. La de Susanna era de un amarillo intenso, estrecha pero de dos plantas. Las ventanas estaban decoradas con anticuados zarcillos. Las cortinas eran sencillas y acogedoras. El jardín delantero estaba muy cuidado y lleno de color. Gladiolos, rosas y girasoles competían por la atención del espectador.

Susanna jamás habría vivido en una casa como esa de haber seguido en la finca y no haberse quedado embarazada de Hendrik. Pero ¿era verdaderamente feliz, o se preguntaba si las cosas no habrían podido ser de otra manera?

Me detuve ante la verja un momento, hasta que reuní el valor para abrirla. El perro empezó a ladrar y yo retrocedí, asustada.

Entonces oí una voz.

—¡Calla, *Petterson*! ¡A tu rincón!

Era Susanna; sonaba más vigorosa y segura. Poco después, abrió la puerta y se asomó fuera. Sonreí.

Ese último año había engordado un poco, cosa que le sentaba bien, porque estaba preciosa. En un primer momento no pareció reconocerme, pero luego se le abrieron mucho los ojos.

—¡Señorita!

Sacudí la cabeza.

–Llámame Agneta. –Le ofrecí la mano–. Hola, Susanna, ¿cómo estás?

Se quedó unos segundos sin respiración, hasta que pudo decir:

–¡De maravilla! Yo... no esperaba verla aquí.

–Quería darte una pequeña sorpresa. Espero no llegar en mal momento.

–¡No, claro que no! –Me estrechó la mano con vacilación–. Pase, por favor.

Nada más entrar, oí unos balbuceos infantiles y justo entonces algo cayó al suelo.

Susanna se volvió con una sonrisa de disculpa.

–La niña es muy vivaracha. No para de contar cosas inentendibles y siempre está lanzando sus juguetes por ahí. Hace poco le dio al perro. Por suerte, yo estaba cerca e impedí que la mordiera.

Se apresuró a cruzar la habitación hasta la sillita infantil que había junto a la mesa de la cocina. Matilda dio varias palmadas y al verme se detuvo. Sus ojos eran grandes y redondos, y la expresión de su rostro, tan parecido al de Hendrik, me llegó directa al corazón. Era maravilloso verla y saber que seguía existiendo algo de mi hermano.

Y pronto ese pequeño ser maravilloso tendría un primo, o una prima, tal vez. Algo de los Lejongård perduraría.

–Acérquese, acérquese, Agneta –dijo Susanna, y me llevó a un pequeño tresillo del salón.

Los sillones eran viejos, quizá Sigurd los había sacado de su casa, pero todo el mobiliario irradiaba comodidad, y además estaba reluciente.

Susanna dejó una cafetera y dos servicios en la mesita que había entre los sillones, y luego se sentó frente a mí. De nuevo me fijé en el buen aspecto que tenía.

–Dime, ¿te gusta estar aquí? –pregunté no obstante, pues el exterior de una persona rara vez muestra lo que de verdad le sucede por dentro.

La sonrisa que se le dibujó en el rostro corroboró que no solo parecía sana y feliz, sino que también lo estaba.

–Mucho –respondió–. Matilda crece estupendamente, y yo tengo todo lo que necesito. Y ya duermo lo suficiente, desde que la niña no se despierta tanto por las noches. –Mientras hablaba le brillaban los ojos, y percibí la calidez que desprendía–. ¡Nunca podré agradecérselo lo suficiente! –añadió, y por un momento volvió a mirarme como una criada.

Sin embargo, yo no deseaba ese servilismo. Era una mujer libre que pertenecía a la burguesía, ya no tenía por qué servir a nadie más que a sí misma.

–Lo sé, pero no he venido para que me agradezcas nada –dije con suavidad–. Ya me has dado las gracias muchas veces, y son suficientes. Al verte, al veros a ti y a tu niña, y cómo vives, me siento afortunada yo también. Tomaste la decisión correcta.

–Usted la tomó –repuso Susanna.

–No, yo no hice nada. –Negué con la cabeza–. Fuiste tú sola. Habrías podido rechazar mi ayuda.

–No. No tenía alternativa. No quería que me quitaran a Matilda, ni que nos ocurriera algo peor a ambas. En cuanto se presentó usted con Marit, supe que era mi única salida. De no ser por eso, tal vez no seguiría con vida. Y Matilda tampoco. –Miró hacia la cocina, donde la niña jugaba tranquilamente con sus cubos apilables sobre la mesa.

Asentí.

–Como ya te he dicho, tomaste la decisión correcta.

Me quedé callada unos instantes y me pregunté cómo abordar el tema que me inquietaba sin desvelar demasiado. Susanna no se alegraría de verme en un apuro similar al suyo, pero temía que se lo contara a su marido y que, de esa forma, se corriera la voz.

–Tengo una pregunta personal –empecé–. Si te resulta incómoda, no respondas. Y si crees que no es apropiado...

–Pregunte, Agneta –dijo, y por un momento me pareció que intuía mi situación.

–Dime cómo es estar casada con un hombre como Sigurd. Un hombre al que no conocías y al que tampoco amabas. –Sentía el corazón en la garganta. No estaba segura de si yo habría contestado a una pregunta así. Susanna se lo pensó.

–Sigurd es un hombre muy cariñoso. Es amable y se ocupa de nosotras, pero... –Una sombra cruzó su rostro–. Sus inclinaciones impiden que estemos más unidos. Eso me entristece de vez en cuando, pues a su manera se ha ganado mi corazón. Supongo que tendré que conformarme con no tener nunca un lugar en el suyo.

–Eso nunca se sabe. Puede que él también te haya tomado cariño.

Asintió.

–Sí, puede. Pero en ese caso sería de una forma muy diferente de la mía. Nunca seremos una pareja de verdad. Quizá nunca llegue a saber lo que es ser amada. Romántica pero también físicamente...

Esas palabras estaban cargadas de soledad. Al salvarla del aislamiento social, la habíamos maldecido a carecer de amor físico. Su marido jamás cumpliría con ese deber, y ella no podía abandonarlo por eso, ya que le había dado un hogar y un padre para su hija. Ambos habían cerrado un trato de beneficio mutuo.

¿Sucedería lo mismo con Lennard? Él no era un desconocido y, si yo quería, me amaría también físicamente. Pero ¿podría amarlo algún día? ¿O nuestra relación solo sería un acuerdo casi comercial?

La risa de Matilda me devolvió a la realidad. Algo se estrelló contra el suelo, y ella soltó un grito de deleite.

–Espere, voy por la niña –dijo Susanna, y se levantó.

La seguí con la mirada mientras las preguntas seguían arremolinándose en mi cabeza. Poco después apareció con Matilda en brazos. La pequeña movió las manos y abrió mucho los ojos al verme. Casi creí que me echaría a llorar, pero entonces Susanna la sentó en mi regazo.

–Mira –le dijo–. Esta es la señorita Lejongård, que ha venido a verte.

La pequeña me miró con recelo, como si no supiera qué opinar de mí. Después tendió una manita hacia mi cara.

Era tan cálida y suave que no se podía evitar tomarle cariño. Seguro que a Sigurd le ocurría lo mismo cuando la sentaba en sus rodillas. Y lo mismo le habría pasado a Hendrik, de haber tenido ocasión de conocerla.

El recuerdo de mi hermano me humedeció los ojos. Hacía casi un año y medio que había llorado su pérdida. El tiempo suavizaba las heridas, pero nunca las curaba del todo.

Susanna me puso una mano en el brazo.

—Le prometo que, cuando llegue el momento, le hablaré de su padre.

La miré y enseguida me sequé las lágrimas de las mejillas con el dorso de la mano.

—¿Crees que será bueno? La desconcertará.

—Pero tiene derecho a saberlo. Debe saber quién fue su padre, quién fue el único hombre que me amó de verdad, y que también la habría querido a ella.

De repente no estaba segura de cómo habría sido todo si Hendrik hubiese sobrevivido al incendio. O si el establo no hubiese ardido en llamas. Pero las palabras de Susanna fueron tan sinceras que no quise replicarlas. Tal vez soñara con Hendrik por las noches, quizá soñara que era la señora de Lejongård. Por mucho que ella se hubiera conformado con su destino, que Matilda supiera un día quién fue su padre, aunque no le sirviera de mucho, me hizo feliz.

Estuve allí una hora, hablando de la finca y de las demás muchachas, y también de cosas intrascendentes, y luego me despedí. En la verja, me volví una vez más hacia Susanna, que sostenía en brazos a Matilda. ¿Cuándo volvería a verla? Sin duda pasaría bastante tiempo, pero me propuse no perderla del todo de vista.

Capítulo 54

–Cuéntame con pelos y señales cómo te va, por favor –pidió Marit mientras nos dirigíamos al andén.

El tren llegaría al cabo de nada, así que no nos quedaba mucho tiempo. Menos mal que la noche anterior habíamos hablado largo y tendido. Yo todavía no estaba muy segura de hacer lo correcto, pero las palabras de mi amiga me habían dado fuerzas para enfrentarme a los días siguientes.

–Lo haré, e intentaré escribirte más –prometí.

–Te tomo la palabra. Y si se te viene todo encima, ven a verme.

–Lo mismo te digo. Tráete a Peer en la próxima visita. Como médico, seguro que le vendrá bien un descanso en el campo.

–Ya veremos si se atreve a ir a la famosa finca de Lejongård. –Se echó a reír y me abrazó–. Todo irá bien, lo sé.

Justo entonces llegó el tren, envuelto en una nube de vapor.

Nos abrazamos de nuevo, luego subí al vagón y me senté en mi sitio. Marit se quedó en el andén, y comprendí que, cuando volviera a verla, sería una mujer diferente, por una cosa u otra. Me despedí con la mano e intenté ocultar el miedo que me daba esa idea.

Cuando el tren se puso en marcha y Marit desapareció entre el vapor, me recliné en el respaldo. Estaba exhausta, y esa mañana había vuelto a tener náuseas. Todavía me parecía notar la bilis. ¿Hasta cuándo durarían? ¿Cuánto llevaba el niño creciendo en mi interior?

Mientras pensaba en eso, me tiraba nerviosa de las mangas de la blusa. Los pasajeros sentados frente a mí me miraban extrañados, seguramente preguntándose qué me provocaba ese nerviosismo, pero me daba igual.

Vi pasar los campos cosechados y una bandada de cornejas que levantó el vuelo y siguió un rato al tren. La mañana dejó paso a la tarde y, cuando el sol ya no era más que un punto rojizo en el horizonte y nos acercábamos a Kristianstad, por fin supe lo que haría.

AUGUST ME ESTABA esperando con el carruaje.

—Qué bien que haya vuelto ya, señorita —dijo, y se encargó de la maleta—. Su madre se alegrará de volver a verla.

—No vamos a Lejongård —dije—. Lléveme a la finca Ekberg.

August me miró con sorpresa.

—¿A la finca Ekberg? ¿Ahora? Pero si...

—No pregunte, August, haga lo que le pido y punto. Es muy importante.

—¡Pero es que su madre la espera! Si no vuelvo a casa con usted, se preocupará. Además, ya está oscureciendo. Nos pasaremos toda la noche viajando.

—No me importa. Y en cuanto a mi madre, nos detendremos en la oficina de telégrafos para enviarle una nota. Es muy importante que hable con el conde Ekberg.

August asintió y resopló antes de decir:

—Muy bien, señorita.

—No se preocupe, mi madre no lo castigará por esto. Yo se lo explicaré todo.

Subí al carruaje. Una tensión cargada de miedo se extendió en mi pecho. Lo que pensaba hacer era arriesgado, pero también la única posibilidad de salir del aprieto.

LA FINCA EKBERG estaba sumida en la niebla matutina cuando el carruaje llegó a su patio. También podría haberles enviado un telegrama a Lennard y Anna, pero había preferido no hacerlo. No quería que especularan con antelación sobre el motivo de mi visita.

—Descanse, August —le dije, sabedora de que podría echarse a dormir en las cocheras de la finca—. Lo que tengo que hablar con el conde me llevará un rato.

Tras esas palabras, me alisé el vestido y subí los escalones de la entrada.

Poco después de llamar, Lundt apareció en la puerta. Parecía aún medio dormido, pero su cansancio desapareció nada más verme.

—¡Condesa Lejongård! ¿Qué hace usted aquí?

—Buenos días. Debo hablar con el conde. Es urgente.

Apenas el mayordomo desapareció en el interior de la casa, Anna se asomó a la puerta.

—¡Cielo santo, Agneta! ¿Qué ha ocurrido?

Muchas cosas, me habría gustado contestar, pero no fui capaz.

—Quisiera hablar con Lennard. ¿Está en casa?

—Sí, desde luego. ¿Le ha pasado algo a tu madre? ¿O a la finca?

Negué con la cabeza.

—Nada de eso. Solo tengo que hablar con él. —Después todo volvería a ir bien. O eso esperaba.

—Desde luego, pasa. Estábamos a punto de desayunar.

Me llevó al comedor. El desayuno olía estupendamente, pero dudaba que pudiera probarlo siquiera después de ver a Lennard.

Anna me miraba con extrañeza.

—Debo reconocer que me asustas un poco —dijo, y me miró como examinándome.

—Por favor, Anna. Lo explicaré todo, pero antes debo hablar con Lennard —insistí.

—Por supuesto.

Pensé que tal vez le enviaría un telegrama a mi madre preguntando si su hija había perdido la cabeza. Por suerte, Lennard apareció unos instantes después.

–¡Agneta! ¿Qué ocurre? –Miró a su madre, que se encogió de hombros.

–Tengo que hablar contigo –dije, y lo así del brazo–. Vamos a dar un paseo, por favor, y te lo explicaré todo.

–Está bien –accedió, y nos dirigimos al jardín.

Me sentía como una fugitiva, y tal vez sí había perdido la cabeza, pero no podía evitarlo. Nadie podía enterarse de lo que iba a decirle a Lennard.

–¿Por qué estás aquí? –preguntó cuando dejamos la casa un trecho atrás.

Yo no sabía cómo empezar. Me sentía fatal y al mismo tiempo tenía un miedo espantoso.

–¿Todavía somos amigos? –pregunté, y vi que arrugaba la frente.

–¿Por qué no íbamos a serlo? ¡Pues claro!

–Entonces, escúchame, por favor. –Miré hacia la casa como si temiera que alguien pudiera oírnos. Allí no había nadie, por supuesto, todos los criados estaban dentro–. Me ofreciste tu ayuda si alguna vez la necesitaba. Pues ahora la necesito.

Lennard arrugó el entrecejo.

–¿Estás en apuros? –preguntó–. ¿Qué ha pasado? ¿Son cuestiones financieras?

–Es otra cosa, y el caso es que debo hacerte una petición. Puedes acceder o no, pero prométeme que guardarás silencio.

–Esto es cada vez más misterioso –señaló–. Por el amor de Dios, Agneta, ¿qué ocurre?

–¿Me prometes que guardarás en secreto lo que voy a contarte?

–¡Sí! Pero dime de una vez qué ha sucedido.

¡Ojalá no resultara tan difícil!

–Quería... preguntarte... si todavía estarías dispuesto a casarte conmigo.

Me miró atónito.

–¿Y a qué se debe ese cambio de opinión? Hace un par de meses dijiste que debía buscarme a otra.

455

–Sí, y en realidad todavía lo pienso, pero... mis circunstancias han cambiado.

Cerré un momento los ojos y deseé encontrarme en otro lugar, un sitio donde no fuera importante que una mujer estuviera casada o soltera. ¿Acaso existía un lugar así en el mundo?

Pronunciar las siguientes dos palabras me resultó más duro que cualquier discusión que hubiese tenido jamás con mi madre.

–Estoy... embarazada.

Lennard se quedó boquiabierto. Tardó un momento en reaccionar.

–No lo dices en serio. ¿Cómo...?

Respiré hondo. Ese era el instante en que lo ganaría todo o lo perdería todo.

–Había un motivo por el que no quería aceptar tu proposición. Estaba enamorada de otro, de mi caballerizo, y...

Lennard profirió un sonido que me hizo callar. ¿Había sido una risa? ¿Le divertía mi situación? ¿O sentía una profunda repugnancia?

–¿Tu caballerizo? –repitió–. ¿Te refieres a ese que se creía demasiado fino para ir a la fiesta del Midsommar?

–No era de aquí y, además, ¿qué tiene eso que ver? Lo amaba, pero ahora ha desaparecido y yo estoy encinta.

Ya no profirió ningún sonido más. Se me quedó mirando, adusto.

–¿Tienes idea de dónde te has metido? –Se llevó las manos a las caderas y miró un momento al cielo, como si implorara asistencia divina. Luego me miró con ojos refulgentes–. ¿Cómo te pudiste entregar a un tipo así? ¿Cómo pudiste permitir que te dejase encinta?

Se me cerró la garganta.

–No fue algo planeado, pero ocurrió. En Estocolmo también tuve una relación, siempre fui cuidadosa y nunca pasó nada, pero esta vez... Sé que he sido una tonta, pero aun así te pido...

456

Se volvió de lado. Noté claramente su ira, y también su decepción. En su lugar, también yo me habría sentido decepcionada, sin duda. La mujer a la que amaba, y que lo había rechazado, había permitido que otro la preñara y luego acudía a él para que asumiera las consecuencias.

Había sido una insensatez esperar su ayuda.

Dejé caer los hombros. No habría tenido que ir allí. Huir habría sido mejor opción.

—O sea, me pides que me case contigo aunque no me amas. Pero debo hacerme cargo del niño que esperas. ¡Para eso sí valgo!

Se me saltaron las lágrimas. Quería evitarlo, pero no pude. Mis ojos se desbordaron y unos finos riachuelos me resbalaron por las mejillas.

—Perdona —dije, y también me volví de lado—. No sabía qué hacer, y no quería mentirte. Si me rechazas, no pasa nada, pero no se lo cuentes a tu madre, por favor.

Tras decir eso, eché a andar. August todavía no se habría dormido y...

De repente me sentí arrastrada por un torbellino. Me oí sollozar y un momento después el mundo empezó a dar vueltas tan deprisa que perdí el equilibrio. El prado húmedo de rocío se acercó a mí a una velocidad de vértigo y aterricé en él. Me quedé sin aire, aunque no sentí dolor ni miedo. Un velo blanco me cubrió los ojos y el mundo desapareció.

Capítulo 55

—EL VIAJE HA sido demasiado para ella —oí a Lennard como a través de algodones.

Todavía no veía del todo bien, y sentía una presión en la espalda y bajo los muslos. Un momento después me di cuenta de que me llevaban en brazos. Abrí más los ojos, pero solo veía un difuso borrón en blanco y negro.

—Mandaré llamar al médico —dijo la voz de Anna, pero Lennard le pidió que esperase un poco.

Después sonaron pasos. Noté que me seguían llevando. Cuando me dejaron en una cama, por fin se me aclaró la vista. Vi un dosel rosa y el rostro preocupado de Lennard sobre mí.

—¿Agneta? —Me tocó un poco las mejillas—. ¿Me oyes?

Quería decirle que sí, pero de mis labios solo salió un sonido ronco. Poco después se abrió la puerta. No la vi, pero supe que era Anna.

—¿Cómo se encuentra?

—Está volviendo en sí —contestó Lennard, y me acarició el pelo.

Tardé un rato en comprender qué había ocurrido. Entonces recordé que le había confesado mi embarazo y que él se había enfadado.

—Tal vez Frieda pueda prepararle una infusión.

—Le iría mejor un poco de caldo. Y dormir, sobre todo.

La puerta se cerró de nuevo. Anna se había marchado.

Lennard me acarició la frente.

—Agneta —musitó—. ¿Me oyes?

458

Asentí con la cabeza. Veía su rostro con claridad y sentía que la sangre circulaba de nuevo por mis extremidades. Él ya no parecía furioso, me miraba con inquietud.

–Por favor, perdona que te haya puesto en esta situación –dije, y quise incorporarme, pero él me empujó con suavidad sobre los cojines.

–Quédate tumbada. Necesitas descansar, por lo menos un par de horas. Todo esto te ha desbordado.

Tenía razón. Además, ya no me quedaban fuerzas para hablar con él. Me sentía como si fuera a derretirme sobre la colcha.

Él me acarició la frente.

–Por favor, disculpa mi reacción . No quería gritarte.

–Tenías todo el derecho del mundo –repuse–. Tranquilo, no te importunaré más con mis problemas.

–Chsss... Hablaremos de eso después, cuando te encuentres mejor. Duerme un poco y, cuando despiertes, come algo primero.

Se levantó y yo lo así del brazo.

–Lennard… lo siento mucho.

–Después –repitió, y volvió a acariciarme el pelo. Entonces me dejó sola.

Dormí profundamente y sin soñar nada, como si hubiese vuelto a caer inconsciente. Al despertar, en un primer momento no supe dónde estaba. Tardé unos segundos en darme cuenta de que me encontraba en la finca Ekberg, en la habitación de invitados que siempre me asignaban cuando pasaba unos días allí. Me incorporé. Llevaba la ropa con que había llegado, y de nuevo recordé por qué había ido y cuál había sido la reacción de Lennard. ¿Se lo habría contado ya a su madre? Nunca había sido un chivato, pero de pequeños no solíamos hablar de cosas tan serias como bodas o embarazos. Cuando estuve segura de que las piernas me sostendrían, me levanté.

Me desabotoné un poco el cuello del vestido y fui al aguamanil que había junto al tocador.

Dormir me había sentado bien, ya no me sentía tan angustiada, pero las sombras bajo mis ojos seguían ahí, tal vez nunca desaparecerían del todo. Cuando terminé de lavarme, me cambié de vestido. Por suerte había llevado uno de recambio a Estocolmo, muy sencillo, para no llamar la atención en la ciudad. Se me ciñó a la piel con suavidad. Casi era demasiado fino para esa época del año. De nuevo me miré en el espejo. Había llegado el momento de dejarme ver. No quería que Lennard o su madre tuvieran que subir a buscarme.

Debía tomar las riendas de mi situación. No volvería a pedirle ayuda a mi amigo. El único servicio que podía hacerme era guardar silencio. Encontraría ayuda en otro lugar, alguna solución habría. Bajé al comedor, Lennard y su madre estarían allí a esa hora.

Al entrar, los encontré sentados a la mesa. Ya habían empezado a cenar. El aroma de la carne me revolvió el estómago, sin duda por mi estado de gravidez. Era la primera vez que me sucedía.

—Ah, aquí estás —dijo Lennard, y dejó a un lado la servilleta para acercarse a mí—. ¿Cómo te encuentras? No queríamos despertarte y ya hemos empezado a cenar... ¿Hilda?

La criada apareció presurosa.

—Por favor, sírvele sopa a nuestra invitada.

Él me acompañó a mi sitio como si temiera que las piernas volvieran a fallarme. Me senté y miré a Anna, a quien no veía desde esa mañana.

—¿Te encuentras mejor? —preguntó con preocupación.

—Sí, gracias. Supongo que me he sentido sobrepasada.

Lennard abrió la boca y me miraba como para advertirme.

—Supongo que a Agneta le ha causado una gran impresión mi proposición —dijo.

Esas palabras me golpearon como un látigo. ¿Su proposición? ¡Pero si él había rechazado la mía! Me quedé paralizada por el miedo. Me habría gustado contradecirlo, pero una vocecilla me aconsejó que no dijera nada, que esperase callada. Anna enarcó sus cejas depiladas.

–¿Le has...? –Se interrumpió. Era evidente que veía que ahí pasaba algo raro.

Yo llegaba a una hora intempestiva para hablar con su hijo, ¿y luego él decía que me había hecho una proposición?

Miré a Lennard, que sonrió para sí. Estaba muy diferente a unas horas antes.

Me sentí indispuesta. ¿Qué significaba esa sonrisa? ¿El triunfo de haberme conseguido al fin? ¿Acaso se vengaría porque había amado a otro? ¿Porque había llegado tan lejos como para copular con otro?

–Sí, le he hecho una proposición –confirmó–. No he querido decírtelo antes, sin que Agneta estuviera presente, pero así ha sido. Me parece lo más consecuente, después de... –Me miró.

Me quedé paralizada, sentí que una tormenta iba a estallar de un momento a otro. El rayo ya había caído, solo faltaba el trueno.

–Madre, sabes bien que pasamos muchos ratos a solas cuando Agneta y su madre vinieron de visita –explicó, y puso una expresión de bochorno.

–¿Y bien? –preguntó Anna con cierta alarma.

–Bueno, pues nos dejamos llevar por la pasión y... En fin, el caso es que Agneta ha venido para comunicarme que espera un hijo. Yo le he vuelto a proponer matrimonio, y me alegra decir que ha aceptado.

Sus palabras me provocaron un gélido escalofrío en la espalda. Se me paró el corazón. Su jugada me había pillado por sorpresa y, encima, los dos me miraban como si esperasen una confirmación. Debía dársela.

–Sí, así es –dije mirando a Lennard.

Su expresión seguía siendo de una amabilidad impecable. Yo, por el contrario, apenas lograba dominar mi gesto. Anna no pareció darse cuenta. Tomó aire y se tapó la boca con la mano. ¿Qué ocurría? ¿Estaba horrorizada por nuestra indecencia? Un instante después se puso de pie, se me acercó y, antes de que me diera cuenta, me estrechó entre sus brazos.

–¡Es maravilloso! –exclamó, y su cuerpo tembló a causa de un sollozo–. ¡Por fin eres parte de la familia!

Correspondí su abrazo con ciertas reticencias. No había esperado una reacción tan afectuosa. Por encima de su hombro vi a Lennard, que me miraba fijamente. El fulgor que reconocí en sus ojos, y que no le había mostrado a su madre, me intranquilizó. Sin embargo, en cuanto Anna me soltó y se volvió hacia su hijo, desapareció como si alguien hubiese apagado una vela. Lennard volvía a verse radiante. Jamás habría pensado que fuera tan buen actor.

El resto de la velada estuvimos haciendo planes para la boda. Anna lloró varias veces de alegría, nos habló de su boda con el malogrado Gustav y a punto estuvo de ofrecerme su velo, que había conservado junto a su vestido.

Yo me encontraba fatal y me preguntaba qué había movido a Lennard a entrar en el juego. Había deseado que me ayudara, pero, después de la escena que me había montado, no esperaba esto. De vez en cuando lo miraba en busca de una explicación, pero no sacaba nada en limpio. Para no despertar las sospechas de Anna, sonreí y fingí estar feliz, cuando lo que me habría gustado era salir corriendo. Por fin llegó el momento de irse a la cama.

Lennard me acompañó a mi habitación. Cuanto más nos alejábamos del salón, más tenso y frío estaba. Sentí que ocurriría algo más, pero de momento debía darle las gracias por haberme salvado.

–¿Tienes un momento? –pregunté cuando llegamos a mi puerta–. Me gustaría que habláramos.

–Muy bien –dijo, rígido, y cruzó la puerta.

Yo misma la cerré, porque no quería que nadie oyera nada.

–Quisiera darte las gracias. Es mucho lo que estás haciendo por mí, y no sé cómo podré pagártelo algún día.

–Te prometí que te apoyaría cuando tuvieras problemas –repuso con frialdad.

–Ya, pero aun así... Te has enfadado mucho, y no puedo reprochártelo. –Empecé a retorcerme las manos, pues sentía que Lennard, bajo esa superficie contenida, ardía de ira.

–Todavía estoy enfadado, pero eso no viene al caso ahora –replicó–. Deberías contarle a tu madre la misma historia, para no dejarme como un mentiroso.

–Por supuesto. ¿Y cuáles son tus condiciones? Dadas las circunstancias, no puedo esperar que lo hagas de forma desinteresada. ¿Querrás que viva aquí? ¿O que te ceda Lejongård?

Me miró como si le hubiese dado un bofetón. Entornó los ojos.

–No quiero tu finca. Por mí, puedes redactar unas capitulaciones matrimoniales o lo que sea que traméis con tus amigas. ¡Lo único que quiero es a ti! Después de lo que me has contado, no puedo alegrarme precisamente de que vayas a ser mi esposa. No lo serás porque me ames, sino porque eres mi amiga y te voy a ayudar. Tal como prometimos hacer de pequeños.

–¿Y cómo quieres castigarme? –pregunté, obstinada.

–No voy a castigarte. Eso no va conmigo, pero no esperes que acceda a todo en nuestro matrimonio. Me ocuparé de que no te falte nada, pero por lo demás me dedicaré a mis asuntos. Y si encuentro a una mujer que me ame, me reservo el derecho a tener una relación con ella. Tú lo tolerarás, igual que yo tolero que estés embarazada de un canalla.

Sus palabras cayeron sobre mí como una losa. Estaba a punto de llorar, pero sabía que eso no cambiaría nada, de manera que me contuve. Él tenía razón, me lo merecía. De nuevo pensé en Susanna, en el vacío que sentía porque su esposo no era un esposo de verdad. También a ella le habían quitado al hombre que amaba, pero ¿merecía algún castigo?

No. Yo, por el contrario, me había portado como una miserable. Aun así, podía darme por satisfecha. Lejongård seguiría siendo mío, podría seguir adelante con mi vida y, además, tener a mi hijo. Solo había perdido para siempre la posibilidad de casarme con un hombre que me quisiera. Y, si Max regresaba, tendría que echarlo de mi lado.

—De acuerdo. Si así lo quieres —dije al cabo.

Lennard asintió.

—Y algo más: no quiero volver a oír hablar de ese tipo, ¿me has entendido? Nunca mencionaremos su nombre y, si alguna vez tuviera el valor de presentarse en tu finca, haré que lo echen con cajas destempladas. No volverá a acercarse a ti, ¿me oyes?

Me estremecí y estuve a punto de contestar que yo hablaba con quien quería. Sin embargo, sentí que su ira era casi física y no tuve fuerzas para enfrentarme a él.

—No regresará —dije—. Y si lo hace, no hablaré con él.

—Bien. Ahora, acuéstate. Mañana tienes un largo viaje por delante, debes darle a tu madre la buena nueva. —Volvió a mirarme con ojos adustos y luego dio media vuelta—. Buenas noches.

—Buenas noches —contesté sin fuerzas, y oí cómo se cerraba la puerta.

Me dejé caer en la cama. De pronto, la oscuridad del otro lado de las ventanas me resultaba oprimente. Tal vez fuera por lo repentino que había sido encontrar la solución. O porque todavía no podía creer que Lennard me hubiese salvado. Tal vez también sus duras palabras hacían que no me sintiera aliviada. Yo misma le había dicho que debía buscarse una mujer que lo amara. ¿Por qué de pronto me dolían tanto sus condiciones? Estaba helada de frío. Tal vez sí fuese mejor dormir un poco para apechugar con el nuevo día.

Capítulo 56

IGNORABA QUE TUVIERA talento como actriz, pero a la mañana siguiente interpretamos el papel de dos enamorados para Anna, que pareció convencida con nuestra representación. Antes de que me marchara, volvió a asegurarme que estaba muy contenta de que por fin perteneciera a su familia. Lennard me dio un beso apasionado, y a mí me costó horrores corresponderlo.

Cuando August puso en marcha el carruaje en el patio de los Ekberg, ambos estaban en los escalones de la entrada, despidiéndose con la mano. Yo me despedí también, pero enseguida me alegré de que el carruaje tomara una curva y ya no pudieran verme.

La noche no me había traído ningún consuelo. Había cobrado conciencia de mi situación, y también de que me había puesto en manos de Lennard y de los Ekberg. Por si eso fuera poco, pronto tendría que enfrentarme a una conversación con mi madre, Stella, que sin duda estaría nerviosa porque no había vuelto a casa como estaba previsto.

Cuando el carruaje cruzó la verja de Lejongård, ya bien entrada la tarde, el miedo me tenía paralizada. ¿Cómo interpretaría mi madre que quisiera casarme con Lennard? En realidad, si todo el asunto no tuviera tan mal regusto, sería un motivo de alegría. De pronto me pareció que la casa señorial era un polvorín que podía volar por los aires a la menor chispa. Seguro que mi madre se alegraría de mis planes de boda, pero querría conocer la causa de mi cambio de opinión. ¿Debía confesarle por qué me casaba con Lennard? Aunque a nadie le llamara la atención, sospecharía que algo raro había ocurrido cuando viera que el niño venía al mundo tan pronto después de la boda.

August detuvo el carruaje en la rotonda y me ayudó a apearme. Me sentía un poco como cuando regresé a casa por el incendio, solo que el miedo que apresaba mi corazón era otro. Esta vez le presentaría a mi madre hechos consumados.

Crucé la puerta y subí la maleta a mi habitación. Pude haberle pedido a Lena que lo hiciera, pero en ese momento no me apetecía hablar con nadie. Acababa de dejarla junto a la cama cuando mi madre apareció en el umbral.

—¿Dónde has estado? —preguntó con severidad.

Había llegado el momento de la verdad.

—Ya lo sabes —respondí—. En Estocolmo.

—Sí, eso ya lo sé. Pero ¿dónde de Estocolmo? ¿Por qué viajaste allí con tanta prisa?

Lo cierto era que me había despedido de ella, pero sin darle tiempo de que me pidiera explicaciones.

—He ido a visitar a Marit —respondí. No mencioné que también había visto a Susanna.

—¿A Marit? ¿Esa mujer que vino aquí hará un año?

Asentí con la cabeza.

—¿Y por qué le dijiste a todo el mundo que era un viaje de negocios?

—Solo se lo dije a Bruns. A nadie más. Tú siempre dices que al servicio hay cosas que no le importan.

Mi madre resopló; empezaba a perder la paciencia.

—¿Tiene algo que ver con ese caballerizo? ¿Has ido a Estocolmo a buscarlo?

Negué con la cabeza.

—No, madre, no es eso. Necesitaba el consejo de Marit, y ella me lo ha dado.

—¿Qué consejo podía darte tu amiga, pero no tu madre? —Me miró con desaprobación—. Desde que se fue ese tipo has cambiado. ¿Qué te ocurre? ¿Le tenías echado el ojo? ¿Estabas enamorada de él?

—No —mentí, y bajé la cabeza, incapaz de mirarla–. Aunque reconozco que le profesaba un profundo sentimiento de amistad. El caso es que eso se acabó, pero...

—¿Qué? –exclamó mi madre, palideciendo.

—Estoy embarazada. –Ya lo había dicho, pero no sentí ningún alivio, porque ahora era cuando empezaban las mentiras de verdad.

Mi madre se quedó boquiabierta y abrió unos ojos como platos, aunque no emitió ningún sonido. Nos miramos así un momento, y me pregunté cuándo encontraría de nuevo la voz. Stella se sentó en el borde de la cama y después miró la alfombra como si allí estuviera escrito que todo aquello no era más que una broma pesada, o un mal sueño.

—Cuando estuvimos en la finca Ekberg, estuve a solas con Lennard. No sé cómo, pero el caso es que nos dejamos llevar y... –No quería decirlo, no por pudor sino porque no era cierto–. Cuando advertí que me ocurría algo, fui a ver al doctor Bengtsen, y él confirmó mis sospechas. Como no sabía qué hacer, fui a Estocolmo a ver a Marit.

—¿Por qué no acudiste a mí? –preguntó Stella, fría–. Soy tu madre. ¿Por qué no me pediste consejo?

Porque no sabía cómo reaccionaría Lennard. Porque no sabía qué debía hacer con el niño. Porque no imaginaba lo buen maquinador de historias que era mi amigo.

—Porque no sabía cómo te lo tomarías. Quería encontrar una solución, y eso solo podía ofrecérmelo Marit. Hablando con ella llegué a la conclusión de que lo mejor era casarme con Lennard, así que al volver fui directa a verlo... –Cuando terminé, me temblaba todo el cuerpo.

Mi madre continuaba muda. No dejaba de contemplar el dibujo de la alfombra como si quisiera grabárselo en la memoria. Por fin me miró.

—No puedo decir que me alegre de que te hayas entregado a un hombre antes del matrimonio, pero has tomado la decisión correcta, y eso hay que reconocerlo.

¿Era todo lo que tenía que decir? ¡Estaba esperando un nieto suyo! ¿Presentía tal vez que era mentira? ¿Se había dado cuenta de que pasaba las noches con Max, sabía lo mucho que me dolía su ausencia?

–Supongo que ya habrás hablado con Anna, ¿no? –Su tono frío seguía monocorde.

–Madre... siento mucho no haberte dicho nada –dije, y así evité su pregunta.

–No es eso –replicó–. Solo que me sorprende que de pronto hayas descubierto la pasión con Lennard, cuando hace unos meses te negaste a casarte con él.

–Hace unos meses... –repetí–. Hace unos meses todo era distinto, pero ahora espero un hijo. ¡Tu nieto! Pensaba que te alegrarías.

–Me alegro de que, tras una decisión insensata, hayas tomado otra llena de sensatez. Habrá que darse prisa. Dentro de unos meses ya no podremos ocultar tu estado. Avisaré a la modista que encargue las telas para tu vestido de novia. Os casaréis dentro de dos meses, y lo que suceda después ya no le importará a nadie.

Tras decir eso, se levantó y se marchó.

Me sentía fatal, agotada. Creía que mentir lo haría todo más fácil, pero me había equivocado. A Stella no podía engañarla. Gracias a mi decisión de acudir a Lennard y a su generoso consentimiento, me había librado de la vergüenza social. Mi madre, sin embargo, veía confirmados los temores que tenía respecto a su hija.

Esa idea me llenó los ojos de lágrimas, y un momento después apreté los puños con furia y la emprendí contra la colcha. ¿Por qué seguía intentando conseguir el amor de mi madre? Tal vez debería olvidarme y no preocuparme más por lo que pensara. ¡Yo era la señora de la casa! Me casaría con un amigo de la familia que era un noble respetado. Con el tiempo, los recelos desaparecerían, yo me adaptaría y me ocuparía de la finca. De todos modos, las cartas estaban echadas.

Capítulo 57

LAS SEMANAS SIGUIENTES, todo fueron prisas. La buena nueva de que la señora de Lejongård iba a casarse se vio eclipsada, al menos en la casa, por el pequeño escándalo de que ya estaba embarazada. Por suerte, excepto quizá mi madre, todo el mundo creyó que Lennard era el padre.

–Estos jóvenes de hoy en día... –comentó la señora Bloomquist al enterarse de la boda y de lo precipitado de la fecha, según me contó Lena entre risitas–. No pueden esperar a estar casados, pero al menos nuestra señora ha escogido al hombre adecuado.

–¡Nos alegramos mucho por ella! –añadió ella con las mejillas sonrosadas–. Será bonito oír las risas de un niño en la casa.

Yo intenté que no se me notara, pero me sentía a punto de desgarrarme por dentro. Si todo el mundo se alegraba, ¿por qué yo no? Mi reputación estaba a salvo, tendría a mi hijo y la sociedad no podría arrugar la nariz porque la señora de Lejongård quisiera llevar sus negocios por sí misma. Sin embargo, me sentía como si me hubiese traicionado a mí misma. Y luego estaba mi madre. Notaba que de vez en cuando me miraba con suspicacia. ¿Sospechaba algo?

En cualquier caso, no decía nada. Salvo por los preparativos de la boda, apenas nos dirigíamos la palabra. Yo desempeñaba mi trabajo en la finca, llevaba los libros, vendía caballos y decidía qué yeguas había que cubrir. Estaba presente en el nacimiento de los potros, les ponía nombre y planificaba las provisiones de pienso para los meses siguientes. Todo como siempre, solo que sentía el aliento del miedo en la nuca. Miedo a que se descubriera el engaño. Miedo a que Lennard se echara atrás. Miedo a que Max regresara.

Sí, había llegado a temer su regreso. Si antes recorría nuestro camino con nostalgia todas las mañanas, ahora me quedaba en casa. Por un lado, porque de vez en cuando tenía ganas de vomitar; por otro, porque quería evitar su recuerdo.

Cuando por fin se presentó la modista a tomarme medidas para el vestido de novia, comprendí que la cosa iba en serio. Por supuesto que siempre podía huir, pero ¿adónde? ¿A Alemania? No era una opción. Tampoco tenía un lugar en casa de Marit, que estaba intentando encontrar su propia felicidad. Lo que menos necesitaba era a una amiga que le buscara problemas. De modo que dejé que la modista me midiera. Mientras lo hacía, tuve la sensación de que se daría cuenta de por qué debía confeccionar el vestido tan deprisa, pero no, no podía ser, todavía tenía el vientre plano.

A veces me preguntaba qué noche habíamos concebido al niño, aunque enseguida apartaba esa idea flagelante. Era mejor olvidar a Max. No soñar más con él, ni con una explicación de su actitud. Y aun así, siempre volvía a pensar en él. Me preguntaba si su padre habría recibido la carta. ¿Por qué no había contestado? ¿Se lo habría prohibido Max? ¿No sabía el viejo Von Bredestein dónde estaba su hijo? ¿Le daba igual? ¿O la guerra se había tragado su respuesta? Algunos días, pasaba horas dándole vueltas a todo ello.

No obstante, aún nos esperaba un nuevo disgusto: la casa real nos comunicó que el príncipe heredero y su esposa no asistirían a la boda, puesto que en esas fechas estarían de viaje por Noruega.

Mi madre se disgustó mucho.

–Está visto que siguen reprochándonos lo del incendio –dijo.

Sacudí la cabeza.

–No te imagines cosas, madre. El incendio está resuelto y olvidado, pero no podemos esperar que la casa real cancele un viaje programado desde hace tiempo por una boda.

–¡La boda de una casa amiga! –exclamó ella, y suspiró–. Tal vez hayamos perdido su favor.

–Pero ¡qué dices! ¿No te acuerdas de lo contenta que estuvo la princesa heredera cuando vino en verano? ¿De cómo chillaban de alegría los niños a lomos de los caballos? No creo que hayamos caído en desgracia. Hay una guerra, y la casa real tiene la obligación de hacer acto de presencia y tranquilizar a nuestros vecinos. Eso incluye a Gustavo Adolfo y Margarita.

Recordé el último verano. Por aquel entonces aún creía que corrían tiempos duros, pero no eran nada en comparación con los que nos tocó vivir después. Desde el inicio de la guerra, el príncipe heredero y su esposa viajaban mucho, a Dinamarca, a Finlandia y pronto a Noruega. Las casas reales y los gobiernos vecinos estaban inquietos y temían que la guerra pudiera llegar a ellos a través de Suecia. Sin embargo, el rey Gustavo se mantenía firme y había impedido que lo arrastraran a un conflicto que ya alcanzaba a Francia y Flandes. Algunos periódicos lo criticaban duramente por ello y desenterraban historias de mal gusto sobre él. Yo, con todo, confiaba en su firmeza. Una guerra solo traería sufrimiento a Suecia. Muchas mujeres tendrían que criar a sus hijos sin un marido.

–Ya verás como vendrán para el bautizo del niño –dije–. De aquí a entonces sí tendrán tiempo suficiente para planificarlo.

Madre me lanzó una mirada sombría.

–Habría sido mejor poder planear tu boda también con tiempo. ¡No sé en qué estabas pensando!

Sus palabras me azoraron, pues no supe cómo interpretarlas. ¿Criticaba que hubiera yacido con Lennard, o criticaba mi relación con Max? Después de aquella conversación en mi dormitorio no habíamos vuelto a mencionarlo, pero siempre tenía la sensación de que Stella sospechaba que era él quien me había dejado embarazada. ¿O era solo mi mala conciencia?

–Lo hecho, hecho está –me limité a responder–. No puedo deshacerlo. Pero me caso, y eso es lo más importante, ¿o no?

Me miró como si quisiera contradecirme, pero se abstuvo y siguió con los preparativos.

Capítulo 58

UN MES DESPUÉS, una mañana inusualmente cálida y soleada de mediados de noviembre, la casa trepidaba de emoción. Las criadas soltaban risitas y cuchicheaban por los rincones, algunas se preguntaban quién atraparía mi ramo de novia. Lennard había venido a Lejongård a menudo esas últimas semanas y también había hablado varias veces a solas con mi madre, pero ni siquiera Stella podía saber qué ocultaba su expresión. Fingía ser un exultante futuro padre y esposo, y parecía más allá de cualquier duda.

Sin embargo, cuando estábamos a solas yo presentía que, tras esa fachada tan cuidada, hervía la ira. Tal vez antes me había amado, pero ya no lo parecía. Interpretaba su papel y mantenía su promesa, pero me dejaba muy claro que no podía esperar más de él. Y, una vez superadas mis reticencias iniciales, comprendí que también era mejor así.

Tenía mi vestido de novia ante mí, en el figurín. Era precioso, quizá algo anticuado, pero la modista había intentado adaptarlo a los nuevos diseños de Estocolmo. Los encajes blancos y la seda color crema armonizaban de maravilla, y en la cinturilla llevaba un pequeño ramito de rosas rosadas. Las mangas eran largas y tenían una caída algo acampanada, y la falda era lo bastante amplia para llevar una crinolina debajo, cosa que yo no haría. El velo iba sujeto a una pequeña diadema de piedras preciosas; tenía casi dos metros de largo y estaba decorado con valiosos encajes.

Había novias que se probaban el vestido numerosas veces antes de la boda, impacientes por aparecer así ante su novio, pero mi inquietud no tenía que ver con la emoción previa a la ceremonia. Era el miedo al futuro, a lo que sería de mí y en lo que me había convertido ya. Apenas recordaba a la estudiante que iba corriendo a la Real Academia de Bellas Artes con su estuche de pinturas. Todo me resultaba fatigoso, tenía la sensación de ser por lo menos cuarenta años mayor. Una abuela enfundada en un vestido de novia.

Lena llamó a la puerta y me sacó de mis turbios pensamientos. Venía para vestirme. Seguro que la acompañaría Linda, aunque en ese momento me apetecía tan poco verla a ella como a mi madre. Algo debía de haberle comentado Stella, porque desde que se conocían mis planes de boda me miraba casi con desprecio. No decía nada, desde luego, a eso no se atrevía, pero percibía su desaprobación. Quizá porque, a sus ojos, la señora de la casa era una mujerzuela frívola que se había quedado en estado antes de casarse. A saber qué secretos había compartido mi madre con ella.

Bien, había llegado el momento en que debía fingir que estaba loca de felicidad.

–¡Adelante! –exclamé todo lo animada que pude.

Y, en efecto, Linda entró seguida por Lena, acarreando un gran baúl de madera.

–Buenos días, señorita –dijeron a coro.

Las saludé con la mayor alegría posible.

–¿Se han despertado ya las damas de honor? –pregunté entonces, porque una de ellas era Marit.

Había llegado el día anterior en el último tren, completamente agotada. Cómo me habría gustado charlar un poco con ella, pero no había sido posible porque las demás damas de honor me habían acaparado todo el tiempo. Eran hijas de otras casas que mi madre solía visitar, y todas esperaban encontrar novio ese día. La más joven acababa de cumplir diecisiete años. «No hay lugar donde se fragüen más futuros matrimonios que en una boda», había comentado mi madre. No sabía de qué estuvo hablando con las muchachas en el salón, pero seguramente les había impartido una clase de modales mientras les inculcaba que no se entregaran enseguida al elegido.

—He enviado a Marie a despertarla —dijo Lena—, pero la señorita Andersson ya estaba levantada.

Típico de Marit, siempre empezaba el día temprano.

—Cuando terminemos aquí, me gustaría hablar con ella a solas. Espero que no haya ningún problema con su vestido.

—No creo —repuso Linda, severa.

Marit era la única de mis damas de honor que no pertenecía a la nobleza, y además se había presentado con una media melena, lo cual para Linda debía de ser escandaloso. Sin embargo, era mi amiga, mientras que las demás me daban igual.

Lena y Linda pusieron manos a la obra. Me ciñeron bien el corsé, una de las pocas ocasiones en que se lo permití. Después de que ambas me ayudaran a ponerme el vestido de novia, me colocaron una gran sábana sobre los hombros y Linda empezó a maquillarme. Contemplé mi transformación en el espejo. No sé cómo lo consiguió, pero sus manos hicieron desaparecer mis ojeras, y labios y mejillas florecieron con un suave tono rosado. Un milagro aún mayor fue el que consiguió en mi pelo. Con mis rizos indomables construyó un peinado precioso sobre el que sujetó la diadema.

—El velo no lo pondremos hasta que salga hacia la iglesia —dijo, mientras con los dedos formaba y colocaba cada uno de los rizos sueltos.

Por el espejo vi a Lena observar con asombro a la doncella de mi madre. Algún día también ella sabría peinar así de bien, sin duda, pero hasta entonces tendría que recurrir a Linda.

—Gracias, Linda, se ha superado —comenté mientras volvía la cabeza hacia uno y otro lado para observarme el peinado desde diferentes ángulos.

—Muchas gracias, señorita —dijo ella, halagada—. ¿Me permite que le dé un consejo?

—Por favor.

—A partir de ahora es mejor que no salga de esta habitación. Da mala suerte que el novio la vea antes de la boda.

Ese peligro no existía, ya que su madre y él irían directamente a la iglesia de Kristianstad. Linda debería saberlo. Además, ¿qué mala suerte quedaba por acaecerme? No era un matrimonio deseado, y si Lennard cumplía lo que me había dicho poco después de su «proposición», tal vez ni siquiera lo vería lo bastante a menudo como para sentirme casada.

—Gracias, Linda, lo tendré en cuenta —dije de todos modos, y añadí—: ¿Sería tan amable de llamar a la señorita Andersson? Así no se me hará tan largo este rato.

La doncella de mi madre asintió y salió de la habitación. Lena se quedó a recoger un poco.

De nuevo contemplé mi imagen en el espejo. Estaba impecable, y me gustaba verme con ese peinado y ese vestido. Parecía una princesa de cuento a punto de ser raptada por un príncipe para llevársela a su reino.

Solo que aquello no era ningún cuento. Pronto sería una mujer casada, y con ello rompería toda conexión con mi infancia y mi juventud. El sueño de convertirme en una pintora célebre había quedado olvidado desde mi regreso a la finca familiar. Me parecía inalcanzable. Lejongård y yo éramos uno, nada cambiaría eso.

Pero ¿dónde habían acabado mis deseos? ¿Y mis sueños? ¿De verdad ya solo quedaban obligaciones en mi vida?

Deseché esas reflexiones cuando llamaron a la puerta. Puse una sonrisa, suponiendo que Linda se habría olvidado algo, pero fue Marit la que entró.

—¡Estás deslumbrante! —exclamó, y se acercó—. Me encantaría abrazarte, pero pareces de azúcar y no quiero romperte.

Me levanté.

—No tengas miedo —dije, y la abracé yo misma. Con el rabillo del ojo vi que Lena se marchaba en silencio—. Sigo siendo de carne y hueso, todo lo demás es mera parafernalia.

La llevé hasta mi cama, donde nos sentamos.

–¿Habrías dicho alguna vez que llegaría este día? –pregunté.

Marit sacudió la cabeza.

–No. O, al menos, no así.

Miré hacia la puerta y esperé que Lena se hubiese alejado antes de que Marit empezara a decir verdades. Mi amiga se percató de mi mirada y añadió:

–No te preocupes, sé que las paredes oyen. No entraré en detalles, pero permíteme decir que habría deseado que llegaras al matrimonio en otras circunstancias.

–Ya. Además, si mi padre y mi hermano siguieran vivos, tal vez no me estaría casando.

–Siempre pensé que tarde o temprano acabarías casándote con Michael –señaló.

–Sí, pero el destino tenía otros planes para mí.

Qué lejano me parecía aquel día en que, tumbada en la cama con él, recibí aquel telegrama. Era como si la escena perteneciera a otra vida.

–¿Y qué hay de...? –Se interrumpió y puso una cara significativa.

–Bueno, también he pensado en eso. En el fondo, él ha sido la causa. –Suspiré. No quería recordar a Max, pero a menudo se colaba en mis pensamientos. ¿Cómo no iba a pasar, si llevaba a su hijo en mis entrañas?–. Pero dejemos eso. Ahora seré la esposa de un hombre respetable.

–Un hombre que ha amenazado con buscarse una amante. Le había contado por carta nuestro pacto. A Marit le había indignado su reacción, pero le expliqué que, aunque yo no lo había expresado de una forma tan abierta, eso era justamente lo que le había pedido: que buscara a una mujer que correspondiera su amor.

–Está bien así. Gracias a ti, tengo a un buen abogado que se ha ocupado de las capitulaciones matrimoniales. Seguiré adelante con mi vida como hasta ahora. Lennard ha accedido a que vivamos juntos en Lejongård, y buscará a un administrador para su finca. Solo me queda intentar ser una buena madre para mi hijo.

–¿Y qué pasa con tu emancipación? Ya sabes que la perderás en cuanto te conviertas en su esposa.

–Lo sé, sí, pero él jamás se atrevería a darme órdenes. Viviremos uno junto al otro, nada más.

–Lo dices como si fueras de camino a tu funeral.

–No es un funeral, pero seguir rebelándome no tiene sentido. El tiempo en que las mujeres puedan decidir con libertad todavía no ha llegado. Y quién sabe si llegará algún día.

–¡No digas eso! Estoy convencida de que cambiarán muchas cosas, pero antes hay que esperar a que acabe esta horrible guerra.

Esas últimas semanas le había prestado muy poca atención a la guerra. No quería saber qué ejército marchaba hacia dónde. No quería imaginar que Max tal vez estuviera allí. Solo me alegraba que el rey hubiese decidido que Suecia no apoyaría a su vecino alemán.

–Bueno, pues esperemos. Quizá lo imagine todo mucho peor de lo que acabará siendo.

Me incliné hacia Marit, que me acarició el brazo con suavidad.

–Los cambios llegan cuando uno menos se lo espera –dijo–. Igual que la felicidad. Puede que encuentres la tuya pronto. Puede que se cuele por una puerta trasera, o que entre por vuestra preciosa verja principal. No te desanimes, estoy segura de que serás feliz. También como esposa. Y sobre todo si tu marido te deja vivir la vida que tú deseas.

–Pero, si no quiero que desvele al mundo mi secreto, estaré atrapada en este matrimonio.

–Tal vez algún día también él desee el divorcio. Además, no te ha amenazado con eso, solo dijo que buscaría una amante si se daban las circunstancias. Pero ¿qué te impide buscar tú también un amante?

–Ya he tenido bastante, la verdad –repuse con acritud–. Ya ves cómo puede acabar.

–También podría haber salido de otra manera. No irás a renunciar al amor por eso, ¿verdad?

Sacudí la cabeza con cuidado de no estropear la obra de Linda.

–Muy bien –dijo Marit–. Entonces, hablemos sobre otra cosa. Esas engreídas damas de honor tuyas, por ejemplo, que ya están especulando con qué hombre les echará el ojo.

Sonreí.

–Aparte de los vestidos, por suerte no tenéis nada en común –dije, y la abracé.

¡Ay, ojalá pudiera quedarse conmigo para siempre!

Capítulo 59

Dos horas después salí de la mansión y subí al carruaje. Como no había ningún hombre en la familia que pudiera acompañarme al altar, mi madre se encargó de entregarme a mi futuro esposo.

Stella llevaba un vestido verde lima con elegantes festones de hojas y encajes color crema. Casi era demasiado informal para la iglesia, pero le quedaba de maravilla. Linda también la había peinado con bonitas ondas. Su semblante era majestuoso e inexpresivo, como siempre. Normalmente, antes de la boda una madre habría tranquilizado a su hija y le habría deseado lo mejor, pero Stella guardó silencio, igual que había hecho cuando viajamos a Kristianstad para arreglar los asuntos de mi padre y de Hendrik.

Detrás de nuestro carruaje iban los de las damas de honor y los invitados que habían llegado la noche anterior y pernoctado en casa. Lennard, su madre y sus invitados nos estarían esperando en la iglesia de Kristianstad.

Al llegar a la plaza de la iglesia, vi mucha gente del pueblo que había acudido a felicitarnos. No pude mirarlos con atención, pues mi madre me ordenó quedarme en el carruaje mientras ella se apeaba y le daba instrucciones a August para que avisara al pastor que la ceremonia podía empezar.

Miré hacia el carruaje donde Marit iba sentada entre otras dos damas de honor. Si no recordaba mal, una se llamaba Liv y la otra, Alva. Mi amiga era bastante mayor que ellas y puso los ojos en blanco cuando nuestras miradas se cruzaron. Podía entender muy bien por lo que estaba pasando.

Mi madre volvió y me abrió la portezuela. Entretanto, la mayoría de los invitados habían entrado ya en la iglesia. Solo seguían frente al edificio quienes no tenían invitación.

Las damas de honor subieron los peldaños y yo me apeé del carruaje poco después. Mi madre me sostuvo el velo hasta que llegamos a la alfombra que habían extendido sobre la escalinata.

Me temblaban las rodillas. El organista atacó la marcha nupcial y mi madre me ofreció su brazo.

Sentí que empezaba a inquietarme y creí que no sería capaz de moverme, pero ella tiró de mí. Mis piernas obedecieron mecánicamente, aunque tenía la sensación de que las rodillas podían fallarme de un momento a otro.

El día más feliz de la vida de una mujer... ¿Qué le contaría a mi hijo? ¿Mentiría y le diría que había sido un día maravilloso? ¿Le confesaría la verdad? ¿Seguiría Lennard a mi lado entonces, o podría sincerarme dado que ya nos habríamos divorciado? En todo caso, el futuro me parecía tan vago, tan incierto... Era un bosque lleno de gruesos troncos que me impedían ver más allá.

En la nave de la iglesia, los presentes se levantaron de los bancos al verme. Sentí sus miradas aunque solo veía el altar, donde Lennard esperaba con sus testigos. Eran dos de sus mejores amigos, a quienes yo apenas conocía. Ellos me miraron y cuchichearon unas palabras. ¿Les habría dicho algo Lennard? ¿O solo comentaban lo guapa que estaba la novia con su vestido?

Cuando llegamos al altar, mi madre me entregó al novio. Él llevaba un elegante frac azul oscuro con una corbata Ascot azul en la que brillaba una aguja plateada. En la solapa exhibía un ramito de rosas rosadas, parecidas a las que yo lucía en la cinturilla.

No me sonrió, solo me dirigió una breve mirada antes de volverse hacia el altar y, con ello, hacerme seguir su ejemplo.

Pensé en huir. Podía echar a correr por el pasillo, saltar al carruaje y ordenarle a August que me llevara lejos de allí.

Mientras el pastor empezaba su alocución, lo estuve imaginando. ¡Menudo escándalo sería! Pero no me moví, por supuesto. Las palabras sobre el matrimonio, el compromiso y la alegría que traía consigo, me resbalaban. Mi matrimonio era una obligación, algo pensado para evitar dificultades. Nada más. También Lennard parecía verlo así.

Cuando llegó el momento de pronunciar los votos, su voz sonó opaca y algo triste, como si comprendiera que la vida que conocía se había acabado. Cuando me tocó el turno, el nerviosismo empezó a aletear en mi pecho como un gorrión espantado.

—Yo, Agneta Sophia Lejongård, te tomo a ti, Lennard Markus Ekberg, como legítimo esposo... —Sin duda mi madre se estaría secando una lágrima de alegría del rabillo del ojo, aunque quizá solo como concesión a los presentes. La emoción de Anna Ekberg, en cambio, sería auténtica. Había conseguido lo que quería y se alegraba sinceramente por su hijo. Si supiera cómo la habíamos engañado...— para estar contigo en lo bueno y en lo malo, obedecerte y amarte hasta que la muerte nos separe.

Cerré los ojos un instante. El pastor quizá pensó que lo hacía por sobrecogimiento, pero no era eso. Jamás había querido obedecer a ningún hombre, ¡y de pronto le prometía obediencia a Lennard, nada menos! Recordé lo que me había dicho, recordé que me casaba con un hombre al que no amaba y que ya no me amaba, y que seguramente pronto se buscaría una amante. Cómo me habría gustado escapar corriendo de aquella iglesia...

La ceremonia terminó en algún momento, y Lennard y yo nos besamos. Cerré los ojos y, mientras sus labios rozaban los míos, me imaginé que era Max quien me besaba ante ese altar. Tanto lo sentí, que casi me sorprendió ver la cara de Lennard cuando volví a abrir los ojos. Estallaron los aplausos. Lennard me ofreció su brazo y sonrió como si de verdad se hubiese casado con el amor de su vida. Agradecí poder sostenerme en él, pues temía perder el equilibrio en cualquier momento.

Fuera, ante la iglesia, los habitantes del pueblo nos recibieron dando gritos de júbilo. Miré al gentío. Casi todo el mundo estaba allí, solo faltaban los Korven y otras dos familias con las que mi padre había discutido una vez por una aguada. Excepto ellos, estaban todos.

Lennard y yo subimos al carruaje que nos esperaba, y en el que August lucía su mejor abrigo y un sombrero de copa. Nos pusimos en marcha y fui saludando mecánicamente. No sentía nada, pero me alegré de ese repentino entumecimiento, ya que me ayudaría a sobrellevar el día: los bailes que tenían que protagonizar los novios, la abundante comida, los invitados cada vez más achispados, y mi madre y Anna, unidas por la alegría de que sus hijos por fin se hubieran encontrado.

AL LLEGAR A Lejongård, fuimos al gran salón. Bruns y la señorita Rosendahl se habían encargado de que por todas partes hubiera pequeños ramilletes de rosas rosadas. Estaban en los preciosos centros de mesa y también decoraban las ventanas y los espejos con sus cintas de encaje. Los centros de mesa los habían hecho las mujeres del pueblo, y la señora Bloomquist incluso había permitido que contribuyeran a la fiesta con pasteles. Los habitantes del pueblo tenían una fiesta en el jardín delantero de la casa, donde se habían montado tiendas. Por suerte hizo buen tiempo, y las lonas protegerían a la gente del frío del anochecer.

Me senté junto a Lennard y sonreí. A él lo felicitaban los hombres y a mí las mujeres me preguntaban adónde iríamos de viaje de novios.

—Todavía no lo hemos decidido —decía yo, evasiva—, pero quizá pasemos la luna de miel en nuestra casa de la playa. Ya viajaremos por el mundo en otro momento, cuando no haya tantas tareas en las fincas.

Esa respuesta parecía contentarlas, aunque la realidad era que no habría luna de miel. Lennard me había comunicado que después de la boda partiría en viaje de negocios. A mí me parecía muy bien, así podría ocuparme de mis asuntos.

La única alegría que tuve ese día fue que Marit estuviera conmigo. Se sentó a una mesa con las demás damas de honor y, aunque estas la excluían a ojos vista, ella me saludó contenta. Más adelante, cuando hubiera bebido algo, tal vez intentaría ganar a las hijas de la nobleza para la causa feminista. Esperaba poder ser testigo de ello.

Luego llegó el momento en que el novio y la novia debían abrir el baile. La orquesta hizo una señal y Lennard y yo nos levantamos. La cabeza me daba vueltas por culpa de la cacofonía de voces que se oían, por las muchas personas que habían hablado conmigo y también por el vino ingerido. Nos colocamos en el centro de la pista. Puse una mano en la de mi esposo, y él me puso la otra en la cintura mientras yo apoyaba la mía en su hombro. Casi me sentí como las figurillas de azúcar que coronaban el pastel de boda. Una princesa quebradiza con su príncipe quebradizo.

Sin embargo, Lennard era de todo menos quebradizo. Antes ya habíamos bailado juntos en fiestas y celebraciones, pero esta vez me llevaba por el parqué con ímpetu, casi apasionadamente. Yo lo miraba, pero él solo fingía hacerlo. En realidad, eludía mis ojos como si tuviera que concentrarse en los pasos, aunque no le hacía falta. Nos movimos por la pista como si flotáramos, aunque yo sentía un peso enorme en el corazón. Intenté imaginar que era Max quien bailaba conmigo, pero no lo conseguí, porque Max y yo nunca habíamos bailado. Y si lo hubiéramos hecho, seguro que no se le habría dado tan bien como a Lennard, que había tenido años para perfeccionarse.

Cuando el baile de los novios terminó, cambió la melodía y volví en mí. Fue como si esos últimos minutos hubiese estado en trance. Lennard me miraba a los ojos. Tal vez se preguntaba qué estaba pensando. Me pareció que iba a decir algo, pero se contuvo.

A continuación habría tenido que sacarme mi suegro, así que su papel lo adoptó uno de los testigos. El hombre me sonreía como si él mismo fuese el novio. Yo le dirigía miradas frías mientras intentaba evitar que tropezara con mis pies.

Tras varios bailes que se me hicieron interminables, pude descansar un poco. La gente creía que una novia debía destrozar los zapatos bailando el día de su boda, y una novia feliz seguro que lo haría, pero a mí solo me apetecía encerrarme en el despacho a comprobar el balance del mes anterior.

Un buen rato después, Marit se me acercó visiblemente achispada.

—Eh, ¿cómo le va a la flamante novia? —preguntó levantando su copa de champán, y se sentó en el sitio de Lennard, que volvía a estar en la pista.

—Igual que antes —dije—. Me pregunto cuánto falta para que llegue la medianoche y pueda retirarme de una vez.

—Pero si tu fiesta no está nada mal. Tus damas de honor son bastante divertidas. Una de ellas creía que el sufragismo era un medicamento. Le he dicho que sí, porque me parece que somos el remedio para todo este disparate.

Hizo un gesto que abarcó toda la sala y supe a qué se refería. La moralidad de nuestra época seguían acuñándola los hombres. A sus ojos, si una mujer tenía un hijo fuera del matrimonio era una furcia, aunque eran ellos quienes las abocaban a ese destino. Sin embargo, bajo ningún concepto querían perder el control y, como decía Marit, la moralidad era un instrumento para conservar su poder.

—Seguro que tu Peer no estaría de acuerdo si le dijeras que una boda es un disparate.

Mi amiga me miró algo extrañada.

—¡Pero si todavía no te lo he contado! —exclamó—. No habrá boda. Se ha acabado.

—¿Cómo que se ha acabado? —me asombré. Por lo visto, últimamente no había sido tan feliz en Estocolmo.

–Sus padres no quieren a una sufragista en la familia, y Peer se ha doblegado a sus deseos.

–Pensaba que te amaba.

Marit bajó la cabeza.

–Puede que sí, pero la moralidad es más importante para él. Ahora he pensado formarme como secretaria. Volveré a valerme por mí misma. ¡Al diablo con los hombres!

La miré. ¿Lo decía solo porque estaba bebida? ¿Por qué no me había contado antes su mal de amores? ¿No había querido importunarme? Y yo que pensaba que por fin había encontrado la felicidad...

–No te preocupes –dijo Marit, como si despertara de un sueño–. Estoy bien. Por un tiempo pensé que hacía bien, pero ahora comprendo que me equivocaba. Mis sueños de formar una familia... A una huérfana, este mundo no se lo pone fácil.

Sus palabras sonaron tan amargas que no pude evitar darle un abrazo. La apreté contra mi pecho, la acuné un poco y me pregunté si al día siguiente se acordaría de sus confesiones.

Justo entonces regresó Lennard y miró extrañado a Marit, entre mis brazos. Le había hablado de mi amiga alguna que otra vez, pero suponía que no me había prestado atención.

–¿Qué le ocurre? –preguntó.

–Nada preocupante –dije, y volví a enderezar a Marit. Tenía los ojos vidriosos, debía de estar más bebida de lo que creía–. El champán ha podido con ella. Me encargaré de que le dé un poco de aire fresco y se beba un café.

Me levanté y puse a Marit de pie. Ella se agarró a mi brazo y nos acercamos a una alta ventana que estaba entreabierta.

El aire que entraba era fresco, pero lo prefería al frío que irradiaba Lennard.

Al final salimos a la terraza, y desde allí contemplé a los habitantes del pueblo, que a esas horas ya se habían puesto sus abrigos. Habríamos tenido que bajar a festejar con ellos, pero Lennard no era de esos. Prefería la soledad y únicamente hablaba con la gente por asuntos de negocios. Ni se planteaba un contacto más personal.

–¿Qué me dices? ¿Te buscamos a otro hombre entre esos de ahí? –propuse, y señalé a tres muchachos fornidos que se calentaban junto a un fuego.

Marit se apoyó en mí.

–Deja, deja, estoy bien así. Todo se arreglará, ¿verdad?

–Eso espero –dije.

Mientras contemplaba el barullo que reinaba ante la mansión, volví a pensar en aquella pequeña cabaña donde ya no me esperaba nadie.

PASADA LA MEDIANOCHE, cuando ya casi no notaba los pies y en el salón se oían risas ebrias, llegó el momento de que a Lennard y a mí nos acompañaran a la habitación conyugal.

Siguiendo una antiquísima tradición que exigía que hubiese algún testimonio de la primera noche, Stella y Anna nos siguieron junto con las damas de honor, ninguna de las cuales estaba sobria. Sus risitas contenidas revelaban lo que estaban pensando. Yo, por el contrario, sabía lo que ocurriría: nos meteríamos en la cama e intentaríamos vaciar la cabeza de mil pensamientos, para después conciliar el sueño. En esa cama, la novia no perdería la virginidad.

Al llegar al gran dormitorio me sentí incómoda. Aquella era la habitación en que nos habían concebido a Hendrik y a mí, la de nuestros padres antes de que cada uno de ellos se retirara a su propio dormitorio.

Yo había opuesto resistencia, pero mi madre había insistido. «Eres la señora de Lejongård. Ahora que tendrás esposo, ya es hora de que te traslades a la habitación de matrimonio.» Y Stella no daría su brazo a torcer. Yo era señora de la casa de pleno derecho y debía dejar atrás mi alcoba de juventud. Aun así, le pedí a Lena que conservara mi habitación ordenada y caldeada, porque todavía no me sentía preparada para eso.

Mis pensamientos regresaron al presente cuando oí que mi madre decía algo. No la entendí, pero un segundo después abrió la puerta.

El dormitorio estaba tal y como lo recordaba. La ancha cama de madera con dosel dominaba la habitación y hacía que todo lo demás pareciera pequeño. También seguía allí el armario ropero que, hecho de cincuenta piezas encajadas, se tenía en pie sin que un solo clavo atravesara la madera.

El tocador de mi madre, el galán de noche de mi padre.

El recuerdo de mis escapadas infantiles a esa habitación se había desvanecido, y no era de extrañar, porque habían pasado más de veinte años.

La señorita Rosendahl y las criadas habían dejado preciosa la habitación siguiendo indicaciones de mi madre. Dos candelabros de cinco velas cada uno arrojaban una luz cálida. Pétalos de rosa cubrían la alfombra que llevaba hasta la cama, cuyos postes se habían decorado con ramos de rosas. También sobre la colcha había pétalos. Marie y Lena aparecieron para abrir la cama con cuidado y luego se retiraron. Por el rubor de sus mejillas comprendí que ya se imaginaban ciertas cosas que sucederían esa noche.

Por suerte, nadie esperaba que nos desnudáramos en su presencia. Como suponían que el propio Lennard me ayudaría con el vestido antes de entregarnos a la pasión, nos dejaron solos y, por primera vez esa noche, sentí cierto alivio. Por fin podría dejar de fingir que era feliz.

Lo primero que hice fue descalzarme y quitarme la diadema del pelo. El velo lo había guardado ya al principio de la celebración, porque temía que alguien pudiera pisármelo. Luego me desabroché los corchetes del vestido.

Al otro lado de la cama, Lennard se desvistió también. Ninguno de los dos dijo nada ni intentó acercarse al otro. Yo estaba cansada y, como llevaba en mi seno al hijo de otro, Lennard no sentía deseos de poseerme.

Cuando me puse el camisón, él se volvió respetuosamente, como si quisiera evitarme la vergüenza. Y yo se lo agradecí, ya que ¿para qué iba a ofrecerme a él? Nos habíamos casado y el mundo seguía girando.

Me metí en la cama, aliviada de dar por concluido aquel día. Lennard apagó las velas e hizo lo propio. Sentí que el colchón cedía bajo su peso y cómo se tapaba con las mantas.

–Buenas noches –dije a oscuras.

Él me las deseó a mí también, y al cabo de un momento oí que respiraba con regularidad.

Cerré los ojos e intenté conciliar el sueño, pero no lo conseguí. Jamás me había costado dormir con un hombre y, sin embargo, de pronto me encontraba incómoda y desvelada. ¿Sería así todas las noches? ¿Ese silencio obstinado? ¿Y por qué me sentía defraudada? ¡Si yo nunca había deseado a Lennard! Aun así, el pecho me ardía y deseaba que el sueño me venciera de una vez.

Bajo las mantas se extendió el calor y por fin sentí una pesada somnolencia. Era como si me hundiese en el colchón. Entonces se me cerraron los ojos y el mundo desapareció a mi alrededor.

DESPERTÉ DE UN sueño inquietante en plena noche. Había visto a Max en la linde del bosque, haciéndome señas. Todo fue tan real que, al incorporarme sobresaltada, por un momento creí que de verdad estaba en el campo. El corazón me latía con fuerza y me asusté un poco al ver a Lennard tumbado a mi lado. Entonces recordé que era mi noche de bodas, una noche que se convertiría en un nuevo día y que terminaría pronto.

Sin embargo, no lograba quitarme de la cabeza la imagen del sueño. Era tan desconcertante que me levanté. Tenía la sensación de que Max estaba conmigo, como si mi cuerpo quisiera decirme que había regresado y me esperaba en la cabaña. Una inquietud terrible se apoderó de mí, y también la necesidad de ir a comprobarlo.

Me puse un vestido con sigilo y salí a hurtadillas de la habitación. El olor a tabaco y vino, igual que los restos de comida y las flores, era lo único que quedaba de la fiesta. No presté atención a nada de eso.

Me eché un abrigo por encima, salí de la casa y pasé corriendo junto a las tiendas, ya desiertas. A lo largo del día las desmontarían y la celebración de la boda sería solo un recuerdo. Ante mi boca se formaban blancas nubecillas de vaho, y el frío se colaba bajo mi abrigo, pero yo no era muy consciente de nada mientras corría hacia ese lugar que no visitaba desde hacía semanas. La esperanza ardía de nuevo en mi pecho. ¿Estaría él allí, como por un milagro? ¿Me explicaría por qué se había marchado? El corazón me palpitaba exaltado, y la idea de poder hundirme entre sus brazos me impulsaba a seguir.

Sin embargo, la decepción no se hizo esperar. La cabaña apareció ante mí, pero las ventanas estaban a oscuras. Ya desde lejos percibí ese vacío que se instalaba en las casas deshabitadas. Me detuve, perdida como una sonámbula que acaba de despertar, y me eché a llorar al comprender que nada había cambiado. Fue como si Max me hubiese dejado sin explicación una segunda vez. Me sequé las mejillas y miré al cielo. La mañana despertaba ya sobre el bosque.

Tenía que regresar a la casa antes de que alguien notara mi ausencia. Le había prometido a Lennard que no volvería a mencionar a Max. Debía esforzarme por olvidarlo.

Capítulo 60

MIRÉ POR LA ventana y vi que el viento sacudía los árboles desnudos. Aquel mes, febrero de 1915, había traído un deshielo rápido e inusual. Hacía días que una capa de nubes plomizas pendía sobre la finca, y la lluvia había inundado caminos y jardines. Aún quedaba nieve acumulada en los márgenes, pero, si no volvía a helar, pronto desaparecería.

El clima pesaba mucho en mi estado de ánimo. Mientras el sol aún brillaba sobre la capa de nieve virgen me había encontrado algo mejor, pero ahora apenas salía de un estado de cavilación meditabunda. Lo peor era que no había forma de escapar de la casa. A veces me sentía como un caballo que, encerrado largo tiempo, arremetía contra la pared del establo, deseoso de volver a correr por las praderas. Sin embargo, aparte de que no era un caballo, tampoco habría podido correr. Mi barriga estaba tan enorme que me limitaba mucho los movimientos. El doctor Bengtsen estaba convencido de que iba a tener gemelos.

No sabía si eso me alegraba o me asustaba. ¡Dos niños! Me esperaba un parto difícil, tal vez incluso la muerte. Aunque el médico y Marit intentaban tranquilizarme, tenía muy claro que aparecerían todas las complicaciones posibles.

¿Por qué había tenido que marcharse Max? ¿Por qué me había dejado en la estacada? Después de haber logrado reprimir esos recuerdos durante una temporada tras la boda, últimamente volvía a pensar en ello. La nostalgia se había apoderado de mí, pero también la rabia, conmigo misma y hacia él. Tendría que haberle hecho caso cuando decía que no debíamos entregarnos al amor carnal. ¿Por qué habíamos perdido el control de esa manera? ¿Y por qué demonios había desaparecido sin siquiera dejar una nota?

–Perdona, ¿te molesto? –preguntó Lennard.

No me había dado cuenta de que había entrado.

–No –respondí, y me acaricié la barriga–. Solo estaba algo ensimismada.

No pasaba un solo día en que la vida futura no me recordara que mi gran amor estaba en algún lugar, y que lo había engañado casándome con otro. Tampoco pasaba un solo día sin que Lennard me hiciera sentir que para él no era más que una amiga a quien hacía un favor, y que tal vez lamentaba ya. Cada uno dirigía su finca lo mejor que podía y casi siempre estábamos ocupados con nuestros asuntos. Cuando nos encontrábamos, éramos corteses el uno con el otro, pero ya no nos tratábamos con cariño. El matrimonio había convertido a dos amigos de la infancia en dos extraños.

–Ten, ha llegado una carta para ti –me dijo–. Me la ha dado Marie, y he querido traértela enseguida.

–¿Algo de la finca? –pregunté.

Negó con la cabeza.

–Léelo tú misma. Te dejaré sola.

Siempre lo haces, pensé. Miré el remitente y me encontré con un nombre que conocía muy bien.

Cuando ya no lo creía posible, ¡por fin recibía una respuesta de Heinrich von Biedestein! Por eso había sido tan escueto Lennard. Nunca hablábamos mucho, pero yo había aprendido a diferenciar un silencio indiferente de uno furioso. El silencio de mi marido al salir del despacho había sido claramente hostil. Miré la carta.

En el peor de los casos, Von Biedestein me comunicaría que su hijo había caído en la guerra. Teniendo en cuenta el tiempo transcurrido entre mi carta y su respuesta, era más que posible.

«Te encontraría, por mucho que tuviera que volar...»

La frase que me dijo Max la primera noche que pasamos juntos resonó en mis oídos. ¿Había muerto? ¿Regresaría a mí convertido en mariposa? Esa idea me arrancó un sollozo. Abrí el sobre con manos temblorosas. La letra era insegura, como la de una persona que tuviera dificultades para sostener la pluma. La carta estaba en sueco. ¿La habría escrito su madre, quizá?

> Estimada condesa Lejongård:
> Permítame agradecerle su carta del año pasado. Por favor, disculpe que no haya contestado hasta ahora, pero mi salud no me ha permitido hacerlo antes.
> Preguntaba por mi hijo Max, lo cual me extrañó, porque Max nunca ha estado en Suecia. Sin embargo, pronto comprendí a qué podía deberse la confusión. Su hermano gemelo, Hans, marchó a Estocolmo hace un tiempo. Tenía que comprar caballos para la finca y dijo que se alojaría en casa de un amigo.

¿Su hermano gemelo? ¿Había leído bien? Sacudí la cabeza. ¿Me engañaban mis ojos?

> Supongo que Hans se hizo pasar por su gemelo. Quizá no se tomó usted el tiempo necesario para comprobar su identidad, ¿cierto?
> En cuanto a Hans, perdimos su rastro en Suecia. No tengo noticia de que haya regresado a Alemania. Dice usted que tal vez fuera a la guerra, pero por desgracia no sé nada al respecto. Como tampoco su mujer.

El segundo golpe fue aún más duro. ¿Su mujer? ¿Max, o mejor dicho, Hans, estaba casado? ¿Era esa carta una broma pesada? ¿Una falsificación?

No, me decía la razón, no lo es. ¿Por qué habría de enviarme su madre algo así? Seguro que también echaba de menos a su hijo.

Friederike se desesperó cuando comprendió que había desaparecido. Mandamos a buscarlo. Escribimos a nuestro amigo, pero este guardó silencio, aunque sospecho que le hacía llegar las cartas a mi hijo.

Cuando llegó su misiva, fue para mi nuera un pequeño destello de esperanza, pero por desgracia se apagó enseguida.

Escribía usted que trabajó como caballerizo para su familia. ¿Conserva tal vez algún objeto personal que pueda enviarnos? ¿A ser posible también una fotografía actual? Le estaríamos muy agradecidos por todo lo que pueda ayudarnos a localizar a nuestro hijo.

En caso de descubrir su paradero, se lo comunicaremos sin falta.

Muy atentamente,

Lotta von Bredestein

Me quedé mirando el papel sin dar crédito. No podía ser. ¿Max no era Max, y además tenía una mujer que se llamaba Friederike? No podía ser cierto. No era posible.

El corazón me palpitaba, notaba el rumor del flujo sanguíneo en los oídos y tenía un nudo en la garganta. La carta se desenfocaba ante mis ojos, pero no solo por las lágrimas, sino porque empecé a verlo todo negro. De repente me mareé. Intenté buscar apoyo, pero no lo conseguí. Las rodillas me cedieron y caí al suelo. Un instante después, la oscuridad me envolvió por completo.

CUANDO RECOBRÉ EL conocimiento, tenía a Lennard inclinado sobre mí, mirándome con preocupación.

—Agneta, ¿me oyes?

Asentí y miré alrededor, confusa.

—¿Qué ha ocurrido?

—Debes de haberte desmayado. ¿Te ha alterado esa carta?

La carta. Claro que me había alterado, sobre todo lo referido a la falsa identidad de Max y a su mujer. ¿Debía explicárselo a Lennard? Su mirada interrogante me quemaba la piel.

–La carta está afectada por el acuerdo al que llegamos –dije con debilidad, y volví a sentarme.

–¿Es de él? –preguntó, y vi que tensaba la mandíbula.

–¿De verdad quieres saberlo? –pregunté con vacilación.

–Sí –respondió–. Quiero saberlo.

–Es de su madre.

–¿Ha... muerto?

–No. Bueno..., su familia no sabe dónde está.

Derrotada, dejé caer la mano con el papel, pero de tal manera que él no pudiera leer. Si se enteraba de que Max era un farsante que había huido de su familia y su mujer, montaría en cólera.

–¿De modo que has intentado encontrarlo? –preguntó.

De pronto me sentí como si estuviera sentada sobre un polvorín.

–Sí, pero de eso hace mucho tiempo. Envié la carta a sus padres cuando desapareció. Mucho antes de nuestro... acuerdo.

Lennard se relajó un poco.

–Se han tomado su tiempo para escribirte.

–Puede que quisieran esperar hasta saber algo. Su madre menciona también problemas de salud. Tal vez no le fue posible escribir antes.

–Deberías olvidarlo. Sería mejor para ti y para todos.

–Tienes razón, sería lo mejor. –Y arrugué la carta, la prueba de la deshonestidad de Max.

Aun así, pese a que me había quedado conmocionada al saber que había jugado conmigo, todo mi ser anhelaba una explicación. ¿Por qué me había engañado? ¿Por qué no se había marchado antes?

–¿Podrías dejarme sola unos momentos? –pedí, pues no quería abandonarme a mis sentimientos delante de Lennard.

–Claro. ¿Ya te encuentras mejor?

–Supongo que todo pasará cuando nazca el niño. Créeme, esto de desvanecerme cada tanto tampoco me gusta a mí.

Levanté la mirada y vi una chispa de preocupación en sus ojos, pero ¿qué le importaba a él si yo vivía o moría? Si estuviera muerta, heredaría la finca y por fin sería libre.

Una vez a solas, estuve un rato meditando con la carta estrujada aún en mi puño.

Al final la tiré al suelo con un grito de ira. ¡No quería seguir sufriendo! ¡No quería volver a pensar en él! ¿Por qué no conseguía olvidarlo?

Porque no te dio ninguna explicación, me respondí a mí misma. Hasta que no sepas por qué se marchó, no encontrarás la paz.

Sin embargo, paz era lo que menos tendría si seguía aguardándolo con esperanza. No la tendría si regresaba a la cabaña una y otra vez, como si fuera un lugar mágico desde el que pudiera llamar a Max.

Necesitaba a alguien que supiera cómo dar con él.

AL DÍA SIGUIENTE mandé que engancharan los caballos al carruaje con el pretexto de hacer un par de recados en la ciudad.

–Pero podría hacerlos yo por ti –se ofreció Lennard cuando me despedí–. ¿Y si vuelves a perder el conocimiento en plena calle'?

–Me llevaré a Lena –dije, y miré a mi doncella, que aguardaba a un lado. Me fijé en lo mucho que parecía haber madurado–. Además, August tampoco me perderá de vista. Estaré bien.

Lennard no me creyó, pero tuvo que dejarme partir.

Una vez en Kristianstad, nos detuvimos en la oficina de telégrafos. De mi época en Estocolmo sabía que Marit conocía a un detective. Si mi amiga seguía en contacto con él, tal vez podría convencerlo de que trabajara para mí. Le expliqué en unas líneas que necesitaba los servicios de ese hombre a causa de Max, y le pedí una pronta respuesta. El empleado de telégrafos envió el telegrama y me prometió que mandaría un mensajero en cuanto recibiera respuesta.

EL CHICO DE telégrafos se presentó dos días después. El mensaje no era de Marit, sino del propio detective. Me proponía vernos la semana siguiente, puesto que estaría en la zona por trabajo.

Esa noticia me alegró, pero también me asustó. ¿Cómo iba a encontrarme con ese hombre sin que Lennard lo supiera?

Sin embargo, mi marido nos comentó entonces a mi madre y a mí que tenía que regresar un par de días a su finca. Su madre no se encontraba bien y quería ocuparse de ella. Aunque también cabía que la carta de Lotta von Bredestein lo hubiera molestado, igual que el hecho de que Max volviera a ocupar mi pensamiento después de tanto tiempo. Pero a mí no me importaba. Estaba convencida de que el detective daría con su paradero. Ese mismo día le escribí y le propuse una cafetería de Kristianstad como punto de encuentro.

Capítulo 61

HANNO BOREGARD ERA un hombre bajo y calvo al que le era fácil pasar desapercibido en una multitud. Iba vestido con tonos grises y sin ninguna prenda destacable. En la cabeza llevaba un bombín. Con todo lo discreto que era, sin embargo, sus ojos resultaban vigilantes. Las feministas lo habían contratado muchas veces en Estocolmo cuando querían descubrir puntos débiles de sus adversarios o encontrar a un padre huido. No había nadie mejor.

–Condesa Lejongård, me alegro de conocerla –saludó, y me tendió la mano.

–Y a mí me alegra que tuviera usted tiempo. Sé que está muy ocupado en Estocolmo.

–Es cierto, pero a nuestra amiga común no puedo negarle nada.

Marit y él se conocían muy bien. Yo alguna vez había sospechado que él estaba un poco enamorado de ella.

–¿En qué puedo ayudarla? –preguntó Boregard después de que pidiéramos dos tazas de café. El doctor Bengtsen opinaba que, en mi estado, debía evitar las bebidas excitantes, pero a mí me parecía exagerado–. ¿Desea información sobre algún socio empresarial o un competidor?

–Ni lo uno ni lo otro. Quiero que encuentre a un hombre.

–¿Tiene alguna fotografía?

–No, pero puedo describírselo.

Mientras explicaba cómo era Max, tuve que esforzarme por no romper a llorar. Conocía hasta el último centímetro de su cuerpo. Sin embargo, su interior, su alma, era la de un extraño. Hasta entonces no me había dado cuenta.

–Se me presentó como Max von Bredestein y lo contraté como caballerizo de mi finca. Desapareció poco después de que Alemania entrara en la guerra. Sospecho que quería irse al frente. Escribí a su padre y me enteré de que su verdadero nombre es Hans von Bredestein, y que se hacía pasar por su hermano gemelo. La familia sabe tan poco como yo sobre su paradero. Me gustaría que usted lo localizara.

Casi vi cómo trabajaban los mecanismos de su cabeza. Cuando levantó la vista y me miró a los ojos, temí que comprendiera por qué buscaba a Max.

–¿De manera que rompió su relación laboral con usted? –preguntó.

–Sí.

–Bueno, ¿y por qué quiere dar con él? ¿Se llevó cosas de valor o dañó su finca de alguna forma?

–No, en absoluto, pero le había aconsejado que no se alistara.

–¿Tenían una amistad estrecha?

Su mirada recayó en mi vientre. De pronto sentí calor bajo la ropa. Cuando Marit le pedía que buscara a un hombre, casi siempre era porque había huido de la paternidad. Lo mismo debía de pensar Boregard de mí. Y con razón, pero no debía permitir que lo confirmara.

–Así es, y por eso estoy preocupada. Lo cierto es que debería haber regresado con su familia, o por lo menos avisarles, pero no llegó a hacerlo. Además, está eso de su nombre...

–Eso es curioso, en efecto –concedió el detective. Cómo me habría gustado saber qué estaba pensando–. Si tuviera la conciencia tranquila, ¿por qué habría de darse a conocer como su hermano gemelo?

–La verdad es que no lo sé –respondí, y en ese momento comprendí por qué esperaba gemelos. ¡Por supuesto, era una herencia de su familia!–. La relación con su padre, según contaba él mismo, no era especialmente buena –añadí–. Los

Von Bredestein tienen una propiedad ganadera en Pomerania. Por lo visto, ya no aguantaba más allí.

Boregard sacó una libretita y tomó algunas notas.

—Aparte de su nombre, ¿hubo alguna otra cosa que le ocultara?

—Sí, que tiene una esposa. Friederike. Eso lo supe por la carta de su familia.

El detective lo anotó también.

—¿Le prometió a usted matrimonio? —preguntó entonces—. ¿O algo parecido?

La pregunta me sentó como una bofetada. Tenía muy claro que él necesitaba esa clase de información, pero aun así me incomodó.

—No, nada de eso. Como ya le he dicho, solo estoy preocupada por él.

—Y si lo encuentro, ¿qué debo hacer? ¿Quiere que le entregue un mensaje o que intente hacerlo volver?

Sabía que yo daba esa impresión. A menudo había que convencer a los padres reacios para que presentaran denuncia, pero yo no quería que Max recibiera su merecido. Solo deseaba una explicación, y saber si seguía vivo.

—No. Limítese a averiguar dónde está. Ya le escribiré yo misma.

El detective enarcó las cejas un momento, pero luego asintió con la cabeza.

—Como desee.

—¿De modo que acepta el encargo?

—Desde luego. Si no, hace rato que nos hubiéramos despedido. Ya conoce mis honorarios. Además, me hará falta un suplemento para viajar a Alemania y, en caso necesario, a la zona de guerra.

—Tendrá cuanto necesite —le aseguré.

—También querré la dirección de la familia del desaparecido. Indagaré con discreción y veré si lo que le han escrito se corresponde con la verdad.

Le entregué la carta que me había enviado Lotta von Bredestein. Podía quedársela, puesto que no decía nada comprometedor.

–Muy bien –dijo el detective, y se la guardó en el bolsillo–. Si ha traído también el pago inicial, todo arreglado.

Saqué un sobre de mi bolso. Por telegrama habíamos acordado que le adelantaría doscientas coronas. No era una cantidad pequeña, pero accedí puesto que Boregard valía su precio. Él aceptó el sobre y lo guardó sin abrirlo. En su profesión solía decirse: «Si tú confías en mí, yo también en ti». Cualquier otra cosa habría sido una vulneración de su ética profesional.

–La mantendré al corriente de mis investigaciones. En caso de que necesite más dinero, aquí tiene una dirección adonde puede enviármelo. Por favor, tenga paciencia, las pesquisas podrían llevar su tiempo.

–Soy consciente de ello –repuse.

Nos miramos un momento y me tendió la mano.

–Bueno, pues ha sido un placer conocerla. Espero poder felicitarla la próxima vez que nos veamos.

Me limité a asentir con la cabeza y le estreché la mano.

–Mucho éxito, señor Boregard. Confío en usted.

–No la decepcionaré. –Hizo una leve reverencia y salió de la cafetería.

Mientras me llevaba la taza a los labios, lo vi pasar por la ventana; un hombre que no llamaba la atención. Estaba segura de que encontraría a Max, mejor dicho, a Hans.

Capítulo 62

AL REGRESAR A la finca, estaba agotada y tuve que echarme a descansar un rato, aunque no conseguí dormir. Estuve contemplando el techo de la habitación. Solo podía pensar en qué estaría haciendo Max y cuándo terminaría por fin mi embarazo.

Cuando oscureció, me levanté y bajé a cenar. Sabía lo que me esperaba: una comida en silencio con mi madre, que se quedaría mirando su plato, absorta en sus pensamientos. Sus dos hijos la habían decepcionado. Aunque nuestra familia no había sido mancillada públicamente, jamás podríamos limpiar esas lacras de nuestra historia. Esa noche, mi madre parecía más huraña que nunca.

–¿Dónde has estado esta tarde? –preguntó sin levantar la mirada del plato.

–En Kristianstad –respondí, ya que había utilizado el carruaje y no tenía sentido negarlo.

–Es la segunda vez en una semana. ¿Te has buscado a un amante en la ciudad?

–¡Madre! ¿Crees que engañaría a mi marido?

–Bueno, quién sabe. Ambos os comportáis como dos extraños. Podría imaginarme cualquier cosa.

¿Estaba buscando pelea para descargar su mal humor? ¿O quería provocarme para enterarse del motivo de mi salida?

–Respeto y aprecio a Lennard. Era mi amigo, ahora es mi marido. He tomado una decisión sensata.

–Cuando me hiciste saber tus planes de boda, afirmaste que os habíais dejado llevar por la pasión. ¿Es eso cierto, o me ocultas algo?

–No te oculto nada.

–¿Y por qué haces un viaje tan fatigoso en tu estado? ¿Se trata otra vez de ese tipo que desapareció?

–¡No te oculto nada! –Golpeé el plato con la cuchara, furiosa. ¡Si de verdad quería saberlo, pues muy bien!–. Me he puesto en contacto con un detective para que busque a Max –solté–. ¿Satisfecha? Quiero saber qué fue de él.

Me miró como si acabara de caer un rayo sobre el tejado.

–¿Y por qué quieres saberlo? –preguntó.

–Quiero explicaciones. Quiero saber por qué se marchó.

–Porque era un vagabundo. Seguro que ni siquiera era noble, como afirmaba. Y tú te enamoraste de él.

–¡Eso no es cierto! –exclamé, aunque era justamente eso.

–¿Acaso crees que no tengo ojos en la cara? Me daba cuenta de cómo lo mirabas, y él a ti. De cómo te escapabas de casa por las noches y no regresabas hasta el alba. ¿De verdad crees que no lo sabía?

Me la quedé mirando sin saber qué decir. ¡Conque sí me había visto!

–¿Y sabes lo que pensé cuando me enteré de que habías ido a ver a Lennard y luego me contaste que querías casarte con él porque estabas embarazada? Pensé: ¡Seguro que ese holgazán ha metido a mi hija en un lío! Tienes mucha suerte de que Lennard sea un hombre tan bueno. ¿Lo sabe él?

Sus palabras cayeron sobre mí como mazazos. No sabía qué hacer. Todo lo que decía era cierto. Yo había sospechado que lo sabía, pero no había querido creerlo, y de pronto debía de haberse enterado toda la casa.

–¡Madre, esto ha llegado demasiado lejos! –repliqué–. No puedes humillarme de esta manera.

Ella temblaba.

–De haber podido, habría echado de aquí a ese sinvergüenza. ¡No sabes cuántas veces pensé en obligarle a desaparecer y que te dejara en paz!

–¡¿Lo hiciste?! –grité–. ¿Fuiste tú?

Sentía que me palpitaba todo el cuerpo. Si había sido ella, era una barbaridad que jamás le perdonaría. De pronto se quedó inmóvil. Abrió mucho los ojos y sus rasgos se petrificaron.

–Agneta...

Mi nombre no fue más que un sonido que salió por su boca medio ahogado. Se le tensó todo el cuerpo, luego dejó caer la cuchara y se agarró al mantel. Abrió los ojos con espanto. Mi furia se deshinchó al instante.

–¿Madre? ¿Qué...?

–... mareo –consiguió balbucear. Y se desplomó.

–¡Madre! –exclamé.

Me precipité hacia ella. Llegué a tiempo de sostenerla antes de que resbalara de la silla.

–¡Socorro! –grité mientras intentaba recolocarla en el asiento con cuidado.

¿Había sufrido un ataque al corazón? Poco después, Bruns entró corriendo por la puerta y se detuvo en seco, asustado.

–¡Vayan a buscar al doctor Bengtsen, deprisa!

El mayordomo echó a correr. Justo entonces aparecieron la señorita Rosendahl y Marie.

–Cielo santo, ¿qué ha pasado? –preguntó el ama de llaves, y corrió hacia mí.

–A mi madre le ha dado un mareo de repente. Se ha desplomado.

Le di unos golpecitos en las mejillas, pero no se movía. Tenía la frente empapada de sudor, aunque noté su aliento. Al buscarle el pulso, lo encontré muy débil.

El miedo se apoderó de mí. Parecía un ataque al corazón. ¡Y yo había tenido la culpa!

–Mamá, despierta –le dije en voz baja mientras le acariciaba las mejillas–. No puedes dejarme sola, por favor.

–Tal vez deberíamos llevarla a su habitación –propuso la señorita Rosendahl–. Allí estará más cómoda. Marie, mira a ver si el señor Bruns ha vuelto ya. Si no, busca a Linda. –Se volvió hacia mí–. Señorita, no debería estar así sentada, con su barriga. Seguro que no es bueno para el niño.

En esos momentos me daba igual. ¡Mi madre no tenía ni sesenta años! No podía morir así. No antes de ver a sus nietos. ¡Todavía no! Mientras la señorita Rosendahl me ayudaba a incorporarme, Marie y Linda, que ya estaban allí, levantaron a mi madre con cuidado. Bruns llegó agitado cuando salíamos al vestíbulo.

–Peter va de camino, ha tomado uno de los caballos más rápidos.

–Bien –repuse.

Él levantó a Stella en brazos. Sentí que iba recuperando las fuerzas poco a poco.

–Lleve a mi madre a su dormitorio. Señorita Rosendahl, avíseme cuando vea llegar al médico.

–¿Quiere que me quede con ella? –preguntó Linda, que también estaba pálida.

–No, no será necesario. Yo la vigilaré.

–Pero...

–Linda, por favor. Me siento capaz de ello. ¡Solo estoy embarazada, no enferma!

–Muy bien, señorita –dijo, quedándose un poco atrás. Vi que la había ofendido, pero en esos momentos mi madre no podía estar acompañada por una criada. Yo era su hija y, aunque nuestra relación fuese difícil, quería hacer algo bien por una vez.

Bruns la subió y juntos la metimos en la cama. Me senté a su lado. Seguía sin abrir los ojos. ¿Qué le ocurría?

–¿Puedo hacer algo más por usted? –preguntó el mayordomo.

Negué con la cabeza.

–No, pero quédese cerca, por favor. Por si necesito su ayuda.

–Como desee. –Bruns se retiró con una leve reverencia.

Acaricié las mejillas de mi madre con suavidad. El corazón me palpitaba, pero el miedo que me embargaba me hizo olvidar que me dolía la espalda y tenía los tobillos hinchados.

–Mamá –susurré–. Mamá, despierta, por favor. Sé lo que he hecho, pero no lo hice para complicarte la vida. Lo amaba de verdad y creía que era el hombre indicado. No podía saber que me había vuelto a equivocar.

Puesto que seguía sin moverse, le desabotoné un poco el vestido. Ni siquiera ese día había prescindido del corsé. Seguro que no era la causa del desmayo, pero la hice girar hacia un lado y aflojé un poco las ataduras para que respirara mejor. Cuando volví a tumbarla de espaldas, su cuerpo se estremeció y recuperó la consciencia con una profunda inhalación.

–¿Agneta? –preguntó, aturdida–. ¿Qué ha ocurrido? ¿No es ya hora de cenar?

–Chsss, mamá, quédate tranquila –le dije en voz baja–. Estábamos abajo, pero te mareaste y perdiste el conocimiento. El doctor Bengtsen llegará enseguida.

–¿El doctor? Pero si no me hace falta.

–Eso tendrá que decidirlo él –repuse, y la recosté de nuevo sobre los cojines con delicadeza.

Mi madre me miró como si no pudiera creer que estuviera a su lado.

–¿Dónde está Linda? –preguntó.

Era evidente que esperaba que hubiera dejado a la doncella a su cargo.

–Abajo, seguramente. Le he dicho que yo me ocuparía de ti.

–Pero en tu estado...

Le tomé la mano y apreté con suavidad.

–En mi estado soy muy capaz de estar sentada a tu lado y cuidar de ti. Aunque luego la espalda y las piernas me maten. Eso da igual, lo importante es que ya estás mejor.

Me miró como si tuviera una visión, o como si yo fuese un trol que había adoptado la forma de su hija.

–Lamento que hayamos vuelto a pelear –proseguí–. No quería alterarte.

No dijo nada. Bajó la mirada y casi temí que volviera a perder el conocimiento. Sin embargo, entonces habló:

–Está visto que así son las cosas entre madres e hijas. No obstante, las madres solo quieren lo mejor para sus hijos.

En ese momento llamaron a la puerta.

–Adelante.

Marie apareció en el umbral.

–El doctor Bengtsen acaba de llegar.

–Gracias. Trae agua, jabón y una toalla para que pueda lavarse las manos, por favor.

–Muy bien, señorita. –Marie hizo una reverencia y se marchó.

–¿Has oído? –le dije a mi madre–. El médico ya está aquí. Te examinará bien y entonces veremos lo que tienes.

Fui a apartarme de su lado, pero ella me agarró la mano con fuerza.

–Quédate, por favor. No me dejes sola.

–No lo haré. Solo voy a recibirlo y enseguida vuelvo.

Cuando salí de la habitación, el doctor estaba subiendo la escalera.

–Ah, condesa Agneta.

–Buenas noches, doctor –saludé, y le di la mano–. Muchas gracias por venir tan deprisa.

Lo acompañé a la habitación. Mi madre, entretanto, se había incorporado. Ya tenía la tez algo más rosada. Quizá no había sido más que un ataque de debilidad... Aunque desmayarse no era nada propio de Stella Lejongård. Cuando murió mi padre, no flaqueó ni una vez, y por entonces ya teníamos peleas tan fuertes como la de ese día sin que su salud se hubiera resentido.

–Buenas noches, condesa –saludó el médico, y le dio la mano–. ¿Qué ha ocurrido?

–Eso tendrá que preguntárselo a mi hija. Yo ni siquiera me acuerdo de haber estado sentada a la mesa. Solo sé que bajé para cenar en el comedor.

Bengtsen me miró.

Me quedé atónita al ver el vacío de memoria que le había dejado ese episodio. ¿No se acordaba de nuestra discusión?

¿El desmayo lo había borrado todo? ¿Por eso estaba tan indulgente conmigo? ¿O quizá no quería hablar de ello en presencia del médico?

—Bueno, estábamos cenando y hablando. —Sería mejor no mencionar la pelea, que no era de la incumbencia de Bengtsen—. De repente dijo que se mareaba y, un momento después, se desplomó. Intenté despertarla, al principio en vano. No volvió en sí hasta que ya la habíamos subido aquí, a su habitación.

—¿Cuándo tiempo ha estado inconsciente? —preguntó el médico mientras le tomaba el pulso mirando su reloj de bolsillo de plata.

—Unos diez minutos. Luego despertó, pero no recordaba nada.

El médico volvió a cerrar la tapa del reloj.

—Quisiera pedirle que se abra la ropa todo lo que le resulte moralmente aceptable —le dijo a mi madre, y me miró—. Si es posible, ayúdela a desatarse el corsé, por favor.

—Muy bien, doctor.

Él se volvió de espaldas y empezó a rebuscar en su maletín. Yo le quité el corsé a mi madre y la ayudé a desvestirse. Se quedó sentada en camisa interior. Nunca la había visto tan vulnerable. Seguía siendo una mujer hermosa, pero su cuerpo mostraba los signos de la edad. Los hombros y el cuello parecían muy flacos, la piel ya no era tan tersa como antes. Fue como ver lo que sería de mí al cabo de unos treinta años.

Cuando terminé, el médico empezó con su examen. La auscultó, le dio unos golpecitos en la espalda, le tomó la tensión y comprobó otra vez el pulso. Entonces le observó los ojos y la boca, y volvió a auscultarle los pulmones. Su expresión podía significar cualquier cosa, tanto atención y concentración como un grave descubrimiento. Al terminar, me pidió que lo acompañara fuera.

—¿No podemos hablarlo aquí, con mi madre? —pregunté mientras Stella guardaba un extraño silencio, como si supiera lo que iba a decirme el médico.

–También lo haremos, pero primero querría hablar a solas con usted.

Salimos. No podía contener la inquietud, el estómago se me revolvía y el pecho me ardía de impaciencia.

–¿Y bien, doctor? Por favor, no alargue esta tortura.

–Algo le pasa al pulso de su madre. Es irregular, y lo mismo he comprobado al auscultarla. Parece que al corazón le cuesta mantener el ritmo. Eso explicaría también por qué perdió el conocimiento de repente.

–¿Quiere decir que tiene una insuficiencia cardíaca?

En lugar de responder, hizo una pregunta:

–¿Se ha quejado de algo últimamente? ¿De sentirse débil, quizá? ¿Problemas de movimiento?

–Mi madre jamás se quejaría. Su posición se lo impide.

–Bueno, entonces, a partir de ahora debería preguntarle de vez en cuando cómo se encuentra, y exigirle una respuesta sincera. Es importante.

¿Una respuesta sincera? Mi madre siempre diría que no le ocurría nada, salvo que discutiera con ella, lo cual no era aconsejable, visto el diagnóstico.

–También me parece que tiene líquido acumulado en los pulmones. No mucho, pero se le oye al respirar. Como un siseo. Deduzco que padece insuficiencia del ventrículo derecho. Eso podría haber perjudicado también a la respiración.

–¿Quiere decir que no obtiene suficiente aire para respirar? Entonces, ¿no debería haberse puesto morada?

–No necesariamente. La asfixia se presenta poco a poco y remite cuando el esfuerzo desaparece. En realidad, no se hace patente a menos que el paciente tenga que esforzarse durante un tiempo prolongado.

Y eso en mi madre, que medía cada uno de sus pasos, rara vez sucedía. A menos que discutiéramos y nos gritáramos.

–El hospital de Kristianstad dispone de un aparato de rayos X –añadió Bengtsen.

Asentí.

–Sí, mandamos comprarlo por recomendación del profesor Lindström.

–Me gustaría hacerle una radiografía de pulmones y corazón. Así podré decirles con seguridad si veo algún problema.

Fue como si me dieran un golpe en la cabeza. ¿Que mi madre tenía insuficiencia cardíaca? No parecía propio de ella.

–Está bien, si cree que puede ser útil. No creo que ella se niegue.

–Bien, entonces me pondré en contacto con el profesor Lindström –dijo Bengtsen.

–¿Cuál sería la terapia, en caso de que se confirme su sospecha?

Estaba conmocionada. ¿En qué medida había contribuido yo a esa insuficiencia cardíaca? ¿Cuánto hacía que me lo ocultaba?

–Le prepararé un medicamento fortificante y estimulante. Además, tendrá que cuidarse. Sería aconsejable una cura, o una estancia junto al mar. Por lo que sé, tienen ustedes una casa en Åhus.

–Sí, así es. ¿Mejorará, entonces, si pasa una temporada allí?

–El aire del mar le sentará bien, y no puede hacerle daño alejarse un poco de aquí, donde los recuerdos de su marido y su hijo están siempre tan presentes.

–Tiene razón, doctor. Me pregunto por qué no me dijo nada. Seguro que se daba cuenta de que algo no iba bien.

–Tal vez haya creído que era por su sufrimiento, por el dolor del luto. A las personas se nos da bien convencernos de cualquier cosa para evitar un problema, hasta que ya no es posible.

Apreté los labios. Y yo, además, no le daba más que disgustos. Había discutido con ella, habíamos peleado.

–Bueno, ¿entramos de nuevo? A su madre me gustaría exponérselo con más delicadeza, a menos que a usted le parezca adecuado que sepa toda la verdad.

–¿Acaso conoce usted toda la verdad? –repuse, y vi que Bengtsen me miraba extrañado–. Me refiero a que sin duda querrá ver la radiografía antes de dar un diagnóstico definitivo, ¿no?

–Así es, condesa –reconoció Bengtsen.

–Bien, entonces dígale todo aquello que pueda asegurar en este momento. Merece saber la verdad, a fin de cuentas ya no es una niña, y tampoco es tonta.

El médico asintió y regresamos con mi madre. Ella, entretanto, había vuelto a ponerse el vestido, aunque no el corsé. No era de extrañar, si no la dejaba respirar bien. Tal vez por fin consiguiera convencerla de que renunciara a esa horrible prenda.

–Bueno, ¿qué ha comentado con mi hija? –preguntó, bastante recuperada. Su cuerpo era delgado pero fuerte, y en sus ojos se veía una expresión inflexible.

–Que me gustaría enviarla al hospital de Kristianstad. Para una radiografía de tórax. –Y la informó de lo que sospechaba y lo que esperaba ver gracias a la placa.

Ella siguió sus explicaciones con semblante imperturbable.

–Muy bien, estoy de acuerdo –dijo–. Disponga todo lo necesario.

–Estupendo, señora. –El médico pareció algo sorprendido. ¿Acaso había pensado que se negaría?–. Haré todo lo que esté en mi mano por restablecer su salud.

–Se lo agradezco, doctor.

Con esas palabras pareció despedir al médico. Bengtsen me miró.

–¿No podría darle algo para que no vuelva a perder el conocimiento? –pregunté. No me gustaba que mi madre se tomara tan a la ligera la sospecha de que padecía una enfermedad cardíaca. ¿No era consciente de lo que significaba?

–Desde luego, le recetaré unas gotas. Y si la sospecha se confirma, le administraré digital, que fortifica los latidos del corazón.

–¿Digital? –repetí.

–La *Digitalis purpurea* o dedalera –explicó–. Seguro que conoce la planta. Tiene un efecto positivo en el músculo del corazón. En la actualidad tenemos toda una serie de medicamentos que contienen ese principio activo. Hoy, la insuficiencia cardíaca ya no es tan peligrosa como hace unos años, pero de momento empezaremos con algo suave. Después de ver la radiografía tomaré una decisión.

–Muchas gracias, doctor –dije, y lo miré mientras escribía la receta.

Los nombres de los ingredientes del medicamento eran impronunciables, y casi ilegibles también a causa de la letra del médico, pero el farmacéutico sabría qué hacer.

Bengtsen se despidió y anunció que enviaría un mensaje en cuanto tuviera fecha para la radiografía.

Cuando se marchó, ambas estuvimos un rato sentadas en silencio en la cama, una junto a otra. Ella miraba por la ventana, donde se veía el bosque, que en esos momentos quedaba cubierto por el brillo crepuscular. Era una vista tranquila, pero sentí con claridad lo convulsa que seguía mi madre.

–Insuficiencia cardíaca –murmuró al fin–. Nadie de mi familia había tenido insuficiencia cardíaca.

–Tal vez no se lo diagnosticaran –comenté–. Además, creo que también puede desarrollarse. Estos últimos años no han sido muy amables con nosotras.

Mi madre me miró con frialdad. Supe que lo mejor sería disculparme. Por lo visto, solo había fingido esa pérdida de memoria.

–Lo siento –dije, y bajé la mirada–. No quería pelearme contigo. Habría tenido que decirte que quería encontrarlo.

–¿Qué habría cambiado eso? Tú siempre vas a lo tuyo –repuso con un punto de tristeza–. Habrías hecho mejor no liándote con él desde un principio.

Dejé caer los hombros. Tenía razón, pero ¿qué podía hacerse cuando el corazón tenía un deseo y cumplirlo resultaba tan estimulante?

–Aunque reciba noticias de... Max, eso no quiere decir que vaya a dejarlo todo por él. Solo quiero quedarme en paz, saber cuál fue su motivo para marcharse. Una vez lo sepa, cerraré el tema.

Mi madre no respondió. Seguramente estaba pensando en cómo habría sido la vida de haber salido según sus deseos. Le habría gustado controlarlo todo, pero eso no era posible.

–Dime solo una cosa –añadí–. ¿Hablaste con él y lo convenciste de que se marchara?

–No. Me habría gustado tener fuerzas para hacerlo, quería hacerlo, pero no lo hice. Por motivos que algún día quizá te cuente, pero ahora no. –De nuevo guardó silencio y se quedó mirando el dobladillo de su vestido.

–¿Quieres que te suban algo de comer? –pregunté entonces.

–Ya no tengo hambre, pero tú ve tranquila y come algo. Necesitas fuerzas.

Me miró la barriga y por un momento me pareció que quería acariciarla, pero su autocontrol se lo impidió.

–Después subiré a ver cómo te encuentras –le prometí, y salí de la habitación.

Me detuve un momento ante la puerta y justo entonces comprendí todo lo que significaban las palabras del doctor Bengtsen. Mi madre podía morir si su insuficiencia cardíaca no se trataba de manera correcta.

Abajo me encontré con Linda, que esperaba en ascuas.

–¿Cómo está la señora? –preguntó, preocupada.

–Quiere descansar un poco. Será mejor que espere usted en la cocina. La llamará si necesita algo.

Asintió e hizo una leve reverencia antes de retirarse a la cocina.

En el comedor, la cena hacía rato que estaba fría, pero igual me senté y empecé a desmigar trocitos de pan. Al final comí algo de verdura y fruta. No era yo la que quería comer, sino los niños. Por primera vez sentí su hambre, sus ganas de vivir. Ninguna patada en mis entrañas podría habérmelo hecho sentir con más claridad que el apetito que me provocaban.

Los hijos de Max. ¡Cuánto anhelaba saber dónde estaba y si seguía con vida! Cuánto me habría gustado contarle la oportunidad que había perdido cuando se marchó, y saber por qué...

Capítulo 63

ACOMPAÑÉ A STELLA al hospital para hacerse la radiografía. Esa mañana mi madre, que siempre era tan contenida, parecía creer que la llevaban al matadero.

–No entiendo por qué es necesario –se quejó durante el trayecto–. El doctor Bengtsen ya me auscultó. ¿Es que de pronto no oye bien?

–No creo que tenga que ver con su oído. Solo quiere asegurarse. Además, nosotros financiamos la adquisición de ese aparato. Es justo que también disfrutemos de su uso.

–¿Todo esto porque tengo el corazón estropeado? –Sacudió la cabeza–. ¡Y qué más da! Los corazones no pueden arreglarse, ni cambiarse por un repuesto. ¿Qué hará cuando lo sepa?

–Podrá recetarte los medicamentos adecuados y predecir el curso de la enfermedad.

–Todas las enfermedades llevan indefectiblemente a la muerte, ya sea hoy o mañana.

Se quedó callada y miró por la ventanilla con rostro sombrío. No dijo una palabra más en todo el trayecto.

EN EL HOSPITAL, el profesor Lindström en persona nos condujo a la sala donde estaba el aparato de rayos X. Por la puerta abierta vi la monstruosidad que era esa máquina. Seguro que mi madre no lo reconocería, pero imaginé que tendría miedo.

–¿Puedo entrar yo también? –pregunté, pero el director negó con la cabeza.

–En su estado no es aconsejable. Aunque todavía no hay investigaciones concluyentes sobre cómo afectan los rayos a un feto, nos parece mejor que espere usted arriba –explicó–. Si lo desea, puedo visitarla también en un momento.

–No será necesario. Me siento sana y fuerte.

Stella no dejó que el personal notara nada, desde luego, pero antes de entrar en la sala de rayos X me lanzó una mirada.

¡Sí que estaba asustada! Me dio pena.

Acompañé a Lindström arriba mientras el radiólogo y sus asistentes se ponían a trabajar.

–¿Cuánto le queda todavía? –me preguntó. Era evidente que se interesaba mucho por mi estado.

–Un mes y medio o dos, creo. El doctor Bengtsen cree que a veces los gemelos se adelantan un poco. Yo, la verdad, me alegraría.

–¿Ya ha decidido dónde tendrá lugar el parto?

–Bueno, en casa, creo. Si le soy sincera, todavía no lo he pensado.

–Pues debería. Los partos gemelares son complicados. Si su esposo no tiene nada en contra, yo les aconsejaría que tuvieran a los niños aquí, donde estará atendida por nuestros mejores médicos.

–Bengtsen también puede cuidar bien de mí en la finca.

Desde que había visto a Hendrik en una habitación, los hospitales no me gustaban en absoluto. Y de nuevo me recorrió un escalofrío que a duras penas logré ocultarle a Lindström.

–¿Y qué hará si se presentan complicaciones? –Puso cara de preocupación–. Si alguno de los niños no viniera bien colocado, podría ser necesaria una cesárea. En nuestros quirófanos podríamos realizarla con altas probabilidades de éxito.

Sentí que se me revolvía el estómago ante la perspectiva de dejar que me abrieran. Me habría gustado rogarle a Lindström que cambiáramos de tema, pero tenía razón. Podía ocurrir cualquier cosa, y Bengtsen no podría realizar una cesárea en la finca.

–¿Qué riesgos hay? ¿Sobreviviría a una operación de ese tipo?

–La técnica ha mejorado mucho estos últimos años. Nuestros cirujanos tienen ya alguna experiencia con cesáreas, pero eso no significa que tengamos que llegar a tanto. Es solo que me sentiría más cómodo si estuviera usted bajo la supervisión de médicos especialistas en ginecología. Su familia se juega mucho.

En eso tenía razón. Mi hermano había muerto y su hija no estaba reconocida. Lennard era mi esposo, pero no era un Lejongård. Si yo moría y me llevaba conmigo a los niños, nuestra familia se extinguiría. El peso de la responsabilidad cayó de pronto sobre mis hombros.

–Lo consultaré con mi marido. Si me decido a tener los niños aquí, ¿qué debo hacer?

–Envíeme un mensaje y me encargaré de que todo lo necesario esté dispuesto. –Puso una mano cuidadosa sobre la mía–. Su familia ha sido siempre uno de nuestros mecenas más importantes. Sin sus donaciones anuales no podríamos mantener abierto el hospital, de modo que haré todo lo que esté en mi mano por que tenga usted un parto seguro.

–¿Solo por las donaciones? –repuse con una sonrisa sibilina.

–No, no solo por eso. Se lo debo. Su hermano murió en mi hospital. No permitiré que la última heredera de Lejongård sufra el mismo destino cuando va a traer dos vidas nuevas al mundo.

Unos golpes en la puerta nos interrumpieron. Cuando Lindström exclamó «¡Adelante!», entró una enfermera que anunció que el examen de mi madre había terminado.

Regresamos abajo y encontré a Stella algo desconcertada. Cuando me vio, me lanzó una mirada de descontento. Quería preguntarle cómo se encontraba, pero en sus ojos vi que le costaba contenerse para no dar rienda suelta a su ira.

–Echaré un vistazo a las placas antes de entregárselas –dijo Lindström–. ¿Les importa esperar un poco?

La misma enfermera nos llevó a la sala de espera de la consulta donde Lindström atendía a sus pacientes. El sol ya estaba alto en el cielo y empezaba a haber cierto bochorno. Cuando nos sentamos en las sillas, no me pasó por alto que a mi madre le costaba respirar. Estaba pálida y tenía gotas de sudor en las sienes.

–¿Cómo ha ido ahí abajo? –pregunté–. ¿Has notado los rayos?

Ella sacudió la cabeza.

–No, los rayos no, pero la placa contra la que me han apretado estaba fría como un lago helado. Y también ha sido bastante incómodo estar tanto rato de pie.

–Solo así podremos saber si el doctor Bengtsen tiene razón –repuse–, y debemos saberlo. Aún te necesito.

Resopló con desdén.

–Tú no me necesitas.

–Puede ser, pero eso no quiere decir que de vez en cuando no quiera sentir que tengo a alguien a quien pedirle consejo.

–Jamás me has pedido ningún consejo –replicó–. Siempre has hecho lo que te ha dado la gana.

–Eso no es cierto, de vez en cuando te pido tu opinión.

–Y no te gustan mis respuestas.

–Eso no significa que no las tome en consideración.

Respiré hondo. ¿No podíamos dejar de discutir por una vez? ¿Tan acostumbradas estábamos las dos a eso?

Por suerte, Lindström apareció enseguida. En la mano llevaba una gran imagen negra que, de lejos, me recordó a la copia de un grabado en linóleo.

–Señoras, he estudiado la placa con la mayor atención –empezó.

Casi esperaba que dijera que el doctor Bengtsen se había equivocado.

–Por desgracia, debo comunicarles que mi colega ha demostrado tener buen ojo. Vean.

Sostuvo la radiografía a contraluz. Al principio no distinguí más que manchas blancas sobre un fondo negro, pero después comprendí que estaba viendo los pulmones y el corazón de mi madre.

—Esto de aquí son los ventrículos —explicó Lindström, y delimitó con el dedo la zona—. A ustedes puede parecerles banal, pero aquí se aprecia un claro agrandamiento del corazón.

¿Banal? Lo que estábamos viendo no era nada banal. Era el interior de mi madre... Cuando todavía era pequeña y Stella a veces me trataba con frialdad, habría jurado que no tenía corazón. Pero ahí estaba, y más grande de lo que debería ser.

—Supongo que el agrandamiento no es bueno —dije mientras mi madre contemplaba la imagen con gesto adusto.

—No, no lo es. Indica una insuficiencia, en este caso del lado izquierdo. Ha sido bueno que el doctor Bengtsen la enviara aquí. La insuficiencia puede reconocerse también por otros síntomas, desde luego, por ejemplo ahogos, tensión en las venas del cuello o un siseo al respirar. Supongo que él ya percibió todo eso, pero ahora, con la imagen, tenemos la confirmación.

Mi madre escuchó al médico sin exteriorizar ninguna emoción. En ese momento deseé que existieran rayos X para los pensamientos. Aun así, era indudable que estaba preocupada.

—¿Y qué medicación aconsejaría usted?

—Un preparado de dedalera y muguete. Se lo comentaré al doctor Bengtsen, aunque él sabe qué hacer en estos casos.

—¿Es mortal? —preguntó Stella de pronto.

—No si se trata de manera adecuada. Aun así, su vida tendrá que cambiar un poco.

—¿Nos recomienda una estancia junto al mar? —pregunté, pues era lo que nos había aconsejado Bengtsen.

—¡Sin lugar a dudas! El aire del mar le sentaría bien al corazón, y los paseos por la playa también contribuirían a su fortalecimiento.

—Bien, madre, ahora ya sabemos lo que hay que hacer —le dije, pero ella no movió una ceja. Tardó un poco en volver en sí.

–Gracias, doctor –dijo, y se levantó.

–Pediré que les preparen la placa para que se la lleven hoy mismo –repuso Lindström, y volvió a salir.

–Bueno, ¿qué te parece una temporada junto al mar?

–Seguro que quieres deshacerte de mí –replicó ella con aspereza.

–Solo quiero que te recuperes. Un poco de fortalecimiento no te vendrá mal. Además, quizá tampoco estaría mal que yo misma respirara un poco de aire marino.

–¿En tu estado? –Sacudió la cabeza–. ¡Ni hablar! Cuando hayan nacido los niños podremos salir de viaje, ¡pero antes no! No quiero verme atrapada contigo en aquella casa cuando empiecen las contracciones.

Tenía una contestación en la punta de la lengua, pero me la tragué.

Lindström regresó y me entregó la radiografía envuelta en papel de estraza y cordel.

–Si necesitan consejo, aquí estaré –dijo–. Las dos. Valore mi propuesta, me parece lo mejor.

–Gracias, lo haré –dije, y le estreché la mano.

Salimos del hospital y subimos al carruaje.

–¿Qué propuesta te ha hecho el director? –preguntó mi madre cuando August puso en marcha los caballos.

–Me ha preguntado si no preferiría dar a luz en el hospital.

–¡Todas las generaciones de Lejongård han nacido en nuestra casa!

–Lo sé, pero ninguna Lejongård había traído gemelos al mundo. Es un riesgo, y no sé si quiero correrlo. No quiero que mis hijos tengan que crecer sin madre.

Stella se quedó pensativa.

–Eso deberías hablarlo con tu marido –dijo entonces–. Si él está de acuerdo, a mí tendrá que parecerme bien. Lo importante no es dónde nace uno, sino quién es. Y tú sigues siendo una Lejongård.

Lennard regresó el domingo siguiente. Todavía no le había contado nada de lo sucedido esos días, pero enseguida lo pondría al corriente. O lo haría mi madre, puesto que parecía más contenta que yo con su regreso. ¿Le diría que su esposa estaba buscando a Max? La preocupación por su salud me había hecho olvidar que Boregard llevaba ya una semana trabajando. Todavía no me había llegado ninguna noticia suya, pero tampoco era de esperar. Solo el viaje a Alemania le llevaría un tiempo, y si además había tenido que internarse en la zona de guerra...

Por la tarde, después de comer, estábamos los dos sentados en el dormitorio. Yo me había subido un libro recomendado por Lena, que ya lo había leído, pero no acababa de animarme a empezarlo. Sentía una inquietud en el pecho. Mi madre había pedido hablar a solas con Lennard para ponerlo al corriente de sus problemas de salud. Después lo había visto preocupado, pero nada parecía indicar que supiera lo de mi búsqueda.

Ahora estaba sentado al escritorio, absorto en la redacción de una carta. Me habría gustado saber qué escribía, pero no me atrevía a preguntárselo. Tampoco él curioseaba en mi correspondencia.

Detestaba ese silencio que se instalaba entre ambos cuando estábamos a solas, aunque rara vez sabía de qué hablar con él. Con Max había podido conversar de forma espontánea sobre cualquier cosa; Lennard, en cambio, siempre parecía esperar que yo le propusiera un tema. Esta vez, no obstante, sí había algo que quería y debía hablar con él.

—Lindström me comentó que sería aconsejable dar a luz en el hospital –dije. Él dejó la pluma y me miró–. Considera que así podríamos estar seguros de que, si se presenta alguna complicación, no habrá peligro.

Arrugó la frente.

—¿Teme que pueda ocurrir algo?

—No tiene por qué, pero también Bengtsen dijo que un parto de gemelos entraña cierto riesgo si se confía solo en la naturaleza.

—Bueno, si crees que será más seguro para los niños y para ti, iremos al hospital.

Asentí.

—¿Y si no sé qué debo hacer? ¿Qué es lo correcto?

Lennard sonrió de medio lado.

—Tú siempre lo sabes. Mejor que yo.

—¿Y si esta vez me equivoco? ¿Y si vuelvo a equivocarme?

Su sonrisa desapareció. Parecía saber adónde quería llegar. Se quedó sin saber qué decir, hasta que se levantó y se acercó a mí. Se agachó y me tomó de la mano, un gesto que no me había dedicado nunca. Casi siempre evitábamos el contacto físico.

—Agneta —dijo con suavidad—, la decisión de tener a los niños en el hospital es sensata. Será la correcta.

—¿Y si muero en el parto? Volverías a ser libre y podrías vivir tu vida como quieras.

Me miró como si le hubiera dado un bofetón.

—¡No digas disparates! Quiero que estos niños vengan al mundo sanos, y que tampoco tú sufras ningún daño en el parto. No debes pensar otra cosa de mí.

En ese momento no supe qué decir.

—Pase lo que pase —añadió Lennard, que se levantó—, te apoyaré, como te prometí.

Y regresó a su escritorio.

Capítulo 64

LAS SEMANAS SIGUIENTES me pareció vivirlas sobre ascuas. Los meses séptimo y octavo habían pasado sin ningún cambio. Solo engordaba, y a veces tenía los tobillos tan hinchados como si quisieran convertirse en columnas.

Al llegar marzo, el doctor Bengtsen me dijo que debía prepararme para ponerme de parto en cualquier momento. Yo pretendía quedarme en la finca lo más posible, por mi madre y también por los negocios, pero al fin comprendí que, cuanto más esperara, mayor sería el riesgo. Me puse en contacto con Lindström y quedamos para reunirnos. Me explicó que sería bueno que me hospedase cerca del hospital por si las contracciones se presentaban de repente o había alguna complicación. Tuvo la amabilidad de ofrecerme la residencia del centro hospitalario, donde solían alojarse los familiares de enfermos graves de alta posición para así estar cerca de sus seres queridos. Acepté y esa tarde informé a Lennard.

—Pero deberíamos irnos pronto. ¿Crees que será posible?

—Por supuesto. En la finca todo sigue su curso, Lasse tiene los establos muy por la mano, y ya hemos despachado la correspondencia más urgente para ambas fincas, creo.

—Sí, es verdad —repuse. Esos últimos días casi me había dejado los dedos escribiendo.

—Todo lo demás no es tan importante —dijo Lennard, y volvió a sumirse en sus pensamientos.

UNOS DÍAS DESPUÉS partimos con Lena hacia Kristianstad. Mientras el carruaje se alejaba de la casa, sentí un extraño tirón en la barriga. No eran los niños, era el miedo. Miedo a no volver a ver la finca. Si algo salía mal en el parto...

Miré a Lennard. Me había asegurado que estaría junto a mí, pero habría preferido que me abrazara y me consolara. Cuando hablábamos sobre el parto inminente, sonaba como un médico que quería evitarme el miedo, pero que no lo lograba a causa de su distancia. Antes, cuando todavía éramos amigos, me había ofrecido más comprensión y calidez, pero mi confesión en el jardín de la finca Ekberg lo había transformado.

La vivienda estaba justo al lado del hospital. Por suerte, desde allí no se veía el patio trasero. Detrás había un pequeño jardín y, puesto que la casa tenía dos plantas y una estaba vacía, estábamos solos. En esa época del año el jardín no ofrecía mucho atractivo, claro, pero aquí y allá se veía un poco de verde que intentaba crecer en la tierra húmeda.

Pasaba mucho tiempo tumbada en el sofá, en una postura que me había costado mucho encontrar, ya que era difícil en mi estado. Cada dos días venían a examinarme el profesor Lindström y el doctor Neumann, el director de ginecología. Me auscultaban con sus estetoscopios y coincidían en que los gemelos estaban fuertes y sanos. Sin embargo, no se me escapaba que se preocupaban por mí. Una vez los oí hablar en voz baja con Lennard, y poco después él me contó que, al palparme, les había llamado la atención que uno de los niños no estaba bien colocado.

—Con gemelos es habitual –añadió–, y también es posible que aún se coloque bien. Esperemos lo mejor, ¿de acuerdo?

Sin embargo, de nuevo, no me abrazó. Me habría gustado gritarle. Su distanciamiento empezaba a volverme loca. ¿Por qué me había aceptado, entonces? Con esa actitud, su presencia era más un castigo que una ayuda. Solo con Lena podía conversar a gusto. Me hablaba de los libros que iba sacando de la biblioteca, y no hacía más que soñar con viajar por el mundo algún día.

UNA NOCHE DESPERTÉ de repente sin saber qué me ocurría. Hacía tiempo que no dormía de un tirón, porque los niños se movían y me daban patadas, y a veces también me costaba respirar. Me quedé mirando el techo con los ojos muy abiertos. ¿Qué me pasaba? Atendí a mi interior, pero nada parecía diferente. Cambié de postura. Me dolía la espalda y tuve que quedarme un momento sentada en el borde de la cama para que remitiera la sensación de mareo. Veía estrellitas, como si me hubieran dado un golpe en la cabeza, pero se me pasó al cabo de un rato.

Lennard estaba dormido en su cama. No hablábamos mucho, en realidad todo era como siempre. Yo lo lamentaba, ya que allí habríamos tenido oportunidad de conversar más, pero sobre nosotros pendía la sombra de Max, que lo hacía imposible. Miré su rostro dormido. Casi parecía aún el niño con quien Hendrik y yo recorríamos los bosques. Solo que era más que eso, era un hombre adulto, era mi marido. ¿Lo habría sido también en otras circunstancias? ¿Por qué no había sabido ver lo bondadoso que era? ¿Lo buena persona que llegaría a ser?

Había soñado con el amor, con una pasión ardiente y arrebatadora a primera vista, pero de pronto comprendía que existía otra clase de amor. Un amor que no era tan evidente, que no se basaba en sentimientos ardorosos, sino en la fiabilidad, la amistad, los recuerdos comunes...

Adelanté la mano con cuidado, llevada del deseo repentino de acariciarle el pelo. Entonces sentí un dolor como si alguien me hubiera clavado un cuchillo en el costado. Por un momento incluso lo creí, hasta que comprobé que procedía de mi interior. De nuevo sentí esa puñalada despiadada y grité. Un líquido tibio me resbaló por la pierna y se vertió sobre la alfombra. ¿Era sangre? El siguiente fue un dolor tan espantoso que me hizo caer de rodillas.

TODO SUCEDIÓ MUY deprisa. Apenas un momento después tenía a Lena a mi lado. Lennard me ayudó a levantarme mientras me preguntaba qué ocurría. Le dije que seguramente habían empezado las contracciones. Lena estaba tan desorientada que tuvo que ser mi esposo quien me ayudara a vestirme. Después se adecentó él y, tras echarme un abrigo sobre los hombros, salimos de la casa.

Me alegré de no estar lejos del hospital. Lennard me sostenía mientras avanzábamos por los adoquines. Cada paso era una tortura, me sobrevenía una oleada de dolor tras otra. Jamás había sentido nada igual. Cuando por fin llegamos al hospital, me dejó en uno de los bancos de madera y llamó al timbre de la enfermera de noche, que apareció enseguida.

–Mi mujer ya tiene contracciones. ¡Avise al doctor Neumann y al profesor Lindström!

La enfermera iba a objetar, pero se apresuró en cuanto oyó que su paciente era la condesa Lejongård.

Percibí el olor a fenol y medicamentos que impregnaba las paredes del edificio. Cuando había visitado a Hendrik, mi inquietud me había impedido notarlo. ¿Estaría allí su espíritu en esos momentos? La idea de que mi hermano pudiera verme, de que estuviera junto a mí aunque solo fuera en forma espectral, me tranquilizó un poco.

Lennard regresó y se sentó a mi lado.

–Enseguida vienen –dijo, y se frotó las manos con nerviosismo–. Pronto habrá pasado.

Sonreí a medias, pero no pude contestar porque una nueva oleada de dolor me dejó sin respiración. Deseaba con fervor que Lennard me abrazara, pero él seguía inmóvil, mirándose las manos, y yo era demasiado orgullosa para pedírselo. Entonces apareció el doctor Neumann.

–Buenas noches –dijo, y se dirigió a mí–. ¿Sería tan amable de seguirme? La examinaré antes de entrar en la sala de partos.

–¿Puedo ir con ustedes? –preguntó Lennard, lo cual me sorprendió. ¿Qué iba a hacer él en la sala de partos?

–Lo siento, debe esperar aquí.

Me alegré, porque no quería tenerlo a mi lado. Se sentó otra vez en la silla y, cuando me volví, vi que estaba preocupado.

Neumann me llevó a su consulta. Allí me preguntó cada cuánto se presentaban las contracciones y cómo me encontraba. Después empezó a palparme el vientre y examinarme entre las piernas. Vi que arrugaba la frente.

–¿Algo va mal? –pregunté, y me encogí con una nueva contracción.

–La bolsa amniótica parece haberse roto. Me gustaría ir a buscar al profesor Lindström. –Pulsó un timbre y acudió una enfermera–. ¿Ha llegado ya el director?

–Sí, hace un momento.

–Llámelo ahora mismo.

En cuanto apareció Lindström, ambos hablaron ante la puerta. Yo ya no era capaz de ocultar mi miedo. Eso de la bolsa amniótica rota no sonaba nada bien. Cuando volvieron a entrar, Lindström parecía tan preocupado como Neumann.

–Bueno, condesa, ¿cómo se encuentra?

–¿Aparte de sentirme como un balón a punto de reventar? –contesté con humor negro.

Lindström forzó una sonrisa, pero no lo consiguió del todo.

–Como ya le ha dicho mi colega, la bolsa amniótica se ha roto. Debemos darnos prisa y provocar el parto, pero parece que los niños no se han movido –explicó–. Uno de ellos bloquea la salida, si me permite expresarlo así.

Entonces fue a mí a quien no le salió la sonrisa.

–Podríamos intentarlo por medios naturales, pero sería muy arriesgado. Una cesárea es lo más apropiado.

–¿Una cesárea? –Me invadió el pánico.

–No se preocupe –dijo Neumann–. Con la anestesia no notará nada.

–¿Anestesia? –repetí asustada.

–Un procedimiento para dormirla durante la operación. Le administraremos un medicamento que se llama Veronal, que la hará dormir profundamente y la dejará insensible al dolor.

–¿Es peligroso? –pregunté, y vi que ambos hombres cruzaban una mirada.

–Si no se usa de forma adecuada, sí. Pero nosotros tenemos experiencia. Le aseguro que sabemos lo que hacemos.

Inspiré hondo e intenté respirar a pesar de la roca que me oprimía el pecho. Tenían experiencia, pero no podían descartar que ocurriera algo.

–Si muero, ¿qué pasará? –quise saber, y pude ver que no se atrevían a descartarlo.

–Haremos todo lo posible para que eso no suceda, desde luego –dijo Neumann.

–Pero, si ocurriera, centraríamos nuestra preocupación en los niños y nos aseguraríamos de que vengan sanos al mundo –añadió Lindström.

Sentí una risa amarga en mi interior, pero logré contenerla, así que para los médicos tal vez sonó como un quejido gutural. Intenté tranquilizarme.

–Deberían hablar con mi marido –pedí–. Tiene derecho a saberlo.

–Por supuesto.

–Bien. Si él no pone objeciones, adelante con la cesárea –dije entonces, sabedora de que Lennard daría el visto bueno–. Al menos de momento me siento bastante fuerte, y ustedes tienen toda mi confianza.

Lindström pareció aliviado, y también Neumann. Debían de temer que me obstinara en intentarlo por la vía natural, pero no en vano era la propietaria de una finca de caballos. Aunque nunca había dado a luz, sabía la fuerza que exigía ese acto y las muchas cosas que podían salir mal. Sabía lo terrible que era cuando un potro venía torcido, y no quería sufrir esa tortura.

Poco después me encontraba en la mesa de quirófano. Una lámpara cegadora me deslumbraba. A los dos médicos se les habían unido varias enfermeras que los asistirían. Me sentía incómodamente desnuda bajo el camisón, y la idea de estar ante esos dos hombres con el bajo vientre expuesto me horrorizaba. Sin embargo, las oleadas de dolor llegaban cada vez más seguidas, ya no había tiempo para el pudor.

Lindström apareció a mi lado, con una jeringa enorme sobre una bandeja.

—Primero le daremos un poco de éter para que no sienta tanto dolor —dijo mientras eliminaba las burbujas de aire del émbolo—. Después le administraremos la anestesia. No notará nada y, cuando despierte, será la madre de dos niños sanos y hermosos.

—Ojalá pudiera garantizármelo —dije—. Si muero, díganle a mi marido que lo siento mucho. Él lo entenderá.

El médico asintió y me acercó una mascarilla. Al principio me dio miedo, y además de ella salía un olor extraño. Sin embargo, en cuanto me tocó la cara, se me nubló la vista y toda sensación desapareció.

Aún oía la voz del profesor, pero ya no entendía lo que decía. El mundo se desvaneció y me sumergí en la nada.

Solo es un sueño, pero la sensación de flotar parece real. Me he desprendido de mi cuerpo y me muevo hacia la luz, una luz cegadora, como si fuera una polilla que se acerca a la lámpara del quirófano.

Cuando la luz amenaza con tragarme, mi entorno se transforma y estoy en una pradera de un verde intenso y rodeada de una vegetación espesa. Se parece a los prados de mi finca y a la vez es completamente diferente. Giro sobre mí misma, extrañada. ¿Cómo he llegado aquí? Una figura aparece entonces entre el verdor y viene directa hacia mí. Conozco muy bien esa forma de andar, el pelo, la sonrisa. Es Hendrik.

¿Estoy muerta? ¿Es así como se reencuentra uno con sus seres queridos en el más allá? Contemplo como hechizada la figura, que por fin se detiene ante mí.

—¡Hendrik! —exclamo, pero él no se mueve—. Lo siento —añado mientras intento alcanzar su mano—. No quería que murieras. También habría preferido que supieras que padre había muerto, pero no podía decírtelo porque todavía había esperanza para ti.

Hendrik me sonríe, pero no dice nada.

—¿Significa eso que me perdonas?

Él asiente. ¿Por qué no habla? ¿Es que no hay voz en el mundo de los muertos?

—Tienes una hija pequeña, ¿lo sabías? –le cuento–. Susanna estaba embarazada de ti. La niña no podía crecer en nuestra familia, pero nos ocupamos bien de ella. Yo también tendré hijos. Dos, para ser exactos.

Tampoco esa noticia hace que mi hermano cambie de expresión.

Trago saliva, desesperada.

—¡Hendrik! –grito–. ¿Estás enfadado conmigo? ¿Con nosotros? Di algo, por favor. ¡Por favor!

Pero mi hermano no habla. En lugar de eso, levanta una mano y me acaricia la mejilla. Lo último que veo de él es un ligero asentimiento. Después, algo nos separa.

CUANDO DESPERTÉ, ALREDEDOR de mí todo era luz. Esto debe de ser el Cielo, pensé en un primer momento.

Después vi los pies de la cama de hospital. En el Cielo no hay camas de hospital, me dije. Poco a poco fui retrocediendo hasta encontrar el primer recuerdo. Era la decisión del médico de sacar a los niños mediante cesárea. Después habíamos entrado en la sala de partos, y lo que había sucedido allí ya no lo sabía, porque me había sumido en la oscuridad.

Ahora estaba tumbada en una cama. Cuando más se me aclaraba la vista, más buscaba detalles en la habitación. Encontré un reloj cuyas manecillas señalaban las cinco y siete minutos. Ya era por la tarde. ¿Y mis hijos? ¿Por qué no estaban conmigo?

Junto a la cama vi un cordón unido a una campanilla. Extendí la mano, pero no logré alcanzarlo. Inspiré con frustración y me embargó la preocupación. ¿Habrían nacido los dos con vida? Los médicos me habían dicho que tenían el corazón fuerte.

El temor por mis hijos acabó siendo tan grande que conseguí levantar el brazo. Lo intenté dos veces sin suerte, pero al final alcancé el cordón. No llegué a tirar de él, solo dejé caer el brazo, pero la campanilla sonó de todas formas. Por si acaso, repetí el gesto y entonces mi mano se quedó sin fuerza.

Poco después se abrió la puerta y entró una enfermera joven con una cofia almidonada.

–Buenos días, señorita, soy la enfermera Hilda –dijo con una sonrisa–. Avisaré al profesor Lindström de que ya está despierta.

–¡Espere! –Noté la lengua muy pesada. ¿Era eso lo que se sentía con la anestesia? Tal vez no había expulsado del todo la sustancia de mi organismo.

La enfermera se volvió.

–¿Sí?

–Mis hijos. ¿Dónde están? –Sentí que se me aceleraba el corazón. Seguro que si había malas noticias no me diría la verdad.

–Ah, todavía no se lo han dicho –contestó, y sus ojos brillaron–. Ha dado a luz dos niños en perfecto estado. Su marido nos ha dicho que quería esperar a que se despertara usted para ponerles nombre.

¡Ponerles nombre! Todavía no habíamos pensado en eso, ni siquiera yo. El rechazo de Lennard me tenía demasiado triste, y los negocios también me habían entretenido. A fin de cuentas, mi matrimonio solo era un negocio más...

Aparté ese amargo pensamiento y le hice sitio a la alegría. ¡Dos hijos sanos! La continuidad de la casa Lejongård estaba asegurada, aunque los niños no fueran de su supuesto padre. Nadie más que Lennard y mi madre lo sabría. Se me saltaron las lágrimas.

–¿Puedo verlos? ¡Quiero verlos!

–Se lo diré al profesor Lindström. Enseguida vendrá a visitarla. –Y salió.

Me dejé caer sobre las almohadas. ¡Casi no podía creer lo que había ocurrido! Había traído al mundo a dos hijos y ni siquiera tenía nombre para ellos. Sentí vergüenza. ¿Por qué no me había parado a pensarlo? Unos pasos me sacaron de mi autocompasión. Poco después, el director del hospital apareció ante mí.

—Buenas, condesa, ¿cómo se encuentra?

—Bien, creo. Aunque me noto muy débil.

—Es por la pérdida de sangre, no es extraño. En los próximos días le administraré fármacos para fortalecerla y favorecer la producción de sangre. Pero de eso ya hablaremos más adelante. Antes debo felicitarla. —Me sonrió y añadió—: Ha dado a luz a dos niños sanos. Los dos pesan más de tres kilos, lo cual no siempre sucede en el caso de gemelos.

—Pero ¿es normal?

—Normal y muy bueno. Estoy seguro de que los dos le traerán muchas alegrías.

—¿Y cuándo podré verlos?

—En cualquier momento. Las enfermeras pediátricas les están cambiando los pañales y se los traerán en cuanto acaben. La primera toma de los pequeños se la ha perdido, lamentablemente, porque todavía estaba sedada, pero a partir de ahora serán todas para usted.

¡Tenía dos hijos sanos y yo también seguía viva! ¿Podía desear algo más?

—Su marido ha estado antes con usted, ha querido verla enseguida —me informó Lindström—. Por desgracia, solo estaba consciente a medias, así que supongo que no lo recuerda.

Así era, no lo recordaba.

—De todos modos, se ha quedado muy tranquilo. Y nosotros también. Nos hemos permitido enviarle un telegrama a su señora madre. Debía de estar muy preocupada.

—Gracias, profesor —dije, y sentí alivio de no tener que comunicarle a mi madre ninguna muerte.

Un instante después llamaron a la puerta.

–Ah, las enfermeras pediátricas –dijo el director, y abrió.

Entraron dos mujeres, una mayor y otra más joven, cada una empujando un carrito.

–Permítame presentarle a los futuros condes de Lejongård.

Una indescriptible oleada de dicha me embargó e hizo que mi corazón, que todavía se resentía de las heridas de los últimos meses, sintiera por primera vez en mucho tiempo algo que no era dolor ni decepción. Era un amor que le hacía sombra a todo lo que antes había sentido y creído que era amor. Resplandecía como el sol y desvaneció cualquier rastro de amargura.

Con cuidado, las enfermeras me dejaron un bebé en cada brazo, dos pequeños farditos con rizos rojizos pegados a la cabeza. Tenían naricillas respingonas e intentaban moverse dentro de sus arrullos, aunque apenas lo conseguían. Sus ojos eran grandes y de un azul claro, como el cielo un día de primavera. Dos pequeñas oruguitas que algún día se convertirían en espléndidas mariposas. Los ojos se me llenaron de lágrimas al recordar las palabras de Max. Había regresado a mí en forma de dos pequeñas mariposas.

Hice a un lado ese pensamiento. La ausencia de Max no debía estropearme ese momento. Esos dos niños eran mis hijos, ¡dos auténticos Lejongård! Mientras los acariciaba con delicadeza, sentí que los pechos se me tensaban y casi me dolían de lo repletos de leche que estaban.

–Si quiere, puede darles el pecho –dijo la enfermera–. Como usted estaba anestesiada, de momento les hemos dado leche de un ama de cría, pero ahora no hay razón por la que no deba intentarlo.

Miró al médico, que asintió y luego se dirigió hacia la puerta.

–Pasaré más tarde a verla.

–¡Gracias! –dije en voz baja, y volví a mirar al milagro que tenía en mis brazos.

ESA MISMA TARDE, algo después, vino a examinarme una enfermera mayor. Los analgésicos iban perdiendo su efecto y me sentía como si alguien me hubiera arrancado el bajo vientre, pero las piernas seguían ahí y podía moverlas, aunque no quería ni tocarlas de lo mucho que me dolían. La enfermera Krista me cuidaba como una gallina clueca a sus polluelos. Me dio más analgésicos y luego me animó a tomar un poco de sopa de verduras.

–Habría tenido que ver a su marido –dijo, como si eso me resultara un consuelo–. Estaba loco de preocupación. No hacía más que caminar de un lado para otro y preguntarle a cada enfermera que veía. Algunas decían que se moría de miedo. Cuando supo que tanto usted como los niños habían superado el trance, se echó a llorar. El doctor lo ha enviado a casa para que duerma y descanse, porque estaba agotado.

¿De verdad hablaba de Lennard? El hombre al que había dejado en la sala de espera era contenido y discreto, ni siquiera me había consolado. ¿Y después se ponía dramático en los pasillos del hospital?

–Se veía claramente lo mucho que la quiere –prosiguió la enfermera, que no parecía esperar ningún comentario por mi parte.

¿Qué habría dicho si supiera cómo era en realidad nuestro matrimonio? Que no podía hablarse de amor, ni siquiera de cariño. Para mí era casi como si describiera a otro hombre. Max, tal vez. No, me dije, Max no está. ¡Olvídate de él! Eso ya queda a medio año de distancia, no ha dado señales de vida, no ha ofrecido ninguna explicación. ¡No te merece! Esa idea me transmitió una extraña sensación de paz.

Capítulo 65

A LA MAÑANA siguiente, encontré a Lennard a mi lado. Parecía haber descansado bien, aunque seguía algo pálido. En la mano tenía un ramo de rosas rosadas. Su expresión era contenida, pero su rostro delataba lo preocupado que había estado. Tenía las mejillas hundidas, y oscuras ojeras alrededor de los ojos. Los ojos mismos parecían apagados y sin brillo, y su piel tenía un tono grisáceo.

–Hola –dijo, y me sonrió con timidez.

–Hola –repuse, más animada.

Todavía estaba débil por la pérdida de sangre, y los medicamentos no me quitaban del todo el dolor del bajo vientre, pero me alegraba de haberme decidido por la cesárea. Si no, seguramente no seguiría viva.

–¿Cómo te encuentras? –preguntó, y me acercó las flores–. Las he comprado en la tienda de dos calles más abajo. No son nada especial...

–Son preciosas –contesté, y hundí la nariz en ellas.

Su aroma me recordó a un cálido día de verano, cuando el olor de las rosas se mezclaba con el del cereal segado e inundaba el jardín y la casa.

Me quedé un rato así, luego le devolví las flores para que las pusiera en un jarrón.

–La enfermera me ha dicho que te pusiste como loco –dije medio en broma–, y que lloraste de alegría. ¿Es verdad, o se lo ha inventado?

Lennard me tomó la mano.

–Es verdad –respondió–. Cuando oí que habías perdido tanta sangre, tuve ganas de estrangular al médico, pero entonces me dijo que habías superado la operación y ya no pude contenerme.

–Lloraste. Por mí.

–Sí.

Me acarició el pelo, pero enseguida, como si se lo prohibiera, retiró la mano y volvió a dejarla sobre la mía.

–Lennard –dije, y él levantó la mirada.

–¿Sí?

–Por favor, si quieres besarme o dedicarme algún gesto de cariño, no te contengas. ¡Me volveré loca si sigues marcando tanta distancia!

Sus cejas se levantaron con sorpresa.

–Pensaba que... –Se le sonrojaron las mejillas–. Pensaba que no querías.

–Sí, claro que quiero. No te imaginas cuánto he deseado estos últimos meses que me abrazaras al menos una vez. Que me consolaras, que me besaras. –Tomé su rostro con ambas manos–. Aunque sé que no te merezco –añadí.

–¿Y por qué no? Estoy aquí. Siempre lo he estado. Nunca has sabido lo mucho que te amaba ya cuando tenías catorce años. Me quedaba despierto pensando solo en ti. Desde un principio tuve claro que serías mi esposa.

Me apretó la mano y su mirada se volvió algo melancólica.

–Entonces no podía sospechar que tu corazón no sería para mí –continuó–. Teníamos tanta confianza, tu hermano, tú y yo. Nos teníamos mucho cariño, pero no sabía que nunca sentirías lo mismo que yo.

Sus palabras me llegaron al corazón y apretaron hasta que me dolió. De repente comprendí toda su tristeza, y mi egoísmo. Lennard se había casado conmigo cuando muchos otros me habrían dejado en la estacada, cosa que ya me había sucedido. Michael no había querido llevar conmigo el peso de mi herencia. Max, por lo visto, había preferido volver a su país e ir a la guerra antes que vivir junto a mí. Los hombres a quienes creía amar me habían pisoteado el corazón. Y Lennard, mi amigo de la infancia, al que jamás había deseado como amante, me ofrecía su corazón sin condiciones.

Me sentí mal, fatal. Aunque él dijera lo contrario, yo sabía que no lo merecía. Jamás lo merecería. Sin embargo, también sentí otra cosa. Algo que me había pasado inadvertido en mis ansias por saber de Max.

—Puede que ahora empiece a sentir lo mismo que tú –dije–. Me tortura saber que nos hemos tratado con tanta frialdad. Me gustaría que fuera de otra forma.

—¿De verdad? –preguntó él sin poder creerlo.

Asentí.

—Sí, de verdad. Todos estos meses... Lo cierto es que no me has dado muchos motivos para que me enamore de ti, pero ahora, al mirarte, siento que algo ha cambiado en mi interior. O, mejor dicho, he comprendido que ya lo llevaba dentro, desde hace años. Solo que no quería reconocerlo.

Me miró, se inclinó sobre mí y me dio un beso, por primera vez de verdad desde que habíamos estado ante el altar. Y entonces sentí el cambio. El beso de la boda no me había gustado; este, en cambio, era cálido y excitante, como si estuviera un poco achispada.

—Aunque hay un problema –dije cuando nuestros labios se separaron.

—¿Cuál? –preguntó Lennard, algo asustado.

—No hemos pensado en ningún nombre para nuestros hijos. ¿Cómo vamos a llamarlos?

Me miró con sobresalto.

—¡Madre mía, es verdad, no lo hemos pensado!

—Estábamos tan metidos en nuestro rencor –reflexioné–, en pensamientos estériles, que nos olvidamos de lo más importante.

—Los nombres –dijo Lennard, emocionado.

Extendí la mano e hice lo que había querido hacer la noche del parto, antes de que empezaran las contracciones: le acaricié el pelo.

Al principio se apartó, pero después me dejó hacer. Una sonrisa insegura asomó a su rostro.

—¿Qué te parece si les ponemos el nombre de nuestros padres? —propuse—. ¿Thure y Gustav?

Lennard lo pensó un instante, pero después negó con la cabeza.

—No deberíamos imponerles el destino de sus abuelos. Como segundo nombre me parece bien, pero como primero deberían llevar el suyo propio.

Reflexioné. ¿Qué nombres les irían bien? ¡Todavía no sabía nada de ellos!

—¿Qué tal Magnus y Frederik? —propuso él.

Frederik era casi como Friederike, y la mujer de Max no tenía cabida en mi vida.

—¿Y Magnus y Hendrik? —pregunté. Si no le poníamos el nombre de mi padre, tal vez sí el de mi hermano. Pero vi que a Lennard no le emocionaba.

—Aunque todavía me acuerdo mucho de mi difunto amigo, preferiría no tener que pensar en él cuando vea a mi hijo.

Mi hijo. Se me llenaron los ojos de lágrimas cuando dijo eso. Tanto sufrimiento, tanta rabia, y de pronto hablaba con toda naturalidad de su hijo, como si fuera suyo de verdad. En ese momento sentí que el corazón se me desbordaba.

—¿Te acuerdas de aquel juego al que solíamos jugar? ¿El del vikingo Ingmar?

Lennard pensó un momento y se le iluminó la cara.

—Sí, de pequeños, en el bosque, junto a la gran roca caída.

—¿Qué te parece Ingmar? ¿Ingmar Gustav y Magnus Thure?

—Suena muy bien —respondió—. Se lo diré a la enfermera.

—Deberíamos hacerlo juntos, cuando los pequeños estén aquí —repuse—. Quédate hasta que me los traigan. Las enfermeras deben de estar a punto de llegar.

Lennard me sonrió y se sentó en la silla. Todavía seguía sosteniéndome la mano, y la besó. Se lo veía muy feliz.

Capítulo 66

UNA SEMANA DESPUÉS me dieron el alta del hospital con la condición de que el doctor Bengtsen me visitara regularmente y se ocupara de mi herida. August nos esperaba con el carruaje. Tenía el pelo como siempre, todo alborotado, y el abrigo le caía un poco torcido, como si hubiese perdido peso. Al ver a los dos pequeños en nuestros brazos, se le humedecieron los ojos.

–Es una pena que su difunto señor padre no pueda ver esto. Habría estado muy orgulloso de usted.

–Gracias, August, es usted muy amable. ¿Cómo se encuentra mi madre?

–Huy, también ella está muy feliz. Tiene pensado preparar una pequeña recepción en su honor, según me ha contado Marie. Pero, por favor, no diga que se lo he dicho.

–Mis labios están sellados –contesté, y subí al carruaje con Ingmar.

El pequeño se removía, nervioso, y tenía la mirada muy bizca, pero me habían asegurado que con el tiempo se le iría. Magnus iba con Lennard, y prefirió pasar su primer viaje durmiendo. En general era el más tranquilo de los dos. August cerró la portezuela y subió al pescante.

–Dime, ¿qué te parecen los automóviles? –le pregunté a Lennard cuando ya habíamos salido de Kristianstad.

Él sonrió.

–Mi madre dice que son unas máquinas infernales y apestosas.

Solté una carcajada.

–Bueno, en eso tu madre y la mía están de acuerdo, pero ¿cómo lo ves tú? ¿No sería agradable poder cubrir más rápido el trayecto hasta Kristianstad o hasta tu finca? ¡Incluso podríamos aprender a conducir los dos!

Había leído en un artículo de periódico que en Inglaterra estaban enseñando a conducir a las mujeres, aunque solo para contribuir al esfuerzo bélico. Con eso respaldaban a sus familias, cuyos padres e hijos estaban en el campo de batalla.

–Seguramente se te dará mejor a ti que a mí –repuso–. Pero, si te soy sincero, la berlina que conduce el conde Bergen me gustó mucho.

–Bueno, pues veremos qué dicen nuestras finanzas y, si podemos, nos compramos uno.

–¿Y qué pasará con August? ¿Pretendes que aprenda a conducir uno de esos trastos?

–Si quiere... –dije, aunque me parecía poco probable. August despreciaba los automóviles casi tanto como mi madre. Sin embargo, no podíamos pasar por alto que pronto llegaría el día en que querría retirarse. Ya había cumplido setenta y muchos años, y no tenía por qué ir sentado en el pescante hasta el día de su muerte–. Bueno, es de suponer que no.

–Y tampoco le entusiasmará que lo reemplacen.

–Pero después de todos estos años se ha ganado un descanso, ¿no crees?

Lennard asintió.

–Tienes razón.

Me tomó entre sus brazos y me dio un beso, y esta vez sentí todo su amor.

EL SOL BRILLABA con fuerza cuando nos acercamos a Lejongård, como si supiera que la continuidad de nuestra casa ya estaba asegurada. Noté cómo se movían los pequeños. Ingmar levantó una manita y Magnus apretó los ojos a causa de la luz. Cuando pasamos por la sombra, volvió a abrirlos y me miró.

Ingmar barbotó con alegría. Sabía que la gente cambiaba a lo largo de la vida, pero ya a esas alturas se veía que Ingmar era el más risueño, mientras que Magnus parecía más reflexivo. Los contemplé con satisfacción y me alegré de que Max, a simple vista, hubiese dejado poco rastro. El tiempo diría cómo llegarían a ser mis hijos.

Cruzamos la alta verja y recorrimos la avenida. Los árboles no tenían hojas todavía, pero en el suelo crecían ya los primeros brotes verdes. Las campanillas de invierno sacaban las cabecitas entre la hierba seca, y también se veían las primeras rosas del azafrán, con los cálices aún cerrados. Cuando nos detuvimos en la rotonda delante de la mansión, vi que todo el servicio había salido a recibirnos a los escalones de la entrada. La señorita Rosendahl y la señora Bloomquist se llevaban el pañuelo a los ojos, emocionadas, y también el señor Bruns parecía conmovido.

Bajamos del carruaje y oímos un ligero murmullo, y entonces todos empezaron a aplaudir. Todavía no veía a mi madre, que debía de esperarnos dentro de la casa.

Que hubiese decidido celebrar una recepción con ocasión del doble nacimiento era todo un detalle, pero no tenía por qué significar que se alegrara personalmente. ¿Mostraría hacia mis hijos la misma frialdad que había tenido para Matilda?

La señorita Rosendahl y Bruns se acercaron a felicitarnos. Miré hacia un lado y vi que Lena tenía las mejillas sonrojadas de haber llorado. También yo me sentía al borde de las lágrimas, pues el cariño del servicio me conmovió mucho.

Entonces vi a mi madre en la puerta. Llevaba un vestido beis y se había recogido el pelo como si fuese a asistir a algún acto protocolario. Nos miramos un instante, hasta que se acercó y extendió los brazos.

–Bienvenida a casa –dijo, y me dio un beso en la mejilla.

Entonces se volvió hacia Lennard, pero a mis hijos no les dedicó ni una mirada.

–Mira, madre, este es Ingmar Gustav, y Lennard lleva en brazos a Magnus Thure –dije.

–Son encantadores –repuso–. Entrad, por favor, ya he mandado que les preparen las cunas.

Dio media vuelta y echó a andar.

Miré a Lennard, pero él no parecía haber notado nada.

Juntos la seguimos, aunque a mí me costó ocultar mi decepción. Cualquier otra abuela habría tomado en brazos a sus nietos, o por lo menos los habría contemplado embelesada. Mi madre actuaba como si fueran un asunto por fin zanjado.

La habitación de los niños la había dejado lista antes de nuestra partida a Kristianstad. El antiguo dormitorio de mi padre me había parecido el más adecuado, porque estaba justo al lado del nuestro.

Las criadas habían hecho las dos cunas con cojines de encaje y unas mantitas. Junto a ellas había una cómoda y un cambiador, y en las ventanas colgaban delicadas cortinas azules y blancas. La alfombra era azul oscuro y amortiguaba las pisadas. Cuando entramos, noté un suave aroma a lavanda. Marie y Lena habían cortado flores el verano anterior y las habían metido en saquitos aromáticos. Desde el centro de la habitación, sin embargo, me pareció que estaríamos demasiado lejos de los pequeños, así que se lo dije a Lennard.

–Quizá estos primeros días deberíamos poner a dormir a los niños en nuestra habitación. Así podré ver enseguida si tienen hambre.

–Ya te he dicho que deberías buscar niñera –terció mi madre.

–Bruns, ocúpese de que lleven las cunas al dormitorio principal, por favor –dije, ignorando su comentario. No había mostrado ninguna emoción por sus nietos, así que no pensaba darle voz en la decisión sobre la niñera. Además, aunque necesitaría a alguien que se ocupara de ellos las primeras semanas, pues los médicos me habían ordenado reposo, me sentía lo bastante fuerte para cumplir con mis obligaciones de madre.

Bruns hizo una breve reverencia y salió de la habitación. Poco después regresó con un par de mozos. Estos debían de haberse lavado las manos a fondo, porque el olor a jabón duro se notaba mucho.

Trasladaron una cuna tras otra a nuestro dormitorio y luego depositamos en ellas a los bebés. Hasta Ingmar estaba demasiado agotado tras el viaje para seguir pataleando y Magnus simplemente siguió durmiendo.

–Supongo que querréis descansar un poco después del largo trayecto –dijo mi madre, y dio media vuelta–. Podemos hablar luego, en la comida. –Salió del dormitorio.

Miré a Lennard, que también parecía extrañado por su fría actitud.

–Espero que tu madre se alegre más –comenté, y lo rodeé con un brazo.

–Mi madre viene de camino y estará loca de alegría. Tampoco podemos decir que tu madre no se alegre. Tal vez solo se siente algo superada.

No, cree que los niños tienen un padre equivocado, me vino a la cabeza. Sin embargo, me guardé de decirlo en voz alta. Stella tenía razón, pero de todas formas eran sus nietos, porque yo era hija suya.

–Espero que aciertes –dije–. Me resultaría insoportable que mis hijos tuvieran una abuela desapegada. Mi propia abuela era así, una mujer adusta. Tú llegaste a conocerla poco antes de que muriera, creo.

–No lo recuerdo –comentó Lennard, que me acercó hacia sí y me besó.

–Pues mejor –repuse–. Era la persona más tétrica que he conocido. Severa, devota de la Biblia. Nunca la vi sonreír. Hendrik y yo le teníamos miedo.

–Quién sabe qué preocupaciones tendría. Mi abuela era muy cariñosa, siempre me mimaba.

–Bueno, seguro que tu madre también mimará a nuestros hijos.

Lo miré. Cada vez que hablábamos de su madre, sentía mala conciencia. Anna seguía sin saber nada, no sospechaba que no eran verdaderos nietos suyos.

–Muchas gracias –dije–. Por todo.

–No, gracias a ti. Me has regalado dos hijos maravillosos. Solo piensa eso y olvídate de todo lo demás.

¿Sería capaz? No estaba segura, pero en ese momento asentí.

–La verdad es que sí deberíamos descansar un rato –dije, y miré a los gemelos.

Me despertarían cuando necesitaran algo, así que me eché en la cama, contenta de olvidar por un rato la decepción de Stella.

POR LA TARDE, después de un café algo tenso durante el cual mi madre parecía ausente, me retiré al despacho. Lennard estaba abajo, con la señora Bloomquist, comentando los platos preferidos de su madre para servirlos en su honor.

Vi una pila de cartas sobre la mesa y los archivadores bien ordenados en la estantería de atrás. El sol brillaba y dibujaba claras manchas de luz sobre la alfombra. Un día llevaría allí a mis hijos y les enseñaría a administrar la finca. Si heredaban mi carácter, tal vez no querrían saber nada de eso, y si salían como Max...

No, no quería pensar en él. Al desaparecer había perdido todos sus derechos. Además, tal vez ni siquiera seguía vivo. Boregard me habría avisado si hubiera descubierto algo. O quizá estaba en una isla solitaria de los mares del Sur...

Respiré hondo. El despacho me había hecho recuperar el recuerdo de Max, y no quería eso. Además, algo me llamaba al lado de mis hijos. Quería estar con ellos, disfrutar de cada una de sus respiraciones. El trabajo podía esperar. Regresé al dormitorio.

La puerta, que yo había dejado entornada, estaba del todo abierta y dentro se oían suaves gorjeos infantiles. Ya se habían despertado. ¿Habría vuelto Lennard con ellos?

Terminé de abrir el batiente y vi algo que no habría creído posible: mi madre, sentada en la cama de matrimonio con los dos bebés en brazos. Les hablaba en voz baja y los acunaba. Les sonreía, absorta en su contemplación, sin reparar en mi presencia.

Me sorprendió tanto que me llevé una mano a la boca. La emoción hizo que se me humedecieran los ojos. ¡Por fin se ocupaba de sus nietos! Al cabo de un rato levantó la mirada y me vio. La sonrisa no abandonó sus labios.

—Solo quería verlos un momento —dijo, casi disculpándose, pero no hizo ademán de levantarse.

—No sabes lo mucho que lo anhelaba —repuse—. ¿Por qué no demostraste ninguna emoción antes, madre, cuando llegamos?

El semblante de Stella se tornó melancólico.

—Fue por tu padre y por Hendrik. Oí el nombre de Thure y... ¿Sabes qué día es hoy?

Lo pensé un momento y entonces caí en la cuenta. Ese mismo día, dos años atrás, había sido el último de sus vidas. A la mañana siguiente, hacía dos años, mi padre y mi hermano habían quedado atrapados bajo los escombros en llamas del pajar. Con tantas emociones y tanta alegría, lo había olvidado.

—Llevo todo el día pensando que mañana es el aniversario de su muerte —añadió—. Es una bendición que los niños no hayan nacido ese aciago día.

Tomé a Magnus de sus brazos y me senté junto a ella.

—Tengo la sensación de que ha pasado muchísimo tiempo —dije, y acaricié al pequeño en la mejilla. Ingmar tenía agarrado el dedo de mi madre como si no quisiera soltarlo jamás.

—Pues para mí es como si hubiera ocurrido ayer. Al ver a los niños se me encogió el corazón. Pensé que Thure nunca conocerá a sus nietos. Que nunca sabrá que la continuidad de su familia y su finca está asegurada. Y Hendrik... también se habría alegrado mucho de conocer a sus sobrinos.

—Nos quitaron dos hombres —señalé—, y ahora nos han devuelto dos niños. Algún día conocerán la historia de su abuelo y su tío.

Mi madre asintió, y noté que le costaba contener las lágrimas.

—Lennard me ha contado que estuviste a punto de morir —comentó—. Dice que perdiste mucha sangre durante la cesárea.

—Eso parece, aunque yo no me enteré de nada. Pero mientras estaba anestesiada tuve un sueño. Vi a Hendrik en una pradera. Vino hacia mí, me miró y, cuando le pedí perdón por haberle ocultado la muerte de padre, asintió. Entonces me tocó y... volví a despertar.

—Tu hermano cuidó de ti —dijo mi madre, muy convencida—. Y tu padre también, aunque no te dejara verlo.

Asentí. Me habría gustado creer que existía un lugar desde el que padre y Hendrik veían nuestra vida. Claro que, entonces, también se habrían enterado de los momentos oscuros, pero al menos serían testigos de que la vida seguía su curso en Lejongård. Contemplé un rato los rostros de Magnus e Ingmar, luego miré a Stella.

—¿Crees que de algún modo lograremos olvidar lo que ocurrió? —pregunté—. Nadie puede cambiar el pasado, pero ¿y si intentamos comenzar de nuevo?

Me miró con extrañeza.

—¿Tú estarías dispuesta a ello? Ya sabes que la vida en esta finca tiene más obligaciones que libertades.

—¿Y quién dice que tenga que renunciar a mi libertad por completo? Tal vez también una obligación pueda traer felicidad. ¿Qué me dices, madre? ¿Serás capaz de perdonar que tu hija no sea perfecta?

—Cuando naciste, pensé que eras una niña perfecta —dijo sin dejar de acunar a Ingmar con suavidad. Parecía tranquilizarlo tanto que poco a poco se le cerraban los párpados—. Eras preciosa, y puse todas mis esperanzas en ti. Después creciste y te hiciste una mujer. Mis esperanzas seguían igual, pero comprendí que nunca se cumplirían. Quizá estuvo mal esperar algo de una personita tan pequeña. —Miró a sus dos nietos y casi sonrió con nostalgia—. Eres mi hija —añadió—, y lo serás siempre. Igual que estos niños son mis nietos. Aprenderé a vivir con tus ansias de libertad y tus firmes opiniones.

Entonces me miró.

–En cualquier caso, estoy muy orgullosa de ti. Así que, sí, intentemos comenzar de nuevo.

Capítulo 67

–No olvides decirle a Lena que lleve tu pamela. Si no, cuando volvamos parecerás una campesina.

Reprimí un suspiro.

–Madre, todavía falta una semana para el viaje a Åhus. Lena tendrá tiempo de meterlo todo en la maleta. Hasta la pamela.

Después de las breves vacaciones del príncipe heredero y su esposa, habíamos decidido que también nosotros nos tomaríamos unos días libres en agosto para disfrutarlos en la casa de verano de Åhus. Mi madre había puesto alguna pega al principio, porque opinaba que debíamos ocuparnos de las fincas, pero después había accedido, ya que el corazón la hacía sufrir, a pesar de la dedalera, y el aire del mar le sentaría bien.

–A las criadas hay que decirles con tiempo lo que deben llevar –insistió en el vestidor, mientras escogía su vestuario para el viaje.

Mi mirada recayó en unas fundas de vestidos algo apartadas. Hacía unos meses que Stella había mandado guardar con antipolillas los vestidos de luto, así que habían quedado relegados a una discreta existencia, y yo esperaba que fuese así por mucho tiempo.

–Les daré una lista detallada –repuse–. ¿Me necesitas para algo más?

Seguía sin gustarme estar entre montañas de ropa. En el mar correría la brisa, así que necesitaríamos vestimenta para las tardes frescas.

–Iré a ver a Magnus e Ingmar –añadí–, que ya no deben de acordarse de mi cara.

–Sí, ve tranquila, que tu vieja madre se las apaña bien sola.

Eso de sola era una exageración, porque en algún rincón de ese caos de batistas, sedas y bordados estaba Linda, esperando a que su señora le comunicara su elección.

Salí del vestidor y subí a la habitación. Le había dicho a la niñera que fuera allí a jugar con los pequeños. Ya habían empezado a gatear, a veces casi demasiado deprisa. Ningún mantel estaba a salvo, de modo que le había pedido a Bruns que atara las puntas a las patas de las mesas. Aunque no resultaba muy elegante, al menos no había que temer que los niños acabaran regados por el contenido de una salsera. Me detuve en la puerta. Estaba entreabierta y desde allí podía ver a la niñera.

Rosalie llevaba con nosotros unas semanas y se entendía muy bien con los gemelos. Jugaba con ellos como si fueran sus propios hijos, y las nanas que les cantaba obraban un efecto sedante en ambos, aun en pleno berrinche. Al principio me había mostrado algo escéptica a causa de su juventud, pero enseguida olvidé mis reparos y ya no habría podido estar sin ella.

Magnus e Ingmar jugaban con los cubos de madera que Lennard les había traído de su propia habitación infantil. Su madre los había conservado por nostalgia, así que ahora tenían una segunda vida. Como siempre, una sensación de calidez se extendió por mi pecho. Muchas cosas habían cambiado ese último medio año. Mi relación con Lennard había mejorado. Todavía no nos habíamos acercado físicamente, aunque eso era porque el doctor Bengtsen nos había advertido de un posible nuevo embarazo. La cesárea podía provocar adherencias, que a su vez podían tener consecuencias perjudiciales, así que me había aconsejado no quedar encinta hasta dos años después.

Yo estaba muy decidida a darle un hijo también a Lennard. Él dejaba bien claro que ya consideraba suyos a Magnus e Ingmar, pero era yo quien deseaba más. Una niña que mantuviera a raya a los dos chicos, tal vez. Sin embargo, por el momento todo eso eran castillos en el aire. Abrí la puerta.

—Ah, señora, no la había oído —dijo Rosalie, que se levantó e hizo una leve reverencia.

—Solo quería ver cómo están. Al parecer no les apetecía la siesta, ¿verdad?

—No, prefieren jugar. Aunque a Magnus ya empieza a notársele cansado. Enseguida los acostaré.

—Muy bien. No deje que la engatusen con sus encantos.

—Eso cada vez me cuesta más, la verdad sea dicha, pero es por su bien.

Tomé a Magnus en brazos. Sí que parecía tener sueño. Incluso medio año después, era su hermano el que, por lo visto, acaparaba toda la energía, mientras que él era el más tranquilo de los dos.

—Debería empezar a pensar usted también qué quiere llevarse —dije mientras dejaba a Magnus y levantaba a Ingmar, que soltó un gritito de alegría y me tiró del pelo. Siempre tenía que impedirle que me lo agarrara, porque tenía la costumbre de no soltarlo más.

Rosalie nos acompañaría a la casa de verano, igual que Lena y Linda. También a la señora Bloomquist le habría gustado ir con nosotros, pero tenía que ocuparse del servicio y los mozos de cuadra, así que nos conformaríamos con una ayudante de cocina. Lennard había amenazado con que cocinaría él, pero no confiábamos en sus artes.

—No mucho. Tres vestidos, mis libros. Lo cierto es que no necesito más.

Vi su seria sonrisa y sus rizos rubio oscuro. Seguro que los hombres de Åhus no le quitarían ojo.

—Si desea cualquier cosa, avíseme. La señorita Rosendahl viaja mañana a la ciudad y se encargará de los últimos recados.

—Muchas gracias, señora, no necesito nada.

Rosalie volvió a sonreír con cariño. Su afecto era conmovedor.

Juntas acostamos a los gemelos. Mientras ella se sentaba entre las dos cunas para vigilarlos, yo les di un beso a cada uno y regresé un momento a mi antigua habitación de soltera. Me tendí en la cama y mi mirada recayó en algo en lo que no pensaba desde hacía una eternidad.

Allí, olvidado junto a las cortinas, seguía estando mi viejo caballete. Las manchas de pintura estaban oscurecidas; la madera, descolorida y seca. Me levanté y lo saqué de allí. Las bisagras rechinaron un poco al abrirlo. Estaba estropeado, pero todavía podía usarse. De pronto sentí un hormigueo en la punta de los dedos. ¡Cuánto tiempo hacía que no pintaba! Claro, me había jurado no volver a hacerlo después de abandonar Estocolmo. Sin embargo, esos últimos tiempos me había sorprendido contemplando largamente el paisaje de vez en cuando y preguntándome con qué colores podría llevarlo a un lienzo.

Acaricié la madera y sentí una extraña emoción. Seguro que el mar ofrecería unos motivos maravillosos. Aunque hubiera dejado los estudios, quizá no había perdido el talento.

¿Y si lo intentaba? ¿Y si dejaba entrar las imágenes en mi interior para luego liberarlas con mi mano y un pincel?

—¿Y ESO QUÉ es? —me preguntó Lennard unos días después, cuando llevé el caballete a nuestro dormitorio, donde ya estaba preparada la maleta.

—Voy a decirte lo que es: un caballete.

Cuando éramos jóvenes, a veces me había visto sentada ante él, sobre todo en sus últimas visitas antes de mi marcha a Estocolmo.

—¿Y qué vas a hacer con él?

—Colgar mis vestidos.

—¡No me tomes el pelo!

—Te lo tienes merecido por hacer semejante pregunta. Voy a pintar, por supuesto.

—Pensaba que no querías reintentarlo.

—Quizá me precipité un poco. Vamos a la playa, y allí seguro que habrá amaneceres maravillosos. Confieso que, últimamente, a veces me apetece juguetear un poco con los colores. –Dejé el caballete junto a la maleta–. ¿Crees que en Åhus encontraremos telas?

–Seguro que sí, y también tendrán pintura para artistas ambiciosas. –Lennard me sentó en su regazo–. ¿Alguna vez te has arrepentido de haber dejado el arte?

–Sí, alguna. Pero sí, me juré no volver a pintar. Ya te conté lo de Michael.

Lennard asintió. En los últimos meses habíamos hablado mucho, por fin nos habíamos convertido en una pareja de verdad. Cierto era que todavía nos faltaba el ardor apasionado del amor de juventud, y quizá nunca llegáramos a tenerlo, pero nos teníamos el uno al otro, confiábamos el uno en el otro, nos apoyábamos. Al fin entendía que el matrimonio no consistía solo en amor y pasión, sino también en confianza, seguridad y amistad.

–No he echado de menos los cuadros que destruí en aquel entonces –proseguí–, pero ahora que tengo la sensación de que todo va encajando, empiezo a sentir nostalgia de los colores, del olor del óleo y el aguarrás. –Lo miré–. Podría pintar a nuestros hijos, cada año, hasta que sean mayores.

–Seguro que se alegrarán de poder mostrar esa galería cuando paseen por la casa con sus novias –bromeó Lennard.

–Olvidas que los cuadros no siempre tienen que ser grandes. También pueden ser miniaturas que su madre esconde en un cajón y que los hijos encuentran en algún momento y les hacen sonreír. –Me apoyé en su pecho–. Me gustaría mucho volver a pintar.

–Pues deberías hacerlo. Me encargaré de que tengas todo lo necesario.

–Eres un ciclo.

Le di un beso y miré el caballete con una sonrisa.

La idea de esa pequeña galería se había hecho un hueco en mi corazón.

Capítulo 68

AL DÍA SIGUIENTE entré en el despacho una última vez antes de empezar de verdad con los preparativos del viaje. El aluvión de correspondencia no se acababa nunca, pero podía quitarme de en medio las cartas más importantes. Un hombre de Estocolmo me había preguntado si estaría interesada en la organización de una liga de carreras de caballos. Había visto una foto de *Lucero Vespertino* en una revista de cría. Ya se había recuperado del todo tras su grave enfermedad, y el veterinario no veía ningún motivo por el que no pudiéramos criar con él.

En vista de que la guerra en Europa estaba siendo más devastadora y sanguinaria que ninguna otra antes, y no terminaba nunca, no me parecía oportuno organizar carreras de caballos, pero le escribiría diciéndole que participaría en cuanto se depusieran las armas. Sin embargo, no sabía si *Lucero Vespertino* era el más indicado para competir. No quería desgastar en las carreras al caballo que había nacido el día que murió mi hermano. Debía tener una vida tranquila y, sobre todo, larga.

También el editorial del periódico de ese día informaba sobre la guerra y el menguante entusiasmo del pueblo alemán. La euforia de agosto de 1914 les había costado la vida a cientos de miles. ¿Cuántos más caerían? ¿Cuánto más duraría esa locura?

Mi mirada recayó en el cuadro de Lejongård, el único que había salvado de Estocolmo. La tormenta seguía amenazante, pero me alegró ver que, después de unos años turbulentos, había regresado cierta tranquilidad.

Cuando me volví hacia el correo, vi entre el montón de sobres uno que me había pasado desapercibido. Lo saqué y me quedé alelada al leer el nombre del remitente. Hacía ya medio año desde que había enviado a Hanno Boregard en busca de Max. Con todo lo que había ocurrido, casi lo había olvidado, y de pronto me escribía.

Contemplé un rato más la carta y después la lancé al escritorio como si fuera un insecto repugnante. ¿Quería saber lo que había sido de Max?

En esos momentos, mi vida era plácida. Lennard se ocupaba de los pequeños con ternura, y mi madre estaba más afable que nunca. Claro que eso también tenía que agradecérselo a su enfermedad, pero verla contemplando con ternura a los gemelos siempre me alegraba. Las nieves perpetuas de la reina de hielo se habían derretido, dejando al descubierto a una mujer cariñosa. No tenía ni idea de cómo lo habían conseguido mis hijos.

Y de pronto Max regresaba a mi vida, por lo menos en la carta del señor Boregard. Era posible que solo me enviara una factura, pero intuí que se trataba de algo más. Estuve tentada de abrir el sobre, pero decidí no hacerlo. ¿Y si con eso lo destruía todo? ¿Y si volvía a complicarme la vida? Max me había ocultado muchas cosas, a saber qué más podía descubrir. ¿Quería estropear con ello nuestro viaje a la costa? Sacudí la cabeza. No, no lo quería. Si Boregard había tardado tanto, la carta podía esperar. La abriría a mi regreso. La metí en el cajón en el que, en su día, había encontrado aquel contrato de préstamo y luego me centré en el resto del correo.

Por la tarde, mi madre me pidió que fuera a su dormitorio. Desde hacía varios meses tenía la costumbre de echarse una breve siesta y después tomarse un café en la cama. Las gotas de aquel remedio le habían fortalecido el corazón, de manera que podía realizar sus quehaceres cotidianos, pero le costaba mucho ponerse en marcha después de descansar.

Desde su cama dominaba la habitación como una reina, con una pequeña bandeja de madera en la que había un servicio de café de bordes dorados. Se había bebido la mitad de la taza, y de los cruasanes que la señora Bloomquist había horneado esa mañana ya solo quedaban unas migas y algo de confitura de bayas.

–Hola, madre –dije, y me acerqué la silla que había en su habitación. No le gustaba que me sentara en el borde de la cama–. ¿Cómo te encuentras?

Respiró hondo y haciendo ruido. Ese extraño siseo la acompañaba desde hacía tres meses y no parecía mejorar, a pesar de la medicación. ¿Tendrían que aumentarle la dosis de gotas, tal vez? Hablaría con el médico en cuanto regresáramos.

–Me gustaría poder decir que me encuentro como una joven corza, pero por desgracia no es así. –Se miró las manos y luego me miró–. Quiero que hagas algo por mí. Tú sola.

Enarqué las cejas. Esas últimas semanas me había pedido muchas cosas, pero su voz sonaba más solemne esta vez.

–¿De qué se trata, madre? –pregunté.

Alargó el brazo y abrió el cajón de su mesilla de noche, de donde sacó un objeto metálico. Una llave.

–Toma.

–¿Una llave?

La miré sin entender mientras la recibía.

–Es de un cofre bancario de Kristianstad. No del Handelsbank, sino de un pequeño banco privado. La dirección te la daré después. Quiero que me traigas la cajita que hay allí dentro.

–¿Qué contiene? –pregunté, extrañada. ¿Mi madre guardaba un secreto en una caja de seguridad? Hasta entonces había creído que el único lugar en que guardaba secretos era su corazón.

–Te lo enseñaré a su debido momento. Por favor, ve a buscarla. Hoy mismo o mañana temprano, si te es posible. Es importante.

Me miró con tanta seriedad que no me quedó más que asentir con la cabeza.

UNA HORA DESPUÉS y con la dirección de ese banco, el Arnulf & Wenders, monté en nuestro nuevo automóvil. Era igual que el coche en que nos había visitado el conde Bergen en su día, un Packard Touring, solo que un modelo nuevo que podía conducirse como berlina o como descapotable. Ni Lennard ni yo habíamos logrado sacarnos licencia de conductores todavía, pero Tjorven, nuestro chófer, sabía conducir estupendamente.

August se jubiló en cuanto lo compramos. Lo hizo un poco a regañadientes, pero se fue a vivir con una viuda del pueblo y disfrutaba de una pensión que yo misma le pagaba todos los meses.

Con el vehículo, que alcanzaba más de cincuenta kilómetros por hora, estuve en Kristianstad en treinta minutos, en lugar de la hora entera que habría tardado a caballo. Era un gran adelanto. Mi madre seguía considerándolo un engendro del diablo, pero pronto se acostumbraría. A mí, por lo menos, me gustaba que el viento me alborotara el pelo cuando acelerábamos por la carretera. A veces le pedía a Tjorven que diera una vuelta de más solo para seguir disfrutando de esa sensación. Durante el trayecto saqué la llave y le di vueltas en la mano. ¿Por qué quería mi madre esa cajita justo ese día? No me parecía probable que contuviera joyas ni nada por el estilo, pero debía de ser algo de gran valor para ella, de lo contrario no lo habría guardado allí.

El banco estaba en una calle lateral que no llamaba la atención y casi pasaba desapercibida. Tuve que llamar al timbre. Por lo visto, tenían cuidado de que no entrara allí cualquiera. Poco después, la cara de un señor mayor apareció en el resquicio de la puerta. Le enseñé la llave.

–Me llamo Agneta Lejongård –me presenté–. Vengo de parte de mi madre, Stella, a recoger algo.

El hombre me miró un momento, después miró la llave. Al ver el número que llevaba inscrito, abrió del todo y dijo:

–Pase, pase, por favor.

Pisé una alfombra de aspecto desgastado por la que parecían haber pasado miles de pies.

–Soy Arvid Wenders, el propietario de este banco –dijo–. ¿Qué desea recoger su madre?

–Una cajita. Me ha dicho que está dentro de un cofre.

Wenders asintió.

–Bien, vayamos a ver.

Me indicó que lo siguiera y pasamos a una sala con ventanillas, que estaba desierta. Detrás del mostrador no había nadie, y tampoco daba la sensación de que allí hubiera una actividad bancaria normal.

–Dígame, ¿qué clase de banco es este? –le pregunté a Wenders mientras recorríamos el pasillo.

–Le extraña esa sala de ventanillas tan vacía, ¿verdad?

Asentí.

–Verá, antes éramos un banco normal, pero en algún momento mi padre comprendió que no llegaríamos muy lejos. Se vio ante la tesitura de tener que cerrar o transformar el negocio. Escogió transformar esto en un banco en el que se puede guardar cualquier cosa que sea importante. –Sonrió con misterio y añadió–: Conservamos objetos de valor y documentos, pero también otras cosas. Nuestros clientes pueden guardar en nuestras cajas todo lo que quieran tener a buen recaudo.

–¿Conoce usted el contenido de las cajas?

Wenders sacudió la cabeza.

–No. Nuestra política estipula que lo que contienen las cajas no nos incumbe.

–¿Y si alguien guarda una confesión de asesinato?

–Pues el mundo no sabrá de ella hasta que el propietario así lo quiera.

–¿Y qué hacen con las cajas que caen en el olvido? ¿Por las que ya nadie paga?

–Se destruyen. Con todo lo que contienen. Nadie puede ver su interior.

Al final del pasillo había una puerta acorazada, muy pesada, que solo podía abrirse con una combinación especial. Wenders giró la ruedecilla de la caja fuerte varias veces y en los dos sentidos, demasiado deprisa para que yo pudiera fijarme en los números. Después abrió la puerta con un ligero chirrido. Tras ella había otra sala con muchas taquillas, tantas que llegaban hasta el techo.

–Si es tan amable de entregarme la llave –dijo el hombre.

Se la di, y con ella cruzó la puerta. Se orientó y enseguida fue hacia el lado izquierdo, donde abrió una taquilla de bastante abajo.

Me pregunté cuánto tiempo llevaría allí esa cajita. ¿Serían los depósitos más antiguos los de más arriba o los de más abajo? Oí una cerradura. Unos instantes después, Wenders se volvió con un cofre metálico. Seguro que destruirlo resultaba muy complicado.

–Puede abrir el cofre con esta llave –dijo el hombre, y me acercó un par de llaves más pequeñas que la de la taquilla, pero que se parecían–. La llave de la taquilla nos la quedamos hasta que decida devolver el cofre. Si se queda el contenido y quiere renunciar a la taquilla, simplemente háganos llegar el cofre con la indicación correspondiente.

Tras eso, Wenders dejó el cofre en mis manos. Pesaba mucho, lo cual sin duda se debía a que era de acero, aunque tal vez también contenía algo pesado.

–Muchas gracias –dije, y dejé que me acompañara de nuevo hasta la puerta.

CUANDO LLEGAMOS A Lejongård ya oscurecía. Me quité el abrigo que me ponía para ir en el automóvil, para no resfriarme, y fui con el cofre al encuentro de madre. Stella se había acomodado en el salón, ya que en casa nunca se servía la cena hasta que todos los miembros de la familia habían regresado y podían sentarse a la mesa. A esas horas tenía mucha hambre, y el estómago así me lo hizo saber.

–Suenas como un oso –comentó mi madre sin levantar la vista de los naipes con que estaba pasando el rato.

–Estoy muerta de hambre, pero primero quería traerte la cajita.

Me acerqué y dejé el cofre junto a los naipes.

–Gracias –dijo sin dedicarle ni una mirada.

–Bueno, y... ¿no vas a abrirlo? –La curiosidad me estaba matando.

–No, todavía no. Antes tengo que estar preparada.

–¿Preparada? –me extrañé–. ¿Tan terrible es lo que hay ahí dentro?

–No, no es terrible, pero son cosas sobre las que quiero pensar cuando estemos en la playa.

–¿Algún día me hablarás de ello?

–A su debido momento –contestó, y dejó los naipes–. Ahora tenemos que alimentar el cuerpo.

Se levantó y se dirigió al comedor.

Me pregunté por qué no había querido abrir el cofre enseguida, pero entonces recordé la carta de Boregard, la que yo tampoco había abierto.

¿Debía hacerlo? ¿O era mejor pensarlo a orillas del mar? Si llegaba a la conclusión de que no quería leerla, siempre podría lanzarla a las olas. O quemarla en la chimenea.

Capítulo 69

UNA FRESCA BRISA marina sopló cuando íbamos a apearnos del automóvil. Tjorven, solícito, nos sostuvo la puerta abierta. Mi madre estaba algo pálida. Cuanto más duraba el viaje, más creía que sufriríamos algún contratiempo.

–¿Va todo bien? –le pregunté.

–Seguramente no me acostumbraré nunca a esta velocidad espantosa –protestó mientras Lennard la ayudaba a bajar.

–Que sí, madre, ya verás. Además, un poco de emoción te va bien para el corazón. Ya oíste al doctor Bengtsen.

–Ese médico habla por los codos –replicó ella, y bajó.

Saqué a mis hijos del asiento y la seguí. Lena y Linda nos estaban esperando. Habían viajado en tren el día anterior, temprano, junto con Rosalie, que entonces también abrazó a Magnus e Ingmar.

La casa había cambiado muy poco desde nuestra última estancia allí. La pintura se desconchaba en algunos sitios, pero, por lo demás, el matrimonio que cuidaba de la propiedad lo tenía todo a punto. En las habitaciones se respiraba el aire marino, pues la playa se encontraba justo a nuestros pies. La villa quedaba algo elevada y desde ella se tenía una vista espléndida del Báltico. De vez en cuando se veía pasar una barca de pescadores. Los paseantes recorrían la arena. Se notaba que la temporada de baños se acercaba a su fin.

–Esto es precioso –dijo Lennard–. Tendríamos que haber venido mucho antes.

–Sí, habría estado muy bien como destino para el viaje de novios –repuse, y miré a mi madre, que estaba hablando con

Linda y parecía darle indicaciones–. Tal vez algún día podamos recuperar ese viaje.

Lennard sonrió.

–Cuando los niños ya no necesiten tantos cuidados haremos un viaje los dos solos. Aquí o a cualquier otro lugar.

–Sería estupendo –dije.

LOS DOS DÍAS siguientes los pasamos casi exclusivamente tumbados al sol.

Tal como Lennard había prometido, me compró cartulinas y una caja de acuarelas. Allí los pigmentos y el óleo eran artículos tan escasos como los buenos lienzos, pero no me importaba. Incluso me parecía más adecuado para los motivos marinos. Plasmé sobre el papel las olas, las huellas en la arena, las conchas varadas, guijarros rojos y verdes. No pretendía realizar nada artístico, solo seguía mi instinto. Intentaba expresar más mis propios sentimientos que reproducir la realidad.

También pasaba muchos ratos con mis hijos. Momentos tiernos y apacibles en los que sentía su calidez e inhalaba su aroma.

La tercera noche, después de una cena maravillosa de pescado fresco, mi madre me llevó a un aparte.

–¿Te apetecerá tomarte luego una copita de aguardiente conmigo?

–Ya sabes que no debes beber tan tarde.

–La bebida es lo de menos, pero tal vez tú necesites algo para asimilar lo que tengo que contarte.

Me miró y supe que esa noche abriría la cajita que contenía su secreto.

Esperamos a que todos se acostaran, incluso Linda, Lena y Rosalie. A Lennard le dije que tenía una conversación importante con mi madre y que no me esperase. Entonces Stella se sentó conmigo en el pequeño salón, que era una copia en miniatura del salón de Lejongård. El aire fresco entraba por la ventana entreabierta, así que nos abrigamos con unas mantas cálidas, iluminadas por el resplandor de los candelabros. La cajita estaba sobre la mesa, como si fuera una reliquia.

Estuvimos un rato calladas. Yo, expectante; Stella, pensativa. Parecía reflexionar si de veras debía desvelarme lo que fuera, hasta que se inclinó hacia delante y abrió la caja. Dentro, por lo que pude ver, había varias cartas y un medallón. Sentí un escalofrío. ¿Qué significaba aquello?

—Hace muchos años que guardé estas cosas en el banco de Wenders —empezó—. Nadie debía saber nada. También podría haberlas lanzado al fuego, claro está, pero no quería. No quería perder lo que tuve una vez. Y ahora que me siento cerca de la muerte, quiero quedarme en paz.

—No vas a morirte —protesté. Un miedo palpitante me recorrió el cuerpo. ¿Por qué pensaba eso?—. El médico ha dicho que...

—Ese médico no sabe nada. Sus gotas solo me ayudan un rato, pero siento que no evitan la insuficiencia de mi corazón. Un día me dejará tirada. Un día me iré. Seguramente ocurrirá mientras duermo y, como no quiero dejarte en herencia una llave y una cajita, he decidido contártelo ya.

—¿Qué contiene la caja? —pregunté, y sentí que el miedo a que muriera crecía en mi pecho. No quería que se fuera, ¡todavía no!

—¡Amor!

Su respuesta me sacó de mi delirio.

—¿Cómo dices?

—Amor —repitió—. Un amor breve, intenso, uno al que no pude resistirme.

¿Mi madre había tenido una aventura? ¿Cuándo? Debió de ser antes de casarse con mi padre, ¿verdad?

—Sé lo que pensarás ahora —continuó—. O por lo menos lo intuyo. —Hizo una breve pausa y a mí no se me ocurrió nada que decir—. Cuando supe que estabas embarazada, me quedé alelada. Me recordó a mi propia situación, la que sufrí una vez.

Acarició las cartas con cariño y levantó el medallón.

–¿Tu propia situación? ¿Qué clase de situación?

–Un año después de que naciera Hendrik, tu padre tuvo un grave accidente a caballo. El animal lo tiró al suelo y lo pisoteó. Un casco le aplastó el bajo vientre. Estuvo entre la vida y la muerte durante mucho tiempo, quedó en coma y desarrolló gangrena. Hasta medio año después no pudo volver a levantarse de la cama. Yo estaba exultante al ver que había sobrevivido y no pensé en las posibles consecuencias. Lo único que deseaba era tener un segundo hijo, darle un hermano o una hermana a Hendrik. Una niña, a poder ser, porque no quería que el primogénito tuviera competencia. Sin embargo, por mucho que lo intentamos, no me quedaba embarazada.

Empecé a sospechar algo mientras contenía la respiración. Me ardían las mejillas, y sin necesidad del aguardiente, que había quedado intacto sobre la mesa.

–Por supuesto, intentaron culparme a mí. Creían que en el parto de Hendrik algo se había dañado en mi seno. Los médicos, sin embargo, no encontraban prueba de ello, de manera que opinaron que podía haber quedado tan traumatizada por el accidente de Thure que eso había afectado a mi fertilidad. Yo, en cambio, sabía lo que pasaba en realidad.

Abrió el medallón y lo contempló. Contenía la fotografía de un joven de rizos rubios con un pequeño bigote.

–Alexander llegó a nuestra casa con el séquito del rey, trabajaba con el mayordomo mayor. Los habíamos invitado para la cacería de otoño, que por entonces ya suponía el mismo jaleo que conoces. Durante esos días... bueno, nos enamoramos. Alexander era más joven que yo, pero solo tenía ojos para mí y, cuando Thure se fue al pueblo con algunos hombres, aprovechamos la oportunidad. Incluso conseguimos encontrarnos una segunda vez antes de que partiera. Se marchó con la promesa de que me escribiría. –Mi madre me miró–. ¿Estás segura de que no quieres un trago de aguardiente?

Negué con la cabeza. El corazón me aleteaba como un gorrioncillo, el estómago se me removía, pero no quería adormecer esos sentimientos con alcohol.

—Sigue —pedí mientras intentaba imaginar cómo habría sido la Stella de aquel entonces. Yo conocía a una madre severa, una hermosísima reina de hielo. Seguramente por entonces tenía una belleza arrebatadora.

—Solo unas semanas después, me di cuenta de que no me venía el período. Como ya sabía lo que era gestar un niño, comprendí que estaba embarazada. Me invadió el pánico. Cierto era que también había estado con Thure, aunque llena de mala conciencia y siempre pensando en Alexander, pero intuía que ese niño no era suyo.

Me quedé mirándola como si me hubiera dado un bofetón. Por un momento no pude moverme, tampoco encontré la voz para decir nada. La conmoción me dejó convertida en estatua de sal.

¿Mi padre era otro hombre? No podía creerlo. Me parecía demasiado a mi propio padre, teníamos las mismas inclinaciones.

—¿Estás segura? —pregunté—. También pudo ser padre...

—Sí, pudo. Pero estoy segura de que no fue su semilla la que creció en mí. Cinco años después de tu nacimiento, un médico le diagnosticó esterilidad. Ese fue el año en que nos trasladamos a habitaciones separadas.

—¿Padre sabía algo? —pregunté casi sin aliento. Notaba los latidos del corazón en el pecho. Jamás había imaginado nada parecido.

—Algo debía de sospechar. Yo nunca lo supe. En cualquier caso, te adoraba. Para él eras su hija y, junto con Hendrik, su gran esperanza. Tal vez puedas entender ahora por qué le decepcionó tanto que quisieras estudiar, que intentaras cortar todo vínculo con Lejongård. Te veía como esposa de Lennard, ya entonces. Habría sido ideal.

Sin saberlo y siguiendo un rumbo diferente, yo había acabado cumpliendo su deseo.

Tardé varios minutos en asimilar las palabras de mi madre. Me levanté y empecé a pasearme por el salón. Sentía el rumor de la sangre en los oídos. Los tablones del suelo crujían bajo mis pies y fuera aullaba el viento.

Sin embargo, apenas me daba cuenta de nada porque en mi cabeza, casi dolorosamente, solo le daba vueltas a una pregunta: ¿Mi padre no era mi padre, sino un hombre llamado Alexander? ¿Y mi madre se lo había ocultado? Yo al menos le había puesto a Lennard las cartas sobre la mesa. Aun así, la comprendía, pues había mucho en juego. Mi vida, la de ella, la reputación de Lejongård. Si mi padre llegó a sospechar algo o no, carecía de importancia, pues se había llevado esa sospecha a la tumba. Sin embargo, me sentía como si me hubiera caído una rama en la cabeza. La revelación iba calando cada vez más en mi conciencia. Mi padre no era mi padre. Mi madre había tenido una aventura. ¿Era posible? ¿Stella, esa mujer perfecta y por encima de toda duda? ¿Mi fría madre había sido capaz de sentir una pasión tan intensa? Guardamos silencio durante unos minutos.

Mi madre no era ya la misma mujer que dos horas antes, que dos meses antes. De pronto me parecía una criatura salvaje, la misma que había sido yo en mi cama de Estocolmo con Michael. Por lo visto, era cierto eso de que de tal palo, tal astilla.

¿Por qué nunca me había dicho nada? ¿Por qué no había sido más comprensiva conmigo? ¿Se avergonzaba? ¿Había querido protegerme de los remordimientos?

¿Podría yo seguir viendo a mi padre con los mismos ojos? Tal vez no, pero jamás llamaría así a ningún otro hombre. Mi padre me había enseñado a montar, me había consolado cuando me caía, y con él había librado las batallas de mi juventud. Solo lo había tenido a él. Solo a él lo había querido como a un padre.

–¿Qué ocurrió entonces? –pregunté al fin. Mi voz sonaba como si viniera de muy lejos. El corazón seguía latiéndome con fuerza, me temblaban las manos.

–Nos escribimos durante una temporada. Él me envió un medallón con su retrato y prometió que regresaría. Ya no sé si me alegré o sentí miedo. Aun así, si fue miedo, pronto no tuve ningún motivo para ello, porque a Alexander lo destinaron al norte, donde se casó con la hija de un gran terrateniente. Volvió a escribirme, para comunicarme que seguramente no volveríamos a vernos. Y con eso se acabó.

Hizo una pausa. Sentí que se cansaba de tanto hablar. Entonces me miró a los ojos y vi lágrimas en los suyos. Lágrimas de culpabilidad y de pérdida.

–Cuando me di cuenta de que te habías encaprichado de ese hombre, me vi reflejada en ti. Comprendía lo que sentías, pero al mismo tiempo me habría gustado separarte de él. Más de una vez pensé en ir a verlo, enfrentarme a él y pedirle que se marchara de Lejongård.

Abrí mucho los ojos. ¿No habría...?

–No –contestó a mi pregunta no formulada–. No tuve nada que ver con su desaparición y no sé dónde puede estar. Solo sentí un gran alivio al ver que por fin se había marchado. Igual que cuando me dijiste que estabas embarazada y que pensabas casarte. Pero cuando me contaste que ibas a hacer que lo buscaran... Me desesperé, no quería que volviera a aparecer jamás. Mi ira también era para Alexander. Durante mucho tiempo soñé con huir junto a él, pero entonces apareció esa otra mujer a la que por lo visto amaba de verdad... –Una lágrima le cayó del ojo izquierdo, resbaló por su mejilla y acabó en su mano–. Doy gracias por cada día que te deja vivir en paz, créeme. No quiero que tengas que enterarte de que tiene a otra.

Tomé su mano. Estaba helada, temblaba. También yo sentía un profundo temblor interior. No solo por la confesión, sino por Max. O Hans, que era su verdadero nombre.

–Sé que tiene a otra –dije–. Su madre me escribió. Se dio a conocer con un nombre falso y nos ocultó que tenía una esposa aguardándolo en Pomerania.

–No esperaba otra cosa de él –refunfuñó Stella.

Apreté los labios y sacudí la cabeza como si así pudiera librarme de ese recuerdo.

–Se acabó. Nadie puede cambiar el pasado, solo quería encontrarlo para obtener una explicación. Me obcequé con eso y pasé por alto la suerte que tengo con Lennard. Pero, si te soy sincera, ya no quiero ninguna explicación. Sé dónde estoy y quién soy.

Volví a pensar en la carta de Boregard y me alegré de no haberla abierto.

Mi madre me apretó la mano.

–Me alegra oírlo, pero sé que el corazón es inconstante.

–Puede ser, pero también tú te quedaste con padre.

–Sí, lo hice. Y en los años siguientes aprendí a amarlo de nuevo. Cuando murió, me afectó más que la noticia de que Alexander se había casado.

Apreté su mano contra mi mejilla y la sostuve un rato.

–¿Qué harás con la cajita? –pregunté entonces–. ¿Volverás a guardarla?

–Todavía no lo sé –contestó, y me acarició el pelo con la mano libre–. Tal vez me la lleve conmigo a la tumba. O quizá lo queme todo antes. He descargado la conciencia y te he contado la verdad. Era cuanto quería.

Entonces sí bebimos un aguardiente, más que nada para entrar en calor. Seguimos un rato allí sentadas, pensando, hasta que nos venció el cansancio. Salimos juntas del salón. Mi madre llevaba la cajita bajo el brazo. ¿Cortaría por lo sano con su contenido, o sería incapaz de separarse de ello?

Todavía no tenía muy claro lo que significaba ser la hija de otro hombre. Sin embargo, ¿no era padre solo aquel que se ocupaba del bienestar de un niño y lo quería? ¿Deseaba conocer a mi padre biológico? ¿Sabía él de mi existencia? Por el secretismo con que había actuado mi madre, me parecía improbable. ¿Se lo contaría a Lennard, o era mejor no cargarlo con eso? Seguramente pronto encontraría una respuesta.

–Buenas noches, madre –dije cuando estuvimos ante su puerta.

Su historia me había removido mucho y no sabía si esa noche conseguiría conciliar el sueño. Aun así, sentía una paz profunda que provenía de ella. Si le llegaba la muerte, al menos podría marcharse con el corazón en paz. De todos modos, esperaba que todavía faltase mucho para eso, ahora que nos llevábamos cada vez mejor.

–Buenas noches, Agneta. Hasta mañana –dijo, y entró en su habitación.

Yo me quedé un momento ante la puerta, luego me volví y recorrí el pasillo.

En nuestro dormitorio, Lennard se había quedado dormido en el sillón, junto a las camitas de los niños.

Mis tres hombres, pensé con cariño, y me tumbé en la cama, donde estuve aún un buen rato contemplando las vigas del techo.

Capítulo 70

ANTES DEL ALBA, cuando desperté de un sueño maravilloso y la manta empezó a molestarme, me levanté de la cama, me puse la bata y miré un momento a los gemelos antes de salir del dormitorio. Caminaba como una sonámbula, pero sabía muy bien adónde iba. Mi madre había dicho que primero debía sentirse preparada para abrir la caja. La caja que contenía la historia de su antiguo amor. Mi padre.

Y yo por fin me sentía preparada para abrir la carta que tal vez me transmitiera otra noticia sobrecogedora. Saqué la carta de Boregard, que había guardado en un compartimento secreto de la maleta poco después de mi visita al banco, y me dirigí a la cocina del servicio. Allí encendí una lámpara de aceite, saqué un cuchillo del cajón y me senté en el banco bien fregado, que siempre olía un poco a limón.

La noche seguía oscura al otro lado de las ventanas, no se veían ni luna ni estrellas. Todo lo que distinguía en las ventanas era el reflejo de mi propia imagen. Al verme la bata, no pude evitar pensar en el bisabuelo de Max. ¿Se habría inventado esa historia? ¿Me había contado la verdad, o me la había ocultado?

Las manos me temblaron al levantar el cuchillo. Inspiré hondo e intenté tranquilizar mi corazón, pero no lo conseguí. Sentía los nervios en el estómago, el pulso susurraba en mis oídos. Era como si estuviera sobre un acantilado y el viento pudiera hacerme caer por momentos. Abrí el sobre con el cuchillo.

No ocurrió nada. Seguía sentada en la silla y ante mí titilaba la lámpara. Saqué las hojas con dedos helados. Se trataba de un informe escrito a máquina que, al parecer, no contenía ninguna factura.

Estimada condesa Lejongård:

Sin duda hace ya tiempo que espera mi informe. Siento mucho no haber escrito antes. La búsqueda de Hans von Bredestein ha resultado muy complicada. Supongo que utilizó diferentes identidades para llegar a la costa alemana. Cuando por fin di con su rastro, hacía tiempo que había desaparecido.

De manera que seguí una pista que indicaba que podía haber ido en busca del conde Von Kranitz. Tras indagar, supe que el conde había regresado del frente gravemente herido. No me era posible entrevistarlo, pues las heridas habían afectado también a sus facultades mentales y su capacidad de habla.

Los requerimientos a sus superiores resultaron infructuosos. Nadie conocía a ningún Max o Hans von Bredestein, ni estaba a su servicio.

Busqué entonces a la familia Von Bredestein y recabé información. Su esposa, Friederike von Bredestein, al igual que su padre y su hermano gemelo, no tenían idea de dónde podía haber ido el interfecto. Desde 1913 constaba como desaparecido. A pesar de haberlo buscado a conciencia, la policía no logró dar con él. El último punto de referencia que tenía la familia era un viaje a Estocolmo que había realizado por encargo del padre.

Como única pista, la familia me ofreció la carta enviada por usted, que de sobra le es conocida.

Lo intenté después en varios lugares más, incluso me puse en contacto con el capitán del puerto de Estocolmo. Puesto que nada salió de ello, me dirigí de nuevo al ejército. Tampoco allí encontré ninguna información. Durante meses viajé tras diferentes regimientos sin saber en qué dirección moverme.

Hace unas tres semanas encontré al fin una pista. Un tal Max Breden, que por su descripción física podría ser el desaparecido, se había presentado como voluntario un año antes a un regimiento de la infantería austríaca. Fui tras él. Localizar esa unidad resultó muy trabajoso, pero hablé con sus hombres, que habían quedado marcados por unos combates muy virulentos. Ellos me informaron que Max Breden había perdido la vida durante una carga contra el enemigo en el paso de Stilfser Joch. Una bala le alcanzó la cabeza y lo mató en el acto.

Me estremecí y me tapé la boca con la mano. ¿Sería verdad? ¿Max había muerto? Por el nombre y el supuesto parecido físico, era probable.

Si de veras se trataba de Max/Hans von Bredestein no puedo afirmarlo con total seguridad. En Alemania hay muchos hombres parecidos a él. Si usted así lo desea, continuaré con mi búsqueda, pero en caso de no tener noticias suyas a mi regreso a Estocolmo, próximamente le enviaré la minuta con mis honorarios.

Le deseo todo lo mejor.

Atentamente,

Hanno Boregard
Viena, 28 de julio de 1915

Me quedé mirando la carta, desconcertada. ¿De modo que Max sí había ido a la guerra? Recordé con malestar su creciente entusiasmo. Sus opiniones me habían distanciado de él, pero por entonces estaba demasiado ciega, demasiado enamorada para analizarlas con serenidad. Lo creí capaz de haberse lanzado al campo de batalla, igual que de haber utilizado un nombre falso.

Volví a pensar en lo que le había dicho a mi madre. Que ya no necesitaba ninguna explicación, que sabía cuál era mi sitio.

Aun así, habría preferido que Boregard me ofreciera una certeza. Ahora, sentí que Max seguiría rondándome por la cabeza mucho tiempo.

«Si usted así lo desea, continuaré con mi búsqueda.»

¿Lo deseaba? ¿Qué sacaría de eso? Era evidente que Hans von Bredestein era un maestro del disfraz, un pájaro que no quería dejarse atrapar. En cierta medida era como mi antiguo yo, solo que yo había crecido y madurado.

No, no escribiría a Boregard. Que me enviara la minuta. Si el destino quería que volviera a encontrarme algún día con Max, sucedería. Y si no, seguiría siendo quien era: Agneta Lejongård, señora de Lejongård. Después de estar un rato mirando la carta, incapaz de hacer nada ni de sentir más que decepción, me levanté y salí de la casa.

La brisa marina era intensa y el embate de las olas sonaba muy fuerte esa mañana. Me dirigí al pequeño embarcadero cercano, donde el fragor del viento era mayor. Allí saqué la carta de mi bolsillo. La miré unos segundos y pasé la mano por el papel con cierta nostalgia. Después lo rompí en trocitos y dejé que el viento me los arrebatara de la mano.

CUANDO REGRESÉ, LENNARD estaba en la veranda. Había notado mi ausencia, pero por suerte no había salido a buscarme, sino que me esperaba allí. Subí los escalones, me acerqué a él y lo rodeé con mis brazos. ¿Debía hablarle de la carta?

No, era mejor que todo siguiera como estaba. Max había desaparecido, tal vez para siempre. Jamás sabría nada de sus hijos y tampoco podría exigirme nada. Nuestro secreto, el que compartía con Lennard y con mi madre, seguiría a salvo.

–¿Has ido a dar un paseo? –preguntó después de estar mirando los dos un rato al mar, que se había tragado la carta.

–Sí. Quería aclararme las ideas.

Mi marido me miró con ojos insondables.

–Oye, ¿sabes que te quiero? –dije, mirándolo también.

Pareció desconcertado, pero al punto sonrió.

–Hace medio año no me habría atrevido a soñarlo, aunque ahora debo reconocer que te conozco muy bien.

–Pues me parece fantástico –dije con total sinceridad.

Lo abracé y lo besé con ardor. Cuando me separé de él, casi parecía sorprendido, como si intuyera lo que estaba pensando.

–Todavía tenemos un rato antes de que mi madre y los niños se despierten –sugerí.

–¿Estás segura? El médico...

–No te preocupes, hay posibilidades que no me pondrán en peligro.

Le sonreí, y él pareció comprender. Entrelazamos las manos y lo llevé al dormitorio. Allí, nuestros labios volvieron a encontrarse y supe que en ese momento no había nada más bello que la cálida piel de Lennard contra la mía.

Entrevista a Corina Bomann

¿A qué circunstancias se enfrentan las mujeres de la Finca de los Leones?

Cada una de estas tres mujeres representa la época que le ha tocado vivir y la aceptación de los cambios que caracterizaron el siglo xx. Cada una de ellas es partidaria de nuevas ideas y eso es lo que hace que las protagonistas me resulten tan fascinantes. Todas me han conquistado, pero especialmente Agneta, cuyo recorrido vital está presente en todos los libros de la serie. Fue divertido mostrar lo diferente que es de Matilda, y luego de Solveig, los problemas que estas ya no tienen que afrontar y los retos que experimentan. Desde el punto vista de Agneta, se puede ver cuánto ha cambiado el mundo de las mujeres y también el de las mujeres Lejongård.

Retrato de una mujer en la década de 1910.

¿Por qué eligió el período histórico entre 1910 y 1974?

Porque Suecia y el mundo experimentaron horrores sin precedentes, pero también retos transformadores. Dos grandes guerras mundiales cambiaron para siempre la faz de Europa. Al final de cada guerra, innovaciones significativas impulsaron grandes logros. Y el cambio también fue radical para las mujeres: mientras que en 1910 seguían constreñidas por el corsé y la estrechez de miras, en la década de 1920 empezaron un proceso de emancipación que se consolidó en los años treinta. Ya no necesitaban pedir permiso para lanzarse al mundo, conquistaron el derecho al voto, tan disputado, y los corsés desaparecieron. En las décadas de 1960 y 1970 llegó la minifalda –¡qué escándalo habría sido en ¡1910!–, y la conquista del espacio: había nacido el mundo moderno. Este periodo de agitación y cambio me resultó tremendamente emocionante.

Discurso del rey Gustavo V en febrero de 1914.

Grand Hotel y Museo Nacional de Estocolmo, comienzos del siglo xx.

¿A qué aspiran sus protagonistas: Agneta, Matilda y Solveig?

Cada una de ellas lucha por su independencia y autorrealización. En la época de Agneta, que una mujer estudiara seguía siendo un escándalo. Ella se inclina por el arte porque era un mundo que se estaba abriendo lentamente a las mujeres. En la de Matilda, ya no era un problema para una mujer asistir a una escuela de negocios y dirigir un hotel. ¡En los años treinta soplaban vientos completamente diferentes para las mujeres! Por supuesto, seguían existiendo retos y problemas, pero ya no era un escándalo que una mujer se dedicara a los negocios. Solveig personifica los vibrantes años sesenta y setenta, cuando los jóvenes empezaban a concebir el mundo como un hogar global e intentaban romper y cambiar las viejas estructuras. Siempre me han fascinado las mujeres fuertes y ahora puedo mostrar tres facetas diferentes de la fuerza femenina.

Aquí puedes comenzar a leer el siguiente libro
de la saga de los Lejongård

El secreto de Matilda

Capítulo 1

ME COSTABA MANTENERME despierta. Ante mí tenía el cuaderno donde debería haber estado tomando apuntes, pero los brazos me pesaban demasiado. Me faltaban fuerzas para levantar la pluma y trasladar las palabras al papel. Aunque las ventanas estaban abiertas, el aire del aula era tan sofocante que casi se podía cortar, y eso que solo estábamos a principios de junio. El verano llegó pronto en 1931.

Me habría gustado estar en algún rincón del parque de la ciudad y no en la clase de la señorita Nyström, en la *realskola* de Estocolmo. Habría podido tumbarme a la sombra y perderme en mis pensamientos, en lugar de aguantar una disertación sobre economía doméstica mientras mis compañeras de clase me lanzaban miradas inquisitivas.

Sin embargo, mis padres habían insistido en que recibiera una buena formación. Fue mi padre en persona quien me matriculó en esa escuela y me inculcó que solo así llegaría a algo en la vida. «En los tiempos que corren, no puedes depender solo de encontrar a un buen hombre», fueron sus palabras exactas. Mi madre lo miró con una expresión extraña, pero luego añadió que la belleza por sí sola ya no le bastaba a una mujer para ser feliz.

Yo no quería frustrar todos sus esfuerzos haciendo novillos, y menos cuando no hacía ni dos días que había enterrado a mi madre.

La muerte fue a buscar a Susanna Wallin durante la noche y se llevó su alma con absoluta discreción. Yo la encontré cuando me levanté a la mañana siguiente, extrañada por el silencio que reinaba en la casa. Mi madre siempre era la primera en entrar en la cocina para encender los fogones y preparar el desayuno. Ni siquiera después de la desaparición de mi padre había perdido la costumbre. Ese día, en cambio, todo era distinto. Cuando fui a su habitación para despertarla, vi que miraba el techo con los ojos abiertos. Al principio me pareció pensativa, pero entonces la toqué y noté lo rígida y fría que estaba.

Enseguida comprendí que ningún médico podría ya salvarla, y fue como si algo se quebrara dentro de mí. Corrí a casa del doctor llevada por el pánico, y poco después el hombre me confirmó la terrible noticia. Todo lo ocurrido a continuación había desaparecido en la oscuridad de mi recuerdo, pero de algún modo logré avisar al pastor y a las vecinas.

Algunos días más tarde, volvía a encontrarme en mi cama, con el encendedor que un día fue de mi padre en las manos. Debía de haberlo sacado del cajón mientras me deshacía en lágrimas. Estaba cálido por el contacto con mi piel, y de algún modo me consolaba, aunque apenas sabía nada de ese hombre.

Mi padre siempre había sido una figura un poco ausente, y mi madre soñaba con un mundo que quedaba fuera de mi alcance.

Ambos se habían ocupado muy bien de mí, jamás recibí una bofetada, pero en ocasiones parecían maniquíes colocados en mi vida solo para hacerme compañía.

Cuando mi padre desapareció de repente, me costó encontrar consuelo. Una tarde sencillamente no regresó a casa. Mi madre esperó dos días antes de informar a la policía, que buscó a Sigurd Wallin por todas partes, pero no dio con él. Alguien informó a los agentes de que lo había visto en un puente de Gamla Stan, y las investigaciones confirmaron que, en efecto, había estado allí. Encontraron su encendedor delante del pretil. Estaba bañado en oro y decorado con grabados de delicadas flores, y yo siempre lo miraba embobada cuando lo usaba para encender sus puritos. Fue lo único que me quedó de él.

Las autoridades llegaron a la conclusión de que se había quitado la vida lanzándose al agua. La búsqueda se extendió hasta la costa, pero el mar Báltico era profundo y las corrientes lo arrastraban todo muy lejos, mar adentro.

Al cabo de un año de búsqueda infructífera lo declararon muerto y yo me quedé con el pequeño encendedor, ya que mi madre no lo quería para nada. Se deshizo de toda su ropa sin grandes lamentos, como si fuera una labor que se había terminado y pudiera recogerse de una vez por todas.

Durante aquel duelo me aferré a la idea de que todavía tenía a mi madre, pero en esta ocasión no me quedaba nadie más.

Los primeros días después de su muerte me sentí como un fantasma. No notaba nada, apenas era consciente de lo que me rodeaba. En mi interior solo hallaba pena y dolor. Al cabo de un tiempo me recuperé hasta cierto punto, pero aun así me costaba llegar al final del día. A menudo me sobrevenía un llanto convulsivo, casi siempre en el momento más inoportuno, y entonces no tenía más remedio que retirarme a algún rincón. Me movía como una sombra por nuestra casa amarilla de la sinuosa calle de Brännkyrkagatan. Me sentía aislada de los demás, a quienes veía felices. Mi único consuelo era Paul, que me visitaba para asegurarse de que me encontraba bien.

Sin embargo, aún peor que estar en la casa vacía era tener que ir a clase.

Cuando mi padre desapareció, en la escuela me recibieron con gran compasión. Todos se hicieron cargo del horrible giro del destino y se apiadaron de mi madre y de mí.

Esta vez me había quedado huérfana del todo. Mis abuelos paternos habían fallecido hacía mucho, y mi madre nunca me había hablado de sus propios padres. Yo no los conocía. Cuando le preguntaba por ellos, solo contestaba que no tenía ningún abuelo por parte de madre.

En clase nunca había hecho muchas amigas, aparte de Daga, casi ninguna chica hablaba conmigo. Aquello sí que me hizo sentir lo que era no tener a nadie en la vida. Cada vez que me veían y unían sus cabezas, era como si recibiese una puñalada. Sin padres, me daba la sensación de estar desprotegida.

Unos golpes en la puerta del aula me sacaron de mi letargo. La señorita Nyström invitó a pasar al señor Persson, que era quien había llamado. El director de nuestro centro se dirigió en susurros a la profesora de economía doméstica; luego se volvió y miró por encima de todas las cabezas, directamente hacia mí.

–Matilda Wallin –anunció entonces–, ¿quieres acompañarme, por favor?

A mi alrededor surgieron murmullos y se oyó alguna risilla maliciosa.

Se me aceleró el corazón. Me levanté y bajé la mirada, avergonzada, aunque enseguida me erguí de nuevo. Sabía lo que pensaban las demás. Imaginarían que, como ya no tenía padres, iban a expulsarme de la escuela. Y, sinceramente, también yo lo esperaba.

Asustada e inquieta, seguí al director, un hombre alto y corpulento que siempre llevaba pajarita y a quien las chaquetas le quedaban algo torcidas. Ya en el pasillo, percibí el aroma del agua de colonia y de la brillantina con la que intentaba dominar su rebelde cabellera negra. Lo arrastraba como una bandera ondeante.

Al despacho del director solo te llamaban cuando habías hecho algo horrible o si tenían malas noticias. La última vez que estuve allí fue para explicarle al señor Persson que mi madre había muerto y que por eso no asistiría a clase durante unos días. La sala era enorme y en ella todo era marrón. Estanterías marrones con libros encuadernados en cuero marrón. Una silla marrón detrás de un escritorio también marrón. En el suelo, una alfombra con zarcillos marrones sobre fondo beis. No había ni una sola nota de color que ofreciera alguna distracción.

Cuando entramos, nos estaba esperando una mujer alta ataviada con un elegante vestido azul oscuro. Era rubia y llevaba el pelo recogido en un moño en la nuca. Su rostro de bellas proporciones quedaba enmarcado por un par de mechones que se le habían soltado a ambos lados.

–Permítanme que las presente –dijo el director, y asintió hacia la desconocida–. Condesa, esta es Matilda Wallin. Matilda, la condesa Agneta Lejongård.

¿Una condesa? ¿Qué estaba haciendo una aristócrata allí? Miré a la mujer sin salir de mi asombro. En los cuentos que mi madre me contaba de pequeña, las condesas llevaban diademas en la cabeza y deslumbrantes vestidos de hilo de plata. Esa mujer ni siquiera se había puesto sombrero.

Una sonrisa asomó a su rostro.

–Me alegro de conocerte –dijo y me acercó la mano.

Yo no sabía cómo reaccionar. ¿Debía hacerle una reverencia? ¡Era de la nobleza! Me incliné un poco cuando su mano tocó la mía, y al mismo tiempo me pregunté qué querría una condesa de la hija de un contable.

–Sentémonos –propuso el director.

–Lamento la pérdida de tu madre. Y tan poco tiempo después de la desaparición de tu padre, además... –dijo la mujer dirigiéndose a mí.

La miré desconcertada. ¿Cómo sabía eso? ¿La habrían enviado de la beneficencia? ¿De un orfanato?

Pareció leerme el pensamiento, porque enseguida añadió:

–Por eso estoy aquí.

–¿Por mi padre?

Negó con la cabeza.

–Por ti.

Miré al director, pero el señor Persson permanecía impasible. Parecía un espectador ante una cautivadora obra teatral.

–Todavía no eres mayor de edad, y eso significa que necesitas un tutor –explicó la condesa.

Me recorrió una oleada de pánico. Conque sí era de la beneficencia...

–Me las arreglo muy bien sola –repuse–. Cuando mi madre estaba enferma, me ocupaba yo de la casa. Y en la escuela... –Me interrumpí al comprender que alguien tendría que pagar las clases.

Mi padre había apartado un dinero para ello, pero yo todavía no tenía la edad suficiente, así que no me permitirían acceder a la cuenta.

La condesa miró a Persson y luego otra vez a mí.

–¿Te gusta estudiar aquí?

–Sí –respondí nerviosa, y me percaté de que me estaba tirando de las mangas de la blusa.

–El director Persson me ha contado que eres buena alumna.

–Las manualidades le cuestan un poco y podría ir mejor en física, pero la aritmética se le da estupendamente. Y por supuesto también el sueco, así como el inglés.

–¿Estudias inglés? –preguntó la condesa.

–Sí, señora –contesté asintiendo con la cabeza.

–Pues eso podría venirte muy bien en la vida algún día. Igual que saber manejarte con los números y las palabras.

Continúa en tu librería

CORINA BOMANN

¿Te apetece una escapada de la mano de la mejor autora de novelas *landscape*?

Te proponemos Sri Lanka, Sumatra o Saigón,
pasando por Berlín y París.

Déjate transportar a destinos lejanos
por la autora que **crea adicción lectora**.

La isla de las mariposas
Una carta misteriosa, una
plantación de té heredada,
una casa llena de secretos.

El templo del jazmín
Del exótico Saigón al loco París
de los años veinte, la historia de
su bisabuela Hanna será la estela
que seguirá la protagonista.

El jardín a la luz de la luna
Un exótico viaje a la isla
de Sumatra para descubrir
el origen de un misterioso
violín.

La rosa del viento

Una historia de amor, libertad y coraje, y una antigua embarcación que encierra muchos secretos.

LA SAGA DE LOS LEJONGÅRD

Una espléndida finca en el sur de Suecia se convierte en el escenario de los acontecimientos del vertiginoso siglo XX

El secreto de Matilda

Matilda Lejongård hará todo lo que esté en sus manos por controlar su destino en los años anteriores a la Segunda Guerra Mundial.

La promesa de Solveig

En 1967, Solveig debe superar un duro golpe del destino y luchar con firmeza por la supervivencia de su amada finca.